Das Buch erzählt die Geschichte eines aufgeweckten, musischen, engagierten jungen Mädchens namens Pony, das unerwartet in eine schwere seelische Krise fällt. Um die Ursachen des mit so schrecklicher Logik ablaufenden Geschehens zu ergründen, um ein Verstehen des oft Unverständlichen anzuregen, hat die Mutter dieses Buch in minutiöser Kleinarbeit nachträglich zusammengestellt. Die Tagebuchaufzeichnungen, Briefe, Gedichte und Songs, wie vor allem die Malereien des Mädchens, sowie der erzählende Verbindungstext der Mutter, geben einen tiefen Einblick in die Gratwanderungen zwischen Tag und Traum einer Jugendlichen und fesseln den Leser von der ersten bis zur letzten Seite.
Da dieses Buch Denkanstöße vermitteln soll, wird auch Kritk an den Methoden der Psychiatrie recht offen ausgesprochen, doch könnte es zu Mißverständnissen führen, wenn man diese Probleme der DDR, dem Schauplatz des Geschehens, zur Last legt, denn das Elend in der Psychiatrie ist weltweit.
Auch sind es hier wie anderswo Disharmonien, die exemplarisch für die Gefährdung der Jugendlichen sind, die das Leben mit all seinen Möglichkeiten ergreifen wollen, und ihm deshalb so ungeschützt ausgeliefert sind. Auch Ponys Ehrgeiz, ihre Ideale, ihre zu problematisch erlebte erste Liebe bringen sie letztlich aus dem Gleichgewicht. Der Hilferuf des jungen Mädchens »Please understand me!« ist der eigentliche Grund, warum das Buch geschrieben worden ist.

Die Autorin stammt aus Breslau. Sie studierte an der Kunstgewerbeschule in Wien und an der Ecole de Beaux Arts in Paris. Nach Kriegsende kehrte sie aus der Emigration in Frankreich nach Deutschland zurück und lebt heute in der DDR. Sie gründete dort eine Kunst- und Modezeitschrift, arbeitete dann als Kostümbildnerin bei Film und Fernsehen und schrieb neben dieser Arbeit an ihrem ersten Buch, das auch in der DDR veröffentlicht wurde.

SFV

Sibylle Muthesius
(Pseudonym)

Flucht in die Wolken

S. Fischer

Alle hier dargestellten Fakten und Dokumente
sind authentisch und belegbar.
Es wurde nichts erfunden oder hinzugefügt.
Verändert wurden lediglich die Namen aller mit dem Geschehen
in Zusammenhang stehenden Personen, einschließlich der der Autorin,
und, soweit es angebracht schien, Berufsbezeichnungen, Titel, Ortsnamen
sowie Namen von medizinischen Einrichtungen.
Mit der Berliner Architektenfamilie Muthesius besteht weder
auf seiten der Autorin noch bei den im Text vorkommenden Personen
irgendwelche personelle Identität.

Lizenzausgabe mit freundlicher Genehmigung
des Buchverlags Der Morgen, DDR Berlin
für die Bundesrepublik Deutschland und West-Berlin,
Österreich und Schweiz
Für das Nachwort:

Umschlagentwurf: Peter W. Schmidt
unter Verwendung einer Illustration Ponys
Satz: Fotosatz Otto Gutfreund, Darmstadt
Lithoarbeiten: Litho-Köcher, Köln
Druck: Gutmann, Heilbronn
Einband: G. Lachenmaier, Reutlingen
Printed in Germany
ISBN 3 10 050703 7

Die Welt der Wolkenkinder

Fast ein Märchen

Freundlich blickte das blaue Weltenall, auf dessen Thron die Göttin Horai saß, auf die Kinder der Wolken, die an den himmlischen Gewässern spielten und Regen und Tau auf die in der Sonne gleißende Kugel unter ihnen herabtropfen ließen.
Bis zu dem einen trächtig heißen Sommernachmittag, da sich die Wolken zu hohen, schwarzen Türmen häuften, um mit weit dröhnendem Getön aufeinanderzuprallen.
Da geschah es, daß einige der Wolkenkinder in sausendem Flug herabstürzten auf die schillernde Kugel, vorbei an silbernen Wassern, grünen Dschungeln, weißen Zacken, roten Schneefeldern und goldenen Ruinen, bis sie mit einem lauten Schrei auf eine Blumenwiese fielen.
Da lagen sie nun nackt und bloß inmitten einer mitleidlosen Natur. Erschreckt fragten sie ihre Mutter Horai: »Warum hast du das getan?«
Die Göttin der Gezeiten jedoch hatte den jähen Schrei der Neugebore-

nen vernommen und wie alle Mütter Mitleid mit ihren Kindern bekommen und wollte ihnen helfen.
Sie sollten nur das Schöne und Gute auf dieser Welt sehen, alle Rosen sollten für sie blühen und alle Nachtigallen für sie singen, und die Liebe sollte so groß und mächtig sein, daß sie Leid und Tod überwindet.
So befahl die Göttin Horai ihren Winden, sie herabzutragen zu den kleinen Schreihälsen, legte ihnen eine Binde aus morgendlichem Wolkentau auf die Augen und stopfte ihnen Wolkenwatte in die Ohren, und für ihre Tränen errichtete sie inmitten der Seele einen Staudamm, um die Wasser so abfließen zu lassen, daß der schwache Körper keinen Schaden nehmen konnte.
Nun hören diese Kinder nicht mehr das Stöhnen der Hungernden und Frierenden, den gellen Schrei der Mordlustigen, den jähen Schrei der Liebenden, deren Liebe sich in Haß verwandelt hat, und den stillen Schrei derer, die ohne Liebe leben und auf den Tod warten.
Doch zu einigen dieser Neugeborenen ist die Himmelsmutter niemals gekommen. Hat sie diese vergessen, oder wollte die Göttin der Gezeiten, daß einige ihrer Kinder den dumpfen Kanonenschlag nicht für das ewige Lied der Meeresbrandung halten sollen?
Für diese Kinder, die Wolkenkinder, bleibt keine Träne, die je in der Welt geweint, und kein Schrei, den sie je vernommen, vergessen. Sie laufen und laufen blindlings durch diese Welt und rufen verzweifelt nach dem Gott der Liebe, doch je lauter sie rufen, desto näher dringt der ferne Schlachtenlärm an ihre Ohren. Da möchten sie wohl auf einem stürmenden Roß in die feindlichen Linien galoppieren und rufen: »Seid ihr Menschen? Seid ihr dazu geboren? Liebt euch! Liebt euch!«
Jedoch die Wolkenkinder haben kein stürmendes Roß, um zu den fernen Schlachtfeldern zu gelangen und dem Gemetzel ein Ende zu machen, und wer würde auch auf sie hören? Sie sitzen und grübeln. Warum kann es keine ewige Liebe geben? Und warum müssen die Menschen sich gegenseitig töten? Und sie fragen jeden, dem sie begegnen: »Bist du ein Liebesverräter? Bist du ein Mörder?«
Die Angesprochenen aber weichen entsetzt zurück und sagen: »Nehmt euch vor denen in acht! Es sind die Besessenen. Sperrt sie ein! Sonst werden sie uns noch alle umbringen!« Aber einige sagen: »Es sind die Erleuchteten!«
Die Angst der Wolkenkinder wächst und wächst, so laufen sie, bis sie in die eiserstarrten Berge kommen, und rufen der hohen Felswand zu: »Was ist der Sinn des Lebens?«

Doch selbst die Felsnymphe Echo, die immer das letzte Wort haben muß, schweigt. Die Wolkenkinder aber brauchen die Antwort. Sie richten diese Frage an alle Menschen, denen sie begegnen. »Was kümmert euch das«, sagen diese, »geht lieber eurer Arbeit nach!«
So ziehen die Wolkenkinder weiter allein durch die Welt, denn niemand versteht sie, und niemand liebt sie. Sie aber sehnen sich nach der einzigen, ewigen Liebe, die alles Leid heilt. Und sie möchten alle Menschen lieben und alle Menschen vom Leid der Welt heilen, aber sobald sie das jemandem sagen, schauen diese sie befremdet an und meinen, sie seien von Sinnen.
Da möchten sich die Wolkenkinder in ihr warmes Wolkenbett zurückziehen, dorthin, wo es ewige Ruhe und ewigen Frieden gibt, doch die Wolken sind zu hoch und zu weit. Aber man kann sich auf die bunte Blumenwiese legen und auf die vorüberziehenden Luftgebilde starren. Da oben – auf weißem, schäumendem Roß mit zerzaustem Lockenhaar kommt er auf sie zu: Eros, hinter ihm auf ausgezehrtem Wolkenrappen reitet ein Jüngling, düster, mit großen, schwarzen Flügeln auf dem Rücken: Thanatos, der Gott des Todes. Die Wolkenkinder möchten schreien, doch da galoppiert Eros mit großen Sprüngen voran, erreicht eines der Wolkenkinder, schwingt sich strahlend vom Pferd, und sie gehen Hand in Hand über die blühende Wiese – und alle Sonnen glühen, und alle Winde schweigen still.
Die sich verzehrende Felsnymphe Echo aber, die von dem schönen Jüngling Narziß verlassen wurde und die diesen deshalb dazu verwünschte, nur noch sich selbst zu lieben und daran zu sterben, neidet allen Liebenden ihr Glück. Sie läßt dicke Felsbrocken auf die umschlungenen Paare herabrollen, so daß diese fliehen müssen und sich nicht wiederfinden.
Nun irren die Wolkenkinder wieder durch die Welt und suchen Eros. Dort im Baumschatten, ist er es nicht? Er kommt näher, doch er hat schwarze Flügel.
»Lauft nicht weg!« ruft Thanatos. »Bin ich nicht genauso schön wie Eros? Glaubt ihm nicht, Eros wird euch verraten. Meine Liebe aber wird sein wie ein ewiger Kuß.«
Nach dem ewigen Kuß sehnen sich die Wolkenkinder schon... Aber Thanatos hat so glanzlose Schattenaugen. Sie erschauern und laufen weit, weit weg, bis sie an den großen See kommen. Im Spiegelbild des stillen Gewässers sehen sie, daß sie schön sind.
Die Menschen lieben die Schönheit, denken die Wolkenkinder, viel-

leicht ist das die Rettung: Wenn sie uns tanzen sehen, werden sie wieder gut werden.
Und sie tanzen auf den Seerosenblättern des glitzernden Teichs, und Thanatos ist weit.
Da aber kommen Menschen am Ufer vorbei, die rufen mit roten aufgedunsenen Gesichtern: »Das Baden im See ist verboten!«
Der Tanz der Wolkenkinder erlahmt.
»Raus!« schreien die Menschen am Ufer.
»Laßt sie doch«, rufen die Narzissen am See. »Wem kann es schon schaden, wenn sie tanzen?«
Die Menschen am Ufer aber verstehen die Sprache der Blumen nicht: »Hier darf keiner tanzen, es ist ein Befehl von oben!«
Da hören die Wolkenkinder wieder den dumpfen Flügelschlag, der Himmel verdunkelt sich, es blitzt, als kreuzten sich Schwerter – der Kampf zwischen Eros und Thanatos.
Die Wolkenkinder laufen in ihrer Todesangst aus dem Wasser, manche werden von den schwarzen Flügeln berührt, andere verstecken sich hinter Schilf- und Dornengestrüpp.
»Wartet«, rufen die Narzissen. »Eros wird euch erlösen, die Liebe ist die ewige Wiederkehr!«
Von der Felswand aber erschallt: »Liebe, nimmermehr, nimmermehr!«

Tagebuch eines Wolkenkindes

Habe ich nicht auch dieses
Es war einmal – besessen.
Eine liebenswerte, zauberhafte Jugend?
Voller Tatendrang,
Zu viel Möglichkeiten!
Durch welches Verbrechen,
Durch welchen Irrtum
Habe ich verdient
Heute so schwach zu sein?

Ihr, die ihr vorgebt zu wissen,
Daß die Tiere vor Kummer schluchzen,
Daß die Kranken in Verzweiflung Gebrachte sind,
Daß die Toten schlecht träumen,
Versucht mir zu erklären
Meinen Alptraum, meinen jähen Absturz.

Arthur Rimbaud

Tagebuch
Dienstag, 31. 3. 64

Weil Maja heute anfängt ein Tagebuch zu schreiben, habe ich auch Lust bekommen und will eins führen.
Gestern war Ostern. Mutti hat eine Hollewutschaukel gekriegt. Ich finde das eigentlich ein bißchen täures Gescheng, aber man weiß nicht, was es im Schilde führt, zwischen Mutti und Pappi. Natürlich hat Pappi auch beide Feiertage Gäste eingeladen. Tüpisch Pappi!
Ostern Gäste einzuladen, wo wir uns doch nicht oft sehen. Er hat natürlich auch meine berühmten Zeugnisse gezeigt.
Nicht von mir, sondern von Puppen, meinen Schulkindern, mit denen ich immer Schule spiele. Ich zähle sie nach der Beste auf: Heidrun, Bello, Reh, Zwerk, Winki, Monika, Hasi, Maja, Bleki, Renate, Ted.
Zu den Zensuren gebe ich immer Beurteilungen:
Reh ist ein sehr ruhiges Mädchen, sie muß es noch lernen sich richtiger

auszudrücken und die Hemmungen bei der Mitarbeit zu unterdrükken. Skollin

Zwerk Du dürftest mit diesem Zeugnis nicht zufrieden sein. Verliere Dein Selbstvertrauen nicht, Du kannst viel mehr! Mehr Willen und Eifer könnten Deine Leistungen steigern. Skollin

Heidrun gehört zu den besten Schülern der Klasse. Ihre Aufgeschlossenheit im Unterricht und auch zu Schülern und Lehrern bringen ihr einen hohen Gewinn. Ihre Mitarbeit ist lobenswert. Skollin

Ich finde das richtig schräglich, daß Pappi das jedem zeigt. Das macht er aber nicht nur mit den Zeugnissen so. Er macht es auch mit einem Gedicht, das ich gedichtet habe. Ach, doch nicht gedichtet, gesponn.

Es soll so was heißen, und ist nichts.

Es ist ziemlich lang. Ich will es aber trotzdem einmal aufschreiben:

Der Mond ist hell,
Die Sonne ist hell.
Die Welt ist trotzdem dunkel!
Was ist das für eine Welt?
In Armut, Kummer war's gesinnt.
Stimmung der Vergangenheit
Der Bessere steht im Verdruß,
ihm gilt es nicht zu leben,
die Schlechten sind im Überfluß,
der Welt hier her gegeben.

In Gruppen steht man da
und weiß nicht wo die Heimat ist.
Die Zukunft, niemand ist es klar,
man weiß nicht wo man heute
schläft,
wie soll man es erst morgen wissen?
Der Weg ist vorgesetzt . . .

Man steht in Tabellen,
wie Tiere, die durch Nummern
verzeichnet sind.
Das ist kein Leben,
das ist hausen.

Dienstag 31.3.1964
Weil Maja heute anfängt in
ihr Tagebuch zu schreiben,
habe ich auch Lust bekom-
men und will eins führen.
Gestern war Ostern. Mutti hat
eine Hollewutschaukel gekriegt.

Man traut sich nicht ein
Wort zu widersprechen
Die Welt ist kalt für uns,
der Wind fegt.
Die Sonne scheint nie mehr
so hell,
es ist kalt das Leben.

Mit Lasten Tag ein Tag aus
geht man dort hin,
dort in das Ehlent.
Nie giebt es einen Aufstand,
dazu sind wir zu wenig.
Das Leben geht immer so
weiter und trotsdem bekommt
man ein Blick in's Helle,
ein Blick ins Glück.

Man denkt nur im Unter-
bewußtsein daran,
das sich manches ändern kann.
Ganz sachte und langsam
Ganz vorsichtig.

Jetzt geh ich ins Balett.

Seit 3 Tagen ist nun wieder Schule. Ich gehe eigentlich nicht gerne in die Schule trotsdem ich die beste bin. Jetzt bilden sich die Jungen wieder ein das sie sich alles erlauben können wegen dem Jugendgesetzt. Da steht zum beispiel drin: Wenn ein Mädchen einen Jungen an die Haare zieht hat sie ihn als Freund. Oder wenn ein Junge einem Mädchen die Zunge herausstreckt heißt das »Küß mich«. Ein Mädchen darf einen Jungen nicht haun, dann darf der Junge ihr einen Kuß geben. Ich habe schon seit der ersten Klasse gemerkt, das die Jungs am meisten hinter Monika und mir hinterher sind. So ist es auch heute noch in der fünften Klasse. Na und der Behrend macht mir jeden Tag Kamlemente. Er ist eigentlich der einzige der noch verklopt wirt. Der Stanek hat mich natürlich auch. Das habe ich von den anderen erfahren. Der Spatz macht das zu auffellick. Da könnte ich mindestens noch fünf aufzählen.

Z. B. der Henner. Der geht aber in die siebente Klasse. Aber ich habe eigendlich keinen. Warum, das weis ich auch nicht...
Ich zanke mich jetzt eigentlich oft mit Maja meiner Schwester. Aber die kriegt mich nie unter, trotsdem sie zwei Jahre älter ist. Gestern haben wir den Kriemi »Zwei Herrn N« gesehen. Wenn das Tante Miezl wüßte!!! Sie ist ja nicht meine Tante, eigentlich mehr wie meine Mutter, hält das ganze Haus in Schuß. Sie hat ja heute frei.

Dienstag 7. 4. 1964

Gestern war ich mit Monika reiten. Wir sind an der Lonsche geritten. Wir sind auf Prins geritten, zum Schluß Galopp. Monika ist natürlich gleich zwei mal hintereinander heruntergefallen. Und dann hat sie auch noch Angst bekommen. Die wird noch oft genuk herunterfallen. Ich war die erste die Galopp geritten ist. Ich bin aber nicht heruntergefallen. Ich verstehe mich mit ihnen eigentlich gut. Das war ja gestern erst der zweite Tag, daß wird noch besser werden.
Jetzt ist gerade Tante Miezl gekommen. Ich mußte das Tagebuch schnell verstecken, denn es soll niemand wissen das wir ein Tagebuch führen. Sonst macht Pappi ein riesen Theater was da wohl drin stehen wird. Und auserdem brauch das ja nicht jeder zu wissen.

Dienstag, 14. 4.

Heute habe ich mir für mein Schulespiel Füller und rote Tinte gekauft. Wenn ich Zeit habe, was jetzt nicht mehr oft vorkommt, spiele ich meißtens immer Schule. Das heißt, nur wenn Schule ist, da mache ich so meine Schularbeiten.

Ich, Ponys Mutter, möchte hier einmal unterbrechen. Die Beste der Klasse mit *den* orthographischen Fehlern? Ich sehe schon ein bedenkliches Lächeln auf einigen Gesichtern: Also in der Kindheit schon Neigung zu Selbstüberschätzung... Sehen wir uns einige von Ponys Zeugnissen an:

Klasse 1a, Gesamteinschätzung: P. ist eine stille, fleißige Schülerin. Wenn sie noch mehr aus sich herausgehen würde, wären ihre geistigen Fähigkeiten ein größerer Gewinn für sie und die gesamte Klasse.
Klasse 4a: P.'s gleichbleibender Fleiß, ihre stete Aufmerksamkeit, ihre durchdachten Antworten sind den anderen ein Vorbild. Als beste Schülerin der Klasse erhält sie eine Auszeichnung. Durchschnitt 1,1.

1964 ging Pony in die fünfte Klasse.

Tagebuch

Donnerstag 30. 4. 64

Morgen ist der 1. Mai. Ich werde mit Pappi nach Berlin fahren und mit ihm auf der Tribüne sitzen. Dort sitzt auch Walter Ulbricht. Dann kan ich ihn mir mal von der Nähe betrachten. Frau Skollin hat gesagt, daß es Flicht wäre morgen bei der Patenbrigade mitzumarschiren. Alle haben dagegen gesprochen. Ich tanz doch nicht immer nach ihrer Nase.
Gerade sind Mutti und Maja Tante Lore und Resi abholen gegangen. Die kommen aus Beyern, Resi Oberlechner ist so alt wie Maja, und wenn wir früher Omi Wintgens und Tante Lore besuchten, die bei den Bauern wohnten, weil sie vorher in Schlesien wohnten, haben wir immer viele schöne Spiele in der Scheune und im Wald gemacht. Die beiden besuchen uns nämlich zu Majas Jugendweihe. Eigendlich dürfte ich garnicht wissen das Resi kommt. Das sollte ein Geheimnis vor Maja und mir sein. Pappi hat es mir dann doch verraten. Maja aber hat es schnell alleine herausbekommen. Sie hatte da viele Beispiele: daß Tante Miezl mehr Handtücher hingelegt und mehr Teller hingestellt und sich versprochen hat und so weiter. Maja hat es natürlich nur mir gesagt, denn die Überraschung für die anderen sollte ja nicht verdorben werden. Ich freue mich schon es wird bestimmt schön.

Sonnabend 2. 5.

Wenn heut schon der 2. Mai ist, trotsdem möchte ich noch an den 1. Mai zurückdenken. Pappi, Resi und ich fuhren mit dem Auto nach Berlin auf die Tribüne, wie verabredet. Zu erst hat einer eine Ansprache gehalten. Dann sind einige marschirt. Dann kamen Autos und Panzer, Raketen und Unterwasser Panzer. Danach kamen Sportler die allerhand vorgeführt hatten. Sie haben mir noch am besten gefallen. Und dann kam der entlos lange Zug von Menschen. Überall wo man hinkukte standen weiße Mäuse.
Das Wetter hat gerade so durchgehalten. Nach 4 Stunden, wo es 1 Uhr war, war die Demustragtion zu Ende. Dann sind wir ins Lindencorso essen gegangen. Wir hatten alle ein mors Hunger. Danach hat uns Pappi noch einiges in Berlin gezeigt und uns am Brandenburger Tor abgesetzt, wo wir herumgebummelt sind.
Zuerst kam mir Resi etwas fremd vor, doch jetzt haben wir uns schon wieder richtig verstanden und es werden noch viele schöne Tage vor mir sein.

Falkenhorst 6. 5. 64

Indessent sind wieder 4 Tage vorbei gegangen und ich konnte nicht schreiben. Einer von diesen Tagen war auch Majas Jugendweihe. Davon möchte ich auch noch berichten. Wir standen alle früh auf und aßen Frühstück. Es waren die herlisten Jugendweih-Kuchen die ich je gegessen habe. Na wie sollte ich auch. Es gab zum Beispiel: Apfelsinen Kuchen, kalten Hund und eine Nußrole. Danach fuhr Pappi drei Furen zur Rabenburk. Dabei ist auch noch ein Reifen geknalt. Als wir dann saßen wurden die Jugendgeweihten aufgerufen, Gedichte vorgetragen und eine Rede gehalten. Dann haben wir in dem Burg-Restaurant gegessen. Zum Abschluß gab es Eis mit Früchten. Zu Hause haben wir ein geschichtliches Menschen-Raten gemacht, Filme gezeigt, geklatscht und schon war es wieder so weit zum essen. Es gab ein Menu mit 4 Gängen. Pappi hat eine Rede gehalten für Maja hat er den Spruch gesagt: »Tu's gleich!«
Jetzt wo Tante Lore da ist, wasche ich mich immer mit Luxseife und spiele Reklame vor dem Badezimmerspiegel. *»Luxseife, Luxseife!* Harmonisch zusammen gestellte Düfte. Nehmen Sie Luxseife, und Sie fühlen sich wie neugeboren.«

Falkenhorst, 24. 5. 1964

Drei Wochen nach Resis und Tante Lores Abreise kam Omi Wintgens. Sie hat ein kleines Modegeschäft und so sieht sie auch aus. Pappi und Omi sind nicht ein einziges Mal zusammengetroffen. Pappi kam einfach nicht nach Haus. Ich erkläre mir das nicht, da er doch Tante Lore gut behandelt hat. Ich glaube aber, es ist mit Pappis Trotz. Jetzt liegt es schon balt drei Jahre zurück, wo wir mit Mutti in Beyern waren, damals hab ich selbst gehört, wie Omi zu Mutti im Nebenzimmer sagte, sie soll nicht zu Pappi zurückgehen, da er immer andere haben muß, und was solln das für ne Liebe sein. Maja hab ichs erzählt und wir haben alles besprochen, niemand durfte das wissen, denn wir hatten auch schon einen Plan, wenn dann die Briefe von Pappi kamen, rannten wir wie die Verrückten.

Georg, der Vater, an seine Tochter Maja.

Falkenhorst 4 – 3 – 1961

Meine liebe, kleine Maja, ich habe Deine Briefe bekommen und mich sehr über sie gefreut. Ich hatte jetzt nicht geschrieben, weil ich dachte, Ihr kommt schon zurück, aber nun zieht sich das immer mehr in die

Länge, und deshalb schreibe ich Dir ganz schnell und schicke den Brief mit Luftpost, Eilboten, um Dir zu sagen, daß ich ganz große Sehnsucht habe und Dich ganz lieb habe. Hoffentlich hast du unser 1. Geheimnis[1] nicht vergessen. Das darfst du nie vergessen! Ich auch nicht!
Ich arbeite tüchtig im Garten, eure Schneemänner sind schon so lange geschmolzen, aber ich habe mir das blaue Halstuch, daß Du Deinem umgelegt hast, und auch das grüne Tuch von dem Schneemann von Pony aufgehoben. Schade, daß Ihr mir im Garten nicht helfen könnt.
... Ich habe die Absicht, zu Ostern zu Euch zu kommen, aber ich habe noch keine Nachricht von Mutti.
Wie kommst du denn mit Pony aus? Ich schreibe immer nur Dir und habe Angst, daß die Pony eifert. Du mußt sie aber trösten, das liegt nur daran, daß sie mir auch so wenig schreibt. Gib ihr bitte einen langen Kuß von mir.
Besser wäre, wir brauchten nicht mehr zu schreiben, sondern Ihr wärt wieder hier.
Nun grüße mal die Pony herzlich von mir, und Dich küsse ich ganz lieb und denke an alles, was wir beide verabredet haben,
immer   Dein Pappi

Tagebuch
24. 5. 1964

Wie schade, daß ich dieses Gespräch damals gehört habe, denn sonst war es auch in Beyern ganz gut. Wir fuhren mit Mutti in eine kleine Berghütte und schliefen auf dem Dachboden. Im Massenlager. Der Wirt sagte aber, Kinder dürfen nicht ins Massenlager, wenn er eine Ausnahme macht, muß der Mann neben mir umziehen. Der zog rüber auf die andere Bettenseite von unserer Dachkammer. Dann sagte er immer: Ich fühl mich so Heimatlos, heimatloser Vertriebener. Und wir haben viel gelacht, aber meistens habe ich ihre Sprache garnicht verstanden. Dann sagten sie immer: waschen ist Luxus! Wir wuschen uns früh über einem Baumstamm vor der Hütte wo das Wasser runter rann.
Dann hat Mutti mit uns auf dem Idiotenhang geübt. Zum Schluß sind wir mit dem Sessellift einen ganz hohen Berg rauf gefahren, unter mit tiefe Felsenschluchten. Oben sagte Mutti, wir können jetzt noch nicht runterfahren, der Schnee ist zu vereist. Dann setzten wir uns eine Stunde in die Sonne. Dann sagte Maja, jetzt wirds mir zu bunt, ich fahr ab, der Schnee ist weich geworden. Sie fuhr schräg den Hang in den vielen Spuren, ich hinterher. Nun ging die sausende Fahrt los, das Eis

knackte noch ganz schön, ich fuhr immer schneller und dachte eine Todesfahrt, wenn ich hier fliege, kugele ich kilometer herunter. Da kam Mutti unter mir angepäst fuhr extra in mich rein, wir fielen beide, und standen.
Dann mußte ich abschnallen, das letzte Stück bin ich aber wieder gefahren. Unten angekommen, sagte ich, jetzt gehn wir nochmal rauf.

Georgs Brief an Pony:

Falkenhorst, 20 – 3 – 1961

Meine liebe Pony! Ich habe schon lange nichts von Dir gehört, und das macht mich traurig. Warum schreibst Du mir so wenig? Immer wenn ich an der Tankstelle tanke, fragt mich die kleine Wernicke, Kathrin heißt sie wohl, nach Dir. Denke Dir, nun ist bei Wernickes wieder ein Baby angekommen, und die Kathrin hat so lange gebettelt, bis sie ihr den Wunsch erfüllt haben und sie nach Dir genannt haben. Wie findest Du das?
... Ich schicke Dir ein Vergißmeinnicht aus dem Garten, damit Du mich nicht vergißt. Ich denke mir, dann wirst Du mir doch bald schreiben.
1000 Küsse Dein Pappi

Tagebuch
24. 5. 64

Als wir dann endlich wieder nach Hause fuhren, hat Pappi uns von der Bahn abgeholt, aber am nächsten Morgen, als wir aufstanden, war er zum Frühstück nicht da und kam fast garnicht mehr, viele, viele Monate lang. Wo er war, das weiß ich ja auch nicht. Und jetzt ist alles schon so lange her, und noch ist keine Ruhe. Pappi gibt Mutti überhaupt keinen Kuß mehr. Sie denken bestimmt, wir wissen ja doch alles und so zu spielen, hätte keinen Zweck mehr.
Omi Wintgens kümmerte sich gleich um Majas Rücken und um meine Füße. Nach langem hin und her Reden fuhr sie dann auch mit uns ins Oberlinhaus deswegen. Ich bekam Einlagen verschrieben. Bei Maja war es schlimmer. Sie wurde erst durchleuchtet. Als sie dann aber hörte, daß sie in Gips in den Ferien liegen muß, und noch dazu nicht reiten darf, liefen ihr die Trenen über die Augen. Mir tat es sehr leid.
Das alles hat Pappi Omi Wintgens zu verdanken, aber nichts. Omi mußte ein paar Tage vor meinem Geburtstag abfahren.

Mein Geburtstag d. 13. 6. 64

Diesmal war der Tisch oben. Ich konnte mir auch schon ein bißchen denken warum. Als der Moment herangeschritten war, kam mir zuerst die Bettumrahmung aus Holz in die Augen. Die Farbe dunkelbraun war brechtig. Ich habe viele andere schöne Sachen bekommen. Von Ulrike sogar ein paar Balettschuhe. Als alle Kinder wegwaren, gingen wir mit Pappi ins Waldkafee Eis essen. Pappi ist diese Nacht auf der Hollywudschaukel übernachtet.

Sonntag am 4. 7.

habe ich für Maja das Stück, wo sie mitgespielt hat, vertrehten. Wir blieben danach alle noch im Klub. Zuerst war es ziemlich langsam, dann als alle Bier getrunken haben, wurde es besser. Um ¾ 9 wollte ich nach Hause gehen, Frau Neelson hat dann aber hier angerufen und ich blieb bis sehr spet. Ich habe viel Twist getanzt was anderes konnte ich aber nicht und wenn mich einer aufforte tanzte ich irgend ein Stiel zusammen. Sie waren alle mindestens 6 Jahre älter als ich. Dann habe ich auch noch den Witz mit dem Klungsch erzählt sie haben alle gelacht. Sie fanden mich alle sehr gut, daß ich so mitmache mit 12 Jahren. Nur einmal ist mir ein Fehler unterlaufen, ich habe erzählt ich hatte im Winter Kürschen geklaut. Sie haben es alle nicht recht verstanden. Ein Glück nur!

Sonntag 25. 7.

Die Zeit war jetzt meine Einlagen abzuholen. Ich ganz alleine tat es auch. Als ich mit dem Bus dort ankam fehlte der Krankenkassenstempel auf meinem Schein. Nach vielen Fragen gelankte ich zur Krankenkasse. Erst dann hatte ich meine Einlagen. Für Maja war auch die Zeit da ins Krankenhaus zugehen. Eine Woche lang lag sie auf einem harten Brett. Jetzt liegt sie in Gibs. Wir schreiben uns lange Briefe weil ich nicht zu ihr rauf darf, denn ich bin noch nicht 14. Gestern hat Pappi angerufen das wir doch nach Warna fahren. Alladings in so ein kleines Holzhäuschen wo man sich selbst verflegen muß. Pappi sagt es wäre da noch schöner, ich finde das nicht, er bestimmt auch nicht. Maja fehlt mir ganz schön. Man hat das garnicht so gedacht. Wir verstehen uns ganz genau mit unseren Meinungen. Gestern hat Mutti Besuch empfangen. Das heißt keiner wuste was davon. Ich hab es schon öfters bemerkt. Ich hatte gestern die Tür weit offen weil ich ein bischen Angst habe. Weil es schon so dunkel war. Mutti ging runter. Machte die Haustür auf. Blieb stehen. Ging dann ins Wohnzimmer. Dann habe ich nur gehört, wie einer die zwei Haustüren zumachte. Es huschte ein Neilonmantel ins Wohnzimmer. Ich wollte schon runtergehen und mir eine Ausrede ausdenken. Dann hatte ich aber kein Mut. Ich ging an die Treppe. Höhrte aber nichts.

Dinstag, 4. 8.

Tante Miezl hat jetzt schon 2 Tage Urlaub. Es ist sehr schlimm alles zu machen und immer mit Omi Hella[2] allein zu sein.
Maja kommt am Freitag den 7. wieder nach Hause. Ich freue mich schon, daß ich dann nicht mehr allein sein brauch. Ich habe Sorgen. Für Muttis, Tante Lores und Omas Geburtstag habe ich noch nichts.

Sovia 13. 8.

Wir sind hier mit der IL 18 mit 2 Stunden aufendhalt in Budabest angekommen. Es war sehr schön. Wir sind über ganz hohe Wolken gefahren.

Warna 17.8.

Nun sind wir schon 4 Tage in Baltcik. Wir wohnen in einer kleinen Holzhütte. In ihr stehen 2 Betten, 1 Tisch. Das ist alles. Wir, ich und Maja schlafen zusammen. Pappi schläft allein in einem andren Bugalo. Mutti kann wegen ihrer Arbeit nicht mitkommen, sagt Pappi, aber wenn wir zwei Wochen gewartet hätten, hätten wir alle zusammen fahren können. Aber ich glaube, Pappi wollte mit uns alleine sein. Er hat nämlich Mutti Geld gegeben, nun muß sie ganz alleine verreisen. Wie schade!
Vor uns sind riesige Berge, Felsen. Das Meer liegt nah an uns. Gerade gestern haben wir uns vorgenommen nach Warna zu fahren. Auf dem Damfer fing es schon an zu regnen. In Warna angekommen gingen wir in ein Resturan um zu essen und Karten zuschreiben. Dann gingen wir im sträumenden regen zur Post. Vor dort aus ins Astoria um Eis zu essen. Dann sind wir wieder mit dem Dampfer nach hause gefahren. Jetzt kommt das schönste. Auf dem Nachhauseweg waren alle Wege lemig aufgeweigt. Wir haben uns schon nach langem quelen die Schuhe ausgezogen. Pappi wollte nicht. Dann kam tiefer Schlam. Pappi watet mit den Sandalen tief durch. Man sieht garkeine Schuhe mehr. Bei diesem Anblick muß ich jetzt noch lachen. Endlich zieht er seine Schuhe auch aus. Man erkent garnicht mehr was das ist. Bei uns erkend man auch keine Zehen mehr. Auf dem Weg standen zwei Jungen die sich vor

lachen nicht halten konnten. Oben angekommen, mußten wir uns waschen.
Heute bin ich mit der Madratze ganz weit draußen abgetrieben. Pappi und Maja haben mich geholt. Pappi war ganz aufgeregt.

Baltcik 22. 8.

Ich möchte jetzt über meine »Überteorin« sprechen. Ich könnte es nicht besser erkleren wie: »Die Schlauen gehn die dummen Wege!« Das meine ich so. Zwei wollen sich suchen. Der Dumme denkt sich der Schlaue geht diesen Weg und geht den anderen. Der Schlaue denkt der Dumme denkt ich gehe diesen Weg, also muß ich diesen gehen. Pappi nent das die Spieralenteorie. Das ist auch Trik 17.

Baltcik 26. 8.

Bald ist nun die schöne Zeit vorbei. Ich glaube ich habe schon ein kleines bißchen Heimweh auf Tante Miezl, Oma Zachau und das Essen. Gestern sind wir am Vormittag mit Pappi die Küßte abgewandert. Es war sehr schön. Wir mußten viele Hindernise überwinden. Ganz steile Felsen ragten ins Wasser. Auf viel Steingeröl mußten wir gehen. Ich habe mir dabei meinen Rimen von der Sandale zerrissen. Außerdem einen Gürdel verloren. Es hat uns so gut gefallen, das wir Morgen den Ganzen Tag einen Ausflug dahin machen wollen. Aber wie schön es hier war merkt man erst zuhause.

Baltcik 28. 8.

Wieder sitze ich an meinem schönen Platz und will alles schöne aufschreiben, was wir erleben. Gestern sind wir, wie verabredet, das linke Stück der Küste abgewandert. Wir haben lange gerastet. Es hat uns allen Spaß gemacht. Wir hatten Tomaten in einem Beutel die zerquetscht wurden. Maja hat sie dann immer mehr zerquetscht bis es ein einziger Brei war. Das haben wir dann in eine Flasche getan. Es entstand eine Riesenschweinerei.
Heute ist schon Abschiedsstimmung weil wir packen müssen. Ich glaube ich hab ganz vergessen zu schreiben, daß Maja und ich allein nach hause fliegen. Schade das wir schon abfliegen müssen. Wir fliegen mit der IL 18 3 Stunden bis Berlin durch.
Jetzt sehe ich noch mal das Mer, die Wellen, die Felsen, das Haus, wo wir immer essen, mit den vielen Treppchen. Es ist sehr schön. Sehr romantisch.

Ich hab mir eine neue Friesur ausgedacht. Oben genauso. Die Seitenhaare hinter die Ohren und Außenwelle. Es sieht ganz gut aus. Ein Nachteil hat es doch ich muß mir immer die Ohren waschen. Ich frag mich noch ob meine nicht zu groß sind. Aber es wirkt ganz gut.

Flugzeug 29. 8.

Im Flugzeug einzuschreiben ist ganz schön gefährlich. Alle sehen es. Nach langer Umständlichkeit sind wir hier allein im Flugzeug. Die Plätze sind schlecht, denn wir mußten wegen einer Reisegruppe aufstehen. Von Sicht ist keine rede. Wir fliegen ins dunkle. Nun fliegen wir ab wie schade. Ach du meine Güte beinahe hätte ich das wichtigste vergessen. Ein Mann hat Pappi eine Schiltkröte angeboten und wir haben sie mitgenommen. Wir haben sie »Poko« genant, weil der Powat (auf russisch Koch) und Denko so net zu uns waren. Draus ist dan Poko entstanden. Ich freue mich schon auf Tante Miezl, Oma Zachau, Omi und das Essen. Am letzten Tag vor der Abreise habe ich das Meer und die Natur nochmal richtig ausgenutzt. Ich habe mich auf den kleinen Fischerstek gesetzt und im Takt der Wellen eine Mellodie gesungen. Es war sehr schön.

Dienstag 29. 9.

Das alte, doofe Leben fengt wieder an. Ganz so doof ist es eigendlich nicht, wenn ich an andere Kinder denke. Die Schule hat wieder begonnen. Wenn man an Balcik zurückdenkt, kommt mir ein viel sterkeres Befind vor das es dort so schön war, man es dort aber nicht genügend bemerkt hat.
Am vorigen Sonntag habe ich mit Ulrike und Monika den Walzertanz im Waldkaffee vorgeführt. Weil wir es so schön gemacht haben kommen wir in eine Zeitung. Wir sind ungefähr um ½ 12 zu hause gewesen. Pappi und Mutti waren auch da. Mit dem Reiten klappt so weit auch alles. Ich habe nur auch schon ein bischen Rückenschmerzen. Naja wenn ich auch aufhören muß, habe ich ja noch Balett.

14. 11.

Vor kurzen war ich, dann Maja und Pappi krank. An Majas Geburtstag lag ich gerade. Es war schräklich und vor allen Dingen war das schräklichste das ich 36,6 hatte und das Fiber an der Lampe höher gemacht hatte. Ich fühlte mich nähmlich nicht gut, und weil ich glaube das ich dann aufstehen müße, habe ich das Termometer steigen lassen.

Außerdem hat mir gefallen das alle so nett zu mir waren. Es muß aber wirklich etwas gewesen sein. Ich habe immer mit Knöpfen, in meinen Babuschkas verstekt, Schule gespielt und nachtürlich Zensuren gegeben. Also ich glaube ich muß Lererin werden. Mir macht das so einen Spaß. Meine Klasse hat schon die Zensuren für November. In der wirklichen Schule schaut es nicht sehr gut aus. Heute habe ich angeblich einen Tadel bekommen, weil ich nicht mit nach Berlin gefahren bin. Es sollte Pflicht gewesen sein. Aber 2,– DM. mußten wir mitbringen. Eigendlich bin ich nur deswegen nicht mitgekommen, weil wir im Moseum ja schon vor 2 Wochen mit Muttis Schwester waren. Und jetzt schon wieder.

Weihnachten 1964

Ich bin schon ganz schön aufgeregt. Mutti hat schon den Baum gemacht. Ich muß heute ein Gedicht aufsagen. Ich kann es noch garnicht. Es liegt kein Schnee und heute Morgen konnte ich mir garnicht denken das Weihnachten ist. Weihnachten ist doch das schönste Fest. Ich ziehe heute ds rote Samtkleid an. Es steht mir sehr gut. Ich freue mich ja schon so. Überings ziehe ich jetzt schon Kreppstrümpfe an. Heute auch. Aber mir fällt wieder ein das ich ja das Gedicht üben muß.
Es fengt so an:
Markt und Straßen stehen verlassen . . .
Man ist ja dann so aufgeregt.

Silvester

Heute freue ich mich noch garnicht so. Wir haben Gäste und Tante Miezl und Oma Zachau gehen wahrscheinlich in die Kirche. Knallzeug haben wir auch nicht viel, weil Pappi nichts von Berlin mitgebracht hat. Vielleicht wird es aber auch noch schön. Zu Weihnachten habe ich ganz schön viel bekommen. Die größten Sachen waren eine elastische Hose, Tisch, Stuhl, Schultafel. Omi Hella hat allen Bekannten was geschenkt, nur uns nichts. Mutti auch nichts. Morgen zu ihrem Geburtstag hat Omi Hella viele Geste eingeladen. Pappi sollte den Kaffe geben. Seit Pappis Geburtstag ist sie wieder ganz furchtbar geworden. Ich kann und konnte sie nicht leiden. Man kann garnicht aufzählen was sie alles anstellt. Pappi ist ganz außer sich. Auf einmal kann sie alles: Laufen, nähen und immer vor dem Sonntagessen Pappi alles veregeln. Oma Zachau habe ich ja viel lieber. Sie hilft Tante Miezl alles für die Vorbereitung. Jetzt muß ich helfen abtrocknen weil ich es ja versprochen habe.

18. 2. 1965

Schon lange habe ich nichts mehr eingeschrieben. Gestern sind Pappi und Mutti von der CSSR zurück gekommen. Pappi fährt gleich weiter nach Kairo. Es war so schöne Ruhe im Haus und jetzt, nur eine Aufregung und ein Gehetze. Pappi sagt immer das wir zu ihm kommen sollen, aber wann? Ich finde das schräklich. Die Kairofahrt kann auch gefährlich seien.

Forts. 18. 2.

Beim Reiten kommt Andy auch immer mit. Maja und Britta haben schon einen blassen Schimmer. Monika ist das letzte Mal genau in ein stehendes Auto hineingeritten. Ich reite und springe schon ganz gut.

19. 2. 65

Ich will nur kurz aufschreiben, was ich heute beim Nachhauseweg beobachtet habe. Andy und Maja gingen gleich zusammen und sprachen über das sie zusammen ins Theater gehen. Und dann sind sie Hand in Hand gegangen und haben sich vernünftig unterhalten. Ganz schön schon!

20. 2.

Maja und Britta sprechen jetzt gerade von der Sache und Britta sagt angedäutet, das sie das nicht machen kann mit Maja und Andy mitzugehen. Andy hat ja schon vor langem gesagt, das er Maja und Britta heiraten will. Natürlich aus Quatsch und er spinnt ja auch immer. Nun hat er sich wohl für Maja entschieden und sie werden Hand in Hand ins Theater gehen und erst sehr, sehr spät wiederkommen. Ich meine Maja ist immerhin 15 Jahre und es ist alles nicht so schlimm. Aber immerhin. »Schon ganz schön.« Gestern bin ich auf Prins einwandfrei geritten. Dagegen auf Melodie sau schlecht. Mein gutes Reitheft hat Andy auch schon gesehen denn wir hatten gestern bei ihm Ausbildung. Ich verfolge die Sache weiter.

Dienstag 23. 3.

Heute war wiedermal was los. Monika und ich wollten schon lange mal auf den Schulboden. Das hoch kommen ist erst mal schlimm. Andauernd kommen Lehrer vorbei. Außerdem sind auch noch von unserer Klasse viele da. Oben haben wir alte Klassenbücher gefunden. Jeder hat

sich ein nicht so doll beschriebenes mitgenommen. Die Dielen knacken dort entsetzlich und wir trauten uns ewig nicht herunter. Alte Gerippe und viel Gerümpel lag auf dem Boden. Das macht Spaß!!!
Es hätte ja auch jeden Momend ein Lehrer hochkommen können! Wir beide Monika und ich halten zusammen!
Gestern und Heute ist ein Wunder Wetter. Seit 2 Tagen ist ja auch schon Frühling! Die Vögel singen. Ich werde Feuertaufe auf dem Balkon lesen. Jetzt muß ich aber weiter Schularbeiten machen!

Später wurde ich oft von Bekannten und Ärzten gefragt, ob Pony ein schwieriges Kind gewesen sei. Das Urteil möchte ich dem Leser überlassen. Sie fragte nie, ob wir bei den Schularbeiten helfen könnten, beschäftigte sich stets mit sich selbst, war weder verklemmt noch eigensinnig, beliebt in der Klasse, gegen niemanden aggressiv.
Doch erinnere ich mich an einige ihrer Spiele: Sie lief mit einem Stock und einem Ball durch den Garten, der Ball war der Hund, und der wurde beschimpft und geschlagen. Ein anderes Mal entdeckte ich sie im Kuhstall bei Oberlechners. Sie stellte sich vor die Kuhreihe und schimpfte mit den Kühen: »Liese, wie oft habe ich dir das schon gesagt, mußt du immer während des Unterrichts essen! Schecke, kannst du dich nicht melden, wenn du austreten mußt! Dreh den Kopf nicht immer zur Wand, Braune . . .«
Nein, sie war als Kind nicht ungehorsam und auch nicht bockig.

Ostern 65

Vor einem Jahr began ich mein Tagebuch. Wir haben Ostern ganz gut verlebt. Ich habe so ein schickes Tuch, ein Micki (Kofferradio) und unter anderem die ersten Perlonstrümpfe die ich jetzt langsam tragen kann. Pappi ist in Warschau. Übrigens habe ich erfahren, das Maja in mein Tagebuch schnüffelt wegen der Sache mit Andy. Erlich gesagt ich finde Andy gut. Naja so natürlich auch nicht aber er hat mir als einziger erlaubt auf Abdullah zu reiten. Ich bin das erste Mal richtig Galopp und ungefähr 60–70 cm hoch gesprungen. Maja geht jetzt schon tanzen und Andy ist auch immer dabei. Ich meine ich finde dabei nichts aber . . .
Auch ich träume davon ein Pferd zu haben und überhaupt richtig schon reiten können.
Naja Träume!

25. 5.

Übrigens Maja und Andy sind vormittags zusammen in den Tierpark gegangen. Er hat sie eingeladen, Pappi hat darüber ein Trara gemacht. Das erste mal ausgehen. Tante Miezl und Omi Hella machten auch so ein Wesen. Omi hat gesagt: »So ein netter Mann!« Ich habe Maja schon gesagt wenn ich mir mal einen Freund anschaffe, dann weis das niemand. Mutti macht am wenigsten Rederei. Sie hat ihn ja auch schon beim Drehen beim Reiten kennen gelernt.
Beim Reiten wurde nähmlich gedreht. Ausländer haben gedreht. Ich mußte sagen wie billig alles ist. Eine Mark im Monat. Da hab ich gleich gesagt, so ist das ja nu auch wieder nicht. Wir machen alles allein, Stall, Pferde versorgen, und den Pakur haben wir gebaut. Das hat ja Spaß gemacht, aber füttern will keiner.
Ich habe eine neue Krankheit, ich darf von mir aus keine schönen Filme mehr sehen. Sonntag vor 2 Wochen kam ein ganz schöner. Ein blonder Junge ungefähr 17–18 hat die Haubrolle gespielt. Ja ganz doll geritten. Ich habe danach doll gelitten und jetzt denke ich an ihn immer noch. Er hat Ähnlichkeit mit Andy.
Aber übrigens habe ich auch in letzter Zeit Herzstechen.

29. 6. 1965

Meinen Geburtstag habe ich nicht am 13. gefeiert, da Monika gerade an der Ostsee war. Dafür habe ich ihn am 25. 6. gefeiert. Es war ganz nett. Mit Monika mache ich Fortschritte. Wir tragen die selben Blusen und Hosen und gehen mit unseren Mickis spazieren. Übrigens wo wir mit Mutti zur Untersuchung wegen dem Rücken von Maja waren, hat der Arzt mich auch untersucht und festgestellt, das ich auch ins Gibsbett muß, auf dem Röntchenbild soll auf dem Rückrat eine S-Kurve sein. Am 8. 7. muß ich 4 Wochen ins Oberlinhaus. Das wär ja alles nicht so schlimm – aber Reiten. Ich schwärme jetzt für Reiten. 90.00 MDN habe ich schon für ein Pferd. Natürlich erst mit 18. In den Ferien fahre ich mit Tante Miezl an einen großen See. Mutti und Pappi fahren nach dem schwarzen Meer, aber erst wenn unsere Ferien vorbei sind. Maja fährt an die Ostsee, mit der älteren Gruppe vom Reiten, Britta, Andy, Markus usw.

30. 6.

Ich habe etwas an mir beobachtet.
Wenn ich einmal lange an der Post mich anstellen muß, sehe ich, wie der Postbeamte stempelt, Geld zählt usw. und dann bekomme ich Lust Post zu spielen. So ist es aber nicht nur bei der Post, sondern bei vielen anderen Dingen noch.
Morgen schreiben wir eine Russischarbeit. Ich habe heute schon viel gepaukt. Da muß ich heute wieder früh ins Bett. Warum eigentlich muß ich das ausgerechnet sagen? Andere Kinder wollen immer spät ins Bett, nur ich nicht. Ich habe Angst, daß ich morgens nicht ausgeschlafen bin, und in der Schule nicht aufpasse. Na etwas liegt schon daran, daß ich die Beste bin. Tante Miezl ist gerade gekommen, ich muß dich schnell verstecken.

1. 7.

Heute haben wir in der Schule ein Lebewesen kneten sollen und vorher eine Zeichnung davon machen.
Als Herr Gebauer zu mir kam und den gekneteten Schlacksmann sah, hat er sich den Bart gestrichen und gesagt: Was mach ich jetzt damit? Der sieht ja so aus, als ob er auf dem letzten Loch pfeift, warum hast Du nicht einen Hund oder eine Ente gemacht wie die anderen? Da hab ich geantwortet: Dazu ist die Kunst nicht da!
Eine eins hat er mir nicht gegeben, aber wiedergegeben hat er ihn mir auch nicht.

Krankenhaus 9. 7. 1965

Bis jetzt habe ich noch kein Heimweh. Ich liege am Fenster. Ich habe auch schon eine Freundin: Adelheid. Wir schreiben uns immer Briefe.
Heute wurde der Gipsabdruck gemacht. Dann wurde ich vom Arzt untersucht. 99 % darf ich nicht mehr Reiten und das ist das aller, aller, aller Schlimmste. Ich werde weiter Balett machen. Schulturnen nur halb, dafür zu Hause, damit ich nicht dick werde. In der Gipsmolle muß ich von Morgen an immer schlafen, sicher 1–2 Jahre.

Krankenhaus 11. 7.

Jetzt habe ich schon ein Gipsbett. Langsam gewöhne ich mich daran. Heute war Maja da. Sie hat mir viel zum Essen mitgebracht. Ich hatte heute schon richtiges Heimweh. In der Schulzeit habe ich gedacht im

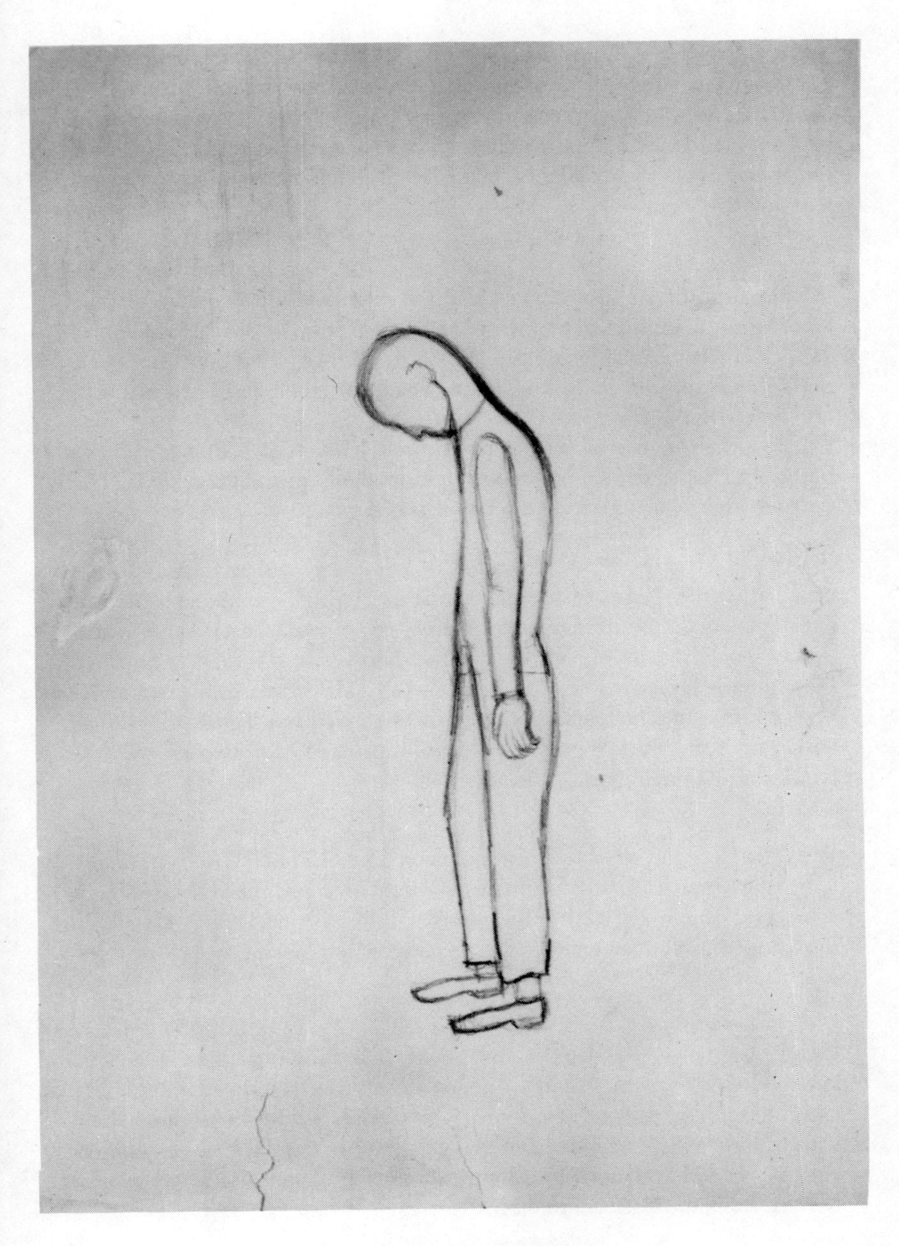

Habe ich nicht auch dieses
Es war einmal – besessen

Krankenhaus ist es besser als in der Schule. Jetzt möchte ich lieber in die Schule gehen. Vieleicht muß ich in einem anderen Zimmer liegen, weil eine Neue kommt. Dann würde ich aber weinen. Mir ist auf einmal ganz heiß ich glaube ich habe Fieber. Auf Maja habe ich mich richtig gefreut. Ich möchte jetzt nach Hause, nach Hause. Ich freue mich schon auf Krakow am See.

Krankenhaus 14. 7.

Wieder sind die anderen turnen und die schönste Zeit des Tages ist da. Ich bekomme immer mehr Heimweh. Das Wetter ist drückend heiß, so das ich mich garnicht zudecke. Heute kommt Tante Miezl. Ich freue mich schon so sehr. Omi Hella hat mir einen lieben Brief geschrieben. Omi ist garnicht so.
Die zwölfjährigen Mädchen im Zimmer sind schon so nach Jungs hinterher. Sie sagen sie hatten schon einmal einen Jungen geküßt! Jetzt muß ich aber weiter Bastuntersetzer machen.

Krankenhaus 15. 7.

Gestern waren Tante Miezl und Mutti da. Ich habe mich sehr gefreut denn ich bekomme immer mehr Heimweh. Trotzdem ist Tante Miezl immer noch so, als ob ich ein kleines Kind wär. Wenn ich dreckige Hände habe kommt sie gleich mit Zellstoff. Mit Mutti konnte ich mich besser Unterhalten, trotsdem nicht zu vergessen hat Tante Miezl alles vorbereit zum Mitbringen. Das Schlimmste ist ja hier das so viele Kinder im Zimmer sind.

Krankenhaus 17. 7.

Wir Spatzen liegen doch übereck von der Männerstation und alle inderezieren sich für die Männer. Ich nicht so sehr, aber hier ist so ein schwarzer Junge der sieht mindestens wie 15 aus und ist 13. Als ich an ihm und anderen Jungen vorbei gegangen bin haben sie »Mist« gemacht.

Krankenhaus 18. 7.

Heute war ich in der Kirche. Ich wußte eigendlich garnicht wie es in einer Kirche ist. Jetzt bin ich mir garnicht im klaren ob es einen Gott gibt oder nicht. Tante Miezl und Oma Zachau, die heute auch hier waren, haben sich sehr darüber gefreut. Pappi dürfte ich das eigentlich garnicht erzählen. Tante Miezl und Oma haben wieder sehr viel mitgebracht. Ich habe mich sehr gefreut.

Heute am Mittagsessentisch habe ich erst gemerkt das Pappi eigendlich ein großer Mann ist. Als da eine wissenschaftliche Sendung lief, haben alle sehr gestaunt. Auch das er so viel verreißt. Ganz schön schon!
Von den Kindern hier sind die Eltern Volkspolizist oder Näherin. Eben ist mir ja was pasirt. 3 Jungens winkten. Ich dachte sie winkten zu mir und winkte zurück. Dann habe ich gemerkt das sie garnicht zu mir winkten. Ich lief an wie eine Tomate.

Krankenhaus 20. 7.

Heute hat mir Monika aus dem Ferienlager einen Brief geschrieben. Der hat mich so gefreut, denn sie fühlt genau das selbe wie ich.

1. Das die Mädchens den Jungens nachrennen.
2. Das der Mittagsschlaf schräklich ist.
3. Das das Essen nicht schmeckt.
4. Das die Mädchen klatschen.

Ich habe richtig gerne den Brief an sie geschrieben. Ich freue mich schon wenn sie wieder kommt. Jetzt weiß ich auch das ich Monika viel, viel lieber hab als Ullrike vom Balett. Ich sehne mich richtig nach ihr, wo die Mädchen hier doch doof sind. Ich liebe sie!

Krankenhaus

Heute war Pfizitte. Ich habe den Arzt gefragt ob ich noch Reiten und Balett machen kann. Wahrscheinlich darf ich beides nicht. Ich kann mir das garnicht vorstellen. Das erste Mal das ich richtig weine. Alle werden in Balett und Reiten besser werden als ich. Und ich werde aufgehen wie ein Pfandkuchen. Ich bin ja so traurig.

Krankenhaus 25. 7.

Die letzte Nacht im Krankenhaus. Ich freue mich schon so auf zu Hause. Die Jungs die immer aus dem Fenster gucken, mit denen habe ich mich schon ein bißchen angefreundet. Sie wissen so gar meinen Namen und warten schon immer am Fenster auf mich. Dann habe ich auch mal verstanden als ich vorbei lief: »Da ist sie ja!« Dann sprechen sie immer das ich sie besuchen soll. Adelheit hat schon einen Freund und ist erst 12 Jahre. Ich bin schon 13 und habe immer noch keinen. Manchmal frage ich mich ob ich nicht was verpasse. Morgen bin ich zu Hause.

Seehof in der Mark 8. 8. 65

1. Tag Ferien in Seehof. Ich bin ganz zufrieden. Unser Zimmer, ich mit Tante Miezl, ist auf das modernste eingerichtet. Nur, ich habe noch keine Freundin gefunden. Immer so allein baden gehen ist auch nicht schön. Mit dem Tagebuch ist das ja schlimm. Tante Miezl hat immer den Schlüssel vom Zimmer, wenn ich sie frage ob ich den Schlüssel haben kann kommt sie gleich mit hoch.

Seehof 10. 8.

Wieder ist sehr viel passiert. Erstens habe ich mich mit Erika befreundet. Sie verkert aber viel mit Jungs. 3 sind's. Wir fünf sind von gestern ab immer zusammen. Wir fahren oft mit dem Kan oder Pattelbot aufs Wasser. Gestern hatte sie so ein Frage und Antwortspiel mit. Wir mußten aber die Antworten selber und richtig geben. Als ich Olaf fragen mußte »liebst du mich«? Hat er »Ja« gesagt. Ich weiß genau das es nicht stimmt, aber er findet mich ganz gut. Wir spielen oft Tischtennes.

Seehof 15. 8.

Heute war ich mit Bernd und Olaf alleine draußen auf dem See. Na ja, ich wär ganz schön von den Antworten was lernen. Bernd finde ich jetzt am besten von den Jungs. Er findet mich nicht so gut. Na ja ich hab ja auch noch keine Brust und das macht bei den Jungs was aus. Bei Monika fehls ja da nicht!

Seehof 17. 8.

Bernd finde ich jetzt immer besser. Er sagt schon Pony zu mir. Ich finde Seehof hat mit mir eine Wandlung gemacht. Ich denke ich muß schon einen BH tragen wenn mich ein Junge ansehen will. Ich hätte gern von Bernd die Adresse. Aber das traue ich mir nie und nimmer zu sagen!

Seehof 20. 8.

Die neuste Sensation Tante Miezl weiß das ich ein Tagebuch führe. Schlimm sehr schlimm.

Der vorletzte Tag ist heute. Ich freue mich direkt auf zu Hause. Auf Mutti und Pappi. Hier merke ich überhaupt was Pappi eigendlich ist. Na ja, was ich hier so alles mit Jungs erlebe und in der Schule wird es dann lahm. Auf der Luftmadratze gehts ja immer bunt zu. Gestern sind wir abends baden gegangen. Übrigens bin ich in 50 Minuten über den

See geschwommen. Ohne Pause! Eigendlich fehlt mir der Abschied nicht so schwer.

Zu Haus 22. 8.

Ich muß unbedingt noch den letzten Abend aufschreiben. Ich bin bis ½ 2 aufgeblieben. Es war ein Tanzabend. Ich habe mit 6 Jungs getanzt am besten Bernd. Ich bin in ihn ganz schön verknallt. Er hat wie ein Erwachsener getanzt. Ich habe mir von Erika die Adresse geben lassen.

Mittwoch, 22. 9. 65

Wieder zu Haus, weiter nichts passiert. Ich lese jetzt Anne Frank. Ich finde es sehr gut weil ich ja auch 13 bin und so manches mit mir vergleichen kann. Bei guten Filmen und Bücher denke ich noch lange an sie. Bei dem Tagebuch der Anne Frank werde ich bestimmt auch noch lange denken. Überhaubt wenn es ein schlechtes Ende nimmt. Monika führt jetzt auch ein Tagebuch. Die Freundschaft zwischen uns beiden wird immer enger. Heute haben wir ja mal wieder Dummheiten gemacht. Erst wusten wir nicht was wir machen wollten. Dann fingen wir an feine Dame zu spielen und haben geraucht. Naja gehustet haben wir nicht selten. Weil wir dann aus dem Mund gerochen haben, haben wir Wein getrunken. Dann haben wir aber nach Wein gerochen. Schließlich haben wir Essig durch die Zähne gemacht, zuletzt Kölnisch Wasser.

Dienstag 5. 9.

Das Tagebuch der Anne Frank gefällt mir immer besser. Zum teil sehe ich mich wieder. Manchmal mache ich mir so viel Gedanken über Dinge wo ich früher nicht im Traum dran gedacht hatte. Manchmal habe ich zwar noch Lust zum Spielen, und trotsdem ist in mir eine Wandlung von Kind und einem reiferen Mädchen. Ich sehe bei Vielen Fehler und auch das gute. Mutti habe ich manchmal ganz lieb. Doch manchmal schreit sie rum, das ich so eine Wut kriege und mich nicht bendigen kann. Nicht for langer Zeit habe ich mich so einsam gefühlt und dachte das mich keiner lieb hat. Oft denke ich auch an Bernd. Dann spüre ich so ein komisches Gefühl in mir. Vielleicht liebe ich ihn. Vielleicht auch deswegen weil er mich nicht liebt.

6. 9.

Ich bin voller Wut. Ich will Dir erzählen warum. Tante Miezl hat mir ordentlich Strafarbeit aufgegeben, da ich mein Zimmer nicht aufgeräumt habe. Aber darum geht es mir garnicht. Zu Mutti habe ich dann gesagt, das ich große Rückenschmerzen hatte. Sie hat nur geantwortet: »Du hattest ja vorher keine!« Wenn Maja gesagt hätte, daß sie Rückenschmerzen hat, würde sie nicht mehr weiterarbeiten müssen und alle würden sie bedauern. Aber bei mir soll es nur eine Ausrede sein. Und eigendlich müßte die Mutter einem doch am nächsten stehen.

14. 9.

Ich habe mal wieder Grippe und liege im Bett. Das ist eine gute Gelegenheit Anne Frank zu lesen. Ich bin schon vertig. Es hat mir sehr gut gefallen. Ich sehne mich nach so einem richtigen Freund. Anne hat schon mit 14 einen Jungen nähmlich Peter (17) geküßt. Ich meine ich gönne es ihr, denn sie hat ja doch nur 15 Jahre leben können. Warum nur, warum!
Irgentwie würde ein Fragezeichen dahinter garnicht passen. Es ist mehr ein Ausruf. Vielleicht sogar eine Warnung. Naja das liegt schon lange zurück. – Ich will Dir was von der Gegenwart berichten. Ich bin ja so traurig. Als ich nicht in der Schule war, weil ich krank bin, wurde eine Gruppenratswahl durchgeführt. Kerstin, Christina, Sabine, Ullrike wurden gewählt. Monika wurde zum Freundschaftsrat vorgeschlagen. Ich weiß eigendlich selber nicht warum ich so traurig bin. Wahrscheinlich weil ich nicht gewählt worden bin. Als beste der Klasse. Ich bilde mir ein, daß ich nicht beliebt bin. Der Neit wirts sein, weil ich immer überall dabei bin. Und wenn ich eine gute Arbeit geschrieben habe dieses ausjuchen. Am liebsten will ich dann sofort losheulen. Maja hatte bestimmt niemals solche Sorgen. Ich kann mich noch erinnern sie hat immer mit Jungs und Mädchen gespielt. Ich nie und deswegen sehne ich mich nach einem Freund. Nicht weil ich denke nun bin ich 13 müßte eigendlich einen Freund haben, na schaffen wir uns mal einen an. Nein, ich will mich aussprechen können, wissen, das mich jemand gern hat. Hoffentlich kommt er bald.
An Majas Geburtstag war Andy und Britta da. Um 5 mußte Maja nach Berlin fahren um mit Pappi ins Brechttheater zu gehen. Ich habe ihr eine Platte geschenkt: »Sag ihr ich laß sie grüßen!« Mit Maja kann man sich auch nicht richtig aussprechen. Sie blüht nur auf, wenn Britta kommt. Das einzige ist, das wir uns immer verstehen. Mit Andy wußte ich schon immer das es nicht die große Liebe war. Pappi – Mutti? Ich glaube da habe ich Dir genügend erzählt. Vor kurzem habe ich Maja gefragt: »Mit wieviel Jahren hast du einen Freund gehabt?« Darauf

antwortet sie lächelnt: »Bis jetzt habe ich noch kein.« Maja hat bei Andy bestimmt nicht dieses richtige Gefühl. Bei einem anderen, der sie kaum ansieht, bestimmt. Deswegen hat Maja gewisse Hemmungen beim Sprechen mit Andy. Sie spricht nähmlich nur in dieser Schlagwortsprache. Nun muß ich mich hinlegen. Aufwiedersehen bis zum nächsten mal!

Bus und Bettag, 17. 11.

Wir haben ein neues Auto ganz toll. Auch ein Wartburg aber mit Luxus. Unten ganz kleine Reder. In der Mitte ein ganz schikes Weinrot. Oben das Verdek schwarz zum abheben. Fährt bis 150. Ganz schön schon! Ich bin schon eine Probefahrt gefahren. Pappi gibt ganz schön an.
Pappis Geburtstag war ganz gut.

Weihnachten 1965

Vormittag war überhaubt keine Weihnachtsstimmung. Alles lief aufgeregt hin und her. Tante Miezl schimpfte und komandierte rum, Pappi auch. Ach ja, diesmal freue ich mich längst nicht so wie sonst. Es liegt auch kein Schnee. Mal sehen wie es an dem heutigen Tag weitergeht.

Donnerstag 30. 12.

Vorgestern war unsere Familie in Berlin um Westberlinbesuch zu empfangen. Christine fand ich ganz gut, aber ein bischen altmodisch in allem. Wolfgang war ganz nett aber etwas zu dick. Er hat mir immer in den Mantel geholfen, daß war natürlich gut. Maja ging mit Christine, also blieb mir nichts anderes übrich, als mit Wolfgang zu gehen. Stefan habe ich wiedererkannt. Er ist nur größer geworden sonst genauso. Er schwärmte ja mal so sehr von mir als ich kleiner war. Ob es jetzt noch so ist bezweifle ich sehr. Ich finde ihn ganz gut. Er ist 2 Jahre älter. Damit wollte ich ja eigentlich sagen es geht. Zuletzt konnten sie uns garnicht genug auf Wiedersehn sagen.
Ich mußte leider gestern feststellen, daß Monika nicht die geringste Ahnung von Politik hat. Eigentlich kann man das garnicht Politik nennen. Ich habe sie nur gefragt wie sie den Vietnamkrieg findet. Darauf hat sie geantwortet, daß sie nichts dergleichen wuste. Als ich ihr dann neheres erklärt habe fragte sie wer nun die besseren sind, die Amis oder die Vietnamesen. Das hat mir den Rest gegeben. Ich mußte ihr sagen das sie sich öfter die Aktuelle Kamera angucken muß.

Silvester 1965

Es ist ¼ 12. Mutti und Pappi sind bei Freunden. Wir, das heißt Britta, Maja, Andy, Markus und ich feiern am Kamin Silvester. Wir trinken Bole und Schnabs. Es ist ganz gut. Das alte Jahr geht nun zu Ende und mein Tagebuch auch. Schade, jetzt kann ich mich nicht mehr richtig ausschreiben. Ich glaube ich habe schon einen kleinen Schwips. Naja heute habe ich schon ein bischen mehr gesagt als sonst. Jetzt ist Neujahr 1966.

Erstarrung

Ich möcht mich rüstig in die Höhe heben,
Doch kann ich's nicht, am Boden muß ich kleben.
Ich möchte gern mein heiteres Lebenslicht,
Mein schönes Lieb allüberall umschweben,
In seinem selig süßen Hauche leben. –
Doch kann ich's nicht, mein krankes Herze bricht.
Aus dem gebrochenen Herzen fühl ich fließen
Mein heißes Blut, ich fühle mich ermatten,
Und vor den Augen wird's mir trüb und trüber.
Und heimlich schauernd sehn ich mich hinüber
Nach jenem Nebelreich, wo stille Schatten
Mit weichen Armen liebend mich umschließen.

Heinrich Heine

So, wie in Ponys Tagebuch geschildert, verliefen ihre Kindheit und Jugend weiter: Sie war gut in der Schule, und Freunde kamen ins Haus, hauptsächlich einer – Peer, der drei Klassen höher in die gleiche Schule ging. Da er jedoch noch sehr schülerhaft wirkte, schenkten wir – Ponys Eltern – ihm, wie den anderen Schulfreunden, keine besondere Beachtung. Wir hatten auch in Ponys Wesen nichts Außergewöhnliches bemerkt, bis zu dem einen Tag im Oktober. Sie war damals sechzehn.
Ich bin in Berlin, für einige Tage als Dolmetscherin eingesprungen, als während der Vorbereitung einer Pressekonferenz das Telefon in meinem Hotelzimmer schrillt und ich eine mir fremd klingende Stimme höre: »Mach dir um Gottes willen keine Sorgen, Pony ist heute von zwei Mitschülern aus der Schule gebracht worden« – es ist Georg, mein Mann –, »sie hat niemanden mehr erkannt, aber jetzt ist alles schon viel besser. Es war natürlich sehr schlecht, daß du nicht da warst, aber ganz zufällig kam heute Maja schon am Donnerstag aus Leipzig. Als Pony ihre Schwester sah, hat sie sich wieder gefangen. Der Arzt war da, es ist nichts Schlimmes, aber du mußt unbedingt heute abend nach Hause kommen!«

Ich bin, ehrlich gesagt, gar nicht in der Lage, die Fassung zu verlieren, da ich mir von der Situation keinerlei Vorstellungen machen kann. Noch vor drei Tagen habe ich mich mit Pony in ihrer drastisch-humoresken Art wie immer unterhalten. Nichts Besonderes ist unterdessen geschehen, warum soll sie auf einmal verändert sein? Ich denke: Schnell nach Hause, mit ihr sprechen, dann kriegen wir schon alles wieder hin.

Ich spreche mit dem verantwortlichen Einsatzleiter. Der ist recht verschnupft. Ich muß ihm versprechen, noch die Abreise vorzubereiten und die Gäste unbedingt am nächsten Morgen zum Flugplatz zu bringen. Georg holt mich ab. Ich merke, daß er viel erregter ist, als er sich anmerken läßt. Noch niemals bin ich bei dieser Helligkeit mit ihm nach Hause gefahren.

»Du hättest da sein müssen«, wiederholt er immer wieder, und in der Stimme klingt etwas aus einer Zeit, die schon lange hinter uns liegt. Eigentlich ist es schön, diese Stimme wieder zu hören, aber dadurch merke ich, wie gefährlich die Situation ist.

In der Physikstunde war es passiert – sie hatte sich im dunklen Labor in eine Ecke gekauert. Dort hockte sie wie ein gehetztes Wild, mit starren Augen um sich schauend. Die Klasse und der junge Lehrer bekamen furchtbare Angst, bis der Lehrer ihre beiden Freundinnen bat, sie nach Hause zu bringen. Als sie klingelten, öffnete Tante Miezl und wurde kreidebleich, sie merkte, daß Pony sie nicht kannte. Georg rief Dr. Kettner an, als Hausarzt kannte er Pony am längsten. Er kam sofort, schüttelte aber nur den Kopf und sagte: »Hier ist unsere Kunst am Ende, hier muß ein Spezialist ran.«

Georg stockt und versucht, recht vorsichtig fortzufahren: »Er hielt es leider für ziemlich schlimm. Das Alter mit sechzehn soll für junge Mädchen sehr gefährlich sein und ihre nächtlichen Psychologiestudien ...«

»Entschuldige, fahr mal hinter dem Alex herum, ich muß noch zur Polizei wegen der Ausreisevisen für die Gäste!«

»Muß das sein?«

»Sonst können die morgen nicht fliegen!«

»Ob Kettner das überhaupt beurteilen kann?«

»Einbahnstraße, ich weiß gar nicht, wie man jetzt zu dem Polizeipräsidium fährt.«

Irgendwo stieg ich aus, rannte über eine gesperrte Straße, über Bauschutt und Gräben, um diese Angelegenheit so schnell wie möglich

hinter mich zu bringen. Dort angekommen – natürlich eine Schlange vor den Schaltern! Warum muß ich hier kostbare Minuten verlieren? Kettner, nein, aber an wen könnte man sich wenden? Ich kenne keinen Arzt für solch einen Schock. Ich werde sofort mit Neelsens telefonieren, die wissen immer in allem Bescheid.
»Die Pässe bitte!« Mein Gott, ich war ja schon dran, die Stempel drauf, ich sah nicht, ob es die richtigen waren – und quer über den Schutt zurück.
»Wir haben sie auf ihre Couch gelegt«, fährt Georg fort, »aber sie sagte, sie müßte ihrem Klassenkameraden Jan etwas zurückgeben. Ich habe ihr das verboten, aber auf einmal war sie weg. Ich nehm den Wagen raus und fahre alle umliegenden Straßen und Wege ab, bis ich sie finde, an der Försterallee. Ich sage: ›Pony, steig ein.‹ Sie rennt weiter, es war nichts zu machen, so begleitete ich sie bis zu Jans Haus. Sie gab ihm dann ein Taschentuch.«
»Was war da drin?«
»Ich weiß nicht, was drin war, sie stieg danach sichtlich beruhigt in den Wagen.«
»Hoffentlich rennt sie nicht wieder weg!«
»Nein, Maja bleibt jetzt bei ihr im Zimmer, die paßt auf.«
Längst hatten wir die Stadt verlassen, wir fuhren durch Felder und Obstplantagen, der Himmel über Westberlin färbte sich rosa.
»Es war da noch etwas«, sagt Georg, »ich sollte es dir eigentlich nicht sagen. Gestern abend kam sie im Nachthemd in mein Arbeitszimmer, ich dachte, sie schläft schon, weil es wieder so spät geworden war, dann brachte sie aufgeregt heraus: ›Pappi, heute ist was ganz Schlimmes in der Schule passiert – mit Kammer, dem Physiklehrer.‹ Aber sie hat sich nicht klar ausgedrückt. Sie sagte, daß sie es nur mir erzähle und ich versprechen müsse, es niemandem zu sagen.«
Ich frage nicht weiter. Wahrscheinlich ist das nicht alles, denke ich, wir werden das schon herausbekommen.
»Ich kann mir nicht vorstellen, was da Schlimmes sein soll«, sage ich (Wochen später erfuhr ich, daß Georg mir von dem mysteriösen Vorfall mit dem Physiklehrer nichts gesagt hatte, da er annahm, ich würde den Lehrer sofort anzeigen).
Endlich kommen wir an. Ich eile die Treppe hinauf. Pony sitzt auf der Couch in Majas Dachzimmer, das mit Ponys durch eine Tür verbunden ist – ich bekomme einen furchtbaren Schreck. Sie sieht völlig verändert aus, die starren Augen blicken irgendwohin in weite Fernen, ein

eigenartiges, wissendes Lächeln liegt um ihren Mund. Ich umarme sie.
»Bleibst du jetzt hier?« fragt sie.
»Ja, ich bin zurück, ich bleib jetzt hier.«
»Dann ist's gut!«
Wir reden über betont gleichgültige Dinge. Etwas Fremdartiges ist in ihren Zügen, hin und wieder blitzt die alte Pony durch. Nach einer Weile habe ich den Eindruck, sie bekommt ihren alten Gesichtsausdruck zurück. Wir lachen und schäkern. Sie hat es überwunden, denke ich, am besten, sie geht morgen wieder in die Schule. Dann aber schaut sie mich mit ihren blauen Augen an und setzt wieder dieses eigenartige, fremde Lächeln auf: »Ich fahre morgen zu Peer!«
»Bist du verrückt!«
Impulsiv rutschen mir diese Worte heraus, und ich sehe, wie in dem Moment ein Vorhang über Ponys Gesicht fällt, wieder gänzlich abwesend, murmelt sie vor sich hin: »Ja, ich fahre nach Ilmenau, ich fahre zu ihm!«
In dem Augenblick wird mir klar, daß ich durch den einen Satz alles zerstört habe. Dabei haben wir immer so burschikos miteinander gesprochen: Wie soll ich mich so schnell auf eine neue Tonart umstellen? Mir wird kalt und heiß, eben noch schien sie wieder ganz die alte, und nun? Kann man mit einem Wort ein Leben zerstören? Verrückt, verrückt, klingt es ihr wahrscheinlich jetzt in den Ohren, vielleicht haben es die Kinder in der Schule schon öfter zu ihr gesagt, wegen ihrer originellen Ideen, aber, wer ist hier eigentlich verrückt? Hat sie nicht die richtige Empfindung, daß sie die Ursache ihrer Verstörung so schnell wie möglich beseitigen und zu ihm fahren muß? Und ich, warum lehne ich das ab? Bin ich schon so preußisch-ordnungsbeflissen, daß ich das Schuleschwänzen für eine undenkbare Unterlassung halte?
Hastig versuche ich, auf andere Dinge zu sprechen zu kommen, doch habe ich den Eindruck, sie merkt, daß ich nur schnell meinen Fehler korrigieren will. Ich rede, um sie wieder zu einem Lächeln zu bringen. Das aber scheint für immer erloschen. Ich lasse Maja bei Pony, läute in schrecklicher Angst das Kreiskrankenhaus an, werde mit der Psychiatrie verbunden, erkläre der leitenden Ärztin die Situation und höre am anderen Ende die Antwort: »Bitte Donnerstag, 17 Uhr 30, zur Sprechstunde!«
»Meine Tochter ist nicht in einem Zustand, um übermorgen in Ihre Sprechstunde zu kommen, ich habe Ihnen doch geschil . . .«
»Was stellen Sie sich vor, was hier los ist!«

»Es muß sofort jemand kommen, es besteht...«
»Sie haben ja keine Ahnung, wie viele Patienten draußen warten, ich bin ganz allein hier. Sie müssen schon herkommen.«
Ich lege den Hörer auf und schwöre mir, mit dieser Ärztin nie wieder ein Wort zu wechseln. Ich fühle mich am Boden zerstört, ich verstehe gar nichts mehr, wegen jedem Halskratzen machen sie einen Hausbesuch und in so einem Fall ist niemand zur Stelle. Georg versucht mir einzureden, daß diese Ärztin ohnehin nur ein Notnagel für uns gewesen wäre, er würde sich an die ersten Kapazitäten in Berlin wenden. Ich will nach Pony schauen, aber Maja kommt mir entgegen und sagt: »Pst, sie schläft jetzt.«
Sie erzählt mir, daß Pony plötzlich im Bad Mühe hatte, überhaupt noch zu laufen, sie wäre wie gelähmt gewesen und hätte kein Wort mehr sprechen können. Maja schob sie zu Georgs breitem Messingbett, das am nächsten war, und sie legten sich beide hin. Maja hoffte, sie mit gemeinsamen Kindheitserinnerungen aufheitern zu können: »Klapperschuhe, dicke, fette Arschbulette.« Sonst konnte sich Pony bei diesen Schlagworten vor Lachen nicht halten, aber jetzt kam keine Regung. Das einzige, was sie noch bewegen konnte, waren die Pupillen, und die richtete sie, den unangemessenen Unfug strafend, streng auf Maja. Die ließ die Albernheiten und streichelte wortlos Ponys Hand. Erst nach langer Zeit und als ob sie dafür alle, aber auch alle ihre Kräfte aufbringen müßte, antwortete Pony mit einem ganz leichten Druck des kleinen Fingers.
(Später fragte Maja sie einmal, ob sie ihre lustigen Kindergeschichten alle verstanden hätte. »Na klar, was denkst du denn?« sagte Pony nur.)
Jede Minute ist kostbar, ich telefoniere, erzähle unserem Hausarzt von dem Gespräch mit der Kreispsychiaterin. »Ich komme sofort vorbei.«
Wir warten und versuchen etwas zu essen. Es klingelt, es ist Dr. Kettner. Er geht hinauf, er schaut auf Pony (ich hatte den Eindruck, daß sie nicht richtig schlief, sondern nur vor sich hindämmerte), Kettner schüttelt den Kopf und geht mit uns ins Nebenzimmer: »Sie müssen sie unbedingt in eine Nervenklinik bringen.«
»Das kommt überhaupt nicht in Frage, sie muß hier behandelt werden!«
Kettner beißt sich auf die Lippen: »Leider völlig unmöglich, gerade in den ersten Tagen haben diese Patienten Selbstmordideen, es besteht akute Suizidgefahr, Sie können das gar nicht verantworten.«
»Ich bleibe immer bei ihr!«
Er zuckt mit den Schultern, wie man es Ignoranten gegenüber tut, und

sagt, zu der an das Kinderzimmer angrenzenden Balkonterrasse herunterschauend: »Sie haben ja hier gar keine Möglichkeit, sie ständig zu überwachen!«
Sein Flüsterton ist nicht so leise, wie ich es gewünscht hätte, und ich bin fast sicher, daß Pony durch die angelehnte Tür alles mitbekommen hat.
Als er gegangen ist, habe ich das Gefühl, daß ich mich an andere Menschen wenden muß. Ich werde Neelsen anläuten, einer unserer besten Freunde hier, er ist zwar kein Arzt, sondern Künstler, aber er beschäftigt sich mit Psychologie und weiß immer in allem Bescheid.
»Ja, Georg hat heute früh schon mit mir telefoniert«, antwortet eine gedehnte Stimme, »... was, diese vertrocknete Schrippe, die Kreisärztin, die unterscheidet sich von ihren Patienten doch nur dadurch, daß sie's selbst erfunden hat, die Hysterie! Ick hab ja och mal geglaubt, ick brauch 'nen Psychiater, da bin ich zu der hingeschäst, seitdem brauch ich keinen Psychiater mehr.«
Neelsen bleibt auch in dieser Situation bei seinem alles ironisierenden Ton, und gerade das tut mir komischerweise in dem Moment wohl.
»Aber was soll ich machen?«
»Zuerst bleibste mal ganz ruhig! Das kommt bei kleenen Mädchen in dem Alter schon mal vor, is nichts Außergewöhnliches. Caritas-Klinikum – kommt überhaupt nicht in Frage, das hat nich nur der Große Friedrich gebaut, sondern sein Geist schwirrt dort noch herum, jedenfalls in dem Wachsaal der Nervenklinik. Ick hatte eine Bekannte, die haben se mal dorthin verfrachtet – wie sie das überstanden hat, ist ihr bis heute noch nicht klar, is unmenschlich, kann man nicht machen.«
»Aber Dr. Kettner sprach von einem bekannten Kinderpsychiater im Caritas, Professor Mildner.«
»Ja, der ist bekannt, die Diagnose bei Mildner, aber stationär nur in Großwenden!«
Obwohl dieses Gespräch nun wahrlich nicht sonderlich erfreulich war, hat es mich wieder etwas auf die Beine gebracht.
Eigentlich sollten wir schlafen gehen. Aber das ist nicht möglich, immer wieder gehe ich hinaus. Pony liegt da, als ob sie schliefe. Aber sie schläft nicht. Sie könnte aufstehen, die Balkontür öffnen und hinunterspringen. Ich setze mich an ihr Bett, dann wechseln wir uns ab, Georg, Maja, ich.
Am liebsten würde ich Pony während der Nacht in mein Schlafzimmer

nehmen, aber ich wage nicht, sie danach zu fragen. Die Frage könnte sie ängstigen. Warum soll es nicht so sein wie immer? Pony schläft auf ihrer Couch und Maja in dem kleinen Balkonzimmer daneben, dessen Tür wie stets offensteht. Sechzehn Jahre lang war es so, bis vor vier Wochen, da zog Maja aus, zum Studium nach Leipzig.
Es ist also das beste, mich ins Bett zu legen, und zwar in Georgs Bett, das Wand an Wand zum Kinderzimmer steht. Er kann unten schlafen. So liege ich Stunde um Stunde in diesem breiten, französischen Messingbett, dessen Matratzen hart sind wie die im Kreißsaal, und höre auf jedes Geräusch, in der Angst, die Balkontür könnte schlagen oder Schritte könnten sich die Treppe hinunterschleichen. Aber nichts ist zu hören, obwohl meine Balkontür offensteht. Im Frühjahr wacht man manchmal auf von dem lauten Gezwitscher der Vögel, oder es schreit auch ein Kater in der Nacht, oder es dringt ferne Beatmusik über die Gartenhecken herüber, aber diese Nacht ist unergründlich in ihrer Stille. Ich sehe in die Silhouetten der dunklen Kiefernwipfel und denke daran, wie wir mit Pony in meinem Bett lagen und sie die verschiedensten Figuren in diesen Wipfeln entdeckt hatte und ich raten mußte, wo der Mann mit der Pfeife ist und die Frau mit der Sonnenbrille. Das war oft nicht einfach, da die Wipfel hin und her rauschten und ständig ihre Form veränderten. Doch in dieser Nacht waren die Wipfel still und rührten sich nicht.
So vergeht Stunde um Stunde, nichts geschieht, doch dann öffnet sich leise die Schlafzimmertür.
Pony steht an der Tür mit ihrem hellblau geblümten Kindernachthemd, das einmal knöchellang war und nun nur bis zur Wade reicht, mit verlorenem Blick starrt sie mich an.
»Ponylein, komm in mein Bett!«
Stumm und ohne mich anzuschauen, kriecht sie wirklich hinein. Ich streichle ihr das nußbraune, dicke Haar. »Wir werden jetzt ganz ruhig, beide zusammen schlafen.«
Sie antwortet nicht, aber ich habe das Gefühl, daß es sie beruhigt. An Schlaf ist nicht zu denken, aber ich versuche, so natürlich wie möglich zu ihr zu sein und sie unbemerkt zu beobachten. Hin und wieder setzt sie sich steil auf und schaut mich mit ihren großen, starren Augen an, als ob sie fragen wolle: Wer liegt eigentlich neben mir?
Entsetzlich – so vergehen Stunden.
Trotz der Angst muß ich dann doch eingenickt sein. Mir ist, als ob ich träume, daß eine Marmorstatue neben mir liegt, aber es ist kein Traum:

Mein Arm berührt den neben mir liegenden Arm von Pony wie einen kalten Stein. Ich versuche ihn anzuheben: Schwer wie Blei fällt er herab. Die Angst, die Ratlosigkeit, die dunkle Nacht, Ewigkeiten scheinen zu vergehen, Ponys Glieder werden von Minute zu Minute schwerer – wenn nun das Herz auch noch stehenbleibt? Was soll ich tun? Es muß doch einmal hell werden! Mir erscheint das kleine Zimmer wie eine düstere Höhle, nur die Messingkugeln des Bettgestells schimmern in mattem Glanz aus der Dunkelheit.
»Aufstehen, Pony, wir fahren nach Berlin zum Arzt. Es wird dann alles wieder gut!« Man merkt, daß sie eine Veränderung ihrer Situation will, und obwohl sie ängstlich ist, wehrt sie sich nicht. Sie kann sich nur schwer bewegen. So ziehe ich sie an: Strumpfhosen, Jeans, Pullover, wie immer. Pony spricht nichts, aber sie scheint mir jetzt, wo etwas mit ihr geschieht, etwas zugänglicher als in der Nacht; doch nimmt sie nichts zu sich. *(Siehe Farbtafel I)*
Vorsichtig legen wir sie auf den vorderen Sitz des Wagens, der so weit wie möglich zurückgeklappt wird, aber sie ist steif wie ein Lineal. Ich sitze auf dem hinteren Sitz, nehme ihren starren Kopf in die Hände und erzähle ihr hin und wieder etwas, um sie zu beruhigen. Georg versucht sie mit anderen Dingen abzulenken. Wieder fahren wir den weiten Weg über die Felder, um Westberlin herum, Pony achtet auf nichts. Wir sind später von zu Hause weggekommen, als wir gewollt haben. Georg hat Schwierigkeiten, seine beruflichen Termine abzusagen, ich kann nur über dritte Bescheid sagen lassen, daß ich die Pässe für die Gäste am Flugplatz hinterlasse, wobei ich mir darüber im klaren bin, daß es Ärger geben wird, was natürlich prompt eintritt – das Gästebüro hat mich nie wieder engagiert.
Endlich erreichen wir den alten Eingangstorbogen von Caritas und fahren an den roten, weinberankten Backsteinbauten vorbei, vor denen in Abständen, wie Totempfähle aufgebaut, schwarzgrünliche Büsten stehen – die großen Kapazitäten, die einst hier gewirkt haben.
Die Treppe zur Klinik für Psychiatrie hinauf müssen wir Pony tragen. Professor Mildner, groß, schlank, braungebrannt, mit seinem welligen, weißen Haar empfängt uns sehr herzlich. Wir setzen Pony in einen Stuhl neben seinen Schreibtisch, und er spricht mit ihr in einem sehr ruhigen, vertrauenerweckenden Ton. »Ich werde dir jetzt einige Fragen stellen, wenn du nicht ja sagen kannst, schließt du nur die Augenlider.« Pony wird ganz ruhig. Wenn sie ja sagen will, schließt sie die Augen, sprechen kann sie nicht. Nach einer Weile versucht sie, mit ihrer steifen

Hand auf dem Schreibtisch etwas herüberzurutschen, um die Hand des Arztes zu berühren. Sie schafft es nicht – da legt er seine Hand auf die ihre.
Dann geht der Professor mit Georg in den Gang vor dem Untersuchungszimmer, um ihm die Diagnose mitzuteilen. Ich bleibe bei ihr, kann aber in Bruchstücken verstehen, und mache mir Sorgen, daß Pony es auch versteht.
»Emotio stupor...« höre ich durch die Tür. »Bewegungsstarre... Pubertätserscheinungen... die Phase der behüteten, unbeschwerten Kindheit ist zu Ende... unbekannte Regungen treten auf... man merkt, daß den eigenen Wünschen Grenzen gesetzt sind... daß man sie überwinden und sich selbst bewähren muß... typische Jugendstörung... in vierzehn Tagen ist das vergessen...«
Georg bittet den Professor, den Fall persönlich zu übernehmen. Doch er bedauert: Er sei jeden Morgen um sieben Uhr in der Kinderklinik zu erreichen, aber für seine Station sei unsere Tochter zu alt, er werde sie seinem Kollegen übergeben. Georg fragt, ob er von Zeit zu Zeit nach ihr sehen könne, doch auch das muß der Professor ablehnen: Er sei völlig überlastet und könne keine Ausnahme machen.
Ich sehe den Wachsaal vor mir, Pony fremd unter Fremden. So komme ich mit Georg überein, daß wir sie unter diesen Umständen hier nicht in diesen alten Gemäuern lassen wollen. Zögernd teilen wir dem Professor mit, daß wir Pony dann doch lieber nach Großwenden, in die moderne Klinik, bringen möchten. Ein wenig schluckt er, aber liebenswürdig fährt er fort: »Bitte schön, ich kann sie auch gern zu meinem Freund, Professor Fieweger, überweisen, ich weiß allerdings nicht, ob das das richtige ist, die dortigen Patienten sind Kranke, die durch Streß, Überarbeitung und nervliche Überbelastung einer stationären Behandlung bedürfen.«
Trotzdem bitten wir darum, in der Angst vor dem Wachsaal, der Angst, sie könne mit schweren Fällen zusammenstoßen und das nie überwinden.
Es ist nun schon gegen drei Uhr geworden, und wir fahren, ohne einen Bissen gegessen zu haben, weiter nach Großwenden, verlassen die Stadt, fahren wieder an Feldern und Wäldern vorbei, eine knappe Stunde.
Die Enttäuschung, daß wir nicht bei Professor Mildner bleiben konnten, lastet auf uns. Georg versucht Pony zu beruhigen: Die Klinik in Großwenden sei gar nicht wie ein Krankenhaus, sondern wie eine

moderne Villa im Park, Freunde hätten bei Professor Fieweger gelegen und wären ganz begeistert.
Wir fahren in das freundlich im Grünen gelegene Klinikum hinein bis zu einem sehr schönen, fast flachen, weißen Gebäude, das mit hohen Blumenstauden umpflanzt und von Wiesen umgeben ist. Georg steigt aus, wir warten. Pony scheint die wenigen Menschen, Gärtner, Ärzte, Schwestern, interessiert wahrzunehmen, besonders einen jungen Gärtner verschlingt sie fast mit ihren Blicken. Ich frage, ob sie nicht ein Brot essen wolle, aber sie wehrt ab.
Georg kommt zurück, sein Gang macht mir wenig Hoffnung.
»Also, Fieweger ist selbst krank, liegt hier mit 'nem Herzinfarkt, aber ich sprach mit seiner Vertreterin und dem Psychologen Professor Weinheimer. Sie sind alle ganz reizend, und Pony soll hereinkommen.«
Wieder tragen wir sie die Treppe hinauf in die Vorhalle, eine Art Atrium mit riesigen Schlingpflanzen. Ich freue mich für Pony über die schöne Atmosphäre. Die Oberärztin und der Psychologe begrüßen uns. Pony schaut trotz ihres starren Blickes etwas neugierig um sich. Professor Weinheimer nimmt sie mit in sein Zimmer, während Georg und ich im Büro warten. Ein wenig erleichtert unterhalten wir uns mit den beiden Sekretärinnen über die Bräuche des Hauses.
Nach etwa einer halben Stunde kommt Pony zu uns hereingelaufen, den Blick noch immer starr ins Weite gerichtet.
»Ponylein, du kannst ja laufen«, rufe ich und eile auf sie zu. Sie antwortet nicht, sondern stellt sich lässig in ihren Jeans und ihrer Kutte mit Kapuze wie zu einer extravaganten Modeaufnahme an den Schrank: unten Tramp und oben Ophelia. Die Sekretärinnen sind wie versteinert, rücken angstvoll zurück.
Professor Weinheimer kommt herein: »So, nun schau dir mal unser Landhaus an, ob es dir gefällt und ob du hier bleiben möchtest!«
Pony entschwebt wie ein Engel durch die Gänge. Die Oberärztin erzählt uns, ihre Klinik sei eigentlich auf organische Krankheiten in Verbindung mit psychischen Schwankungen spezialisiert, aber sie wollten einmal eine Ausnahme machen. Pony bekäme ein Einzelzimmer und würde von Studenten überwacht werden. Wir atmen auf: Genau das richtige für Pony.
Nach einer Weile kommen einige Ärzte ins Büro, einer teilt uns mit: »Leider ist es nicht möglich, daß Ihre Tochter in unserer Klinik bleibt!«
Wir schauen uns an und verstehen nichts. Weinheimer kommt hinzu und erklärt uns, daß Pony unglücklicherweise in das Zimmer des

Chefarztes Professor Fieweger gelaufen sei, der dort mit einer Herzattacke liege. Der rief natürlich sofort außer sich bei der Oberärztin an: »Was bringt ihr uns da für Fälle?« Die Ärzte stehen betreten, doch gegen die Anordnung des Chefs ist nichts zu machen. (Später erzählte mir Pony, daß sie Peer gesucht habe, der auch einmal in einem so schönen Krankenhaus gelegen hätte.)
»Schade«, sagt Professor Weinheimer etwas verlegen, »wir hatten gleich so einen guten Kontakt zueinander gefunden. Laß mal, Pony, wir sehen uns als Kollegen wieder, du wirst mal eine tüchtige Psychologin werden!«
Mir scheint es der Anfang einer Tragödie zu sein, gegen die wir machtlos waren. Wohin sollten wir gehen? »Um den Wachsaal kommt man nirgends herum!« sagen uns auch hier die Ärzte. Also entschließen wir uns, wenn schon Wachsaal, dann zurück zu Caritas, wo wir Professor Mildner schon kennen. Professor Weinheimer spricht von einem befreundeten Kollegen, Chefarzt für Psychiatrie in einem anderen Klinikum, aber bei bereits eintretender Dunkelheit noch einmal in eine andere Klinik zu fahren, scheint uns nicht sinnvoll. Wie sollen wir wissen, daß verschiedene Professoren auch verschiedene wissenschaftliche Auffassungen vertreten? In meiner Angst sehe ich Pony in einem großen Wachsaal zwischen Selbstmordkandidaten, Depressiven, Halluzinierenden, Tobenden ... zu denen soll nun Pony gehören! Wird sie dieses Trauma je überwinden können?
Wir müssen uns entschließen, und zwar sofort. Es ist schon später Nachmittag geworden. Unsere Nerven sind zum Zerreißen gespannt, dazu der leere Magen, wir sind zum Umfallen müde. Also fahren wir wieder den langen Weg nach Berlin zurück. Es dämmert bereits, als die alten, weinumrankten Gebäude vor uns auftauchen. Professor Mildner ist schon gegangen. Ein hübsches, großes Mädchen mit einem schwarzen Pferdeschwanz empfängt uns, das sich als die Stationsärztin erweist. Wir gehen einen langen Gang entlang, mir scheint es wie ein Kellerverlies, auf jeden Fall muß es zu ebener Erde sein. Pony, die nun laufen kann, wird von dem Pferdeschwanzmädchen untergehakt, und die beiden gehen wie zwei Freundinnen in den gemeinsamen Aufenthaltsraum, den Wachsaal. Ich sehe durch einen Schlitz zur Tür hinein, mir wird übel. Ich finde mich in einem kleinen Zimmer wieder, in dem einige Ärzte um einen Tisch sitzen. Uns wird Kaffee angeboten, dann die Krankengeschichte aufgenommen: »Geburt normal, Kinderkrankheiten, Keuchhusten, Masern, Scharlach, Gelbsucht.«

»Hat sie einmal einen großen Schreck gehabt?«
Wir zucken mit den Achseln: »Nein.«
Dann kommen Fragen über das Familienleben; Georg will einiges beschönigen, doch ich unterbreche ihn und erzähle haargenau die Wahrheit über unsere Ehe, soweit das im Telegrammstil möglich ist, doch bin ich der Meinung, daß die Gesundheit des Kindes jetzt wichtiger ist als irgendwelche Bedenken. Außerdem sind ja diese Hin-und-her-Ehen mit Auseinanderrennen und Doch-nicht-getrennt-leben-Können heute nichts Besonderes.
Haargenau geht die Wahrheit allerdings in diesen Bericht nicht ein. Die Welt will betrogen sein, und es wäre besser gewesen, ich hätte Dr. Stoinanescu anders geantwortet, als er zu mir sagte: »Als wir Ihre Familie kommen sahen, dachten wir, daß Sie die Temperamentvolle sind und Komplikationen in die Ehe bringen. Wir sind erstaunt, daß es anscheinend umgekehrt ist. Ihr Mann ist doch viel auf Reisen, können Sie denn so allein in der Abgeschiedenheit leben?«
Als ich seine Glubschaugen sehe, kontere ich sofort: »Natürlich nicht!«
Anscheinend gehe ich daraufhin, wie ich später erfahren muß, als Potiphar in die Familienanamnese ein.
Ein jüngerer Arzt tritt in den Raum, hört eine Weile zu und sagt: »Entschuldigen Sie, wenn ich Sie unterbreche, aber ist das Mädchen mit den Jeans und der roten Weste Ihre Tochter? Dann kann ich Sie nämlich völlig beruhigen. Sie fiel mir gleich auf, sie guckte sich alle Patienten so interessiert an, ich ging auf sie zu, sprach sie an – keine Antwort. ›Sie sprechen wohl nicht mit jedem?‹ sagte ich zu ihr. ›Na ja, wir haben ja Zeit, aber ich denke, Sie wollen wohl bald mal wieder nach Hause.‹ Da wurde sie rot, was ihr offensichtlich peinlich war – eine einfache Hysterikerin. Sie brauchen sich keine Sorgen zu machen, die kriegen wir bald wieder hin.«
Diese Schnelldiagnose erleichtert uns natürlich.
Nach einer reichlichen Stunde, in der die Ärzte mit uns sehr offen und verständnisvoll gesprochen haben, verlassen wir das kleine Zimmer und wollen uns von Pony verabschieden. Ich habe die ganze Zeit Angst: Wie wird sie diese Umgebung, den Wachsaal aufnehmen? Wir schauen also in den Aufenthaltsraum für die neueingelieferten Patienten hinein: ein etwa zwölf Quadratmeter großes Zimmer mit Stühlen und Tischen, an denen tatenlos Frauen hocken, einige schlurfen in Hausschuhen umher, in einer Nische steht ein Fernsehapparat.
Pony aber hockt keineswegs verstört in einer Ecke, sondern läuft, als der

Neuling bestaunt, herum und scheint uns aufgeweckter als vorher. Der Blick ist zwar noch verstört, aber weniger starr. So bringt das Verabschieden nicht die erwartete Schwierigkeit, und obwohl der Gedanke, sie jetzt allein hier ihrem Schicksal zu überlassen, gar nicht faßbar ist, lächele ich ihr beim Abschied durch die Tür zu.
Georg muß noch zu einer unaufschiebbaren dienstlichen Besprechung, und wir verabreden uns, nun doch einigermaßen erleichtert, zum Abendessen im Operncafé. Ich laufe im dunklen Nieselregen die Linden hinauf und setze mich in eine Nische des Grillraums. Ich habe keine Lust, allein zu essen, mir würde der Bissen im Hals steckenbleiben. Nach zwei Stunden kommt Georg. Wir nehmen einen doppelten Kognak, Georg bestellt ein langes Menü, um unsere Nerven wieder ins Gleichgewicht zu bringen. Wir klammern uns an die Diagnose des jungen Arztes: Hysterikerin.
»So ein Biest«, sagt Georg galgenhumorig, »die soll mir mal nach Hause kommen, bringt hier die größten Kapazitäten durcheinander, rennt zu Fieweger hinein, der erwacht aus seinem Herzinfarkt und sieht eine Ophelia in Jeans in seinem Zimmer ...«
Wir bekommen einen furchtbaren Lachanfall, im wahrsten Sinne des Wortes: furchtbar. Unsere Nerven sind so überdreht, daß sie irgendein Abreagieren brauchen.

Später habe ich in einem Gespräch Pony davon erzählt, um die ganze Sache herunterzuspielen, da ich ja an die einfache »Hysterie« glaubte.
»Und ihr habt gelacht!« sagte sie ernst.

Ich möcht mich rüstig in die Höhe heben,
Doch kann ich's nicht, am Boden muß ich kleben

Alle Freuden, die Unendlichen,
Alle Schmerzen, die Unendlichen, ganz

Erstickt man je die alte bange Gewissensqual,
Die in uns lebt, sich regt und schlängelt wie ein Aal

Trennen wollen wir uns, wähnten es gut und klug

Eines Morgens brechen wir auf, das Hirn in Gluten

Ich trug im Blut den Ruch von
Leibern, geopfert für die Menschheit

Das eine Feld die Liebe ist, das andere die Kunst

Ich habe mich ausgestreckt in meinem Kerker der unberührten Türen

Er ist der alte freigeborene Vogel nicht
Er hat schon jemand angehört

Steig auf, entfliehe diesen Krankheitsgrüften
Und läutre dich in weltentrückten Reichen

Vergilbte Bilder

Von unserer Seele
Wissen wir soviel
Wie die Seerose
Von den Wassern weiß.
Tauchen in den Abgrund
Der Monster
Der Korallen
Der grünen Tiefen
Tauchen ins Meer, ins Eis.

Georges Rodenbach

Gestern lag Pony noch neben mir. Ich kann nicht schlafen. Ich schaue auf die Kiefernwipfel.
Wie ist das alles nur gekommen?
Was haben wir falsch gemacht?
Ich sehe Pony mit den langen, blonden Locken in ihrer Mini-Lederhose vor mir. Georg brachte Maja das Radfahren auf einem Kinderrad bei. Pony stand stumm am Gartentor und schaute zu. Plötzlich lief sie auf die beiden zu und rief: »Pony auch!«
»Du reichst noch nicht mit den Beinen herunter«, sagte Georg zu ihr, und zu mir gewandt: »Pony muß sich daran gewöhnen, daß sie nicht immer alles haben kann, was Maja hat.«
Ich sehe Ponys drohenden Zeigefinger, als Georg, Maja und ich im offenen Wagen aus Bayern zurückkamen: »Du – Maja...« Weiter konnte sie nicht sprechen. Wir hatten Pony von unserer Abreise nichts gesagt, wir hielten sie für noch zu klein, eine längere Autoreise mit ihr war nicht möglich, da ihr beim Fahren immer schlecht wurde. Aber fing sie nicht von diesem Tag zu stottern an? Unsere Kinderärztin hatte mir den guten Rat gegeben: »Sehen Sie, Maja ist nun mal so, daß sie alle Blicke auf sich zieht. Vielleicht sagen Majas Freundinnen auch oft: ›Pony ist noch zu klein, die kann nicht mitspielen.‹ Also tun Sie nichts anderes, als die Kleine einfach vorzuziehen!«

Ja, diesen Rat habe ich befolgt, und Maja hat es verstanden, auch wenn sie bei mancher Gelegenheit etwas schlucken mußte.
Das Stottern verlor sich wirklich bald. Nur wenn sie ihren Namen sagen sollte, kam sie mit ihren Spitznamen und den drei schwierigen Vornamen völlig durcheinander, wurde puterrot und hatte Angst, den Satz nicht zu Ende zu bringen. Doch auch das verging, als sie in die Schule kam, vor der sie so Angst gehabt hatte. Aber was geschah? Sie wurde die Beste. In ihrer Phantasie waren Spiel und Lernen eins. All ihre Puppen, Affen, Bären und Zwerge wurden auf die Couch gesetzt und wurden streng über ihr in der Schule erarbeitetes Thema abgefragt. Das wichtigste waren die Zensuren, die wurden fein säuberlich in ein »Klassenbuch« eingetragen.
Ja, die Zensuren! Neulich – es muß eine Woche vor dem dramatischen Vorfall in der Physikstunde gewesen sein – kam sie völlig verstört aus der Schule, sie hatte eine Drei nach Haus gebracht.
»Was regst du dich auf«, sagte ich ihr, »außer Zeichnen, Turnen, Handarbeit ›eins‹, hatte ich nur Dreien auf dem Zeugnis. Hauptsache, man wird versetzt.«
»Aber wenn man acht Jahre lang immer die Beste war?«
Warum sie ständig Angst vor den Zensuren hat? Sie kommt doch bei ihren Noten sowieso auf die Oberschule.
Und dann die Trennung von Peer, täglich waren sie auf dem Schulhof zusammen, er war mit ihr im Singeklub, beim Reiten war er nicht.
Ja, Peer, mein Gott, als er das erstemal hier auftauchte, war er wohl sechzehn und wirkte eher noch jünger, obwohl er sehr lang war, aber spindeldürre. Habe ich ihn bei der Kellerparty das erstemal gesehen? Ja, er übermalte gerade die von Salpeter geweißten roten Ziegelsteine der Wände. Jemand sagte, das ist Meyrink. Ich wunderte mich etwas über Ponys Geschmack, blaß, schlaksig, unfertig, aber irgendwo vielleicht doch etwas Romantisches im durchsichtigen Gesicht. Das war's wohl, was Pony anzog. Sie soll zu ihm hinfahren, so bald wie möglich, dann kommt alles wieder ins Gleis. Andere Bilder tauchen auf.
Wir fuhren später noch einmal zu meiner Mutter nach Bayern. Pony war schon größer, ging aber noch nicht zur Schule, diesmal nahmen wir sie mit. Georg und ich waren von dort aus in die Berge zum Skilaufen gefahren, wir hatten uns nichts dabei gedacht. Pony und Maja waren wohlbehütet, Omi und Tante Lore lebten in dem Bergbauernhaus als Kriegsflüchtlinge, und mit den Bauernkindern Resi und Hardi konnten sie spielen – trotzdem soll Pony jeden Tag geweint haben. Später meinte

Pony, es war deshalb, weil Maja und Resi in einem Doppelbett zusammen schliefen und sie mit Omi in einem anderen Zimmer schlafen mußte. Das kann aber nicht der einzige Grund gewesen sein.
Niemand wußte, was man mit ihr anfangen sollte, erschien aber der Bauer Oberlechner, langnasig, sehnig, sonnengebräunt – und wenn er noch so dreckig aus dem Stall kam –, strahlte Pony. Oberlechner fragte sie: »Was greint's denn allweil, Pony?«
»Na, ich wein doch so gerne!« antwortete Pony.
Ich sehe Pony als Amor auf dem Kinderfasching. Sie bewunderte damals Ulrike, die schon auf die Ballettschule ging. Pony ahmte so hingebungsvoll deren Tanzschritte nach, bis sie sich fast in eine Art Ekstase tanzte. Die Erwachsenen bogen sich vor Lachen, Pony bemerkte es nicht.
Ich erinnere mich auch an die Nacht auf der Eisenbahnbrücke. Als Zehnjährige hatte ich Pony zu einem Kindertanz ins Fernsehen mitgenommen, auch hier mit der Absicht, den Ausgleich zu Maja zu schaffen, die einige Jahre zuvor in der Schule für eine Hauptrolle eines Kinderfilms ausgesucht worden war, während Pony, die bei der Auswahl neben Maja stand, nicht beachtet wurde. Bei diesem Kinderfernsehballett tanzte Pony einen Luftballontanz, ihr Partner war ein kleiner Mulattenjunge. Danach Kameraprobe, die Solistin, noch in Wadenwärmern, tanzte »Hiroshima«. Pony starrte, rührte sich nicht von der Stelle. Auf der Heimfahrt 15 Grad Kälte, die Menschen auf dem Bahnsteig frieren und schimpfen, der Zug hatte Verspätung, es war dunkel und schneite. Wir rannten über die hohe Eisenbahnbrücke, die gespenstisch durch einige Scheinwerferkegel beleuchtet war, und während alles drängelte und schubste, tanzte Pony in den flitternden Schneeflockenregen hinein, warf ihren langen Schal um den Kopf, begann mit schweren, tragischen Schritten und blieb plötzlich wie gebannt stehen – den Kopf zurück, den Blick starr in die Scheinwerfer gerichtet – die Bombe von Hiroshima!
Ich sehe meine beiden Töchter bei mir im Bett liegen, »gemütliche Nachtruhe«, nannten sie das, klönten und alberten miteinander. »Wir haben heute ein Gedicht von Erich Weinert auf, soll ich's dir mal aufsagen?« fragte Pony. Sie begann ein eigenartiges Gedicht vorzutragen, irgend etwas von einem Aufstand und daß wir zu wenige sind. Sie fragte mich, was ich davon halte.
»Ach, das versteht ihr noch nicht!« war meine leicht abwehrende Antwort.

Da bersten die beiden bald vor Lachen. Bei mir begann es zu dämmern: »Also, ihr Rasselbande habt das gemacht!«
»Pony«, sagte Maja.
Irgendwann war da auch eine Geschichte in der Schule mit Ponys Gedichten und Chansons. Man hatte sie ihr weggenommen und dem Kreisschulrat vorgelegt. Ihre von jugendlichem Weltschmerz erfüllte Dichtung war wahrscheinlich im höchsten Grade suspekt. Der Komponist, der den Singeklub leitete, regte sich furchtbar über diesen Vorgang auf, da er ja die Kinder dazu anspornte, eigene Lieder zu machen, und veranlaßte den Lehrer, Pony die Gedichte zurückzugeben. Diese Niederlage verzieh ihr der Musiklehrer nie.
Und im Elbsandsteingebirge hatte Pony sich eine alte Gitarre organisiert, obwohl sie nicht spielen konnte, die nahm sie mit ins Internationale Jugendlager Königstein. Damals war sie sechzehn. So stand sie auf dem kleinen Bahnhof in Rathen in ihrer weißen, selbstgemachten Kutte aus einem Militärschneemantel und ihrer sechseckigen Maurermütze aus Moskau. Zu der Zeit trug noch kein Mädchen diese Gavrochemützen, Pony trug sie auch zum Bikini.
»He, da bin ich!« rief sie.
In meinem Zimmer war noch ein Bett frei, aber sie wollte lieber mit den französischen Mädchen zu zehnt in einem Zimmer schlafen. Französisch sprach sie ein paar Brocken, sie hatte es gerade fakultativ als dritte Sprache in der Schule belegt. Deshalb haben die Mädchen gelacht, als Pony mitten in das nächtliche Stimmengewirr brüllte: »Silence!« Auf unseren Fahrten mit der kleinen Fähre über die Elbe sangen die französischen Jugendlichen ihre Lieder zur Gitarre. Pony hat sie schnell gelernt, besonders: »On va pas au ciel en bikini...« Einmal fiel es mir allerdings auf, daß sie nicht mitkam auf eine Klettertour, sie schrieb an Peer. Peers Briefe waren damals noch so kindlich, daß sie ihm antwortete: »Schreib doch mal 'n bissel irrer!«
Auf einer anderen Tour nach Burg Hohenstein, während wir an einem heißen Augusttag durch ein Fachwerkdörfchen liefen, standen mit einemmal Panzer vor uns. Im Radio hatten wir von den Unruhen in der Tschechoslowakei gehört. Einige Franzosen versteckten sich im Kornfeld und fotografierten von dort aus, andere wollten sofort umkehren und abreisen, da sie Krieg befürchteten.
Pony hat das wenig aufgeregt, sie sagte ihnen: »Is doch Quatsch, wir machen doch keinen Krieg gegen sozialistische Länder!«
Und bei unserem Ausflug nach Schloß Pillnitz merkten wir auf dem

Bahnsteig bei der Rückfahrt, daß zwei fehlten, Pony und Luc. Er sprach kein Deutsch, sie kaum Französisch, beide ohne Geld – schöne Bescherung. Sie hatten wieder Extratouren gemacht, um alles auszukundschaften, und überhaupt nicht gemerkt, daß die anderen schon weg waren. Gegen Mitternacht kamen sie strahlend an. Dem Zugschaffner hatten sie einfach gesagt, die anderen hätten ihre Fahrkarten. Bei den Lagerfeuern am abendlichen Elbufer hockte sie stets neben Luc. Als man sich dann eine Woche später auf dem Dresdner Hauptbahnhof verabschiedete, sagte sie zu mir: »Jetzt werde ich Luc nie wiedersehen!«
Warum fällt mir das alles jetzt ein? Um mich zu verteidigen? Ich dachte, sie wollte das Leben in seiner Vielfalt kosten. Woher konnte ich wissen, daß ihre Liebe zu Peer sie derartig aufwühlte?
Natürlich hätte ich mir Gedanken machen müssen. In diesem Jahr sollte sie wieder ins Internationale Jugendlager an die Ostsee, aber diesmal ohne mich. »Kann Peer nicht mitfahren, er will doch auch Französisch lernen?« fragte sie.
»Mit Peer kannst du dich das ganze Jahr unterhalten, und du weißt doch, wie schwer es ist, einen Platz zu bekommen.«
»Peer hat gesagt, es soll unser Abschiedsurlaub sein, nach den Ferien kommt er weg von der Schule und studiert in Ilmenau. Er hat gesagt, dann wird es nie wieder so werden, wie es jetzt ist.«
Warum fand ich den Gedanken so absurd?
Einige Woche später brachte Pony beim sonntäglichen Mittagessen hervor: »Peer hat sein Abi mit Auszeichnung gemacht, er darf dafür ans Schwarze Meer, da wollen wir zusammen fahren. Viel Geld brauchen wir nicht, wir trampen ...«
Georgs Donnerwetter prasselte auf sie nieder: »Mit sechzehn Jahren 'ne Hochzeitsreise, durch halb Europa landstreichern, was ihr euch so vorstellt ...«
Schweigend zog sie in ihr Zimmer ab.
Einige Tage später rief Peers Mutter, die wir bis dahin noch nicht kannten, an: »Peer hat mir erzählt, daß Pony sehr niedergeschlagen ist, er weiß nicht, wie er sie beruhigen soll. Sie müssen wissen, es handelt sich hier um eine ganz reine Jugendliebe. Peer erzählt mir alles, ich weiß es ganz genau ...«
Und dann auf einmal die Wende. Georg traf irgendeine überschwengliche Journalistin, sie unterhielten sich über die Probleme mit ihren Kindern, über diesen Reiseplan, und die riet ihm: »Lassen Sie sie doch fahren, vielleicht wird es die schönste Reise ihres Lebens!« Auf Ponys

Geburtstagstisch lag dann ein Kuvert mit ein paar hundert Mark darin und einer Karte: »Gute Fahrt zum Schwarzen Meer! Ich finde die Idee prima!«
Wir hatten uns geeinigt, daß sie zu viert fahren dürften, mit Peers Bruder und dessen Freundin. Da gab es ein neues Problem, die vier wollten unbedingt trampen. Nun aber mußte Georg seine Autorität wahren. Trampen durch fünf Länder mit sechzehn Jahren – kommt überhaupt nicht in Frage! Also mußte man weniger romantisch eine Fahrkarte lösen – die man dann übrigens ab Prag nicht benutzt hat.
Peer wollte sich noch zusätzlich Geld zu der Reise verdienen und arbeitete nach dem Abi in einer Fabrik, seine Mutter ist Lehrerin und geschieden. Pony hatte sich in dem Jugendlager mit den Franzosen angemeldet, die arbeiteten zwei Wochen mit normaler Bezahlung, und danach machten sie zwei Wochen Urlaub.
Diesmal fuhr Pony allein dorthin. Nach zehn Tagen rief sie an: Sie möchte nach Hause kommen, es gefiele ihr nicht. Diesmal war es nicht Landarbeit wie das letztemal, sondern sie arbeiteten in einer Schmuckfabrik. Bei der Landarbeit war es, abgesehen vom frühen Aufstehen, immer recht lässig zugegangen: eine Reihe im Maisfeld gerodet, Pause unterm Lindenbaum mit Zitronen-Pfefferminz-Tee und Musik, und nachmittags in die Badeanstalt. Das hatte allen Spaß gemacht.
»Aber warum willst du denn jetzt abbrechen, wo die Arbeit vorbei ist und ihr zur Ostsee fahren wollt?«
»Ich mag nicht mehr«, kam die klägliche Antwort, »– und ich muß doch auch unsere Reise vorbereiten.«
»Aber dazu hast du noch Zeit genug!«
»Ich hab's satt!«
Mir war das peinlich, denn es war ein großes Entgegenkommen, daß sie dabeisein konnte, trotz ihrer mangelnden Französischkenntnisse. Aber die Stimme klang so ungewohnt traurig, daß ich sagte: »Dann komm nach Haus!« Sie war wie erlöst.
Kurz darauf fuhren sie los in das bulgarische Dorf Losenez, an der türkischen Grenze. Georg und ich fuhren nach Varna, Pony und Peer sollten uns dort besuchen kommen.
Ich werde ihre Augen nie vergessen, als sie dann am Goldstrand auftauchten: Fürsten in Lumpen und Loden, Augen, in denen sich Himmel und Meer spiegelten, Augen voller Glück ...
Und das sollen die gleichen Augen sein, mit denen sie mich gestern nacht anstarrte?

Lange haben sie es ja dann bei uns im Hotel nicht ausgehalten. Sie konnten nur Mitleid mit uns haben, daß wir uns in diesem bourgeoisen Trubel wälzen mußten, und liefen nach dem Abendessen in die Weinberge hinein, wo sie ein altes, verfallenes bulgarisches Dorf entdeckten, zurück durch die Wälder mit einem Blick von der Höhe über die lange Küste bis hin zur rumänischen Grenze. Am nächsten Tag am Strand bekamen wir sie auch wenig zu Gesicht.

»Was hat man denn davon, rumzuliegen und sich braten zu lassen, die Bräune geht doch sowieso wieder weg!« höre ich sie sagen.

Waren all diese Eindrücke zuviel für sie? Und was kam danach? Schule, Pauken, Einsamkeit. Nichts ist schwerer zu ertragen als eine Reihe von schönen Tagen...

Wahrscheinlich war es auch das, daß »es« nun, endlich, doch »passiert« war?

Tante Miezl ist für Pony das Vorbild für Zuverlässigkeit und Moral. Pony weiß, daß sie religiös ist, sie nimmt an, daß sie die »Sache«, wie sie es nennt, für eine Sünde hält, denn sehr oft sagte Tante Miezl, wenn sie Pony und Peer allein im Haus ließ: »Aber, Pony, ich kann mich doch auf dich verlassen!«

Pony haßt die Lüge, und nun steht eine Lüge zwischen ihr und Tante Miezl, deren Liebling sie doch ist.

Auch den Eltern gegenüber spricht sie nicht von dem, was passiert ist, obwohl sie doch hätte annehmen müssen, daß wir sie deshalb nicht verurteilen.

War ihre Lebensnorm durchbrochen: Immer Vorbild sein – auch vor sich selbst?

Streiter der Nacht

Dahindämmernde, die ihr kämpft heut nacht,
Verzweifelt kämpft in Sternensphären,
Bis Morgenluft euch stillt die Zähren,
Euch hör ich, schreckensvoll erwacht!

Charles Vildrac

Am nächsten Morgen fahre ich gleich mit dem Frühzug zum Caritas. Berlin macht zu dieser Stunde einen verlassenen Eindruck, es ist Samstag. Wieder an den roten Backsteinbauten vorbei, bis zur letzten Klinik, der Nervenklinik, der lange Gang, am Ende der Glasverschlag. Klingeln, Schlüssel klappern ... Ich frage nach Pony. Sie wird geholt, kommt den Gang entlang, sieht verstört aus, spricht nicht und rennt wieder zurück. Ich bin entsetzt, ich wollte alles mit ihr in Ruhe besprechen. Ich frage nach der Pferdeschwanzärztin, Frau Dr. Kössling, nein, die ist heute nicht da. Ich kann mich kaum beherrschen: Freier Sonnabend, in so einem Fall? Und morgen am Sonntag – da kommt wohl auch niemand? »Doch, früh kommt die Ärztin zu den Neueinlieferungen, aber heute ist sie schon weg!« Was soll ich tun? Ich kann mit niemandem sprechen? Hätten wir das gewußt, hätten wir Pony erst Montag gebracht, vielleicht wäre sie in unserer Umgebung wieder zu sich gekommen, jede Minute des tatenlosen Herumsitzens kann den Zustand nur verschlimmern.
Ich möchte Pony noch einmal sehen. In den Wachsaal darf ich nicht hinein. Ich schaue durch den Türspalt und sehe alte Frauen, die in Sesseln sitzen und vor sich hin dösen. Abwechslung hätte sie gebraucht, etwas Neues erleben, etwas Nützliches tun, statt dessen ist sie zum Dahindämmern in dieser Umgebung verdammt.
Man holt Pony wieder heraus, ich gebe ihr Obst und Süßigkeiten. Ich koche ihr in der Stationsküche ein Ei, ich füttere sie, ich hab das Gefühl, es beruhigt sie, ich spreche mit ihr, sie antwortet nicht. Was soll ich mit ihr anfangen? Es ist kein Arzt da, den ich fragen könnte. Eine Schwester

kommt vorbei. »Das Ei hätte sie auch allein essen können!« sagt sie sehr bestimmt zu mir. Ich gehe zur Toilette. Als ich wiederkomme, sehe ich, daß Pony wie wild in meinen Taschen kramt. Ich weiß nicht, was sie sucht, sie ist voller Angst – was sagte der Hausarzt? Suizidgefahr? Im Gang steht ein großer Kühlschrank, ich soll ihr etwas zu trinken herausnehmen. Ich bekomme ihn zwar auf, aber nicht zu. Pony läßt mich eine Weile herumprobieren, dann tut sie es, lässig, und sofort ist er zu. Aber sie spricht nicht. Wie soll man sich das alles zusammenreimen?

Eine Dame in mittleren Jahren, die in der Küche hantiert, spricht mich an: »Sind Sie nicht Frau M.? Ich habe Sie kaum wiedererkannt. Im vorigen Jahr beim Sommernachtsball im Dresdner Zwinger, wir saßen an einem Tisch, ich habe Sie damals bewundert.« Pony ist ihr aufgefallen. »Die kriegen wir schon wieder hin«, meint sie. »Zum Glück ist im Moment keiner da, der tobt. Ich werd mich um sie kümmern. Es ist entsetzlich langweilig hier, ich bin schon fünf Wochen da, der Tag vergeht nicht, ich bin froh, wenn ich den Abwasch machen kann, um wenigstens etwas zu tun.«

Ich unterhalte mich mit ihr nicht anders als damals im Zwinger bei dem großen Galaabend. Solche Menschen sind fünf Wochen in der Wachstation? Warum? Wozu? Während unserer Unterhaltung hört man permanentes Schlüsselklappern, die Schwestern schließen ihr Zimmer hinter sich ab, den Wachsaal auf und zu, die Studentinnen schließen das Ärztezimmer ab, hin und wieder klingelt es, vorn am Ende des langen Ganges an der Glastür, da wird besonders vorsichtig geschlossen, denn dort geht es hinaus ins Freie. Während ich mit der Dame aus Dresden spreche, hantiert die ganze Zeit eine alte Frau mit einem Wischtuch um uns herum, sie wischt saubere Fenster, saubere Türen, saubere Fußböden, sie scheint den ganzen Tag zu wischen. Ein Kind, etwa zehn Jahre, schaut auf den Hof, der von einer dicken, grauen Mauer umgeben ist. Dort sind einige verwitterte Turngeräte und ein blattloser Baum, und das Kind schaut und schaut. Eine andere alte Frau beschimpft uns, man wüßte gar nicht, wen man vor sich habe, ihr Mann sei General gewesen und hätte die Russen am Ladogasee in die Flucht geschlagen.

Als ich auf dem S-Bahnhof Friedrichstraße stehe, sehe ich die Menschen anders an, sie sehen mich anders an, ich brauche Stunden, um von diesem Alpdruck freizukommen.

Zu Hause angelangt, wundere ich mich, daß alles so läuft wie immer. Johannes ist mit seiner Frau vorbeigekommen, sie sagt so obenhin: »So

ein Fall ist doch überhaupt nichts Besonderes. Eine Mitschülerin meiner Tochter hatte eine dicke Psychose, phantasierte, tobte, zerschmiß die Einrichtung und alles Drum und Dran, dann war sie eine Woche in der Klinik, und heute ist sie glückliche Ehefrau und Mutter von drei Kindern, arbeitet als Redakteurin, und alles ist vergessen.«
Solche Geschichten hören wir jetzt öfter, und deswegen ist wohl die Atmosphäre zu Hause noch einigermaßen ruhig.
Ich gehe zu Ponys Zimmer, da liegen ihre Mathe-, Chemie- und Physikhefte auf dem Schreibtisch: Brownsche Bewegung der Moleküle, ich verstehe kein Wort, ich möchte sie in die Ecke werfen, denn das hat sie die letzten Wochen bis zwei Uhr nachts gebüffelt. Wozu? Weil sie dem Lehrer, der für Berufsberatung zuständig war, gesagt hatte, daß sie Psychologie studieren will. Der hatte darauf geantwortet: »Warum denn so 'ne bürgerliche Wissenschaft?«
»Ich will es aber!« hatte Pony entgegnet.
»Aber nur mit 'nem Durchschnitt von 1,2 – sonst haben Sie da gar keine Chance!«
Ich muß es schaffen, hatte sich Pony gedacht und bis zwei Uhr nachts gepaukt. Nebenbei hat sie noch den dicken Band von Rubinstein, »Grundlagen der allgemeinen Psychologie«, den sie sich für ihr Taschengeld ohne unser Wissen gekauft hatte, durchgearbeitet.
Ich blättere in ihren Mappen, was ich sonst nie getan habe. Vielleicht hätte ich es doch hin und wieder tun sollen? – Da liegen Briefe. Ich lese, finde Antwortbriefe von meinen Schwestern, meiner Mutter, denen ich später schreibe, mir Ponys Briefe zu schicken, falls noch vorhanden, um den Dingen auf den Grund gehen zu können.

Alle Freuden, die Unendlichen

Alles geben die Götter, die Unendlichen,
Ihren Lieblingen ganz,
Alle Freuden, die Unendlichen,
Alle Schmerzen, die Unendlichen, ganz.

J. W. von Goethe

Es war noch nicht ein Vierteljahr her, daß Pony die Glücklichste von allen war, in diesem Sommer in Bulgarien. Ich hatte zwar ihre blitzenden Augen in Varna gesehen, aber wie tief sie die Freude am Leben, an der Liebe, an der Natur empfunden hat, geht aus einem ihrer typischen Packpapier-Briefe an Tante Lore hervor:

Vive la famose!
Ich jämmerlicher Haufen Faulheit, ich verbissener Wellen- und Felsenkraxler, ich erbärmliches etwas, das erst jetzt meinem Tantchen ein Geburtstagsbriefchen zusammenkritzelt. Eindrücke und Erlebnisse hier, in diesem etwas paradiesischen Stückchen Welt, sind fast so famos und interessant wie Du bestes Tantchen (Hoppla Pony nun werd mal nicht so enormiglich kitschig, wollen ja hier keine Ufaklamotte werkeln). Dieser frevelhafte Fetzen Papier (übrigens gerade dem Bucheinschlag abgefetzt, das pour toi sein soll, simbolisiert fantastisch unseren Zustand hier. Primitiv, aber hart und fest. Hier in Losenez ist la vie unbescheiden ruhig (im Gegensatz zu dem bescheidenen Touristendschungel in Varna und Nessebar, verworren durch die sagenhaften Bein- und Bauchgeschlinge, die da am Strand verdorren). Ja uns, also meinem kleinen ami Peer et moi kam es oft so vor, als ob diese wilden aufeinandergestapelten Haufen Fett menschlicher Natur, zu ihrem Leidwesen an ihrem barbarischen Überfressungsdrang einfach dahin verkalken. Schaderweise sind werte Eltern auch in so einem Epedemieterritorium, sehr schade für die wackeren Strampel.

Bum, jetzt the beginning of our life. In den ersten Tagen große Trampaktion, hat einen irren Spaß gemacht, da trampen bei uns beiden erfahrenen Trampkämpfern eine wahre Erholung ist. Ruck zuck vom offenen Laster in einen Citroën, tapp, tapp, schon 80 km in fast nur einer Stunde hinter uns geschlagen. Entdeckung dabei, die Bulgaren sind die aller aller aller-nettesten Tramptaxifahrer. Irgendwie alles etwas naiv, unproblematisch und seelenruhig, knusprig braun gebakken, ein unwegwischbares Lächeln auf den Lippen. Mir scheint ein ewig erhabenes stolzes Glücksdelirium auf ihren so ähnlichen Gesichtern zu liegen. Das schöne Land hier, Meer, Sonne, Berge, viele Menschen kommen von weit her, um es zu genießen, sie haben es immer. Kurz, ziemlich zufriedene Leute ohne gepuderte Lache, natürlich und herzlich.

Wenn wir dagegen mit irgendwelchen Sachsen zusammenrammen, sind wir einem Psychoschock nahe. Laut und aufdringlich, einfach zum Revolutionieren! Die Westdeutschen sind zwar sagenhaft überheblich, aber irgendwie doch noch etwas taktvoller, verziehen sich von selbst!

Tja, nun eine kleine Tatenskala von der Peer- und Pony-Bulgarien-Exkursion: Kontakt mit den Eingeborenen aufnehmen. Zu einem Schafbraten sind wir schon eingeladen worden. Wir sind dabei so richtig ganz doll vertiert, Lagerfeuer, Schnaps, Esel and so on. Muscheldinger haben wir auch schon mit Genugtuung hinter uns gebracht. Ein Tramp nach Nessebar, sonst vertoben und verbacken wir die Zeit an einsamen romantischen Felsenbuchten, oder wir lieben sie sentimental dahindämmernd oder mit Quallengeschwadern kämpfend. Doch Peer und Pony sind nicht so schnell knock out; so begannen sie die Epoche des Quallenkrieges. Zack-zack ein Feuer an, dann werden einige Quallengeschlechter zum Skrupel ihrer Mitschänder einfach verpufft. So! Wir gerieten dabei in echte Eckstaseanfälle, da so etwas Qualliges doch wahrhaftig etwas selten Widerwärtiges ist. Ach ja, dann haben wir ein selten faszinierendes Klo gefunden. Direkt in einer Felsspalte mit Wasser und Pospülung, grandios, sag ich Dir! Neben ewigen Entdekkungstramps and goes bauen wir einen Wall aus Steinen in's Meer, entschlingen den Meeresboden für eine Badestelle, bauen Meeresgeister, Engel- und Teufelswichte in einer friedlichen Demokratie aus Schilf, Steinen und Muscheln, je nach Phantasie in den Sand. Ein nächtliches Lagerfeuer mit Maisröstung hebt mindestens um 6° unsere Liebe an (bald in Himmelsnähe). Du, echte Liebe ist, glaube ich, wirklich etwas, was nach religiösen Vorstellungen in's Jenseits gehört, oder überhaupt jenseits ist. Den Kindern lieben lehren ist eins der wichtigsten Dinge, da das andere, Berufsziel und so, in unserer heutigen Epoche sagenhaft selbstverständlich ist. Ich glaube ganz ehrlich daß die Bulgaren mehr lieben als die Deutschen im allgemeinen. Ein entscheidender Grund ist wohl ihr niedriger Lebensstandard. In Not verstehen wir uns nicht nur scheinbar, sondern wirklich. Tja, aber hoher Lebensstandard ist aber unbedingt entwicklungsbedingt, muß also die menschlichen Beziehungen nicht unbedingt abbauen. Der Wissensdrang könnte alles retten, also Menschen, erzieht Euch dazu, einzusehen, daß Euer momentaner Lebensstandard Eure wahren Bedürfnisse in keiner Weise befriedigen kann. Strebt, strebt, strebt nach Besserem, und so könnte Liebe wieder erstrebenswert sein, da einfach nötig. – Hm! ist das heiß, platsch, da bin ich wieder mit etwas mehr Salz auf der Haut! Übrigens, die Reise habe ich mir so gut wie alleine erarbeitet. Über 200 M im G-Werk, fast 100 M im französischen Lager. Maja wollte ich eigentlich mitnehmen, die wollte aber nicht. Weiß nicht so genau warum. Vielleicht weil ich mit ami trampe und sie ohne. Sie sagte mir, daß sie zum Trampen schon zu alt sei. Peng, das war ein harter Schlag für mich, Schwesterchen! So nun meine Herzallerbeste jetzt mache ich noch ein bißchen Plantsch-Plantsch. Macht's alle ganz doll gut. Eure Pony

Und nach der Bulgarienreise wieder zu Haus: Abschiedsstimmung, die letzten Ferientage, die letzten problembeladenen Spaziergänge am Kanal – dann ist Peer weg! Er geht zum Studium nach Ilmenau, vier Jahre lang, und wenn er sich spezialisiert, was er möchte, sind es sieben Jahre. Maja ist zum Studium nach Leipzig, und was bleibt Pony? Die Schule, pauken, pauken, pauken, Durchschnitt 1,2 muß erreicht werden, sonst keine Aussicht auf Psychologiestudium, nachts liest sie bis zwei Uhr Wälzer über Psychologie, obwohl kein Mensch von ihr solche Vorkenntnisse verlangt. Und zwischendurch zieht sie mit ihrem einzigen verbliebenen Freund durch die Gegend, ihrem Micky-Radio, Beat und Bach, sie legt sich Platten von der May auf, im Wohnzimmer hört man oben die Dielen knarren, sie tanzt und singt: »Alter Bilbao-Mond, da wo noch Liebe wohnt.«
Sie macht eigene Songs, die sie auf Zeichenpapier mit dickem grünem Filzstift hinschmiert und keinem zeigt:

Wind

Haare blond, Locken,
Haare schwer; eine
kleine blaue Schleife,
Mädchen im Wind,
wie Federn in der Luft.
Mädchen tanzen im Wind
Schlanke Taillen
und blondes Haar,
und blaue Schleife,
und ein Junge spielt Klavier.
Du bist es!

Und sie schreibt Briefe:

Liebe Tante Lore! Liebe Omi!
Hemd – sehr gut – mit Freude empfangen. Gleich military Taschen draufgespuckt. Jetzt so richtig echt und anstrebenswert. Thanks! Du, Tante, hab im Moment einen ziemlich ungequirlten Zustand. Einerseits möchte ich jetzt schon Psychologiestudentin sein. Kannst Dir ja nicht vorstellen, wie ich mich schon auf mein Studium freue; wenn ich es schaffe, heißt es. War gestern bei einem Psychologen, kannte ihn nicht, aber wollte mich mit ihm über meinen zukünftigen Job beraten, sind so richtig schön vergeistigt.
Ach, Maja hat es gut, die darf jetzt schon studieren. Freue mich übrigens schon mein Schwesterchen kennenzulernen. Wir haben uns nämlich schon soooo lange nicht mehr gesehen. Auf die Schule freue ich mich komischer Weise auch schon. Das sind die Freuden. Hatte aber natürlich wegen Peers Abmarsch etliche Traurigkeitsanfälle. Dann renne ich immer wie eine Wilde am Kanal hin und her. Mitten in der Nacht, morgens, abends. Gestern habe ich ganz zufällig ein Orgelkonzert in der Dorfkirche dort gehört. So eine Frau hat nur geübt. Es war aber wirklich ergreifend. Ich bin zwar niemals sentimental, aber da war's mit Pony nah an der Grenze, einfach hemmungslos loszuheulen. Und dann kommen noch etliche Freundinnen zu Dir, singen Dir im Jammerton ihre Leiden vor, und alles mußt Du in Dir verdauen. Naja, gerade Du kennst das ja zur genüge. Hast Du meinen Bulgarienbranntbrief bekommen? Tschüs Pony

He Peer!
Ich versuche ganz bald zu kommen. Ja, old boy, ich glaube, wir gleichen uns ganz schön aus! Im Moment habe ich mit dem Neid der anderen zu kämpfen. Peer, ich weiß, gerade Du kennst das gut. Entsätzlich nicht? Ullrike, Kater, Monika, Jan sind auch schon ganz schön neidisch, das zermürbt sie, daß ich einen richtigen Freund hab, also menschliche und auch schulische Konkurenz bin. Natürlich, Neid ist menschlich, aber schlecht. Leider es gibt eben Glück und Unglück, gute und schlechte Charaktäre. Wenn man ihr Unglück studiert, kann man diesen Unglücklichen helfen. Komischer Weise hab ich wirklich manchmal Einfluß auf Menschen, Ullrike kann da gemein berechnend werden, sie müßte eben mehr in der Schule tun, aber Beat-Beherrschung . . . Peer, was macht man denn da, dieses neidisch hintertücksche Aufblicken zermürbt mich nämlich ganz schön. Sie sind ja alle sehr nett, aber wenn es eine Pistole gäbe, würden sie schießen. Ach, furchbar!
Nur Bertholdi (Deutschlehrer) kann da noch ein bissel helfen. Ich seh ihn jetzt immer an.
So, jetzt lese ich Pawlow! Bin schon ganz neugierig!
Auf bald! Pony

Eine Karte von Peer:

Hallo Ponnnny!
Deine beiden letzten Briefe waren wieder doll, kann mich aber noch nicht darüber äußern. Z. Zt. rotieren wir. Seit Urlaubsende ist hier wieder was los mit den Kommilitonen. Na ja, Schicksal. A propo Schicksal: Zur Zeit schwanke ich immer zwischen absolutem Pessimismus, vollständiger Depression also, und dem Gegenteil, also Optimismus und Schaffensdrang hin und her. Möchte wissen wie es einigen andern geht. Einige haben sich offensichtlich damit abgefunden sieben Jahre lang hier zu büffeln, andere leben ein frohes Leben und verdrängen die Scheiße. Kann ich beides nicht. Ich will immer noch, noch habe ich ein Ziel, das oben liegt. Aber angekränkelt bin ich offenbar auch schon. Aber das Ziel an sich, nämlich zu promovieren, gebe ich nicht auf, – ziehe mich daran in Gedanken an dich immer hoch.
So, das wars. Ich geh jetzt schlafen, werde voraussichtlich nicht vorm Wochenende dazu kommen, Dir zu schreiben. Schlachte mich bitte deshalb nicht. Tschüß Peer

Peer!
Ist mein Gefühl stärker als mein Verstand?
Du, wir müssen ganz bewußt die und nur die richtige Wahrheit wiedergeben.
Peer das ist so schrecklich wichtig, dieses nicht eifersüchtig sein! Selbstbeherrschung, Geduld + alles solches. Du, darum würde ich Dir alles erlauben, wenn ich wüßte, daß Du es wirklich ehrlich meinst mit uns beiden ...
Machs gut! Pony

Zwei Wochen später steht Peer schon wieder vor der Tür, Pony strahlt, sie ist glücklich, seine Mutter darf es nicht wissen, er muß bei uns übernachten. Am Samstagabend findet eine Geburtstagsparty im »Pferdestall«, das heißt in unserer zum Beatkeller »verpopten« Waschküche, statt. Peer hat die Bar mit roten Ziegelsteinen gebaut, als Barhocker dienen zerfetzte Pferdesättel auf Holzpfählen. Man lacht, trinkt und tanzt in eigenartigen Kostümierungen. Pony scheint in ihrem Element zu sein, bis sie merkt, daß Kater, ihre jetzige intimste Freundin, sich an Peer heranmacht und ihn den ganzen Abend nicht mehr losläßt. Sie flirtet mit ihm, sie gehen zusammen in die anderen Kellerräume, in denen es stockdunkel ist, in den Garten und kommen zurück. Kater war erst vor drei Jahren in Ponys Klasse gekommen, und die beiden hatten sich sofort gefunden. Sie ist der Typ des modernen jungen Mädchens, überschlank, blond, Igelfrisur, halb Mannequin, halb Intellektuelle. Ponys alte, gutherzige Freundin vom ersten Schuljahr, Monika, trat da zurück, sie war eher bieder im Vergleich zu Kater, die Philosophie studieren will.
Pony tanzt in hektischer Ausgelassenheit weiter und tut so, als ob sie die beiden nichts angingen. Doch bald nach Mitternacht muß Peer aufbrechen, zurück nach Ilmenau. Pony begleitet ihn zur Bushaltestelle unweit des Jugendklubs, in dem sie sich kennengelernt haben. Sie gehen an den herbstlichen dunklen Gärten vorbei, in den Häusern brennt nur noch hie und da ein Licht, und kürzen über den pfützenreichen, langen und unbeleuchteten Feldweg ab. Es ist genau der umgekehrte Weg, den sie damals gingen, als Peer sie das erstemal nach Haus gebracht hatte. Damals, als alles anfing – und nun? Ist es ein Abschied? Für wie lange?
Die Trennung und der verdorbene Abend lasten auf beiden, um so mehr überspielt Pony mit ihrer leichtfertig humorvollen Art das eben

Vorgefallene. Peer nimmt ihre Hand, er drückt sie fest, denn sie sind beide froh, daß sie sich wiederhaben.
Doch als Pony am nächsten Tag aus der Schule kommt, sieht die Sache anders aus, und sie spricht sich beim Mittagessen mit Tante Miezl darüber aus: »Weißt du, ich mache Peer keine Vorwürfe, natürlich soll jeder seine Freiheit haben, aber Kater, das soll nun meine beste Freundin sein, sie hat ja schließlich Junior – bloß weil der gerade bei der Armee ist!«
Bald darauf kommt eine Briefkarte von Peer:

... Gestatte mir, der Meinung Ausdruck zu verleihen, daß mir scheint, als sei meine bisherige »Partyreinheit« leicht beschmutzt.
Übrigens Umfragen in fünf Städten der DDR haben mir bestätigt, daß »partyrein« offenbar eine Pony-Erfindung ist, da anderwärts unbekannt.
Na also!
Schäm Dir, mir Dummheiten zu unterschieben bis demnächst Peer

Der Alltag geht weiter, in den Schulpausen steht kein Peer mehr am Tor, wie weit liegt die ausgelassene Ferienwelt zurück? Wie schwer ist das Alleinsein zu Haus in dieser idyllischen Abgeschiedenheit! Man hört Pony nicht mehr Chansons grölen, sie sitzt an ihrem Schreibtisch, macht Schularbeiten und kritzelt zwischendurch ihre Gedanken nieder, am liebsten in anderen Sprachen:

Je ponse, je ponse
je ponse à toi
je ponse à le beau temps avec toi
Merci pour le temps

I think I think
I think for you
Il think for all the time with you.
Thank you for this time.

Je ponse je ponse
je ponse à toi et moi
toujour, je ponse à toi et moi
toujor, toujor!

In my dream I saw you
Your voice was so wonderful
Your face was yellow
Your face was sad

Je ponse, je ponse à toi et moi
toujor! toujor!
Help![3]

Ein Zug fährt rückwärts

Und es war der zug ein schiff geworden,
schwamm entgegen all den strengen strömen
bis zum anfang meiner reise, aber
auch zurück zum ursprung meiner furcht.

Und die schiffe haben keinen grund . . .

Andreas Reimann

Der folgende Tag war Sonntag. Peer war telefonisch von seiner Mutter unterrichtet worden. Er sollte Pony schreiben, aber Peer war sofort abgereist, ohne mit einem seiner Professoren zu sprechen, und fahrig saß er mir gegenüber, in der oberen Etage des Doppelstockzuges, wo wir uns in aller Frühe verabredet hatten, um gemeinsam zu Caritas zu fahren. Die Zigarette konnte er kaum zwischen den Fingern halten, die strähnigen, braunen Haare trug er nun länger, wodurch er nicht mehr so schülermäßig aussah.
»Also Wachstation!« brachte er heraus. »An alles hätte ich gedacht, aber das . . .«
Er nahm eine neue Zigarette, obwohl die andere noch nicht aufgeraucht war. Unter uns huschten Kiefern und braune Felder vorbei. Peer schluckte etwas: »Ich hatte ihr jetzt länger nicht geschrieben, ich mußte mich auf die Prüfung vorbereiten. –– Einmal hatte ich ihr von einer Kommilitonin geschrieben, die mich gefragt hatte, ob ich sehr an Pony hänge . . .«
Ich hätte gern noch mehr gewußt, aber so einfach war das nicht, eigentlich kannten wir uns fast nicht.
»Wie habt ihr euch denn überhaupt kennengelernt?«
Peer wurde munterer: »Im November war's – ja, vor zwei Jahren –, damals lief ich auf vollen Touren. In unserem DT 64-Klub in Falkenhorst, da war so 'ne Klassenfeier, die war irgendwie von zwei Klassen zusammen, und zwar von Ponys und meiner. Na ja, wollen mal so

sagen, für mich war die Situation neu in gewissem Maße, hatte zwar auf meiner Penne schon mal 'ne Freundin gehabt, aber nicht eigentlich, nur so 'ne Klassenkameradin. Und dann hat es sich so ergeben, daß ich an diesem Abend dieses schreckliche Mädchen namens Pony kennenlernte.« Wieder eine Zigarette: »Vor allem war ich seit längerer Zeit von der Außenwelt abgeschieden – ich meine, hier spielt nämlich meine Krankheitsgeschichte eine Rolle –, und nun, da ich wieder auf freien Fuß gelassen war, treffe ich als erstes auf Pony.«

»Was für eine Krankheit?« fragte ich.

»Es war wohl Verdacht auf Herzinnenhautentzündung, hat sich aber nicht bestätigt.«

»Hattest du Herzbeschwerden?«

»Überhaupt nicht, nur immer erhöhte Temperatur, drei Monate lag ich, auch im Caritas.«

»Und sie haben nichts gefunden?«

»Klar war die Sache nicht, aber vielleicht hab ich auch etwas dazu beigesteuert – der Leistungsdruck in der Schule –, ich hatte gerade einen starken Leistungsabfall.«

»Also Flucht in die Krankheit?«

»Vielleicht war da was dabei.«

»Und vorher hast du noch nie ein Mädchen nach Haus gebracht?«

»Ach doch, eins speziell. Das war eben Regine.«

»Wieso übrigens ›schreckliches Mädchen‹?«

»Da müßte ich an sich noch einen Kommentar dazu geben. Es war ein schreckliches Mädchen aus einem ganz speziellen Grunde. Es war relativ schwierig, sich mit Pony zu unterhalten, weil kein belangloses Gespräch zustande kam. Wenn nämlich die Tendenz – und das ist ja bei Partys öfter mal so –, sich warmzulaufen, im Gespräch warmzulaufen, dahin kam, daß die Unterhaltung flach wurde, dann ging es unter Garantie schief. Dann kam von Pony immer so 'ne kleine Spitze, Ironie oder Ulk, und dann mußte ich erst mal darüber nachdenken, weil ich das wahrhaftig nicht gewohnt war, zumal von einem Mädchen, das jünger ist. Regine beispielsweise, die war ja mein Jahrgang. Ich dachte nur: Was wird mir auf diesem Wege noch blühen? Denn ich war noch nie so ein richtig guter Unterhalter gewesen, wenn es darauf ankam, daß ich die Unterhaltung führte, sondern war immer darauf angewiesen, daß ich halbwegs vernünftige Gesprächspartner hatte. Und Pony war nun absolut neu und auch absolut anders als das, was ich auf dieser Ebene kennenlernen konnte.

Und dann sind wir an diesem Abend am Kanal lang nach Haus marschiert, dort beim Försterhaus runter, ich weiß nicht, ob Sie den Weg kennen? Abends Mondschein und Romantik – auf jeden Fall ist eins bemerkenswert, daß es nicht so schwierig war, sich unterwegs zu unterhalten, abgesehen davon, daß ich immer noch nervös war, weil ich nicht wußte, wie ich mich jetzt verhalten sollte. Das war an sich erstaunlich, denn damals, als ich Regine nach Haus gebracht hatte, das erstemal, wußte ich auch, wie ich mich verhalten sollte; aber vielleicht lag es daran, daß es damals Winter war. Und dann kamen wir zu, wie sie sagte, Ponys Hexenhaus. Der Mond war erörtert, das Haus war erörtert, die Familie war erörtert, und nun stehen wir vor der Türe, und es ging nicht rein, und es ging nicht weg, und es hörte irgendwie nicht auf, und wir standen da eben so. Und na ja, dann wagte ich erst mal einen Vorstoß. Da war ich in dem Moment so hilflos, daß ich erst mal das gemacht habe, was am vernünftigsten war. Irgend so was hab ich Ähnliches da gebrabbelt wie: ›Jetzt sind immerhin sechs Stunden um, jetzt könntest du mir mal 'nen Kuß geben!‹ ›Ich habe keinen Stundenplan‹, hat sie geantwortet. Aber sie war daraufhin doch etwas verlegen, und dann kam die berühmte Taschentuchstory. Es fand sich später in unserer Beziehung immer wieder, daß Pony gerade dann kein Taschentuch hatte, wenn sie es brauchte, und damit war diese Situation des Abends an sich aufgelöst. Das war erst mal abgeschlossen. Am nächsten Morgen, als ich mit dem Rad in den Schulhof einbiege, steht Pony plötzlich da und zieht mich beim Absteigen an der Zipfelmütze: ›Na, was is?‹ sagt sie lachend. Die anderen Schüler gucken, ich werd natürlich wieder rot und sage: ›Was soll denn sein?‹«

Während unseres ganzen Gespräches zwinkerte Peer mit den Augenlidern. Diese Angewohnheit hatte er schon immer, aber es war noch nie so schlimm wie während dieser Fahrt in die Vergangenheit. Er wurde aber nicht müde und erzählte hastig und, wie mir schien, etwas verkrampft weiter: »Weil es insgesamt schon an diesem Abend so komisch war, so ungewohnt, will ich mal sagen ..., und dann kam noch hinzu, daß man jeden Tag immer aufs neue 'ne Meinung dazu haben mußte, wenn man in der Schule war. Man sah sich, man traf sich und stellte sich automatisch zusammen hin, man mußte: glücklicherweise zwangsweise. Ich weiß nun nicht, ob es Pony immer angenehm war, gestört zu werden, da ich auch in den Pausen immer noch dieselbe Eigenart hatte, daß ich nicht der Idealunterhalter war. Und das war mir immer so'n bißchen merkwürdig, und es war mir, um ehrlich zu sein, auch ein

bißchen unangenehm. Das hat Pony natürlich ganz großartig überspielt. Sie stand immer bei den anderen Mädchen – meistens waren es drei –, dadurch lernte ich Ponys Klasse erst kennen. Es war nun auch das Problem, da ich insgesamt noch keine Meinung hatte. Da kam mir übrigens Kater, Ponys intime Freundin, immer sehr entgegen mit ihren ›Kommentaren‹, die anders waren, gängiger, und dadurch eine gewisse Entlastung für mich brachten. Nun versuchte ich erst mal Trick 17. Da nahm ich den Junior mit, Junior aus meiner Klasse, den späteren Freund von Kater. Und nun habe ich erst mal versucht, die ganze Chose zu verdrehen, so ›Verwechselt das Bäumelein‹ zu spielen, daß Junior mich zunächst von dem Dilemma befreite und mich da herausschleusen solle. Es klappte überhaupt nicht. Das hatte insgesamt nur das Gegenteil zur Folge, daß Junior dann nämlich an Kater geriet und ich nun aber in diesem Punkt noch keinen Schritt weiter war. Ich war bei einer Sache, die ich nicht beenden konnte, weil wir uns auch jeden Tag trafen, aber andererseits hatte ich auch nicht die Überzeugung, die mich nun bewogen hätte, mit Gewalt das zu beenden, was für mich erst mal nicht faßbar war.«
Ich versuchte auf wesentliche Punkte zu kommen, obwohl es schwer war, denn ich hatte mich noch nie derart mit Peer unterhalten. Er wurde in unserem Haus so etwa wie eine Quantité négligeable behandelt – das heißt, wir fanden es sehr modern, die Kinder ihre eigenen Wege gehen zu lassen.
»Wenn ihr euch länger gekannt habt«, fragte ich, »werdet ihr euch doch nun langsam mal einen Kuß gegeben haben?«
Peer: »In der ersten Zeit passierte, um ehrlich zu sein, wochenlang fast gar nichts, als daß wir uns eben immer trafen.«
»Ich erinnere mich«, sagte ich, »daß Pony einmal aufgeregt in mein Zimmer gerannt kam und heraussprudelte: ›Ich dachte immer, die Liebe ist etwas Schönes, aber die Liebe ist ja was ganz Furchtbares!‹«
Peer fiel lebhaft ein: »Die Liebe – was ganz Furchtbares, das haut nämlich vollends hin. Wenn ich jetzt nachträglich dafür ein Wort einsetzen müßte, würde ich genau dasselbe sagen. Man kann sagen, wir haben es uns wirklich nicht leicht gemacht. Aber es hatte natürlich eins zur Folge, man war jeden Tag mit diesem Gedanken beschäftigt. Das wurde, wie der alte Pawlow mal wieder sagen würde, zu einer Art Reflex. Pony meinte, die Liebe sei im Prinzip was Fürchterliches, und ich wußte damit nun auch nichts mehr anzufangen, und demzufolge dachte ich: So kann das nicht weitergehen, also muß was passieren. Und

da es nicht nach vorne weitergeht, muß es nach hinten weitergehen, als logischer Schluß: Wir machen Schluß.«
»Wie alt war Pony da eigentlich?«
»Das war ja das Problem, wenn es sich um eine normale Göre von 15 Jahren gehandelt hätte, würde man sagen, zu jung, basta! Aber nichtsdestotrotz war Pony ja weiter, als es ihr Alter normalerweise vorschreibt. Das heißt also, ich war dann bemüht, in Pausen nicht in Sichtweite zu erscheinen, aber wenn ich mich fernhielt, hatte Pony immer noch so viele Fähigkeiten, mich irgendwann mal zu entdecken. Und sie merkte auch offensichtlich, daß da was faul war, und seinen Kulminationspunkt fand die ganze Sache dann bei diesem Schulkinobesuch, an diesem Frühlingstag. Was mir da in diesem Kino passiert ist, hätte ich nicht für möglich gehalten. Es war ein sehr heißer Tag. Pony entdeckte mich freudestrahlend, setzte sich lachend zu mir, ich machte ein unheimlich mürrisches Gesicht, und dann ging der Film los, und zwar ›Der geteilte Himmel‹. An sich ein sehr origineller Film. Und hinterher standen wir leicht benommen und geblendet in der Sonne und guckten uns an, und dann blieb uns nichts übrig, da die anderen sich ja nun taktvollerweise entfernt hielten, als miteinander weiterzumarschieren. Und dann ging das auch gleich sehr gut, wir hatten den Anknüpfungspunkt Film, der ganz interessant war und eine relativ moderne Schnittechnik bot. Und von diesem Stoff schweift man dann ja automatisch auf dies und jenes ab. Na ja, und dann aßen wir auch noch auf dem Weg Eis. Pony bekleckerte sich, und da griff sie eben wieder auf mein berühmtes Taschentuch zurück, und wir waren beide ausgelassen und richtig froh. Da hatte nämlich die Kleinigkeit mit dem Taschentuch so 'ne Art Signalwirkung oder, wenn man so will, wie ein Leitmotiv in der Musik. Taschentuchmotiv gleich Freude.
Und dann kamen wir in der Schule an, die 5. Stunde war noch nicht zu Ende, und legten uns da hinter den Fahrradständern auf dem Schulhof in irgend so 'ne Grasmulde, es war ja warm, und die haben es alle so gemacht, und dann haben wir über Gott und die Welt geklönt, und wir wußten beide, daß wir in dem Moment richtig glücklich waren. Nur schlimm war's, als es dann klingelte und wir zum Unterricht mußten. – Und von da an, kann man eigentlich sagen, hatten wir ein richtiges Verhältnis miteinander.«
Ich wußte zwar nicht, was er unter einem »richtigen Verhältnis« verstand, fragte aber nicht. Peer schaute zum Fenster hinaus, seine Augendeckel klapperten, aber ich bemerkte, daß er im Gegenlicht ein sehr

feines Profil hatte und in dem hageren, blassen Gesicht einen geschwungenen Kindermund. Ich erinnere mich, daß Pony Fotos von ihm hatte, auf denen er erstaunlich gut aussah.
»Pony hat oft davon gesprochen«, setzte ich die Unterhaltung fort, »daß sich alle sehr gewundert haben, daß ihr so lange miteinander befreundet wart?«
»Ja, die anderen haben gewechselt, das ist wahr. Aber wir hatten gar kein Interesse, vor allen Dingen später, nach dem sogenannten Kulminationspunkt – sprich Kinobesuch – hatten wir überhaupt kein Interesse, aufzuhören, zu wechseln oder sonst was anzustellen. Das war für uns hinreichend interessant, hinreichend ergiebig und hinreichend gehaltvoll.
An diesem Tag im Kino«, fährt Peer, zum Fenster hinausschauend, fort, »da paßte alles so wunderbar zusammen, und von da an hat es eine ständige Steigerung gegeben bis zur Bulgarienreise.« Er nimmt einen tiefen Zug aus der Zigarette: »Und jetzt dieser Hieb!«
Er bietet mir eine Club an, die ich nicht leiden kann, aber ich nehme sie. Ich bohre weiter, denke, wenn ich den Kern des Übels ergründen kann, werde ich ihr die falschen Ideen ausreden, und dann ist alles wieder gut.
»Meinst du, daß sie einen Vaterkomplex hat?«
»Was ist das – Vaterkomplex?«
»Nun, daß sie in der Figur des Vaters ...«
»Ja, ja, ich weiß schon – auf jeden Fall mag Pony ihren Vater unheimlich gern, und dementsprechend geht jedes grobe Wort von ihm ihr ungeheuer nahe. Wahrscheinlich sehr viel mehr, als er es annimmt.«
»Hat sie mal was gesagt, daß Maja sein Lieblingskind ist?«
»Direkt nicht, aber ich weiß es. Ich weiß es, obwohl keine spezielle Äußerung in der Hinsicht gefallen ist, aber irgendwie hat es sich bei mir zusammengesammelt, daß mir immer klar war, daß Pony hinter Maja erst den zweiten Rang einnimmt. Sie selbst waren ja auch viel unterwegs, und so war Pony viel allein, oder Tante Miezl und ihr Vater blieben übrig, der ja immer erst spätabends kam und wenig Zeit hatte. – Ich nehme an, in gewissem Sinne hatte das Tante Miezl erfaßt und war bemüht, einen Ausgleich zu schaffen.«
»Und in Bulgarien«, frage ich weiter, »da machte sie doch einen Eindruck von übersprudelndem Glück – damals, als ihr am Goldstrand ankamt?«
»Das stimmt, sie kann alles so ungeheuer genießen. Die Berge, die Sonne, das Meer, die fremden Menschen, die alten Bauwerke, in jede

orthodoxe Kirche hat sie mich reingeschleppt, stundenlang hat sie dann dort die Ikonen im Kerzenschein bewundert, bis ich sie kategorisch herausreißen mußte, damit wir noch vor der Dunkelheit weiterkamen. – Und als wir am Goldstrand ankamen, natürlich, sie schwamm nur noch so auf den Wogen des Glücks, aber Sie hatten vielleicht bemerkt, daß meine Nickelbrille, die Pony mir mit aller Gewalt aufgeschwatzt hatte und die ich auf der Tramptour trug, ein Glas eingebüßt hatte, bei der Schlägerei mit dem Bulgaren?«

»Darauf habe ich nicht geachtet!«

»Das kam so – damals war schon etwas Eigenartiges mit Pony passiert –, wir wollten doch von Losenez zu Ihnen nach Varna trampen, Pony, in herrlichster Laune, sprach mit jedem Autofänger in der jeweiligen Sprache, alle waren von ihr begeistert und sie sehr ausgelassen. ›The funny girl from GDR‹, sagten einige Schweden. Dann gerieten wir an einen bulgarischen Laster, mit dem wir eine ziemlich lange Strecke getrampt sind, in einem Gebirgsdorf machten wir dann Mittagspause, da gab es Wein und Mastika, und der, der bis dahin gefahren war, schluckte auch ganz schön und lud uns auch ein. Und dann waren wir alle drei recht fröhlich. Er stieg dann mit uns hinten auf den Lastwagen, der mit Leergut, irgendwelchen Pappkartons, beladen war, und der andere, sein Beifahrer und sein Kumpel, die fuhren vorne weiter. So hockten wir also alle drei auf der einzig freien Planke, mit dem Rücken zum Fahrerhaus. Die Hitze und der Mastika machten den Bulgaren putzmunter, er fing an zu singen, Pony sang mit, irgendwas Unverständliches, und er entflammte immer mehr, bis er dann echt aufdringlich wurde; und dann versuchten wir es dann beide noch mit Gespräch-und-Lieder-Singen, Trali-trala-Spielchen, um ihn davon abzubringen, auf dem immerhin recht zügig fahrenden LKW hinten obendrauf. Wir hatten nur noch zwanzig Zentimeter Bordwand als Sicherheit, aber der Lockenkopp war immer weniger zu bremsen, und Pony wurde auch immer mehr schlecht, und sie wurde auch immer träger, völlig geistig weggetreten. Es gab dann eine ziemlich laute Auseinandersetzung, ich brüllte: ›Stop, anhalten!‹ Und der Fahrer hielt auch mal fast an, da brüllte der Bulgare von oben zurück: ›Weiterfahren!‹ Und der fuhr auch weiter, und Pony, die hing bleich an der Bordwand, ihr wurde immer unwohler, und schließlich kam es zu einer handfesten Auseinandersetzung. Auf dem schwankenden LKW lag ich im Kistenberg, die zur Seite flogen, dabei verlor ich eben mein Brillenglas. Das merkte der dann aber auch vorne, fuhr rein in so einen

Parkseitenweg, und da kommandierte ich mit wirklich zackiger preußischer Generalsstimme herum, weil ich nämlich merkte, daß Pony nur noch auf große Lautstärken und regelrechte Befehle reagierte. Danach versuchten wir den taktischen Rückzug, runter vom fahrenden LKW und schnell vor zur Straße. Es gelang, aber er kam uns noch ein Stück hinterhergerannt, und wir versteckten uns im Gebüsch. Als ich Pony wieder zu sich gebracht hatte, da war ich mit den Nerven fertig und fing zu heulen an.«

»Was war denn das für ein Bulgare – unsympathisch?«

»Nee, unsympathisch wurde er erst nachher, dann rief er uns noch Verwünschungen hinterher. Sonst war der ganz nett, typischer Bulgare, braungebrannt, hager, drahtig, wilde, dunkle Lockenmähne, ziemlich jung.

Und wie wir dann das nächste Auto hatten, heulten wir erst mal munter um die Wette. Dann stiegen wir in Varna-Stadt aus, wir wußten ja nicht, daß der Goldstrand weit außerhalb liegt. Deshalb kamen wir so spät bei Ihnen an. Es waren dann auch noch irgendwelche Schauspieler am Tisch, die herumalberten, was Pony nicht vertragen konnte, aber hinterher haben die wohl gesagt, daß wir beiden wie das große Liebespaar wirkten.«

Eigentlich wollte ich noch einige Fragen stellen, aber wir waren unterdessen am Bahnhof angekommen. Wir liefen durch die sonntäglich menschenleere Innenstadt bis zum großen, weinumrankten Eingangstorbogen von Caritas.

Ein Wiedersehen

Trennen wollten wir uns?
Wähnten es gut und klug?
Da wir's taten,
Warum schreckte wie Mord die Tat?
Ach, wir kennen uns wenig;
Denn es waltet ein Gott in uns.

Friedrich Hölderlin

Während ich an der verschlossenen Glastür klingle, sage ich Peer, er solle erst kommen, wenn ich ihn hole, ich wüßte nicht, wie ich Pony antreffe. Er nickt, er weiß vor Nervosität nicht, was er mit sich anfangen soll . . .

Ich klingle. Wir warten, ich klingle noch einmal, nach einer Weile hört man das Schlüsselklappern. Gut, daß man mich zu jeder Zeit hereinläßt. Ob die anderen Neuankömmlinge erst auf die Besuchszeit am Mittwoch und Sonntag warten müssen?

Pony läuft im Gang umher, immer noch in ihren Jeans und der roten selbstgemachten Jerseyweste. Sie scheint sich zu freuen, mich zu sehen, sie spricht nicht, so ist unsere Unterhaltung einseitig. Ich rede auf sie ein – keine Antwort.

Nach einer Weile frage ich sie, ob sie Peer sehr vermißt hätte. Sie beißt den Mund zusammen. Die Augen werden wieder starr. »Möchtest du ihn sehen?« Keine Antwort, kein Nicken, nichts.

»Er ist da, ich hole ihn!« Ich gehe zurück zur Glastür, Peer geht allein hinein, den langen Gang entlang, Pony sieht ihn kommen – und rennt weg. Peer ist erschüttert, wir versuchen, Pony über die Schwester wieder herzuholen, lange warten wir so, es ist nichts zu machen. Wir müssen wieder gehen.

Peer spricht nicht, er ist wie gelähmt. Das also war das Wiedersehen, das er sich während seiner langen nächtlichen Zugfahrt von Ilmenau hierher immer wieder vorgestellt hatte!

»Ich gehe nachmittags zur Besuchszeit noch einmal hin«, sagt er. Schweigend gehen wir zum Bahnhof Friedrichstraße, setzen uns in die Mitropagaststätte an der Bahnhofshalle, sie ist noch leer, gegen Mittag füllt sie sich. Peer ißt kaum, er raucht eine Zigarette nach der anderen: »Ich muß unbedingt heute noch den Professor sprechen.«
»Heute ist kein Mensch da!« antworte ich.
»Dann morgen, ganz früh – ich muß ihm sagen, daß ich Pfleger auf der Station werden will, bis Pony gesund ist. Und wenn mein Semester draufgeht . . . ist mir ganz egal.«
Ich antworte nicht, bin aber überzeugt, daß sie auf der Station keine männlichen Pfleger nehmen. Warum eigentlich nicht?
»Am Montag haben wir Zwischenprüfung«, sagt Peer in Gedanken, »aber auf jeden Fall bleibe ich hier – ich kann so nicht wegfahren. Ich bleibe, bis sie gesund ist.«
Mir wäre es recht, ich glaube aber nicht daran. Die Hochschule wird sicher kein Verständnis haben – und seine Mutter?
Um 14 Uhr ist Besuchszeit, Peer hat keine Ruhe, wir verabschieden uns am Bahnsteig. Er wartet noch auf meinen Zug, dann zieht er allein los. Wir vereinbaren, daß er nach dem Besuch sofort bei uns anruft.
Kaum war ich wieder zu Hause angelangt, klingelt das Telefon, es ist Peer: »Erst wollte die Schwester mich nicht zu ihr lassen, sie sagte, sie schläft. Bald nachdem wir gegangen waren, hätte sie sich übergeben. Die Schwester war froh, daß sie jetzt schlief. Ich bat sie, mich ruhig an Ponys Bett setzen zu können. Sie sagte, das kann sie nicht machen, es dürfen keine Besucher in den Wachsaal. Vielleicht hab ich ihr so einen jämmerlichen Eindruck gemacht, oder ich weiß nicht, warum, sie ließ mich dann doch zu ihr. Der große, über Eck gehende Wachsaal war fast leer, da alle anderen im Besuchsraum waren. Mittendrin stand Ponys Bett, ganz verlassen. Ich setze mich an den Bettrand. Im Schlaf sieht sie wie immer aus. Sie rekelt sich, blinzelt mal und schläft wieder ein. So sitze ich lange an ihrem Bett und habe nur die eine Angst, die Besuchszeit könnte vorbei sein und sie werfen mich wieder raus, ohne daß Pony aufgewacht ist. Ich will ihre Hand nehmen, aber sie zieht sie im Schlaf wieder weg. Dann blinzelt sie, scheint mich zu erkennen, aber ihr Blick ist fremd. Ich rede leise auf sie ein, und irgendwie merke ich, daß sie mir zuhört, und dann war sie es – die mich zuerst angelächelt hat. Da merkte ich, daß das geschlossene Dasein, das völlige Abgeschlossensein nach außen, hinter geschlossenen Augen, nur das eine war. Das andere war, daß sie unter dieser geschlossenen Hülle völlig funktionstüchtig war. Es

kam mir so vor, als ob sie aus einem tiefen, morastigen See endlich an die Oberfläche gelangt ist. ›Du bist gekommen?‹ sagt sie, so wie immer. Und dann haben wir uns unterhalten, zuerst etwas beschwerlich, dann ging es aber ganz gut. Wir hatten uns wiedergefunden.«
Die ganze Familie steht am Telefon: Wir schauen uns an und sind alle wie erlöst. Morgen werden wir zu ihr fahren und endlich mit Pony sprechen. Peer nehmen wir mit dem Wagen mit, anschließend fährt er nach Ilmenau.
Als wir am nächsten Morgen auf der Station ankommen, bemerkt Pony uns nicht; sie steht mit dem zehnjährigen Mädchen im Gang, an der verschlossenen Glastür, die auf den kleinen Auslaufhof führt, und redet dem Kind, das nur hinausstarrt, gut zu. Das Kind erfaßt ihre Hand. Dann entdeckt Pony uns, wir gehen auf sie zu, umarmen sie, sie spricht, sie lacht, sie weint, ›Pappi und Mutti sind da, Peer ist da‹, sie scheint glücklich.
Georg wirbelt mich herum, umarmt mich, küßt mich auf den Mund. Später hat Pony zu Peer gesagt: »Und dann hat Pappi der Mutti einen richtigen Kuß gegeben!«

Ilmenau

Anmutig Tal! Du immergrüner Hain!
Nehmt freundlich mich in Euren Schatten ein!
Laßt mich vergessen, daß auch hier die Welt
So manch Geschöpf in Erdenfesseln hält.
Im finstren Wald beim Liebesblick der Sterne,
Wo ist mein Pfad, den achtlos ich verlor,
Welch seltne Stimmen hör ich in der Ferne?
Sie schallen wechselnd an dem Fels empor.

J. W. von Goethe

Pony so schnell wie möglich nach Ilmenau bringen, war unsere Meinung. Zwei Tage war sie noch zur Beobachtung in der Klinik geblieben. Die junge Ärztin hatte viel mit ihr gesprochen. Dabei kam heraus, daß »es« in Bulgarien passiert war. Pony aber hatte nach der Rückkehr, auf die Erde starrend, gesagt: »Aber Tante Miezl, was denkst du denn von mir!« Warum? Hätte sie nicht wissen müssen, daß Georg und ich anders denken. Aber woher eigentlich? So genau hatten wir das Thema nie behandelt. Beiseite geschoben? Eigentlich nicht, aber wir dachten wohl, das wird schon seinen Gang gehen, wie in unserer Jugend auch. Wir werden ihr sagen, daß wir das ganz normal finden, und sie wird kein Schuldgefühl mehr haben, und alles wird sein wie vorher (später erzählte mir Pony, daß sie nur ganz selten zusammen waren, es sollte doch etwas »Hohes und Heiliges« bleiben).
Als Pony wieder bei uns war, bewegte sie sich zuerst etwas zaghaft im Haus und wußte nicht recht, was sie anfangen sollte. Wir hatten mit den Ärzten nicht besprochen, ob sie gleich reisen solle oder etwas später, aber die Stunden vergingen ihr zu Haus nicht, und so schien es uns das beste, sofort abzufahren. Die Ärztin hatte gesagt: »Gut, einverstanden, aber sie fährt nur zum verlängerten Wochenende nach Ilmenau; und dann sofort in die Schule, sie ist nicht krank!«
Doch plötzlich kamen mir Bedenken. Ich läutete die junge Stationsärztin Dr. Kössling an und sagte ihr, daß mir einiges an Pony nicht gefiele,

ich hätte ihr einen Zettel für die Reise gegeben, auf dem alle Stationen bis Erfurt stünden, aber ich hätte das Gefühl, sie nehme es nicht auf.
»Sie können sie ruhig allein fahren lassen. Sie wird doch hier in den Zug hineingesetzt und in Erfurt von ihrem Freund abgeholt. – Nein, nein, Sie bilden sich das nur ein, weil Pony in einer Nervenklinik war!«
Also fuhr ich mit ihr nach Berlin-Ostbahnhof. Wir waren zu früh dran und ließen den Koffer in einem Schließfach. Als sie ihn dann wieder herausholen wollte, ging das Schloß nicht auf, da zog sie den Zettel, auf dem die Stationen angegeben waren, heraus. Das kam mir komisch vor, und meine Angst steigerte sich. Auch schien mir Pony sehr unsicher. Als dann der Zug einrollte, sagte ich plötzlich: »Weißt du was, Pony, ich fahr mit!«
Kaum hatte sie das gehört, rannte sie wie gejagt davon, bis vor den Triebwagen – ich sah sie schon auf den Gleisen liegen –, sie sprang ganz vorn in ein Abteil. Ich rannte hinterher, erwischte den Wagen im letzten Moment und setzte mich neben sie.
Nun war alles aus. Ich hatte es ihr nicht zugetraut, allein zu fahren; sie sprach nicht mehr mit mir und zog sich nicht aus, obwohl es im Abteil sehr heiß war. Es war eine schlimme Fahrt bis Erfurt. Drei Stunden saß sie unbeweglich da. Wenn ich ihr die Kutte ausziehen wollte, schüttelte sie mich feindlich ab, wie bei einem fremden Hund, der die Zähne zeigt, wenn man eine bestimmte Distanz zu ihm überschreitet.
Pony saß da und blickte auf einen Punkt, die Mitreisenden waren für sie nicht vorhanden. Komischerweise achteten diese auch gar nicht auf sie, aber ich bekam eine Heidenangst, ging auf den Gang und fragte nach einem Arzt. Ein praktischer Arzt fand sich, aber er konnte mir dazu nicht viel sagen. Immer wieder erzählte ich ihr, daß Peer uns am Bahnsteig in Erfurt erwarte, sie wollte nichts hören. Anscheinend glaubte sie niemandem mehr etwas. Man muß nicht vergessen, in welcher Umgebung sie sich noch vor zwei Tagen befunden hatte, wahrscheinlich warf sie uns vor, daß wir sie da hineingebracht hatten. Oder hatte sie Angst, sie würde belogen, und dachte, wir fuhren in eine andere Klinik?
Es war schon dunkel, der Zug hielt, endlich der Ruf des Stationsvorstehers: »Erfurt, Erfurt!«

Und so hat es Peer erlebt:
»Lange stehe ich auf dem nächtlichen Bahnsteig, da fährt der Zug ein, und aus einem Fenster winkt Frau M. und ruft den ganzen Bahnsteig

entlang meinen Namen. Da weiß ich sofort, wo ich hin muß, und wenn sie so ruft, denke ich mir, na, irgendwas wird schon sein, warum sie ruft. Vielleicht hat sie Angst, daß ich nicht gekommen bin, merke dann aber sehr schnell, daß etwas faul ist. Ich stürze ins Abteil und sehe, wie Pony aufgelöst im Abteil sitzt. Da ich aber weiß, daß der Zug gleich weiterfährt, habe ich sie kurzerhand genommen, wie man ein Kind an der Hand nimmt, und aus dem Waggon geführt. Sie ist offensichtlich sehr zufrieden, daß das so ist. – Sie hat in diesem Moment wahrscheinlich nicht die Kraft, und da habe ich meine auf sie übertragen und sie einfach genommen. Und das war richtig. Und ich spürte, daß sie spürte, daß es so sein muß.
Wir gehen zusammen den Bahnsteig entlang, vom Bahnhof herüber zum Erfurter Hof, mir zittern leicht die Knie. Wie anders ist der Platz als vor einer Woche, als Willy Brandt ihn überschritt, als er den ›Nichtexistierenden‹ zuwinkte. Jetzt ist der Platz dunkel und regnerisch. Pony rennt zum Hotel hinüber, ohne sich nach Autos umzusehen.
Dort setzen wir uns dann beide an einen Tisch. An sich sagt sie in der ganzen Zeit nicht viel. Sie strahlt nur so'n bißchen. Aber wir müssen etwas daran denken, wie wir zusammen in Prag gesessen haben, mit einer Cola und einem Pils. Dann holen wir ihre Mutter an unseren Tisch heran, wir haben ganz vergessen, daß sie ja auch in der Gaststube ist. Dann wieder hinüber zum Bahnhof. Frau M. fährt nach Berlin zurück, und wir beiden steigen in die Bimmelbahn ein.
Pony ist doch anders als sonst. Ja, sie ist völlig anders als normal, sie ist sehr ruhig, ungefähr wie einer, der fix und fertig ist, aber zufrieden. So machen wir's uns bequem in dem fast leeren Zug, das heißt, ich setze mich, und Pony legt sich mit dem Kopf auf meinen Schoß und pennt dann fast die ganze Zeit durch, kuckt ab und zu mal, als sie mal so aufwacht, kuckt um sich, sieht mich, ist zufrieden und schläft weiter. Ist an sich sehr angenehm, ich werde auch ganz ruhig. Dann kommen wir in Ilmenau an, es ist ja nun nach Mitternacht, ungefähr zwischen zwölf und eins, wir laufen die gewundene Hauptstraße unter den Gaslaternen entlang. Pony meint, es seien alles Puppenschachtelhäuser, und in das eine weißgetünchte mit dem hohen schrägen Dach, das Hotel ›Zum Löwen‹, gehen wir hinein. Wir haben dort ein Zimmer bestellt. Die Frau ist sehr mürrisch, um diese Zeit vermiete sie keine Zimmer mehr. Da ich nun darauf bestehe, daß es bestellt ist, gibt sie uns doch den Schlüssel. Das heißt, sie gibt uns zwei Schlüssel, und mit barschem Ton

weist sie uns noch darauf hin, sie will es nicht erleben, und so weiter ...
Na ja, dann geht Pony ins Bett und ward nicht mehr gesehen von mir in dieser Nacht. Ich lege mich auch ins Bett, aber das bricht gleich zusammen, und ich versuche mächtig fluchend das Ding wieder zurechtzubasteln, doch ich überlege nur, der Krach, der war ja nicht zu überhören in diesem nächtlich stillen Haus, was wohl die Wirtin daraufhin denkt, und ich merke auch, da geistert jemand auf dem Korridor rum. Mehr habe ich dann nicht mehr festgestellt.
Am nächsten Morgen sitzen wir friedlich beim Frühstück in der kleinen, verräucherten Gaststube, der ›Goethestube‹, und der Alte guckt von einem riesigen Ölbild auf uns herab. Im ›Löwen‹ war er immer abgestiegen, hatte wohl auch hier an seinem ›Werther‹ geschrieben ...
Später hat Pony privat gewohnt, gegenüber von der Kirche, und ich im Studentenheim. Ich mußte ja zu den Vorlesungen, da ist Pony dann allein im Wald herumgegeistert; mal ist sie auch mit in die Vorlesung gekommen. Natürlich hat sie von den ganzen physikalisch-kybernetischen Formeln nichts verstanden, vielleicht glaubte sie deshalb, sie sei doch noch nicht ganz da.«

Und hier ein Brief von Pony an Omi und Tanten in Bayern:

hallo ihr!
ca va? I hope so. ich bin zur zeit in ilmenau. eigentlich wollte ich ja skifahren, aber leider hab ich egal nasse füße, die ewige modderpampe ist grausam! ich finde sieht richtig gut aus, alles klein geschrieben. – gestern sind wir nach Gotha getrampt, fanden dieses kleine städtchen wirklich anstrebenswert. heute triefen wir leider so dahin. im übrigen schreibe ich euch nur, weil ich schreibmaschine lernen will. naja, aber immerhin, ich schreibe euch ja, wie geht es denn so? macht das leben spaß? ich höre gerad ein klavierkonzert, was mir gute laune macht, bin nämlich bach-fan, ist absolut der größte. bach auf orgel oder spinett, köstlich! ich überlege ob es notwendig ist, alles noch mal abzuschreiben, aber ich hoffe, ihr versteht meine lage, peer hört nämlich zu und so möchte ich doch einigermaßen schnell tippen. was draus wird, ist nicht gerade beglückend. hin und wieder schreibe ich sogar blind. ihr seht es ja. ist omi eigentlich noch beat-fan? fände ich durchaus gut, beat ist nebenbei gut für den puls und überhaupt. – wir gehen jetzt spazieren an der Ilm entlang und holen uns mal wieder nasse füße.
viele Grüße Pony

Angst

Doch uns ist gegeben
auf keiner Stätte zu ruhn,
es schwinden, es fallen
die leidenden Menschen
blindlings von einer
Stunde zur anderen,
wie Wasser von Klippe
zu Klippe geworfen,
jahrlang ins Ungewisse hinab.

Friedrich Hölderlin

Wieder zu Haus, wieder allein, wieder die Schule, wieder die Klasse, in der es passiert war in der Physikstunde, ihr eigenartiges Benehmen, von dem sie nichts Genaues mehr weiß. Was werden die Klassenkameraden denken, was soll sie sagen? War es vor dem Stupor die große Einsamkeit, das Fernsein von dem Einen, der zuvor täglich bei ihr war, mit dem sie alles gemeinsam erlebt hatte, der sie verstand und liebte, so war es jetzt die Angst, die Angst, weiter durchhalten zu müssen ohne diese Liebe. Wie lange noch?
Die Angst, daß, wenn sie nicht bei ihm ist, andere, vielleicht schönere Mädchen um ihn sein werden und ihn ihr wegnehmen und daß sie ohne diese Liebe nicht leben kann, nicht lernen kann, für nichts Interesse hat, daß man sie deshalb beschimpfen oder als verrückt bezeichnen wird, die Angst, daß sie das nicht durchsteht und wieder zurück muß... vielleicht für immer. Die Angst, nicht mehr die Beste der Klasse zu sein, nie mehr, das Klassenziel nicht zu erreichen, das Klassenziel, das das Abitur vorbereitet. Abitur: Vor dem Wort hatte sie schon in den ersten Klassen Angst. Die Angst, wenn sie es nicht schafft: Was dann? Mit ihrem Traum vom Psychologiestudium ist es für sie als Gefährdete nach Meinung der Ärzte und der Eltern sowieso vorbei – also was sonst? Welche Arbeit wird man ihr zutrauen? Wird sie eine monotone Arbeit, die sie nicht begeistern kann, je bewältigen können? Wo sind ihre

ehrgeizigen Pläne: Philosophie, Psychologie, Akademie der Wissenschaften geblieben? Und wieder die Angst, daß alles aus ist, daß jede Liebe auf die Dauer zermürbt oder durch den Tod getrennt wird.
Schließlich die Angst vor – und den Wunsch nach – dem eigenen Tod.
So malt sie sich: in einen tiefen Strudel gerissen, die Schenkel die Scham versperrend, die Arme nach einem entflüchtenden Schlangenwesen hangelnd.
Da ich selbst keine Erklärungen für all das finden konnte, suchte ich danach in der Fachliteratur und fand in einem sowjetischen Buch von Wladimir Lewi »Die Jagd nach dem Gedanken«:

Hunger wie Liebe haben ihre »Hölle« und ihr »Paradies«, doch es gibt auch die »Hölle« des Schmerzes und der Angst... Die Verdrängung ist die Minimierung der »Hölle« im Gedächtnis, ein wichtiger psychologischer Abwehrmechanismus. Stellen Sie sich einmal vor, was wäre, wenn alle schlimmen Erinnerungen während des ganzen Lebens wirksam blieben – es wäre eine ständige Folter. Es würde keinerlei Bewegung geben, keinerlei Risiko, und das Menschengeschlecht würde wahrscheinlich aufhören zu existieren... Viele der Anomalitäten – seien sie lächerlich oder schrecklich – lassen sich darauf zurückführen, daß bei dieser Gruppe die Verdrängung nicht funktioniert.

Diesen Eindruck habe ich auch bei Pony. Sie kam oft früher aus der Schule, legte sich mit Kopf- oder Bauchschmerzen auf ihre Couch oder schloß sich in ihr Zimmer ein, manchmal schlief sie den ganzen Tag. Ich erklärte mir das so, daß die Anwendung der Abwehrmechanismen gegen die »Hölle« eine unheimliche Kraft erfordert und sie todmüde machte, vielleicht suchte sie auch im Schlaf Vergessen und Genesung.
Wir telefonierten mit den Ärzten bei Caritas. Die meinten: Pony muß sich wieder an eine Disziplin gewöhnen, wir müssen sie dazu bringen, daß sie täglich in die Schule geht.
Ponys Lehrer in der Oberschule drückten übrigens viele Augen zu, um ihr zu helfen, wieder dort hinzukommen, wo sie einmal war. Sie hatten große Hoffnungen in sie gesetzt und konnten den Umschwung nicht fassen, sie waren zutiefst erschüttert.
So erzählte der Mathematiklehrer Ponys Mitschülern, sie brauchten sich nicht zu beunruhigen, wenn Pony wiederkommt, er hätte einen ähnlichen Fall erlebt, einer seiner besten Schüler in der 12. Klasse erklärte plötzlich, es sei ja alles Humbug, zerriß Klassenbücher und Wandkarten, schlug alles kurz und klein und kam in eine Klinik, wo er seinen

Lehrer nicht mehr erkannte. Nach einigen Wochen kam der Schüler in die Klasse zurück und machte das Abitur mit Auszeichnung – übrigens war ein Grund seiner Neurose, daß er das Abitur nicht als Bester bestehen könne –, heute studiere er in der Sowjetunion Chemie.
Obwohl einige Lehrer ihr Möglichstes getan haben, reichten ihre Kraft und ihr Wissen nicht aus, denn die Mitschüler traten Pony gegenüber ängstlich auf, manche wichen ihr aus, andere versuchten besonders freundlich zu sein, aber da ging *sie* nicht mit, sie war zutiefst mißtrauisch, und jeder, der sich anders benahm als zuvor, war ihr Feind.
Gut gesagt: wieder an eine Disziplin gewöhnen. Aber da waren ja nicht nur die paar Schulstunden abzusitzen, sondern fast täglich Kontrollarbeiten, Zensuren, Klassenarbeiten – und Angst. Am meisten Angst hatte sie vor Physik. Der rührend um Pony bemühte Klassenlehrer hatte mir geraten, zu den anderen Lehrern hinzugehen, um ihnen Ponys Zustand zu erklären, das funktionierte auch sehr gut, alle wollten ihr Möglichstes tun, um Pony, die sie als gute Schülerin kannten, zu helfen. So ging ich eines Nachmittags auch zu dem Physiklehrer Kammer, hatte mir aber fest vorgenommen, von dem mysteriösen Vorgang zwischen ihm und Pony, am Tag vor dem Stupor, nicht zu reden. Ich klingelte, ein großer schlanker Mann, Typ Baseballspieler, kam mir bis zur Gartenpforte entgegen. Ich nannte meinen Namen. Er fragte zwei-, dreimal und konnte und konnte ihn nicht verstehen. Wir gingen hinauf in sein Arbeitszimmer. Sein Benehmen war so eigenartig, daß ich versuchte, erst einmal einen normalen Kontakt herzustellen. Ich erzählte von Pony und wie sie jetzt wohl am besten zu behandeln wäre, doch er gab so stockende Antworten, brachte die Sätze nicht zu Ende, daß es mir peinlich wurde und ich ihm darüber hinweghalf. Er entschuldigte sich für seine Zerstreutheit und brachte dann heraus: »Schließlich ist es ja in meiner Stunde passiert!«
Worauf ich antwortete: »Das hätte sich in jeder Stunde ereignen können!«
Obwohl ich mich an Ponys Worte erinnerte: »Pappi, heute ist was ganz Schlimmes in der Schule passiert!« Sie zeigte Georg eine Physikarbeit, unter der die Signatur des Lehrers stand: Warum hat Renate eine Eins und Pony eine Drei? Wir konnten uns nicht vorstellen, was das bedeuten soll, so primitiv, um hiermit etwas zu erpressen, kann doch ein Lehrer nicht sein? Obwohl die Schrift der des Lehrers sehr ähnlich war, nahmen wir dann an, ein Mitschüler habe es aus Jux hingeschrieben. Aber Klassenkameraden meinten, sie hielten bei Kammer vieles für

möglich, denn sie hätten einmal ein Gespräch mit ihm und einem anderen Lehrer angehört, wo es nur um Miniröcke und Oberweiten der Schülerinnen ging.
Während der Unterhaltung mit diesem Lehrer, wenn man das Unterhaltung nennen konnte, überlegte ich andauernd, ob ich eine direkte Frage zur Aufklärung dieser mysteriösen Ereignisse wagen sollte. Er würde sicher alles leugnen, wahrscheinlich drohen bei Belästigung von Schülerinnen Jahre hinter Gittern. Das war es nicht, was ich wollte. Ich wollte die Wahrheit wissen, um Pony zu helfen. Ich dachte an die Ärzte bei Caritas, sie kannten den Fall, sie hätten unter Wahrung des Arztgeheimnisses etwas erfahren können, aber ich hatte nicht gewagt, sie darum zu bitten. Nun werden wir vielleicht niemals erfahren, was dahintersteckte. Während dieser abschweifenden Gedanken versuchte ich dem hochaufgerichtet vor mir stehenden Lehrer im möglichst sachlichen Ton zu erzählen, daß Pony große Angst vor der morgigen Pysikarbeit habe. Daraufhin kramte er nervös in seinen Akten, ohne etwas zu finden, und konstatierte nach einigem Blättern: »Wir schreiben morgen keine Physikarbeit!«
»Und wann?«
»Vorläufig nicht!«
Er stieß die Worte noch immer nervös heraus, was ihm offensichtlich peinlich war, denn er entschuldigte sich, daß er heute beim Zahnarzt gewesen wäre, der ihm einen Weisheitszahn gezogen hätte. Einen Moment überlegte ich, ob ich fragen sollte, bei welchem Zahnarzt, ließ den Gedanken aber fallen.
Als ich nach Haus kam, erzählte ich Pony, daß morgen keine Physikarbeit geschrieben werde – sie war wie erlöst. Wenigstens ein Aufschub.
Von Maja erfuhr ich, daß Pony oft überhaupt nicht in die Schule gegangen war, sondern am Kanal entlanggelaufen ist, am Kanal, wo sie früher mit Peer die Schwäne gefüttert hatte, wo sie mit ihm bei Sturm und Regen gelaufen ist, um die Probleme dieser Welt zu lösen, wo sie bei Nacht mit ihm im hohen Gras gelegen und auf den Ufersteinen Kerzen angezündet hat, die sich im Wasser spiegelten.
Dort lief sie jetzt, mit sich selbst und der Welt zerfallen, einsam entlang – und wer war da, um ihr »die Hölle wegzunehmen«?

Das Unsühnbare

Erstickt man je die alte bange Gewissensqual,
Die in uns lebt und uns verdrießt,
Sich ständig regt und schlängelt wie ein Aal,
Im Schlamm den Kadaver mißt,
Erstickt man je die unversöhnte Gewissensqual?

Sag's, schöne Zauberin, sag's, wenn du es weißt,
Diesem Gesicht, von Angst zerschlagen,
Dem Sterbenden, dessen zermalmten Geist
Die Pferdehufe wild noch jagen.
Sag's, schöne Zauberin, o sag's, wenn du es weißt!

Charles Baudelaire

Pony wurde immer schweigsamer. Peer war weg, Maja war weg und Pony meist allein im Haus. Was blieb: . . . komplexe Zahlen – imaginäre Zahlen, natürliche, organische, makromolekulare Stoffe, alpidische Eiszeit, Negation der Negation (darf nicht ohne positiven Inhalt aufgefaßt werden), Potsdamer Abkommen, Reuter: Westberlin billigste Atombombe, Kunst der Urgemeinschaft, Fruchtbarkeitskult, Totenkult (Hünengräber, Frau mitverbrannt) – einige Auszüge aus ihren Schulmappen.
»Mutti, ich kann heut nicht in die Schule gehen!« Pony kam jetzt öfter mit diesen Worten früh an mein Bett.
»Warum denn nicht?«
»Es ist alles so furchtbar.«
»Was ist denn furchtbar?«
»Alles!«
»Das darfst du dir nicht einreden, es sind doch nur noch anderthalb Jahre, dann hast du's hinter dir! Du mußt jetzt gehen, sonst versäumst du zuviel!«
Und dann zog sie los. Nach Hause kam sie oft nicht zur gewohnten oder verabredeten Zeit, und bei Tante Miezl stand das Essen stets zur Minute

auf dem Tisch – wenn Pony nicht pünktlich war, gab es eine Moralpredigt.
Einmal war sie um drei noch nicht da. Da rief mich Peers Mutter an: »Machen Sie sich keine Sorgen um Pony, sie ist nach der Schule hier gelandet, sie dachte, es wäre ihr Zuhause. Sie schläft jetzt, ich will sie nicht stören. Wenn sie ausgeschlafen hat, schicke ich sie zurück.«
Pony erzählte mir später, sie habe ohne Überlegen den Bus in Richtung G. genommen, sei in Meyrinks Wohnung gegangen, weil sie dachte, Peer sei da.
Eines Sonntags bin ich nach langer Zeit wieder einmal dabei, ein Ölbild zu malen, da mir zum Hochzeitstag nichts anderes einfällt und ich außerdem pleite bin. Pony sieht das und will auch malen, auch in Öl, was sie noch nie versucht hat. Ich freue mich darüber, da sie in letzter Zeit zu allem, was ich vorschlug, gemeinsam zu tun, nur ein schroffes Nein hatte. Ich sage ihr, sie solle sich zuerst Skizzen machen, und sie beginnt sofort, auf dem Boden hockend, Betten, Rosen und Feen mit Pastellkreiden zu skizzieren.
»Warum die Betten hier übereinanderliegen, weiß ich auch nicht«, sagt sie, »jedenfalls muß das so sein.«
Ich bin zwar beeindruckt, finde aber Ponys Schmierereien ziemlich abstoßend, vor allem die Frau auf dem Bett, deren Hände auf der Scham liegen. So sage ich, die Skizze und das Problem wegschiebend, in betont burschikosem Ton: »Hat die Bauchschmerzen?«
Daraufhin malt Pony den Arm des Mädchens starr herunterhängend und setzt hinzu: »Aber der Kopf muß halb hinter den Gittern bleiben.«
Ich frage, warum das Mädchen so nackt und steif da liegt.
»Ach, die ist irgendwie halbtot oder so was Ähnliches.«
Mein Bild vom Montmartre fand sie leicht kitschig und gab mir gute Ratschläge, wie man es durch viele bunte Stoppschilder »verpoppen« könnte. Dazu machte sie mir eine Pastellskizze, und ich gab mich geschlagen.
Maja fand Ponys Bild entsetzlich, Georg dagegen fand es toll, und es wurde auf die Staffelei ins Wohnzimmer gestellt.
Dieses Bettenbild ist wenig verschlüsselt. Die Betten sind gekreuzt, verschachtelt – ein Zeichen, daß das Liebeserlebnis nicht zu *der* großen ersehnten Vereinigung geführt hat. Das Mädchen erstarrt (Stupor), halbtot, liegt hinter Gittern (Wachsaal), und ihr Liebhaber versucht, die Gitterstäbe zu durchbrechen. Nicht menschliche Wesen, vom Himmel kommende Vögel versuchen das zerquälte Paar zu retten, das sich

zwischen Liebeswahn und Tod befindet, indem sie Rosen auf sie herabstreuen. Werden diese Rosen die halbtote Geliebte wieder zum Leben erwecken, daß ihr Prinz sie in die Arme schließen kann?
Nachdem Pony dieses Bild gemalt hatte, war sie noch so in Schwung, daß sie ein zweites anfing. Dazu benutzte sie eine Postkarte mit einer ägyptischen Göttin, die den Totenvogel, den Geier, auf der Stirn trug, als Vorlage. Diese Karte hatte sie von einem ägyptischen Kollegen Georgs geschickt bekommen. Er lud Pony darauf in sein Haus in Kairo ein.
Das Interessante ist, daß sie das zweite Bild, auch in Öl, fast naturalistisch abmalte. Sie hatte sich im ersten Bild völlig verausgabt.
Dies Bettenbild beunruhigte mich, ich hatte von Anfang an das Gefühl, daß bei ihren ersten sexuellen Erfahrungen irgend etwas ganz schiefgelaufen war. Beide waren Neulinge, und Pony hatte in ihrem Hang zum Großen, Edlen und Besonderen den Zeitpunkt sicher zu lange hinausgezögert.
Dann die Enttäuschung: Die lang ersehnte Erfüllung fand nicht statt. So geht es den meisten jungen Mädchen, sie halten sich für minderwertig, sie spüren das erstemal intensiv die Ungerechtigkeit der Natur, was auch zu einem Geschlechtshaß auf den Partner führen kann. Bei sensiblen und triebstarken Mädchen kann diese Disharmonie zu Krisen oder Neurosen führen. Ich gab Peer ein modernes Ehebuch, damit er sich über das Andersreagieren der Mädchen informiert.
Ein kleines Aquarell von Pony, das sie lange vorher mit ihren Tuschkastenfarben gemalt hat, bestärkt mich in dieser Auffassung. »Der Dämon und das Mädchen« möchte ich es nennen.
Die Griechen nannten den Geschlechtsverkehr mit Geistern Spektrophilie. In Indonesien gibt es den sagenhaften Vampirdämon Puntianak, der in Gestalt eines großen Vogels die Männer verführt, um sie während des intimen Verkehrs zu kastrieren. Der Puntianak hat daher auch besonders lange Nägel, um die Hoden herausreißen zu können.
Pony hat von alledem nie etwas gehört, aber sie hat es gemalt.
Wie kam sie in unserem aufgeklärten Zeitalter auf Dämonen? Wahrscheinlich hat sich Pony selbst nicht mehr in der Gewalt, ängstigt sich vor ihren eigenen Triebregungen, vor ihren nymphomanen Phantasien, die im Gegensatz zu ihrer Ethik stehen, sie ist unfähig, etwas dagegen zu tun, ist zu Tode betroffen – und reagiert wie die Primitiven: Es müssen böse Mächte sein, Geister, Dämonen, die sie quälen, vergewaltigen, ihr den Liebesgenuß verekeln und zerstören wollen, vielleicht für immer.

Eine andere Begebenheit spielte eine Rolle bei der Überlegung mit dem Ehebuch: Ungefähr drei Wochen nach Ponys Bewegungsstarre sitzen Maja und ich beim Abendbrot in unserer Wohnküche und warten auf sie. Plötzlich kommt sie lustig und gelöst herein, obwohl wir sie nur noch unwirsch, verbissen und völlig abwesend kannten.
»Jetzt werde ich euch mal sagen, was mit mir los war – ich glaube eben immer alles, jedem glaube ich ...«
Ich hatte auf diese große Eröffnung gehofft, doch mit diesem Satz war nur wenig anzufangen. Sicher hat sie viel darüber nachgegrübelt, wie alles gekommen ist, sie war sich nicht sicher, verstanden zu werden, und sie konnte es nicht so ausdrücken wie der kranke Dichter Hölderlin:

Ich fürchte das warme Leben in mir zu erkälten an der eiskalten Geschichte des Tages, und diese Furcht kommt daher, weil ich alles, was von Jugend auf Zerstörendes mich traf, empfindlicher als andere aufnahm, und diese Empfindlichkeit scheint darin ihren Grund zu haben, daß ich im Verhältnis mit den Erfahrungen, die ich machen mußte, nicht fest und unzerstörbar genug organisiert war.

»Wie meinst du das?« fragt Maja Pony.
»Na ja, jedem glaub ich, daß er eben gut ist, und alles, was man sagt, eben alles. Und mit dem Engel, du weißt doch, da hab ich unterm Weihnachtsbaum das Gedicht aufgesagt, und in der Nacht kam dann der Engel durchs Fenster an mein Bett. Und ihr habt mich immer ausgelacht, wenn ich gesagt hab: ›Ja, es gibt Engel!‹« Pony läuft mit hochroten Backen in der Küche hin und her. »Und als ich die Starre hatte, da hab ich alle in Engel und Teufel eingeteilt, der rumänische Arzt war der rote Teufel, der sah nämlich so aus wie einer, der mich mal unter der S-Bahnbrücke vergewaltigen wollte, und der Chefarzt da im Krankenhaus, bei dem ich ins Zimmer gerannt bin, weil ich dachte, Peer ist drin, war der Oberteufel, und Maja, als sie bei der Starre neben mir lag, war der Buhlengel, und Peer war der Schutzengel – so'n Quatsch!« Sie lacht und faßt sich an die Stirn. »Aber was denkt ihr denn, was man für Angst kriegt, wenn man plötzlich so 'ne Bewegungsstarre hat!« Sie rennt weiter hin und her. »Und dann war ich mal abends allein im Haus, und drüben war 'ne Sendung über Geister, daß es Geister gibt. In der Nacht hab ich dann auf der Bodentreppe Schritte gehört – ich mache die Bodentür auf – und niemand ist da!«
Später stellte sich heraus, daß Marder auf unserem Boden hausten. Im

Moment schauen wir aber die, die an Geister glaubt, nur entgeistert an. Pony rennt noch immer aufgeregt in der langgeschnittenen Küche hin und her, vom Herd zur bäuerlichen Sitzecke, hin und zurück.
»Was soll man eigentlich machen, wenn man die Liebe braucht und niemand ist da?«
»Na – selber!« sagt Maja, um ihr zu helfen.
»Um Gottes willen, das ist ja schrecklich, das ist ja das schlimmste, das werde ich nie tun!« ruft Pony, halb lachend, halb weinend.
Diese Szene war ebenso komisch wie erschütternd. Ich war erstaunt, wie Pony zu Schuldkomplexen kommen konnte, von denen sie nie etwas gehört hatte.
Es ist vielleicht nicht uninteressant, auf den Ursprung des Wortes »Onanie« zurückzugehen, das heißt auf das Alte Testament. In der 1928 in Wien erschienenen Kulturgeschichte steht:

Der Vater Onans forderte von diesem nach altjüdischem Gesetz die Witwe seines verstorbenen Bruders zu ehelichen, um mit ihr Kinder zu zeugen. Onan wehrte sich dagegen und ließ absichtlich während des Beischlafs seinen Samen zur Erde fallen und verderben. Für dieses Vergehen mußte Onan sterben. Diese altisraelitische Auffassung, der absichtlichen Vergeudung des Samens als einer Sünde, auf welche sogar die von Gott selbst herbeigeführte Todesstrafe stand, wurde auch von der christlichen Kirche übernommen.

Und Pony sagt zweitausend Jahre später, ohne im jüdischen oder christlichen Glauben erzogen zu sein:
»Um Gottes willen, das ist ja schrecklich, das ist ja das schlimmste, das werde ich nie tun!«

Ferne Galgen, fremde Tempel

Ich trug im Blut
Jungfräulichkeit der Blumen
Furcht vor Göttern und Menschen
Fieberhitze der gewaltgen Rhythmen der Nacht
Und den Ruch von Leibern, geopfert
für die Menschheit

Agostinho Neto

Trotz Ponys Niedergeschlagenheit, trotz ihrer Bauch- und Kopfschmerzen, Angst vor der Schule, trotz ihrer Bockigkeit und Abwesenheit, ihres Hin- und Hergerissenseins zwischen Tag und Traum, bekam sie für zwei Aufsätze eine Eins und für einen mündlichen Vortrag über Michelangelo sogar zwei Einsen.
Hier die erste Niederschrift:

Klassenaufsatz: *Gedichtinterpretation*
Meine Brüder, schreibt Nazim Hikmet, und wen meint er damit? Die Dichter. Wirklich nur die Dichter? Nun, es gibt sehr viele künstlerische Mittel um das auszudrücken, was das Gedicht »Meine Brüder« beinhaltet. Ein Bild, ein Buch, ein Film. Nazim Hikmet hat nun aber ein Gedicht geschrieben. Er wendet sich an alle Künstler:
»Rüttelt sie doch endlich wach, die Elenden, denn es gibt einen Weg, das Elend abzuschaffen.« Und er wendet sich an die Armen, ruft sie auf, gegen ihre Armut etwas zu tun. Aber wie sollen die Armen, wie können die Elenden unsere Gedichte verstehen, wenn sie nicht lesen können? Dann müssen sie eben vorgelesen werden. Ja, es wird immer Probleme geben, weil die Menschen nicht gleich sind. Stellen müssen sie alle Fragen und gemeinsam müssen wir diese Fragen beantworten ... Wissen ist Macht, und deshalb müssen wir lernen, lernen, um mächtig zu werden ... Schändlich, aber es gibt noch viele Menschen die sehen Tag und Nacht nur Brot vor sich, etwas zu essen. Ist es gerecht, sie zu

bestrafen, wenn sie zu Dieben werden? Nein. Aber unser Ziel ist: die Gerechtigkeit für alle. Also müssen gute Kunstwerke geschaffen werden, die alles Licht einfahren. Wie soll ein Mensch Kraft aufbringen zu kämpfen, wenn er gar nicht weiß wofür? Ohne Zuversicht, Ansporn, Optimismus?
Einmal schreibt Hikmet sein Gedicht für die Künstler, zum zweiten richtet sich sein Werk an die Menschen, die sich noch in der Schlinge der Ausbeutung befinden. Warum lese ich es dann eigentlich? Ich lebe doch schon in diesem Licht, wenn es auch manchmal ein Gewitter gibt. Trotzdem gibt mir das Gedicht sehr viel. Vielleicht werde ich später auch einmal Gedichte schreiben.
Eigentlich möchte ich Schauspielerin werden. In meinem Beruf würde ich versuchen herzugeben alles, was ich hab, mit Leib und Seele – für die Freiheit eines jeden Menschen. Denn man muß immer wieder die Menschen daran erinnern, gerade, wenn sie im Wohlstand leben, daß es noch Menschen gibt, noch Länder gibt, die versklavt sind.
Besonders gut gefällt mir die gelungene Symbolik in der Zeile: »Sie müssen den Tamtam schlagen im Dschungel.«
Ja sind denn Menschen mit Raubtieren aus dem Dschungel, gegen die sich das Tamtam richtet, zu vergleichen? Ja, leider, ich finde es ja selbst unvorstellbar. Aber ich habe Buchenwald gesehen, und ich habe in der Aktuellen Kamera gesehen: Vietnam und Konzentrationslager, – Menschen – Entmenschte. Ich habe gelernt sie zu hassen, diese Menschen, die ihresgleichen wie Vieh und noch brutaler behandeln. Sie sind nicht mehr normal dieses Pack.
»Und solang auf Erden ein einziges Land, oder nur ein einziger Mensch noch versklavt ist«, ... und ich würde weiterschreiben, müssen wir unsere Wahrheit, unsere Überzeugung und Begeisterung allen kundtun, die die Gerechtigkeit, die Freiheit lieben.
Aufbau u. Gestaltung: 1; Ausdruck: 1;
Literarischer Gehalt: 1; Wörter: 318/10 Fehler;
Grammatik u. Orthographie: 5; Form: 1; Aufsatz: 4
gezeichnet Ber.

Wie man sieht, hat sie als Endnote eine Vier bekommen, da die Zensur im Aufsatz der oberen Klassen nur eine Note besser sein darf als die Orthographienote. Hätte der Deutschlehrer in dem Falle nicht einmal eine Ausnahme machen können? Und gerade Bertholdi, der mit der Jugend lebt, sie versteht, zu dem Pony in ihrem Seelenkummer immer

gerannt ist. Oder bricht auch bei ihm hier die deutsche Angst vor Unordnung durch, die kein anderes Handeln zuläßt? Pony hat diesen Aufsatz zu Hause nie gezeigt. Eine Vier ist für sie wie ein Todesurteil.
Sie hat in dieser Zeit viel gekränkelt. Mal lag sie einige Wochen mit fiebriger Angina, mal mit Magenverstimmung. Obwohl wir, wenn sie krank im Bett lag, ruhiger waren, da nichts anderes, Schlimmeres passieren konnte, so gab es doch immer wieder Schulausfall, immer wieder den Druck, nachholen zu müssen, sich aufs Abitur vorzubereiten.

Klassenaufsatz Nr. 2: *Ein Mensch, der mir gefällt.*
Zufällig blättere ich heute bei Bekannten in einem Buch: »Gedichte aus Afrika«. Bei der Überschrift »Angola« hielt ich inne und begann das Gedicht zu lesen,

Bitte mich nicht um ein Lächeln
solang es
das Stöhnen
der in den Schlachten Verletzten beschönigt.
Fordere Ruhm nicht von mir,
denn ich bin der Unbekannte Soldat
der Menschheit ...

Agostinho Neto

Beim Lesen dieser Zeilen tauchte ein Gesicht vor mir auf. Ich erinnere mich noch genau an die Begegnung. Als ich gerade zu meiner Freundin Monika gehen wollte, steht ein junger Afrikaner vor unserem Gartentor. Als ich ihn so verwundert ansah, lächelte er kurz und stellt sich mit dem wohlklingenden Namen Daniel de la Costa Garcia vor. Er war ein schmalgebauter junger Mann, als erstes fiel mir der Kontrast zwischen den strahlend weißen Zähnen, den hellen Fingernägeln zu der dunklen Hautfarbe auf. Er hatte einen leichten federnden Gang. Mit seinen klugen Augen blickte er unentwegt interessiert um sich. Erst später erfuhr ich, daß er erst 21 Jahre alt ist. Ich hätte ihn aber älter geschätzt, weil er auf mich einen sehr ernsten und reifen Eindruck machte. Ich führte ihn in unser Wohnzimmer, wo er sich lange erstaunt und unbeholfen umsah. Maja legte eine Platte mit dem marche des Partisans auf. Daniel de la Costa Garcia setzte sich in unseren großen weißen

Sessel, legte das eine Bein auf das andere und ließ den Kopf auf die Rückenlehne fallen. Sein Blick war starr an die Decke gerichtet. Man wußte aber genau, daß er sich nicht die Spinnweben am Kronleuchter betrachtete, sondern vollkommen seine Aufmerksamkeit dem Partisanenchanson widmete. Das ging aus jeder kleinen Geste seiner schmalen Finger hervor, aus dem Wippen der Beine nach dem Takt des Liedes. Sein Gesichtsausdruck war ernst und gefaßt. Vielleicht dachte er gerade daran, wie seine Landsleute mit diesem Lied singend kämpfen und ihren Mut durch den Gesang steigern werden ...

Später schrieb er mir einen Brief. Als kleiner Junge war Daniel eines der wenigen glücklichen Kinder, die eine Schule besuchen konnten. Er hatte einen so starken Willen zu lernen, daß er keine Opfer scheute. Täglich mußte er einen 15 km langen Schulweg zu Fuß zurücklegen, das heißt um vier Uhr sein Haus verlassen. Eine weitere schwerwiegende Belastung war für ihn die portugiesische Sprache, die er erlernen mußte, um dem Unterricht folgen zu können. Er ging schon mit dem Bewußtsein zur Schule, sein Wissen einmal für den Kampf um die Freiheit einsetzen zu können. Am Nachmittag gab er abgekämpft von dem langen Schulweg seinen Freunden das Gelernte weiter.

Seine große innere Kraft, mit der er beharrlich gelernt hat, um sein Wissen für das große Ziel einzusetzen, bewundere ich an diesem Menschen.

Vor zehn Jahren floh er aus Angola nach der V. R. Kongo und schloß sich dort der Widerstandsbewegung an, die sich aus Freiwilligen zusammensetzt. Neben seiner militärischen Ausbildung lernte er Französisch, die heutige kongolesische Landessprache. Seit zehn Jahren sah er seine Familie nicht mehr. Erst kürzlich drang die Nachricht zu ihm durch, daß seine Mutter gestorben und sein Vater im Gefängnis sei.

Wie oft muß so ein junger Mensch unter Heimweh gelitten haben, doch ließ ihn kein Schicksalsschlag davon abbringen, seinen Weg fortzusetzen. Er hat einen so festen Glauben, eine so starke Überzeugung an die gute Sache, daß er mit Sicherheit von der Befreiung Angolas in drei Jahren rechnet. Sein Wahlspruch: »Ein Revolutionär muß Optimist sein!« Mich beeindruckt sein Optimismus besonders, da die jetzige Situation für die Farbigen in Angola fast aussichtslos erscheint.

Besonders schätze ich an ihm, daß er weder Haß gegen das einfache portugiesische Volk, dessen Regierungen 500 Jahre das angolesische Volk unterdrückten, noch gegen die weiße Rasse empfindet.

Ich kann nicht verstehen, daß in unserem aufgeklärten Zeitalter und

nach dem Schrecken der Nazi-Rassenpogrome, es heute noch Menschen gibt, die andere Rassen wie den Abschaum der Menschheit behandeln.
Inhalt: 1; Ausdruck 2+;
Orthographie: 2– (Zeichensetzung); Fleiß: 1
Leistungsstufe 1 Bertholdi

Obwohl ihre Wahl aus dem Rahmen fiel (andere nahmen Ernst Thälmann, Erich Weinert, Schulze-Boysen und andere bekannte Namen als Vorbild), bekam sie eine Eins.
Pony wünschte sich lange vor ihrer Erkrankung sehnlichst einen Briefwechsel mit einem Afrikaner. Ich verschaffte ihr die Adresse eines jungen Afrikaners von der Elfenbeinküste. Pony schrieb ihm sofort in ihrem Pidgin-Englisch und bekam auch umgehend Antwort. Hier einige Auszüge des übersetzten englischen Antwortbriefes:

Thank you so much für your photo you sent me... Nachdem ich es eingehend betrachtet habe, kam ich zu dem Schluß, daß Du eine pretty lady bist. Um auf Deine Fragen zu antworten. Well, the German word for happy ist *glücklich*. Bin ich glücklich? Nicht immer! Ich war sehr beeindruckt festzustellen, daß Du Dich für internationale Angelegenheiten interessierst, noch mehr, daß Du Dich über die grausame Art aufgeregt hast, wie Menschen in anderen Teilen der Welt behandelt werden. Das ist sehr lobenswert, gut gemacht! Immer wenn das Thema des Mordes an Dr. Martin Luther King aufkommt, verfalle ich in eine tiefe Niedergeschlagenheit. Auch sehr beklagenswert war der Mord an Senator Robert Kennedy. Die Welt kann jetzt sehen, daß, wenn irgendein Weißer in Amerika für die Interessen der Schwarzen eintritt, er den Erfolg seiner Wohltaten nicht mehr erleben wird. Wenn das so weitergeht, ist der Frieden der Welt noch weit im Felde.
Deine zweite Frage ist ein bißchen kontrovers. Die ganze Idee einer Existenz Gottes ist sehr verwirrend. Auf jeden Fall sehe ich es so: Die Schöpfung der Welt ist etwas, was selbst die letzte Forschung der Wissenschaft nicht beantworten kann. Die Wissenschaften haben den modernen Menschen erzogen, über die Geographie der Erde und der anderen Planeten Bescheid zu wissen, aber sie haben uns nicht informiert, wie die Menschen auf diese Welt kamen. Menschliche Wesen leben auf dieser Welt und freuen sich am Duft der wunderbaren Blumen, den weiten offenen Ozeanen voller Fische, den vielen Tieren aller Arten in den Wäldern und der vielen anderen Dinge, die es in

dieser Welt gibt, die nicht von Menschen gemacht wurden. Nun, wenn nicht von Menschen, dann muß es einen anderen Schöpfer geben, und es wird geglaubt, daß es Gott sein muß, den man nicht sehen kann. In allen Büchern, die ich gelesen habe, habe ich nichts gefunden, wie die Menschen und die Welt geschaffen wurden, außer in der Religion. Das ist alles, was ich Dir sagen kann. Das Thema können wir hier nicht voll ausdiskutieren, aber ich hoffe, daß wir uns eines Tages sehen werden. Du bist nicht die einzige, die diese Frage stellt, sogar hier in Freetown diskutieren wir öfter diese Probleme... My sincerest greetings go to your father, Mum and sister, keep well and enjoy a pleasant summer holidys.
»Vida Zane« yours sincerly Samuel.

Dieser Brief liegt auf Ponys Nachttisch in einem alten verschlissenen Lateinlexikon, dessen braunvergilbter Ledereinband mit Kerzenwachs verschmiert ist. Pony hat kein Latein in der Schule – warum sie dieses Lexikon, das versteckt und vergessen in Georgs Bücherregalen schmorte, herausgefischt hat, ist nicht klar. Ist es das, was Baudelaire so ausdrückt: »Ich liebe die Erinnerung an jene fernen nackten Zeiten?« Diese Sehnsucht der Jugendlichen nach den Ländern, wo man noch den ursprünglichen Menschen zu finden meint, ist heute in unserer automatisierten Welt verbreiteter denn je, besonders natürlich bei den Labilen und Depressiven. Angenommen, es würde einmal eine Therapie geben, die diese Menschen nach Indien oder Afrika schickte, um dort zu helfen, so wäre das wahrscheinlich effektiver, als diese Traumtänzer in Anstalten unterzubringen.
Auch Ponys Collage »Venus und alte Frau« spricht von dieser Goetheschen Sehnsucht nach der Welt der Antike:

Und Marmorbilder stehn und sehn Dich an.
Was hat man Dir, du armes Kind, getan!

Die ewige Venus, von Spitzentand umwoben, und die alte, gebrochene Frau unter der Säulengalerie aus Zigarettenstangen, in der lingen Ecke eine verdeckte Kutsche, darunter steht: »Reise in den Garten«...
Eden könnte man vielleicht ergänzen.

Aufbruch

Eines Morgens brechen wir auf, das Hirn in Gluten,
Das Herz von Rachsucht und von bittren Wünschen schwer.
Wir brechen auf und wiegen nach dem Schwall der Fluten
Das grenzenlose Ich auf dem begrenzten Meer:

Die wahren Wanderer jedoch sind die nur, die verreisen,
Um zu reisen, leichten Herzens, wie Bälle im Lauf.
Ohn daß es ihn'n gelingt, ihr Schicksal abzuweisen,
Und die ganz ahnungslos, warum, nur rufen: Auf!

Sie, deren Wünsche wie Wolkenformen schäumen,
Und die gleich einem Kanonier im fernen Land
Von ungeahnten Lüsten, alles verändernd, träumen
Und für die des Menschen Geist nie einen Namen fand!

Charles Baudelaire

Peer ist angekommen! Peer ist da! Ohne jemandem Bescheid zu sagen, rennt Pony zu Familie Meyrink. Dort trifft sie Peer an der Kaffeetafel mit seiner Mutter, seinem Bruder und seiner Tante und merkt, daß alle bestürzt sind: Peer ist durchs Examen gefallen und wird vielleicht exmatrikuliert werden. Er schluckte Tranquilizer, um aber bis in die Nacht arbeiten zu können, nahm er darauf eine Tasse Kaffee nach der anderen, gegessen hat er kaum – und dementsprechend sah er aus. Peers Mutter, die, seit der Scheidung allein auf sich gestellt, alles getan hat, um ihre beiden Söhne im Leben voranzubringen, ist niedergeschlagen und zeigt Pony gegenüber eine Art ängstliche Freundlichkeit. Alles ist anders als früher, alle sind anders zu ihr als früher. Pony fühlt sich schuldig. Die Familientafel dehnt sich ins Unendliche, man spricht nur von belanglosen Dingen. Pony merkt, man will verhindern, daß sie mit Peer allein ist.
Längst erwarten wir sie zurück. Wir haben unterdessen erfahren, wo sie aufgekreuzt ist, da kommt ein Anruf. Ich höre Peers aufgeregte Stimme: »Wundern Sie sich nicht, wenn Pony noch nicht da ist – sie ist

weggelaufen. Wir dachten, sie geht ins Badezimmer, aber als sie nicht zurückkam und wir nachschauten, war sie nirgends in der Wohnung zu finden.«
»Lauf sofort zum Busbahnhof, vielleicht wollte sie nach Hause fahren.«
Sie war nicht am Busbahnhof und auch nicht in den umliegenden Straßen und Parks zu finden. Viele Stunden haben wir gewartet, dann fuhr Georg zur Polizei. Der diensthabende Offizier versprach, sofort eine Suchaktion im gesamten Kreis einzuleiten, im übrigen sollten wir uns nicht so aufregen, gegen zwei, drei Uhr früh, wenn es kalt würde, zögen sie solche Fälle meist in Bahnhöfen oder Lokalen an Land.
Gut gesagt: nicht aufregen!
Nun ist es doch so weit gekommen, es ist eingetreten, was wir von anderen Fällen gehört hatten, sie rennt weg: Vagabondage, Wandertrieb.
Wir warten Stunde um Stunde, die ganze Nacht. Telefonieren mit Familie Meyrink, warten auf einen Anruf der Polizei, nichts. Ich male mir mit Georg aus, was alles passieren könnte...
»Es ist ja gar nicht so leicht, sich das Leben zu nehmen«, beruhigt mich Georg.
Es ist halb drei: das Telefon! – die Polizei? – nein, Peer: »Pony ist wieder bei uns gelandet!«
Wir sind überglücklich, rennen zum Wagen, um sie abzuholen. Auf der dunklen Chaussee tauchen überall die weißen Mützen der Polizisten auf. Wir sagen ihnen, daß unsere Tochter wieder da ist, und bedanken uns. Der Polizeikommandeur fährt mit seinem Wagen hinterher. Er sagt, sie haben Weisung, den Ausreißern in solchen Fällen Bescheid zu sagen, sie aufzuklären, was so ein Nachteinsatz den Staat kostet... Wir erzählen ihm, daß sie vor kurzem aus der Nervenklinik gekommen ist, da lenkt er ein und will sich höflich verabschieden, ich aber bitte ihn, er solle Pony ruhig die Standpauke halten, damit sie es nicht wieder tut.
Bei Meyrinks angekommen, steht Pony da in ihrem dünnen, blauen Mäntelchen – die Nacht war sehr kalt – und hört kaum auf die »Standpauke« des Polizisten, die ohnehin sehr milde ausfiel, sie steht und schaut an allen vorbei, so, als ob sie sich völlig im Recht fühlte und sie das, was die anderen denken, überhaupt nichts anginge.
Am nächsten Morgen telefonieren wir mit den Ärzten der Klinik, die meinen, es sei unter diesen Umständen besser, wenn Pony wieder in die Klinik käme, sie sei wohl doch zu früh entlassen worden, es bestehe Suizidgefahr.

Ich sage zu Pony in dem aufrichtigen Glauben, daß es stimmt: »Du wirst dich mit den Ärzten aussprechen, die ziehen dir alle deine falschen Gedanken aus dem Kopf!«
Sie fährt mit, in der Annahme, daß es sich um eine Konsultation handelt. Auf der Karl-Marx-Allee wollen wir in einem Wäschegeschäft noch ein Nachthemd für Pony kaufen, sie sucht sich das teuerste aus, rosa mit Stehkragen und weißer Spitze. Georg flüstert mir zu: »Sie kauft das Nachthemd nicht fürs Krankenhaus, sondern für Afrika.«
Mich schauert's, aber ich bin schon über nichts mehr verwundert. Wir gehen in ein Café, einen Imbiß essen. Pony schaut sich alle Gäste mit durchdringenden Augen an, besonders einige Männer. Ein Bekannter grüßt uns, kommt an unseren Tisch: »Ach, das Töchterchen, schon so groß? Charmant, charmant!« Er geht wieder zu seinem Platz zurück, wir drei sitzen allein am Tisch, da sagt plötzlich Pony in die gefährliche Stille: »Ihr wißt ja gar nichts von mir, nichts wißt ihr, noch nicht mal, daß ich schon längst gestorben bin!«
Wir wissen nicht, was wir antworten sollen, wir glauben, alles ist aus. Natürlich, die Pony, die wir kannten, gibt es nicht mehr, und die Menschen, mit denen sie zu tun hat, behandeln sie nicht wie früher, sie spürt, alle sind gekünstelt, eigenartig, halb mitleidig, halb betreten, als ob sie dächten, es wäre besser für sie und die anderen, sie wäre tot!
Wir kommen in der Klinik an, die junge Ärztin begrüßt sie freundschaftlich, unterhält sich lange mit ihr und sagt ihr zum Schluß, daß es besser wäre, wenn sie ein paar Tage bliebe. Nun wird die Sache dramatisch. Pony ist wie ein gehetztes Wild, das auf den letzten Schuß des Jägers wartet. Sie kramt in ihrer Manteltasche, darin sind einige Briefe, und hält den Brief von Samuel aus Afrika hoch: »Weißt du, was das ist, ich werde nach Afrika gehen, für die Freiheit aller Menschen!«
Georg kippt fast um, außerdem ist seine Zeit schon überschritten, er hat einen wichtigen Vortrag zu halten vor internationalem Publikum. Ich sage, er solle gehen, ich bliebe bei Pony, bis er wiederkäme. Frau Dr. Kössling, noch immer mit Pferdeschwanz, hat Verständnis und läßt mich mit Pony allein in ihrem Zimmer. Ponys Augen sprühen Haß. Sie holt einen Silberring mit einem Mondstein hervor, den Georg mir einmal aus Kairo mitgebracht hat.
»Weißt du, was das ist?« fragt sie. »Ich brauche mir nichts gefallen zu lassen, von euch nicht, von niemandem!«
Wie in äußerster Gefahr hält sie mir den Ring vor die Augen. Ich weiß nicht, wie ich darauf reagieren soll: Ist nun alles vorbei, keine Hoffnung

mehr? Trotz der Unheimlichkeit der Situation schien mir das alles nicht so fremd, nicht so absurd. Vielleicht tauchten aus meinem Unterbewußtsein nicht zu Ende gedachte Gedankensplitter auf: Wunschring – Polykrates, Liebesring – Treuepfand, Fetischring – Gegenzauber. Diese Dinge leben noch heute in den Naturvölkern. Ich kenne Afrikaner, die ständig mit ihrem Fetisch herumlaufen und dabei Physik oder Medizin studieren. Sind das Geisteskranke?

Ich versuche, mit Pony ruhig und behutsam zu reden: Es wäre für sie besser, hier zu bleiben, es würde ja nicht für lange sein, dann kämen wir sie wieder holen. Pony wird nach schweren inneren Kämpfen etwas ruhiger und findet langsam zur Realität zurück: »Ich bleibe aber nur hier, wenn meine Därme untersucht werden!«

Es ist wahr, um ihre Verstopfung hat sich nie jemand gekümmert. Ich verspreche es ihr und rede mit der Ärztin darüber. Georg kommt wie verabredet nach seinem Referat zurück und ist erstaunt, daß Pony sich so beruhigt hat, aber der Abschied wird sehr schwer.

»Eins ist mir klar«, sage ich zu Georg, auf den von Mauern umgebenen Hof draußen schauend, »hier kann sie nicht bleiben, wir müssen uns nach etwas anderem umsehen.«

Aber wir kennen niemanden, der wissen könnte, wo bei uns die angenehmsten Kliniken und besten Ärzte sind. Eine Schriftstellerin aus Falkenhorst gibt mir rührende Ratschläge, sie empfiehlt mir Dr. Wittgenstein: Er hätte doch bei uns im Klub einen Vortrag über Psychiatrie gehalten und dazu einen Film über das dortige Klinikum gezeigt. Ja, natürlich! Es war vor zwei Jahren, Pony wollte unbedingt dorthin, da bin ich mitgegangen. Ich sehe Pony noch vor mir, wie sie in ihrem Leinenträgerröckchen zwischen all den Professoren und gesetzten Erwachsenen am heftigsten diskutierte. Hauptsächlich kritisierte sie, daß man für alle Kranken, die doch verschiedene Interessen, Begabungen und ein ganz verschiedenes Niveau haben, nur eine Beschäftigungstherapie hätte. Man drehte sich mit wohlwollendem Lächeln nach ihr um, mir war das damals peinlich. Ich hatte das alles längst vergessen, aber Pony hatte weder vergessen, welche monotonen Arbeiten man den Patienten gab, noch wie bei ihnen der Elektroschock angewandt wurde. Nach der Diskussion hatte sie sich noch mit einigen Fragen an den vortragenden Arzt, Doktor Wittgenstein, gewandt.

Gut, Pony kannte diesen Psychiater und hatte Vertrauen zu ihm, also fuhr ich nach Granhagen. Ich war erfreut zu sehen, daß das Klinikum im Grünen gelegen war und Dr. Wittgenstein eine sympathische,

freundliche und gütige Ausstrahlung hatte, die Pony gewiß beruhigen würde.
Wir unterrichteten die Ärzte im Caritas von unserem Plan und brachten der hübschen jungen Ärztin am nächsten Tag eine Blumenschale als Dank für alles, was sie für Pony getan hatte, denn sie hatte Pony wirklich gern.
In der Nacht hatte es geschneit, und nun war die Sonne durchgekommen. Ich freute mich, Pony das neue Klinikum in diesem freundlichen Licht zeigen zu können – da erfuhren wir, daß es besser wäre, wenn Pony morgen noch einmal dem Chefarzt vorgestellt würde: schließlich sei er eine weltberühmte Kapazität. Leider gaben wir nach. Vorstellen, das heißt, daß das Kind am nächsten Tag mehreren Ärzten vorgezeigt werden würde. Wie soll sich ein Patient in so einem beängstigenden Moment benehmen? Und wie soll ein Arzt in diesen fünf Minuten eine Diagnose stellen? Außerdem erfuhren wir, war man doch beleidigt, und von Wittgenstein sagte man, daß er nicht gerade ein Genie wäre – was ich als wenig fair empfand.
Nachdem wir uns von den Ärzten und Schwestern herzlich verabschiedet hatten, ging ich zum Chefarzt. Die Unterhaltung war kurz. Ich sagte ihm, daß die Ärzte ganz reizend zu Pony gewesen seien, aber diese Baulichkeiten dermaßen niederziehend wären, daß wir das Klinikum wechseln müßten. Der Professor konterte scharf: »Andere Baulichkeiten kann ich Ihnen nicht bieten – erst muß sie ja mal gesund werden!«
Gesund werden? Wie soll Pony je gesund werden, dachte ich, wenn sie das Trauma dieser Anstalt ein Leben lang verfolgt?
Niedergeschlagen verließen wir Pony und versprachen ihr, sie am nächsten Tag zu holen.

Dunkelheit

Ich habe geglaubt, das Tiefe, Unermeßliche brechen zu können
Durch meinen Kummer ganz nackt, ohne Berührung, ohne Echo,
Ich habe mich ausgestreckt in meinem Kerker der unberührten Türen
Wie ein vernünftiger Toter, der zu sterben gewußt hat.
Ein Toter, ungekrönt, es sei denn von seinem Nichts.
Ich habe mich gleiten lassen auf abgründigen Wogen,
Von Giften durchtränkt durch meine Liebe zur Asche
Die Einsamkeit schien mir lebendiger als das Blut . . .

Paul Eluard

Am nächsten Tag ist der Schnee zu Matsch geworden, die Sonne dringt nicht durch die Wolkendecke, das neue Klinikum Granhagen bietet sich uns im grauen Nieselwetter, keine weißgepuderten, glitzernden Äste und Zweige verdecken wie gestern noch die gelben Backsteinbauten. Pony schaut sich nicht um – nichts davon, daß sie jetzt in eine neue, schönere Welt kommt. Dr. Wittgenstein empfängt uns sehr freundlich: Er hätte ein besonders nettes Zimmer für unsere Tochter ausgesucht mit vier Betten, die Fenster nicht vergittert. Die Stubenälteste, eine etwas strenge, aber moderne, schlanke Musiklehrerin um die Fünfzig, Frau Karge, die im Elastiktrainingsanzug herumgeht, ist beauftragt, sich Ponys anzunehmen. Wir freuen uns, daß es eine Pädagogin und ehemalige Sängerin ist, vielleicht kann sie mit Pony musizieren. Angeblich ist sie wegen einer Entwöhnungskur von Tabletten hier, wie sie uns gleich erzählt.
»Unser Häuptling«, sagt Frau Karge scherzhaft, »der Doktor, macht hier alle gesund.«
Ich gehe mit dem festen Glauben fort, daß das stimmt und jetzt alles besser werden wird.
Weihnachten rückt näher, Pony wird immer teilnahmsloser. Eine Beschäftigung für die Kranken ist nicht vorgesehen, und die Unterhaltungen der Patientinnen über andere Anstalten sind auch in keiner

Weise fördernd. Von den tatenlos im Gang herumstehenden Patientinnen höre ich, indem sie auf ein Eckzimmer zeigen, in das keiner hinein darf: »Hier müssen wir ja alle mal durch!«

Ich denke mir nicht viel dabei, es wird schon seine Ordnung haben. Ich wundere mich nur, daß ich Dr. Wittgenstein nie bei Pony sehe. Wahrscheinlich denkt jede Mutter, daß der behandelnde Arzt sich nur für *ihr* Kind interessiert.

Ich gehe in unsere Betriebsbibliothek, suche nach Büchern für Pony, damit sie irgendeine Ablenkung hat. Ich krame überall herum, die Bibliothekarin fragt mich, was ich suche. Was soll ich sagen? Ein Buch, in dem nichts von Angst, Schrecken und Tod vorkommt? Ich merke, daß dies nicht so einfach ist. Schließlich fand ich drei Bücher, die Fabeln von Lafontaine und zwei andere, ich erinnere mich nicht mehr.

Pony nimmt die Bücher wortlos entgegen, sie hat bestimmt nie hineingeschaut. Sie ist apathisch, ich habe keine Ahnung, was man ihr für Medikamente gegeben hat.

Einmal wird Pony mit nackten Beinen, also ohne Strümpfe, vor dem Haus angetroffen, draußen ist Schneematsch. Als ich das nächstemal komme, sagt man mir, Pony ist verlegt worden – in die »Geschlossene« – also wieder hinter Gitter!

»Und warum?« frage ich.

»Sie hätte sich eine Lungenentzündung holen können, und wer soll die Verantwortung übernehmen!«

Als ich nun in Ponys Zimmer trete, versuche ich mit aller Gewalt, sie zu erheitern, ihr Lebensmut zurückzugeben. Ich erzähle ihr, daß ich auch kein Abitur gemacht habe, weil ich es zur Kunstschule nicht brauchte und ich es für Zeitverlust ansah, und daß nie im Leben ein Mensch danach gefragt hat.

Pony gibt keine Antwort, scheint aber unter ihrem Abwehrpanzer zuzuhören.

Obwohl ich ihren Aufsatz nicht gelesen habe, in dem sie schreibt: »Eigentlich möchte ich Schauspielerin werden, in meinem Beruf würde ich versuchen, alles herzugeben, was ich habe, mit Leib und Seele – für die Freiheit eines jeden Menschen« – habe ich das Gefühl, sie muß ihre erdachte Welt, ihre erdachten Rollen weiterspielen, wie sie es als Kind getan hat. Damals wollte sie nicht das dumme, gemaßregelte Kind sein, sondern die allgewaltige Lehrerin, also hat sie Zensuren verteilt, und *sie* hat gemaßregelt. Austoben lassen, »den Teufel mit dem Teufel austreiben«, wie Pony selbst sagt.

Ich spreche mit ihr darüber, erzähle ihr, wie begeistert der Leiter des Singeklubs von ihren Auftritten war und was sie von der Schauspielerei halte. Seit langem taucht wieder ein Strahlen in ihrem Gesicht auf, ich merke, daß sie doch Möglichkeiten sieht, aus dem sie vielleicht für immer umgebenden Dunkel herauszukommen. Ich verspreche ihr, mich darum zu kümmern.

Am späten Nachmittag desselben Tages ruft mich Georg vom Institut aus an und sagt mit zögernd behutsamer Stimme: »Wittgenstein hat gerade mit mir telefoniert, wir sollen morgen früh um acht in der Klinik sein, beide Elternteile, sagte er – es muß etwas sehr Wichtiges sein.«

Am späten Nachmittag desselben Tages ruft mich Georg vom Institut habe, Pony mit Elektroschock zu behandeln. Wir leben in der Hoffnung auf ein Wunder, auf eine absolute Wende, die Ärzte würden es schon wissen, warum sollten wir so altmodisch und überängstlich sein und uns weigern?

Ich erinnere mich allerdings, gefragt zu haben, ob ein Risiko dabei wäre. Daraufhin schaute man mich fast strafend an, anscheinend wurde diese Frage als eine Zumutung aufgefaßt.

Man beteuerte mir das Gegenteil.

Also unterschrieben wir. Wie alle Eltern unterschreiben.

Nach der Unterschrift glaube ich etwas für Ponys Rettung getan zu haben, aber am nächsten Tag werde ich unruhig. Auf mein Drängen darf ich sie am zweiten Tag nach dem E-Schock besuchen. Etwas Schlimmeres hatte ich noch nie gesehen.

Ich finde Pony in einem schmalen Fünfbettzimmer wieder, zwei Betten sind belegt. Pony ist nicht wiederzuerkennen: Der Körper starr, sie findet keine Lage, um sich auszustrecken und irgendwie liegen zu können, das Gesicht aufgedunsen und verzerrt, die eine Seite des Mundes hochgezogen, die andere kann den rinnenden Speichel nicht halten. Das soll mein Kind sein? Es ist schwer, den Schreck ihr gegenüber zu überspielen, ihr sofort die unbelastete Zärtlichkeit entgegenzubringen, die sie braucht. Ich rede ihr gut zu: »Mutti ist da, Ponylein.« Ich streichele den verkrampften Körper. »Mutti ist da«, flüstere ich ihr ins Ohr. Da brüllt mich die Frau vom gegenüberliegenden Bett an, eine hagere Gestalt um die Sechzig: »Das ist ja gar nicht ihre Mutter, die hat sich bloß hier eingeschlichen!«

Pony versucht andere Lagen einzunehmen, ich helfe ihr dabei. Aber es geht und geht nicht, der ganze Körper zuckt. Pony liegt mit dem Gesicht auf der Seite, und aus ihrem lallenden Mund, den sie nicht

richtig bewegen kann, flüstert sie mir zu: »Mutti, bring mich doch bitte um!«
Eine Schwester kommt herein, die Frau von gegenüber schimpft auf sie ein: »Das ist nicht ihre Mutter, die da hat sich hier nur eingeschlichen, die kommt aus Kanaan!«
Auch das noch in dieser Situation, erneut jemand, der behauptet, ich wäre nicht ihre Mutter, sondern eine Fremde aus einem fremden Land. Trotz der Aufregung wundere ich mich erneut über den Instinkt dieser Patienten, irgendein Urahn wird wohl mal aus dieser Gegend gekommen sein.
Eine ungeheure zusätzliche Belastung.
Ich bitte die Schwester, Pony zu verlegen. Sie holt eine Trage, wir legen den zuckenden, zarten Körper darauf, die Schwester fährt mit ihr in einen Großraum mit ungefähr acht bis zehn Betten.
Wieder versucht Pony irgendeine Lage herauszufinden.
»Ich möchte so liegen wie diese Frau dort!« bringt sie heraus und blickt auf eine Patientin, die das Obergestell des Bettes hochgestellt hat und eine Art Sitzhaltung einnimmt. Ich versuche das Bett hochzuklappen, ich kann den bleischweren Körper nicht dirigieren, ich versuche Kissen unterzustopfen, eine Weile scheint es besser, aber lange geht es in der Lage auch nicht, ich versuche sie wieder anders hinzurücken, aber schon schiebt man das Abendbrot herein und bittet mich zu gehen.
Die Schwester beruhigt mich: »Morgen weiß sie von alledem nichts mehr.«
Zweifelnd schaue ich noch einmal auf das Häufchen Elend inmitten der vielen Patienten zurück, wer wird sich in der Nacht um sie kümmern?
Auf der Nachhausefahrt habe ich das Gefühl, es nicht zu überstehen. Wenn ich damals schon gewußt hätte, wie der E-Schock von vielen Ärzten verdammt wird und was alles passieren kann, vom Sprachverlust über den Knochenbruch bis zur Zerstörung von Hirnnervenzellen, hätte mein Herz wohl nicht mehr mitgemacht.
Als Maja Pony am nächsten Tag besuchte, ging sie zuerst an ihrem Bett vorbei, da sie Pony wegen der Gesichtsverzerrung nicht gleich erkannte. Das hat Pony unter ihrem bis zum Kinn hochgezogenen Deckbett wohl bemerkt.
Bald darauf tritt Peer in Ponys Krankenzimmer. Und so hat er es mir später erzählt:
»Pony blickte auf – wie verklärt –, ich gehe auf sie zu, setze mich auf ihr Bett ...«

»Aber sah sie nicht schrecklich aus?«
»Ja, sie sah ganz anders aus, aufgequollen, fremd, aber das war mir ganz egal – sie war so lieb! Es war eine unserer schönsten Stunden, obwohl da noch eine alte Frau am Fenster stand, die vor sich hin schimpfte, war es für uns, als ob wir allein auf der Welt wären. Zwischendurch schaute Pony manchmal wie entschuldigend auf die alte Frau. Ich fragte, mit wem sie so schimpft. ›Sie schimpft mit den Vögeln‹, flüsterte Pony, ›laß sie mal, sie sagt immer: ‚Die Vögel verdunkeln die Sonne!'‹ Die Schwester mahnte mich zu gehen. Ich sollte noch bei Dr. Wittgenstein vorbeikommen. Er empfing mich sehr freundlich, unterhielt sich lange mit mir über Pony und meine Studienprobleme, doch zum Schluß sagte er: ›Abstand bewahren, nicht brechen, aber sich langsam auseinanderentwickeln!‹ Ich sei selbst zu labil, um eine solche Liebe durchzustehen oder Pony gar leiten zu können. Wie ich nach alledem zu Hause angekommen bin, weiß ich selbst nicht mehr.«
Zu Georg sagte Dr. Wittgenstein am Telefon: »Dieser Junge ist hochgradig nervös, sakkadisches Lidzucken, kein Partner für Pony. Vorsichtig auseinanderbringen.«
Und zu Pony sagte er: »Nimm dir'n richtigen Mann!«
An den nächsten Tagen gehen Georg und ich Pony abwechselnd besuchen. Sie sieht noch immer etwas verzerrt aus, geht auch noch eigenartig, kann die Arme nicht strecken, aber geistig schwebt sie nicht mehr in den Wolken, sie scheint wieder realistischer zu denken, doch ist sie eher still und abwartend. Ich habe große Angst, daß sie in den Spiegel schaut, denn der Mund ist noch verzogen – und morgen ist der 24. Dezember, und sie darf heraus. Ich bin froh, daß wir das geschafft haben.
Am nächsten Morgen holen wir Pony ab, sie wartet schon mit ihrem Köfferchen. Zu Hause hatte ich den Riesenbaum wie immer vorbereitet, auf Ponys Bauerntruhe, auf der jedes Jahr ihre Gaben liegen, häufe ich Geschenke, indem ich sie von Majas Tisch mit deren Erlaubnis wegnehme, zünde die Kerzen an und läute mit Omis alter Silberglocke.
Während wir unsere Lieder singen, sehe ich nach langer Zeit wieder ein Strahlen in Ponys Augen, sie geht vor den brennenden Baum und singt ihr Lieblingsweihnachtslied, so hell und zart sie kann: »Es ist ein Ros' entsprungen.«

Wie ein Vogel

Wie ein Vogel, der den Faden bricht
Und zum Walde kehrt,
Er schleppt des Gefängnisses Schmach
Noch ein Stückchen des Fadens nach.
Er ist der alte freigeborene Vogel nicht
Er hat schon jemand angehört.

J. W. von Goethe

»Weihnachten ist doch das schönste Fest« – hatte Pony in ihr Kindertagebuch geschrieben. Alles war, wie es immer war: der knorrige Baum, der bis zur Decke reichte, die gleichen bunten Kugeln und silbernen Glocken, die großen Tannenzapfen und die kleinen, silberbunten Vögel, die am Ende des Zweiges wippten.

Pony hatte sich auf all das gefreut, aber jetzt konnte sie keine Ruhe finden. Ob wir wie jeden Heiligabend mit Tante Miezl und ihrer Mutter gemütlich beim Gänsebraten saßen, Pony mußte schnell aufstehen, zum Gabentisch oder Weihnachtsbaum laufen oder etwas Rauhreifluft im Garten schnappen, dann kam sie wieder herein, aber nicht, um sich ruhig hinzusetzen – nein, sie wippte und schwankte auf ihrem Stuhl wie die Silbervögel am Baum.

Am ersten Feiertag war Peer mit seiner Mutter zum ersten Mal bei uns eingeladen, Pony hatte das so gewollt. Sie freute sich darauf, war aber auch etwas aufgeregt. Die Angst, es hafte ihr etwas an. Wird sie auf Peer oder fremde Menschen noch genauso wirken wie früher?

Wieder und wieder probierte sie ihre neuen Sachen, nahm sie von der Kinderbauerntruhe weg, schwankte zwischen Tramp- und Romantiklook und entschied sich schließlich für letzteren. Schwarzes Mini-Glockensamtröckchen, weiße Volantbluse mit türkisfarbener Weste, schwarze Strumpfhose. Die dicken, nußbraunen Haare in kurzen Locken und nur ein kleiner Lidstrich über dem Auge, den Mandelschnitt

unterstreichend. Äußerlich sah sie keß aus – sie hatte es erreicht, daß Peer und Frau Meyrink begeistert von ihrem Charme waren –, aber pochte es nicht doch ängstlich unter der engen Samtweste?
Aber auch Georg und ich waren uns nicht recht klar, ob alles gut gehen würde. Peer gab sich lebhaft und ungezwungen, erzählte von Ilmenau, redete auf mich ein, da warf mir Pony plötzlich so vernichtende, haßerfüllt-erstarrte Blicke zu, daß mir heiß und kalt wurde und ich überhaupt nicht wußte, was das nun wieder zu bedeuten hatte.
Es war wie Eifersucht, aber ein Junge wie Peer und ich – wer konnte auf so einen absurden Gedanken kommen?
Ich verstand gar nichts, nur entschwand mehr und mehr die Hoffnung, daß wir nun alles hinter uns hätten.
Später erzählte mir Maja, daß Pony ein Buch gelesen hatte, »Abschied von den Engeln«, in dem solche und ähnliche Stellen vorkamen: »Ministrant Franz Goschel, deine Mutter schläft mit dem Mann ihrer Tochter . . .«
Über solche Passagen las Pony sicherlich nicht hinweg, sondern sie grübelte und phantasierte darum herum. Dazu kam, daß bei den endlosen Gesprächen, die die beiden über die Eltern führten, neben der Kritik auch einige Komplimente von Peer über Ponys Mutter fielen.
Während meine Gedanken derart abschweiften, waren wir auf das Thema unserer bevorstehenden Winterreise ins Erzgebirge gekommen, die eigentlich auf Peers Anregung zustande kam. Pony hatte sich im Vorjahr auf dieser Reise wohl gefühlt, weil endlich einmal die ganze Familie zusammen war, sogar in einem Zimmer wohnte. Diesmal wollte Pony aber nicht nur mit der Familie fahren, sie wollte, daß Peer mitkommt. Frau Meyrink verhielt sich zurückhaltend und sagte ausweichend, daß Peers Studium wieder anfange. Trotz aller Freundlichkeit Pony gegenüber, trotz der aufgelockerten Unterhaltung merkte man, daß da noch andere Schwingungen im Raum waren. Obwohl Frau Meyrink Pony immer gern gehabt hatte, kreiste da ständig die versteckte Angst um ihren Sohn. Seine Studienleistungen hatten seit seinem Krankenbesuch bei Pony im Wachsaal vom Caritas ständig nachgelassen, nun sollte er die Zwischenprüfung nachholen, ohne noch recht den Anschluß gefunden zu haben.
So brachte Frau Meyrink nach einer Weile auch etwas verlegen heraus, daß sie leider heute abend zu Haus noch Feiertagsgäste von außerhalb erwarte.
Da zog das Vögelchen seine Flügel wieder ein.

Nach dem Kaffee gingen Pony und Peer hinauf. Wir dachten, sie würden ausgelassen und glücklich sein, vor Freude, sich endlich wiederzuhaben, aber Pony klagte plötzlich über Leibschmerzen und legte sich in der kleinen Dachkammer, in die nur der müde Schein der Gaslaterne vorm Haus drang, auf die Couch. Peer saß bei ihr, hielt ihre Hand, und sie schwiegen gemeinsam in die Weihnachtsdämmerung.
Noch mehr durcheinander als zuvor, kam Peer nun zurück und wußte überhaupt nicht mehr, was er machen sollte.

He Pony!
Dein Brief heut hat meine Saustimmung mal wieder etwas gehoben, nur gut übrigens, daß Du ihn etwas entschärft hast. Dadurch warst Du fast ganz sachlich. Wäre vorher bestimmt nicht der Fall gewesen. Können übrigens mal wieder zufrieden sein, haben einen herrlich unkomplizierten Abschied gehabt.
Sehr gut so! So long Peer

Pony schreibt unterdessen einen Brief an Peer:

Ich freu mich ja schon soo auf die Winterferien!
Hi, Peer brettelt den Hang herunter, nee kugelt + unten gibts dann ein Peerschneegestöber + der Pony ist alles ganz peinlich, aber der Peer muß erst mal sortieren: Ski + Handschuh + Peer + und oben und unten. Tja, aber er lacht sich den Bauch wacklig, weil es Spaß macht zu toben, + wieder zu sausen ganz schnell, daß der kleine Schnurrbart flattert! Wollen wir nicht hoffen, daß Peer mogelt, denn dann würden seine Haare am Ast kleben, und Pony würde alles noch viel peinlicher sein. Aber Ponys Wädel, die sie vielleicht mal könnte, würden das ausgleichen.
Ja, Peer, wir gleichen uns aus.
Um ein Zimmer für toi werd ich mich schon kümmern.
Schreib schnell, wenn's was Positives gibt. Wenn es noch schwerer wird, dann arbeite lieber! Pony

Und Peer antwortet:

Dein lukullisches Angebot nach Oberwiesenthal zu kommen, ist in der Tat verlockend. Dem stehen aber verschiedene Dinge entgegen. Beginnt damit, daß ich bis Sonnabend vormittag Lehrveranstaltung habe. Dazu

kommt, daß Oberwiesenthal ziemlich weit weg ist, und ich mir nicht einmal sicher bin, ob Du nicht den Ort verwechselt hast und Oberhof meinst. Als drittes kommt hinzu, daß ich nicht mal genug Geld für ein Bier, geschweige denn für eine Fahrkarte habe. Und trampen kommt bei diesen Witterungsverhältnissen nicht in Frage. (Oberhof wäre ja da einfacher) ...
Demnach dürfte kaum der Fall eintreten, daß wir uns sehen. Habe ich Dir eigentlich schon erzählt, daß ich eine Tanne gerupft habe, am Freitag vormittag beim Skilaufen? ...
Morgen habe ich bis 20 Uhr Vorlesungen. Bedaure mich mal. Vormittags studiere ich selbst (Private study)
Happy happy! Mach's gut! Hey! Peer

Hallo Junge! Mädchen hat mit atlantischem Blick herausgefunden, daß es wohl eine Phantasterei, besser ein Peer-Pony-Märchen bleiben wird, unser Treffen.
Übrigens bin ich noch auf der Suche nach französischer Baskenmütze, lieb nicht?
Ganz allein nur für toi!
Zum neuen Jahr kriegt man übrigens viele französische Post. Ach der von Schloß Pillnitz hat lange Abhandlungen über die alten Erlebnisse usw. usw. mir zugesand. Lerne also gerade mal wieder francais.
Du vielleicht stehe ich plötzlich vor Zimmer 17 irgendwann, Du weißt ja bei mir ist alles drin. Ponyhaserl

Das Lösegeld

Der Mensch hat, um zu zahlen seinen Preis,
Zwei Felder, im Grunde tief und reich.
Die muß erschließen er aus Sand und Sumpf
Mit der harten Pflugschar der Vernunft.

Um den geringsten ros'gen Schein zu fangen,
Um einige Ähren zu erlangen,
Muß salz'ger Schweiß auf grauer Stirne fließen,
Muß er ohn' Unterlaß bebauen sie, begießen.

Das eine Feld die Liebe ist, das andere die Kunst.
– Zu erreichen gilt des Richters Gunst,
Denn die gestrenge Rechtmäßigkeit vermag
Nicht aufzuhalten den schrecklichen Tag.

Drum sollt' man ihm zeigen die Scheuer voller Garben,
Die Blumen, deren Formen und Farben
In bunter Tollheit sprießen
Und das Wohlwollen der Engel genießen.

Charles Baudelaire

»Zwei Felder, tief und reich« – aber wie sah es jetzt damit aus? Das Feld der Liebe:

Peer!
Ich leide. Ganz schräcklich leide ich.
Ich stehe auf dem Balkon. Am liebsten möchte ich Anlauf nehmen – übers Geländer mich in den Winter reinkuscheln. Ganz gemütlich – schön.
Mensch ich bin gestern früh ins Bett gegangen, und kann nichts anderes anstellen als gucken, endlos.
Du erschöpfst alles, Deine ganze Energie, mit dem einen Objekt, Pedro, Dir geht es doch auch so?
Ach nee, weißt Du, Liebe ist garnicht richtig gut.

Du ich glaube, die »Sache« ist endgültig dran schuld. Merkst Du nicht auch, daß alles irgendwie schöner und immer schöner wurde? Erst habe ich Schwachstrom gefühlt. – Langsam wirds Starkstrom.
Mensch wo ist denn da die E-Grenze?
Peer mir scheint, ich bin schon viel zu viel auf meine Gefühlswelt angewiesen. Das spritzt hin und zurück. Immer stärker.
Bin ich heute wieder zu offen? Schlimm!
Dir geht es aber auch so, wenn Du so lange in die Bäume guckst, – von der Zehen- bis zur Nasenspitze rast es, – hoch und runter.
Und jeden Tag gerbt sich alles tiefer ein.
Du ich merke da gerade, bin recht untalentiert für Liebesbriefe. Na ja. Wie soll ich denn? Wenn Du immer weg bist –, immer und immer!
Pony

»Nimm dir 'nen richtigen Mann«, hatte Dr. Wittgenstein zu Pony gesagt.
Ja, mit neunzehn ist man eben noch kein richtiger Mann, besonders, wenn man mit den Augenlidern klappert, sich beim Sprechen verhaspelt, nicht weiß, wohin mit seinen dünnen, langen Gliedern – selbst, wenn man das Abitur mit Auszeichnung gemacht hat.
Sicherlich wäre es besser gewesen, wenn Pony einen lebenserfahrenen Partner gehabt hätte, der ihre Übersensibilität versteht, einen Freund und Ratgeber, der jeder Situation gewachsen ist, der sie leiten und bei dem sie sich in allen Stürmen geborgen fühlen kann.
Solch einem »richtigen Mann« war Pony mit ihren siebzehn Jahren leider noch nicht begegnet, und jetzt liebt sie Peer, weil sie lieben muß, und er liebt sie auf seine Art.
Ja, und was war Peer? Genau kannte ich ihn damals nicht: Wahrscheinlich ein unfertiger, nervöser Träumer, der sich weitgehend von Pony inspirieren ließ, damit das aber keiner merkt und um gegen den Eindruck seines durchsichtigen, feinen Kindergesichts anzugehen, gab er sich unterkühlt und so sachlich wie möglich, ließ sich keinerlei Gefühl anmerken, redete von Atomphysik und Kybernetik und daß er nach dem Sonderstudium im Manfred-von-Ardenne-Institut arbeiten wird, obwohl er in ständiger Prüfungsangst schwebte.
Auch Georg schloß sich der Meinung Dr. Wittgensteins an: Unser quicklebendiges Mädchen bekommt doch nicht auf einmal solche Zustände, der Einfluß muß von außen kommen, nach der Bulgarienreise mit Peer ist es passiert, der Übeltäter ist ermittelt, der Sündenbock

gefunden, Peer ist der Spinner, der Pony auf dem Gewissen hat, er muß beiseite geschoben werden ...
Und Peer? Er hatte geglaubt, daß Pony durch seine Hilfe gesund werden würde. Nun sollte er sich vorsichtig zurückziehen, auf einmal ein Leben ohne Pony führen – was hatte er falsch gemacht, war er überhaupt zu nichts nütze?
Wußte er nicht besser als jeder andere, daß Pony etwas fehlte, wenn sie ihm nicht jede Gefühlsregung mitteilen konnte? War er nicht täglich seit drei Jahren mit Pony zusammen? Ihm war doch alles vertraut an ihr, auch ihr Abgleiten von den Realitäten dieses Lebens: Das war für ihn nichts Besonderes, nichts Gefährliches, sie hatte eben ihre Phantasie etwas weiter ausgedehnt. Aber ein Arzt denkt sicher weiter. Wenn Wittgenstein nun recht hat, daß seine Anwesenheit Pony schadet? Dann müßte er eben all seine Kräfte zusammennehmen und sich zurückhalten. Aber wie soll Pony das verstehen?
Die Folgen blieben nicht aus. Peer versagte völlig bei seinen Prüfungen und wurde für ein Jahr exmatrikuliert, das heißt, er sollte in dieser Zeit praktisch im Labor arbeiten.
So also sah das reiche Feld der Liebe für die beiden aus!
Und das zweite Feld, die Kunst?
Von einem Sichaustoben ihrer Phantasie in der Kunst konnte keine Rede sein, denn jeder riet Pony, auf jeden Fall das Abitur zu machen, dann hätte sie eine Grundlage, auf der sie aufbauen könne. Die Lehrer meinten, sie schaffe das bei ihrer Intelligenz mit Leichtigkeit.

Pony schreibt:

Schule ist und bleibt dreadful. Ach ist dit alles zum kotzen blöd!

Im Grunde genommen wollte Pony am liebsten jetzt und sofort ihre künstlerischen Neigungen ausleben, aber das wagte sie dem Arzt gegenüber nicht auszusprechen. So sagte sie bloß: »Alles andere will ich gern machen, Kellnerin, Boutiqueverkäuferin, Hotelservice, bloß raus aus der Schule!«

Ja, ihre künstlerischen Neigungen! Eine Wand ihres Zimmers hatte sich Pony mit Fabeltieren und Blumenornamenten bemalt, jede Schale, Vase, jeder Topf wurden angepinselt. Hinter ihrer verschlossenen Zimmertür dudelte es von früh bis spät: »Alabama-Jonny, warum bist

du nicht froh? – Und wie man sich bettet, so liegt man, es deckt einen da keiner zu ...« Wieder und wieder, meist nach Platten von der May, ohne zu ermüden.
Im Vorjahr war alles noch einfach, da mußten die Schüler Lochkarten mit ihrem Berufswunsch und einem Ausweichberuf ausfüllen. Niemand wußte so recht, was er schreiben sollte. Für Pony war alles klar, sie schrieb in beide Sparten: Psychologie.
Und so schrieb Peer damals an Pony:

Sehr lobenswert, daß du zu diesem Psycho-Professor gegangen bist, denn du mußt unbedingt vorher genau wissen, wie und wo und was so ein Psychostudium ist. Nehme an, etwas sehr interessantes, und ich habe nichts dagegen, wenn es so kommen könnte, daß in meiner näheren Umgebung ein Psychologe ist.

Eine Gefährdete kann nicht Psychologie studieren, sagten die Ärzte. Der Traum war ausgeträumt. Aber mir war klar, wenn jetzt alles wieder im alten Trott weitergehen sollte, würde es wieder losgehen mit der Niedergeschlagenheit, dem Sichabsondern, dem Kurzangebunden- und Ruppigsein, den Bauchschmerzen und den Schlafstörungen. Es mußte eine Situation geschaffen werden, die ihren Neigungen ganz entsprach. In der Klinik hatte ich Pony versprochen, mich um die Schauspielschule zu kümmern, also rief ich dort an. Man sagte mir, daß der Termin für dieses Jahr eigentlich überschritten sei, aber es gebe noch ein paar Nachzügler, und wir sollten am nächsten Montag zu einem Vorgespräch kommen.
Pony war nicht gerade ängstlich, als wir losfuhren, aber es kam ihr doch recht zweifelhaft und unglaubwürdig vor. Diese Schule liegt direkt an der Spree: Wenn dieses fabrikumgrenzte Gewässer auch inmitten der Stadt weniger romantisch ist, so liegt der Schulgarten doch im Grünen und macht einen ganz sympathischen Eindruck.
Pony wollte in Jeans gehen, da ich aber zu der Zeit noch Bedenken hatte, ob diese lässige Aufmachung bei den Pädagogen einen guten Eindruck machen würde, zog sie ihren schwarzen Kordanzug an, den sie zwar in der Burschenabteilung der »Jugendmode« gekauft hatte, der ihr aber gut stand, sie sah damit aus wie ein kleiner Page.
Nach einigem Warten wurden wir aufgerufen, und zwei Dozenten, ein Herr und eine Dame, unterhielten sich mit uns. Pony war ungezwungen und antwortete natürlich.

Man fragte uns, warum wir so spät kämen, denn der eigentliche Termin der Bewerbung sei vorbei. Ich sagte, daß Pony krank war, einen Nervenzusammenbruch hatte. Auch das wurde mit freundlichem Verständnis aufgenommen. Man gab zu bedenken, daß es schon eine große Ausnahme sei, wenn man die Prüfung bestehe, daß sich gegen dreihundert Bewerber gemeldet hätten und nur dreißig davon aufgenommen werden könnten, wobei mehr Jungens als Mädchen benötigt würden. Ich warf ein, daß ich beim Funk und Fernsehen immer von einem Schauspielermangel gehört hätte. Das stimmt zwar, aber diese Erscheinungen haben wir ja fast überall, wir müssen da etwas dosieren, wir haben einfach nicht so viele Studienplätze. Die Dozenten erklärten uns, daß zuerst eine Eignungsprüfung nötig sei, dazu würden zwei Rollenauszüge, ein Gedicht und ein Chanson verlangt, die Aufgabe einer Stegreifetüde würde am Prüfungstag gestellt, darauf erfolge die Aufnahmeprüfung, und wenn der Bewerber beide Prüfungen und die Probezeit bestanden habe, bekomme er nach dreijährigem Studium eine Anfangsstelle an einem meist kleinen Theater. Nur ein- oder zweimal sei es vorgekommen, daß ein Schüler bei der Eignungsprüfung so überragend war, daß die zweite Prüfung ihm daraufhin erlassen wurde, heute komme das nicht mehr vor ...
Der Dozent bemerkte wohl, daß Pony etwas kleinlaut wurde, er blätterte mit wohlwollendem Kopfnicken in ihren Zeugnissen und Rezitationsurkunden und meinte, daß Pony doch demnach die an der Schule unterrichteten Fächer gut beherrschen müßte und daß sie ihr sicherlich Spaß machen würden. Er zählte die Fächer auf: Schauspiellehre, Sprecherziehung, künstlerisches Wort, Marxismus-Leninismus, marxistische Ästhetik, Theaterwissenschaften, Literaturgeschichte, Kunstgeschichte, Russisch, Englisch, französische und italienische Phonetik.
Bewegungsunterricht, Tanz, Pantomime, Fechten, Reiten, Skilaufen, Musik, Phonetik ...
Ponys Wangen wurden immer röter, ihre Augen wechselten zwischen Funkeln und Nachdenken. Es war noch nicht lange her, da schlurften verwirrte Patienten in den langen Gängen verschlossener Anstalten an ihr vorbei – und hier sollte sie mit gleichaltrigen jungen Menschen diese Fächer studieren – ein Traum!
Auf dem Heimweg unterhielten wir uns darüber, und sie überlegte hin und her: »Viele Fächer kann ich ja schon ganz gut, Ballett, Reiten, Skilaufen, Sprachen, Kunstgeschichte – ob die anderen das auch so gut

können?« Und nach einer Pause: »Ich muß unbedingt überdurchschnittlich sein!«
Obwohl ich mir einbilde, ein künstlerisches Talent einigermaßen beurteilen zu können, war hier der Wunsch als Vater des Gedankens zu vordergründig, und ich beschloß, Pony von einem Fachmann testen zu lassen. Die uns bekannten Schauspieler ließ ich dabei außer acht, ich wandte mich an Helga Gelling aus unserem Ort, da ich das Gefühl hatte, es sollte eine für Pony völlig fremde Person sein.
Ich rief also Frau Gelling an und erzählte ihr von Pony. Sie ging gleich darauf ein und versprach, am nächsten Sonntagnachmittag zu kommen.
Pony hatte sich unterdessen die Rolle herausgesucht, die sie gern spielen wollte, nämlich die Anne Frank, und zwar die Stelle, wo sie sich ins Freie träumt – obwohl diese Passage, meiner Ansicht nach, gar nicht soviel hergibt. Das zweite Stück war schwierig zu finden, da nach meinem Gefühl nichts mit Mord und Totschlag und Lebensmüdigkeit darin vorkommen durfte. Dieses Weg-mit-der-Hölle hängt wie ein ständiges Damoklesschwert über diesen Gefährdeten, und die Umgebung muß Minute für Minute nutzen, um den Spieß umzukehren, sie zu einer »freudigen Erwartung« zu bringen: »... die Scheuer voller Garben zeigen«. So wählte ich für Pony etwas Lustiges aus, nämlich die Eliza in Shaws »Pygmalion«, und Pony stürzte sich mit Feuereifer darauf. Voller Erwartung sah ich dem Tag entgegen, an dem sie die Schauspielerin Helga Gelling kennenlernen sollte.
Es war ein kalter Januartag. Pony hatte ihren selbstgestrickten, jadegrünen Skipulli und Jeans an. Helga Gelling kam. Wir tranken miteinander Kaffee im Wohnzimmer, aber die beiden nahmen sich dazu wenig Zeit und gingen bald wie zwei alte Freundinnen in Ponys Zimmer hinauf. Ich war mir nicht klar, was da oben passierte – aber lassen wir Helga Gelling selbst über das erste Zusammentreffen berichten:
»Ich kannte ja Pony überhaupt nicht. Nachdem ich von ihrem Nervenzusammenbruch gehört hatte, hätte ich mir eher ein gehemmtes Mädchen vorgestellt, aber das ganze Gegenteil. Pony kam mir gleich so offen und vertrauenerweckend entgegen, so daß wir sofort vom ersten Moment an einen spontanen Kontakt hatten. Ich hab ihr erst einmal, wie ich das bei allen Schülern mache, von den Schattenseiten dieses Berufes erzählt: daß sie vielleicht auf ganz kleinen Bühnen anfangen muß, daß es oft zu Fehleinschätzungen käme, daß man sich durchboxen muß... Pony hatte zu alledem eine verständnisvolle, vernünftige Einstellung, sie sagte ungefähr so: Wenn man mit Liebe in einen Beruf

hineingeht, dann kann man das alles ertragen, auch wenn es oft weh tut, dann muß man eben um so mehr Energie aufbringen. Pony erzählte mir, daß sie noch vor einigen Monaten dachte, Psychologie zu studieren. Ich sagte ihr, daß da eine Verwandtschaft besteht, denn ohne psychologisches Einfühlungsvermögen könnten wir unseren Beruf nicht ausüben. Dann brachte sie die Anne Frank, wie sie mit ihrem Peter aus der Dachluke ihres Versteckes guckt und philosophiert. Das war so einfach, tief empfunden und natürlich, daß ich ihr sagte: ›Sprich das so frisch vor, wie du's machst, ich kann dazu gar nichts sagen, würde dir nur alles nehmen, was da ist!‹
Sie erzählte mir dann von ihrem Freund, daß er ihr anvertraut hätte, daß seine Mutter es nicht erlaubt, daß er sie besucht, und daß sie Angst hätte, es könnte auseinandergehen. Sie erzählte mir auch, daß sie im Grunde genommen anderen gegenüber immer sehr verschlossen ist und nie über ihre Wünsche geredet hat, aber eigentlich sei es von Kindheit an ihr Traum gewesen, Schauspielerei zu machen. Ich sage wirklich ganz selten zu einer Vorsprecherin, sie solle diesen Beruf wählen, weil er gerade für Mädchen sehr schwer ist – aber hier sagte ich: ›Dann mußt du es tun! Weißt du, es geht oft viel schief in diesem Beruf, dann muß man sich schütteln wie ein Hund, der aus dem Wasser kommt, und dann wieder herangehen und sagen: Und ich beweise es euch doch!
Die schönste Zeit ist die Probenzeit, da kann der Schauspieler alle Phantasie walten lassen und dem Regisseur sagen: Ich mach dir's mal so vor, oder so. Ein Schauspieler ohne Phantasie ist für mich überhaupt nicht vorhanden.‹
Während ich so mit ihr redete, glühte ihr Gesicht immer mehr, und sie ging an ihren Schreibtisch und zeigte mir ihre Gedichte. Ich riet ihr, eins von ihren eigenen Gedichten vorzutragen. Dann spielte sie mir die Eliza vor. Dazu hatte ich einiges zu sagen: Das Derbe, Ordinäre war ihr noch fremd, aber ich brauchte nur anzutippen, und sie brachte es. Bei dem Dialog der Halbgebildeten im Salon, wie Eliza von dem betrunkenen Vater spricht, sagte ich: ›Bring das mal unter Lachen!‹ Und sie brachte es unter Lachen, manche Schauspieler brauchen dazu Jahre. Pony war so völlig offen, so völlig frei, überhaupt nicht stur und sofort bereit, Ideen aufzunehmen.
Ich sagte mir, das ist doch ein ganz gesundes Mädchen. Was wollen die denn eigentlich? Ich wäre nie auf die Idee gekommen, daß da irgendwie mal was falsch gelaufen ist. Ich mußte überhaupt nichts herausholen, und wie sie sprach, ihr Ausdruck, ihr ganzer Typ, sie kann so schön

sein, wie sie will, aber auch abstoßend, wenn's verlangt wird. Ideal für diesen Beruf.
Ich hatte das Gefühl, sie wollte sich über alles, was sie belastete, mit mir aussprechen, ich sagte ihr, daß ein Typ wie sie doch keine Angst vorm Leben zu haben braucht und daß das Ganze wohl eine vorübergehende Depression gewesen sein muß, wie so viele junge Mädchen das mal haben. ›Ich finde‹, sagte ich ihr, ›dieser Stimmungswechsel gehört auch zu diesem Beruf, diese Beamtenschauspieler, die geben mir nichts. Viele der bekannten Schauspielerinnen hatten übrigens solche Schwierigkeiten und drehten mal richtig durch: die Pawlowa, die Duse, die Piaf, Vivian Leigh, Marilyn Monroe ... Die Duse hat einmal gesagt, ›hundert Frauen sind in mir, und jede tut weh, wenn sie an die Reihe kommt‹.«
Unterdessen war es Abend geworden, und wir fragten uns, was die beiden wohl so lange da oben machen konnten. Da hörten wir die Türen schlagen, und schon auf der halben Treppe rief uns Frau Gelling zu: »Es ist *der* Beruf für sie, es gibt keinen anderen!«
Wir setzten uns noch etwas ins Wohnzimmer.
»Meinen Sie nicht, daß die Eliza eine sehr abgeklapperte Rolle ist?« fragte ich.
»Ich werde Ihnen was sagen, Frau M., die Eliza wird nicht oft vorgesprochen, die ist zu schwer. Diese verschiedenen Töne vom primitiv Ordinären bis zur Dame, das ist eigentlich nichts für Anfänger. Hier habe ich ihr auch einiges gesagt, die ordinäre Kreischerei zu Anfang, das Stelzen der Halbgebildeten in der vornehmen englischen Gesellschaft; man muß ihr diese Art Gesellschaft erklären, sie kennt sie nicht. Sie sprang dann aber sofort darauf an, als ob sie mit diesen Snobs aufgewachsen wäre und es ihr einen Heidenspaß machen würde, sie zu schockieren.«

Oberwiesenthal

Erde, weiß stürzt sie ab und ich
mit ihr. Welche Kraft ist's,
die mich hinabsaugt. Kristalle,
der Erde reiß ich sie aus ihrer weißen Haut;
peitschen in mein Gesicht, oh,
euch lach ich! Lach ich!
Der Wind fängt mich auf.
Mein jubelnder Schrei zerfetzt
die Trägheit der Wolken. Fichten
reckt eure steifgefrorenen tausendfingrigen Hände
vergeblich nach mir. Nichts
als meinem phantastischen Willen
gehorcht mein ungehemmter Körper.
Schnee, Wind, Himmel, ich komme,
Liebe, Liebe, hinab ins Tal, ... ins
Bodenlose ...

Joochen Laabs

A short information of the last Pony actions.
Yesterday I was really in a good spirit, because Helga Gelling, really a good artist, was in our witch-house. Indeed that was a reason. She found it's use for me to learn and to study, speak, go, sing as an artist. Would you mind something?
I find it's just the right thing for me, is it?
Today the scool was dreadful. But I hope bientot fini! Good by Pony
What happend with your problems?
Now I have sooo many problems, vraiment!!![4]

Natürlich, viele Probleme, die auf Pony zukommen, und das schlimmste: überall ein Schwebezustand, nichts Endgültiges, auf das sie sich konzentrieren kann, ein Hin- und Herpendeln, das vermieden werden sollte, die Ungewißheit, ob sie die elfte Klasse und die Prüfung schafft. Aber nun waren die Winterferien da, und wir fuhren, die Skier auf dem

Zum neuen Jahr kriegt man übrigens viele
französische Post. Auch die vom Nicbabend
hat lange Abhandlungen über die alten Erlebnisse
usw. usw. mir zugesandt. Lebe also gerade mal
sieles français.

Bald bin ich ein Skirasse!

Nu dich wird wichtig.

Was machste wenn ich mich zu tode
welele?

Schickst mir ein Beileidsbriefchen,
ja?

Du vielleicht stehe ich plötzlich vor Zimmer 17
irgendwann. Du weißt ja bei mir ist
alles drin. Wie steht's mit Physik?

Wagendach, nach Oberwiesenthal. Pony war während der Fahrt zuerst recht still. Kurz vor Karl-Marx-Stadt taute sie dann auf. »Ich freu mich ja schon so auf Maja!« sagte sie fast schwärmerisch.
Wie verabredet, trafen wir Maja im »Chemnitzer Hof«. Nun wurde Pony lebhafter, die beiden quatschten und gackerten zusammen. Bei Dunkelheit und Glatteis schlängelten wir uns die Berge hinauf, vorbei an den im Schnee versteckten, grauen Schieferhäuschen, aus deren Fenstern die sich drehenden Pyramiden leuchteten.
Am nächsten Morgen, bei Pulverschnee und herrlicher Sonne, Wedelschule beim Olympioniken Ebs Schwarzer. Pony hatte außer einigen Versuchen als Kleinkind erst im vorigen Jahr wieder mit dem Skisport begonnen. Sie war also die Unsicherste, wollte aber am elegantesten fahren; und so hatte man den Eindruck, daß sie den Stockeinsatz vor dem Schwung mit der Ballettstange verwechselte. Am meisten amüsierten sich aber die Kinder, wenn Georg mit verbissenen Zähnen hinunterfuhr und Ebs ihm zurief: »Füße parallel . . . Schulter zurück . . . Bergski vor . . . freundlicher Talblick!« Pony und Maja platzten vor Lachen. »Freundlicher Talblick« blieb während des gesamten Urlaubs ihr Stichwort. Ein Ärgernis: Pony hatte vor der Abreise ihre Skischuhe nicht gefunden und sich unzünftige Touristenschuhe geborgt, die nicht in die Bindung paßten, nicht knöchelhoch waren, kurz, mit denen man kaum das Wedeln lernen konnte. Da sie aber vom Ehrgeiz gestochen war, borgte sie sich nach dem Mittagessen Majas Schuhe und fuhr damit bis zur Dunkelheit allein mit der Seilbahn auf den Fichtelberg. Oben ist die Piste verharscht und steil, aber sie wollte es wissen, packen, jetzt oder nie, wedeln lernen. Mir aber war nicht ganz wohl dabei, aber verbieten war unmöglich.
Manchmal borgte Maja ihre Schuhe Pony auch während der Skischule. Das ständige Geknebel regte Georg auf. »Freundlicher Talblick!« rief ihm daraufhin Pony lachend zu.
Das zweite Ärgernis: Wir konnten nie ins Badezimmer, da es ständig besetzt war. Pony litt, wie in letzter Zeit immer, an Verstopfung. Sie hatte sich einen Irrigator mitgebracht und machte täglich einen Einlauf. Georg klopfte an die verschlossene Tür, Pony blieb dabei: »Anders geht's nicht!«
Jeden Morgen, wenn Pony mit ihrem gletscherblauen Anorak, dem weißen Schlangenschal, ohne Handschuhe und ohne Mütze auf dem Hang erschien, rief es von allen Seiten: »Pony, Pony!« Besonders einige junge Ungarn, die dort an einem Hotelbau arbeiteten, ließen ihr keine

Ruhe. Pony gab ihnen schnippische Antworten und interessierte sich nicht sonderlich für ihre Verehrer. Statt dessen schrieb sie an Peer:

Servus, mein Freund Peer!
Zum Thema 1 in deinem netten Brief würde ich sagen, Peer, mon ami, wo bleibt denn deine überragende Selbstdisziplin? Ach ja, dieses klangvolle kleine Wörtchen Selbstdisziplin ist doch was irre wichtiges, nicht nur in unserem soz. Vaterland! Und Wodka ist kein Wässerchen.
Also in Peers kleinem Räuberhäuschen lassen sich unerfreuliche Spuren erkennen. Tja, so ist das mit der vorne-hinten Kotzeritis. Kenne ich aus eigener Erfahrung furchtbar gut. Nur bei mir hatte es nie etwas mit mangelnder Disziplin zu tun. In Budapest und Bulgarien spielten stets dabei die Hauptrolle einige wunderfolle Nationalgerichte. Und jetzt? Klappt es wieder nicht. Du kleiner Schlauberger, siehst Du an der Kotzeritis, daß wir in ständiger Wechselbeziehung stehen.
Daß du aber »deine Freundin« in auch nur irgendeiner Weise mit Varnatypen vergleichst, finde ich schäbig. Meine kleinen Chans hast Du nie gehört, meine Rolle + meine Gedichte auch nie. Und überhaupt glaub bittschön bloß nicht, daß »deine Freundin« jetzt so langsam in der Schule blind wird. Außer Mathe, Physik + Chemie, sehe ich fast schon durch.
Phychologisch stelle ich mich gerne als Peers little help hin, an deine Seite, da du ein trampliger, verklafterter + verschrumpelter kleiner Traps bist. Jawohl. So!
Als ob ich nicht genügend Elahn hätte, wo doch alles durch meinen Überelahn zu Stande kam. Und nun stecke ich schon wieder in tiefem schulischen + schauspielerischen Sumpf.
Wittgenfein fand es einfach famos, daß ich schon wieder durchhaltender Weise in die Schule gehe.
Den wichtigsten Satz hab ich natürlich wieder vergessen. Naja, naja, bist ja nicht psychologisch, sonst würde Dir das was sagen! Also da hatte ich echte Wut auf dich:
Wenn du meinst, daß ich jetzt so langsam verblöde, – bittschön – ich bin ja schließlich nicht an Dir festgeklept!!!
So nimm mal dieses etwas zynische Schriebsel nicht zu ernst. Nur ich bin mal ärgerlich über dich. – Und Schauspielerin werde ich, – so! Ich hab schon so ne irre Lust! Ganz doll was + garnicht utopisch.
Übrigens ist das nur eine Abschrift von meiner 1. Polemik, die etwas aggressiver war. Da heute aber wirklich mal ein netter Peerbrief bei mir

antanzte, habe ich diese Stiländerung vorgezogen. Also bitte laß diese Predien. Sowas wie Zukunft + und wir beide, das finde ich nicht gerade sehr zweckmäßig. Entweder es paßiert mal was oder nicht! Aber das lange Diskutieren finde ich etwas »pastetisch«, einfach typisch Peer.
Z. B. könnte ich bei Dir mal antanzen zwischen dem 16. + 20. Aber da hier noch mit Ebs Skischule + so beschäftigt, wird der Zeitabschnitt so kurz, und danach muß ich wohl oder übel, wie Peer mir das so ungeheuerlich ausführlich schrieb, Selbstdisziplin haben + ganz schnell wieder zur Schule. Außerdem ist das Geld für die Rückfahrt auch nicht zu verachten, da ich jetzt ganz richtig spare. Hab schon 250,– M, wobei die 15,– M leider geklaut sind. Aber das war nicht zu vermeiden, da meine Mutti immer so geizig ist. Die lagen nähmlich in einer ururalten Handtasche von ihr. Naja + ich spare doch für einen wirklich schönen Zweck!
Wir sind übrigens in einem ziemlich luxuriösen, zu blöd dieses Wort, Hotel untergebracht. Wäre also nicht schlecht, wenn Du zu mir tramptest, weil Du doch dann mal wieder eine Selbstbefriedigung durch Selbstdisziplin in Bezug auf Essen + Wodka + so erhalten könntest!
Bäh Pony.

Zum Schanzenfasching machten sich Maja und Pony den ganzen Nachmittag schön, um am Abend in einen Jugendbeatschuppen zu gehen. Nach der Mitternachtsballerei, die von den aufleuchtenden Schneebergen zurückschallte, machten Georg und ich dann einen nächtlichen Spaziergang durch die engen Gassen zwischen den grauen Schieferhäusern, durch das Spalier der in den Fenstern stehenden geschnitzten Nußknacker und Bergknappen mit brennenden Kerzen in der Hand, um die beiden abzuholen.
An dem Jugendlokal angekommen, schauten wir zur offenen Tür hinein und fanden mitten in dem Gewimmel von Tanzenden und Flanierenden Pony an einem kleinen, runden Tisch, an dem noch fünf junge Männer saßen. Dort schien sie das große Wort zu führen, alles lachte über ihre Schlagfertigkeit. Dann tanzte sie wieder so tollen Beat, daß sich alles umdrehte. Pony schien es selbstverständlich zu finden, daß sie der Mittelpunkt war.
Am nächsten Morgen schwingt Pony eifrig auf dem Übungshang, und Ebs ruft ihr zu: »Na, Pony, nur fünf?«
Pony glaubt, etwas falsch gemacht zu haben, und schaut ungläubig auf den Skilehrer.

»Na, fünf Kavaliere!«
Pony wendet sich achselzuckend um. »Na und?« sagt sie und fährt mit Schuß ins Tal.

In dem Zusammenhang ist es vielleicht nicht uninteressant, einen Brief von Pony, den sie genau ein Jahr zuvor in Oberwiesenthal geschrieben hat (damals, als noch kein Mensch auf den Gedanken kam, sie für verrückt zu halten), mit dem diesjährigen zu vergleichen. Sie schrieb damals ihrer Freundin aus dem französischen Jugendlager, jede schickte der anderen den Brief korrigiert zurück:

Hallo Marie-Claire! Wie geht's! Ich hoffe, ca va!
D'abord un faute:
Nicht: Ich antworte an Deine Frage, sondern: *auf* Deine Frage! So, und nun kannst du mir gleich noch eine Frage beantworten: Studierst Du bei Deinem Studium auch noch so etwas ähnliches wie Philosophie? Weißt Du, ich will vielleicht später so in dieser Richtung was studieren, und ich hätte gern einige Einzelheiten über so ein Studium gewußt. Viel Interesse habe ich auch noch für Psychologie, aber auch Regisseur + so! Bitte schreibe mir doch mal Deine Meinung darüber!
So nun auf francais:
Dans ces vacances je fasse du ski dans notre montaige. Il était très gai. Bien sure, d'abord je tombais egalmont dans la neige (avec grand plaisir evidemment) Mais bientôt je fasse du ski formidable.
Ma mére et mon père etaient choqué!
Dans ce moment je lis Brecht et »choix de nouvelles modernes« en francais, oh, c'est très difficil, mais je crois, que je apprends beaucoup! Jean Giroudoux est vraimant le plus grand!! J'ai lu »La Surenchène«
Tu connais Brecht? Tu connais le »Song von der sexuellen Hörigkeit« ou »Bilbao Song«?
J'aime beaucoup. Alors, je crois il est clair, que dans la lettre beaucoup de fautes. Mais rien!
Salut Pony[5]

An die Briefseite gekritzelt:

Wichtig: Was sagst du zu der Selbstverbrennungswelle von Menschen in Europa! Selbsthypnose + so?

Erhebung

Steig auf, entfliehe diesen Krankheitsgrüften
Und läutre dich in weltentrückten Reichen,
Und schlürfe reinen Trunk, den göttergleichen,
Im Feuerglanz aus klaren Himmelslüften.

Oh, glücklich, wer aus Überdruß und Qualen,
Die schwer belasten uns'res Daseins Nebeltag,
Sich jäh erheben kann mit kräftgem Flügelschlag
zu Glücksgefilden voller Licht und Strahlen.

Ihn tragen die Gedanken auf der Schwinge
Von Lerchen in des Morgenhimmels Glühen,
Und schwebend dort, versteht er ohne Mühen
Der Blumen Sprache und die stummen Dinge.

Charles Baudelaire

He Peer!
Mit meinem nun etwas ominösen Zustand übe ich gerad in der Küche Steppen, Spagat und Brücke. Geht noch!
Junge Junge Pedrokind wie bist du unirre geworden! Mit verkalkter Sachlichkeit jeder Brief von Dir! Du machst mir Sorgen!
Ich habe am 18. Prüfung, komme also am 19. Werde bestimmt trampen, wenn auch Babby (Pappi) meckern wird, am 2. 3. muß ich dann wieder nach Haus tappeln. Alles für Dich!
Hab gerad ein Gedicht geschmiert:

Spielen die Wolken etwa Ringelrein?
Im Süden tanzt ein schwammiger Dampfhaufen auf mich zu,
Soll ich warten, bis er mich von Norden her umpustet?
Nein

Nein, ich werde nicht auf meinem angefaultem
Baumstumpf sitzenbleiben.
Und brüten.
Was sind die Wolken?
Die Wolken sind nur Karikaturen,
Lächerliche Pantomimen,
Alles Bewegliche vergaukeln sie
in fantastische Fratzen,
Verblasene aufgeplusterte Mysterien
Hingeahnt
Hingenießt
Hingedacht
Nicht greifbar
Dahinflitzschend
Die Wahrheit anzweifelnd.

Viel hat Pony ihre Rollen geübt, jedoch ungern jemandem vorgetragen. Als Gedicht hatte sie sich »Lob des Kommunismus« von Brecht ausgesucht. Ich meinte, daß sie bei anderen Brecht-Gedichten doch viel mehr zeigen, viel mehr aus sich herausgehen könne: Sie antwortete nur mit einem schroffen Nein. Uns gegenüber zeigte sich Pony schnoddrig, an Maja aber schreibt sie anders.

Hallo Maja!
Ich nehme übrigens mit echtem Spaß ab. So richtig schön dünn werden. Mensch Schwester, did is so ein Schwebegefühl.
So, sonst ist bei mir fast alles okay. Außer Mathe, Physik und Chemie sehe ich in der Schule durch.
Du ich glaube, ich bestehe die Prüfung. (Schauspielerei) Na bißchen Selbstbewußtsein muß man schon haben. Pykmalion geht auch ganz gut, nur wenn die so richtig damenhaft wird, wird's en bißchen schwierig. Aber schaff ich schon.
Du + wenn ich doch fliege! Himmelblauer Segen, ja was eigentlich dann? Dann krieg ich nen ganz dollen Heulanfall + sage euch: ich weine doch so gerne. So!
Was macht das Studium?
Was macht die Liebe?
Ja, ja das zweite finde ich ganz doll wichtig. Liebe Mensch Maja, Du ich glaube ganz richtig, daß ich von mir sagen kann, ich *liebe*. Weder bin ich

verknallt, noch verliebt. Die ganze Angelegenheit bei mir nenne ich *sexuelle Überphantasie*. Du die Stones sind gut, da bekomme ich hin + wieder solch eine Phantasieinspiration.
Wie findest du jetzt eigentlich Peer?
Schwester, nach Leipzig würde ich übrigens nie kommen, da dort in jedem Fall Abi verlangt wird.
Berlin also.
So long
Gruß Pony

Aber nun wurde es Ernst. Am 17. 3. fuhren wir nach Berlin, um in der Neubauwohnung von Bekannten, die verreist sind, zu übernachten. Beim Abendessen war Pony recht schweigsam, aß kaum etwas, ich riet ihr, sich wenigstens die Haare zu waschen.
»Erst spiele ich's noch mal durch – zum letztenmal – und dann – ist alles aus!«
Wir fangen mit Anne Frank an. Pony hockt sich auf den Boden, sie sieht durch die »Dachluke« nach oben: »Peter ... sieh mal ... der Himmel. Und die Wolken ... so schön. Weißt du, was ich tue, wenn ich das Gefühl habe, ich halt es hier nicht mehr aus? Dann *denke* ich mich ins Freie. Ich stelle mir vor, ich gehe im Park spazieren. Und weißt du, was das Schönste daran ist? Du kannst es ganz so haben, wie du willst. Du kannst machen, daß alles zur gleichen Zeit blüht – Rosen und Veilchen und Astern, alles zur selben Zeit ...«
Pony ist weit entrückt, Peter ist Peer, und sie erzählt ihm, wie man sich wegträumen kann aus einer Verdammung. Das ist für sie nicht schwer nachzuempfinden, so ist ihr Spiel kaum ein Spiel.
»... Wenn ich an all das das draußen denke, in der Natur ... an die Bäume ... und Blumen ... und Möwen ... wenn ich an uns denke, Peter ... wie schön das ist ... und wieviel gute Menschen wir kennen ... die täglich für uns ihr Leben aufs Spiel setzen ... Wenn ich an all das denke, dann hab ich keine Angst mehr!«
Pony reckt sich auf und dringt auf den vermeintlichen Peter ein: ... »Ich weiß, es ist furchtbar schwer, noch an etwas zu glauben, bei all dem Gräßlichen, das geschieht ... wo es Menschen gibt, die so etwas tun ... aber weißt du, was ich manchmal denke? Ich denke, vielleicht macht die Welt auch eine Art Entwicklung durch. Das geht vorüber, vielleicht erst in hundert Jahren, aber eines Tages eben doch. Trotz allem glaube ich noch an das Gute im Menschen.«

Pony wirft sich hin.
»Pony, das ist gut so, ganz echt, greifbar nahe!«
»Ach, Quatsch!«
Pony fällt aus ihrer Verzückung und wird trübsinnig. Ich sehe, es ist besser, eine Pause einzulegen. Wir rauchen eine Zigarette, und ich läute eine Bekannte an, die im selben Hause wohnt. Es ist eine französische Chansonsängerin, Ivette Bryon.
Ich erzähle ihr, daß wir hier in diesem Hause übernachten, da Pony morgen früh in Berlin die Prüfung machen müsse.
»So, ich warte auch gerade auf einen ehemaligen Schüler von mir, der in Dresden wohnt und der morgen auch zur Prüfung in die Schauspielschule muß.«
»Ach, wirklich, da könnten die beiden ja zusammen hinfahren.«
»Ja, natürlich, er kommt sie morgen früh um acht abholen und bringt noch einen Wodka mit.«
Dies Gespräch hatte Pony wieder aufgerüttelt: Sie brauchte nicht allein zur Schauspielschule, ein selten glücklicher Zufall. Nun hat sie wieder Lust, und schon kommt sie als Trampel-Eliza ins Zimmer. Und dann geht's los, mit wirrem Haarschopf, mit vollem Temperament und echter Wut im Bauch, auf urberlinerisch:
... »Sie Jrobian Sie, Sie brutaler Mensch.
Ick werd nich hier bleiben, wenn et mir nich jefällt,
ick werd mir von niemand prüjeln lassen.
Mann, ick hab nie nach Buckingham Palace gewollt,
Ick hatte nie 'nen Anstand mit de Polente, ick nich ...
Ick bin 'n bravet Mädel, hab nie dran jedacht, mit ihm 'nen Wort zu reden.
Ick bin ihm nischt schuldig, und mir liegt och nischt an ihm ... Und Jefühle hab ick och so jut wie jede andre!«
Dann kommt die schwierige Passage der Halbgebildeten, die das erstemal der Gesellschaft präsentiert wird.
Da Pony eigentlich recht fließende Bewegungen hat, fällt ihr die ungelenke, stöcklige Gestik zuerst schwer. Sie setzt sich mit der gespreizten Vornehmheit der Halbseidenen auf einen Sessel und beginnt die angelernte Konversation mit spitzen Lippen: »Die schwache Depression im Westen unserer Insel dürfte sich wahrscheinlich langsam in einer östlichen Richtung bewegen. Es finden sich keinerlei Anzeichen einer größeren Veränderung in der Barometerlage.« (Angenommenes Lachen aus einer Ecke.)

Pony dreht sich empört um: »Was ist denn daran unrichtig, junger Mann...?« Jetzt kommt der »Kipper«, wie sie sagt, ins alte Milieu. Mit gezierten Bewegungen beginnend, dann unter ordinärem Lachen: »Meine Tante starb an Influenza, so hieß es. Aber ich bin fest davon überzeugt, daß man die alte Dame abgemurkst hat. Ich hab sie mit eigenen Augen gesehen. Sie war schon ganz blau..., aber mein Vater goß ihr so lange Branntwein in den Hals...« Und dann die große, selbstsichere Dame nach ihrem ersten Auftritt im Buckingham-Palast: »Tja, das gibt Ihnen nun den Rest, Henry Higgins.« Sie setzt sich verführerisch auf das Sofa, ohne auf ihren Rock zu achten. Gut, daß sie schwarze Strumpfhosen anhat, denke ich, sonst könnte vielleicht morgen jemand von der Jury daran Anstoß nehmen. Und sagt, den Kopf an die Lehne werfend, von oben herab: »Oh, wenn ich denke, daß ich vor Ihnen gekrochen bin, mich mit Füßen treten und beschimpfen ließ, während ich doch immer nur einen Finger zu rühren brauchte...« Jetzt wird ihr Gesicht, in dem man bei ihrer Polterei keinerlei Vorzüge finden konnte, so reizvoll, ihre überlegen blickenden schrägen Augen so attraktiv, daß ich überrascht bin. »... um dasselbe zu sein, was Sie sind, so könnte ich mich prügeln.«
»Ausgezeichnet, die Unterschiede kommen prima heraus, Pony!«
»Ach, du findest immer alles ausgezeichnet, wer weiß, was die finden!«
»Sicherlich werden sie dir noch dies und jenes sagen, da mußt du halt drauf anspringen.«
Pony, abrupt abbrechend: »So, und nun noch das Gedicht!«
Sie stellt sich fast unbeweglich hin, auch der Blick geht in nur eine Richtung, und rezitiert das Gedicht »Lob des Kommunismus«:

Er ist vernünftig, jeder versteht ihn...
Die Dummköpfe nennen ihn dumm,
Und die Schmutzigen nennen ihn schmutzig...
Er ist keine Tollheit, sondern
Das Ende der Tollheit...

Pony setzt sich aufs Bett und sagt: »Weißt du, das Ende der Tollheit... eigentlich wird hier dasselbe ausgedrückt, was Anne Frank meint, wenn sie sagt: ›Vielleicht macht die Welt auch eine Art Entwicklung durch!‹ Aber woher konnte die Anne das wissen? – Sie kannte doch noch keinen Marxismus.«
Ich mußte daran denken, wie Pony als dreizehnjähriges Mädchen über

Anne Frank gesagt hatte: »Und wenn sie nicht gestorben wäre, hätte nie jemand etwas von ihr gewußt.«
Dann wirft sich Pony erschöpft aufs Bett.
»So, das war jetzt das letztemal!«
Mit weitem, verändertem Blick schaut sie an die Decke. Mir ist, als ob nicht nur der Bühnenvorhang, sondern noch ein anderer Vorhang heruntergefallen ist.
»Jetzt möchte ich einschlafen und nie mehr aufwachen!«
Mir wird heiß und kalt: Was soll ich tun?
Da klingelt das Telefon: »Mein Schützling ist angekommen, kommt doch noch ein bißchen rüber!«
Damit hatten wir nicht gerechnet, wir wollten gerade Schluß machen, Haare waschen und schlafen gehen. Es war halb zehn, doch Pony kämmte sich während meines Gesprächs schon vorm Spiegel, das hieß: Ab und los.
Bei Yvette war eine lustige Gesellschaft von jungen Leuten versammelt, die miteinander musizierten. Yvette stand vom Klavier auf und stellte Pony allen vor, auch Björn, der morgen ebenfalls die Prüfung machen sollte. »Björn war Musikhochschüler in Dresden, nun will er zusätzlich noch Schauspiel machen«, sagte Yvette zu uns.
Björn, ein gutgewachsener, blondgelockter Junge, etwas blaß, belebte sich, sobald er musizierte. Er wollte Yvette noch einmal die Chansons vorsingen, die er am nächsten Tag vortragen wollte. Er begleitete sich selbst auf der Gitarre. »Les réves d'enfants«: Er singt mit einer sensiblen Chansonstimme, auf französisch, von seinen Kindheitsträumen, die nie wiederkehren. Pony schaut wie gebannt auf ihn, und ihre blassen Wangen werden immer röter. Yvette korrigiert noch einiges, Björn geht sofort darauf ein. Nicht, daß Björn Ponys Typ gewesen wäre, aber sie war fasziniert von diesem künstlerischen Talent. Er hatte ja auch schon eigene Kompositionen gemacht und war damit im Fernsehen aufgetreten.
»Und nun du, Pony«, rief Yvette vom Klavier her.
Pony springt auf: »Aber mit Gitarre kann ich nicht! Es wurde ja gesagt, Chansons ohne Begleitung.«
»Na, ich kann dich ja begleiten«, sagt Björn, sich ans Klavier setzend. »Die werden morgen wohl ein Klavier im Saal haben. Dann hast du's leichter!«
Und völlig ungehemmt, in ihren verblichenen Jeans und dem alten anthrazitfarbenen Pulli, die Hände in den Hosentaschen, legt sie los:

»Bill's Ballhaus in Bilbao, Bilbao, Bilbao,
war das schönste auf dem ganzen Kontinent,
dort gab's für einen Dollar Krach und Wonne,
Krach und Wonne,
und was der Mensch sein eigen nennt.«

Mit versoffener Kaschemmenstimme:

»Aber wenn Sie da hereingekommen wär'n –«

Achselzuckend:

»Ich weiß ja nicht, ob Ihnen so was grad gefällt?
Ach – Brandylachen waren, wo man saß,
auf dem Tanzboden wuchs das Gras . . .«

Sie saust mit ausgelassenen Sprüngen, wie bei einem Apachentanz im Saal herum.
»Halt, halt!« ruft Björn. »Wir fangen noch mal an!«
Die beiden, Pony auf dem Podium und Björn am Klavier, versuchen wieder und wieder auf einen Nenner zu kommen. Björn, schwitzend: »Sie macht es jedesmal anders, ich komme nicht nach!«
Yvette: »Ach was, Pony, du bist, wie du bist, du brauchst keine Begleitung.«
Also geht es ohne Musik weiter:
»'ne Musik gab's, man könnte sich beschweren für sein Geld.« Mit lässigem Kellerton: »Joe, mach die Musik von damals nach! Alter Bilbao-Mond, da, wo noch Liebe wohnt — Bilbao-Mond –, Gott wie war denn bloß der Text?«
Ich wollte ihr gerade helfen, als sie so verzweifelt nachdenkend dastand, da ging es weiter:
»– das ist schon zu lange her . . .«
Das Textvergessen gehörte also zu dem Song, und ich war darauf hereingefallen.
»Heute ist es renoviert«, fährt Pony, ironisch lächelnd, fort, »so auf dezent, mit Palme und mit Eiscreme, ganz gewöhnlich, wie jedes andere Etablissement.«
»Hier stimmt was nicht«, unterbricht Yvette. »Ich überlege, wie du die Kurve kratzen kannst, das ist kein Lied für ein junges Mädchen, sondern für eine abgelebte Frau, die schon alles hinter sich hat. Du kannst es also nur ganz besoffen bringen.«

Pony setzt also wieder an, lehnt torkelnd an der Wand, wirft den Kopf zurück und mit einer Miene, die schon völlig gleichgültig gegenüber Gott und der Welt ist:
»Ist ja möglich, daß es *Ihnen* so gefällt – mir macht das leider keinen Spaß – auf dem Tanzboden wächst kein Gras – und der rote Mond ist abbestellt!«
Yvette: »Du bist gut, Pony, kannst so bleiben!«
Pony setzt sich, wie aus einer anderen Welt kommend, man musiziert weiter. Die kleine Yvette am Klavier schlägt kraftvoll auf die Tasten, wobei der Ärmel hochschlägt und an ihrem Arm eine eingebrannte Nummer sichtbar wird. Trotz dieser grausigen Vergangenheit überflügelt sie heute noch mit ihrem Temperament ihre jugendlichen Schüler. Alles ist in weinseliger Stimmung.
»Pony, wir müssen gehen, es ist bald zwölf!«
»Warum denn? Die anderen bleiben doch auch noch!«
Ich gebe also noch eine Stunde zu, ich weiß, das ist die Atmosphäre, die Pony braucht, aber schließlich muß sie ja morgen auch ausgeschlafen sein. Gegen eins gehen wir in die andere Junggesellenwohnung dieses Neubaus hinüber, schnell noch Haarewaschen, Eindrehen und ins Bett.
Am nächsten Morgen, pünktlich halb acht, ist Björn da, er kippt noch einen Schnaps hinunter, Pony nimmt ihn nur mit Widerwillen. Sie fahren zusammen mit der S-Bahn los. Wir hatten verabredet, daß ich unterdessen bei Bekannten warte, die in der Nähe der Schauspielschule wohnen, und daß die beiden mich nach der Prüfung dort abholen. Ich bin glücklich, daß Björn sie begleitet.
Meine Freundin Nastia, die ich seit Jahren nicht gesehen habe, empfängt mich erfreut, sie erzählt mir von ihren Eheproblemen, gut, daß das einige Stunden in Anspruch nimmt. Ich sitze wie auf Kohlen. Es ist bald drei Uhr, niemand kommt, ich werde unruhig. Endlich klingelt es, die beiden stehen in guter Laune vor der Tür: »Wir kommen nur Guten Tag sagen, es ist erst Pause.«
Björn erzählt: »Zuerst gab es eine gemeinsame Diskussion über Beruf und Theater, Pony führte das Wort. Dann sollte jeder erzählen, warum er den Schauspielerberuf ergreifen will. Die meisten waren sehr gehemmt, und es kam nicht viel heraus. Pony erzählte frei von der Leber weg, daß sie zuerst Psychologie studieren wollte, dann kam ein Nervenzusammenbruch, futsch und aus mit dem Psychostudium, aber auch der Schauspielerberuf sei Psychologie und so weiter ... Dann sollten sich alle nach Musik auf der Bühne bewegen, um locker zu

werden. Das fiel Pony nicht schwer. Dann kamen die Etüden, sie sollten sich jetzt vorstellen, auf der gegenüberliegenden Straßenseite kommt ein Mensch, den sie lange nicht gesehen haben – kein Problem. Danach kamen die Chansons. Bei Pony hat die ganze Bühne gewackelt, als sie da mit ihrem ›Bilbao-Song‹ herumsprang«, lacht Björn, »und die tolle, abgewetzte Lederkutscherjacke, dazu Hände in die Taschen, Kragen hoch – denen hat sie vielleicht einen hingelegt, ich glaub, die wußten gar nicht, was sie dazu sagen sollten!«

»Mann, schon zehn nach, jetzt müssen wir aber wetzen!« sagte Pony.

Wir blieben etwas beruhigter zurück, aber als es dann wieder einige Stunden dauerte, wurde ich sehr nervös, man weiß ja bei Pony nie ..., ich telefonierte mit Yvette.

»Mach dir keine Sorgen«, kam es vom anderen Ende. »Pony ist gut! – Weißt du, was Björn mir gesagt hat, als er schon im Bett lag? ›Wenn bloß *Pony* durchkommt, bei mir ist es ja nicht so wichtig, ich kann ja immer in Musik machen!‹«

Bald darauf kamen die beiden wieder an. Pony sagte noch in der Tür: »Ich bin durchgefallen!«

»Das kann nicht sein!«

»Doch!«

An ihrem Gesichtsausdruck sah ich aber, daß das wohl nicht ganz stimmen konnte. Dann lachen beide, und Björn sagt: »Pony hat als einzige bestanden!«

»Und Sie?«

»Ich hab noch zwei Rollen bekommen und muß noch 'ne Nachprüfung machen. Alle anderen, die da waren, etwa dreißig, sind abgelehnt.«

»Na, ich gratuliere!« Ich umarme Pony. »Ist doch prima, hast du's geschafft!«

Björn berichtet stolz wie ein Vater: »Die sprachen mit Pony überhaupt so, als ob sie schon aufgenommen ist, sie könnte später auch Regie machen, und was sie ihr nicht alles erzählt haben!«

»Na, Pony, das wolltest du doch immer, ist doch ganz phantastisch, da kannst du wirklich stolz sein!«

»Was da schon ist!«

Ich war enttäuscht. Warum freute sich Pony nicht mehr? Ehrlich gesagt, ich hatte gehofft, daß mit solch einem Erfolgserlebnis alles vergessen und wieder beim alten wäre. War es die Unruhe, daß noch eine Prüfung bevorstand, oder waren da noch andere bedrückende Dinge, die ihre Schatten auf diesen Erfolg warfen?

Ungeduld

Das Sichgedulden und Sichlangweilen –
Zu einfach ist's! ... Schluß mit meinen Qualen.
Ich möchte, daß dieser dramatische Sommer
Mich vor seinen Karren der Glückseligkeit spannt,
Daß vor allem durch dich, o Natur,
Weniger nichtig und einsam – ich sterbe ...

Arthur Rimbaud

München, 2–IV–70

Liebe Pony
Na, das war wieder mal ein echter Pony-Sprudel-Brief. Wir haben uns diesmal ganz besonders darüber gefreut, vor allem über die glänzend bestandene Prüfung. Der Erfolg muß Dir doch einen mächtigen Auftrieb geben. Deine hoffentlich jetzt zum Teil hinter Dir liegenden und die jetzt noch vor Dir liegenden Probleme kann ich gut verstehen. Hoffentlich überanstrengst Du Dein Köpfchen nicht zu sehr bei der zweigleisigen Schufterei. Aber das eine Gleis macht Dir ja Spaß, und das ist schon viel wert. Übrigens hatte ich auch schon immer die Ansicht, daß es Dir mehr liegen würde, Deine künstlerischen Begabungen ausbilden zu lassen. Wie machst Du es mit der Schule? Es wäre doch gut, wenn Du wenigstens noch den Abschluß des jetzigen Schuljahrs schaffen könntest. Abi wäre natürlich noch besser – für alle Fälle. Wenn Du erst mal Deine Lücken vom Fehlen aufgeholt hast, wird es Dir ja auch nicht mehr so schwerfallen. – Na, über diese und andere Probleme können wir ja hoffentlich bald mündlich sprechen, werde am 20. April direkt von München kommen. Der Brief muß weg, für heute viele Gr. + K. von Deiner Omi

Natürlich hatte Pony die bestandene Schauspielprüfung Auftrieb gegeben, doch jetzt hatte sie keine Geduld mehr und möchte sofort studieren. Nun aber kommt noch die zweite Prüfung auf sie zu, unterdessen muß die elfte Klasse geschafft werden, dann gibt es Zeugnisse, die ausschlaggebenden Zeugnisse der Elften, die bei jeder Bewerbung vorgelegt werden müssen, dann kommen die Ferien, die mit den Eltern verbracht werden sollen – und dann erst geht es los. Sie schreibt an Peer:

He old boy!
Übrigens meine Generalprobe in der Schauspielschule bestanden. Zitat von einem Mitprüfling: »Die wären ja blöd, wenn sie dich nicht nehmen würden!« Hab denen auch 'ne Sohle hingelegt, hat 'nen Mordspaß gemacht, haben mir sogar Schauspiel und Regie angeboten, die andern sollen noch 'ne Nachprüfung machen. Du siehst, ganz so dümmlig wie du mich findest, und das findest du nämlich, ich weiß das ganz gut, bin ich nicht!
Wahrscheinlich nach dem 15. Februar poche ich an Zimmer 17. Wie findest Du solches?
Es wäre gut, wenn Du schon mal ein *ganz billiges* Zimmer auskundschaften würdest. Im Moment große Ebbe. Geld ist leider doch verdammt wichtig. Wie schade! Wie steht es bei Dir mit Skiern? Natürlich will ich mich sportlich schaffen wie immer!
Bin gespannt, wie Du so den Hang herunterpurzelst! Was machst Du z. B. als der Tannenklammeraffe, wenn die Tannen alle sind? Übrigens was macht die Peerontogenese?
Heute abend hier Klassenfest, Finde Du solltest hin + wieder auch mal beatig vertieren, das fördert die Gefühlsurigkeit. Hast Du überhaupt noch Triebe? Scheinst mir etwas versalzen und verpudert, oder etwa nicht?
Oberwiesenthal war irgendwie ein Erfolgserlebnis. Sause Dir jetzt jeden beliebigen tannenlosen Hang herunter, ohne zu brüllen. Im übrigen, will jetzt immer ganz fein artig sein + meine Briefe 2 mal durchlesen, wenn mehr als 3 Fehler drin sind, darfst Du mich prügeln. Wie ist Deine Laune zur Zeit?
Schreib mir mal ganz lieb, ja! Hab's nämlich verdient, weil naja besser mündlich. Pony

Daß ihr Peer schreibt, hat sie verdient, denn so sicher, wie sie tut, fühlt sie sich nicht. All das Zurückliegende belastet sie noch immer.
Es kostet Pony jeden Tag Mühe, in die Schule zu gehen. Aber was sollen wir tun? Ich beuge mich den Ansichten der Lehrer, die meinen, sie solle die elfte Klasse unbedingt zu Ende machen, dann könne sie später jederzeit das Abitur nachholen. Außerdem kann sie nicht tatenlos

zu Haus herumsitzen. Aber wie soll man ihr die Angst vor der Schule nehmen?
Eine unbelastende Schule hätte sie gebraucht, so wie sie noch immer abends gern in den Klub geht, dort Vorträge anhört und dann heftig diskutiert. Eine Art Hauspsychiater hätte ich mir gewünscht, der mit den Lehrern spricht, die dann zu Pony sagen: Bis du dich wieder völlig hergestellt fühlst, kannst du als Gast am Unterricht teilnehmen, die Fächer deiner Wahl belegen, Zensuren werden nicht gegeben ... – Wunschträume!
Von Ponys wiederholten Schreiben an Peer, in dem sie ihr Kommen ankündigt, wußten wir nichts. Pony hat uns auch nicht gedrängt, ihr diese Reise zu erlauben. Ehrlich gesagt, kamen wir auch gar nicht auf den Gedanken, da wir Pony als völlig wiederhergestellt ansahen, und sie wußte, daß sie über zwei Monate in der Schule nachzuholen hatte, um die Elfte unbedingt zu schaffen. Außerdem solle Peer ihr angeblich schaden, dachte sie wohl, und ihren Zustand wieder verschlimmern – wer würde da schon einwilligen? – also fragt man nicht und spricht mit niemandem darüber.
Die Lehrer rieten Pony, die Funktion als FDJ-Sekretär abzugeben, da sie doch soviel nachzuholen hätte – doch sie arbeitete weiter mit. Hier ein Rundschreiben von Pony:

Liebe FDJler!
Fragen wir uns: Welche kulturellen Höhepunkte beschäftigten uns im vorigen Schuljahr?
Konzerte, Theaterstücke, Literaturnachmittage ...
Haben wir mit diesen Veranstaltungen unseren Kulturappetit befriedigt? Sicher, wir haben durch die Schule wenig Zeit für solcherlei Dinge, aber wir finden gerade, um für unsere mathematische Lehrrichtung den nötigen kulturellen Ausgleich zu schaffen, mußten wir auch in diesem Jahr, unsere ästhetische Erkenntnisfähigkeit, unsere schöpferische Einbildungskraft kräftig beeinflussen.
Unsere Vorschläge dazu:
1. Afrikavortrag (Herr Schmidt)
2. BE-Besuch »Mann ist Mann«
3. Literaturnachmittag, wo nur Eigenwerke vorgetragen werden (Bertholdi) Pony M.

Anscheinend interessierte sich Pony für diese Dinge mehr als für die Schularbeiten. So schrieb sie an die Verwandten in Bayern:

He Mitkämpfer in diesem Leben!
Wie stets mit Eurem Kampf? Meiner ist ziemlich feurig + so, Meine neuste Endeckung:
Brecht + Bibel unverkennbare Ähnlichkeiten!!
Bibel ist ja an manchen Stellen einfach doll.
Ich will bald einen Brecht-Abend im Beatkeller machen.
Brecht/Weill Chansons singen, + ein Wink rezitieren:
Das Lied von der Unzulänglichkeit menschlichen Strebens – denn für dieses Leben ist der Mensch nicht schlecht genug . . .
Kennt ihr es?
Na jedenfalls schlage ich bei Brecht 2 mal hinten aus, spreitze die Ohren und gehe mit mir durch. Bin also kompletment verbrechtet. Also zur Sache, an diesem Brechtabend will ich dann auch mal ein Stück aus der Bibel verbrechtet vorlesen. Bin sicher, das merkt keiner! Thema: Auszüge aus Der Prediger Salomo!! Macht der Kampf dieses Lebens in Eurem neuen Gemäuer mehr Spaß? Phychologisch gesehen müßte es Euer Schönheitsgefühl anregen! Verdammt gut: Heil Euch Ponnny

Die meisten unserer Bekannten plädierten fürs Abitur, empfanden das Schauspielstudium nur als eine spontane Idee, aus Ponys Zustand heraus geboren. Auch Georg, der immer für reelle Berufe für seine Töchter war, erschien diese ganze Schauspielerei etwas unheimlich. Die Meinungen gingen hin und her und wurden nicht immer vor Pony verborgen.
Sie schreibt an Peer:

Hallo my friend!
Übrigens (mein Lieblingswort) habe ich gerade einen zermürbenden Zustand. Mutti meint Schauspielerin, Pappi nun plötzlich eigentlich Abi. Ich muß nun irgendwie beides zusammen schaffen.
Hab ne Grippe und Mordskopfschmerzen. Peng!
Schule ist und bleibt dreadful.
Das sind sone Affektionen; med. seelisches Leiden.
Meine Gefühle stehen in Wechselbeziehung zur Umwelt, (kann unbewußt sein) Gestörte Tätigkeit der Organe – durch Gefühlszerrissenheit)
Gegenstandslose Unruhe.

Nun schreib Du mal was!
Ach is did alles zum Kotzen blöd. Soll ich jetzt 'nen Heulanfall kriegen? (Siehe Theaterstück)
Ne, nu gerade nicht. Bin ja Pony.
Übrigens ich spare jetzt richtig auf Ilmenau. Müßte mir dann als Geburtstagsgeschenk alles weitere wünschen. Also das managen wir schon irgendwie. Wenn Du ein Zimmer für mich kriegtest, Gottherrje, dit wäre grandios, einfach bombig.
Sonst alles Kieke-Kacke Pony

Quer mit Rotstift darüber geschrieben:

Heute bin ich ein bißchen fröhlich, weil die Sonne scheint, und der Schnee in meinen Augen einen großen Batzen Märchen-Puderstaub gespritzt hat!

Immer noch der Pendelzustand zwischen Schulanforderungen und zweiter Schauspielprüfung, zwischen den verschiedenen Auffassungen der Eltern, zwischen den jugendlichen Triebansprüchen und der Einsicht, sich zu gedulden, zwischen dem Sich-Krankfühlen und überschüssiger Vitalität, die das Leben auf allen Gebieten erobern möchte, zwischen Grübeln und Philosophieren – die Wahrheit erkennen wollen zwischen Gott und Marx.
Wird sie es schaffen, wird sie all diese Anforderungen bewältigen können?
In der Schule fallen fast täglich Kontrollarbeiten an. Zu einer Analyse der weiblichen Figuren in Goethes »Egmont« schreibt sie:

... Luise gibt Ferdinant wegen Klassenschranken als Geliebten auf und kämpft nicht um ihn.
Bürgerlicher Stolz – können auch ohne Adel leben, eigene Leistung bestimmt.
Klärchen gibt Egmont nicht auf.
Sie kämpft um ihn.
Da das niedrige Volk vom Bewußtsein her auf einen Kampf noch nicht gerüstet ist, muß sie scheitern.
In ihrer Liebe zu Egmont will sie gemeinsam mit ihm sterben. Man kann also sagen, Klärchen hat Luise einiges voraus...
Klärchen + Egmont sehen für die Liebe trotz des Widerspruchs keine Schranken. Luise ja.

Immer wieder bringt sie ihre Grübeleien zu Papier:

He Peer!
Unter der Bank gekliert. (Heute erste Stunde Mathe)
Pony sagte einfach reinen Blödsinn, als sie meinte: »Kann man einen Menschen analysieren, liebt man ihn nicht mehr, da Neugierde gestillt, der Mensch wird einem langweilig. Das sogenannte mysteriöse ist hinweg. Rein oberflächliche Liebe = keine Liebe (oder als Mengenbegriff leere Menge!)
Beweis für Antithese:

1. Mensch wandelt sich egal, da sich objektive Umwelt (organische und anorganische) auch ewig ändert.
2. Liebt man einen Menschen, *strebt* man an:
   - seine Stärken *für sich* auszunutzen
   - ihn nachzuahmen
   - seine Schwächen ihm abzugewöhnen.

Zu 2. Dies passiert bewußt oder unbewußt, bewußt ist dabei immer eine Stufe höher, steigert sich von Kameradschaft bis zu Liebe, nicht nur die geschlechtliche, mit Sex + überhaupt verstehen sich Menschen viel besser als sie glauben. Hemmend wirkt dabei:
Schlechtes Anpassungs- + Einfühlungsvermögen.
Komplexe Hemmungen, eben menschliche Fehlleistungen.
That's all!
Thema Fehlleistungen übrigens irre interessant. Unbewußtlich genau eingeplant + so!
Eben weil Streben etwas unendliches ist.
– Idol gibt's nur in schöpferischer Phantasie (Eines der Wichtigsten)
Liebe dialektischer Egoismus. – Du bist ja egoistisch + ich ja auch.
Frank, was Dein Bruder ist, hat also völlig recht.
Wechselseitiger Egoismus = Streben = Lieben = Entwicklung
Question:
Hast Du zu einem Menschen so richtig großes Vertrauen, also fast beinahe 100 %?
(100 % natürlich idealistisch)
z. B. Pony braucht so was, da sie alles anzweifelt, außer dem Zweifel. I git bewahre, jetzt bist Du aber dran. Bitte eine ganz nüchterne Ponyanalyse im nächsten Brief!
Peeranalyse acropo!
Übrigens my spirit von reellen Zahlen unfaßbar. Da einen Menschen

entdeckt! Döller als döller übersyperdoll, + dabei kenne ich diesen schon länger als lange.
Übrigens festgestellt, nach meinem Tagebuchlese-Komplex, daß ich als Kind schlauer, jetzt enormentlich angeschwollen. Mein Ausdruck + damit Denkprozeß war ja mal sagenhaft einfach. Bei Kindern eigentlich immer diese Tendenz.
Menschen habe ich schon mit elf Jahren gern beobachtet und analysiert. Jetzt mit einfach mir unfaßbarer Lust.
Begeisterung + Überzeugung + Wahrheit = man ist seinen Träumen am nächsten. Könnte Dir ja noch soooo viel schreiben, aber meine Hand ist schon ganz traurig! Pony

»Idol gibt's nur in schöpferischer Phantasie«, schreibt sie. Ja, je weniger ihre Phantasie gefordert ist, desto mehr philosophiert sie. Die Kluft von dem, was sein könnte, und dem, was ist: Das, was sein könnte, müßte *sofort* eintreten – oder es geht alles schief... Pony ist zu klug, um nicht zu wissen, daß das nicht geht: Man muß warten, muß sich gedulden können.
Doch wenn nicht jede Woche ein Brief von Peer kommt, wird sie ihren mühsam erkämpften vitaleren Zustand nicht aufrechterhalten können, selbst mit dem Traum, in einem dreiviertel Jahr ein ganz neues unvorstellbares Leben anzufangen. Die Tragik ist, daß sie an diesen Traum eigentlich nicht glaubt: Sie kann sich nach den letzten Erfahrungen, dem dauernden Zurückstecken, nach dem Grauenhaften, das sie durchgemacht hat, solch ein Glück nicht vorstellen.
Die Angst (die sie mit burschikosen Worten nur umschreibt), daß man sie letztlich doch nicht für voll nehmen wird, die Angst, daß, wenn sie sich nicht geliebt weiß, ihre Kraft nicht ausreichen wird, dieses angestaute Liebesbedürfnis in andere Bahnen zu lenken, um die Einsamkeit, das Pauken, die Langeweile, das ewige Warten ertragen zu können, lastet ständig auf ihr – die Angst, daß ihr Zustand wieder umkippen könnte in die schwarze Bangigkeit, gegen die sie machtlos ist. Immer wieder grübelt sie, wie es dazu kommen konnte. Sie kramt in ihren alten Tagebüchern und Schulheften, um sich mit früher zu vergleichen.
Ein Aufsatz Ponys aus der 10. Klasse:

Darstellung meiner Entwicklung
Hab' ich mich schon einmal richtig gelangweilt? Nun bin ich zwar schon 16 Jahre, aber so richtig gelangweilt habe ich mich eigentlich noch nicht!

Einwand?
Natürlich, in manch einer Mathematikstunde haben mich die Gleichungen, unter die Wurzel geschriebenen Zahlen und wieder quadriert, gelangweilt, aber – um so interessanter war dafür das Zettelschreiben oder das Aus-dem-Fenster-träumen. Ich finde das Leben zu aufregend, da kann man sich einfach nicht langweilen. Ich weiß noch genau, wie ich früher einmal richtig gebrüllt habe, als ich schon um sieben Uhr in's Bett mußte.
Ich bin nie in einen Kindergarten gegangen. Wahrscheinlich war ich deshalb ziemlich verschlossen. Oft saß ich stundenlang zusammengekauert in einer Ecke, hörte und sah nichts um mich herum, ganz vertieft in irgendeine meiner Endeckungen.
Mit sieben Jahren trat ich dem Balettzirkel bei. Das erste Mal hatte ich Kontakt mit anderen Kindern. Gemeinsam übten wir, gemeinsam malten wir uns rote Backen, gemeinsam sahen wir dann wie Weihnachtsäpfel aus, gemeinsam bangten wir vor jedem Auftritt, gemeinsam lachten und hüpften wir vor Freude, wenn wir zum dritten Mal auf die Bühne geklatscht wurden. Ich entdeckte Freunde und Feinde zwischen den Kindern, lachte und stritt mit ihnen. Später fand ich beim Reiten wieder eine sehr lustige Truppe. Meine Liebe zum Sport zog mich dorthin, aber eigentlich waren es mehr die Menschen, die die Tiere liebten und die gesunde, sportliche Atmosphäre im Reitstall, die mir dort so großen Spaß machte.
Heute verbindet mich die Freude am Singen mit einigen Schülern unserer Schule im Singeclub.
Als FDJ-Sekretärin in der 8. und 9. Klasse war ich immer bestrebt, das kameradschaftliche Verhältnis der Schüler zu fördern.
Aber noch einmal zurück zu der Zeit meiner einsamen Entdeckungsgänge. Besonders gern habe ich mich vor Muttis Bücherregal herumgedrückt. Da stand nämlich ein großes Kunstbuch. Wieder und wieder glotzen mich die schwermütigen, verträumten Augen des Clowns von Watteau an, faszinierten mich. Aber bald befriedigten mich diese Bilder nicht mehr. Ich klaute Muttis Ölfarben und Pinsel, meine Lust zum Malen siegte über Muttis Schimpfen. Meine Neugier trieb mich dazu, den Text neben den Farbdrucken zu lesen. Nachdem ich an meinem Kunstbuch jeden Farbdruck und jede Erklärung dazu in mich aufgesogen hatte, wurde es mir zu langweilig. Ich erforschte das Bücherregal weiter. Wenn ich im Anfang zu jeder Seite Anlauf nehmen mußte, so brauchte ich das später nur noch bei einzelnen Büchern. Vor kurzem

fesselte mich das Buch »Die Mondwoche« so, daß ich es regelrecht verschlang und so noch ein zweites Mal las. Meras erzählt von zwei Kindern, die sich lieben, im Ghetto aufwachsen, an denen aber trotz alledem nichts Böses nagen kann. Sie sind wie von einer Fee verzaubert... Sie werden erschossen. Schrill gellen dazu die Schlagzeilen des Tagesgeschehens. In jeder Zeile, in jedem Wort spüre ich den zum Himmel schreienden Protest. Ihr erobert den Kosmos, Menschen, aber auf der kleinen Erde sterben Menschen! Menschen, für die jeder Tag mit dem Sonnenaufgang beginnt und für die der Sonnenuntergang nur einen langen Seufzer nach Ruhe und Schlaf bedeutet. Unschuldig wie die Kinder, sie werden verkrüppelt, zerfetzt, verbrannt, schlimmer als Tiere behandelt! (Vietnam heute)
Wie könnt ihr das alles verantworten?
Ich begreife, das Glück des Einzelnen hängt heute mehr denn je vom Glück der ganzen Menschheit ab.
Die Literatur bedeutet für mich sehr viel. Ich habe vor, einen Beruf in dieser Richtung zu erlernen.
Nicht nur durch mein Kunstinteresse entdeckte ich die Liebe zur Literatur.
Oft wollte ich mit meiner Schwester Versteck spielen oder Buden bauen, aber – sie las. Na, das tat ich dann auch. Überhaupt hat meine Schwester einen ziemlich großen Einfluß auf mich. Sie ist älter, reifer, sie hat einfach ein Stück Leben schon mehr gelebt als ich. Oft habe ich ihr einen Vogel gezeigt, oder ihr die Zunge herausgesteckt, wenn sie mich kritisierte. Im geheimen aber grübelte ich, dachte hin und her und fand ihre Einwände dann gar nicht so abwegig. Um so mehr war ich dann bestrebt auch ihr zu sagen: »Hör mal, soo kannst Du das doch wirklich nicht machen! Ich würde...«
Sie spornt mich an.
Meine Schwester Maja hat ihr Abitur mit »Eins« gemacht, jetzt steht es für mich fest, ich muß meine jetzige Prüfung in der Vorbereitungsklasse gut bestehen, um meine Schullaufbahn mit dem Abitur »Sehr gut« besiegeln zu können. Und dann geht es weiter. Das Studium.
Ich will mich bemühen, die uneingeschränkten Bildungsmöglichkeiten im Sozialismus voll auszunutzen. Dabei wird mir kein Hindernis zu hoch, kein Umweg zu lang und kein Problem zu schwer sein. Und wenn ich wirklich einmal gar keine Lust habe, dann werde ich mir sagen: »Pony, ohne Fleiß kein Preis!«
Ich möchte mithelfen, die guten Seiten im Menschen zu entwickeln,

oder seine schlechten Instinkte, wie Sadismus, Neid, Egoismus, Brutalität, Verlogenheit, Habsucht usw. zu bekämpfen.

Kurz: Menschen zu erziehen, die den Kommunismus aufbauen können.
Inhalt: 2+ (aber im ersten Teil fehlt der Erörterung die Bindung an die Lebensgeschichte)   Bertholdi

Heute sieht sie nicht mehr, daß sie ihre Schullaufbahn mit einem »Sehr gut« im Abitur besiegeln kann, dazu sind die Hindernisse zu hoch, die Umwege zu lang und die Probleme zu schwer. Warum hat sie sich all die Jahre angestrengt, um die Beste der Klasse zu sein, wenn jetzt alles zusammenbricht, alles umsonst war und sie »gegenstandslose Unruhe« beherrscht, gegen die sie nicht ankann?

Geraubte Träume

Er ist dahin, der süße Glaube
An Wesen, die mein Traum gebar,
Der rauhen Wirklichkeit zum Raube,
Was einst so schön, so göttlich war.

Friedrich Schiller

Hallo Peer!
Heute ist es schön, so schön, Du kannst Dich in die Luft wirbeln lassen, in Luftschlösser. Ich sitze auf der Schaukel, aber Oma Zachau, 80 Jahre, wäscht heute einen großen Topf Wäsche, hängt sie im Garten auf und lacht, he Peer, sie lacht und wäscht den ganzen Tag Wäsche. In ihrem Leben hat sie immer Wäsche gewaschen; und wenn Du Dich mit ihr unterhältst, sagt sie: »Tja Pony, das Leben ist nicht einfach, besonders, wenn Du es weit bringen willst, und Du kannst es!«
Ich liebe Oma, weil sie so gut zu mir ist.
Peer am besten – Du lachst immer. Bittschön – Dich selbst aus. Macht am meisten Spaß. Hilft Dir mehr, als Dich verkrampft in Dich zusammenfallenlassen, Dich ärgern. Immer lachen! Immer stark sein! – Nicht unterkriegen lassen! –
Lachend arbeiten – heißt Spielen.
Tja wer spielen kann, der ist gesund.
Spielen – und genau wissen warum!
Jetzt geht's an meine Rollen.
Die Anne zu spielen ist schwierig, wegen der monologen Texte.
Aber macht Spaß! Pony

Kurz vor der Aufnahmeprüfung kommt Omi aus Bayern an, schlank und schick im grauen Wildledermantel, die dicken, weißen Locken silverblue getönt. Sie hatte viel Energie gebraucht, um nach dem Krieg wieder einen kleinen Laden aufzubauen, und die Sorgen und Probleme reißen nicht ab. Die Kinder aber sagen: Ihr seid der Sklave eurer Klitsche!

Pony eilt freudig auf Omi zu. Sie stürzt sich auf jeden Menschen, der ihr neu entgegentritt, vielleicht in der Hoffnung, daß dieser neue Mensch ihr helfen kann. Nach ein paar Tagen sagt Pony zwischen den Schularbeiten zu ihr: »Omi, ich hab jetzt grad 'ne Stunde Zeit und möchte mit dir reden!« Sie setzen sich auf den sonnigen Balkon.
»Und über was willst du mit mir reden?« fragt Omi.
»Was ist der Mensch?«
»So! Ob wir das allerdings in einer Stunde schaffen werden, kann ich dir nicht versprechen.«
»Und was ist Erotik?« Pony lacht sich selbst aus. »Weißt du, was wir, als wir klein waren, gesagt haben? Maja hat gesagt: Erotik ist 'ne Beleuchtungsart. Und ich: Quatsch, das heißt bloß, sich's zu zweien gemütlich machen.«
»Ist ja auch nicht so falsch!«
»Aber so ist das ja gar nicht, jedenfalls nicht im Fernsehen, da fragt ein Typ: ›Kommst du mit rauf?‹, dann liegen sie schon nackt auf'm Bett – und nachher ist alles wie vorher – oder schon ganz vergessen.«
»Ja, da hast du recht, das ist furchtbar, das ist wohl jetzt so eine Mode, die Liebe kalt und berechnend zu schildern, aber zum Glück ist das ja in Wirklichkeit gar nicht so, da sind die Menschen nicht so gefühllos...«
Pony springt erregt auf: »Wußt ich's doch, daß das so nicht richtig ist!«
Dann kommt sie langsam auf ihr Thema: »Was ist zwischen Pappi und Mutti los?«
»Tja, – das kann man mit einem Wort so nicht sagen, da...«
»Ich erkläre mir das nämlich auch nicht, mal hören wir oben, wie Pappi unten tobt, den Wagen rausholt und abhaut, den nächsten Tag überstürzt er sich, bringt Mutti zwölf rote Rosen und ein Moped! Was soll man da noch sagen?«
»Tja, was soll man da noch sagen, eine Ehe ist eben keine Autobahn, wo man immer gleichmäßig hundert fährt. In allen Ehen tauchen Probleme auf, die eine Liebe stärken oder schwächen können, manche Partner raufen sich zusammen, andere trennen sich, andere wählen den unabhängigen, kameradschaftlichen Weg – arrangieren sich, nennt man das wohl heute. Wenn ich so an meine Ehe denke, da hab ich erst mal drei Kinder geboren, für die haben wir uns, dein Großvater und ich, fast umgebracht, und als sie groß waren, haben wir nur noch im Geschäft zusammen gearbeitet.«
Pony schaut mit weitem Blick auf das frische Grün in den umliegenden Gärten – und fragt nicht mehr.
Ich ermahne Pony, ihre Rollen zu wiederholen, denn in einer Woche ist

die Aufnahmeprüfung. Da wird sie wieder bockig: »Was du immer willst! Die haben gesagt, ich soll es genauso bringen wie das erstemal, nur soll ich mich nicht so schönmachen, dabei hab ich mich gar nicht schön gemacht, nur die Haare gewaschen.«

»Du kannst es doch aber Omi mal vorspielen, sie hätte es doch gern gesehen.«

»Nein – jetzt nicht!«

Obwohl sie nicht darüber redet, belastet sie der erneute Prüfungstag: diese Ungewißheit, dieser Dauerstreß ... Da kommt ein unvorhergesehener Anruf.

»Hier Frau Karge. Sie werden sich vielleicht nicht erinnern, ich war mit Pony in einem Zimmer in Granhagen im Krankenhaus. Ich finde gerade Ponys Namen auf der Prüfungsliste unserer Schule.«

»Ach, Sie arbeiten an der Schauspielschule?«

»Ja, natürlich, wußten Sie das nicht?«

»Ach ja, aber ich hatte nicht mitgekriegt, daß es diese Schule war, das trifft sich ja gut. Natürlich sind wir etwas ängstlich.«

»Wie ich hier an der Schule höre, war sie ausgezeichnet bei der Eignungsprüfung, aber wenn Sie wollen, kann ich mich noch mal genau erkundigen.«

»Da wären wir Ihnen wirklich sehr dankbar, aber sprechen Sie lieber nicht so genau über ihren Krankenhausaufenthalt.«

Frau Karge bekommt einen kleinen Ausbruch und fährt mich an: »Aber ich bitte Sie, Frau M., wie können Sie so etwas annehmen, das würde ich doch im eigenen Interesse nicht tun!«

»Pony, denk mal«, sage ich nach diesem Telefonat, »Frau Karge hat angerufen, sie arbeitet als Musikpädagogin an der Schauspielschule, sie wird bei der Prüfung dabeisein.«

Pony antwortet nicht. Viel später erfahre ich, daß Pony Frau Karge schon in der Klinik nicht leiden konnte, und, ehrlich wie sie ist, hat sie ihr das auch zu verstehen gegeben.

Am nächsten Tag läutet Frau Karge noch einmal an: »Ich habe mir die Vorzensuren angesehen, wir haben lange nicht solch einen Prüfling gehabt, die waren ja alle hingerissen.«

»Ja, aber es gibt doch so viele Bewerber und so wenig Studienplätze.«

Aber ich bitte Sie, Frau M., wahre Talente sind doch eine ganz große Seltenheit. Selbst wenn Pony bei der jetzigen Prüfung schlechter ist als bei der Eignung, kann ihr bei den Vorzensuren überhaupt nichts passieren. Am besten, ich spreche sie noch einmal selbst.«

Ich reiche Pony den Hörer.
»Pony, hier Frau Karge. Ich freu mich, daß du zu uns kommst. Wir sind ein lustiger Haufen, da paßt du genau rein, da kannst du tanzen, singen, reiten, fechten. Unsere Schüler sind alle glücklich, denen gefällt's. Natürlich, es gibt viel Arbeit, du mußt dann im Internat wohnen, aber die Mädels sind alle nett, es wird dir gefallen.«
Pony antwortet nicht viel, auch nach dem Telefongespräch äußert sie sich nicht. Ich habe das Gefühl, sie hat etwas gegen das Überschwengliche. Sie geht an ihre Schularbeiten. Und schreibt Briefe:

He Peer!
Wie Du an meiner Inspiration siehst, ich habe auf Wunsch ein Chagallbuch bekommen. Ist aber natürlich echt Pony-Chagall. Jetzt geht's bald mit Öl los.
Gestern abend war einfach ne dolle Beleuchtung. Kein Mond, aber der ganze Himmel war hell. Es war noch einmal Schnee gefallen, auf die grünen Sträucher. Hat mich an das Babylonische Weltbild erinnert. Nur die Goldnebel waren, durch die Reflexion des weißen Puders, zu einem ganzen Goldhimmel geworden. Beinahe hätte ich mir die Skibotten genommen und wäre nochmal losgestapft, wenn ich abends nicht immer so elendig geschafft wäre.
Übrigens nehme ich mir vor, morgen unsere Taucher zu füttern. So ganz ohne Peer! Naja, vielleicht würde der mit seinem blöden Lachen nur das ganze Viehzeugs vertreiben. Gewöhn Dir dit mal ab. Ist nicht gentlemen-like! Überhaupt mußt Du, wo Du doch jetzt schon 20 + so, mal daran denken, Dir gutes Benehmen beizubringen. In meiner phantasievollen Denkweise springe ich von Dir zu Mister Higgins, naja, das wäre auch nicht das Richtige, aber dieser Herr Pickering in Pygmalion... Ich bin da übrigens ganz richtig die Eliza. Macht mir 'nen Heidenspaß, weil die Rolle ausdrucksmäßig sehr ergiebig ist.
Nee Du, aber Vergleich Peer-Herr Higgins ist gar nicht schlecht. Na biste paukerich bißle blöd, naja weltgeistig blöd, ein bißle tappzig, aber sonst recht nett. Jedenfalls ich als Eliza mach ne große Vorzugsarie zwischen Higgins und Pickering zu Gunsten des ersteren.
So treibs nicht zu schlimm. Kriege übrigens lauter kleine Liebesbriefe von Leuten, die ich mal im Französischen Lager, bei meiner Fahrt in die DDR-Alpen, kennenlernte. Meinen, sie hätten mich gern um 12 Uhr nachts telefonisch an der Strippe gehabt, aber leider... Naja, egal. Übrigens sind einige Mädchen in meiner Klasse nach meiner Abenge-

lung, auch in irgendwelche seelischen Krisen verfallen. Die Mädchen in unserer Klasse sind nämlich irgendwie mächtig weit in sex + so. Ich höre seit langem mal wieder echten Beat und versexe völlig. Gehe jetzt mit Monika ewig tanzen. Naja muß sein, zum abgewöhnen, wir kennen uns doch.
Es klingelt, war Kater, die ist auch irgendwie sehr durcheinander. Naja, so ist das Leben eben.
Alles große Pampe! Pony

Hier spricht sie einmal von ihrer Rolle. Der imaginäre Higgins-Verehrer scheint ihr als Ersatz für die Abwesenheit Peers ganz gut zu bekommen.
Nun aber wird es ernst: Am nächsten Tag ist die Aufnahmeprüfung. Ich bitte sie, uns die Rollen noch einmal vorzuspielen.
»Ja, ich mach's dann«, wehrt sie ab.
Es wird Abend, es passiert nichts. Ich will nicht mit ihr schimpfen, unglücklicherweise muß ich zur Elternversammlung. Ich will mich beeilen, damit ich so schnell wie möglich zurück bin. Leider wird es später, ich möchte Pony noch mal abhören, aber meine Mutter empfängt mich: »Laß sie jetzt in Ruh, sie ist müde, sie hat mir bis jetzt vorgespielt.«
Mir ist nicht wohl dabei, ich hätte es gern selbst gesehen. Meine Mutter ist beleidigt: »Du kannst mir wohl glauben, daß ich das auch beurteilen kann; sie konnte überhaupt nicht besser sein, ich hab bloß Angst, daß die sie dort verpatzen werden.«
Da ist nichts mehr zu machen, also gehen wir ins Bett.
Am nächsten Morgen um neun setzt Georg Pony vor der Schule ab. Ich gehe wieder zu meiner Freundin Nastia. Ihr Mann Ralf, ein Schauspieler, ist diesmal auch da. Wir sprechen unbekümmert von diesem und jenem. Gegen drei Uhr werde ich nervös, kann die landläufigen Gespräche nicht mehr ertragen und komme auf die Probleme mit Pony zurück. Ralf sagt, als wir von Ponys »Abengeln« sprechen: »Schauspielerei und Psychiatrie gehören zusammen. In einigen Nervenkliniken in Frankreich und Amerika werden die Patienten durch Darstellungstherapie nach den Methoden von Moreno behandelt. Sie können sich dann in ihren Phantasievorstellungen austoben, und das hilft. Sie spielen diese Rollen nicht mehr, sondern sind die dramatischen Personen selbst.«
»Ja, genau das Gefühl hatte ich auch bei Pony.«

»Da hab ich doch neulich«, fährt Ralf fort, »so einen Artikel im ND gelesen über das Psycho-Ballett in Kuba. Ich war ja in Havanna zu Dreharbeiten und habe mit der bekannten Primaballerina Alicia Alonso gesprochen. Sie hatte selbst psychische Störungen als Kind, wovon sie ihren Schülern auch immer erzählt. Und aus diesem Grunde hat sie gemeinsam mit der Psychiatrie des Aballi-Krankenhauses diese Ballett- und Schauspielschule für Kinder und Jugendliche eröffnet – mit überraschenden Heilerfolgen. Übrigens, einige dieser Patienten haben dann später auch mit Unterstützung der Ärzte diese Laufbahn eingeschlagen.«
Zwischendurch klingelt das Telefon. Ich kämpfe gegen meine Ungeduld, halte meine Uhr ans Ohr, sie geht noch. Ralf spricht weiter: »Aber ich habe doch Pony neulich erst auf der Straße getroffen, sie war ganz frisch und munter, wir haben uns hochtrabend unterhalten, ich dachte mir noch: Ein verdammt aufgewecktes Kind!«
Nastia bringt grünen Tee und selbstgemachte Piroggen herein, doch ich kann nichts essen, gegen vier Uhr klingelt es: Pony und Björn. Noch in der Tür sagt Pony mit hochroten Wangen: »Ich bin durchgefallen!«
»Ach, Quatsch, das ist doch nicht wahr!«
»Doch, diesmal ist es wirklich wahr!«
Ich merke, daß es ernst ist, und frage: »Und warum?«
»Weiß ich nicht!«
»Na, sie müssen doch was gesagt haben?«
»Weiß nicht, ich spiele nur mich selbst, oder so was.«
»Sich selbst spielt jeder Schauspieler, vor allem wenn er 'ne persönliche Ausstrahlung hat, was leider nicht oft vorkommt«, fährt Ralf sarkastisch dazwischen.
»Ich kann mir das genau vorstellen«, fällt Nastia lebhaft ein. »Die schwörn doch nur auf ihre Brechtbibel, und da steht auf Seite 27 b, der Schauspieler hat neben seiner Rolle zu stehen, und wenn einer nicht verfremdet und zuviel Temperament entwickelt ...«
»Dabei vergessen sie«, unterbricht Ralf und setzt sein vernichtendes Lächeln auf, »daß Brecht diese Norm nicht für die Beurteilung von Prüflingen aufgestellt hat. Hier gilt nur, alles herausholen: Wieviel Töne hat der Anfänger drauf?«
Pony, die kaum zuhört, sagt: »Dann haben sie noch gemeint, ich hätte ihnen diesmal überhaupt nicht gefallen ... Dabei war ich genauso wie das letztemal, vielleicht noch besser, nur, daß ich was andres anhatte.«
Ich konnte es nicht fassen, und während wir im Flur herumstehen, sage

ich halblaut vor mich hin: »Wenn sie eine Ausrede gesucht hätten, brauchten sie doch nur zu sagen, du bist noch sehr jung, es wäre besser, wenn du erst das Abi machst. Aber in Ponys Situation zu sagen: ›Sie haben uns überhaupt nicht gefallen . . .‹«
»Dazu muß man ein Deutscher sein!« fällt mir Nastia ins Wort.
»Na, laß man«, dreht sich Ralf um, »die anderen können es auch ganz schön . . .«
»Bloß mit dem Unterschied, daß es hier eine wohlgemeinte Erziehungshilfe sein soll«, kontert Nastia.
Pony und Björn haben sich unterdessen auf das Ecksofa gesetzt und unser Gespräch nicht mitbekommen. Es tritt eine Schweigeminute ein, Pony nimmt sich sehr zusammen.
»Mach dir keine Sorgen, Pony«, rede ich ihr zu, um irgend etwas zu sagen.
»Ich war wirklich jut, ick versteh das gar nicht! . . . Ich soll's in Leipzig versuchen, haben sie noch gesagt.«
»Was ist denn das für 'ne Logik«, ereifere ich mich. »In Leipzig studieren, wo du hier wohnst. Was soll denn das für 'n Sinn haben?«
»Das soll den Sinn haben«, meint Ralf achselzuckend, »die Sache abzuschieben.«
»Und was kann man jetzt machen?«
Ralf schüttelt den Kopf: »Nach den Statuten der Schauspielschule kann man da gar nichts machen!«
Wieder schweigen wir. Ralf streicht Ponys Hand: »Es gibt schönere Berufe!«
»Ich weiß«, murmelt sie vor sich hin, aber es klingt nicht sehr überzeugend.
Wir sehen zu, daß wir nach Hause kommen. Unterwegs halte ich Pony vor: »Da hast du's mit deinem ›Nein, nein, nein, ich brauch mich nicht vorzubereiten‹!«
Pony antwortet nicht. Bei der großen Bahnüberführung denke ich daran, wie sie als Kind auf dieser Brücke bei 20 Grad Kälte mit den Schneeflocken um die Wette getanzt hatte. Jetzt gehen wir schweigend über die Brücke, automatisch zieht Pony die Füße nach.
Zu Hause angekommen, erzählen wir Omi Wintgens, was sich ereignet hat. »Dacht ich's mir doch! Sie war zu gut! Die wußten gar nicht, was sie mit ihr anfangen sollten.«
Ich rufe Frau Karge an, um zu erfahren, was eigentlich los war. Frau Karge antwortet leicht geniert am Telefon: »Ja, *ich* habe für Pony

gestimmt, das ist ja schriftlich festgehalten. Aber sie sei das letztemal viel besser gewesen.«
»Ja, und aus welchem Grund?«
»Ja... ich glaube, in der Schlußszene als Eliza mußte sie mehr durchblicken lassen, daß sie proletarischer Herkunft ist.«
»War sie als Blumenmädchen nicht proletarisch genug? Vielleicht war Pony der Ansicht, daß Bernard Shaw dieses Stück nicht geschrieben hat, um zu beweisen, daß ein Proletenkind sich niemals den Spielregeln der Gesellschaft anpassen kann. Sie sollte doch gerade die Gegensätze hervorbringen, erst Proletenkind, dann Halbgebildete, dann Dame.«
Frau Karge lenkt ein: »Na ja, kann sein, aber das ist ja alles eingeübt.«
»Eingeübt, da kennen Sie sie schlecht, sie läßt sich von niemandem was sagen, dazu ist sie viel zu bockig.«
»Sehn Sie, sie ist bockig! Außerdem spielt sie nur sich selbst. Ein einfaches Mädchen von der Straße ist uns viel lieber – die ganze Berufswahl ist eben für sie eine Flucht in die Irrealität.«
Voller Wut brach ich dieses Gespräch ab. Flucht in die Irrealität – da lag der Hase im Pfeffer! Wenn andere Schauspieler ihre eigene Person völlig vergessen, um nur in der Rolle zu leben, so ist das Größe, nicht aber, wenn man in einer Nervenklinik war, da hat man gefälligst in Realität zu machen.
Immerhin hatten die Dozenten über Ponys Fall mehr als eine Stunde diskutiert. Ich höre sie sagen: »Diese dekadenten Broadway-Auffassungen, daß nur der sich in Trance versetzende Schauspieler der wahre Künstler sei, lehnen wir ab.« Und dann sagen sie Pony: »Ein einfaches Mädchen von der Straße ist uns viel lieber!«
»Ich bin doch ein einfaches Mädchen von der Straße«, hatte Pony erstaunt geantwortet.
Von Theorien hat sie wenig gehört – sie will spielen. Sie muß sich nicht künstlich in einen Trancezustand versetzen, sie macht es so, wie es aus ihr quillt. Doch ist man solch eine Intensität des Quellens wohl nicht gewöhnt und nennt es »Flucht in die Irrealität«.
Ich rufe Dr. Wittgenstein an und erzähle von dem Fiasko.
»Wo gibt's denn so was!« brüllt er in den Hörer. »Sie ist doch völlig gesund!« – Und damit hatte sich's für ihn.
Nun also sitzt Pony nicht mehr auf der Schaukel und baut Luftschlösser. Sie schreibt nicht mehr: »Wer spielen kann, der ist gesund. Spielen – und genau wissen, warum.«
Man hat ihr die Träume genommen. Was bleibt?

Sie sitzt bei Oma Zachau schweigend auf dem Plüschsofa, starrt unverwandt auf den Fernseher, und die Tränen kollern.
Wo waren ihre Vorsätze – »Immer lachen, immer stark sein, nicht unterkriegen lassen«?

Neue Probleme kommen auf uns zu: Herr Kempter, der Klassenlehrer, läutet mich an. Es handle sich darum, daß die Schüler gegen Ende der elften Klasse einen Monat in einem Betrieb praktisch arbeiten – ob ich es für richtig halte, daß Pony daran teilnimmt, sonst wäre es auch möglich, Pony auf Rat des Arztes davon zu befreien.
Ich halte das Praktikum in der Situation für eine zusätzliche Belastung und rate Pony ab. Aber sie erwidert barsch: »Kommt doch gar nicht in Frage, warum denn? Ich gehe ins E-Werk!«
Eines Tages macht sich Pony wieder an die Malerei. Sie malt ihr zweites Ölbild, das mit den drei Schaukeln *(Schutzumschlag)*.
Vielleicht ist es nach einem Traum gemalt: sich mit einer glanzvollen Schauspielprüfung in die Luft wirbeln ... aber es ist nicht mehr die Schaukel mit dem Sitzbrettchen aus ihrer Kinderzeit ... bizarre Stühle hängen an den Seilen ... den dicksten Plüschsessel sucht sich das zarte Mädchen aus, ohne zu wissen, daß man mit schweren Sesseln nicht schaukeln kann, selbst wenn man Elfenflügel hat ...
Wir finden das Bild alle sehr schön, aber Pony scheint sich nicht viel aus unserem Lob zu machen. Kurz darauf schenkt sie es Frank, Peers Bruder.

Aus den Wolken muß es fallen

Aus den Wolken muß es fallen,
Aus der Götter Schoß das Glück,
Und der mächtigste von allen
Herrschern ist der Augenblick.

J. W. von Goethe

Hallo Pony!
Nach Deinem Kommentar, Du würdest hier urplötzlich mal aufkreuzen, habe ich angenommen, Du würdest Deine bestandene Prüfung zum Anlaß eines solchen Trips nehmen. Hatte schon alles vorbereitet, mit Whisky und mit Eiscreme ... Wie war Deine Aufnahmeprüfung? Hätte wohl ein Recht näheres darüber zu erfahren! ...
Und nun werde ich noch ein Pfeifchen schmauchen und anschließend die Jahresarbeit schreiben. Mein Abschluß hat meine Stimmung unwahrscheinlich gehoben, es lastete noch wie ein Mittelgebirge auf meiner Seele (war also noch zu ertragen, aber trotzdem nicht unbedingt schön), plötzlich hab ich's hinter mir. Hey Peer

Über ihre Prüfung hat Pony Peer nichts geschrieben.
Nun ging die Schule wieder los, und bald gab's Zeugnisse. Da kamen wieder die Tage, an denen sie um keinen Preis in die Schule gehen wollte. Ja, sie will schon in die Schule gehen, aber nicht in diese, es muß eine andere sein: Die sind jetzt dort alle so komisch zu mir. Als Oberschule kam nur die Bezirksschule in Frage, das hieße, täglich zwei Stunden Fahrt – und das Pensum war noch nicht nachgeholt. Die Lehrer rieten ab: Vor dem Abitur wechselt man nicht Schule und Lehrer.
Ich rief das Sekretariat der Schauspielschule an und bekam sofort einen Termin beim Direktor. Ich hatte mir alle meine Argumente auf einen Zettel geschrieben, aber ich kam gar nicht dazu, ihn anzuwenden, so

nett und freundlich wurde ich empfangen. Ponys Ölbilder hatte ich mitgenommen, um ihre künstlerische Phantasie zu beweisen.
»Ich glaube Frau Karge kein Wort!« fing Direktor Randzio an. »Sie malt ja gern alle Teufel an die Wand. Im Gegenteil, wenn Pony gesundheitliche Schwierigkeiten hatte, wäre es gerade ein Grund gewesen, ihr zu helfen, aber ich bin« – er blätterte in seinen Akten – »überstimmt worden.«
»Und aus welchem Grund ist sie abgelehnt worden?«
Er stockte etwas: »Sie kam nicht über die Rampe hinaus. Sie konnte sich wohl nicht gleich umstellen, daß der Raum diesmal größer war.«
»Sie hätten ihr doch zurufen können, daß sie lauter sprechen soll.«
»Wir wollten sie nicht unterbrechen.«
»Ich kann mir nicht vorstellen«, sagte ich, »daß Pony bei den Songs mit ihrem Temperament nicht über die Rampe kam, das kann nur bei der Anne Frank gewesen sein, die ja leise sprechen mußte, um nicht entdeckt zu werden.«
»Die Songs haben wir diesmal weggelassen. Wissen Sie, wir sind zu der Überzeugung gekommen, daß es falsch war, zur Aufnahmeprüfung die gleichen Rollen aufzugeben wie zu der Eignungsprüfung. Das haben wir auch früher nie gemacht. Wissen Sie«, sagte er, den Kugelschreiber wie eine Fahnenstange schwenkend, »sie soll jetzt noch mal was ganz anderes spielen – ich habe da zwei Rollen für sie im Kopf, die Rose Bernd von Gerhart Hauptmann, Dialekt – ist ja immer gut, wenn man's kann, und ich trau ihr das zu –, oder die Grusche im ›Kaukasischen Kreidekreis‹.«
Ich war überglücklich. Das hatte ich nicht erwartet. »Und wann soll die Nachprüfung dann sein?«
»Etwa in vierzehn Tagen, wir haben da noch einige Bewerber, die bei der Armee waren, als Nachzügler.«
Ich zeigte dem Direktor Ponys Ölbilder, die er lange mit großem Interesse betrachtete, dann verabschiedeten wir uns überaus freundschaftlich.
Ich ging sofort zur Staatsbibliothek und holte mir die Stücke von Gerhart Hauptmann und Brecht, denn vierzehn Tage Vorbereitungszeit neben der Schule war nicht viel.
Als ich nach Hause kam, erzählte ich Pony von dem Besuch bei Randzio.
»Also ist noch nicht alles vorbei?« rief sie erleichtert.
Pony hatte lange nicht mehr gelesen, war unfähig, sich mit Literatur zu

beschäftigen, jetzt stürzte sie sich auf die Bücher und entschied sich für die Rose Bernd. Sie eilte zu Oma Zachau hinüber, ließ sich den Text in schlesischer Mundart vorlesen und sprach ihn mehrmals in diesem Tonfall nach.
Nun kommt eine neue Klippe. Pony berichtet mir, daß die ganze Klasse vierzehn Tage zu einem Rotkreuzlehrgang ins Erzgebirge fährt. Ich frage in der Schule an, ob man in der Situation nicht eine Ausnahme machen könnte.
»Aber was denken Sie. Ohne den Rotkreuzlehrgang bekommt sie kein Abiturzeugnis.«
Also bleibt ihr nichts übrig, als ihr Rollenbuch mitzunehmen und zwischen den Kursen den Text zu pauken, um ihn dann in irgendeiner Ecke oder im Wald sich selbst vorzuspielen – wahrscheinlich traut sie sich nach dem Durchfall nicht, ihren Mitschülern davon etwas zu erzählen.
So fährt sie ins Erzgebirge und beschäftigt sich mit zweifellos sehr nützlichen Dingen: »Erste Hilfe bei Erfrierungen, Benommenheit, Bewußtlosigkeit, Scheintod; Maßnahmen: Wachhalten, durch Anrufen und Schütteln in Bewegung halten, beim Auffinden vorsichtig bergen ...« So schreibt sie seitenlang sauber und übersichtlich in ihr Heft, während unter der Bank ihr Rollenbuch liegt, auf das sie zwischendurch schaut: »Se ha'n sich an mich wie die Kletten gehang – alle Männer waren hinter mir her! Ich hab mich versteckt, ich hab mich gefircht, s' half nischt, 's war immer schlimmer dahier.« Schnell auf die Tafel schauen: »Vergiftungen – Kopfschmerz, Schwindel, Schwäche, Erbrechen, Krämpfe, Atemlähmung, größere Pupillen ... Vergiftungen mit Stadtgas ...«
Schluß: Die Schüler strömen heraus, spielen Pingpong oder laufen in den Ort. Pony geht mit ihrem Buch in den Wald:
»Nee Jeses. Behiet dich ock Gott davor, was passiert is. Winsch du d'r lieba an friehzeitligen Tod. Denn's heeßt ja, wenn eener o zeitlich stirbt, da is er doch ei d'r Ruhe. Da braucht er nicht leben und Odem hulln ...«
Pony paukt mit Ernst und Ehrgeiz. Doch sie hat Zweifel. Sie haben mich durchfallen lassen. Warum? Nicht proletarisch genug? Die sollen was erleben mit der Rose, in Lumpen werd ich sie spielen!
»Hirnschädigungen: Bewußtlosigkeit, Bewußtsein erhalten, Unruhe, Willensschwäche, Bewußtsein ist getrübt.«
Bestimmt haben sie gedacht, ich hab 'nen Dachschaden. Wer weiß, was

die Karge gefantert hat. Natürlich will sie mich in der Schule nicht haben, denn ich habe sie in der Nervenklinik gesehen. Ich konnte sie dort schon nicht leiden, deshalb hab ich ihr die Mon-Chérie-Schachtel versteckt, sie sollte sehen, daß ich sie nicht mag . . .
Und Pony kritzelt in ihr Erste-Hilfe-Heft:

Big hands can't bless like big words. Du Pedro, du mußt versuchen, all und Dich zu beobachten, studieren wie sie plötzlich wie ein Magnet Minuten, Stunden, Jahre unten sind, wild zappelnd versuchen in ihren Problemen nicht zu ersaufen. Ach je, mein Text! Mensch wenn ich nun nicht von allen Seiten funktioniere? Naja, egal! Sich geistig überfordern ist natürlich auch blöd, dann landest Du mal ganz unten + kommst nie mehr oder sehr schlecht wieder höher.

Nach vierzehn Tagen ist Pony wieder zu Haus, die neue Rolle hat sie gewissenhaft eingepaukt, da kommt ein Anruf von dem Sekretariat der Schauspielschule: Der Termin wird verschoben. Warten, Pendeln, Unsicherheit, Dauerstreß.
Es geht weiter mit dem schweren Pensum der elften Klasse, welches das Abitur vorbereitet. Noch zwei Monate, dann hat sie die elfte Klasse geschafft. Wir reden ihr zu, aber ihre Stimmungen wechseln. Sie haßt die Schule, hat keinen Antrieb, nicht mal an Peer kann sie schreiben.
Unterdessen treffen Briefe von Peer ein.

Ilmenau, 20–5–69

Hallo Pony!
Jeden Tag eile ich mit einiger Hoffnung nach Hause, jeden Tag ist der Briefkasten leer.
Mein Kaffee-, Tee- und Schnapsverbrauch der letzten Tage war sagenhaft hoch, jedenfalls im Vergleich zu sonst.
Nachdem ich mir nun lange genug Gedanken darüber gemacht habe, warum Du nicht schreibst, glaube ich zu verstehen . . .
Heute ist ein Sauwetter, und auf dem Wege zur Konsultation, als ich es sowieso schon so eilig hatte, legte ich mich samt Fahrrad auf die Seite. Rein in den Modder mit Kopfsprung . . .
Ich hab auch relativ anstrengende Tage hinter mir. Abgesehen davon, daß ich für die regulären Fächer arbeite, habe ich noch an meiner Jahresarbeit gewerkelt, und damit mir die Zeit nicht zu lang wird, habe ich auch noch ein Kampfprogramm für den Titel »Sozialistisches Stu-

dentenkollektiv« geschrieben. Abends ging ich zu einer offenen Diskussion mit unserem Physik-Prof., seinem Assi und dem Direktor für Erziehung und Ausbildung, und Studenten. Ich bin in einer seltenen Art und Weise mobil geworden – entwickle mich langsam zum Diskussionsredner . . .
Wenn Du nicht schreiben willst, so kann ich nichts machen, aber gestatte mir dann wenigstens, weiter zu schreiben.
Hey! Your's for ever Peer

Und Pony? Sie schreibt Gedichte für Peer, schickt sie aber nicht ab:

Für dich

Ich sitze gerade auf dem grünen Stuhl,
dem mit den vielen Bommeln,
und denke an Dich.
Aber du?
Du weißt es gar nicht
und das ärgert mich.

Ich möchte die Zeit knebeln,
Dir meine Gedanken
wie bunte Perlen auf einen Faden fädeln,
jetzt – verspielt sie der Wind,
kugelt sie wie Murmeln über das Gras.
Sie suchen dich
Sicher, – sie werden Dich finden.
Wenn Du auch suchst,
geht es noch schneller.

Mit Grün ist quer drüber geschrieben: Unnsinn

So schleichen die Tage dahin, nichts passiert. Das schöne Frühsommerwetter bedrückt, wenn keiner kommt, keiner nach ihr fragt, sich nichts ereignet. Pony hat keinen Glauben mehr, daß sich überhaupt noch etwas ereignen könnte, ihr Charme, ihr Lächeln sind verschwunden, kein Albern mehr mit ihren Freundinnen, kein Kichern und Toben im Garten, sie ist allein.
Da klingelt eines Tages das Telefon: Wie auf Flügeln mit beseeltem

Blick kommt Pony in den Garten gerannt. Wie kann man sich so freuen, wie können diese halb offenen, matten Augen wieder so strahlen?
»Angela Reimann hat angerufen, sie hat Lust mit mir zu malen – kann ich gehen?«
»Ja, natürlich, Pony!«
Sie nimmt ihr Fahrrad und saust ab.
Angela ist viel älter als Pony, aber sie hat es nun einmal so an sich, sich um Menschen zu kümmern, die das in dem Moment brauchen. Sie hat ihre Staffelei im Garten aufgestellt und will ihr Baby malen, das in einem Körbchen unterm Baum steht. Als Pony ankommt, merkt sie, daß sie wirklich freudig erwartet wird, Angela gibt ihr ihre Feldstaffelei, Leinwand und Farben. »Kannst alles nehmen, was du brauchst«, sagt sie nur. So malen beide ganz ruhig im Garten das schlafende Baby, ohne viel dabei zu reden. Manchmal kommt auch das vierjährige Töchterchen von Angela, guckt ernsthaft auf die Staffelei und geht wieder spielen. Ponys Baby sieht dem wirklichen ähnlich, es liegt schlafend diagonal im Bild unter dunkel hängenden, aber rosa blühenden Trauerweidenzweigen.
»Dein Fleischton geht ja so ins Bläuliche, sieht ja wie 'ne Leiche aus!« ruft Angela lachend herüber. Pony übermalt mit Rosa, aber es bleibt noch ein Rest von Blauschimmer. »So – fertig!« ruft Pony. Angela schaut sich das Bild an. Die beiden Bilder sind völlig verschieden. Angelas Kind schläft seinen ruhigen, wohlbehüteten Babyschlaf, bei Ponys Baby hat man die Assoziation: Warum habt ihr mich in die Welt gesetzt? Selbst die vollen, hängenden Blüten können dem Bild nicht die Traurigkeit nehmen.
Die beiden rauchen eine Zigarette zusammen.
»Spiel sie mir doch mal vor, die Rose Bernd!« meint Angela. Pony überlegt, schaut auf die Kinder, die im Hof vor der Garage spielen, steht dann spontan auf, kommt von dem hinteren Garten schleppend heran, macht eine imaginäre Türe auf und spricht: »Gut'n Abend, miteinander! – Gut'n Abend! Meegt ihr mich hier nich, da geh ich wieder!« Sie macht einen völlig erschöpften Eindruck, als käme sie von weit her, und die Worte kommen nur schwer. Sie wird lebhafter, so, als ob sie jetzt erkennt, wen sie vor sich hat. Die Kinder im Hof werden still.
»Du hätt'st Grund, August, du kenn'st mich veracht'n. Jawull! Das bestreit ich nich! Du verach'st niemand hier in der Welt.« Plötzlich weiten sich ihre Augen zum Entsetzen und, als ob all die Ungerechtig-

keit der Welt über sie gekommen ist, brüllt sie: »Ich aber! Alle! Alle miteinander!«
Sie kommt wieder etwas zu sich. »Was ich red, is dunkel. Jawull! Ich geb's zu, s' dunkel!« Und wie zu sich selbst, ihre Augen verkniffen auf die sinkende Sonne gerichtet, die zwischen den Bäumen hindurchscheint: »Hernacherter aber uff eenmal hernacherter wird's – helle! Doa kann eens spieren, wie die Helle brennt. – Vater, ich lebe! Ich sitze hier! Das is was! – Das is ane Welt, da sein se versunka ... da könn sie mir nischte meh antun dahier!« Pony schaut, wie nicht mehr auf dieser Welt, ins Weite. »Da is ... ich weeß ni ... all's von mir gewichen – und da stand ich draußen im ganzen Gewitter – und nischt mehr war unter und ieber mir ...« Pony, bitter lachend: »Ich weeß nie – das kann ja alles meeglich sein, daß ich falsche Eide geschworn hab – ich kann mich da druf nie besinnen jetzunder ...« Sie beugt sich über ihr imaginäres Kind. »Da liegt wos! Das is was! Das bei der Weide! Das andre schiert mich ni. – Da hob ich wull erst in de Sterne geseh'n! Da hoa ich wull geschrie'n und geruffa ...« Anklagend schreit sie heraus: »Kee himmlischer Vater hat sich geriehrt.« Die Kinder zucken zusammen. »Jetze is halt was ieber uns alle gekomm'n – man hat sich dagegen gewährt und gewährt ...« Pony, zitternd in die Knie gesunken und vor sich hin starrend: »Warum bin ich denn nicht bei mein'm Kindla geblieben? Da is ma gerannt wie ane Katzenmutter, 's Kitschla ei am Maule, – Nu ham's een de Hunde abgejoaht.« Pony, in sich versunken, völlig am Ende, rafft sich noch einmal bedrohlich hoch und ruft zitternd, und ihre Augen werden so starr, daß sie wie toll aussieht: »A'n Fluch, a'n Fluch werd' ihr misse hiern. Dich sah ich! Dich treff ich! Am Jingsten Gerichte.«
Ein Kind fängt zu weinen an. Pony sinkt auf einen Stuhl: »Hätt ihr mich ock frieher mal gefragt ... vielleichte ... da hat een keen Mensch genug lieb gehabt.« Pony reckt sich auf: »Ich bin stark! Ich bin stark gewest! Nu bin ich schwach!« Leise vor sich hin, auf die Erde fallend: »Jetzt bin ich am Ende.«
Die Kinder sind mucksmäuschenstill, nur die Vögel zirpen. Pony erhebt sich lachend: »Das war's!«
Angela kommt ihr entgegen: »Genauso bringst du's – der Dialekt ist prima, den kann ja eigentlich heute niemand mehr so richtig –, beim Umfallen könntest du dir vielleicht 'ne Hilfestellung einbauen, das steht zwar so bei Gerhart Hauptmann, wirkt aber heut ein bißchen theatralisch.«

»Und wenn ich mir den Tisch so vorschiebe?« Pony läßt sich auf die Tischkante gestützt langsam herunter.
»Ja, so ist's viel besser!«
Pony kommt gedankenvoll zurück: »Weißt du, da könnte man eigentlich gar keine Kinder mehr in die Welt setzen. Rose sagt doch, bevor sie's erwürgt: ›Es soll dahin, wo's hingehört‹.«
Angela lachend: »Aber Pony, das kannst du doch nicht auf heute beziehen. Wir leben doch jetzt in einer ganz anderen Welt, wen stört denn das schon, wenn ein Mädchen ein uneheliches Kind hat?«
»Na ja, da haste auch wieder recht.«
Pony wird wieder froh und kommt in Fahrt, springt die Terrassentreppe hinauf, Hände in den Hosentaschen, lässig an die Balustrade gelehnt, singt sie das Chanson:

»Wenn ich in der Hölle brenne
Wer sich davon was verspricht –
Schließlich ist das doch erst morgen
Morgen, das sind keine Sorgen
Und mit ›morgen‹ könnt ihr mich ...«

Der Neid der Götter

Die Kräfte waren gering. Das Ziel
lag in großer Ferne.
Es war deutlich sichtbar, wenn auch für mich
kaum zu erreichen.
Seine Wünsche nicht erfüllen, sondern vergessen
Gilt für weise.
Aber das kann ich nicht!

Bertolt Brecht

He Omi! He Tanten! He Onkel!
Ich sitze hier im E-Werk und helfe so alles mögliche.
Mein Prüfung habe ich einigermaßen gut vorbereitet. Aber ob es klappt, das ist noch sehr unklar. Gestern war ich mit Pappi zu einem Chansonabend im Club in Berlin von Yvette Bryon.
Kennt ihr dieses Persönchen eigentlich?
Sie singt Chansons und ist so mächtig charmant und alles so etwas, daß es eine wahre Wonne ist, sich mit ihr zu unterhalten. Auf meine Reise freue ich mich schon ganz ungeheuer. So ganz hoppladi hopplada mit Auto fahren wir nach Bulgarien zelten. Anschließend mache ich vielleicht noch einen kleinen Tramp nach Budapest zu Ex- und auch Weiterfreund Peer. Er wollte das unbedingt, weil es so allein auf die Dauer ja nicht gerade schön ist. Übrigens les ich gerade Raskolnikow, es gefällt mir ziemlich gut.
Neuerdings habe ich ganz ulkige Träume. Weil ich mich doch gerade mit der Rose Bernd beschäftige, habe ich nun schon zweimal geträumt; ich bekomme ein Kind. Das ist ein Zustand! Komisch, aber ich konnte mit dem kleinen Derglichen ganz vernünftig sprechen. Mein erstes Kind hatte einen Riesenmund und war so schrecklich hässlich, daß es ganz katastrophal war.
Mein zweites wollten mir alle wegnehmen und ich hatte immerzu große

Angst. Übrigens war ich kürzlich mit Mutti noch mal beim Arzt. Leider ist immer noch nichts passiert mit Periode und so. Aber ich bin sicher, daß sich das bald ändert.
Wie geht es Euch gesundheitlich? Omi war ja mal wieder schwer in Ordnung dieses mal.
Ein Paket oder Päckchen ist noch nicht angekommen. An meinem Geburtstag bin ich mit Schwesterchen tanzen gegangen. Aber die Typen waren sehr langweilig, was natürlich absolut das Schlimmste ist. Trotzdem war es einigermaßen nett.
Eigentlich finde ich es ziemlich schrecklich, daß ich nun schon siebzehn bin. Lieber würde ich erst sechzehn oder so werden wollen.
Heute gehe ich hier im Betrieb in die Sauna. Herrlich der Zustand hinterher. Außer dem Eisbecken haben wir ja jetzt noch eine Eisspritze für die Schlimmen Stellen. Mutti kann das nicht verstehn, sie fand mich dicker besser.
Wie ist zur Zeit bei Euch die Laune? Bei mir etwa 75, weil ich gerade erfahren habe, daß ich hier 330 Mark verdiene, was für den Anfang doch schon ganz schön ist. Viel ist ja nicht zu tun, schließlich tippe ich ja hier in der Arbeitszeit.
Mutti hat zur Zeit keine befriedigende Stellung gefunden. Schade! Sicherlich gibt sie insgeheim ulkigerweise mir die Schuld! Was ich aber nicht richtig finde. Vielleicht macht sie jetzt wieder was ganz anderes.
Ich komme gerade von einer langen Tour. Mit einem Fernschreiben in der Hand, bin ich in vier Abteilungen gewesen. Leider sieht man da ja noch so allerhand schlechte Arbeitsbedingungen. In einer riesigen Halle mit etwa 50–70 Menschen drin, muß nun nicht gerade Spaß machen. Ich glaube, daß ich das mit dem Spaß sowieso noch etwas falsch sehe. Ich finde ein Beruf muß mindestens zu 40 % Spaß machen. Ich glaube die Schauspielerei würde mir eine ganze Menge Spaß machen. Bitte drückt mir die Daumen.
Blöderweise finde ich diesen Brief blöd. Aber ich bin etwas zu faul noch mal zu schreiben. Es ist heute mächtig warm.
Auf das Tante Lore bald kommt!
Herzliche Grüße Pony

Der Tag der Nachprüfung ist herangekommen. Ich ermahne Pony, auch die anderen Rollen noch einmal durchzugehen.
»Nein, das haben sie nicht gesagt, nur die Rose Bernd soll ich bringen!«
Da ist nichts zu machen: Nein, nein, nein.

In der Früh um sieben trägt sie auf Angelas Rat am Tage der Prüfung die Rose noch einmal vor. Georg, Tante Miezl und ich schauen zu, alle haben wir am Schluß Tränen in den Augen.
Danach fahren wir mit Georg nach Berlin. Er setzt Pony an der Schauspielschule ab und mich in einem gegenüberliegenden Café. Unsere Freunde wollte ich nicht noch einmal belästigen. Ich mache Besorgungen, setze mich auf eine Parkbank, komme ins Café zurück. Eigentlich bin ich einigermaßen ruhig, aber die Zeit wird länger und länger: Ob das Chanson mit der Höllenlilli das Richtige war? »Und mit morgen könnt ihr mich ...« Riecht das nicht nach Hippies, Gammlern und Haschisch? Aber Georg meinte, mit dem Wenn-ich-in-der-Hölle-Brenne, hat Brecht die Kirche auf die Schippe nehmen wollen. Das weiß Brecht, aber ob es die Prüfungskommission weiß? Na, und ihre Aufmachung heute, mit dem langen Lumpenrock! Randzio hatte mir zwar damals gesagt, sie soll die Rose Bernd ruhig im langen Rock spielen, aber es wird sehr aus dem Rahmen fallen. Vielleicht sind die anderen im Trikot. Und Pony barfuß, ungeschminkt, nicht einmal die Haare hat sie sich diesmal gewaschen. Sie will es beweisen, sie braucht ihre Schönheit nicht ...
Es wird wieder halb drei. Ich verstehe nicht, was sie mit den paar Nachzüglern so lange machen. Da kommt sie an, hastig, aber nicht aufgelöst.
»Die haben mich wieder rasseln lassen.«
Ich bin wie versteinert. Ich verstehe überhaupt nichts mehr. »Und daß du mir bloß nicht noch mal zu dem Direktor rennst, ein ganz gemeiner Kerl ist das!« schimpft Pony mit mir. »Und schuld ist bloß, weil du ihm meine Bilder gezeigt hast! Die Eliza sollte ich auch noch mal spielen.«
»Siehst du, und darauf hast du dich nicht vorbereitet!«
»Ach Quatsch, die war ja gut, barfuß mußte ich so tun, als ob ich mit meinen Stöckeln umknacke, und danach die große Lady. Die anderen Studenten haben zu mir gesagt: ›War 'ne Wolke, wie du da im Lumpenrock in den Buckingham Palace geschritten bist und deine Schleppe hochnahmst!‹«
Und was hat Randzio, der Direktor, gesagt?
»Die Art des Vortrags ... ach Quatsch, jedenfalls: Sie sind von Mal zu Mal schlechter geworden!«
Ich bin ratlos. Was kann bloß gewesen sein? Vielleicht hätten sie's lieber unterkühlt gehabt? Oder bekamen sie es mit der Angst zu tun, als sie sie anschrie: »Dich treff ich am Jingsten Gerichte!«

Wie Dr. Wittgenstein mir telefonisch mitteilte, hatte die Schule vorher noch einmal Frau Karge zu ihm geschickt, um sich nach Pony zu erkundigen. Er hatte geantwortet: »Pony ist wieder gesund, und die bestandene Prüfung wäre das Tüpfelchen aufs i zu ihrer Genesung.«
Ich telefoniere in der Kabine des Cafés mit Georg, Pony nicht aus den Augen lassend. »Eine Katastrophe!« sagt er nur.
»Willst du noch was essen?« frage ich Pony.
»Nee, ich hab kein' Hunger.«
»Aber du hast doch seit früh nichts gegessen!«
»Ich will nichts!«
»Ein Eis?«
»Laß mich doch, wir gehn jetzt.«
Also gehen wir, wieder stehen wir auf dem Vorortbahnsteig, der Zug kommt nur jede Stunde. Es ist herrliches Sommerwetter, aber Pony geht nicht in die Sonne, sondern in die kleine, leere Wartehalle auf dem Bahnsteig. Dort legt sie sich der Länge nach auf die Bank.
Mein Gott, wie schön könnte alles sein, wenn wir es jetzt hinter uns gebracht hätten! Wie würde sie auftauen und ehrgeizig arbeiten! Die Krankheit wäre bald vergessen. Aber so? Ich weiß nicht mehr weiter.
Wir steigen in den Zug ein, Pony spricht wenig. Trotz alledem habe ich das Gefühl, daß ich verzweifelter bin als sie. Anscheinend hatten ihr die Komplimente der Studenten gefallen und ihr trotz alledem eine Bestätigung gegeben.
»Hast du eigentlich die Höllenlilli gebracht?«
»Ja, die hab ich auch abgezogen!«
Ich frage absichtlich nicht danach, wie man sie aufgenommen hat.
Mir wird nichts übrigbleiben, als Frau Karge anzurufen, um Einzelheiten zu erfahren.
Zu Hause angekommen, finden wir ein an Pony adressiertes Paket aus Bayern vor; sie stürzt sich freudig darauf. Ich war froh: Wenigstens ein kleines Trostpflaster in dem Moment. Es enthielt Sommer- und Strandpullis für die Bulgarienreise. Leider hatte meine Mutter den Fehler gemacht, die Sachen, die ich bestellt hatte, und die, die für Pony sein sollten, in ein Paket zu packen. Wegen irgendwelcher Bestimmungen hat sie auch nicht die Namen an die verschiedenen Gegenstände geschrieben. Um Pony die Freude nicht zu nehmen, überließ ich ihr meine Sachen, sagte nur, daß der weiße Pulli eigentlich meiner war. Die Sonnenbrille aber sei für mich. Ich dachte, das würde ihr nichts ausmachen, da sie nie eine Sonnenbrille trug und ich sie beruflich brauchte ...

Dann rief ich Frau Karge an.
»Ja, ich mußte diesmal früher weg«, sagte sie gedehnt, »ich bin bei der Auswertung gar nicht dabeigewesen; es wundert mich eigentlich, denn bei der Rose Bernd hab ich mir eigentlich gedacht: Toll, wie sie sich da hineingekniet hat. Ich werde mich aber noch mal erkundigen. Ich habe jedenfalls für sie gestimmt. Aber vielleicht sollte sie erst noch mal ein Jahr bis zum Abitur am Arbeitertheater mitmachen. Wir stehen in sehr guter Verbindung mit den Betrieben.«
»Ich weiß nicht, ob wir die Sache jetzt noch so lange hinziehen können.«
»Ja, Geduld muß man bei dem Beruf mitbringen!« meinte Frau Karge spitz.
Geduld, denke ich mir, was weiß die denn von dem Weg-mit-der Hölle? Wie lange habe ich daran gearbeitet, Steinchen für Steinchen aufgesetzt – und nun wird der ganze Bau mir nichts, dir nichts umgeschmissen.
Ich überlege hin und her, was ich tun kann, um allen Beteiligten beizubringen, daß sofort gehandelt werden muß, damit das Schlimmste verhindert wird. Das ist nicht einfach, denn ich darf Pony nicht als krank bezeichnen, weil sie sonst niemand nimmt. Ich muß mich also zu diesem Vorhaben des behandelnden Psychiaters Dr. Wittgenstein bedienen, der Organiker ist, und einer Schauspieldozentin, die empört ins Telefon rief: »Aber um Gottes willen, doch nicht bei uns!«
Also gehe ich zu Dr. Wittgenstein. Zum Glück ist er selbst sehr interessiert an Pony, und er verspricht mir sofort, in der Schauspielschule anzurufen, um mit Frau Karge, seiner ehemaligen Patientin, zu sprechen. Ich bin froh, daß ich das geschafft habe. Aber wäre es nicht gerade in unserem Staat das Normale gewesen, denke ich, wenn der behandelnde Arzt am Prüfungstag zugegen ist?
Das Telefongespräch fand statt, Dr. Wittgenstein ließ es von seiner Sekretärin protokollieren und sandte es mir dann zu. Voller Aufregung lese ich:

Protokoll über Telefonat Dr. Wittgenstein mit Frau Karge am 23. 8. 70
Im Rahmen einer Nachuntersuchungsbefragung über die Patientin Pony M. wurde das Gespräch eingeleitet. Dann – »ganz nebenbei« – Nachfragen nach Prof. Randzio wegen Rücksprache auf ein »Forschungsvorhaben«.
Prof. Randzio sei noch in Schweden.
Da ich von Familie M. noch gar nichts wieder gehört habe – meine Frage nach Prüfung:

Bei der Eignungsprüfung sei man einstimmig überzeugt gewesen, daß Pony Talent habe.
Eindruck bei der 2. Prüfung: ... in sich hineingespielt ... nicht über die Rampe ... hinaus ... grenzte an Exhibitionismus ... Völlig veränderte Persönlichkeit ... Sichtbarwerden von Extremen ... Verdacht geäußert – wann stand das Mädchen unter Drogen, bei der Eignungsprüfung oder während der Wiederholung.
P. hätte somnambul gewirkt!
Prof. R., der Direktor, sei sehr dafür gewesen, Pony anzunehmen. Habe extra auf die positive Aussage des Arztes hingewiesen ...
Die ärztliche Empfehlung, die junge Dame anzunehmen, wurde gegeben ...
Bevor Pony M. mit der Ausbildung beginnt – müßte Persönlichkeit geformt werden! Es sei ein zu großes Experiment, würde man sie jetzt aufnehmen. –
Man hätte sehr lange über Pony diskutiert. Prof. Randzio und Frau Karge seien nicht durchgekommen. Mehrheitsbeschluß.
Würde man Pony jetzt genommen haben, wäre das eine über die Norm der Ausbildung hinausgehende Belastung für alle Beteiligten gewesen.

Ich bin entsetzt. Pony hatte nie Drogen genommen, überhaupt keine verschrieben bekommen. Und somnambul?
Ich lese das Protokoll zu Ende:

Weitere Möglichkeiten:

1. Abitur, dann Theater-Hochschule Leipzig. Hier Möglichkeiten: Regie, Theaterwissenschaften usw. Also viel breitere Palette!
2. Abitur, dann Hochschule für angewandte Kunst. Hier sehr große Möglichkeiten, Bühnenbild, Kostüm usw.
3. Praktischer Weg: In einem großen Theater Berlins im Malsaal anfangen. Erst einmal praktisch arbeiten – dann Delegation zur Kunsthochschule.

Also erst mal abschieben, Leipzig, Kunsthochschule.
Drei Prüfungen haben noch nicht genügt, wieder neue Prüfungen und in einem völlig anderen Metier.
»In den Anfängen zum Stoppen bringen«, hämmert es in meinem Kopf. Wo war hier eine Alicia Alonso? Aber kann man überhaupt von jemand anderem Verständnis erwarten als von denen, die es selbst durchgemacht haben?

Ich habe das beklemmende Gefühl, daß aus einem *Hinausschieben* ein *Lebenslänglich* werden kann. Was soll ich jetzt noch tun? Ich rufe Helga Gelling an.
»Das kann doch nicht wahr sein! Ich hatte mich doch auch bei der Schule erkundigt, die sagten: ›Das ist eine Begabung, das ist ja unwahrscheinlich!‹ Schlechter geworden! Was einmal da war, kann doch nicht verschwinden, dann liegt es an der Führung. Das Ordinäre hat sie doch wunderbar gebracht, und im Buckingham Palace muß sie mehr Dame als alle anderen sein. Pony soll auf keinen Fall aufgeben, Leipzig versuchen, oder im nächsten Jahr noch einmal Berlin. Sie kann nichts anderes machen, sie gehört zu uns!«
Langsam hänge ich den Hörer auf. Wer kann schon verstehen, daß ein Mensch weder gesund noch krank ist? Ich kann Pony nicht in eine fremde Stadt schicken, in der sie niemanden kennt.
Nächstes Jahr? Genausogut könnten sie sagen: in hundert Jahren!

He Omi!
Schreib wieder aus dem Betrieb.
Vielen Dank für das Paket. Wirklich Klasse! Hab die Hose gleich ins kochende Wasser geschmissen. Ich glaube, nun ist sie richtig.
Wem soll eigentlich der weiße Pulli gehören?
Im übrigen hab' ich die Prüfung nicht bestanden.
Warum? Kann ich Dir nicht sagen. Bei der Prüfung saßen noch ein paar Studenten. Die meinten, daß ich ganz bestimmt bestanden hätte. Nun ja, ziemlich siegessicher mußte ich mir dann anhören, daß ich wieder nur mich gespielt habe usw. usw. Schönes Gefühl, kann ich Dir sagen, wenn man nun denkt, jetzt hast Du's endlich geschafft . . .
Überhaupt glaube ich, weil ich mich diesmal auf häßliches Urtier gemacht hab, haben die mich gar nicht wiedererkannt, aber schließlich hatte ich ja gerade mein eben erzeugtes Kind umgebracht, als Rose Bernd . . .
Aber ich gebe nicht auf. Ich will es noch mal in Leipzig probieren. Ich freue mich schon sehr auf meine Hose, wenn ich nach Hause komme.
Ich glaube, ich muß sie noch einmal in's Wasser schmeißen. Dann ist sie aber ganz bestimmt richtig.
So jetzt muß ich weiterarbeiten. Viele Grüße Ponny

Der feine Riß

Durch eines Fächers frechen Schlag,
Der leicht sie nur berührt aus Ärgernis,
Erhielt die Rosenvas' am hellen Tag,
Ganz lautlos einen feinen Riß.

Jedoch diese leichte Verletzung
Nimmt ihren unsichtbaren Verlauf,
Des Bergkristalls feine Ätzung
Reißt Stund um Stund die Wunde auf.

Tropfen auf Tropfen verrinnen klar,
Die Blütenstengel verzehren sich sacht,
Ohn', daß es irgend jemand wird gewahr.
Berührt sie nicht: Gebt acht!

In den Augen der Welt als die Gleiche erscheinen,
Im gläsernen Grunde tief getroffen,
Fühlt sie tief unten ein Wachsen und Weinen.
Berührt sie nicht! – Sie ist gebrochen.

Sully Prudhomme

He Pedro!
Oh! Fangen wir diesmal lieber nicht mit übrigens an.
Ich habe die Prüfung nämlich *nicht* bestanden.
So nun weißt Du es auch! – Wenn es jetzt vielleicht auch sehr blöd klingt, aber so ganz verstehe ich das noch nicht.
Bei der Prüfung saßen noch einige Studenten. Die lachten mir nach meiner Kür gleich zu und meinten, daß ich ganz beruhigt sein soll: Es klappt bestimmt!
Da ich mich wirklich doll in die Rolle gekniet hatte, war ich wirklich ziemlich sicher.
Gerade hat unsere Bekannte, d. h. so eine ulkige Nudel vom Witwenfeinkrankenhaus, Fr. Karge, angerufen. Sie meinte, daß nicht nur sie mich ziemlich gut fand von den ganzen Dozenten.

Du siehst, so ist das Leben. Alles Scheiße!
Im übrigen sind fast alle guten Schauspieler egal durchgefallen. Die Sache ist jetzt nur die, daß ich jetzt ganz bestimmt Schauspielerin werden will!
Ich glaube, das verstehst du gut, was? Nun ja, wir werden ja sehen, was aus mir noch einmal wird! Ein Mensch ist keine Tür!!!
Knall, Bum, Zu, Peng! Kennst Du das? Ponnnny

Ponys Stimmung ist schwankend, sie will sich nichts anmerken lassen. Noch freut sie sich auf die Reise. Sie will mit uns nach Varna fahren, Peer soll nachkommen.
Doch eines Sonntags fährt Georg allein mit ihr zum Baden und beredet sie, daß Peer nicht nach Bulgarien kommen soll: Er ist der festen Überzeugung, daß Ponys Verstörung in Peer ihre Ursache hat. Er redet sich mehr und mehr ein, daß, wenn ausschließlich er Pony beeinflussen würde, sie bald wieder wie früher sei. Er will mit dieser Varna-Reise wieder eine gelöste Familienstimmung herstellen, Mutti und die Kinder verwöhnen – so soll alles wieder in Ordnung kommen. Er selbst ist, wie wir alle, ziemlich am Ende: zuviel Arbeit, dazu die tägliche nervliche Aufregung mit Pony – wenn jetzt der Urlaub nicht käme, würde alles zusammenbrechen.
Und Pony? Muß wieder einsehen, wieder verstehen. Sie sagt keinen Ton, als sie von ihrem Sonntagsausflug vom See zurückkommen. Und ich weiß nicht, warum sie wieder so verändert ist. Meist zieht sie sich in ihr Zimmer zurück.
Sie schreibt an Peer:

He Junge!
Es regnet. Wenn Du jetzt da wärst, würden wir mit einem großen Schirm spazieren gehen; und weil ich kleiner bin als Du, würde ich die ganzen Schirmregentropfen abkriegen. Dann würden wir uns irgendwo hinsetzen und einen nassen Po bekommen. Und weil alles so naß ist + es gerade dunkel wird, würde ich sehr romantisch werden. Ich würde Dir das Märchen von dem gläsernen Berg erzählen. Du würdest sagen, daß ich spinne. Das würde ich Dir schließlich glauben. Und dann würden wir weitergehen. Und ich würde Dir versuchen klar zu machen, daß ich Dich eigentlich doll gern hab. Und ich würde Dich an die Hand nehmen und ganz schnell laufen. Und Du würdest sehr mit dem Schirm zu kämpfen haben. Und ich würde lachen, schräcklich lachen. Und da

wärst Du sehr wütend, und Du nähmst mich – nein Du würdest mich nicht küssen. Weil Du Dich ja *distanzierst.* Aber Du hättest mich küssen wollen. Und dann würden wir ins Markus-Hexenhäuschen zurückkehren + feststellen, daß Tante Miezl wieder alle Fressalien eingeschlossen hat, weil alle so verfressen sind! Nun ja, dann würdest Du mich in's Bett bringen – aber sehr *distanziert*, und ich würde auch keine Zeit haben, mich darüber zu ärgern, daß alle Leute so doof sind und garnichts verstehn, weil ich ja so müde wäre.
Und es würde schrecklich regnen! Pony-Drops

Und sie schreibt für sich:

Das Pferd

Das Pferd
Mein Pferd
Groß
Galopp
Der Sprung
Der Zügel fällt
Die Stiefel rutschen leicht
Aus den Steigbügeln
Mondlicht ein blei-weißer Schimmel
Stößt, springt
Hoch – ein mächtiger Sprung
Doch ich –
Bin heruntergefallen.

Die Ferien sind da, Pony wurde in die Klasse 12b versetzt, aber sie will das Zeugnis niemandem zeigen: Obwohl sie keine 4 hat, ist es das schlechteste Zeugnis ihres Lebens. Außer Rechtschreibung hatte sie nie eine Drei. Zudem weiß sie, daß die Lehrer einige Augen zugekniffen haben. Sie ist deprimiert, daß der Direktor unter das Zeugnis schrieb: Dieses Zeugnis ist nur mit der Beurteilung vom 30. 6. 70 gültig.
Hier die Beurteilung:

P. hat im Jugendverband bewiesen, daß sie fähig ist, ein Kollektiv zu leiten. Die ihr übertragenen gesellschaftlichen Aufgaben löste sie gut und mit Initiative. An der Organisierung der politischen und kulturellen Arbeit ihrer Klasse war sie aktiv beteiligt. Aus ihrer bisherigen Tätigkeit

in der Jugendorganisation und dem Bemühen um einen festen politischen Standpunkt wird ihre positive Einstellung zu unserer Republik erkennbar. In ihrer weiteren Arbeit müßte P. versuchen, ihre individuelle Art, Dinge zu beurteilen, die ein Ausdruck ihrer regen Phantasie und eines ausgeprägten emotionalen Einfühlungsvermögens sind, mehr in den Hintergrund zu drängen, um nicht auf ein mangelndes Verständnis zu stoßen.
Aufgrund einer nervlichen Überbelastung zu Anfang des Schuljahres, die eine mehrmalige längere Unterbrechung des Schulbesuches erforderlich machte, konnte P. ihre bisher überdurchschnittlichen Leistungen nicht erreichen. In den zurückliegenden Jahren entsprachen daher ihre Leistungen ihren entwickelten intellektuellen Fähigkeiten. P. besitzt eine gute Auffassungsgabe, erfaßt Zusammenhänge und urteilt kritisch. Sie verfügt über ein ausgeprägtes emotionales Einfühlungsvermögen und Phantasie.
Bei der Beurteilung naturwissenschaftlicher Probleme muß sie mehr die Realitäten beachten und sich systematischer und intensiver mit den auftretenden Problemen auseinandersetzen.
Ihr Verhalten im Unterricht ist diszipliniert, wenn auch nicht immer konzentriert.
Im Rahmen der wissenschaftlich-praktischen Arbeitsgemeinschaft verstand es P., den von ihr geforderten Aufgabenkomplex und das Ergebnis ihrer Arbeit in die gesellschaftlichen Zusammenhänge einzuordnen. Ihr kritisches Verhalten in der Arbeitsgemeinschaft war gut.
Entsprechend ihren Neigungen und Interessen beabsichtigt P., eine Ausbildung bzw. ein Studium der Richtung Theaterwissenschaft aufzunehmen. Dazu bringt sie die notwendige Reife mit. R. Kempter, Klassenleiter

Pony ist überempfindlich, haßt diese Beurteilung, aus der ihrer Meinung nach hervorgeht, daß man sie noch nicht für voll nimmt. Ob die denken: Hirnschaden? Sie wagt niemanden zu fragen. Sie fängt wieder zu malen an, aber in den Bildern ist keine Freude. Sie will zu Maja nach Leipzig fahren. Ich habe kein Verständnis dafür, jetzt vor unserer gemeinsamen Reise, halte es für versponnen, weiß natürlich nicht, daß sie in Wirklichkeit nach Ilmenau fahren will. Warum sagt sie es mir nicht? Sie weiß, daß ich nicht gegen Peer bin. Ist sie schon so eingeschüchtert, daß sie an gar nichts mehr glaubt? Aber in ihren Briefen bleibt sie bei ihrem humorvollen Stil.

He Peer! Ca va?
Finde ich ja sehr dufte; daß Du nun doch nach Budapest saust. Leider, wir sehen uns schon überhaupt nicht mehr. Ich bin etwa so am 15. 8. in Budapest, auf der Rückreise. Wenn Du da bist, rufe unbedingt bei Ildiko an, dort wohne ich.
Ein paar Tips für Budapest:
Gellertberg bei Nacht
Donauterasse tanzen gehn
Baden gehn in alle Bäder
Viel Geld für Einkäufe z. B. Schuhe
allerdings horrende Preise. Mehr fällt mir nicht ein.
Übrigens bekommt man für erstmaliges Blutabnehmen nur 3,– M. War natürlich sehr enttäuschend.
Zur Zeit habe ich eine ausgesprochene Schaffensperiode. Male am Fließband. Zwischendurch lese ich.
Ich hab dich so lieb!
Ich würde dir ohne Bedenken eine Kachel aus meinem Ofen schenken.
Ja, wirklich, wie kommt das eigentlich, daß ich Dich wieder so lieb hab? Ich glaube, weil Du jetzt wieder so richtig lieb zu mir bist. Außerdem gibt es ja so blöde Leute, keine Probleme, kein Verständnis, nur doof.
A Très bientôt Pony

Wir haben keine Ahnung davon, daß Pony sich hat Blut abnehmen lassen, wahrscheinlich will sie von diesem Geld nach Ilmenau fahren. Schlimm!
Als Georg davon hört, daß sie auf der Rückreise Peer sehen will, ist er entsetzt. Er hat einen Brief von ihm in die Hand bekommen: selbstgemachtes Kuvert, rundherum angegokelt, mit vier roten Siegellackklecksen, in deutscher Schrift geschrieben, die Pony nicht lesen kann, in den Brief ein Loch hineingebrannt, darüber geschrieben: »Vorsicht Einsturzgefahr!«, mit komischen Zeichnungen versehen, als Unterschrift eine Locke mit Siegellack. Als ich den Brief in die Hand bekam, war ich fast bereit, mich der Ansicht des Arztes und Georgs zu beugen, daß Peer sie durcheinanderbringt. Vielleicht, dachte ich, ist es besser, wenn sie im Urlaub einen anderen netten Jungen kennenlernt. Als ich das Gekritzel damals las, verstand ich kein Wort. Als ich den Brief später in die Hand nehme, bemerke ich, daß Peer darin von seinem Studentenleben erzählt. Ich finde auch Briefe von Ponys Freundinnen, die stili-

stisch genauso »verpopt« sind. Ich habe damals keine Urteilskraft mehr gehabt und geglaubt, die Ärzte müssen es ja wissen.
Georg ruft aufgeregt Frau Meyrink an und sagt zu ihr, daß es nach seiner Meinung besser wäre, wenn die beiden in den Ferien nicht zusammenkommen. Warum habe ich die Telefonschnur nicht durchgeschnitten? Frau Meyrink fällt ein Stein vom Herzen, sie meint, das sei genau ihre Auffassung.
Also ist Ponys Traum, auf der Rückfahrt Peer in Budapest zu treffen, ausgeträumt.
Ich beschäftige Pony mit Reisevorbereitungen. Ich stelle mit ihr eine Liste auf, sie muß ihre Sachen waschen und bereitlegen, ist dabei meistens bockig, und wenn man ihr einen Rat geben will, akzeptiert sie ihn nicht.
Georg will, daß wir alle vier in Varna gemeinsam im Hotel wohnen. Ich bin der Ansicht, daß dies zu teuer ist, es könnte etwas mit Pony passieren – und dann ist kein Geld da, außerdem finden die Kinder solch ein Luxushotel stinklangweilig, für sie ist der internationale Campingplatz viel aufregender, und Pony liebt das Zigeunern.
Wie verabredet, holt Ferdl, ein Dozent Majas, der auch nach Bulgarien fährt, Maja und Pony mit dem Wagen ab, Georg und ich wollen eine Woche später mit dem Flugzeug nachkommen.
Ferdl ist ein Original: Als ein in Jugoslawien lebender Österreicher kämpfte er mit sechzehn Jahren in Titos Armee, kam mit siebzehn zwei Jahre ins KZ, jetzt schriftstellert er. Die Fahrt mit seinem Wagen und einem Freund von ihm war seit langem ausgemacht, als es aber losgeht, ist Pony schweigsam, bockig und nicht ansprechbar. Ich frage Ferdl, ob er Pony unter diesen Umständen als Reisebegleiterin akzeptieren könne. Er aber lacht nur und sagt: »Es gibt Schlimmeres!«
Pony sieht nicht glücklich aus, als sie in den mit vier Personen und Zeltsäcken beladenen Trabant steigt, der mit seinem Dachgepäck wie ein schwankendes Kamel aussieht. Doch bald sorgt Ferdl für Stimmung, er singt serbokroatische Lieder.
»Ob das überhaupt 'ne richtige Sprache ist?« flüstert Pony Maja zu.

Die »Kranken Dinge«

Jeder Mensch, der würdig, Mensch zu sein,
Trägt in seinem Herzen voller Hohn
Eine Viper, aufgebaut wie auf einem Thron.
Die, sagt er: Ich will! antwortet: Nein!

Was immer er erwäge und verlange,
Kein einzger Augenblick vergeht,
Daß nicht das Mahnwort vor ihm steht
Der unerträglich gelben Schlange.

Charles Baudelaire

Ansichtskarte »Zlatni Piassatz bei Nacht«.

He Peer!
Bäuche, Busen und Pos wackeln hier in allen Größen durch die Gegend, aber wie immer gibt's auch dufte Typen.
Whysky-Bar auf dem Meer ist formidable, meine Stammbar.
Ist so ein ekliges Gefühl, voriges Jahr warst Du da, und nun rummele ich ganz allein von Dancing-Bar zu Dancing-Bar.
Ich ärgere mich, daß Du nicht da bist.
Schade, schade ich könnte Dich so schön ärgern, weil es nämlich ne ganze Menge Pony-Fans gibt.
Gestern bin ich aber so ganz ritsch, ratsch abgehauen, einfach weggerannt, weil es mir gereicht hat.
Bin schon doll braun.
Peer geht's mit uns abwärts? Pony-Po

He Tantchen!
Ich hoffe, Du bist in guter Laune. Hier macht das Leben (wieder mal) ganz doll Spaß. Schon nette Leute kennengelernt. Einen Gitarrenmenschen von einer Band, mit Bärtchen + so.
Wir lernen englische Songs zusammen.

Denke nicht, daß ich nicht an unser blödes Gespräch denke. Mutti + so. Ich glaube, wir sind uns zu ähnlich, Mutti und ich. Ich hab sie doch schon sehr gern. Ich merke das hier, weil sie nicht da ist.
Grüße an die anderen Menschen. Deine Pony

Eine Woche später, Georg und ich kommen bei 30 Grad im »Strandhotel« an. Maja und Pony erwarten uns in der Halle. Pony rennt uns strahlend entgegen: »Is ganz dufte hier!« Sie erzählt mir von einem Felsen, zu dem sie immer weit hinaus schwimmt, von der Tanzbar der Jugend auf dem Landungssteg, von ihrem Gitarren-Bulgaren, mit dem sie russisch und englisch spricht und der ihr vorwirft, sie liebe ihn nicht genug. »Wir haben's geschafft!« sage ich zu Georg, und seit langem habe ich zum erstenmal wieder das Gefühl, auch noch glücklich sein zu können.

13. August 1969

He Tante Lore!
Alte Tradition – Grüße auf Packpapier von Pony aus Bulgarien. Tante Lore, gestern hab ich richtig geweint – ganz ohne Flacks. Ich reiche mir nämlich langsam. Ich meine, daß ich manchmal so launisch + so egelhaft bin. Das geht nicht so weiter, ganz + gar nicht. Das ist unmöglich. Besonders in Bezug auf Mutti muß da einiges passieren. Und auch Tante Miezl. Bei Dir hab ich auch ein schlechtes Gewissen, erstens hab ich Dir die Rolle nicht vorgespielt, fiel mir schon in Ferdls Trabbi ein, als wir aus Berlin rauswaren, zweitens war ich überhaupt total doof. Ja, ich bin wohl im Moment egoistisch. Weinen nützt da natürlich nicht. Aber ich glaube, wenn ich in der Schule mal wieder etwas ranklotze, wird es besser werden. Jedenfalls möchte ich Dir hiermit kund tun, daß eine große Pony Metamorphe im Gange ist. Ulkig, was hat mich dazu wieder gebracht? Ein Junge. Aber einer, den ich eigentlich gar nicht kenne. Nun ja, Liebe oder so etwas ähnliches ist eben das Stärkste.
Ach je, bin ich eine blöde Kuh, natürlich hätten wir das zu Hause, als Du da warst in Ruhe besprechen können. Maja meint sie merkt schon was von meiner Wandlung. Hab ihr gerade gesagt, wenn ich mal wieder so richtig gräßlich bin, sofort eine Knallen. Du, ich hab Maja mächtig gern, fällt mir gerade ein. Nun ja, ist ja auch meine Schwester. Ich freue mich schon ganz ehrlich auf Mutti und Pappi. Heimweh hab ich ganz + gar nicht, aber irgendwie ein Sehnsuchtsgefühl nach Peer natürlich und

auch nach Oma Zachau und Tante Miezl. Aber nur ein kleines bißchen, Jungs gibt's hier wie Sand im Haar. Hab diesen netten aus der Band sehr gern, aber verlieben, nein. Oder so was passiert mir dann, wenn ich schon weit weg von ihm bin. Dieses [ein Wort durchgestrichen] Geküsse + so finde ich nemlich blöd, ich werde da auch immer kälter.
Ich hab große Angst, daß ich meine Metamorphe entkräfte. Aber ich glaub, ich schaff es schon. Bitte schreibe bald. Was hast Du Dir eigentlich von mir gedacht? Sicher, daß ich eine blöde Kuh bin in Bezug auf die Menschen. Wollte ja Psychologie studieren, aber ist alles egoistisch + so weiter + so weiter.
Übrigens will ich das eigentlich immer noch, aber ich mache das so als Hobby. Vielleicht gehe ich auch mal zur Abendschule. Bitte schreibe in Deinem nächsten Brief nicht ewig über solche ulkigen Pony-Probleme. Ich möchte auch mal was von Tante Lores Problemen wissen + und die gibt es doch bestimmt auch. z. B. der gesetzmäßig antagonistische Kampf zwischen Unternehmern und Angestellten. Oder über die Psychischen Hoch- und Tiefpunkte von Dir. Oder meinst Du ich wäre da nicht psychologisch genug.
Mein Mittagessen bestand gerade aus einem Pfund Äpfel, aber reife. Mein Magen ist schon so allerhand gewohnt + außerdem hab ich mich ja ein viertel Jahr ausschließlich von solchem Zeugs ernährt. Da wonnt der Pony Bauch so richtig. Außerdem bei der Hitze willst Du ja garnichts anderes. So ich wünsche Dir noch gute Laune und viel Vitalität. Geh mal mit Onkelchen aus. Du weißt Liebe und so und überhaupt ist very importent.
Viele Grüße von Deiner verschobenen,
sich aber wieder hinschiebenden Pony
Pappi und Mutti sind gerade angekommen, wie schön!

In Ihren Briefen öffnet sich Pony, aber wenn man mit ihr sprechen will, ist sie zugeknöpft. Wir dachten, wir treffen uns täglich mit den Kindern am Strand unter unserem Sonnenschirm. Pustekuchen! Maja saust per Wasserski mit irgendwelchen Norwegern über die Wellen, und Pony sieht man wenig. Manchmal setzt sie sich einige Minuten unter unseren Schirm, plötzlich aber ist sie weg, rennt Kilometer am Strand entlang, bis zur Steilküste, wo nur noch vereinzelte Naturliebhaber kampieren. Von gemütlichem Familienleben keine Rede.
Georg schlägt Pony vor, täglich um zwölf Uhr einen Aperitif auf dem Anlegesteg in der Bar zu nehmen. Die ersten Tage erscheint sie auch.

Hier hat man einen herrlichen Blick über den breiten Strand und die dahinter liegenden Berge, die Boote, die die Küstenorte verbinden, legen an, Menschen aller Nationen, gehen auf dem Seesteg hin und her, manche springen vom Geländer ins Meer, es gibt immer etwas zu sehen – aber nach einigen Tagen kommt Pony nur noch, wenn sie Lust hat.
Ein Kommilitone Majas, Mathias, läutet dauernd von Losenez an, will Maja sprechen, wir haben keine Ahnung, wo sie ist. Erst dadurch erfahren wir, daß das eine recht ernsthafte Sache zu sein scheint: Er will nach Varna kommen. Auch das noch! Indessen genießt Maja aber noch ihre Freiheit auf Wasserskiern. Ich bitte sie, Pony doch mal mitzunehmen.
»Sag ich ihr doch dauernd, sie sagt nur nein!«
»So ist Pony: Als Anhängsel zu fungieren, dazu ist sie zu stolz.«
Mathias telefoniert fast stündlich, ist sehr aufgeregt. Plötzlich, eines Abends ist er da. Netter Junge, groß, schlank, braune Locken von gepflegter Länge. Ich gehe mit ihm zum Campingplatz, der hinter dem Hügel unseres Hotels liegt. Es ist gegen elf Uhr abends, aber seine Brautgemahlin zieht es vor, die Restaurants oder Dancings an den Weinbergen abzuklappern. Pony liegt allein im Zelt.
»Na, Pony, schläfst du schon?«
»Hm!« grunzt sie vor sich hin.
»Wo ist Maja?«
»Hm!« macht sie wütend und legt sich auf die andere Seite. Mir ist nicht wohl bei dem Gedanken, daß sie so allein in dem kleinen Zelt liegt.
»Pony, du kannst auch bei uns schlafen.«
»Rrhm«, macht sie zornig. Ich lasse die Zelttür herunter. Am nächsten Morgen trifft sich jedenfalls ein Teil der Familie unterm Sonnenschirm. Maja und Mathias sind da, sie eröffnen uns, daß Mathias wieder in das Internationale Jugendlager nach Losenez zurück muß, und Maja soll mitkommen.
»Da müßt ihr Pony mitnehmen!«
»Wir haben schon mit ihr gesprochen, sie will nicht.«
»Aber du kannst doch Pony nicht allein lassen!«
»Wenn sie zu allem nur nein sagt: In drei Tagen bin ich ja wieder da.«
Mir gefällt das gar nicht. Maja macht mit ihrem Freund eine Hochzeitsreise dorthin, wo Pony im Vorjahr mit ihrem Freund war. Mathias wird akzeptiert, und ihren Freund Peer, den Pony schon viel länger kennt, versucht man ihr auszureden. Aber da ist nichts zu machen. Mathias scheint ohne Maja nicht lebens- oder ferienfähig zu sein. Es wird

beschlossen, daß beide noch ein paar Tage in Varna bleiben, und Maja nur drei Tage wegbleibt.
Schön ist es nicht, daß Maja nun immer mit ihrem festen Freund herumzieht und Pony allein ist. Am nächsten Tag erzählt mir Maja, daß Pony ihre Wolldecke verbummelt hat. Pony hatte keinen Schlafsack und nahm einfach unsere große Couchdecke aus flauschigem, reinwollenem Plüsch fürs Zelt. Wir fanden das ziemlich unpassend, haben aber nicht viel gesagt. Aber daß sie die nun auch noch mit zum Strand genommen und nach ihren kilometerlangen Spaziergängen dann nicht mehr gefunden hat, ist hart. Pony hat ein schlechtes Gewissen und nichts zum Zudecken. Das zweite Problem hat sie schnell gelöst, sie hat sich irgendwo eine alte Pferdedecke geklaut.
»Aber das kann sie doch nicht machen«, sage ich zu Maja.
»Und womit soll sie sich zudecken?« entgegnet sie.
»Pony ist furchtbar«, erklärt uns Maja am nächsten Tag. »Wenn wir sagen, sie soll abends mit uns mitgehen, sagt sie, sie geht zu den Leuten, die ihre Decke haben. Sie wüßte, wer das ist.«
»Weiß sie es denn?«
»Keinen Schimmer, sie spinnt!«
Wahrscheinlich leidet Pony sehr unter diesem Decken-Mißerfolgserlebnis, sie glaubt nun, alle denken, sie ist eben doch nicht ganz klar. Sie bekommt Angst, daß etwas in ihr ist, was sie nicht kontrollieren kann, denn irgendeine Erklärung ihrer Krankheit hat sie in all den Kliniken nie gehört.
»Ein Mensch ist keine Tür! Peng.«
Am Strand lese ich die Eigendiagnose des Dichters Michail Sostschenko, der sich von seiner Dauermelancholie selbst heilte, er schrieb in »Der Schlüssel zum Glück«:

Diese Kauzigkeit war besonders in den Bagatellen des Lebens sichtbar ...
Ich beging Dutzende seltsamer Handlungen. Sie schienen unsinnig und unlogisch. Aber es wohnte ihnen eine eigene eiserne Logik inne, die Logik eines Menschen, der die Begegnung mit den »Kranken Dingen« zu vermeiden wünscht. Einzig und allein in diesen Begegnungen war es möglich, die Krankheit zu entlarven!

Die »Kranken Dinge« – das Gefühl hab ich auch, daher rühren ihre Symptome. Wie bei einem Spießrutenlauf versucht Pony um die Spieße, die kranken Dinge herumzulaufen, aber sie stößt ständig an.

Maja fährt nun mit Mathias nach Losenez. Die beiden wollen Pony mitnehmen, aber sie bleibt bei ihrem strikten Nein.
Wir bitten Pony, in der Zeit bei uns zu schlafen. Georg will mit der Luftmatratze auf den Balkon ziehen, wo er Meeresluft, Brandung und Aussicht genießen kann, und gibt Pony sein Bett.
Sie kommt auch am ersten Abend mit ihrem Rucksack, will aber nicht mit uns zu Abend essen, sondern in die »Whisky-Bar« gehen, wo wir sie abholen sollen.
Wir sind mit Bekannten im »Schafstall« verabredet, brechen aber gegen elf Uhr auf und laufen zur Seebrücke, aber leider ist keine Pony zu sehen. Als wir nach Hause kommen, liegt sie schon im Bett, sie wollte nicht so lange bleiben, sie sei müde. »Morgen gehen wir alle zusammen hin«, sage ich zu ihr. Die Sache mit dem Gitarrenspieler scheint ihr keinen Spaß mehr zu machen.
Maja sagt: »Von dem Moment an, wo die ihr an die Figur gehen, rennt sie weg, und dann ist's aus.«
Am nächsten Tag macht Pony sich den ganzen Nachmittag schön, wäscht sich die Haare, dreht sie ein, schminkt sich die Augen meergrün und legt sich dann aufs Bett. Leider macht die Whisky-Bar immer erst um zehn Uhr abends auf. Als wir bei Dunkelheit losgehen wollen, sagt Pony plötzlich: »Ich komm nicht mit!«
»Aber Pony, du hast dich doch den ganzen Tag dafür zurechtgemacht.«
»Ich bin müde!«
Wir überreden sie, doch noch mitzukommen, und sie trottet über den feuchten Strand neben uns her und sagt keinen Ton. So laufen wir neben den dunklen Wellen, die an den Strand klatschen, bis zur Seebrücke, von der uns Beatmusik entgegentönt. Wir setzen uns an einen freien Tisch. Wir bestellen Ponys Drink, Wermut-Zitrone. Pony schaut abwesend ins Weite und sagt kein Wort. Die Situation wird unheimlich. Alles tanzt um uns herum, es sind nur Jugendliche hier, unser Mitkommen ist reichlich deplaziert. Plötzlich steht Pony auf, schlendert die Brücke entlang – und schon geht jemand hinter ihr her und fordert sie auf. Darauf tanzt sie jeden Tanz, meist mit diesem hübschen Jungen, aber auch mit anderen, und ward an unserem Tisch nicht mehr gesehen. Doch mir kommt ihr Benehmen komisch vor, denn sie beatet nicht mehr so ausgelassen rhythmisch wie früher, sondern sie tanzt eher wie ein Nymphe, die über das Wasser schwebt. Kein Mensch tanzt so wie sie, aber es findet auch niemand etwas dabei. Es sind angenehme Jugendliche hier, auch ihre Verehrer sind nette Burschen, aber nach einer knappen Stunde sagt Pony:

»Ich gehe jetzt!«
Unverständlich – bei dieser herrlich lauen Nacht auf dem Wasser, mit heißer Musik, in netter Gesellschaft, mit dem Blick auf den erleuchteten Goldstrand und den funkelnden Booten auf dem Meer. Aber vielleicht ist es gerade dieser Blick, die Schönheit dieser lauen Nacht, die sie an Peer erinnert. Hat sie nicht mit aller Kraft versucht, sich anderweitig zu amüsieren, da ihr ja alle sagten, Peer schade ihr nur? Merkt sie nun, daß sie es nicht schaffen kann, die »Kranken Dinge« zu umgehen?
Schweigend gehen wir zurück, Pony immer einige Schritte voraus.
Am nächsten Abend holt sie ihre Sachen aus unserem Zimmer und erklärt, sie wolle lieber im Zelt schlafen. Es ist uns unheimlich, sie so allein im Zelt zu lassen, aber wir können nichts tun.
Zwei Tage später ist Maja da, nun ist Pony nicht mehr allein auf dem Campingplatz. Am nächsten Morgen sagt uns Maja: »Pony ist schlimm, sie sagt, in der Nacht kommt Mutti immer heimlich ins Zelt und gibt ihr eine Spritze, damit sie so einen dicken Po kriegt wie sie.«
»Um Gottes willen!« sage ich. »Jetzt ist alles aus!«
»Reg dich nicht so auf«, fährt mich Georg an.
»Ich soll mich nicht aufregen, wenn Pony Halluzinationen hat?«
Nun ist es also nach alledem wirklich so weit gekommen.
Heimliche Spritzen? Wieviele heimliche oder nicht heimliche Spritzen hatte man ihr in ihren kleinen Podex gestochen – eine unheimliche war zumindest dabei – die vor dem Elektroschock.
In Ponys verwirrtem Zustand scheint sich das Spritzentrauma mit allerhand unheimlichen Vorstellungen zu vereinen.
Und wenn dann die schwarzen Stunden kommen, die Sonne zu heiß brennt, man überall glückliche Pärchen sieht (niemals so glücklich, wie sie es im Vorjahr hier war!), schnürt es ihr die Kehle zu, dann kommt der Moment, wo sie all das Erlebte nicht mehr ertragen kann, dann kommen aus unbekannten Tiefen ganz frühe und letzte Kränkungen hervor, die sich in Haß ausladen müssen, denn jemand muß doch schuld sein an diesem unerträglichen seelischen wie körperlichen Zustand. Dann entstehen irreale Vorstellungen und Handlungen – Symptome.
Und so rennt Pony zwischen Hunderttausenden von Menschen, die in der Sonne braten, in die Wellen stürmen, Pedalo fahren, Ferien vom Ich machen, am Strand entlang, und niemand bemerkt etwas. Aber ich habe sie mit ihrem schwebenden Gang vorbeieilen sehen: der Mund verbissen, die Augen ins Weite gerichtet. Das waren nicht ihre Augen, sie blickten nicht, sie starrten. Was können wir tun?

»Maja, kannst du nicht immer bei ihr bleiben?«
»Sie rennt doch immer weg!«
»An welcher Stelle liegt sie denn sonst?«
»Ach, an der schlimmsten Stelle des Strandes, wo man nicht einmal das Meer sieht. Dort, wo die Pedalos repariert werden, ein einziges Drahtgewirr, sieht aus wie 'ne surrealistische Landschaft. Dort liegt sie immer im Schatten hinter den Booten. In der Bucht, wo der kleine Weg zur Chaussee hochläuft. Diesen Weg ist sie im Vorjahr mit Peer hinaufgegangen.«
Als ob sie die »Kranken Dinge« mit den »Kranken Dingen« verbannen will! Ich laufe dorthin, finde sie nicht, sehe sie dann allein, wie sie unermüdlich mit Kopfsprung von einem kleinen Steg ins Wasser springt. Sie lächelt, als sie mich sieht, aber es ist nicht ihr Lächeln, es ist das Lächeln einer Heiligen. Ich bin froh, bei ihr zu sein, wir reden einige Worte, aber eine richtige Unterhaltung ist nicht möglich.
»Pappi will mit dir Aperitif trinken gehen.«
»Ja, ich komme.«
Sie kommt auch mit, geht mit Georg, aber sie ist weit, weit weg. Sucht sie noch immer zwischen all den vielen Menschen nach dem einen? Was wäre, wenn er jetzt käme und sagte: Pony, alles ist noch so wie im vorigen Jahr, alles andere war nur ein böser Traum?

Da ist Haß in mir

In dem Lied meines Zorns steckt ein Ei,
Und in diesem Ei sind meine Mutter, mein Vater und meine Kinder,
Und in all diesem sind Freude und Trauer vermischt und Leben,
Große Stürme, die mir zu Hilfe gekommen,
Schöne Sonne, die mir zuwidergestrebt,
Da ist Haß in mir, stark und von alters her,
Und was seine Schönheit anbetrifft, wird sich später erweisen.
Ich bin erst hart geworden in dünnen Schichten;
Wenn man wüßte, wie weich ich im Grunde geblieben bin.
Ich bin Gong und Watte und schneeiges Lied,
Ich sage es, und ich bin mir dessen bewußt.

Henri Michaux

Wir versuchen, so oft wie möglich in Ponys Nähe zu sein, aber da führt kein Weg hin, sie weicht uns aus. Wir suchen sie ständig am kilometerlangen Strand. Bekannte und Freunde erzählen uns: »Ja, wir haben eben Ihre Tochter am Wasser entlanglaufen sehen, mit der grünen Sonnenbrille und dem durchsichtigen Blouson ...«
Dieser Blouson ist eigentlich meine Schlafanzugjacke, aber was tut's. Sie finden ihr Aussehen interessant. Haben sie denn die erweiterten Pupillen nicht bemerkt?
»Wir haben leider große Sorgen mit ihr!«
»Wieso, kriegt sie 'n Kind?«
Es hat keinen Zweck, mit irgend jemandem darüber zu reden. Wie sollen sie es auch verstehen? Sie sind hier im Urlaub, wollen in der Sonne liegen und von Tragödien nichts wissen. Wie sehr brauchte Georg seinen Urlaub! Die ersten Tage schlief er nur und las die Literatur, zu der ihm neben der Arbeit kaum Zeit bleibt, jetzt findet er keine ruhige Minute mehr zum Schlafen. Wir sind in ständiger Sorge. Pony läuft über die Chaussee, ohne sich umzuschauen, ich habe Angst, daß sie überfahren wird, aber Maja meint, ich solle mir keine Sorgen machen, wenn sie sich auch nicht umsieht, sie spüre es, ob ein Auto komme oder nicht.

Wie hat Pony noch vor einer Woche in dem Brief an Tante Lore geschrieben, den wir damals natürlich nicht kannten? »Ich hab große Angst, daß ich meine Metamorphe entkräfte. Aber ich glaub, ich schaff es schon!«
Sie hat es nicht geschafft, sie kommt gegen die »Kranken Dinge«, die sich ständig zu vermehren scheinen, nicht an.
Eines Nachmittags, als wir uns zu einer kleinen Siesta niedergelegt haben, kommt Pony, entsetzte Blicke um sich werfend, zu uns herein und sprudelt los: »Jetzt werd ich euch mal was sagen, was ihr seid: Ihr seid die Allerallerschlechtesten. Ihr seid überhaupt nicht meine Eltern, weil es so was Schlechtes gar nicht gibt, ihr wißt ja gar nicht, was Liebe ist!«
Auf einmal spricht sie unter Lachen, wie sie es bei Frau Gelling gelernt hat, und schlägt sich dabei auf die Stirn wie in der Eliza-Rolle.
»Ich werd mich doch nicht prügeln lassen, macht euch da mal keine Sorgen. Was seid ihr denn schon?« Sie lacht wieder auf. »Ihr werdet mich nicht demütigen, ihr alle nicht, weil ihr gar nicht meine Eltern seid!«
Wir zucken in unseren Betten zusammen und verfolgen mit ratlosem Entsetzen diesen turbulenten Haßausbruch. Niemand hat uns gesagt, daß es solche feindlichen Einstellungen gegen die Eltern gibt, daß es einen Kränkungszwang gibt, und wir wissen natürlich nicht, was man darauf antworten soll.
So sage ich nur etwas ganz Banales: »Das sind Tagträume!« Und Georg fährt sie erregt an: »Das imponiert mir überhaupt nicht!«
So blödsinnig unsere Entgegnungen auch sind, Pony wird plötzlich ruhiger, sie wirkt befreit, daß sie ihre Last auf uns abgewälzt hat.
Ich denke: Sie weiß gar nichts. Warum habe ich ihr nie von unserem Leben und von unserer Liebe erzählt? Eine dramatische Geschichte, Ponys Backen hätten geglüht. Ich werde Pony und Maja eines Abends mal wieder in mein Bett nehmen, wie früher, als sie klein waren, und ihnen erzählen, in welchen Situationen Pappi und Mutti waren – daß der eine für den anderen sein Leben riskiert hat. Warum habe ich ihnen eigentlich nie davon erzählt? Zuerst waren sie zu klein, und dann war plötzlich der Zeitpunkt überschritten. Und jetzt? Hat Pony nicht recht? Doch ich finde keinen Anknüpfungspunkt mehr, ich will die Kinder nicht mit unseren Problemen belasten, ihren Vater schlechtmachen, mich selbst verteidigen. Was soll ich sagen? Alles geht nicht.
Doch was sagen die Ärzte: Das »Broken home« fehlt nie.

Also hat sie recht? Sind wir nicht schuld an all ihren Qualen? Und warum immer wieder: Wir sind nicht ihre Eltern?
Da erinnere ich mich an eine Begebenheit, und ähnliche gab es öfter: Als die Kinder noch klein waren, ging ich mit ihnen einkaufen. In der Drogerie trafen wir Oma Zachau. Daneben steht ein Kind mit seiner Mutter, das fragt, auf Maja weisend:
»Ist das das Kind von der schwarzen Dame?«
»Ja, natürlich«, antwortet die Mutter.
»Und das andere Kind?« fragt die Kleine, auf Pony weisend.
»Ach, das ist das Enkelkind von der alten Oma!«
Pony hatte damals blonde Zöpfe und sah wirklich niemandem von uns ähnlich. Mit ihren knallroten Pausbacken sah sie wie ein Bauernmädel aus. Erst jetzt, wo das Gesicht so durchsichtig geworden ist, die breite Stupsnase sich verfeinert hat und die Haare messingfarben nachgedunkelt sind, fängt sie an, mir ähnlich zu sehen, aber das Gerede der anderen: »Das ist doch nicht deine Mutter«, blieb vielleicht irgendwo haften.
Und mit elf Jahren schreibt Pony: »Pappi sagt immer, daß wir, wenn wir etwas haben, zu ihm kommen sollen, aber wann? Ich finde das schräcklich!«
Auch ich hätte mir mehr Zeit für die Kinder nehmen müssen, ihre Lebenseindrücke mehr überwachen müssen, keinesfalls hätte ich sie mit ihren ersten Liebesregungen allein lassen dürfen. Und doch habe ich das Gefühl, daß es nicht nur Haß ist... So wie man sich nicht über einen ungetreuen Liebhaber aufregt, wenn er einem gleichgültig ist, so führt der Elternhaß nicht zur Neurose, wenn man die Eltern nicht eigentlich liebt und sich in seiner Liebe oder Verehrung betrogen weiß.
Maja hatte als Kleinkind öfter gesagt: »Ich heirate meinen Pappi!« Und herausfordernd hatte Pony darauf geantwortet: »Dann heirate ich eben Tante Miezl!« Den Wunschtraum, Pappi ganz allein für sich zu haben, mußte sie früh verdrängen, denn da war Maja. Pappi ging oft abends an Majas Bettchen und tuschelte mit ihr: »Unser Geheimnis ist, daß wir beide uns am liebsten haben.« Das hatte Pony nicht gehört, aber Wolkenkinder brauchen nicht zu hören – sie wissen.
Die Konkurrenz war zu groß, da war die Schwester Maja, da war die Mutter, die ja mit Pappi verheiratet ist, und da war Omi Hella, die eifersüchtig über alles wachte, was ihr etwas von der Liebe ihres Sohnes nehmen könnte.
Erst später habe ich darüber nachgedacht. Immer wenn die Kinder in

Omi Hellas Zimmer kamen, das gegenüber den ihrigen lag, so sahen sie zwischen Blumenväschen, Cremetöpfchen und all dem unaufgeräumten Kram ein riesiges Foto im Lederrahmen auf der Kommode: Herzog! Der Vorname dieses so überlegen lächelnden Mannes, der Georg so ähnlich war, wurde nie genannt, und doch wußten sie, daß es Pappis wirklicher Vater war, was aber nach außen nicht erwähnt wurde. Über Familiengeschichte wurde überhaupt nicht viel erzählt, es kam nicht dazu, man sprach über Aktuelles. Außer mit Omi Hella, die haben die Kinder gern ausgefragt. Omi Hella hat in ihrem Leben nur für zwei Männer gelebt, für Herzog – und nach dem Bruch mit diesem, für ihren Sohn Georg. So erzählte sie immer nur von Herzog, aber nicht von einem Freund, Mann oder Partner, nein, von einem fremden, fernen Idol, dem sie einfach blind gehorchen mußte. Ein Jahr nach ihrer Heirat hatte sie Herzog kennengelernt, und bei Georgs Geburt mußte sie ihrem Ehemann schwören, daß es sein eigener Sohn ist. In den späteren Jahren entwickelten sich aber die Beziehungen so, daß ihr Gatte stolz war, wenn Herzog, ein sehr angesehener Mann, in ihre bescheidene Wohnung zum Mittagessen kam. Alle Reisen machte Omi mit Herzog, während ihr Sohn Georg mit seiner Großmama verreiste, später mit den Pfadfindern. Omi erzählte den Kindern öfter solche Lebensweisheiten wie: »Zwanzig Jahre lang war ich mit Herzog befreundet, länger kann eine Frau einen Mann nicht halten«, oder: »Ein Mann kann nicht nur mit einer Frau im Leben auskommen, aber eine Frau liebt nur einmal«, oder: »Herzog hat nie geheiratet, das hätte ich ihm auch nie verziehen!«
Georg hatte als Kind bald herausbekommen, wer sein wirklicher Vater war: der große, hagere Mann mit der Adlernase, den er an Wochenenden in seiner gelben Villa am Wannsee besuchte, um dann abends in seine Hinterhofwohnung, in der jetzt seine geschiedene Mutter mit ihm allein lebte, zurückzukommen. Sicherlich auch ein Grund für Georg, sich frühzeitig zu revolutionären Ideen hingezogen zu fühlen, zu einem Fanatiker der Gerechtigkeit zu werden, woran übrigens Herzog auch nicht so ganz unschuldig war mit der Literatur, die er ihm gab; Tucholsky, Kästner, Brecht, Kisch, Hesse.
Auch seine Kinder erzog Georg in diesem fortschrittlichen Geist, erwähnte manchmal, daß gerade das Los der Frauen, ihre bedingungslose Abhängigkeit vom Mann, ihn zum Sozialismus gebracht hätte. Aber Kinder nehmen nicht alles hin, sie grübeln: Wie stand es denn mit der Gleichberechtigung in der Ehe ihrer Eltern?
Ja, Mutti war nicht an Heim und Herd genagelt, Pappi hätte eine

nichtberufstätige Frau nicht geduldet, sie war auch unabhängig in ihren Entscheidungen, aber irgendwo spukte da noch das für Georg als Kind so unerreichbare Idol Herzog herum, ein erfolgreicher Selfmademan, dem alle Frauen zu Füßen lagen, der den anderen seinen Lebensrhythmus aufzwang.

Und warum ist Mutti so, wie sie ist? hat sie sich wohl öfter gefragt. Ja, habe ich nicht auch vieles mit den Kindern falsch gemacht? Warum habe ich mich fast nie um ihre Schularbeiten gekümmert? Sicher, meist kam ich spät nach Haus, aber nicht immer. Nein, ich war stolz, daß sie es, ohne zu fragen, ganz allein geschafft haben, glaubte, es wäre besser für ihre Selbständigkeit. Viele der heutigen Fächer hatte ich in meiner Schulzeit nicht, doch in Sprachen habe ich oft geholfen. Aber was sich genau in der Schule abspielte, wußte ich eigentlich nicht.

Der Grund war nicht nur, daß ich spät nach Hause kam – ich konnte einfach nicht abschalten. Das war zu der Zeit, als die Kinder klein waren, da wir mit dem Haß auf das Verflossene glaubten, wir müßten alles neu erfinden, wenn wir's nicht machen, macht's keiner, es fehlte am Nötigsten, was uns allerdings wenig schreckte, es gab viele Rückschläge, das führte zu Unstimmigkeiten ...

Vielleicht hat Pony gemerkt, wenn ich abends an ihr Kinderbettchen ging und mit ihr schäkerte, daß ich weit weg war. Wie sagte sie doch während ihres letzten Krankenhausaufenthaltes: »Ich muß so oft daran denken, wie Mutti, wenn wir abends allein waren, beim Essen zum Fenster hinausgeguckt hat.«

Aber warum jetzt der Haß: »Du bist nicht meine Mutter!«

Hatte Pony als Kleinkind vielleicht einen unmäßigen Liebesanspruch, den sie sich aber nie anmerken ließ? Und brechen die unvermeidlichen frühen Eifersuchtsgefühle, wenn sie später nicht behoben werden, in der Neurose aus? Vielleicht hat Pony auch gemeint, daß sie kein Kind der Liebe sein könnte und daß deshalb, wie man es im alten Aberglauben findet, ein Fluch auf ihr laste und auch ihre Liebe keine vollkommene sein könne? Sie sagte auch einmal, daß Peer so sei wie Pappi, also sah sie wohl in ihrer eigenen Liebe eine Art zwanghafte Wiederholung.

Aber warum gebe ich Pony in der Nacht eine Spritze, damit sie dick wird? Die Spritzen in der Klinik müssen zu einem Trauma für Pony geworden sein! Die »Kranken Dinge«! Aber warum überträgt sie ihre ohnmächtige Wut dagegen auf die Mutter?

Nach jahrelangem Suchen, um Pony zu verstehen, finde ich in dem Buch »La Révolte contre le père« von Gérard Mendel folgendes:

Die Vorstellung, die in Freuds Werk zu kurz kommt, ist die der »schlechten Mutter«, in den Märchen tritt sie in der Figur der bösen Stiefmutter zutage. Verdrängt kommt sie symbolisch zurück, entweder in der Form des »Todestriebes«, da die Mutter gleichfalls die Inkarnation des Todes und des Lebens ist, oder in der Gestalt der »grausamen Natur«, von der die »unbestimmbaren und bedrohlichen Gefahren« kommen.

Die Spritze scheint bei Pony zum Kastrationssymbol bei ihr (Liebesverlust durch erzwungene Korpulenz) geworden zu sein. Wie oft stießen die Analytiker bei den Neurosen junger Mädchen, in denen der Mutterhaß zutage trat, auf den weiblichen Kastrationskomplex. Bei Freud wird er nach meinem Dafürhalten an manchen Stellen fälschlicherweise als Penisneid bezeichnet. Dieser Neid bezieht sich aber nur auf den Geschlechtsakt selbst, denn während die Frau, um zur vollen Befriedigung zu kommen, meist Umwege gehen muß, läuft beim Manne alles wie von selbst ab. Pony empfindet also ihre eigenen Geschlechtsorgane, wie fast alle sehr jungen Mädchen, als eine Fehlkonstruktion, welche ihr den Liebesgenuß entziehen wollen und ihr den Komplex der eigenen Unfähigkeit geben. Dafür scheint Pony, wie so oft bei den Pubertätsneurosen festgestellt, die Mutter, die dann mit der »Mutter Natur« gleichgesetzt wird, verantwortlich zu machen.
Nach dem makabren Ausbruch bekommen wir Pony kaum mehr zu Gesicht. Wenn doch, weicht sie uns aus und rennt den Strand entlang. Georg will mich beruhigen: Er wäre auf dem Campingplatz gewesen, Pony sitze dort vor ihrem Zelt und spiele mit einem großen Käfer, den sie in einer Schachtel habe, der Käfer heiße Pit...
»Was?« rufe ich. »Ich soll mich beruhigen? Pony ist siebzehn Jahre alt und spielt mit einem Käfer? Und der Käfer heißt Pit, also die englische Abwandlung von Peer?«
»Ja, natürlich, du hast recht, aber sie ist ganz ruhig dabei.«
Georg legt sich unter den Sonnenschirm und will sein dickes Buch aufnehmen, aufgebracht reiße ich es ihm aus der Hand und schreie ihn an: »Hör jetzt endlich auf, die Luxemburg zu lesen, damit können wir unser Kind nicht retten. Lies jetzt das!« Und ich werfe ihm die »Tiefenpsychologie« von Freud hin.
»Das habe ich doch schon früher gelesen!«
»Ja, als du achtzehn warst und kein krankes Kind hattest. Wir dürfen jetzt keine Minute verlieren!«
Zögernd nimmt er mein Buch auf und beginnt drin zu blättern. Er liest,

er findet es verständlich, aber das Umsetzen in die jeweilige Situation ist ihm nicht gegeben ...
Nach Erkundigungen bekommen wir heraus, daß der gepflegte Herr, der mit seinem bildhübschen »Neffen« in unserem Hotel wohnt, ein Psychiater aus Wien ist. Na bittschön, vielleicht hat er dann sogar mehr Einfühlungsvermögen. Wir rufen ihn an, er kommt auch sofort auf unser Zimmer und hört sich unsere Sorgen mit Pony an, doch dann unterbricht er und fragt: »Aber warum sagt Ihre Tochter: ›Ihr seid nicht meine Eltern?‹ Sie werden wohl immer Ärger mit ihr haben!«
Also auch von ihm keinerlei Erklärung, sondern Abstempelung, obwohl er die Patientin nie gesehen hat.
Natürlich haben wir keine Ahnung, daß Pony an diesem Tage drei Ansichtskarten an Peer schreibt. Auf der einen hockt ein Pärchen am einsamen Strand und blickt auf das Meer. Auf der Rückseite steht:

Peer, ich hab dich ganz doll lieb! Pony

Auf der zweiten Karte steht:

Das liebste Wesen, was mich zur Zeit umgibt, ist Pit, ein kleiner, lustiger Käfer. Ich hab ihm ein Terrarium gebaut, mit Spiegelbadewanne (Puderdosendeckel) + lauter duftenden Blumen. Erst hat er irre lange geschlafen, + jetzt flitzt er durch die Gegend. Schade, leider hab ich für ihn noch keine Partnerin gefunden, ohne Liebe kann man nicht leben. Viele 0000000 Pony

Und auf der dritten Karte steht:

He Du! Ich bin schon wiedermal dran mir dieses verfluchte Leben zu nehmen. Mir reicht es nämlich – alles! Wenn Du nicht wärst – Himmel-Herrgott – ich wär schon ne verquallte Wasserleiche! Pony
Na sowas, ist das ne dakadente Karte. Macht nischt! Budjet![6] Du ich hab ein bißchen Angst, ein bißchen große Angst um Dich. Mach nicht so irre Sachen! Denk an Dein Nervensystem in Budapest. Mit mir geht es gerade ganz schön durch. Kopfschmerzen + so.
à bientôt Pony
Meine lieben Eltern wollten mit mir nach Losenez fahren, aber ich sage nein!

Ich gehe nun früh und abends zum Campingplatz. Manchmal sehe ich Pony in dem Campingrestaurant als Frühstück einen Mastika trinken

und eine Zigarette dazu rauchen. Aber es ist unmöglich, ihr Vorschriften zu machen. Manchmal freut sie sich, wenn sie mich sieht, dann weicht sie wieder aus. Sie bleibt verschlossen und spricht mit niemandem mehr. Georg fragt sie, ob sie mit ihm zurückfliegen wolle. Sie ist empört: »Wir werden doch nicht von den schönen Wellen und dem schönen Strand weggehen!«
Der verabredete Tag der Heimreise mit Ferdl, der die beiden, von Losenez kommend, wieder abholen soll, rückt heran. Ich habe Angst, ob Pony mitfahren wird, aber Maja sagt: »Was denkst du, Pony freut sich doch schon so auf zu Hause!«
Als wir zur verabredeten Zeit zum Campingplatz gehen, sehen wir Maja in verbissener Wut das Zelt einreißen und packen, während Pony nichts anfaßt. Maja ermahnt sie in gutwilligem und auch scharfem Ton, Pony tut, als ob sie das alles nichts anginge. Auf einmal kommt sie auf mich zu: »Ich hab mit dir zu reden!« Ich bin wie erlöst und sage: »Ja, Ponylein, das will ich ja auch die ganze Zeit!«
»Du bist der schlechteste Mensch, den es gibt, du hast mir alles verdorben, wie kann man bloß so schlecht sein!«
Mir zieht sich die Kehle zusammen, ich kann nichts sagen. Pony rennt weg und versteckt sich im Gebüsch hinter einer alten Bretterbude.
Da kommt Ferdls Wagen. Ich erkläre ihm die Situation und frage ihn, ob wir ihm die Mitfahrt unter den Umständen zumuten können.
»Es gibt Schlimmeres«, sagt Ferdl lächelnd, »und: versprochen ist versprochen.« Pony ruft er zu: »So, Pony, ab geht's, alles einsteigen!« Und Pony kommt an, begrüßt die Mitfahrer freundlich, als ob nichts gewesen wäre, und folgt Ferdl aufs Wort.
Alles wird aufgeladen, Maja und Pony steigen ein, und ab geht die Post unter den Klängen serbokroatischer Lieder.
Pony ist nicht mehr allein, sie wird abgelenkt. Vor fremden Menschen, zu denen sie Vertrauen hat wie zu Ferdl, nimmt sie sich mit aller Kraft zusammen, spielt die Nonchalante, die nichts berühren kann. Soweit geht alles gut, nur in Budapest beim Geschäftebummel auf der Vaci Utca, ist sie plötzlich weg. Sucht sie Peer? Hatte sie sich hier nicht mit ihm verabredet? Oder vermengte sich dieser nie erfüllte Wunsch mit den Erinnerungen an diese Stadt, als sie noch ein halbes Kind war und als niemand auf den Gedanken kam, sie für verrückt zu halten? Mit ihrem Budapest vor drei Jahren?

Schwalbenzug

Beim Welken der Rosen beginnt deine Reise,
Bis zur Wiederkehr in der Frühlingszeit,
Getreu dem Ruf einer uralten Weise:
Des freien Lebens und der Geborgenheit.

Sully Prudhomme

Berlin–Budapest–Berlin. 4. 7. 67, Pannoniaexpreß

Ich fahre, sitze, esse, lese, gucke aus dem Fenster, seh einen Jungen an, der mir gegenüber sitzt, aber anscheinend lahm ist, gehe auf's Kloh, laß meine Haare am Fenster vom Wind wegfegen und freue mich auf Budapest mit schrecklicher Neugierde.
Was für Abenteuer werde ich wohl noch in Budapest erleben? Jedenfalls auf der Reise ging es bis jetzt schon drunter und drüber.
Schließlich kam jemand in unser Abteil und sagte: »Alle aussteigen!« Ich dachte, »nanü«!
Wir, das heißt zwei doofe Jungs und ich fanden auch gleich leere Abteile 1. Klasse. Erst später erfuhr einer von den Jungen, daß unser Wagen abgekoppelt wird und nach Wien fährt. Das wär ja was gewesen, wenn ich allein gesessen hätte, wenn ich mir das so vorstelle ich wäre in Wien gelandet.
Na jedenfalls mußten wir dort raus. Aber wohin? Ich war schon schrecklich müde, bald zehn Uhr abends. Nun suchte ich und fand zwei Ausländer, die zwei Jungs sind zu meinem Schrecken auch schon wieder hier.
Die Ausländer scheinen sehr nett zu sein. Mit Ausländern habe ich eigentlich schlechte Erfahrung. »Schlechte« ist vielleicht das falsche Wort, aber ich habe schon zwei angebliche Ausländer, einen Griechen und einen Franzosen auf sehr ordinäre Weise kennengelernt. Den Franzosen erst kürzlich, oh je, wenn ich an die Unterführung bei Karlshorst denke!! Da wurde mir wirklich himmelangst. Oder im Auto

beim Griechen!!! Monika war damals auch dabei. Auf jeden Fall war es ein Fehler. Z. Zt. liege ich gerade allein im Abteil.
Da kommt doch eben ein Kontrolleur und sieht sich meine Fahrkarte an. Nun sollte da irgendetwas nicht ganz stimmen, und ich sollte noch 15,60 nachbezahlen. Das wollte ich aber nicht einsehen, und nun ging das immer hin und her. Er sprach nur drei Worte deutsch. Also, da ich vorerst nicht bezahlte, steckte er alle drei Karten in ein dickes Buch ein. Ich dachte, er wollte das erledigen, wenn er den Zug bis zum Ende kontrolliert hatte. Ich wartete also. Aber es kam kein Schaffner. Nach ungefähr einer Stunde machte ich mich selbst auf den Weg und wäre dabei beinahe vom Zug abgehangen worden, ich sprang auf den fahrenden Zug zu meinem Schaffner. Der wußte plötzlich von nichts. Ich versuchte alles, um meine Rückfahrkarte zurückzubekommen, aber es half nichts.

Pony steht mit ihrem Gepäck auf dem Budapester Bahnsteig und heult wegen der verlorengegangenen Fahrkarte. Ihre Budapester Austauschfamilie, Bekannte von Georg, kennt sie noch nicht, sie kennt überhaupt keinen Menschen in dieser Stadt. Plötzlich wird sie umarmt und geküßt, Kupecs haben sie nach dem Foto erkannt. Sie trösten sie und versuchen mit dem Schaffner auf ungarisch zu reden.

Auch die Familie Kupec konnte mir dabei nicht helfen. Dieser verfluchte Schaffner! Ob er das mit Absicht gemacht hat? Jetzt aber zu der Familie. So etwas von reizend habe ich noch nicht erlebt. Sie tanzen richtig alle um mich herum, damit ich mich auch ja wohlfühle. Leider ist das Deutsch der Eltern von Ildiko und von ihr selbst sehr wenig. Die Urgroßmutter spricht glaube ich noch österreichischen Dialekt.
Ich habe jetzt zwar erst einen kleinen Teil von Budapest gesehen, aber was ich sah, war überwältigend, einfach unerhört schön. Berlin hat zwar auch noch sehr schöne Gebäude, da es aber im Kriege verbombt wurde, verliert sich der Zusammenhang, und es entsteht ein Durcheinander von alt und neu. Aber in Budapest paßt alles noch so schön zusammen. Am stärksten beeindruckt mich die Elisabethbrücke, der Blick von dort auf die Donau und das auf dem Bergland liegende Buda. Die Stadt lohnt sich wirklich für die weite Reise und die verschwendeten 40 M. So was von Idiot – dieser Schaffner!!!

6. Juli 1967

Ich komme gerade von der Kirche zurück. Ich war das erste mal bei einer Hochzeit. Die Braut war wirklich sehr schön. Ich bewundere an den Christen ihren Glauben und ihre Hochzeitskleider. Es muß doch wunderschön sein, zu glauben, daß man sich im Himmel wiedersieht. – Idealismus!

Der Glaube erleichtert vieles, man kann doch immer sagen, »Das wollte Gott so!«

Wie bequem und einfach. Ich glaube an die Wissenschaft. An das nicht-damit-Abfinden, sondern an das Forschen und Beweisen. – Meine Güte, was für Geheimnisse die Welt wohl heute noch vor den Menschen geheim hält.

Ich erinnere mich an ein Gespräch mit Monika und Karsten über das Weltall. Alle drei waren wir sehr interessiert, wie es wohl entstanden ist, was hinter allem kommt? Wir konnten uns keine Antwort geben, die Wissenschaftler vermögen das heute auch noch nicht. Wann? Irgendwann muß die Welt doch untergehen. Und ich glaube, daß dann der Entstehungsprozeß von vorne anfängt. Ob bis dorthin die Menschheit alle Geheimnisse kennt? Wer weiß es heute ... niemand. Ach wäre ich doch 1000 Jahre später geboren. Na dann könnte ich ja Geschichte lernen. Übrigens war Geschichte einer meiner Lieblingsfächer in der 8. Klasse.

Budapest 7. Juli 67

Es war ein schöner interessanter Tag. Am Vormittag sind wir baden gegangen Ildiko und ich. Sie ist 12 Jahre alt. Alt ist gut, jung etwas zu jung. Aber sehr nett. Außerdem sind hier noch drei kleine Kätzchen, die machen mir großen Spaß.

Das Freibad hat drei große Becken, doch man sah vor lauter Menschen nicht das Wasser. Wie die Heringe badeten die Leute, baden das heißt hier sitzen und sich waschen. In dem warmen Wasserbecken war mir das zu eklig. In Kolonien saßen dort Menschen in allen Altersgruppen.

Dann fuhren wir mit Ildikos Eltern auf die Magareteninsel, eigentlich ein großer Park in der Donau. Auf einem Terassenkaffee aßen wir Eis, daneben sprudelte ein hoher Springbrunnen in die Luft.

Über die Margaretenbrücke fahren wir zu einer einmalig schönen Kirche. Vor 5000 Jahren ist sie entstanden. Von unbekannter vortrefflicher Meisterhand geschaffen. Ach, man kann sich an ihr einfach ergötzen. Die Basilika in Moskau und diese Kirche sind bis jetzt die

schönsten, die ich gesehen habe. Diese Farben und das Muster der Fenster! Das Dach, das bunt gekachelt ist, paßt sehr gut zu dem anderen Teil der Kirche. Ohne diese Zusammenstellung gesehen zu haben, hätte ich geglaubt, daß sie nicht geht.
Übrigens ist mein Interesse für Kunst ins besondere Malerei in den letzten 2 Jahren sehr gestiegen. Meine Werke, die ich in der Schule, »seitens meiner Begabung« getätigt habe, mußte ich klauen, denn Frau Wieganz wollte sie verkaufen!
Meine Angst vor dem Heimweh ist vergessen. Ich hatte nämlich kein Heimweh, sondern Angst davor. Ich bin glücklich!!

Budapest 9. Juli 67

Ich habe Budapest bei Nacht gesehen! Und das kam so: Gestern bin ich nämlich in die Oper gegangen. Ich mußte »leiden«, einige Stellen waren aber auch ganz gut. Es war eine Freilichtbühne, und deswegen konnte ich auch einen Stern beobachten. Vielleicht war es gar kein Stern. Er wanderte nämlich ganz langsam am Himmel bis er hinter einem großen Baum meinen Augen entschwand.
Als ich da nun zwischen hunderten Menschen saß, konnte ich etwas an mir entdecken. Ich wünschte mich nämlich ganz allein. Ich schloß die Augen, träumte ich flöge zu meinem Stern. Ich bildete mir das ganz doll ein, wie ich über Bäume flog, über Wolken zu meinem Stern. Und für eine Sekunde dachte ich, es müßte doch gehen, wenn man sich das ganz doll einbildet. – Aber das Gelächter der Menschen brachte mich wieder auf die Erde zurück.
Nach dem klassischen Ballett, daß ich sah, träumte ich, ich würde auf einem großen Baum tanzen. Dahin fliegen wie ein Fogel. Ach, wäre das schön!
Ich muß feststellen, daß ich romantisch veranlagt bin. Vielleicht bringt das so das Alter mit. Ich glaube jedes Mädchen träumt, wie sie auf irgenteine romantische Weise ihren Freund kennenlernt. Ich auch! Ich weiß aber ganz genau, daß eine Freundschaft meistens oder sogar immer ganz alltäglich, unromantisch geschlossen wird.
Ich bin mal mit Monika auf das Thema gekommen, wie sie wohl ihren Mann kennenlernen wird. Ich stelle mir das so vor, erzählte ich ihr: »Auf einer Versammlung kommt es zu einer schweren Diskussion zwischen einem jungen Mann und mir, die aber vom Präsidium aus aus irgent einem Grund abgebrochen wird. In der Pause diskutieren wir weiter. Er will mir als Beweis für sein Argument zu Hause etwas zeigen.

Wir verabreden uns, werden miteinander bekannt. Der Streit ist vergessen...« Ich glaube so eine Begegnung hat keinen Hang zu den Ufa-Klamotten, wie: »Ich hasse Dich!« und im nächsten Moment küssen sie sich.
Ich bin jetzt 15 Jahre. Mit 15 hatte Maja schon Andy. Ich habe noch keinen Freund. Ich wäre froh, wenn ein netter Junge ungefähr mit 17 Jahren kommen würde. Aber eigentlich hat das auch noch Zeit.
Jedenfalls habe ich nach der Begegnung mit Dietz auf unserem 1. Klassenfest alle Männer gehaßt. Meine Güte, habe ich mich vor Frau Scholz und meinen Klassenkameraden geschämt. So etwas unvernünftiges von mir!
In Berlin wollte Anita mit mir tanzen gehen! Ich wollte nicht. Ich konnte mir den Grund auch nicht erklären. Ich fühlte so etwas. Am nächsten Tag, nach dem Zusammentreffen mit dem Franzosen, wußte ich, was es war. Angst, daß etwas durch meine Unerfahrenheit passieren kann! Nur Monika weiß etwas von dem Franzosen.
An einem Sonnabend, als ich vom Reiten kam, pöbelten mich ungefähr 6 mal Jungs an; da bin ich richtig zusammengezuckt. Einer hat sogar gesagt: »Komm mal her, ich muß Dir ein Wort sagen!« Ich habe ihn ganz ernst mit Widerwillen angesehen.
Überall lauert das Böse.
Anita habe ich erzählt, daß ich mich einmal abends im Dunkeln vor unserem Haus direkt auf die Kreuzung gelegt habe, und wie dann ein Motorrad mit zwei Jungs angehalten hat, weil sie dachten, mir ist etwas zugestoßen, und wie sie erstaunt waren, daß ich mich nur so hingelegt hatte. So etwas traue ich mir – ja. –
In Weimar habe ich Rad schlagen auf der Straße gemacht, ich weiß noch wie sich Rainer und Michael darüber gewundert haben. Eine Zeit lang in der 8. hatte mich Rainer richtig als Freundin. Ich hatte einmal zu ihm gesagt, daß er der einzige in der Klasse ist (natürlich außer Monika) mit dem ich mich richtig unterhalten kann. Er schrieb mir in den Ferien Briefe. Auf dem ersten Klassenfest hat er mich beim Brüderschaftstrinken auf den Mund geküßt. Aber plötzlich wurde er immer blöder. Er sagte mir ins Gesicht: »So intelligent bist Du garnicht!« Und so ungefähr »Ich bin ja schlauer, trotzdem Du die Beste bist!« Von Tag zu Tag wurde er selbst eingenommener. Ich hielt es nicht mehr aus. Ich saß doch direkt hinter ihm, so sagte ich zu Sabine: »Ach Rainer der olle Esel, Idiot, ist doch doof.« usw. Ich nannte das Schläge.
Auf dem zweiten Klassenfest sagte er: »Mit Pony tanze ich nicht!« Da

die anderen aber sehr schlecht tanzten, überwand er sich und forderte mich auf. Und als ich in Weimar mit Michael die Blutstraße zum Mahnmal ging, war er sehr eifersüchtig.
Dieser Michael, verehrt hat er mich schon von der ersten Klasse an. Wenn damals auch oft »verkloppt« und später schlecht von mir gesprochen.
Jetzt wird die Klasse aufgelöst. Ich bin sehr froh darüber. Übrigens freue ich mich schon auf die 9. Klasse! Wer kann das verstehen, ich nur schlecht. Ich bin sehr neugierig, was für Klassenkameraden wir bekommen.
Ach, wie hatte ich doch angefangen:
Ich habe Budapest bei Nacht gesehen! Ja, es war schön! Aber nicht schöner als am Tag. Durch die vielen Lichter konnte man die Umrisse der Berge von Buda erkennen. In der Donau spiegelten sich die Lichter vom Ufer. Es sah aus, als ob die Strahlen auf den Grund trafen.

Budapest 11. Juli 67

Ich war krank. Ich hatte mal wieder meine berühmte Reisekrankheit, mir war schlecht. Ich kann mich an keine Reise erinnern, wo mir nicht schlecht war. Wahrscheinlich macht sich bei mir die Luftveränderung im Bauch bemerkbar. Mir war jedenfalls gestern grauenhaft zumute.

Ballaton 12. Juli 67

Ich sitze auf einer Bank am Plattensee. Er ist wirklich wie eine Platte! Man kann kilometerweit hineingehen. Ich schreib schon so erfahren, dabei war ich noch nie drin, weil ich meine Tage habe. Mir ist jetzt nicht mehr schlecht.
Gerade komme ich von der Halbinsel wieder, wir haben uns die Abteikirche angesehen. Sie ist schrecklich alt. Man spürte richtig in ihr den Duft der Älte. Und wie schön sie innen war! Ich sah in ihr das erste mal die bildliche Gestalt von Gott. Wir hatten von der Terasse einen wundervollen Blick auf den Plattensee. Ich beobachtete den Sonnenuntergang. Erst war die Sonnenbrücke ganz golden. Es war auch noch an den Bergen das Spiegelbild der Sonne als ein goldenes Feld zu erkennen. Jetzt wird die Sonne immer tiefer und tiefer. Die Sonnenbrücke wird immer kürzer und hat eine weinrote Farbe. Auch der Fleck in dem sich die Sonne spiegelte ist verschwunden. Dafür bekommt sie einen dunkelroten Streifen. Wie geheimnisvoll sie hinter den Bergen verschwindet. Jetzt hat sich der dunkelrote Streifen auf dem noch sichtbaren Teil der

Sonne ausgebreitet. Die Wolken werden dunkelrot von dem roten Ball angestrahlt. Je . . .tzt ist sie verschwunden, Wolken und See haben nun die gleiche Farbe. Man kann keinen Horizont erkennen.

13. Juli Balaton

Ein schöner Tag, voll Sonne und Wasser, Wärme und Kahnfahren. Ich wollte mal wieder ganz allein sein, fand aber keinen Fleck, wo es nicht nach Menschen roch. Alle suchten die Romantik, fanden sie aber nicht, weil sie sich gegenseitig störten.
Ich habe mich heute vormittag deshalb allein in einen Kahn begeben und bin weit gerudert, und viel ins Wasser gesprungen. Dabei wurde ich mit einem netten Mädchen bekannt, sie ist schon 20, wir sprachen russisch, spielten Tischtennis und Federball.

Balaton 14. Juli

Heute morgen war ich als erste im Wasser! Um viertel sechs bin ich aufgestanden. Es war sehr sehr schön. Die Sonne ist gerade aufgegangen. Der See war ganz ruhig. Ich bin ganz langsam der Sonne entgegen bis ins Tiefe gegangen.
Aber der heutige Abend war das Schönste von dem ganzen Tag! Ich fand die Romantik. Übrigens träume ich jetzt sehr viel. Das liegt vielleicht auch dran, daß ich ziemlich allein bin. Ildiko gefällt mir in der letzten Zeit garnicht. Sie ist einfach zu jung. Und Großmama viel zu alt. Aber ich bin ja schon wieder abgeschweift.
Also die Romantik fand ich, indem ich meinen Plan ausführte. Um ¾ 8 Uhr schnappte ich mir die Ruder und fuhr mit meinem Kahn »Serany« auf den Balaton. Die Sonne war gerade untergegangen, so hob sich über dem anderen Ufer ein dunkelroter Wolkenstreifen vom übrigen blauen Himmel ab. Ich ruderte und ruderte. »Serany« flog übers Wasser. Jetzt war es genug, ich hielt inne, um das Heranbrechen der Nacht zu beobachten. Der Mond guckte schon durch die Wolken. Langsam blitzten an beiden Ufern Lichter auf. Es wurde nun merklich dunkler. Ich legte mich auf ein Sitzbrett des Bootes. Der Himmel über mir, wie unendlich weit, wie unsagbar schön. Da ein heller Stern, dicht beim Mond. Vielleicht war es mein Stern. Nein, denn sonst gab es noch keinen am Himmel. Jetzt, dort noch einer, zwei, drei, fünf, neun . . .
Bald konnte ich sie nicht mehr zählen. »Die Nacht kommt!«, dachte ich. Schnell noch ein Bad. – Es war wunderbar! Natürlich ohne! Diese Stimmung rings um mich, und wieviele Lichter blitzten. Ich war ganz

allein!!! Fast bedauerte ich das, weil ich diesen wunderschönen Abend gern noch mit jemandem geteilt hätte. Am Ufer ist er nur halb so schön. Ich summte ein Lied, von weitem vernahm ich Stimmen. Es war ein sehr schöner Abend, auf jeden Fall der Schönste, den ich bis jetzt in Ungarn verbracht habe.

Balaton 15. 7. 67

Ich freue mich schon so sehr!
Vielleicht – und dieses Wort muß ich leider betonen – besuchen mich heute Pappi und Mutti!
Ildiko fragte mich heute, warum ich so traurig bin. Ich stutzte und sagte, daß es nicht wahr ist. Aber gestern, als ich einen Film im Fernsehen gesehen hab, fiel mir auf, daß ich sehr schnell weinen kann. Vielleicht ist das schon ein bischen Heimweh. Außerdem habe ich auch kein richtiges Buch zu lesen. Ich lese plötzlich so gern. – Heute muß ich nämlich im Schatten sitzen, weil meine Haut kocht.
Gestern war ich einkaufen. Ich beobachtete das Straßenleben, die Menschen. Es gibt sehr verschiedene. Viele saßen im Kaffee mit Badeanzug. (Wenn ich da an das Kirgisische Sanatorium denke) Es gibt sehr viel sehr komische Typen. Die meisten Deutschen sind Sachsen. Fast immer sind sie Schlumpfe. Überhaupt das Schlimmste, was man sein kann, ist ein Schlumpf. – Es war ein reges Treiben auf den Straßen. Auch die Häuser gefallen mir, haben nicht diesen langweiligen modernen Stil. Ich merke jetzt so richtig, daß wir am Issy-Kuhl am Ende der Welt waren.
Hoffentlich kommen sie! Hoffentlich!!!

Sie sind gekommen! Wie schön!
Sie sahen alle beide so komisch weiß gegen mich aus. Wir sind zusammen baden gegangen. Mutti sagte: »Es ist immer noch so niedrig, daß ich kein Pi-pi machen kann.« Ich esse gerade Honigbrot von Tante Mietzl gebacken! Ein Genuß. Pappi hat mir ein Buch und Leopillen gegeben. Jetzt bin ich wieder richtig fröhlich. Es war doch ein bischen Heimweh.
Mutti hat mich gefragt, ob ich Heimweh habe, da hab ich gesagt: »Ach, wo!«
Maja will nicht mehr mit Pappi und Mutti verreisen, sie reist mit ihren Klassenfreunden, sie hat kein Heimweh.

Budapest 17. Juli 1967

Seit gestern bin ich wieder in der Großstadt. Pappi und Mutti sind weiter nach Jugoslawien gefahren. Morgen kommt Maja. Ich freue mich schon auf sie.

Heute Vormittag bin ich alleine baden gegangen. Ins Gellert-Bad, da waren sogar große Wellen und eine Menschenmenge, man bekam Stöße von vorn und von hinten. Aber es machte großen Spaß. Trotzdem ich mit allen Kräften bekämpfte, daß meine Haare, gestern gewaschen, nicht naß wurden, waren sie klitschnaß als ich herauskam. Mit mir kam ein junger Mann heraus, der mich im Wasser angelacht hatte. Er konnte ein bischen Deutsch.

Als er für kurze Zeit wegging, setzte sich ein anderer mit Kofferradio mit wenig Abstand zu mir. Als der erste wiederkam setzte er sich genau zwischen mich und den zweiten, trotzdem auf der anderen Seite von mir noch sehr viel Platz war! Was es so alles für kleine Regeln gibt. Als wir dann wieder baden gingen, faßte er mich kurz um die Taille! Ich wich ihm im Wasser immer aus. Ich machte ihm klar, daß ich nach Hause gehen muß. Er hat sogar schon Stoppeln, muß schon ganz schön alt sein. Er kam mit mir heraus. Wir verabredeten uns vor dem Umkleideraum. Ich mährte ziemlich lange, da mein Kleid ganz zerknittert war, versuchte ich es durch Ziehen und Zerren etwas zu ebnen. Es ging aber nicht. Als ich heraustrat, sah ich ihn nicht. Ich war – was für mich nicht typisch ist, aber gut, – entschlossen: Ich ging! Ich weiß nicht warum, wahrscheinlich hatte ich Angst, daß er ähnliche Absichten wie der Franzose hatte. Außerdem fühle ich mich beschämt beim Gespräch mit einem fremden Mann. Für jede Geste, jedes Lächeln finde ich dann eine zweite Bedeutung.

Bin ich allein, so möchte ich gern eine Begegnung mit einem netten Jüngling. Und wenn dann einer kommt, dann hab ich Schiß. Vielleicht war es falsch, daß ich gegangen bin, vielleicht bin ich aber auch einer großen Gefahr entgangen.

Ein kleines Zigeunermädchen bettelte mich auf dem Heimweg an. Mit zerzausten Haaren, schmutzigem Gesicht, schrecklich zerfetzten vor Dreck stehenden Lumpen, murmelte sie irgend etwas vor sich hin. Ihre schwarzen Augen blitzten. Sie griff nach meinem Arm, ihre schmutzigen Hände und Fingernägel wollten garnicht von mir abkommen. Ich ging. Sie blieb zurück, denn mir war klar, daß sie nicht aus Hunger und schrecklicher Armut bettelte.

In der Großstadt Budapest Bettler! Wie sich das anhört. In Berlin gibt es so etwas nicht!

Budapest 19. Juli

Ich lerne hier nicht nur Budapest kennen, sondern auch einen Teil von Ungarn. Wir sind zu einem uralten Dorf gefahren. Auf dem Weg dorthin sah ich Alt-Budapest mit seinen zerfallenen, grauen Häusern und Gassen. Manche Hinterhöfe sind sagenhaft. Ich sah Zigeuner neben sehr modern gekleideten Menschen aus einem Brunnen Wasser schöpfen. Eine schmale Straße führte uns, über die Felder des Berglandes von Buda, zu unserem Ziel.

Da waren uralte Trümmer von Gebäuden, die zu Roms Zeiten entstanden sind. Was diese uralten Steine schon alles erlebt haben müssen.

Budapest 20. Juli

Heute habe ich einen neuen Teil Budapest's kennengelernt. Eine wunderschöne Allee führte uns zum Szezzenyi-Bad. Die Allee war so schön, weil seine Häuser alle in demselben Stil gebaut waren, aber jedes doch andere Reize hatte. Ich glaube es war der Gotische. Wir kamen auf einen wunderschönen Platz. Leider konnte ich nicht herausbekommen, wie er heißt. Er war so groß und eigenartig, daß ich nicht wußte, wo ich zuerst hinsehen sollte. Ich stand erst regungslos da und guckte. Ich war ganz durcheinander von den vielen für mich neuen Schönheiten.

Budapest 21. Juli

Nach langem telefonieren, organisieren, erklären usw. ist es mir gelungen, daß ich jetzt zu Maja fahre. Sie wohnt mit Britta und Markus in einer Jugendherberge. Wir machten mit dem Autobus eine Stadtrundfahrt, so erfuhr ich, daß mein Lieblingsplatz »Heldenplatz« heißt.

Trotzdem Maja mir die Rückfahrt zu mir genau beschrieben hat, verfuhr ich mich egal. (Sie sagte es mir nämlich nicht richtig.) Plötzlich stand ich nach langem Herumirren irgendwo in Budapest ohne auch nur einen Pfiller Geld. Außerdem war ich in einer so restlos verlassenen Gegend, daß ich nicht hoffen konnte, einen deutschsprachigen Menschen anzutreffen. Es war gegen neun Uhr abends. Was sollte geschehen? Ich wußte es wirklich nicht.

Vielleicht lief ich immer im Kreis.

Und da wie ein matter Schein aus dem verlassenen Dunkel ragte plötzlich die Statue des Gellertberges hervor. Die Rettung! Sie schien zum Greifen nahe, ich wußte aber, daß das Trick ist. Wieder ging ich den romantischen Weg an der Donau entlang, aber ich glaube die Schönheit des Ufers sah ich gar nicht. Ich war sehr nervös, weil ich um

8 Uhr schon zu Hause sein sollte. Plötzlich sah ich die Freiheitsbrücke. (Mein Herz stieg wieder aus der Hosentasche empor.) Das letzte Stück bin ich dann noch mit der 61 kostenlos gefahren.
Am nächsten Tag bin ich mit Maja einkaufen gegangen. Es war egal furchtbar. Man ist sich nie sicher, ob es noch was besseres gibt, weil es hier so viele kleine Privatgeschäfte gibt. Man rennt und rennt.
Am Abend sind wir in den Jugendpark tanzen gegangen. Erst trug eine Beatgruppe ein Konzert vor. Es gefiel mir aber nicht so sehr, weil sie furchbar in Extase geraten sind, das Lied darunter aber sehr leiden mußte. Sie schrien und brüllten bis sie ganz rote Köpfe hatten. Den ersten Tanz tanzte ich mit Markus. Später tanzte ich nach sehr starker Musik mit dem schüchternen Bruder von Schuschi. Diesen Tanz, den dort alle egal tanzten, konnte ich natürlich garnicht. Gleich nach diesem Tanz mußte ich aber gehen. Der Jugendpark ist eine große Terasse, die auf einem Hügel von Buda liegt. Man hat von ihr einen schönen Blick auf die Donau. Hand in Hand ging ich mit Schuschis Bruder nun an der Donau entlang. Die Sprache trennte uns aber meilenweit, denn er konnte außer ungarisch nur französisch. Wie gesagt er war sehr schüchtern, wenn ich auch ein fast unmerkliches Gefühl für ihn hatte, jedesmal, wenn er mit seiner Hand nach der meinen griff.

Budapest 28. Juli

Gestern war ein herrlicher Tag. Wir fuhren mit einem ziemlich großen Dampfer, auf dem ich dauernd neue Sitzplätze erfand, bis wir zum Schluß im Rettungsboot landeten, nach Viscegrad. Als wir dann ankamen, suchten wir einen Weg zu dem uralten Schloß auf dem Berggipfel. Wir nahmen gleich den ersten besten, merkten aber bald, daß es gar kein Weg sondern ein Bachbett war. Der Bach mußte sich immer an der Burgmauer entlang geschlängelt haben. Wir trafen nämlich egal auf ein zerfallenes Mauerwerk, und unser Weg war steil. Britta hatte einen engen Rock und Sandalen an. Ich zog Majas Badehose an. Leider mußte ich mit meinen Wunden bald barfuß gehen. Jetzt wurde das Bachbett etwas breiter und somit auch glatter. Ich grabschte deshalb öfter nach Grasbüscheln zum Festhalten, die ich dann aber auch manchmal in der Hand hielt. Es war lebensgefährlich! Ich finde, es war schlimmer als unser kirgisischer Abgang. Wir waren vollkommen unausgerüstet, schließlich hatte jeder noch eine schwere Tasche bei sich. Dreimal dachte ich, jetzt stürze ich in die Tiefe! Wie oft mußte ich mich auf morsche Zweige verlassen, und der Zeh schmerzte. Trotzdem war es

ein Riesenabenteuer. Wir picknikten auf einem Felsen von dem wir eine schrecklich schöne Aussicht auf Donau und Berge hatten. Manchmal kam ich mir wie ein Schauspieler in einem kitschigen Abenteuerfilm vor, der sich schnaufend auf der Flucht befindet. Der Schweiß stürzte aus allen Poren und vermischte sich mit Staub wie Eierpampe. Am Schienbein und an zwei Zehen blutete ich, und ewig ging es an der zerfallenen Mauer entlang, mal über sie, mal unter sie, und die Sonne knallte erbarmungslos auf uns. Man fühlte aber seine Schwäche und seine Schmerzen nicht mehr, man dachte immer nur, weiter, weiter! Wer hier nicht schwindelfrei war, stürzte in den Tod.
Wie die Landstreicher kamen wir endlich zu der Burg, und dort waren auch wieder forneme Leute, die mit unserem Aussehen garnicht zufrieden waren, aber das störte uns wenig. Auf der Burg muß es einmal sehr romantisch gewesen sein, jetzt störten die vielen Leute. Mit 12 Jahren wäre es für mich ein Traumland zum Versteck spielen gewesen. – Jetzt spürten wir unsere Müdigkeit, tranken eine Brause und gingen dann einen bequemeren Weg herunter.

Budapest 30. Juli 67

Die letzte Nacht heute in Budapest! Ich weiß nicht, ob ich weinen oder lachen soll!

Panoniaexpreß 31. Juli

Ich fahre nach Hause. Es war ein sehr komisches Abschiedsgefühl von Budapest, ich kann es nicht recht beschreiben, was ich empfand als der Zug abfuhr. Eins war klar von Budapest hatte ich jetzt die Nase voll, und doch zog mich kein Heimweh nach Haus. Das liegt bestimmt daran, daß niemand zu Hause ist. Ja nach Prag wollte ich trampen, wie Maja. Und dann überkam mich eine Gefühlswelle, die glaube ich für Mädchen in meinem Alter sehr typisch ist und trotzdem schwer beschrieben werden kann. Es zog mich nämlich zu einer männlichen Person, keiner bestimmten. Am liebsten hätte ich geheult! Ja ich war schwermütig. Aber das gab sich bald!
Schon Dresden! Immer näher und näher zu unserem Haus. Auch ich glaube die Sehnsucht zu Pappi und Mutti und vielleicht sogar auch Maja, ist zu Hause noch schlimmer als an einer Urlaubsstätte. Das erkläre ich mir so, der einzige Trost der Sehnsucht im Urlaub ist das Erlebnis, das Abenteuer! Zu Hause aber ist es langweilig. Ja man beneidet die Entfernten um ihre Erlebnisse.

Aber ich war ja fast einen ganzen Monat in Budapest. Wieder ein Stück tiefer in die Welt gesehen. Ich habe furchtbar viel gelernt, mehr als in gleicher Zeit in der Schule, und ich glaube ich bin auch ein ganzes Stück selbständiger geworden. Ade, mein Tagebuch, ich schließ dich jetzt ab!

Und nun war Pony wieder in Budapest, irrte durch die Straßen, allein, zur Donau hinuter, über die Elisabethbrücke ... Hatte sie sich nun mit Peer hier verabredet oder nicht? Auf jeden Fall kommt er auf seiner Reise durch Budapest. Vielleicht gerade heute, vielleicht treffen wir uns hier am Donaukai: »Wenn man es sich doll einbildet, müßte es doch möglich sein!« Pony läuft und läuft, aber nur Massen von hastenden Menschen kommen ihr entgegen, da trottet sie wieder zur Vaci Utca zurück und trifft auf dem Weg Maja. Die führt sie zurück zum Wagen, und weiter geht's, nach Hause, nach Hause.

Müßige Jugend – du

O, daß sie kämen die Zeiten,
In denen die Herzen sich weiten!

Laß ab, sagt' ich zu mir,
Brauchst niemanden mehr sehen,
Und um kein Versprechen mehr
Zu höheren Freuden flehen.

Wie hatt' ich viel Geduld
An all den trägen Tagen,
Hab Angst, Schmach und Schuld
Dem Himmel angetragen.

Nur der Durst so krank
Im jungen Blute rang.

Gleichwie die saft'ge Wiesen,
Um des Vergessens willen
Aus Unkraut und aus Blüten
Läßt Weihrauchdüfte quillen.

Wo sich summend wiegen
Hundert schmutz'ge Fliegen.

Müßige Jugend – du,
Ganz umsonst hingegeben.
Aus Feingefühl
Verschenkte ich mein Leben.

Arthur Rimbaud

Pony wollte nach Hause, wollte die wiedersehen, die sie so lange vermißt hatte: Peer, Monika, Tante Miezl.
Aber da war niemand. Verlassen irrte Pony durch das Elternhaus. »Der einzige Trost gegen die Sehnsucht im Urlaub ist das Abenteuer. Zu

Hause ist es langweilig, man beneidet die Entfernten um ihre Erlebnisse«, hatte Pony in ihrem Budapester Tagebuch geschrieben.
So ist es auch jetzt.
Ein schwüler Sommertag nach dem anderen rinnt in Stille vorbei, kein Geräusch außer einigen Vogelstimmen, und von ferne das Bellen eines Hundes. Warum klingelt es nicht? Nicht am Gartentor, nicht das Telefon? Drückend ein Tag wie der andere, ohne Freunde, ohne Gespräch, ohne Vertrauen, ohne Freude, ohne Tat!
Georg und ich kommen aus Bulgarien zurück. Pony betrachtet mich nicht mehr als Feind wie in Varna, aber es ist unmöglich, mit ihr zu sprechen. Sie zieht sich in ihr Schneckenhaus zurück.
Es wäre auch zu einfach, wenn man das sich in höchster Gefahr befindende Kind nur zu umarmen brauchte und ihm sagen könnte: »Komm in mein Bett, wir sprechen uns einmal richtig aus!« So wie damals nachts am Plattensee sucht Pony das Alleinsein. »Überall roch es nach Mensch!« schrieb sie. Auch jetzt sondert sie sich bis zum Autismus von anderen Menschen ab. Dabei braucht sie nichts nötiger als die Menschen.
Sie schleicht durch die Räume, kramt hier und da, weiß nichts mit sich anzufangen, verzieht sich in ihr Zimmer, schließt sich ein und malt ihr drittes Ölbild, das mit den Puppenwagen. *(Siehe Farbtafel IX)*
Es scheint, daß die Malende sich zurücksehnt nach der heiteren Geborgenheit ihrer Kindertage, als sie mit ihrer Schwester zusammen im Garten spielte und die in Eiform gebogene Trauerweide die beiden Puppen- oder Kinderwagen von der Außenwelt abschirmte. Aber da dringen drohende Rieseninsekten in das Idyll ein: »Und wild umschwärmt von hundert schmutz'gen Fliegen ...« Das eine Püppchen scheint ruhig im Wagen zu schlafen (Maja), und das andere Püppchen mit dem Ballettschuh (also sie selbst) möchte wohl gerne tanzen, aber ein Zelluloidbeinchen hängt nur noch an einem Gummiband mit seinem Körper zusammen.
Später schenkt Pony dieses Bild Maja, die es in Leipzig in ihre Mansarde hängt.
Doch jetzt ist das kleine Zimmer neben Pony leer, Maja ist Studentin und wohnt nicht mehr hier. Anfang der Woche werden Tante Miezl und Georg, der schon wieder fort mußte, zurückkommen, dann ist es nicht mehr so still im Haus.
Tag für Tag strahlt eine linde Augustsonne, ich wasche Wäsche, da ich eine Dienstreise vorbereite, Pony weiß das. Als ich die getrocknete

Wäsche abnehmen will, fehlt mein eben gekauftes Nachthemd. Ich suche es überall, da kommt Pony in dem hellblauen, langen Nachthemd aus ihrem Zimmer, statt der am Hals zu bindenden Schleife hat sie sich einen Ausschnitt hineingeschnitten und eine Spitzenrüsche darumgenäht.

Mir platzt der Kragen: »Warum nimmst du mein Hemd?«

Pony lächelt nur und gibt keine Antwort. Ich bin am Ende. Wie soll das weitergehen, hilft denn hier keiner? Ich setze mich hin, die Hände vorm Gesicht, und kann mich nicht mehr beherrschen, ich heule.

»Ja, jetzt weinst du!« sagte Pony gelassen.

Teilt sie weiter »Schläge« aus? Wie damals ihrem Schulkameraden? Was braucht Mutti zu verreisen? Was braucht sie ein schönes Nachthemd? Ich bin jung und schön, und niemand sieht es. Also nehme ich ihr das Nachthemd weg! »Ich nenne das Schläge«, hatte sie damals geschrieben.

Meine Freundin Alice aus Berlin ist da. Wir sitzen zusammen im Garten. Ich bin sehr unruhig, ich bitte sie, nach Pony zu schauen.

Pony hat sich die Haare gewaschen, Lockenwickel darin, die Augenlider grün geschminkt und das blaue Nachthemd an. »Na, Ponychen, willst du nicht zu uns herunter Kaffee trinken kommen?« begrüßt sie Tante Alice.

»Nein. Ich warte hier auf meinen Freund!«

Als ich das erfahre, sage ich mir: Es geht nicht länger so, ich muß Frau Meyrink anläuten. Aber wie soll ich das machen? Ich kann nicht Peer herkommandieren, wenn ich ihn brauche. Und wenn nicht, soll er sich zum Teufel scheren. Ich weiß, daß Frau Meyrink sowieso dagegen ist. Dieses verflixte Telefongespräch mit Georg.

Ich halte es nicht mehr aus, ich rufe an.

»Ja, Peer ist gestern nach Budapest abgefahren!«

Gestern! Etwas Schlimmeres konnte ich im Moment nicht erfahren. Wie soll ich Pony noch drei Wochen hinhalten? Was soll ich ihr jetzt sagen?

Meine Dienstreise habe ich abgesagt, obwohl ich das Geld dringend, vor allem für Pony, gebraucht hätte. Seitdem ist sie netter zu mir.

Ich gehe in ihr Zimmer. Sie räumt auf.

»Pony, ich hab eben mit Frau Meyrink gesprochen, Peer ist noch nicht zurück – du mußt dich noch ein paar Tage gedulden!«

Pony schaut mich nur erstaunt an.

Der Tanz der Wolkenkinder

Unvergleichliche Blume, wiedergefundene Tulpe,
sinnbetörende Dahlie – ist es nicht das, nicht wahr –
in diesen schönen Gefilden, die
so still und verträumt sind, dort
solltest Du leben und blühen?

Würdest Du nicht umrahmt sein von Gleichen, und
könntest Du dich nicht spiegeln, um zu sprechen,
wie die Mythischen, mit Deinem eigenen Spiegelbild?

Träume, immer nur Träume!
Und je ehrgeiziger und heikler die Seele,
um so mehr entfernen sie sich von der Wirklichkeit!

Jeder Mensch trägt in sich seine Dosis von natürlichem
Opium, es andauernd ausscheidend und wieder erneuernd,
von der Geburt bis zum Tode; wie viele Stunden zählen wir,
die von Genuß erfüllt sind,
durch gelungene entschlossene Taten verursacht?

Werden wir niemals leben, werden wir niemals
in diesem Gemälde wandeln, das mein Geist gemalt hat,
dem Gemälde, das Dir so ähnelt?

Charles Baudelaire

Peer wird nicht kommen, nicht in einer Stunde, nicht morgen und nicht in einer Woche. Umsonst die Lockenwickel, umsonst der grüne Lidschatten, umsonst das zerschnittene Nachthemd. Pony zieht sich in ihr Zimmer zurück, sie gibt keine Antwort. Plötzlich ruft sie durch die Tür:
»Mutti, was heißt eigentlich ›danke‹ auf italienisch?«
»Grazie!«
»Ach, ja, ›grazie‹!«
Nach einer Weile, es ist noch früh am Morgen, kommt sie in mein Zimmer, kramt in meinen Schubladen, zieht den türkis-golddurchwirk-

Ich hab grad so dolle Lust zu tanzen

ten, reinseidenen Sari heraus, für den Georg einmal sein ganzes Taschengeld in Delhi ausgegeben hat.
»Kann ich ihn mal haben, ich hab grad so dolle Lust zu tanzen?«
Obwohl ich Angst um den Sari habe, gebe ich ihn ihr, da ich das Gefühl habe, es ist wichtiger, daß Pony ihn in diesem Moment trägt, als daß ich ihn fein gebügelt in der Schublade aufhebe.
Dann geht sie an meine Schmuckvase, fragt mich, ob sie meine farbigen Ketten haben darf, um sie sich um die Knöchel zu wickeln. Zögernd gebe ich ihr die italienischen Ketten aus rosagoldenen Glasperlen: »Aber paß auf, daß sie nicht kaputtgehen!«
Pony beißt sich auf die Lippen. »Das hast du mir doch schon einmal genauso gesagt!« fährt sie mich vorwurfsvoll an.
Ich kann mich nicht erinnern. Aber vielleicht schien es ihr in dem Moment, als sie mir diese Frage stellte, daß sie meine Antwort schon im voraus kannte. Pony scheint selbst verwirrt zu sein, daß sie all das schon einmal erlebt zu haben glaubt; deshalb der vorwurfsvolle Ton mir gegenüber. Und ich bin schuld, daß wieder etwas ohne ihre Kontrolle in ihr vorgeht.
Pony wickelt sich den indischen Sari über den nackten Körper, bindet sich die Ketten um die Knöchel, nimmt ihr Micky-Radio, geht hinunter und stellt es auf den Rasen. Irgendeine Musik spielt, es kommt ihr gar nicht darauf an, welche – sie tanzt.
Es ist ein Schweben über die sonnenbefleckte Rasenfläche, die sich von den dunklen Tannen abhebt. Wie ein Kometenschweif weht der über die eine Schulter geworfene Sari in Blauviolett und Türkis hinter ihr her. Bald breitet sie die Arme aus, als ob sie die ganze Welt umarmen möchte, bald fällt sie in sich zusammen, bald richtet sie die Hände flehend gen Himmel.
Jetzt spreizt sie die Finger wie eine vielarmige indische Göttin – sie ist nicht mehr in diesem einsamen grünen Garten mit den hohen Kiefern. Mit ihrem Sari und ihren indischen Ohrgehängen tanzt sie sich in ihr künstliches Paradies – den meerumschäumten Strand des Indischen Ozeans – umrahmt von Gleichen.
Der ewige Korso der schönen, gutherzigen Menschen mit nußbraunem, olivfarbigem oder blauschwarzem Teint zieht an ihr vorüber. Die Frauen tragen die golddurchwebten Seidensaris von Blutorange über Rosé bis zum tiefen Violett, alle sind mit Perlen, langen Goldgehängen und Juwelen geschmückt. Jede eine Königin von Saba. Um sie herum die Bettelkinder mit den bittenden Kohleaugen, eines trägt eine Blume

im Haar, ein anderes eine zerfetzte Silberlamébluse unter dem Lumpenumhang, lachend laufend sie zu ihren verkrüppelten Bettelschwestern und spielen mit ihnen.
Wie schön und stolz die Männer mit ihren Turbanen in den malerischsten Farben daherschreiten und ihrem Tanz zuschauen! Eine sandfarbene, klapprige Kuh schleicht über die Meeresavenue, die Autos stoppen, sie schaut einmal dumm auf Tänzerin und Strand herüber – und trottet weiter.
All die vielen Menschen, die vorbeikommen, zeigen ihre Künste. Einer läßt sein Äffchen tanzen, ein anderer balanciert eine drei Meter hohe Stange, auf deren Spitze sich sein winziges Baby krampfhaft angeklammert hält. Jeder tut das, was ihm in den Sinn kommt, keiner wundert sich über den anderen. Das Leben ist ein Jahrmarkt.
Wie mit einem Knipser eingeschaltet, ist der Horizont plötzlich, und nur für einige Minuten, in ein tiefes Indischgelb getaucht, der Schein strahlt zurück auf die weißen Häuser mit den blumenumrankten Dachterrassen, die Wolkenkratzer und Elendshütten daneben aus Laub, Stroh und Blech; alles, der Strand, das Meer, die Palmen, die Menschen sind auf einmal indischgelb angestrahlt wie auf einer Bühne. Da kommen auch schon die Lumpenjungs, auf deren Bauchladen mit Nüssen ein kleines Röstfeuerchen brennt. Sie laufen, ihre Ware anpreisend, an denen vorbei, die sich ihr Zeitungsnachtlager an der Kaimauer herrichten oder sich ihre schnurgeflochtene Bettpritsche aufstellen.
Ein ausgezehrter Mann, mit herben, edlen Zügen unter dem meergrünen Turban, legt sich darauf zur Ruhe. Hat er jemals ein anderes Zuhause gehabt? Morgen früh wird der Barbier vorbeikommen und ihm seinen schwarzen Schnurrbart kunstvoll stutzen, dann wird er sich in seinen grauen Lumpen und dem leuchtenden Turban im Buddhasitz auf seine Pritsche setzen und sich mit der Miene eines Maharadschas rasieren lassen. Wen kümmert es? Wer lacht ihn aus? Wer bringt ihn hinter Gitter? Jeder ist mit sich selbst beschäftigt.
Vielleicht wird morgen aber auch der Barbier an ihm vorbeigehen, da ist nichts mehr zu verdienen. Jetzt blinzelt er noch in seinen letzten Sonnenuntergang und schaut auf die Silhouette des tanzenden Mädchens, das den Sari wie vorzeiten umgewunden hat, so daß bei verschiedenen Bewegungen unter dem seitlichen Schulterschal eine Elfenbeinbrust aufleuchtet. Dunkler und dunkler wird das Indischgelb. In seinem nächsten Lächeln schläft er hinüber – ins Nirwana ...
Knips! – macht mein Fotoapparat. Ich bin vom Balkon in den Garten

hinuntergegangen, um das Bild besser einfangen zu können. Pony hat es gehört, erwacht aus ihrem Traumtanz und bricht sofort ab.
Die Nachbarhäuser sind leer, ihre Bewohner zur Arbeit, niemand hat Pony tanzen sehen. Nichts erinnert mehr an diese Vision außer einigen bunten Glaskugeln, die verstreut auf dem Rasen liegen . . .

Das ozeanische Gefühl

Wahr ist's, ich weinte zuviel! Jede Morgendämmerung ist
schmerzlich. Jeder Mond ist grausam, jede Sonne schwer.
Ätzende Liebe hat mich aufgebläht zu berauschender Starrheit.
O, daß mein Kiel bräche! O, verginge ich im Meer!

Arthur Rimbaud

Die Ferien gehen dem Ende zu, und nichts passiert. Je schöner die milden Spätsommertage mit dem wolkenlosen Himmel, je kräftiger die Rosen in dieser Abgeschiedenheit des Gartens blühen, desto schlimmer nagt die Langeweile an den ziellos dahinfließenden Stunden.

Pony kramt unablässig in ihren Sachen, nach Peer fragt sie nicht. Ich weiß nicht, was ich ihr sagen, wie ich sie beschäftigen soll.

Bei Tisch verweigert sie das Essen. Gegen Abend holt sie sich oft ein Brot, ißt es aber nicht in der Küche, sondern zieht damit wie eine Katze in eine Ecke des Kohlenkellers, wo sie sich nahe am Ofen auf ein Brett setzt. Hier ist es dunkel und warm, hier stört sie keiner. Manchmal spuckt sie das Brot auch wieder aus. Auch kommt sie oft an dieses Plätzchen, um hier genüßlich und ganz allein eine Zigarette zu rauchen. Uns wird es unheimlich.

Georg kommt eines Samstags zum Mittagessen und bringt den ersten dicken gelbgrünen Dattelwein mit, den er auf die Obstschale des Tisches legt. Wir fangen zu essen an, Pony nimmt sich eine Weintraube auf ihren Teller, Georg fährt sie aufgebracht an: »Das ist kein Mittagessen, das ist der Nachtisch!«

Pony legt die Traube wieder zurück. Ich rede ihr zu: »Pony, iß 'ne Kleinigkeit!«

Sie nimmt sich etwas Fleisch und Gemüse auf den Teller, nicht viel, aber sie ißt. Dann beginnt sie, an dem auf der Schale liegenden Wein zu zupfen. Georg springt auf: »Jetzt wird kein Wein gegessen!«

Pony nimmt ihren Teller: »Dann nicht, da eß ich eben auf'm Misthaufen!«

Ich laufe ihr hinterher, mit der Weintraube in der Hand, ich dirigiere sie vom Misthaufen weg auf die Gartenbank: »Hier hast du deinen Nachtisch, es war unlogisch von Pappi, schließlich hattest du ja schon was gegessen; er ist wieder mal übernervös!«
Pony fängt zu weinen an: »Nischt darf ich, gar nichts, alles wird mir verpatzt!«
Ich streichle sie: »Pappi hat sich das nicht richtig überlegt, er ärgert sich so, daß du immer nichts Richtiges essen willst.«
Pony weint weiter.
»Was ist denn, Ponylein?«
»Es ist schrecklich!«
»Was ist denn schrecklich?«
»Alles!«
Nun fange ich an, ihr von meinem Leben zu erzählen: daß nicht immer alles glatt ging, daß ich mit Neidern zu kämpfen hatte, die nicht eher ruhten, bis sie mich fix und fertig gemacht hatten... Monatelang hatte ich mit Feuereifer Tag und Nacht an Entwürfen für die Ausstattung von »Aida« gearbeitet, bis mich dann ein anderer herausgedrängt hatte. Damals zweifelte ich an meinem Können. Jahre später sah ein bekannter Maler diese Blätter, betrachtete sie mit außergewöhnlichem Interesse als etwas ganz Besonderes, fragte mich, wie ich zu dieser neuartigen Farbgebung gekommen sei, indem ich kranke Farbtöne zusammensetzte, was nur durch die Unterbrechung von Goldkonturen möglich war...
Pony ist äußerlich ruhig, aber innerlich sehr erregt während meiner Erzählung, die ungefähr eine halbe Stunde dauert, und bringt dann seufzend hervor: »Und ich soll immer alles verstehen!«
Am nächsten Tag ist Ponys Zustand schlimm: Sie ist ganz und gar unzugänglich, stumm und niedergeschlagen. Anscheinend hat sie diese Geschichte aufgewühlt. Vielleicht hätte man alles ruhen lassen sollen? Aber irgendwann muß man ihr doch einmal erklären, daß sie nicht die einzige ist, gegen die sich alles richtet. Ich will trösten, aber gegen Tatsachen gibt es keinen Trost, sie sind stärker, da gibt es keine Argumente, seien sie noch so gut ausgedacht, noch so schön erzählt.
Tante Miezl kommt empört, mit hochrotem Gesicht, zu mir gelaufen und zeigt mir die Reste eines Pullis, den sie einmal für Pony gestrickt hat und der von Pony in den Ofen gesteckt worden war. Ich sehe den nach verbrannter Wolle riechenden Pullover: Pony hatte ihn zu der Prüfung in der Schauspielschule an. Mir wird angst. Pony kramt und kramt weiter. Von Peer kein Brief, kein Anruf, nichts.

In ihr Notizbuch schreibt Pony: »Sein Unglück durch sein Unglück überwinden!«
An diesem Tag kauft sich Pony in der Drogerie zehn der schönsten Zierkerzen in allen Größen und Farben. Bei anbrechender Dämmerung schließt sie sich in ihrem kleinen Zimmer ein, durch die Milchglastür sehen wir einen aus dem Dunkel kommenden Lichterschein, der wohl von der Spiegeltoilette kommen muß, und hören leise Radiomusik. Es ist uns unheimlich, denn Ponys Couch steht so, daß sie mit dem Gesicht auf den gegenüberliegenden Spiegel schaut, in dem sich jetzt all die angebrannten Kerzen verdoppeln müssen. Wir sprechen den Gedanken nicht aus, aber jeder von uns hat wohl das Gefühl, sie feiert ihre eigene Totenfeier. Stundenlang kommt kein Laut aus diesem Zimmer.
Warum dies makabre Spiel mit den Kerzen? Ihr Reden ist doch ganz klar? Steht sie neben sich selbst, neben ihrem eigenen Ich? Ich kann mir das alles nicht erklären.
Später, viel später las ich viel über die Sehnsucht nach dem Nichts, dem Nirwana, dem Ozeanischen Gefühl, das Eins-Sein mit dem All, über den Liebes- und Todestrieb, über die Sehnsucht nach der Rückkehr in den Mutterleib ... alle diese Regungen waren bei Pony zu beobachten. So fand ich bei Freud in »Jenseits des Lustprinzips«:

Ein Trieb wäre also ein dem belebten Organischen innewohnender Drang zur Wiederherstellung eines früheren Zustandes ... Das Leblose war früher da als das Lebende.

Einen Drang, zu einem früheren Zustand in unserem Leben zurückzukommen (der Geborgenheit der Kindheit, der heimatlichen Umgebung, den Gefühlen der ersten Liebe, der Schönheit der Jugend, dem nicht Groß-werden-Sollen der eigenen Kinder), wäre uns verständlich, aber die Sehnsucht nach der Rückkehr in den Mutterleib scheint uns doch eine recht verwegene Vorstellung. Sicher dringt diese Sehnsucht, dieser Trieb nicht direkt in unser Bewußtsein ein, auch nicht in das der Patienten, aber wenn wir die Verhaltensweise der Tiere beobachten, so finden wir ähnliche Phänomene.
Die Zugvögel, die über Erdteile und Meere, einem ewigen Instinkt (also einem ererbten, archaischen Gedächtnis) folgend, keine Entbehrungen scheuen, um in ihr altes Nest zurückzukehren. Auch von den Elefanten weiß man, daß sie die schweren Leichname ihrer Artgenossen gemeinsam ins Stammestal zurücktransportieren. Noch deutlicher wird es, wenn wir den Zug der Kröten oder Fische, besonders der Lachse,

vergleichen, die vom offenen Meer aus Tausende Kilometer durch Flüsse und Seen zurückschwimmen, um zu ihren Laichplätzen zurückzugelangen, dabei in selbstmörderischer Entschlossenheit zehn Meter hohe Wasserfälle emporspringen, wobei die meisten zugrunde gehen.
Auch in den menschlichen Bräuchen finden wir die Sehnsucht nach dem Ursprung, dem Kult der Ahnen, wieder. Denken wir an die sakralen Pilgerfahrten, bei denen immer wieder Gläubige im Gedränge zerquetscht werden. Auch die Indios legen im Frühjahr Hunderte Kilometer zurück, um in ihr Stammtal zu gelangen und dort vom heiligen Kaktus Regote zu essen, wonach sie nach Offenbarung der Götter in die ersehnten Halluzinationen auf geheiligtem Boden – ihrer höchsten Glückseligkeit – verfallen.

Und so beschreibt M. A. Sechehaye in dem Buch »Journal d'une Schizophrène« ihre Therapie:

Das Zimmer wurde in ein halbschattiges Grün getaucht. Ich sagte: »Mama will, daß ihre kleine Renée keine Schmerzen mehr hat, Mama will, daß sie ins Moor, in das Grün der Mama hereinkommt...« Ein leichtes Lächeln – das erste seit langer Zeit – schlich über die Lippen der kleinen Kranken... Das nächstemal, als Renée wieder litt, sich biß und schlug, rief sie weinend: »Das Grün, das Moor ist fort!« Ich ermächtigte sie, ruhig zu bleiben und die vollendete Seelenruhe des ungeborenen Babys zu genießen.

So fand die jahrelang von Stimmen verfolgte Renée durch die Irrealität des »grünen Moors« in die Realität zurück.
Obwohl ich Ponys in der Klinik gefertigte Kunstmappe oft durchgeblättert hatte, bemerkte ich zuerst nicht, daß auf einem der Aquarelle, die ich anfangs für bloße Farbenklecksereien hielt, doch mehr zu sehen war. Tauchte da nicht aus den roten Wassermassen des Meeresgrundes ein triefender, trauriger Frauenkopf auf? Könnte man bei näherer Betrachtung nicht an das Dichterwort denken: »Oh, verging ich im Meer!« *(Siehe Farbtafel XI unten)*
Aber warum ist das Meer rot? Ein Meer aus Blut und Tränen? Oder tauchte sie nicht einmal schon, in einer anderen Welt, aus einem roten Meer hervor? Als Keimbläschen bis zum sechsten Monat schwamm sie in dem sie gegen äußere Einflüsse und Stöße schützenden Fruchtwasser. Nach dem siebenten Monat wurde das Meer immer kleiner und sie selbst immer größer. Vielleicht ist das alles etwas weit hergeholt – aber haben nicht Röntgenaufnahmen ergeben, daß der Fötus in diesem Alter schon Instinkthandlungen wie Daumenlutschen vornimmt?

Doch verfolgen wir den Geburtsvorgang weiter. Beim Einsetzen der Wehen kam die Mutter ins Krankenhaus. Doch hier setzten sie wieder völlig aus. Der Arzt wollte einerseits die Geburt überwachen, andererseits mußte er aber verreisen, deshalb verordnete er eine Wehenspritze. So wurde also das Ungeborene überrascht, gezwungen, in vierzig Minuten den Mutterleib zu verlassen, was es dann auch mit einem langgezogenen Schrei tat. Sechs Monate später bekam Pony Keuchhusten, kam in ein kleines dunkles Isolierzimmer, konnte sich gegen die anstrengenden Hustenanfälle nicht wehren, auch gegen die Spritzen nicht, und bekam Angst. Wäre es nicht denkbar, daß sie sich damals schon nach dem schmerzlosen Nichts im Mutterleib zurücksehnte?
Das Spiel der Kerzenillumination wiederholte Pony noch öfter und in den verschiedensten Variationen, wie wir nachher beim Anblick ihres Zimmers feststellen konnten. Auf der Kommode, die mit dicken Wachstropfen bekleckst war, standen Kerzen in antiken Ständern und hohen Glasleuchtern in verschiedenen Farben, zwischen Vasen mit Blumen und hingestreuten Blättern vor dem Spiegel aufgebaut. Die dickste, schwarzgoldene Wachskerze stand auf dem in verblichenes Leder gebundenen Lateinlexikon, das sie aus den Tiefen von Georgs Bibliothek herausgenommen hatte.
Sonst aber ist Pony wieder einigermaßen umgänglich, bemüht sich, so zu sein wie früher, ist uns gegenüber aber weiterhin verschlossen. Doch schreibt sie wieder Briefe:

Halli Hallo, Tanten!
Goethe:
»Der Mensch ist dem Menschen das interessanteste und sollte ihn vielleicht ganz allein interessieren!«
Schön nicht? Habe ich gerade entdeckt und meine Assoziation!
Der Mensch ist eins der Kompliziertesten.
Der Mensch vereinigt alles in sich!
Wie geht's so in der Epoche der Fleischwerdung?
Also zu mir kann ich nur sagen, ich bin im Moment wirrer denn je!
Bewußtsein!
Spezifisch menschl. ideele Widerspiegelung der objektiven Realität.
Ist weder selbständige geistige Wesenheit, noch Materie, sondern Funktion, Tätigkeit der Materie, ihrer hochentwickelten Form, dem menschlichen Gehirn.
Haben wir in Philo gelernt.

Von Pony!
Bewußtsein ist das ideelle, was der Materialismus braucht, dialektische Grundlage für ihn.
Läßt sich durch keine Zahlen, keine Gesetze irgendwie wissenschaftlich erklären oder bestimmen. –––
Mein Nervensystem ist rein materialistisch. Die Prozesse im Gehirn kann man physikalisch genau analysieren.
Naja, jedenfalls bin ich im Moment totalement mit mir selbst zerdiskutiert!
Tante Lore, übrigens zweifle ich die Nichtexistenz Gottes an. Relation:
99% kein Gott
1% Gott
So jetzt fällt mir gerade was doll wichtiges ein. Damit ihr euch wegen mir erst garnicht den Kopf anzusträngen braucht. Ich brauche ganz, ganz, ganz doll

Levis

solche wie voriges Jahr Maja bekam nur enger

So long Pony

Mit uns spricht Pony nicht viel. Oft nimmt sie sich das Fahrrad, fährt zum Reiten oder in die Gegend. Bei Fabrikschluß ist der Verkehr hier wirklich gefährlich, da es keine Ampeln gibt. Pony in ihrer Abwesenheit und Träumerei: Wie leicht kann da etwas passieren!
Sie kramt in ihren Papieren und wirft die Hälfte weg. Die »Kranken Dinge«! Ihre Bücher, Zeichnungen und Bilder trägt sie fort und schenkt sie ihren Freunden. Sie kramt in ihrem Kleiderschrank und wirft alles auf die Erde. Die Sachen sind fast neu und stehen ihr, ich habe Angst, daß sie sie wieder verbrennt, und sage zu ihr: »Willst du das wegwerfen?«
»Brauch ich nicht mehr!«
»Weißt du, wie viele Kinder nichts anzuziehen haben und mit diesen Sachen glücklich wären?«
Sie antwortet nicht, sondern fängt an, vom Boden Pakete zu holen, alles, was darin ist, auf die Erde zu werfen und ihre Kleider in Pakete zu packen.
Es ist Sonntag. Es klingelt: Dr. Wittgenstein mit seiner Frau. Wir hatten ihn angeläutet, ihm von ihren Kerzenséancen und ihrer abwesenden Art erzählt.

Jedenfalls sehr nett, daß er vorbeikommt. Welcher Klinikarzt tut das schon, am Sonntag! Wir freuen uns.
Pony kommt auch herunter, halb freut sie sich, halb ist sie ängstlich, weiß nicht, was das bedeuten soll. Wir trinken zusammen Kaffee. Pony ist aufgekratzt. Sie trägt sogar eins ihrer französischen Lieder vor, Dr. Wittgenstein versteht es nicht, aber sie will kein deutsches mehr singen.
Plötzlich verläßt sie unsere Gesellschaft und geht in ihr Zimmer. Wir unterhalten uns unten weiter. »So lange wie möglich ›draußen‹ lassen.« Wittgenstein wird lebhaft: »Jetzt müßte sie eine Rolle haben, jetzt sofort.« Dann geht er hinauf, um nach Pony zu sehen. Er bleibt nicht lange weg, kommt etwas betroffen herein und sagt: »Sie packt zwei große Pakete mit ihren Sachen für die Kinder in Vietnam!« – Das ist alles! Er fand keine Möglichkeit, um mit ihr ins Gespräch zu kommen.
Weiter vergeht die Zeit in ihrem ereignislosen Gleichmaß. Von Peer kein Brief, keine Adresse, keine Spur.
Eines Tages ist Pony wieder verschwunden. Georg will es vor mir vertuschen, da er annimmt, daß ich diese Ängste nicht mehr ertragen kann. Anscheinend hat er wieder stundenlang allein gewartet, da läutet Frau Meyrink an. Pony ist bei ihr. Georg fährt sofort los, um sie abzuholen, es ist ihm furchtbar peinlich, daß Frau Meyrink nach ihrer anstrengenden Arbeit noch mit unseren Problemen belastet wird. Als Georg an Meyrinks Haustür klingelt, macht Peer auf, der eben aus Budapest eingetroffen ist. Georg ist verblüfft, will aber Pony trotzdem mit nach Hause nehmen.
Während die beiden die Treppe hinuntergehen, steht Peer betroffen an der Entreetür. Er hat wohl das Gefühl, daß alles falsch ist, was er tut, weiß aber nicht, was das richtige wäre – sicher wissen das die anderen besser (gegen das Ansinnen solcher Autoritäten wie Georg zu protestieren kommt ihm nicht in den Sinn), und morgen muß er zurück nach Ilmenau.
Wie er Pony so nachschaut, hört er auf einmal einen Aufprall. Er springt die Treppe hinunter: Ponys Koffer, den sie mitgeschleppt hatte, ist aufgegangen – Pullover, Spiegel, Nachthemd und zwei Ölbilder fallen heraus, eins mit Luftschaukeln und ein Männerporträt, vielleicht Peer, aber älter, mit Bart und Brille. Pony übergibt Peer die Bilder und fährt mit Georg nach Hause.
Wir telefonieren mit Dr. Wittgenstein und erzählen ihm von dem Vorfall. »Laufen lassen!« lautet sein Rat. »Lassen wir's laufen, wie es läuft, soll sie zu Peer nach Ilmenau fahren!«

Flucht in die Wolken

Denn mich trieb ein mächtig Hoffen
Und ein dunkles Glaubenswort,
Wandle, rief's, der Weg ist offen,
Immer nach dem Aufgang fort,
Bis zu einer goldnen Pforten
Du gelangst, da gehst Du ein,
Denn das Irdische wird dorten
Himmlisch unvergänglich sein.
Abend ward's und wurde Morgen,
Nimmer, nimmer stand ich still;
Aber immer blieb's verborgen,
Was ich suche, was ich will.

Friedrich von Schiller

»Laufen lassen! Laufen lassen!« sagt der behandelnde Arzt. Auf einmal! Als Pony zwar depressiv war, aber noch keine Zuflucht zu irrealem Denken genommen hatte, wurde ihr die Liebe zu ihrem Freund vom Vater und vom Vaterersatz, dem Psychiater, verboten, und jetzt, da sich ihre verdrängten Ängste durch die dauernde Warterei gesteigert haben – was sie aber, um sich nichts anmerken zu lassen, mit Burschikosität überspielte –, jetzt, da ihr Zustand sie zu verwirrenden Gedanken führt, die von ihr selbst und von anderen bemerkt werden, was wiederum ihre Angst steigert, jetzt, in einem Zustand der Psychoneurose, jetzt heißt es, da man sich keinen Rat mehr weiß: Laufen lassen!
Peer ist wieder in Ilmenau, und Pony weiß, daß sie ihn besuchen darf, aber jeder Tag des Alleinseins wird ihr zur Ewigkeit. Pony kritzelt ein Gedicht auf Rechenheftpapier:

Give me a ticket for a long trip
Please give it to me!
We will go and see our friends, along
All over the world.

Our old friends we shall meet
Who are for peace.

Still to day, we will go,
You and I
You with me, I with you,
Give me a ticket for a long trip
Please!
We will go and see,
What our friends have done,
Our friends, who are for peace,
For ever!

Der letzte Vers ist ausgestrichen.

Still to day, we will go
You and I together,
You with me, I with you.
Come back, come back,
From those dirty friends,
From the other girl
Come with me![7]

Also ist da auch noch eine nicht eingestandene Eifersucht. Peer erzählt oft mit Stolz, daß er bei seinen Kommilitoninnen sehr beliebt ist. Nun also noch die Angst, ihren für sieben lange Jahre in der Ferne lebenden Freund an eine andere zu verlieren, was heißt, daß der jetzige Zustand des Alleinseins ein dauerhafter werden könnte. Ich suche weiter in der Fachliteratur, um mir ihren verschlechterten Zustand erklären zu können, lese bei Alexander Mitscherlich »Der Kampf um die Erinnerung«:

Aus Angst vor der Triebüberflutung nimmt das Ich zu Realitätsverfälschungen Zuflucht, die ihm bei der endlichen Lösung innerer Konflikte nicht von Nutzen sein werden.

Wenn die Realitätsverfälschungen also aus der Angst vor Triebüberflutung entstehen, so wäre es die logische Folge, die Enthaltsamkeit sofort aufzuheben – und der Patient ist gesund. Oder wäre das zu einfach?
Ich habe dabei ein unwohles Gefühl: in Ponys verwirrtem Zustand!

Beide Partner sind Unerfahrene auf diesem Gebiet und Schwärmer. Pony sieht den Liebesakt als etwas Heiliges an und ist in ihrem jetzigen Traumtänzerzustand, in dem sie halb in ihrer Phantasiewelt, halb in der realen Welt lebt, sicher nicht in der Lage, sich an irgend etwas anzupassen, und das kann zu Katastrophen führen.
Und da ist noch etwas anderes, was mich beunruhigt. Pony malt Wiegen, die über einem auf Wolken schwebenden Paar am Himmel hängen, oder bizarre Kinderwagen in einer rosenumrankten Pergola, in der ein steinerner, weiblicher Torso mit einer Rose auf der Schulter steht. Anscheinend sucht sie sich, da ihr Liebesobjekt unerreichbar geworden ist, ein anderes, das immer bei ihr ist und sie immer liebt...
Ein Brief von Pony an Peer, vor dieser Krise:

Wenn ich jetzt ein Kind hätte, so richtig nietlich und rundlich, Peer, ich würde es in einen Sportkinderwagen setzen; ja setzen, denn es soll alles genau sehen. Nein – erst – anziehen, ganz weich, mit lauter Babypuppensachen. Ich würde es anfassen, das würde sehr komisch sein, denn diese zappligen drolligen Dinger bringen einen doch ganz durcheinander.
Ja, und dann würde ich es die Geschwister-Scholl-Allee herauf und herunter schieben. Naja, vielleicht würde ich auch mal anhalten, bei meiner Freundin. Ich würde sagen:
»Kuck mal, das ist mein Kind!«
Und sie würde dann sagen: »Wer ist denn der Vater?« »Die Frage ist langweilig!« würde ich sagen. Und Kater würde ganz komisch drein kucken, oder auch nicht, aber sagen würde sie ganz bestimmt: »Ach, so!«, weil sie das ja immer sagt. Ich würde bis zur Holperstelle fahren, da, wo so viele blöde Löcher sind, aber meinem Kind würde das natürlich nichts ausmachen, ich würde es anlachen, und es würde lachen, toben, lachen. Schrecklich gut lachen würde mein Kind. Ja, und dann würden alle Leute, die es ankucken, gute Laune bekommen.
Und sie würden lachen, – und ihre Kinder noch ein ganz kleines bißchen lieber haben. Das würden sie; und vielleicht auch ihre Geschwister, und ihre Mutter und ihren Vater, und einfach alle, die sie kennen. Das gebe ein schönes Gelächter.
Es würde + würde + würde so viel sein, wenn ich ein Kind hätte.
Aber vielleicht nur heute, ja sicher nur heute, weil ich ja selbst noch ein Kind bin und lernen muß. Also lerne ich noch schnell ganz viel, damit mein Kind später lacht.

Stop!
Eigentlich kannst du das – glaub ich – garnicht so richtig kapieren.
Naja, mußt es aber so lesen, wie den Brief von einem ganz kleinen Mädchen.
Eigentlich – ich hab nur die Empfindungswelt eines Puppenspielmädchens auf's Papier gefuschelt.
Na +, wenn du sogar noch ein Kicky herausliest, bist Du gut!
Dein Pony-Kind

Es hat Fälle gegeben, wo neurotische oder schizophrene Mädchen durch eine Schwangerschaft geheilt wurden, aber im Moment sind die Schwierigkeiten schon so groß genug, ein Kind wäre nicht mehr zu verkraften. Und wie steht es überhaupt mit sexuellem Verkehr? Bei Freud finde ich in »Psychologie des Unbewußten«:

In der Neurose ist sexueller Verkehr in den seltensten Fällen günstig.

Ich habe es gelesen – und organisiere dennoch ein chambre séparée für die beiden, mit dem Gefühl, daß es jetzt sein muß, auch wenn es ein Risiko ist. Es ist das gleiche Zimmer in Berlin, in dem wir, Pony und ich, vor der Aufnahmeprüfung übernachtet haben. Doch zuerst bringt Georg Pony mit dem Wagen nach Ilmenau, damit sie bei Peer ist und nicht wieder fortrennt. Eine kurze Woche wohnt sie wieder bei derselben Wirtin, Peers Mutter und seine Professoren dürfen davon nichts wissen.
Später frage ich Peer: »Wie war Pony in dieser Zeit, als sie dich in Ilmenau besuchte?«
»Sie war bereits schwierig. Sie war in ihrer Reaktion doch recht ungewöhnlich teilweise, aber es war nicht ganz unangenehm, aus dem einfachen Grunde, es fiel nicht so sehr stark ins Gewicht, es war nur noch absurder insgesamt, als man es von ihr gewöhnt war. Bei Pony mußte man immer darauf gefaßt sein, daß sie irgendeinen originellen Einfall hatte, der im Augenblick einfach unmöglich erschien, aber wenn man sich einen kleinen Moment mit dem Gedanken beschäftigt hatte, erschien er nicht so absurd, sondern er war nur originell. Sie können sich erinnern, daß in dem Zimmer Unter den Linden lauter Lutscher, diese Babydinger hingen. Da hatte Pony, als wir in der Kaufhalle in Ilmenau waren, gleich so'n Dutzend von den Gummi-Dingern gekauft, warum, war mir nicht klar. Wir sind dann beide mit 'nem Nuckel rumgelaufen. Nun ist Ilmenau ein schlechtes Pflaster für solche, die aus

der Rolle fallen. Der Clou ist ja an sich, daß Ilmenau noch kleinkarierter und noch spießiger wäre, wenn es nicht die Hochschule hätte. Mit der Hochschule haben sich die Bürger dort – man muß ja direkt von Bürgern sprechen – viel Ärger eingehandelt, aber es war ihr Glück, denn ohne diesen Ärger wären sie wahrscheinlich immer noch eine ganz komische, spießige Kleinstadt, und jetzt haben sie doch etwas mehr Format, mehr Leben drin. Aber natürlich war es für mich, der nun dauernd da lebt, 'n bißchen unangenehm, so lutschend durch die Gegend zu schleichen, an dem Café vorbei, wo die Studenten saßen. Aber Pony kümmerte das überhaupt nicht. Und mich kümmerte das, in dem Moment, wo Pony da war, auch nicht!
Sonst hat sich eigentlich nichts Besonderes ereignet, nur, daß Pony mal den Schlüssel vergessen hatte, sie dann nachts übern Zaun geflankt ist und zum Fenster herein, worauf die Wirtin, mit der sie an sich gut stand, einen Tobsuchtsanfall gekriegt hat, aber am nächsten Tag fuhren wir ja dann nach Berlin zurück.
Die Reise war richtig schön unverfänglich, harmlos. Pony war eigentlich da nicht so abnorm wie an den Vortagen – hing wohl damit zusammen, daß man immer mit Reisedingen beschäftigt war. Wir wollten ja noch einige Tage in Berlin zusammenbleiben, damit der Abschied nicht so abrupt ist. Im Zimmer in der leeren Wohnung Unter den Linden fanden wir dann ganz großartig eine Flasche Sekt, eine Schachtel Astor, Obst, Konfekt und Kuchen auf dem Tisch, und da haben wir so richtig gemerkt, daß sich auch Leute freuen, wenn wir zwei kommen. Darüber hatten wir uns nämlich vorher kurz unterhalten. Wir haben uns ja über weiß der Deubel was für Probleme unterhalten, auch über ihre Mutter und daß sie wirklich nett zu uns ist. Pony hat sich sehr gefreut über diesen Empfang. Es war dann eigentlich ein unheimlich gemütlicher Abend.«
»Und in der Nacht, als das passierte, was war da vorher?«
»Wir fühlten uns in der Wohnung ziemlich wohl. Es war am dritten Tag. Wir hatten diesen Tag eigentlich zum Tag der großen Liebe erklärt, unter diesem Vorzeichen stand er; Pony war dann überhaupt immer recht anhänglich, und an diesem Tag besonders. Wir haben noch 'n bißchen gequatscht, 'n bißchen getrunken, bis ich dann schließlich der Meinung war, wir sollten ins Bett gehen, was wir auch taten. Pony guckte mich mit einem merkwürdigen Blick an; und dann kam das Theater, sie wollte unbedingt ein Kind haben. Ich hatte nur den Eindruck, daß das alles nicht im normalen Gang der Dinge war ... eine

Übersteigerung verschütteter Wünsche bis zum Gehtnichtmehr. Und dann kam der zweite Akt, daß sie nämlich unersättlich war, der von ihr so krampfhaft ersehnte Zustand trat wohl nicht ein, sie trug allerdings auch nicht viel dazu bei... Und danach hatte sie so eine gewisse Passivität, eine unnormale Passivität, vor allem für Pony anormal, ich hatte das schon manchmal an ihr wahrgenommen, daß es also sozusagen, klingt jetzt blöd, wenn ich das so sage, ein Vertiefen auf den Genuß sein konnte, aber diesmal war es anders, es war eine Passivität, die ich im Augenblick nicht näher beschreiben kann... Und dann kam wieder dieser merkwürdige Blick, es war so ein tiefgründiges Lächeln, ein inneres Leuchten, so, als wüßte sie irgend etwas, was sie mir noch nicht sagen will.«

Ich frage mich: Was mag sie in dieser Nacht empfunden haben? Und denke es mir nach dem, was wir von ihr gelegentlich erfahren haben, etwa so: Sie kann in der Nacht nicht schlafen und starrt an die Decke, an der der Schein der vorüberfahrenden Autos aufleuchtet und verlöscht. Sie fühlt sich, wie sie es so oft gemalt hat: in einen tiefen Strudel gerissen, aus dem es kein Entrinnen gibt. Das soll alles sein? Sie schaut auf den neben ihr schlafenden Peer, sie haßt ihn. Er ist schlecht, schlecht, schlecht. Es ist nicht wahr, daß die Natur harmonisch ist, die Natur ist grausam, nur für die Männer gemacht. Es muß etwas passieren! Sie steht auf, zieht sich an, nur die Levis, den anthrazitfarbenen Pulli und die grünangemalten Turnschuhe. Sie rennt die Treppe hinunter, steht auf der Straße, es nieselt, »Avenue Unter den Linden, det is 'ne Pracht!« Die Straße ist leergefegt. Sie läuft immer schneller, der Regen klatscht ins Gesicht, da hinten aus dem Nebel Lichter am Tor, die Quadriga fährt ihr entgegen, drüben auf der Allee der goldene Engel auf der Säule. Wachtürme auf beiden Seiten – pöh, nicht für Pony! – einen Satz, das Herz klopft bis zum Hals; und über die Barriere – so! Von der Rathausuhr schlägt es zwölf – und nichts geschieht. Sie läuft hinter den Blumenrabatten entlang, ein Kaninchen springt aufgescheucht davon, niemand kommt. Bin ich nun eigentlich schon drüben? Sie läuft weiter. »Stehenbleiben!« ruft es. Sie spürt, wie jemand im Regen ungern auf sie zukommt, sie hört eine Stimme aus dem Nebel: »Verdammt noch mal, was machen Sie'n hier?« – »Ach«, sagt Pony, als er vor ihr steht, »ich wollte bloß mal sehen, ob drüben die Menschen besser sind.« Der Polizist: »Machen Se keen Bleedsinn, hier ist Grenzzone – wie sind denn Sie iberhaupt hier nei gekomm'?«

Pony: »Mit nem Sprung, so!« Der Grenzpolizist: »Schluß mit dem

Quatsch, ab zur Wache!« Im strömenden Regen läuft Pony mit dem Polizisten über den breiten Platz in das alte Wachhaus. Hier sitzen noch andere Polizisten, sie sehen Pony erstaunt an: ohne Mantel, ohne Tasche, mit Turnschuhen. »Also Sie wolln rüber«, sagt der mit den braunen Locken, der Pony so gut gefällt. Sie gibt den Blick unter ihren triefenden Haaren zurück. »Und warum?« fragt er weiter. Pony: »Weil ich keinen Menschen habe, mich braucht ja hier keiner!« – »Das ist doch kein Grund«, versucht der Braunhaarige in strengem Ton herauszubringen, aber seine Samtaugen spielen nicht mit. »Ich wollte ja auch nicht dort bleiben, nur mal sehn!« Ein anderer brüllt wütend: »Sie wolln uns hier wohl verscheißern!« Jetzt erst bekommt Pony Angst: Kommt sie ins Gefängnis? »Abführen!« erklingt wieder die scharfe Stimme wie aus dem All. Sie wird hinausgeführt, auf dem Rücken spürt sie die braunen Samtaugen. Dann geht es aufs Revier. Hier sitzen noch andere Nachtschwärmer: Besoffene, Schieber, komische Mädchen, Ausländer. Sie ist müde, möchte schlafen, irgendwann wird ein Protokoll aufgenommen, steht was von grober Provokation drin, sie muß unterschreiben. Sie soll etwas auf einen Zettel schreiben. Pony schreibt: »Manchmal bin ich traurig ...«

Es ist schwer zu erklären, warum Pony, nachdem sie endlich mit Peer ungestört und allein ist, während einer der langersehnten Nächte mit ihm plötzlich wegläuft, flieht.

Vielleicht hilft uns Freud, diese Regung zu verstehen:

Die Defloration hat nicht nur die kulturelle Folge, das Weib dauernd an den ersten Mann zu fesseln; sie entfesselt auch eine archaische Reaktion von Feindseligkeit gegen diesen Mann, welche pathologische Formen annehmen kann ...

Und so hat Peer diese Nacht erlebt:

»Ich rekelte mich im Bett, da sah ich Ponys Gestalt angezogen am Fenster. Sie sagte, sie will noch einen Spaziergang machen. Ich wunderte mich etwas, sie hatte wieder ihren tiefgründigen Blick. Ich wartete dann eine ganze Weile, hörte es ans Fenster pladdern, hörte es zwölf schlagen, hab noch das Glas Wermut ausgetrunken und war dann auch eingeschlafen.

Bis ich wachgeklingelt wurde, am nächsten Morgen. Vor der Tür stand ein Zivilbeamter, der eigentlich recht umgänglich war.

Er sagte, daß ich mich im Polizeipräsidium am Alex, Zimmer Soundso, einzufinden hätte. Da habe ich als erstes, nachdem ich die Tür hinter

ihm zugemacht hatte, Wittgenstein angerufen und ihn von der Sachlage in Kenntnis gesetzt. Der meinte nur: ›Ach, du meine Güte, bloß gut, daß Sie mir das gesagt haben.‹«
»Wußtest du, daß sie ans Brandenburger Tor gerannt war?«
»Nein, ich wußte gar nichts. Ich ahnte nur, da ist irgendwas Übles jetzt passiert. Ich wußte nicht, was, überhaupt nichts.
Aber in dem Zustand, in dem sich Pony insgesamt befand – und daß der nicht normal war, das dachte ich auch, selbst mit gutem Willen, wenn man versucht hat, das irgendwie zu überspielen. Das merkte ich, und demzufolge habe ich eben das gemacht, was ich in dem Moment für das richtigste hielt, nämlich den wichtigsten Mann für solche Sachen sofort zu informieren, und das war nun eben Dr. Wittgenstein, dann eilte ich los.
Im Präsidium angekommen, hab ich mich erst mal gemeldet und mußte dann warten. Nach geraumer Zeit setzte sich so eine Frau neben mich und schien mich praktisch interviewen zu wollen, wie es in unserer Ehe so klappt und so weiter. Sie erzählte mir auch ihre Eheprobleme und daß ihr Mann Onanist sei. Mich interessierte das im Moment wenig, und ich war nicht sehr gesprächig. Diese Frau, die nach mir gekommen war, wurde dann aber vor mir hereingerufen und ward nicht mehr gesehen, obwohl ich noch eine Stunde wartete. Nehme an, da steckt System drin. Dann bin ich mal unbefugt aus meiner Wartezelle herausgegangen auf den Gang, weil ich unruhig wurde und mir das zu dusselig war, ich wußte überhaupt nicht, worum es geht, ging mal raus, um jemanden zu fragen. Die wußten da offensichtlich schon mehr als ich. Als sie mich nämlich draußen sahen, meinten sie: ›Mensch, machen Sie, daß Sie wieder zurückkommen, Sie werden dann schon wieder gerufen, wenn es soweit ist.‹ Und irgendwie hörte ich nur, daß Pony da sein mußte, weil nebenan, paar Räume weiter hinter einer Tür, jemand sprach, und ich hörte nun auch Ponys erregte Stimme und daß sie heftig mit jemandem debattierte. Das war für mich erst mal beruhigend, da wußte ich wenigstens, daß sie noch lebte.
Pony wußte nicht, daß ich in ihrer Nähe war, ich hab sie dann auch nicht mehr gesehen.
Als ich dann wieder in das Zimmer reingerufen wurde, haben wir praktisch den ganzen Tag so'n Monogramm ausgearbeitet über unsere Verhältnisse und alles, was ich von Pony weiß.
Dann gab man mir das Protokoll zu lesen, ob alles in Ordnung ist, ob noch Ergänzungen sind, dann mußte ich signieren.

Eigentlich haben die sich noch einigermaßen verständnisvoll benommen. Ja, das auf jeden Fall!«

Die ganze Nacht und den Morgen hatte Pony nun auf dem Revier verbracht, und nun wurde sie mit dem Polizeiwagen in die Nervenklinik geschafft, ohne Peer noch einmal gesehen zu haben. Ponys Vater und der Arzt wurden vorher verständigt, man war sich einig, daß es das beste ist, wenn sie in die Klinik kommt. Wir hätten ja gern alles für unser Kind getan, wenn wir nur gewußt hätten, was. Wir waren am Ende, und es schien uns besser, wenn eine anonyme Macht sie in die Klinik brachte, wenn es doch unumgänglich war, als daß es wieder die Eltern waren, auf die sich dann ihr Haß konzentrierte.
Als dann der Polizeiwagen vor dem gelben Backsteingebäude hielt, stand Dr. Wittgenstein vor der Tür mit Tränen in den Augen. Pony aus dem Wagen helfend, sagte er: »Laß mal, Pony, nur 'ne Woche, immer noch besser als Gefängnis!«

Wo sich summend wiegen
Hundert schmutz'ge Fliegen

In Liebchens Arm? Ins dunkle Grab?

Da ist Haß in mir, stark und von alters her

Aus den Wolken muß es fallen

O, verginge ich im Meer!

An einem Abend aus Rosen und blauem Dunst gemacht,
Werden wir einen Blick wechseln, wie ein Blitz

Noch einmal schicksallos und leicht zu sein,
Am Tor zu stehn, wo erst die Welt beginnt

Ich, ein tolles Kind, ich singe
Jetzo in der Dunkelheit

Muß, mit Blut sie zu sühnen,
Muß der Liebenden Herz vergehn

Qualvoll, am Morgen nach der Liebesnacht

Es schwebt eine Brücke, hoch über den Rand

Gefangen

Du Engel voller Freude, kennst Du die Angst,
Die Schande des Gewissens, der Langweile dustre Schächte,
Und die undeutlichen Schrecken der endlosen Nächte,
Die das Herz Dir zerdrücken, um das Du bangst?
Du Engel voller Freude, kennst Du die Angst?

Du Engel voller Güte, kennst Du den Haß,
Die Träne der Bitternis, die Faust, die im Schatten schlägt,
Wenn die Rachsucht zum höllischen Rückmarsch bläst,
Und sich zum Feldherrn Deiner Begabung macht?
Du Engel voller Güte, kennst Du den Haß?

Du Engel voller Kraft, kennst Du das Fieber,
Das entlang der großen Mauer des Hospizes so bleich
Mit dem schleppenden Schritt der Ausgestoßenen schleicht?
Die spärliche Sonne suchend, hinüber herüber?
Du Engel voller Kraft, kennst Du das Fieber?

Du Engel voller Schönheit, kennst Du die Falten,
Und die gräßliche Pein, die Angst zu altern,
Mit geheimem Schrecken die Preisgabe zu lesen,
In Augen, die so leuchtend, begehrlich gewesen?
Du Engel voller Schönheit, kennst Du die Falten?

Du Engel des Glückes, der Freude, des Lichts,
Um Deine Gesundheit, die der Duft Deines Körpers verrät,
Hätt' der sterbende David benommen gefleht!
Ich aber erflehe von Dir nur Dein Gebet, – sonst nichts,
Du Engel des Glückes, der Freude, des Lichts!

Charles Baudelaire

Nur eine Woche!
Die Woche in der Klinik ist vorbei, Pony hat schon gepackt, aber niemand sagt ihr: Du kannst jetzt nach Hause gehen.
Mit empörter Stimme läutet Pony bei uns zu Haus an: »Was ist denn

eigentlich los? Ich muß mich hier wohl um alles alleine kümmern? Warum kommt mich denn niemand besuchen?«
»Der Arzt hat gesagt, ich soll nicht kommen«, antworte ich erschüttert, aber froh, ihre Stimme zu hören. »Du bist dermaßen gegen mich eingestellt, daß ...«
»So'n Quatsch! Telefonieren wollten sie mich auch nicht lassen, ich muß hier alles selbst in die Hand nehmen, sonst passiert nichts. Und Pappi tut überhaupt nichts, was ist denn das für'n Vater?«
»Aber Pony! Pappi ist Tag und Nacht mit dir beschäftigt, was glaubst du, was es da zu arrangieren gibt! Er versucht neben seiner vielen Arbeit alles für dich zu tun!«
»Pappi tut alles für mich?« höre ich sie zögernd, aber auch aufatmend fast glücklich an der anderen Seite der Strippe sagen.
Mein Gott, denke ich und sage zu Pony: »Würdest du dich freuen, wenn ich käme?«
Pony, bestimmt: »Ich würde mich freuen!«
»Dann komm ich morgen!«
Der nächste Tag ist ein sonniger Herbsttag, aber wieder empfinde ich die beängstigende Atmosphäre der kasernenartigen, gelbbraunen Bauten, sehe die umherschleichenden Patienten, die ich immer noch als Feinde betrachte. Pony treffe ich in einem schmalen Vierbettzimmer an. Vor dem vergitterten Fenster sitzt ein bildhübsches, junges Mädchen mit langem, blondem Haar und einer Spiegelscherbe in der Hand, Ilona. Sie läßt sich von Pony schminken und frisieren, Pony fungiert als Typemaker. Ein anderes, kleineres, aber auch sehr niedliches Mädchen, wie mir schien, schminkt sich die Augenlider grünblau, Lidstrich bis zum Ohr, ganz Vamp, sie soll schon zwei Kinder haben. Beide, das Mädchen und die junge Frau, sind wiederholt versuchte Selbstmörderinnen.
Die Mädchen sind ganz natürlich, Pony aber sieht fremd aus. Da ist eine Wand, gegen die ich nicht ankomme. Mir würgt es im Hals. Pony freut sich, aber sie ist wie aus einer anderen Welt, aus einem Traum. Ich unterhalte mich mit den Mädchen, um etwas zu erfahren.
»Wir mögen Pony gern leiden«, sagt die große Schlanke.
»Ich finde Pony so abwesend«, flüstere ich ihr zu.
»Na, was denken Sie denn, was in die reingespritzt wird.«
Die Tür geht auf: Visite, die »Weiße Wolke« erscheint. Die Besucher verlassen pflichteifrig das Zimmer.
Im Gang komme ich mit der Mutter der schönen, unverheirateten

Selbstmörderin Ilona ins Gespräch. Sie macht einen völlig erschöpften Eindruck. Sie erzählt mir, daß sie nun einfach nicht mehr weiterkönne, noch schwieriger als die Verständigung mit ihrer Tochter sei die mit ihrem Mann, er sei, was die Behandlung des Kindes betrifft, immer genau entgegengesetzter Meinung als sie, er würde schon rot anlaufen, wenn er sie nur sähe ... »Na ja, ihr Zimmer sieht ja auch aus, daß einem das Grauen überkommt. Von der Decke hängen graue Rupfenvorhänge, die den kleinen Raum unterteilen. Das Bett hat sie hinausgeschmissen und schläft auf Matratzen, gegenüber dem Kopfende ein Spiegel, als Sitzgelegenheiten zwei dicke Baumstämme, die eine Wand blau gestrichen, die andere gelb, daran hängen eigenartige Masken, aber auch Bindfäden, Ketten und anderer Kram. Die Decke ist schwarz gestrichen, in der Mitte ein riesiges weißes Kreuz.« Die Frau schließt die Augen und seufzt: »Wie kannst du bloß immer auf das Totenkreuz starren‹, sage ich ihr. ›Der Tod ist doch etwas Schönes, Mutti!‹, ist die Antwort.
Mein Mann hat eine schwere Jugend gehabt und sein Leben lang geschuftet, um es zu dem zu bringen, was er heute ist, er kann diese Jugend mit den Zottelhaaren nicht vertragen. Er verbietet all ihren Freunden das Haus.«
»Aber Sie müssen Ihrem Mann sagen, daß er mit dieser Einstellung der Mörder Ihres Kindes sein kann!«
»Dann antwortet er mir: ›Dann seid ihr meine Mörder!‹ Wenn er diese Gammelgestalten, angezogen wie zum Karneval, sieht, steigt sein Blutzucker, und ich habe Angst, daß er jeden Moment umkippt. Ich stehe vor dem Problem: Bringe ich meinen Mann um, indem ich für meine Tochter eintrete – oder bringe ich mein Kind um, indem ich meinem Mann gehorche, ihr jeden Verkehr verbiete und sie an die Totendecke starren lasse.«
»Ja, hat denn so ein schönes Mädchen keinen Freund, keinen Geliebten?«
»Einmal hat sie es versucht, weil es ja alle machen, und war danach völlig verstört. Sie sagte: ›Mutti, warum macht man das eigentlich, das ist doch was ganz Furchtbares!‹«
»Hat denn Ihr Mann nicht das Bedürfnis, seinem Kind zu helfen?«
»Doch, um so mehr, da es nicht sein Kind ist! Sie ist aus erster Ehe. Ihr Vater hat sie als Kleinkind auf Händen getragen, eine Affenliebe, er hat sie wie eine Prinzessin behandelt. Dann lernte er eine andere Frau kennen, und nach der Scheidung hat er nicht ein einziges Mal nach dem

Kind gefragt. Damals war meine Tochter sechs Jahre alt und mußte zur Schule. Nur mit Heulen und Zähneklappern haben wir sie in die Schule bringen können. So ging das die ganze Schulzeit: aufsässig, unzugänglich, faul, bockig, tat nichts, von Lehrern und Schülern verachtet, Betragen fünf. So konnte sie natürlich nicht auf die Oberschule kommen. Und jetzt, da sie kein Abitur hat, gibt es keinen Beruf, der ihr paßt. Mein Mann sagt, sie hat den Friseurfacharbeiter zu Ende zu machen, auch wenn sie der Chef noch und noch schikaniert, auf Biegen oder Brechen, und jetzt ist sie das zweitemal hier. Sie hatte sich in den Wald gelegt und Tabletten genommen, bis man sie fand ...«
»Vielleicht kommt man bei ihr mit Anordnen nicht weiter? Ich kenn das, man sollte versuchen, sie zu verstehen. Ihr über alles geliebter Vater hat sie verraten, und jetzt kann sie keinen Mann mehr lieben, deshalb die Dauerdepression. Ob ihr richtiger Vater sie nicht einmal in der Klinik besuchen könnte?«
»Um Gottes willen! Erstens weiß der von nichts, zweitens würde ich das meinem Mann nicht antun, er sagt, ich habe an diesem Kind einen Narren gefressen.«
»Aber es geht um ein Menschenleben!«
»Ach, mein Mann ist ja nicht schlecht, er würde sogar uns zuliebe ausziehen, aber er kann es nicht mit ansehen. Er sagt: ›Wie sollen wir mit solchen Menschen den Sozialismus aufbauen!‹«
»Sagen Sie Ihrem Mann, daß wir den Sozialismus noch mit ganz anderen Menschen aufbauen mußten. Mit Menschen, die man zu Mördern erzogen hatte, die es als edle Tat betrachteten, die umzubringen, die nicht ihrer Herrenrasse angehörten.«
Mein Gegenüber wird etwas rot und bringt zögernd heraus: »Das wird er nicht verstehen.«
»Na, jedenfalls haben wir es fertiggebracht, diese umzuerziehen. Warum sollten wir dann die aus der Bahn geratenen Depressiven von vornherein fallenlassen?«
»Der Lehrmeister meiner Tochter hat gesagt: ›Mit der ist nischt zu machen, der gehört der Hintern voll.‹«
»Sie sehen ja, wie weit er's mit seiner Theorie gebracht hat. Natürlich ist es leichter zu sagen: Entweder du leistest das oder nicht, bis hierher gesund, von da ab krank. Und wer sagt denn überhaupt, daß diese Menschen unfähig sind jemals etwas zu leisten, vielleicht sogar auf manchen Gebieten mehr als andere. Wieso denn das? Ja wahrscheinlich muß man erst einmal ein großer Denker oder Erfinder sein, bevor

man sich eine Neurose oder Psychose erlauben darf, die bekommen ihren Glorienschein, – und der einfache Mensch von der Straße?... Gleiches Recht ist wie alles Recht ein Recht der Ungleichheit, da die Umstände und Individuen zu verschieden sind, müßte das Recht statt gleich, vielmehr ungleich«, sagt doch wohl Marx.
»Das hieße Ausnahmeregelungen für diese Menschen? Noch glaube ich nicht daran.«
Von Ilona, der Tochter meiner Gesprächspartnerin, werden wir später noch hören, jetzt soviel: Während der Weltfestspiele 1973 war sie in einer geschlossenen Anstalt, sprach normal und auch wirr und hörte gelegentlich Stimmen aus der Steckdose. Der behandelnde Arzt wollte sie, ihrem Wunsch entsprechend, zu den Festtagen nicht entlassen, da er sie noch nicht für genügend gefestigt hielt. Ilona wandte sich bittend an ihren Psychotherapeuten, der unter dem Versprechen, daß Ilona mit ihm, den Eltern und Freunden täglich in Kontakt blieb, für die Entlassung stimmte. Ilona zog mit ihren Freunden zu den Spielen und war schon am zweiten Tag sehr gelöst, obwohl, noch etwas unsicher, da sie Gedächtnislücken an sich bemerkte. Sie lernte einen Ungarn kennen, der ihr sagte, all ihr Unglück sei nur gekommen, weil sie sich noch nicht kannten. Sie heirateten, Ilona lernte die Sprache und bekam in der fremden Stadt bald berufliche Auszeichnungen.
Aber noch schläft Ilona neben Pony in einem vergitterten Zimmer.

Liebe, Tod und Blumen

Betten werden wir haben voller leichter Düfte,
Schwere Diwane, wie die Gräber so tief,
Und auf den Stellagen fremdartige Blumen,
Für uns erblüht unter schöneren Himmeln.

Unsere beiden Herzen werden wie Flammen sein,
Voller Lust ihre letzte Glut nutzend,
Und ihren doppelten Schein in unsere Seelen
Zurückwerfend, wie Zwillingsspiegel.

An einem Abend aus Rosen und blauem Dunst gemacht,
Werden wir einen Blick wechseln, wie ein Blitz,
Wie ein langes Schluchzen, ganz erfüllt mit Abschied.

Und später wird ein Engel eintreten,
Treu und freudig die beschlagenen Spiegel
Wiederbeleben und die toten Flammen entfachen.

Charles Baudelaire

Eine Tür des langen Krankenhausganges geht auf, die Visite ist vorbei, wir dürfen hinein. Pony freut sich und zeigt mir stolz ihre Blumenschau auf der Fensterbank, dort hat sie Pillengläschen aufgebaut, in jedem eine Blüte, auch verwelkte sind dabei. Die anderen Mädchen kümmern sich wenig darum. Auf Ponys Bett, das am Fenster in der Ecke steht, liegen langstielige Blumen und Blüten.
Pony nimmt die Blumen liebevoll in den Arm: »Deswegen soll ich nu verrückt sein, weil ich mir Blumen ins Bett lege!«
Ich weiß im Moment nichts zu erwidern, da ich, ehrlich gesagt, auch etwas erschrocken bei dem Anblick ihres Bettes bin, aber mir kommen dabei ganz andere Gedanken: Ich erinnere mich an den Hawaiifilm »Tabu«, an die Blumenbettzeremonien in der Hochzeitsnacht, die die Dämonen vertreiben sollen, und blicke wieder auf Ponys Blumen: Womit soll sie sich hier auch beschäftigen?

Schauen wir uns das Aquarell, das Pony später, aber in derselben Klinik gemalt hat, genauer an: Hier tanzt ein Beat-Pärchen auf einer aufgehenden Blüte, doch statt der Blütenblätter entdecken wir Phallus- und Vulvaformen, um die sich eine züngelnde Schlange windet.
Wer sich mit der Geschichte der Kulthandlungen der Völker beschäftigt, was Pony natürlich nicht getan hat, dem fällt manches dabei ein. Denken wir an die sakralen Reinigungs-, Fruchtbarkeits- und Frühlingsbegattungsfeste, auf denen die blumenbekränzten Mädchen halbnackt zu Ehren der Gottheit im Tempel tanzten und Blumen austeilten, an die sakralen Blumenzeremonien der Indios, um ihre Seele von Schuld zu befreien, an die mythologische indische Pflanzenehe, an den Kult der Ehe mit der Baumbraut, von dem heute noch das Nameneinritzen der Liebespaare in die Baumrinde geblieben ist, an den Dionysoskult des griechischen, phallischen Vegetationsgottes, an die rätselhaften serbischen Blumentanzepidemien zu Pfingsten in Rsalja, bei denen die Tänzer in Lach- und Weinkrämpfe verfielen, das Gedächtnis verloren und gegen jeden Schmerz unempfindlich wurden, an die indischen Fruchtbarkeitszeremonien im Tempel, bei denen jeder am Hals das Bild des Lingam (Phallus) trug, an die römischen Floralien, die zu Ehren der Blumengöttin Flora, einer ursprünglichen Prostitutionsgottheit, im Mai in Rom gefeiert wurden als Weihe für das ehemalige Freudenmädchen Flora, das ihr erworbenes Vermögen dem römischen Volk vermacht hatte und auf deren Festen die Dirnen eine bedeutsame Rolle spielten, indem sie sich vor allem Volk entkleideten und laszive Tänze vorführten, bis dann das ganze Fest in einem allgemeinen Sinnentaumel endete.
Blumengötter und Eros – in allen Kulten, in allen Zeiten gehörten sie zusammen. Gegen all diese Sitten erscheint das, was Pony getan hat, als recht harmlos. Aber der Stationsarzt muß ihr sagen, daß ihre Handlungen nicht normal seien. Das Ganze nennt sich »Krankheitseinsicht«. Wäre nicht treffender, es »Krankheitseinrederei« zu nennen? Wäre es nicht angebrachter, sich damit zu beschäftigen, warum die Gemütskranken in höchster Not ähnlich wie die Naturvölker reagieren? Warum werden hier die gleichen Urinstinkte wach? Ist es ein Abreagieren dessen, was nicht geschehen sein darf? Daß Pony hinter Gittern eingesperrt ist, anstatt in einem Bett zusammen mit Peer zu liegen? Vielleicht hätte man durch eine Psychoanalyse herausbekommen können, warum Pony die Blumen ins Bett legte?
Aber wenn ich Psychoanalyse sage, bekomme ich zur Antwort: »Ist

doch alles nur Spekulation, man redet dem Kranken dabei nur etwas Falsches ein.«
Spekulation ist alles bei einer unentdeckten Krankheit, auch die Auffassung der Nur-Organiker. Aber was ist falscher, als den Patienten zu sagen, sie müssen einsehen lernen, daß sie nicht normal sind! Statt daß man, wie es bei dem sowjetischen Psychiater Gilgarowsky zu lesen ist, »... dem Patienten ständig die Möglichkeit einer völligen Heilung aufzeigt...«
Versetzen wir uns in Ponys Lage. Dr. Wittgenstein hatte ihr gesagt, daß sie Ende der Woche entlassen werden wird. Sie hoffte: Zurück zu Peer, alles wird wieder gut, sie hatte volles Vertrauen. Doch ihr Arztvater hatte sie verraten, hatte sie belogen: Sie war nicht hier, weil sie sonst im Gefängnis säße (sie hatte selbst gehört, daß die Polizisten sie nach Hause lassen wollten), sondern weil man sie für verrückt hielt.
Und nun bleiben ihr nur die Blumen.
Ich versuche, Pony auf andere Gedanken zu bringen. Es wird mir erlaubt, mit ihr im Park des Klinikums spazierenzugehen. Die Unterhaltung ist schwierig, denn sie ist in einer Art Trance, die wir so zu Hause nicht bei ihr erlebt haben, sie ist weit weg. Und doch freut sie sich sichtlich, daß ich bei ihr bin. Sie fragt nach Peer. Ich erzähle ihr, daß er von Dr. Wittgenstein krank geschrieben ist, da er sich ihretwegen soviel Kummer macht, und daß er bei uns wohnt.
»Dann schläft Peer jetzt in meinem Bett!« ruft Pony freudig aus, und nach einer Weile sagt sie zögernd: »Und seine Mutter? Die darf das doch nicht wissen?«
»Nein, der sagen wir erst mal gar nichts. Übrigens malt Peer jetzt in der Dachkammer. Leider benutzt er dazu nicht dein Malzeug, sondern hat halbe Tuben von meinen Ölfarben auf meine Palette und den Fußboden verschmiert.«
Pony lacht: »Na, das wird ja was für Tante Miezls Hausordnung sein!«
Dann verkriecht sich Pony wieder wie hinter eine dicke Wolkenwand, geht zu ihrem Lieblingsbeet, einem großen Rondell, und zupft an den letzten Astern. Das darf sie eigentlich nicht. Im Park sitzen einzelne Patienten auf Bänken. Pony zeigt auf einen alten Mann: »Ich möchte auch mal so alleine in der Sonne auf der Bank sitzen wie der Mann da. Mit meinem Micky-Radio ganz allein auf der Bank.«
Ein wahrlich bescheidener Wunsch, aber auch er ist für Pony unerfüllbar. Im Vorbeigehen gibt sie dem alten Mann ihren Blumenstrauß. Pony möchte noch nicht zurück, möchte draußen bleiben, aber es ist

Abendbrotzeit, wir müssen uns trennen, wir gehen auf die Station zurück, am Wegrand liegt ein zertretenes Asternsträußchen. Pony sagt nichts, auch ich schweige, als ob ich es nicht gesehen hätte.
Noch ganz benommen von dem Besuch, erschüttert von Ponys Fremdheit, von ihrem überirdischen Wesen, an das ich nicht herankomme, gehe ich wieder den schmalen Weg durch das verwilderte Maisfeld entlang zur S-Bahn. Kinder spielen und schaukeln in den Gärten – warum meines nicht? Ja, die Blumen auf Ponys Anstaltsbett haben mich auch erschüttert. Ich muß an Georgs Mutter denken: Sie hatte auch solch einen Blumenfetischismus, das Zimmer war stets mit Gläschen und Väschen voller Blumen gefüllt, die zärtlich gepflegt wurden, indes sie unfähig war, in ihrem vollgestopften Zimmer Ordnung zu halten. Habe ich Omi Hella unrecht getan, sie so zu verurteilen?
Auf der langen Rückfahrt denke ich an die welken Blumen, die sich schönmachenden Mädchen und ihre Todessehnsüchte, die Thanatophobie. Wäre es nicht das Normale, daß sich diese hübschen Mädchen nach der großen Liebe, nach Eros sehnen? Warum diese Sehnsucht nach Thanatos? Oder fließt hier beides zusammen?
Ich erinnere mich, von einem anderen Mädchen in unserem Ort gehört zu haben: zwei Selbstmordversuche, Angstzustände, Verstecken in Ecken und unterm Bett, eine Neurasthenikerin. Sie ist in dem Hause des Vaters aufgewachsen, der ein Beerdigungsinstitut betreibt. Im Parterre hat er seine Werkstatt, hier zimmert er die Särge, später schmückt er die Toten mit Blumen rund um das Kopfkissen und macht sie schön zum Abschiednehmen. Wahrscheinlich ist dieses Mädchen schon als kleines Kind mit der Arbeit ihres Vaters konfrontiert worden.
Vielleicht ist es also nicht nur das Zusammentreffen mit Eros in frühester Kindheit, sondern auch das Zusammentreffen mit dem Phänomen Tod im zartesten Kindesalter, was später, vor allem in der Pubertät, zu Störungen führen kann?
Mir fällt ein, daß auch Pony etwa mit fünf Jahren ein solches Erlebnis hatte. Tante Miezls Vater, der Pony immer so sehr verwöhnt hatte, war gestorben. Aus diesem Grunde hatte ich am Vormittag mit den Kindern das Haus verlassen. Gerade als wir zurückkamen, fuhr der Totenwagen vor. Ich erinnere mich noch an Majas gellen Schrei – Pony erstarrte nur. Ich war schuld: Warum habe ich den Kindern diesen Anblick nicht erspart? Wieviel einfacher wäre es gewesen, wenn ich den Kindern hätte sagen können: Opa Zachau, den tragen jetzt die Engel fort.
Das junge Mädchen aus dem Bestattungsinstitut ist übrigens gesund

geworden. Man hat ihr in dem Betrieb, in dem sie arbeitete, die Betreuung der Vietnamesen angeboten, die dort ihren Facharbeiterbrief erwarben und mit all ihren Problemen, der Arbeit, der Heimbetreuung, der Sprache und dem Heimweh, zu diesem Mädchen kamen, das ihnen unentbehrlich geworden war. Man sieht, daß man mit sozialen Maßnahmen noch mehr erreichen kann als mit bloßem Reden – leider scheuen die meisten aber davor zurück, für psychisch Kranke die »Verantwortung« zu übernehmen.

Noch einmal muß ich an Georgs Mutter denken: Pony hat ihre Omi mit zwölf Jahren im Sarg liegen sehen. »Ich kann und kann Omi nicht leiden!« hatte Pony als Kind in ihr Tagebuch geschrieben, wahrscheinlich, weil sie ständig miterleben mußte, wie Omi das ganze Familienleben wegen ihrer krankhaften Eifersucht auf ihren Sohn durcheinanderbrachte. Und jetzt, in der Klinik, spricht sie oft von ihr: »Omi war gut, das hat keiner gewußt!« Macht sie sich Selbstvorwürfe? Denn in ihrem Tagebuch war auch zu lesen: »Wenn Omi nicht wäre, wäre Ruhe im Haus!« Hat sie ihr unbewußt den Tod gewünscht?

Und nun treibt sie den gleichen Kult mit Blumen, wie Omi es einst getan hatte!

Noch einmal schicksallos

Nun haben wir den Mittagspunkt des Lebens,
Wir ewig Träumenden, noch kaum erstiegen,
Da nähren wir in uns, wiewohl verschwiegen,
Die tiefste Sehnsucht schon – so ganz vergebens:

Noch einmal Kind zu sein, ein Menschenkind,
Noch einmal schicksallos und leicht zu sein,
Noch einmal kindergut und kinderklein
Am Tor zu stehn, wo erst die Welt beginnt.

Hans Thyriot

Pony war in ein anderes Haus des Klinikums verlegt worden. Fort von ihren gleichaltrigen Freundinnen Ilona und Gerda, fort von ihrem Arztvater, der sie nur noch selten besuchen kann, da die Kollegen das nicht gern sehen. Sie findet sich ganz allein zwischen fremden Ärzten und Schwestern wieder, zwischen alten Frauen, meist Lebenslänglichen – und vor kurzem hieß es noch, sie brauche nur eine Woche in der Klinik zu bleiben. Kein Wort, keine Erklärung ...

Und aus Ponys Sternchen-Radio ertönt der Schlager: »Siebzehn Jahr, blondes Haar, so stehst du vor mir ... mit Siebzehn hat man noch Träume, mit Siebzehn da wachsen die Bäume in den Himmel der Liebe ...« Pony ist siebzehn und hat Träume, übersprudelnde, phantastische Träume, aber sie hat Angst, daß man in diesem Hause etwas davon merkt: Dann ziehen die in den weißen Kitteln die Brauen hoch, streichen sich an der Nase und flüstern sich etwas ins Ohr – und dann muß sie noch länger hier bleiben. Sie kann es nicht mehr ertragen, das Riegeln und Abschließen, das Für-verrückt-gehalten-Werden, das apathische Nichtstun – sie will leben! Sie will raus, raus, raus!

Sie rennt ans vergitterte Fenster, will es aufreißen. Eine ältere Schwester stürzt hinzu, hindert sie daran. Bis aufs äußerste gereizt, schlägt Pony auf sie ein, nicht anders, wie sie es als Schulkinder auch getan haben. Daraufhin wird Pony als »gefährlich« eingeordnet und in ein

leeres Zimmer gesperrt. Als sie nach einer Stunde herauskommt, zerreißt sie vor Wut die Bettwäsche und ihr neues Nachthemd. Später rennt sie mit dem vorn offenen Hemd und freier Brust durch die Gänge. Die Schöne – nennen sie die anderen Patienten. Nun wird sie ein Stockwerk höher in ein Isolierzimmer geführt, bei den Patienten kurz »Bunker« genannt. Therapie: Spritzen, Spritzen, Spritzen.
Die Ärzte scheinen Pony gegenüber kein Hehl daraus zu machen, daß man sie aufgegeben hat. Diese Wahrheit ist nicht zu ertragen, es bleibt nichts als die Flucht in die Psychose. Alles, was um sie herum passiert, kann nicht wahr sein, man muß sich mit seinen Gedanken darüberschwingen, zu den schönen Dingen, die sie im Leben noch erwarten kann. Sie kommt mir vor wie das über den Wolken schwebende Liebespaar, das sie gemalt hat, weit entfernt von dem, was unter ihr ist.
Also Gummizelle, sage ich mir, obwohl ich bedenken müßte, daß es die gar nicht mehr gibt, und weiß nicht, wie ich das verkraften soll. Ich telefoniere mit dem neuen Stationsarzt, Dr. Pfuel. Frage, ob er jetzt der zuständige Arzt für Pony sei.
»Ja, das bin ich!«
Ich sage mich für den nächsten Tag an, obwohl ich mich schwer freimachen kann, da ich die ganze nächste Woche in Berlin zu tun habe. Meine künstlerische Tätigkeit habe ich seit Ponys Krankheit aufgeben müssen, so springe ich jetzt oft als Dolmetscherin ein. Zwischen einer Kongreßpause nehme ich eine Taxe nach Granhagen. Als ich Dr. Pfuel sehe, freue ich mich für Pony: ein ausgesprochen gutaussehender Mann, blond, blauäugig, sportlich, braungebrannt, in den Dreißigern. Er wollte gerade gehen, erklärt er mir, aber da ich nun mal da sei... Und ich fange also wieder an, zum ... zigstenmal, einem Arzt Ponys Krankheitsgeschichte zu erzählen. Ich spreche auch von Peer, von ihrem ersten Liebeserlebnis in Varna.
»Ich habe die Krankengeschichte gelesen«, sagt Dr. Pfuel kurz, und nach einer Weile: »Hat sie schon sexuellen Verkehr gehabt?«
Er hatte also überhaupt nicht zugehört. Beim Verabschieden bemerkte er noch, daß wir uns in diesem Hause an die Besuchszeiten zu halten hätten.
Pony wird die Treppe heruntergeführt, eilt auf mich zu wie eine Traumtänzerin, sie freut sich, mich zu sehen, und behandelt mich wie ein Kind ihre Puppe. Was sie redet, ist ein Durcheinander von Phantastischem und Realem.
»Die Ärzte hier sind alle Teufel, wenn zwei Kinder sich richtig ange-

freundet haben, bringen sie sie gleich auseinander, das ist ihre ganze Freude.«
»Und der neue Arzt, Dr. Pfuel?«
»Pst, das ist der Oberteufel. Die Frauen, die schon fünfzehn Jahre hier sind, sagen, weil ich den Zehnklassenabschluß habe, kriege ich zweihundert Mark Rente. Na ja, krieg ich eben Rente!«
Ich war entsetzt, aber es schien mir, daß diese Aussicht ihr Erleichterung verschafft.
Dann wird sie ein bißchen läppisch-albern und sagt: »Weißt du auch, daß Pony acht Jahre alt ist?«
Ich wage nicht zu widersprechen. Jetzt ist alles aus, denke ich, sie glaubt wirklich, daß sie acht Jahre alt ist. Ja, mit acht Jahren, überlege ich weiter, war sie die Beste der Klasse, von allen bewundert, aber wenn sie achtzehn ist – was für ein Mädchen die schönste Zeit sein soll –, ist sie Rentnerin. Es wäre mir zu roh gewesen, sie zu rütteln und ihr zu sagen: Pony, du bist nicht acht, sondern bald achtzehn! Wenn sie sich als Achtjährige wohler fühlt? Wenn ich mich auch mit diesen Gedanken trösten will, so wächst die Angst in mir, die Angst, daß ich ihnen vielleicht doch recht geben muß, den Organikern, obwohl ich nicht das Gefühl habe, daß es eine Hirnkrankheit ist.
Hätte ich Pony auf den Schoß nehmen und sagen sollen: Du bist mein kleines Kind, du bist acht Jahre alt? Vielleicht hätte sie dann nach einer Weile gelacht und gesagt: Ist ja alles Quatsch, ich hab ja schon meine Zehnte-Klassen-Prüfung hinter mir.
Doch wenn die Ärzte das gesehen hätten, hätten sie wohl mit dem Kopf geschüttelt. Vielleicht hätten sie die Patienten durch Beweise des dialektischen Materialismus von ihrer Fehleinschätzung überzeugen wollen? Wobei manch einer die Dialektik dann gerne fallen läßt, und übrig bleibt ein plumper Vulgärmaterialismus, von dem Marx sagt: »Hier wird der Materialismus zum Menschenfeind.«
Bittend wendet sich Pony an mich: »Ich möchte so gern wieder Schule spielen. Kannst du mir nicht meine Puppen bringen? Dann bin ich nicht mehr so allein: Monika, Winky, Blacky, Reh, Zwerg und Affe, du weißt schon, und das Klassenbuch, damit ich ihnen Zensuren geben kann.«
Mir schauert's, sie ist siebzehn und will mit Puppen spielen! Aber was soll sie auch hier in ihrem Verlies alleine anfangen?
»Aber natürlich, Pony!« sage ich und streichle sie – es ist das erstemal, daß sie es sich gefallen läßt.

Zwischendurch schaue ich versteckt auf meine Uhr, ich muß mich losreißen, die Taxe fährt sonst ab.
»Na, wird das nicht alles n' bissel viel für Sie, Madame?« fragt der Taxifahrer.

Zwei Tage später besuche ich Pony wieder. Ich will ihr gerade die Mitbringsel geben, da werde ich in ein anderes Zimmer gelenkt. Die Ärzte bringen mir bei, daß Pony nicht vernehmungsfähig ist, ihr »Einzelzimmer« – an das ich nicht denken darf, wenn ich mich aufrechthalten will – darf ich auch nicht sehen. Puppen, Stofftiere, Klassenbuch: Skeptisch nimmt Pfuel die Tasche entgegen.
Ich will mit ihm besprechen, was nun zu tun ist. Ich habe zu Hause krampfhaft Beweise gesucht, daß Pony nicht in das Isolierzimmer gehört, und ihm deshalb ihre Philosophiemappe gebracht, in die sie kürzlich erst ihre Lebensweisheiten eingeschrieben hat. Ich nahm an, daß man daraus interessante Rückschlüsse ziehen könnte. Pfuel schaut kaum auf die Seiten, legt das Heft auf den Schrank, macht einige hastige Bewegungen, um zu zeigen, daß er keine Zeit hat, und sagt in selbstüberzeugtem Ton: »Der Zustand hat sich verschlimmert!«
Es klingt wie: Hätten gewisse Ärzte nicht auf die Weibergefühlsduseleien, sondern auf meine sofortige Diagnose gehört... Während des Gesprächs sieht er mich als wäre ich eine Dirne von oben bis unten an, dann bringt er in drohendem Ton hervor: »Und sollte Ihre Tochter jemals diese Mauern verlassen, dann haben *Sie* eine andere Ehe zu führen!«
Ich komme mir vor, wie Chaplin in »Citylights«: Ganz gleich wie, die Schuldige werde immer ich sein. Ich murmele nur: »Warum sagen Sie mir das?«
Jetzt weiß ich auch, warum ich diesen Arzt Dr. Pfuel nenne: Da war doch so ein rechthaberischer General in Tolstois »Krieg und Frieden«:

Pfuel war einer jener hoffnungslos unerschütterlichen und fanatisch selbstbewußten Menschen, wie man sie eben nur unter Deutschen findet, und zwar weil nur bei den Deutschen das Selbstbewußtsein auf einer abstrakten Idee basiert, nämlich der Idee der Wissenschaft, d. h. des vermeintlichen Besitzes der vollkommenen Wahrheit.
... Das Selbstbewußtsein des Franzosen beruht auf dem Glauben seines geistreichen unwiderstehlichen Charmes... das des Russen hat seine Wurzel darin, daß er nicht glaubt, daß man überhaupt etwas wissen könne... Das Selbstbewußtsein

des Deutschen aber ist hartnäckiger, unangenehmer als das der anderen Völker, eben weil er sich einbildet, er kenne die alleinige Wahrheit, die er sich selbst ausgedacht hat. Ein Deutscher dieser Art war offenbar Pfuel ... Alles, was nicht in seine Theorie paßte, konnte auch nicht Gegenstand wissenschaftlicher Betrachtung sein ... So war er der Meinung, daß der ganze Mißerfolg nur daher rühre, daß man sich nicht streng genug an seine Theorie gehalten habe, und er meinte mit der ihm eigenen Spottlust:
»Ich sagte ja, daß die ganze Geschichte zum Teufel gehen werde!«
In seiner Vorliebe für die Theorie haßte er jede Praxis und wollte von ihr nichts wissen, er konnte sich sogar über einen Mißerfolg freuen, da er ja nur der Beweis für die Richtigkeit seiner Theorie war ...

Irgendwie müssen die Resterinnerungen an diese Passagen bei mir wiederaufgetaucht sein. Ich frage diesen Arzt, den ich Pfuel nenne, noch einmal, ob ich Pony jetzt die Spielsachen übergeben kann. Er hört kaum hin auf so eine laienhafte Bemerkung, nimmt mir nur herablassend den Beutel ab. Keine Möglichkeit, Pony noch einmal zu sehen.
Ich habe nicht mehr die Kraft, mich dagegen aufzulehnen. Bei dem kleinen Pförtnerhäuschen am hinteren Ausgang, dort, wo die Parkumzäunung schon ganz zusammengefallen ist, merke ich, daß ich nicht mehr weiterkann. Ich setze mich im strömenden Regen auf die Bank und zünde mir eine Zigarette an. Ich kann nicht mehr denken. Immer wieder der eine Satz: »Wenn sie jemals diese Mauern verläßt!« Es klang nur so im Ohr wie: Ich hab's gleich gewußt, daß das nichts mehr wird!
Dabei hat sie sich so gefreut, als sie mich sah! Und dann ihre Augen, als sie sie wegführten. Angeblich merkt sie nichts davon! Weiß von nichts. Nicht, daß man sie in das Isolierzimmer steckt, wo sie Stunde um Stunde wartet, daß jemand zu ihr kommt. Und dann kommt die Mutter, sie sieht sie kaum und wird sofort wieder fortgeschafft. »Siebzehn Jahr, blondes Haar ...«; es ist noch nicht lange her, da war sie die Größte: »Mit Ihrer Begabung können Sie Regisseur werden, Schauspieler, was Sie wollen ...«
Dr. Wittgenstein war unter einem Vorwand zum Direktor der Schauspielschule gegangen, unter einem Vorwand, und ich dachte, es müßte eine Selbstverständlichkeit sein, daß bei uns alle Institutionen in solch einem Falle zusammenarbeiteten. Ich wollte Dr. Wittgenstein begleiten, er lehnte ab. Dort erklärte man ihm: Pony hätte sich mit einigen Rollen noch einmal melden sollen – in Wahrheit hat sie niemals eine Rolle erhalten, man hatte ihr nur gesagt, man wolle in Kontakt bleiben, ohne

jegliche konkrete Angabe, es war ein diskreter Rausschmiß. Und Frau Gelling sagte neulich noch: »Und die *wäre* gesund geworden . . .«
Was soll ich tun? Mit wem kann ich etwas besprechen? Mit Pfuel? Mit Wittgenstein? Mit Georg? Er kann sein Kind nicht leiden sehen, fährt sofort auf: »Du kannst Pony nicht glauben, bei dir sind alle Ärzte Idioten, du bringst alle Schwestern und Ärzte gegen dich auf . . .« Nein, Georg ist im Moment zu keiner Diskussion fähig. Oft trifft er sich mit Wittgenstein, und der erklärt ihm: »Wir wollten es eben bloß nicht wahrhaben!« Also sucht Georg Ablenkung, umgibt sich mit neuen Freunden, neuen Problemen, kommt spät nach Haus, muß früh wieder los. Wann sollen wir reden?
Ich gehe auf dem aufgeweichten Weg zum Bahnhof, die Maiskolben liegen, wie auf einem surrealistischen Bild, in einem unübersehbaren Gewirr im Schlamm. Ich werde nie wieder die Schönheit malen, denke ich, Pony hat recht, um die Schönheit zu malen, dazu ist die Kunst nicht da. Mir ist kalt, und ich bin durchnäßt, ich möchte zurückgehen und mich mit Pony auf ihre Pritsche legen. Wenn wir im Urwald von Lambarene wären und ich hätte mein Negerkind dort liegen, so könnte ich das tun. Alle schwarzen Mütter tun das, sie bauen sich eine Hütte neben dem Krankenhaus. Dr. Schweitzer hat die Heilwirkung dieses Brauches erkannt, aber viele der weißen Schwestern schenken diesen Schwarzen nur ein mitleidiges Lächeln und sagen: »Sie sind wie die Kinder!«

Water is in my eyes

In mein gar zu dunkles Leben
Strahlte einst ein süßes Bild;
Nun das süße Bild erblichen,
Bin ich gänzlich nachtumhüllt.
Wenn die Kinder sind im Dunklen
Wird beklommen ihr Gemüt,
Und um ihre Angst zu bannen,
Singen sie ein kleines Lied.
Ich, ein tolles Kind, ich singe
Jetzo in der Dunkelheit;
Klingt das Lied auch nicht ergötzlich,
Hat's mich doch von Angst befreit.

Heinrich Heine

Aus Ponys Krankenhaustagebuch:

22. Nov. 1970

Ich höre gerade Brahms. Paßt zu meiner Stimmung. Die schwere Musik inspiriert mich. Ich muß an etwas schreckliches denken. Das Schrecklichste, was bis jetzt in meinem Leben passierte.
Ich denke an die Stunden im Bunker auf Station C, in denen ich mich entschloß, mir das Leben zu nehmen mit dem Draht vom Bettgestell. Stundenlang allein im Dunkeln, über mir und an den Wänden liefen Rohre entlang, in denen es dauernd rauschte, ich dachte nur, jetzt wird Gas durchgeblasen, ich wußte nicht, ob Pappi, Mutti, Maja, Tante Miezl und Oma Zachau noch leben, niemand kam herein––– und die Schreie in den Nebenbunkern ... da hab ich einfach laut gesungen ... Hinweg, hinweg mit diesen makabren Gedanken. Ich bin wieder froh, daß ich geboren bin und denken und sehen kann. Wenn man das Leben liebt, dann nur und nur, weil man die Menschen liebt ...

In der Zeit, während ich Pony im Isolierzimmer weiß, fühle ich mich, obwohl mir gar nicht klar ist, was sie dort durchmacht, wie an allen

Gliedern gerädert, bin nicht imstande, im Dienst oder außerhalb ein Gespräch zu führen – höre überhaupt nicht zu.
Ich habe Angst: die zerrissene Bettwäsche, das Puppenspielen – und nun noch das! Gestern sagte sie zu mir: »Ich heiße Pony Püh!«
Identitätsverleugnung nennt man das wohl. Aber warum Pony Püh? Warum Püh?
Im Deutschen hat dies Wort keinerlei Bedeutung, im Englischen und Russischen auch nicht, aber im Französischen gibt es ein Wort: puits, das heißt: Brunnen, Loch, Schacht.
Schacht. Es ist wahr, daß sie dieses Wort in einem bestimmten Zusammenhang mehrmals gehört hat. Damals, als sie mit der französischen Jugendgruppe das Brunnenhaus der Festung Königstein besuchte. Während alle, von der schwindelnden Tiefe angezogen, auf die dunkle Wasserfläche starrten, erklärte der Schloßführer, was übersetzt wurde, daß der untere Wasserstand fünf Meter betrüge, darunter aber klare Quellwasser hinzuströmen, damit das Brunnenwasser nicht dumpfig werden möge. Oftmals hätte man einen Leibeigenen an einem Seil in den hundertfünfzig Meter tiefen Schacht gelassen, um ihn zu reparieren, manchmal riß das Seil, und der Fronarbeiter verschwand auf Nimmerwiedersehen. Dann goß der alte Schloßführer aus einem Krug etwas Wasser hinunter, und erst nach einer langen Atempause hörte man den Aufprall... Und jetzt nennt sie sich Pony Püh. Eigenartig!
Als ein Verleger den kranken Hölderlin besuchte und ihm seinen Gedichtband brachte, sagte dieser: »Das sind meine Gedichte, aber Hölderlin habe ich nie geheißen, ich heiße Scardanelli!« Kaum war der Verleger gegangen, schrieb Hölderlin eins seiner schönsten Gedichte.
Wieder bin ich mit wackligen Knien im Klinikum angelangt, mit schweren Beuteln und Taschen betrete ich das gelbe Backsteingebäude. Da kommt mir Dr. Pfuel auf dem Gang entgegen, im Vorbeigehen sagt er mir, Pony hätte alle Puppen zerschlagen.
Ich gebe ihm die eine Tasche mit Spitzen, Bändern, Modejournalen und einer Igelitkinderschere, damit Pony in ihrer Einsamkeit eine Beschäftigung hat. Pfuel nimmt die Tasche und sagt: »Glauben Sie, daß die im Moment Kunstwerke macht?«
Mir bleiben die Worte in der Kehle stecken. »Sie hatte es sich gewünscht«, sage ich stockend. »Kann man sie denn nicht ein wenig anders behandeln?«
»Wir tun das Notwendige, aber der Erreger ist eben noch nicht gefunden.«

Erreger noch nicht gefunden? Ist das seine selbsterfundene Wahrheit? Vielleicht und sehr wahrscheinlich wird er nie gefunden werden – und was geschieht bis dahin?
Meine Wut und Ungeduld unterdrückend, frage ich ihn: »Kann Pony nicht wieder mit den anderen in einem Zimmer wohnen?«
»Sie brauchen sich gar nicht so aufzuregen, in dem Zustand weiß Ihre Tochter sowieso nicht, wo sie sich befindet. Übrigens fühlt sie sich ganz wohl dort, und nächste Woche fangen wir mit ihr und dem anderen jungen Mädchen eine Insulinkur an, morgen kommt sie in ein Zweibettzimmer.«
In dem Moment erscheint Pony in Begleitung einer Pflegerin, und wir gehen ins Besucherzimmer. Ich muß all meinen Mut zusammennehmen, um sie ansehen zu können: Sie trägt einen schwarzen, langen Charmeuseunterrock aus den dreißiger Jahren, wohl aus Klinikbeständen für die, die ihre Kleider wegwerfen oder zerreißen, ihre Jeans sind nicht mehr aufzufinden. Dazu ihre meergrünen Stiefel, die sie sich in Budapest gekauft hat. Die Haare wirr. Sie ist glücklich, mich zu sehen, mit mir zu reden. Auf einmal ruft sie wütend: »Was denken die sich eigentlich hier! Nervenkrank soll man sein? Pferdenerven muß man haben, um das durchzuhalten! Alles versauen sie einem! Ich hatte so gute Freundinnen, Ilona, Gerda und Marlen, da haben sie uns wieder auseinandergebracht!«
»Pony, der Arzt sagt, du wirst ab morgen zusammen mit Marlen wohnen und dann eine Insulinkur machen!«
Pony juchzt auf: »Ich werde eine Kur machen, morgen, mit Marlen?« Sie sieht glücklich aus. »Warum sagen die einem das nicht? Nischt sagen die einem!«
Mit dieser Aussicht auf die Kur ist sie wie umgewandelt, sie will mir ihre selbstgemachten Lieder vortragen. Eine makabre Situation: Sie lehnt mit ihrem schwarzseidenen Unterrock an dem weißen Krankenhausschrank und schaut zum Fenster hinaus ins Weite, ins Unendliche, und beginnt zu singen.

I cry after you
Where you are?
You run away,
And my hair became longer and longer
Today I have dressed my best boots
And go with tears in my eyes along.

See me here,
Where I am
Make me merry
I have looked you
I would like to have a dance with you
See me here, feel me!
Hear my voice!
Let me feeling free!

Sie variiert öfter die einfache Melodie, singt und singt, was ihr in den Kopf kommt, auch steht der Text nicht genau fest, mal ist er so, mal so:

Come out of the trees,
Come out of the mountains,
Come out of the river,
Come!
I will play with you,
I will play with you in the sun,
In the rain, always!

Do you hear him?
He is coming over the river,
He is coming fast,
There he runs!
There he is, – Abdullah!
His name in the wind – beautiful.
He cries, he cries!
What? I don't know it.
You cry Abdullah, you cry, cry,
So terrible!
My horse Abdullah![8]

Ihr Pferd Abdullah kommt zu ihr, über die Berge, über den Fluß. »Ich schrei nach dir – mach mich glücklich«: Dabei hat sie sicher an Peer gedacht. Aber wie im Traum wird aus dem Freund ein Pferd, die Pferde sind treuer als die Menschen, Abdullah hat sie nicht verlassen. Sie will mit ihm spielen im Sonnenschein, im Regen, aber Abdullah weint, weint so schrecklich, warum?
Traurig schaut sie durch das Erkerfenster in die Novemberlandschaft,

aber als sie singt »Sieh mich hier, mach mich glücklich, hör meine Stimme ...«, verändert sich ihr Gesicht ins Übersinnliche, fast euphorisch Engelhafte.
Eine Schwester kommt herein, sieht, daß sie stört, und geht leise wieder hinaus.
Dann fängt Pony an, in ihrem schwarzen Charmeuseunterrock mit den türkisgrünen Stiefeln den sterbenden Schwan zu tanzen, eine makabre Situation, ihre Augen sind in eine jenseitige Welt entrückt. Mir würgt es in der Kehle, darauf fängt sie wieder zu singen an:

Water is in my eyes,
Help me please, because of the water.
Big tears are on my face.
Help me please, because of the tears,
I am a little sad,
The sun is under the black clouds,
The summer goes,
It is a big pity for us,
It is a big pity for the children.
I am a little sad,
During the rain is come, is gone around the hill,
Water comes in my eyes
Help me please
Give me your umbrella.[9]

Es war schwer, mich von ihr zu verabschieden, doch hatte sie jetzt wieder Hoffnung, denn am nächsten Tag sollte die Kur zusammen mit Marlen beginnen.
Ich durfte Pony nicht begleiten. Vielleicht hätte ich darauf bestehen sollen, aber Pfuel wollte ich nicht fragen, und vielleicht hatte ich auch Angst, ich würde völlig zusammenbrechen, und dann hätte ich Pony nicht mehr weiterhelfen können. So winkte sie mir noch einmal mit ihrem eigenartigen Lächeln und wurde von der Schwester die Treppe hinaufgeführt.

Später, als Pony mit Marlen in ihrem Insulinzimmerchen untergebracht ist, malt sie sich von ihrem schlimmsten Erlebnis frei.
Sie zeichnet sich als Kind, allein, in einem leeren Kerker, auf der Erde hockend. Nur ein Eßnapf und ein Löffel sind in diesem Raum. Das

Kind, das auf den nackten Planken sitzt, die Arme auf die Knie gestützt, hat ganz lange Haare. Pony läßt sich zwar in der Klinik die Haare wachsen, aber so lang sind sie nicht. Wollte sie damit ausdrücken, daß dies Kind von Zeit und Raum verlassen ist? »... my hair becomes longer and longer. It's a pity for the children, water comes in my eyes, help me please...« *(Siehe Farbtafel XIV)*
Aber selbst hier will sie ihre damalige Todesstimmung zur Umkehr bringen, sich von dem Entsetzen durch den Humor befreien.
An der Decke des Bildes schweben ein Mann und einige Hüte.
Gefragt, was das bedeutet, sagt sie: »Na, an irgendwas muß man doch denken!«
Und vor dem vergitterten Fenster schnäbeln zwei Vögel: »I cry after you, see me here, let me feeling free!«

Daß wir nichts wissen können

In jener Wüste, in jener Nacht
Schlug ich meine matten Augen auf
Zu jenem Silberstern,
Wieder und wieder, ohne daß ich sie
Hervortreten sah,
Die Könige des Lebens,
Die drei Magier –
Herz, Seele, Geist.
Wann werden wir,
Jenseits der Gebirge und Gestade,
Die Geburt einer neuen Einsicht grüßen?
Neuer Arbeitsfelder,
Eines neuen Wissens?
Anbeten –
Die Allerersten!
Die Wiedergeburt auf Erden!

Arthur Rimbaud

Was soll ich tun? Wer kann mir etwas sagen, was mir eine Aufklärung gibt? Ich habe das Gefühl, daß ich etwas retten muß, ehe es zu spät ist. Aber was und wie?
Ich gehe in die Staatsbibliothek, Großer Lesesaal, Medizin, Psychiatrie. Viel Zeit hab ich nicht, in drei Stunden geht mein Zug! Ich blättere und blättere: »Psychiatrie der Gegenwart«, »Manuel Alphabétique de la Psychiatrie«, »Eltern, Kind, Neurose«, »The Encyclopedia of Mental Health« . . . Eigentlich finde ich das, was mir weiterhelfen, mir beängstigende Verhaltensweisen erklären kann, immer wieder bei Freud, ohne daß ich auf ihn stoßen will. Auch die Nachfolger können das nicht erschließen. Für die Verursachung von Neurosen betont er die Rolle der angeborenen Triebkräfte und den großen Einfluß der Phantasie, er geht weiter und schreibt in »Hemmung, Symptom und Angst«:

Diese Kranken haben sich von der äußeren Realität weggewandt, und daher wissen sie mehr als wir über die innere Realität und können uns einige Dinge erwecken, die ohne sie undurchdringlich geblieben wären.
Das ICH, das sich nicht begnügt, auf etwas zu verzichten, tut noch etwas hinzu, um der Situation ihre Gefahr zu nehmen, eine zeitliche Regression in die Kinderjahre, in die Zeiten, in denen man gegen die heute drohende Gefahr geschützt war.

Einen Psychoanalytiker kenne ich nicht. Und was sagt eigentlich Pawlow? Bedingte Reflexe, Signalsystem, Stromkreis, Hemmung, Erregung, Materialismus . . .
Mein Kind ist kein Hund. Ich will wissen, heute noch, denn morgen kann es zu spät sein, was ich ihm antworten soll, wenn es sagt: Du bist nicht meine Mutter! Soll ich sagen: Du hast einen bedingten Reflex? Oder: Du mußt materialistisch denken? Oder einfach, wie Georg sagt: Das laß ich dir nicht durchgehen?
Mit Herzklopfen läute ich bei Professor Weinheimer an, denn ich weiß, daß er mit seinen Klinikpatienten genug zu tun hat, aber er erinnert sich an das Malheur mit Pony und dem Chefarzt Fieweger und empfängt mich schon am nächsten Tag.
Wieder berichte ich einem Arzt, was seit Ponys Erkrankung auf sie zugekommen ist, aber dieser hört zu, schüttelt nur hin und wieder den Kopf.
Ich frage ihn, ob es vielleicht doch in unserer Familie liegen könnte: Mein Vater war bei den Nazis verhaftet, nach seiner Freilassung verließ er nie das Haus, zuckte bei jedem Klingeln zusammen und verbarg sich in seinem Zimmer.
Weinheimer winkt lächelnd ab: »Jeder Mensch reagiert auf gewisse Situationen anders. Und wenn's danach geht, findet sich in jeder Familie etwas. Man spricht von einer Anlagebereitschaft, aber diese Bereitschaft hat jeder vierte, es hängt dann von der Gunst oder Ungunst des Schicksals ab, ob sie jemals in Erscheinung tritt, oder sie bei Erscheinen durch günstige Verhältnisse, durch Toleranz der Umwelt kaum bemerkt oder im Keime erstickt wird oder aber, ob die äußeren Bedingungen sich zuspitzen, der Zustand sich verschlimmert, der Patient sich weiter und weiter vom Leben entfremdet. Aber wie ich Ihre Tochter kenne, hat ihr ja die Natur alles mitgegeben, um zu einem glücklichen, befriedigenden Leben so bald als möglich zurückzukommen.«

»Aber«, werfe ich zögernd ein, »daß Pony mit siebzehn Jahren nach Puppen und Klassenbuch verlangt?«
»Das würde mich überhaupt nicht stören, denken Sie, was sie an Psychopharmaka bekommen hat. Man hat es ja nicht in der Hand, wie sie auf den einzelnen ansprechen. Manchmal rufen diese Medikamente auch die direkte Gegenwirkung hervor, führen zu Halluzinationen und Selbstentfremdung.«
Ich frage, wie es kommt, daß in unserem so fortschrittlichen Gesundheitswesen die Nervenkliniken noch derart rückständig sind.
»Die Psychiatrie ist in allen Ländern der Welt der schwarze Punkt: Vorurteile gegen die Kranken, der Aufwand an Zeit und Geld, strittige Auffassungen zwischen den einzelnen Schulen, Ärzten, Behörden, nirgends wird auch nur annähernd das getan, was getan werden müßte.«
»Ponys behandelnder Arzt hat zuerst in der Neurologie gearbeitet, jetzt soll er versetzt werden in eine Klinik für geistig behinderte Kinder. Ich verstehe das nicht, was haben diese Fälle mit psychisch Kranken gemeinsam?«
»Nichts, den Neurologen unterstehen ja auch die Unfallkranken, Querschnittgelähmten und so weiter.«
»Um Gottes willen!«
»Ja, man plädierte schon vor Jahren für eine Trennung von Neurologie und Psychiatrie, aber einige Ärzte widersetzten sich dem Vorschlag.«
»Warum?«
»Weil es im wesentlichen überall noch so ist. Man brauche eine Zentrale für alle Krankheiten, die von den Hirnnerven ausgehen.«
»Ist es denn erwiesen, daß Psychosen von den Hirnnerven ausgehen?«
Weinheimer zuckt die Achseln.
»In der Sowjetunion sollen sie in der Hirnuntersuchung so fortgeschritten sein?« Weinheimer winkt ab: »Die können lange suchen!«
»Und was ist mit Operationen?«
»Die ganzen Hirnoperationen haben doch zu nichts anderem geführt, als daß ein erregbarer Patient nach dem Eingriff auf das Temperament eines Blumenkohls herabgesunken ist. In den kapitalistischen Ländern gibt es ja Riesenskandale um diese Operationen, wo die Kranken als Versuchskaninchen benutzt werden. Zum Glück ist das bei uns verboten. Abgesehen davon, daß alle Hirnuntersuchungen nach dem Tode eines Kranken ergebnislos verlaufen sind. Man hat nichts gefunden.«
»Und was ist eigentlich mit Hormonen? Kann man da nicht etwas machen, Gegenhormone spritzen oder so?«

»Man hat alles versucht!«
Dieser Satz nimmt mir wieder eine Hoffnung. Während er weiterredet, denke ich daran, daß wir schon in der Mädchenschule über unsere prämenstruellen Depressionen sprachen, die manchmal so intensiv auftraten, daß man am liebsten mit allem Schluß machen wollte: Es muß doch da einen Zusammenhang geben. Die Periode soll, nach alten Weisheiten, ein Barometer für den psychischen und physischen Zustand der Frau sein. Später las ich, daß diese Antwort Weinheimers wohl nicht dem letzten Stand der Dinge entsprach, daß einige Fälle geistiger Verstörtheit mit Unzulänglichkeiten des hormonalen Stoffwechsels in kritischen Entwicklungsphasen in Verbindung stehen können, daß wir aber in diesem Bereich – wie das neuronale System die Sexualität kontrolliert – noch nicht die einfachsten Fragen beantworten können und daß unbedingt eine Sexualanatomie des Gehirns entwickelt werden muß.
»Und was ist eigentlich mit Pawlow?«
»Pawlow hat entdeckt, daß das Hirn in zwei Etagen arbeitet, in den oberen Hirnrindenzentren liegen die erworbenen Fertigkeiten, die durch Erfahrung bedingten Reflexe, während in der unteren die ererbten Reflexe und Urinstinkte liegen. Leider ist er ja nicht mehr dazu gekommen, die Versuche am Menschen in dem Maße vorzunehmen, wie es notwendig gewesen wäre.«
»Das wäre ja so ähnlich wie bei Freud – Bewußtsein, Unterbewußtsein? Was ist eigentlich mit Freud?«
»Freud war der erste, der kausal, auf die Ursachen zurückgehend, behandelt hat.«
»Und er sah die Ursache nur in der Sexualität?«
»Das ist so eine Vulgärauffassung, die nicht stimmt! Anfangs stieß er immer wieder auf Sexualprobleme, später kamen noch andere Frustrationen hinzu. Er sprach von einem Durchbrechen des Reizschutzes. Während des Ersten Weltkrieges kam er auf den Todestrieb und auf die Regression, Rückbildung in frühe Kindheit und in den Urzustand der Menschheit, durch die Traumanalyse und Symptomdeutung stieß er auf eine Bild- und Symbolsprache, wie sie vor der Entwicklung unserer Denksprache existiert hat, und endlich auf den Narzißmus derjenigen, die sich auf sich selbst zurückgezogen haben, eine Fehlanpassung des Ichs an die Umwelt ...«
»Oder die Fehlanpassung der Umwelt an das Ich?«
»Auch das!«

»Und was ist mit der Psychoanalyse?«
»Stellen Sie sich das bloß nicht so leicht vor mit der Psychoanalyse. Da muß der richtige Analytiker zum richtigen Patienten passen, der wiederum einige geistige und ethische Interessen mitbringen muß, abgesehen davon ist es ein sehr langwieriger Prozeß! Wenn er auch nicht mehr so langwierig wie zur Zeit Freuds zu sein braucht, da damals ja noch alles erforscht werden mußte, worauf man sich heute stützen kann!«
»Und warum ist es heute auch noch zu langwierig?«
»Ja, das Falscheste, was ein Analytiker machen kann, ist, dem Patienten nach der ersten oder zweiten Sitzung voller Stolz sein Psychotrauma zu deuten. Dann verpufft die ganze Sache, und die Symptome bleiben bestehen, er muß den Patienten vielmehr in mühseliger monatelanger Kleinarbeit dazu bringen, daß er selbst auf sein Trauma stößt und es selbst deutet, erst dann wird er es akzeptieren. Das heißt, der Patient muß selbst aktiv mitarbeiten!«
Ich kann meine Enttäuschung nicht verbergen, denn ich habe gedacht: Hier muß nur der richtige Tiefenpsychologe her, und Pony ist bei ihrer Intelligenz und Einsicht eine Woche später gesund.
»Daß man den Patienten selbst zur Einsicht bringen muß, leuchtet mir ein, das geht mir bei Problemen mit meinem Mann genauso. Wenn ich ihm den kritischen Punkt auf den Kopf zusage, reagiert er nur mit Schärfe. Doch die Einwände, die man gegen die Psychoanalyse hört, sind meist die, daß man dem Patienten etwas Falsches einredet.«
»Das ist im Grunde harmlos, denn das Falsche prallt am Patienten ab, wird von ihm nicht aufgenommen. Jedenfalls ist auch das Falscheste noch besser, als ihm zu sagen: ›Bei Ihnen fallen Hirnnervenzellen aus‹, oder: ›Sie sind erblich belastet‹, denn schließlich ist ja jede Veranlagung auch einmal erworben worden. Ich habe die Erfahrung gemacht, daß jeder Psychiater Freud nach seinem Gusto anwendet. In Amerika hatte ich einen Kollegen, der der Auffassung war: Freud: ja, Psychoanalyse: nein! Regeln gibt es da nicht, das hängt vom Patienten und seiner Situation ab.«
»Ich habe immer den Spruch gehört: In den Anfängen zum Stoppen bringen! Aber das ginge ja demnach mit der Psychoanalyse nicht?«
»Wenn man die Dinge in den Anfängen packen kann, ehe neue schwerwiegende Traumen hinzukommen, ist es sicher das beste. Aber nicht immer erlauben das die Bedingungen, und die Umwelt ist ja auch noch gar nicht darauf eingestellt. Man spricht ja von Aufdecken und Zudekken. Ganz im Anfang kann man sicher noch manches zudecken und in

andere Richtung ableiten, aber wenn es tiefer sitzt, sollte man aufdekken, analysieren. Doch selbst der Direktor des Sigmund-Freud-Instituts in Frankfurt a. M. sprach neulich erst im Fernsehen von dem Terror gegen die Psychoanalyse.«
»Wie steht es eigentlich mit der Psychoanalyse in der Sowjetunion?«
»Na, in den zwanziger Jahren, da war das ja ganz groß, da wurden alle Kindergärten nach Freudschen Methoden aufgezogen!«
»Und jetzt?«
Weinheimer zuckt mit den Schultern: »Nicht jeder Arzt ist für diese Methode geeignet, und wenn die Erfolge dann nicht schlagartig einsetzen, wird meist die ganze Lehre verteufelt. Sicher gab es da in den dreißiger Jahren Rückschläge, die jetzt langsam überwunden werden – aber wissen Sie, die sowjetischen Psychologen gehen da ganz anders heran. Wir haben uns eigentlich immer gefragt, als wir vor einigen Jahren mit einer Delegation dort waren: Wieso haben die so wenig Betten pro Einwohner, gibt es dort wirklich nur so wenig Fälle? Nein, ihr Geheimnis ist, daß sie die meisten Patienten nicht in den Kliniken, sondern durch ein ausgedehntes Dispensairesystem betreuen.«
»Das find ich natürlich tausendmal besser!«
»Ich habe eine Spezialnervenklinik dort besucht, wo der Psychiater nur vier Patienten hatte; das ist natürlich der Idealfall.«
»Und Ponys Arzt hat 140 Patienten, mit den Dauerpatienten!«
»Glauben Sie bloß nicht, daß das die Spitze ist, selbst in Westdeutschland hat manch ein Arzt 200 Patienten. Es gibt dort auch noch Großsäle mit über hundert Betten drin.«
»Wie kommt das?«
»Einmal hängt es wohl mit dem Ansteigen der Fälle zusammen, und zweitens ist in der Bundesrepublik das Gesetz von 1944, nach dem ein Patient der Psychiatrie nur die Hälfte des Tagessatzes zu bekommen hat wie ein organisch Kranker, noch nicht aufgehoben.«
Mir wird ganz heiß, ich möchte das Fenster aufmachen, ich habe das Gefühl, daß mein Kind zu früh erkrankt ist.
»Vier Patienten, das klingt ja kaum glaubhaft, bleibt bloß noch zu hoffen, daß sie dort das richtige System haben.«
Weinheimer blickt etwas erstaunt.
»Ich meine, die richtige Therapie, daß jeder seinen eigenen Dostojewski in sich trägt.«
»Ja, die Einstellung zu den Vom-Verstand-Gegangenen – wie sie sagen – war ja dort immer eine ganz andere. Während man in den meisten

westeuropäischen, christlichen Ländern die Kranken als vom Teufel besessen ansah und sie deshalb bestraft wurden, galten sie im alten Rußland wie im alten Rom als Heilige, Morbus sakra, das heilige Übel, wurde diese Krankheit genannt. Da gibt es einen interessanten Bericht des Arztes Wilhelm zur Linden, in dem Buch ›Blick durchs Prisma‹. Während der Interventionskriege fuhr ein zaristischer Salonwagen mit einem weißgardistischen Stabsarzt von der chinesischen Grenze durch die ganze Sowjetunion nach Riga. Auf jedem Bahnsteig wurde der Zug angehalten, nach Propusk gefragt, auf dem die Patienten eingetragen waren. Wenn die Rotgardisten dann die im Wagen befindlichen zwei schizophrenen Mädchen sahen, salutierten sie und ließen den Zug weiterfahren.«

»Schön! Aber im allgemeinen stoßen sie eben immer wieder auf die Vorurteile der Menschen! Herr Professor, haben Sie vielen Dank, ich habe Ihre Zeit geraubt, Sie haben mit Ihren Klinikpatienten genug zu tun. Was bin ich Ihnen schuldig?«

»Aber ich bitte Sie, Frau M., das habe ich doch gern getan. Grüßen Sie Ihre Tochter, und wenn sie wieder gesund ist und Berufsprobleme hat, ich habe da einen sehr guten Arbeitstherapeuten für Sorgenkinder, dann soll sie sich auf jeden Fall an mich wenden.«

Beim Händeschütteln fällt ihm noch ein: »Hatte ich Ihnen übrigens Granhagen genannt?«

»Nein, sie sagten Grünheide, aber es war an diesem Tag schon so spät geworden, und so fuhren wir zu Caritas zurück.«

»Schade, im Klinikum Grünheide habe ich einen sehr guten Freund!«

Auf der langen Bahnfahrt denke ich mir alles noch einmal durch.

Die Psychiater in Granhagen sagen: »Der Erreger ist noch nicht gefunden!«

Die Psychologen: »Die können lange suchen!«

Und die Neurologen: »Wir wissen nichts!«

Ich muß aber wissen: Ich muß handeln!

Zu Haus fallen mir auf Ponys Arbeitstisch verschiedene Zettel mit eigenartigen Zeichnungen und kybernetischen Systemen auf. Ich verstehe davon nichts, bekomme Angst, wenn ich diese Spintisierereien sehe, etwas Physik, Kybernetik, Pawlow, Dialektik, wahrscheinlich bringt sie in ihrer Verwirrung Schulweisheiten und Persönliches durcheinander. Jahre später stoße ich wieder auf diesen Rechenheftzettel und merke, daß dies Gekritzel doch einen Sinn hat, daß sie sich intensiv mit den Gründen ihrer Verwirrung beschäftigt hat, und warum es bei Peer nicht dazu kam.

Sie stellt Systeme auf:

c'est Peer's + Ponys Nervenhäufchen!

SYSTEMATIK

Mensch Peer — Mensch Pony

relativ sensibel
relativ vielseitig
relativ phantasievoll

– Nutzt seine Eigenschaft aus, durch seine Umwelt ihm zugeführte Probleme zu verallgemeinern. Er beansprucht seine Nerven maxi-mini, um ein Problem zu speichern, zu lernen, zu durchdenken.

X_e X_a

K_1

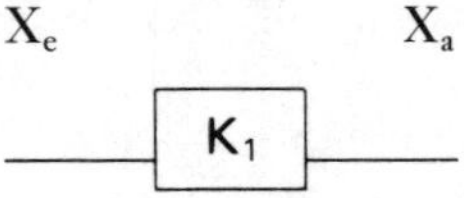

Das Problem *durch*geht sein Nervensystem, ohne es abzubauen, im Gegenteil es bereichert es um $K_1 \cdot X_a$ = Durchgeistigung
Achtung!
sehr nah!
be careful![10]

– Nutzt seine Eigenschaft aus, durch seine Umwelt zugeführte Probleme zu komplizieren. Er beansprucht seine Nerven max-max, um ein Problem zu speichern, zu lernen, zu durchdenken. (Oder verdenken)

X_e = Eingehendes Signal
X_a = Ausgehendes Signal
K_1 = Problem

$X_a < K_1 \cdot X_e =$

Störung im Regelkreis. Organismus hat geistige Verstopfung, steht nicht mehr im Gleichgewicht mit sich, also Wechselbeziehungen mit seiner Umwelt. Für ihn ist alles wichtig, er will alles, bis der Grad kommt, an dem er nichts mehr weiß, weil es sozusagen geplatzt ist.
Vergeistigung
(ver-immer im Sinne v. Fehlleistung)
Los! Love me quickly[11], sonst gehst Du ab!

Ursachen subjektiv: Libido wird verdrängt

Ursachen für den alles komplizierenden Hang: Libidoverdrängung, mit sich selbst unzufrieden, unbefriedigt, Schockwirkungen, das Nichtverstehen seiner Umwelt

Einheit
der Widersprüche

Freitod

attention
all is so simpel
I'M IN FEAR TOO SIMPEL FORME!
Help me![12]

Tagebuch hinter Gittern

Voll von Freunden war mir die Welt,
Als noch mein Leben licht war;
Nun, da der Nebel fällt,
Ist keiner mehr sichtbar.

Wahrlich, keiner ist weise,
Der nicht das Dunkel kennt,
Das unentrinnbar und leise
Von allen ihn trennt.

Seltsam, im Nebel zu wandern!
Leben ist Einsamsein.
Kein Mensch kennt den andern,
Jeder ist allein!

Hermann Hesse

Ponys Insulinkur hat unterdessen begonnen. Sie teilt ihr hübsches kleines Mansardenzimmer, das in einem Zipfel der Station auf einem Seitengang liegt und sogar eine eigene Toilette hat, nur mit ihrer Freundin Marlen. Pony findet es dort ganz gemütlich, aber ich bleibe unruhig. Was muß das arme Wurm alles durchmachen? Zuerst konnte sie trotz der Insulinspritzen nicht ins Schlafkoma gelangen, später sagte sie, beim Erwachen kämen so verzerrte Gesichter und Hände auf sie zu, daß sie wirklich glauben könne, sie sei verrückt, ansonsten fühle sie sich aber viel besser und sei froh, daß endlich was mit ihr gemacht würde.

Krankenhaustagebuch 18. Nov. 70

Krankenhausatmosphäre, Bett. Neben mir schläft Marlen. Nachts denke ich, weil ich nicht schlafen kann.
Es stürmt im Herbst. Ein Apfelbaum allein auf dem Gras. Es stürmt. Ein Apfel fällt ins Gras. »Nun, da bin ich ja reif!« würde sich der Apfel denken, wenn ein Apfel denken könnte. Aber das will ich für ihn übernehmen.

Bist Du schon im Fallen?
Du Apfel?

Ich bin der Apfel.
Aber leider, ich glaube, ich schwebe immer noch in der Luft. Der Sturm hat mich von meinen Eltern gerissen, nun schwebe ich. Ich bin noch nicht visiert. Schade? Na ja ich bin erst 17 Jahre.
Ja, ich liege im Krankenhaus, 3 Monate schon. Warum? Weil ich über das Brandenburger Tor gerannt bin? Warum? Weil ich allein war. Ganz und gar allein. Wie, – allein? Ich liebte nur noch einen Menschen, naja so ganz doll liebte ich eben nur noch einen. Und diesen einen, der war nie da, und als er da war – traf ich mich mit ihm nicht. – Es war also eine gefühlsmäßige und intellegtuelle Opposition. Ich wußte genau, daß ich es nicht schaffe. Es stürmte. Es regnete. Es war genau 10 nach 12 als ich über die Blumenrabatte sprang. Ich löste mich von meinen Eltern, der Apfel löste sich vom Zweig!
Ich wollte die Zeit vor dieser im ersten Moment absurd erscheinenden Handlung immer selbständig sein. Raus aus dem Elternhaus. In dieser Zeit liebte ich meine Eltern nicht mehr. Ich ging zu Peer. Aber Peer konnte nicht mehr helfen. – Wir lagen zusammen auf einem Bett, hatten vier schöne Tage in Berlin vor uns – tanzen gehen, schön aussehen, Wermuthwein trinken – und ich lief noch in dieser Nacht aus unserem Zimmer.
Ich liebe ihn.
Ich liebe ihn. Wirklich. Seit Anfang meines 15. Lebtages bin ich verliebt. Fast drei Jahre war ich mit Peer Freund und Freundin. Es war schön. Er hat mich völlig durcheinander gebracht. In der Schule, zu Hause. Ich las Rubinstein, Freud, Sartre mit Spaß. Der Grund war er. Ich mußte sehr gebildet bei ihm wirken. Er machte sich zuerst lustig über mich. Er war der erste Junge, der mich küßte. Vielleicht deshalb? Nein. Später küßten mich einige wenige. Aber er blieb er.
Die Schwester sagt: »Noch 5 Minuten – dann Licht aus.« Morgen werde ich mehr schreiben. Es erlöst von Sorgen.
Schreiben macht Spaß finde ich. Morgen schreibe ich von ihm! Und von jemand, der öfter hierherkommt, in den ich verliebt bin, weil er ähnlich ist, wie er.

19. November

Goodbye my love
Won't you see me again
I want to meet you in the street,
Come out of your room, if you want me,

Come out of your town, becouse I love you,
Let me lock your face, becouse I'm sad.
Let me see you again, becouse I gave you my love!
Your answer is nothing?
That's why I sing:
Good bye my love!
Good bye![13]

Ich singe und improvisiere dazu auf der Gitarre. Die Sonne scheint heute, trotzdem, I am a little sad. Ich fühle mich so gesund und bin nun bald ein viertel Jahr hier. Peter kommt heute vielleicht. Peter ist der Bruder von Marlen. Peter ist sehr ruhig. Lange Haare, melankolisch-romantische Augen, gefällt mir. Ich möchte mich sehr gern mit ihm mal so richtig unterhalten. Ulkig, ich sah Peter das erste Mal nur kurz und ich wußte, irgendwie wußte ich es schon. Peter gefällt mir.
Schlimm, oder schön, wir trauen uns jedenfalls immer noch nicht anzukucken. Große Wichtigkeit? Ja, große Wichtigkeit. Im Gegensatz zu Pappi finde ich, Liebe – die Liebe unter den Menschen – ist wichtiger als der Beruf. Natürlich sind das dialektische Wechselbeziehungen. Aber ich werde später versuchen, meine Liebe zu ihm zu allen guten Menschen, die mir bekannt sind, über die Liebe zur Malerei zu stellen.
Ja, ich möchte Malerin werden. Maler sind oder müssen großartige Psychologen sein. Hier lernt man viel. Mehr als in der Schule. Ohne zweifel – man wird ein fliegender Apfel. Man lernt Lebensweisheiten. Man lernt – ich begreife das Malen. Immer wieder – der lebendige Mensch steht hoch über allem – dem gemalten Menschen.
Ich liebe die Menschen, denn ich male sie.
Mein erster Portré-Männerkopf. Das erstaunliche dabei war, plötzlich kuckte mich mein kleiner Prinz an.
Wir kennen uns seit sechs Jahren vom Reiten und doch nur eine Nacht, aber die Nacht war bezaubernd, da hat er mich geküßt. Wie natürlich er war, – Klaus.
Dagegen Peer so schrecklich durchgeistigt. Weicht in der Diskussion, und so etwas kenne ich bei ihm mehr als alles andere, den richtigen Problemen in der Liebe aus. Immer wieder kämpfe ich diese Zerbrochenheit bei ihm an. Dieses stur sachlige, dieses Deutsche in ihm und seine Intelligenzkomplexe.
Er bekommt nie genug Diskussionsstoff, spricht dabei so schnell, daß es peinlich wird.

Aber nicht nur er ist so. Gott behüte! Manche sind überheblich, ob wegen Komplexen, oder weil sie gut lernen, egal.
Aber da kommt der große Unterschied: Er ist schlau, hat echte Menschenreife, aber sie sind eigentlich sehr gebildete kleine Kinder.
Pappi ist heute noch so eins. Aber das ist abwegig.

Ponys verschiedene Lieben oder Liebesträumereien vermengen sich hier, aber was soll sie machen, wenn sie mit zuviel Temperament behaftet – und ihr alles versagt ist? Die Nacht mit Klaus, die nach Majas Meinung die einzige war, die sie mit einem anderen Mann verbrachte, ereignete sich Anfang Juli dieses Jahres, nachdem man Pony verboten hatte, mit Peer zu verreisen oder ihn zu sehen. In ihrer damaligen Melancholie traf sie Klaus auf dem Reitplatz, sie ritten zusammen über die Felder in den Wald, er machte ihr Komplimente, Pony taute wieder auf, er küßte sie ... Und nun in der Klinik – ist Peter der einzige junge Mann, der Zutritt zur Station hat, der einzige, der Pony einmal mitfühlend anschauen kann.
Wäre es nicht gut, wenn sie mehr Abwechslung in der Hinsicht hätte? Warum sind Besuche von Freunden nicht erwünscht? Kann es damit zusammenhängen, daß nervenkranke Mädchen oft eine Neigung zur Nymphomanie haben? Aber inwieweit ist das eine Krankheit?
Der symbolistische Dichter Prudhomme sagt von der Schwalbe »Elle a les deux besoins sauvages ...« – sie hat die zwei Urbedürfnisse: die große Unabhängigkeit und die unwandelbare Liebe.

Und so behandelt man die Nymphomanie bei den Naturvölkern, wie in der Kulturgeschichte, Wien 1928, steht:

Das in die Pubertätsperiode eintretende Mädchen wird zunächst zu Iteque, dem Gottheitsidol geführt, dann in die festlich geschmückte Hütte, wo sie unter dem Gesang Kastagnetten schlagender Frauen »Schon ist sie jung, schon bedarf sie eines Mannes« den Besuch vieler Männer bei verschlossener Tür empfängt, wobei fromme Gebete an Iteque gerichtet werden. Der Aufenthalt in der Hütte kann bis zu fünf Monaten dauern, bis die Insassin heiratet.

Nicht unbedingt nachahmenswert, aber wo bleibt die Norm fürs Normale?

19. November, Abends

Ich denke oft an die westdeutsche Jugend. Ich finde, so wie die DDR-Jugend gefühlsmäßig oft durcheinander ist so ist die westdeutsche in hohem Maße geistig durcheinander. Ich stelle mir vor, wie sie beeinflußt werden von allen Seiten, immer auf der Suche nach dem richtigen geraden Weg, eben dem Marxistischem. Auch in Chile, sozialistische Regierung durch Wahlen, ist marxistisch. Finde ich prima. Dagegen Angela Davis, eine dolle, einfach dolle Frau, soll ermordet werden. Mörder! Alles Mörder. Der Mörder liebt sein Opfer. Das Opfer reizt. Das Opfer erweckt Mitleid. Das Opfer ist besser als der Mörder.
Der Mörder liebt sein Opfer finde ich.
Die westdeutschen Gammler – widerlicher Anblick – aber gefühlsmäßig sicher meist in Ordnung. Und geistig fou, completment fou. Ich möchte mit westdeutschen jungen Menschen diskutieren. – Peter könnte jeden Augenblick kommen. Racky!
Ich werde bald mit Peter über die Westdeutsche Jugend diskutieren. Ich schreibe dann seine Meinung.
Gerade träume ich von einem Kuß. Oft träume ich von einem Kuß. Heute träumte ich: Pappi soll Mutti einen Kuß geben. Ich liebe Pappi und Mutti wieder. Sie sollen sich endlich und wieder ganz richtig gern haben . . .
Wenn ich an meinen petit calin[14] denke, nähert sich meine Apfelseele gewaltig den Grasspitzen.

20. November

Heute war ich ganz allein draußen. Sonnenschein – Pony ganz allein. Natürlich illegal. Es war schön. Ich bin schaukeln gegangen.
Ich male viel. Heute mein erstes richtiges Portrait. Ähnlichkeit wurde festgestellt. Ob ich Malerin für immer werde? oder nur Hobby?
Ich träume davon irgendwo hinzugehen, zu einer Baustelle, – dort treff ich meinen kleinen Freund Klaus – diesen Straßenbengel, – er arbeitet auf dem Bau – und dort male ich. Maurer, Kinder zwischen Betonstäben Mörtel richtig im Dreck hinter Sträuchern und Blumen.
Oder im Tierpark, ich träume davon mein Kind, viele Kinder auf einem Baugelände oder im Tierpark zu malen. Die Löwen dazu ohne Gitter zwischen den Kindern – Störche dazu in der Luft – Kinder sitzen auf den Störchen.
Ich träume noch davon. Aber habe ich realistisch geträumt? Warum auch nicht? Träumen macht Spaß! Heute ist Freitag. Sonnabend und

Sonntag bekommen Marlen und ich keine Spritzen, kein Comazustand! Wie gut. Abends kann ich, und will ich nicht schlafen. Ich träume dann, aber nicht in den Himmel hinein, sondern im Dreck. Reiten, ich möchte bald wieder reiten.

20. November

Pony! – nimm nicht alles, was Dich interessiert überernst. Außerdem bin ich noch etwas zu eifrig. Werde wütend, wenn mich jemand beim Malen stört. Es ist nicht Nervosität, es ist nicht die gerade für Jugendliche gefährliche Spontanität, es ist die große Wichtigkeit für irgendeine aktuelle Sache, die mich ereifert. In einer bestimmten Richtung bin ich eben nicht objektiv genug. Ich stehe da, und weiß vor lauter Wichtigkeit bei meiner Arbeit, nicht was ich zuerst machen soll.
Ich dreh mich eben zuviel im Kreis.
Pony – mehr Konzentration, bitt schön!

21. November

Ich möchte nicht studieren.
Ich finde diesen Satz fast absurd, weil lernen etwas sehr dolles ist. Lernen macht Spaß. Formt den Menschen mit magischer Überzeugungskraft. Bewußt und unbewußt. Trotzdem ich möchte nicht in die Universität gehen. In der 10. Klasse rannte ich nach Berlin zur Spychologie-Universität, ging mit Peer zusammen zu Vorlesungen an der Uni in Ilmenau. Ich wollte Student sein.
Ist es Faulheit, die mich davon abhält? Ich glaube es nicht. In philosophische Zirkel möchte ich gern gehen. Zum Ballett auch.
Meine eigenen Texte möchte ich singen. Möchte in Jena Sterne kucken, möchte ... möchte ...
Trotzdem mein Studienplatz, wo ich Studentin bin, ist die Straße. Jeder Mensch hat eine ziemlich klare Weltanschauung. Es existiert der Sozialismus. Man kann ja soviel lernen.
Aber ich möchte nicht studieren, ich würde nur noch komplizierter das komplizierte sehen. Warum die Aufregung die zermürbende Nervosität. Finde ich mich schon schlau genug? Zu schlau sein, ist anstrengend. Ich glaube, ich bin logisch. Ich merke mir gerade jetzt jede Belehrung, weil ich nicht in die Schule gehe.
Ich freue mich so auf Wiesen. Auf neue menschliche Entdeckungen. Ich möchte nette Menschen kennen lernen, nicht zu viel, echte Freunde haben.
Oh show me the way, the glad way! (Im Dunkeln gepinselt)

21. November

Der Tag ist grau. Ich lese Ludwig Feuerbach und der Ausgang der klassischen deutschen Philosophie.
Sicher kommt Peter morgen. Ich freue mich nicht sehr, weil ich Pickel im Gesicht hab.
Was denken die Menschen wohl, wenn sie mich hier sehen?
Manchmal bekomme ich Angst, ich glaube, daß ich dann überheblich wirke. Aber ich bin es nicht. Überhebliche Menschen finde ich unsympatisch.
Peer hat heute meinen Brief bekommen.

22. November

Heute bin ich geil. Ich denke nur an Jungs. Ach, und leide. Es fing damit an, daß ich gestern mein Lieblingslied gehört habe: Lady Marie, und heute Walzer. Wer kann Walzer tanzen? Ich frage heute Peter, ob er Walzer tanzen kann. Überhaupt schocke ich diesen Bengel heute weg. Wenn man geil ist, ist man agressiv. (Sicher ist das Wort falsch geschrieben.) Ja also, wenn Peter Walzer tanzen könnte, wäre es sehr dufte. Balett und Walzer, dazu hab ich jetzt Lust. Schön war es im Balett. Leider weiß ich es nicht genau, aber ich glaube Klaus sagte, er ging kurze Zeit in's Balett.
Durch meine Träumerei komme ich mit der Wirklichkeit ganz durcheinander.
Genau weiß ich noch, daß ich ihm sagte, diese vergeistigten Typen von der EOS fallen mir langsam auf den Wecker. Klaus ist glaub ich in der 7. aus der Schule gekommen. Das ist natürlich übertrieben, aber schlau ist er doch, wenn auch nicht gebildet. Ich denke lieber an die Zukunft, als in alten Gesprächen zu wühlen.
Ewig Beat hören, ist ungemein anstrengend, Walzer mit seinem durchziehenden schönen klarem Charakter, ist genau der richtige Ausgleich.
Außerdem guckt man seinen Partner dabei an.
Bin ich kitschig? Ich heiße Schnulzchen.
– Ich liebe Kitsch! Ja, denn der Kitsch, ist die schönste Ausdrucksweise, wenn man verliebt ist. Alles in Maßen wie immer. Ich glaube richtige Liebe, ohne die netten kleinen Wörter, die man heute bei all der Dynamik und Zeitnot, ob im Sozialismus oder im Kapitalismus, als kitschig empfindet, ohne sie existiert keine richtige Liebe. Deshalb ist das Wort Kitsch mir sympathisch.
Mutti kommt mich heute besuchen. Mutti ist mehr Freundin als Mut-

ter. Mit Mutti kann ich am besten über frauliche Probleme sprechen. Sie ist eben ein Künstlertyp, die am schwersten zu behandeln sind, diese Abwesenheitserscheinungen, und Pappi wie immer Arbeitsmensch, persönliches wird genauso, oder fast genauso behandelt, wie berufliches.

Was mich ärgert: Die neue Maximode kommt. Ich würde wirklich sofort maxi durch die Gegend sausen. Da bin ich sehr revolutionär. Überhaupt finde ich es wichtig, revolutionär zu sein. Ja, es ist das Wichtigste. Ich bin revolutionär, besser gesagt, hier im Krankenhaus wurde ich revolutionär. Mit was man sich da plötzlich alles abfinden mußte an menschlichen und rein sachwertigen Ereignissen. Immerzu ändert sich das Bild.

Immerzu mitdenken, besser denken, völlig umdenken und HANDELN! Ich hatte Mutti gehaßt. Sicher war nicht alles Einbildung. Ich habe die schönen Sachen zum anziehen, die sie mir für die Schauspielprüfung geschenkt hat, vernichtet. Mein symbolhafter Traum war, im Dreck leben, aber lieben und geliebt zu werden. Jeglicher Luxus widerte mich an, obwohl ich nun wirklich nicht ein von Luxus oder auch nur Geld verzogenes Gör bin. Ich wollte allein sein, langsam selbstständig werden. Liebe, liebe immerzu sagte ich, ich liebe deshalb ...

– ich liebe deshalb ... ihr beiden liebt Euch nicht! Ihr wißt ja nicht, was Liebe ist. Angebrüllt habe ich sie mit diesen Worten. Pappi schlug mich. Das war das wenigste.

Hier muß ich einmal unterbrechen: Georg hat die Kinder niemals geschlagen. Da hatte ich leider schon eher mal eine lockere Hand. Ich erinnere mich an eine Szene, als Georg vom Vorgarten aus hörte, daß Tante Miezl Pony im Klo einen Klaps auf den Po gab, da sie sich in ihrem Spieleifer wieder einmal in die Hosen gemacht hatte: Er stürzte empört dazu. Pony fragte ihn danach: »Pappi, willst du das Tante Miezl verbieten? Wir sind nämlich manchmal sehr ungezogen!« Um so schlimmer für Pony, wenn Georg dann wirklich einmal der Geduldsfaden riß. Sie meinte diese Auseinandersetzung wohl, als sie in meinen Schubladen kramte, alle Papiere durcheinanderbrachte oder wahrscheinlich vernichtete, da ihre Zeichnungen oder andere sie belastende Dinge darin waren. Da haben sie sich gegenseitig angebrüllt, und als Pony weiterkramte und behauptete, ich würde das bei ihr auch machen, was leider nicht stimmte, und immer eigensinniger wurde, hat er wohl einmal zu einer Ohrfeige ausgeholt, aber dann innegehalten. Das war alles! Strafen von anderen nahm Pony hin, aber Georgs Strafen vergaß sie nie.

Krankenhaustagebuch 22. Nov. 1970
Und nach dem Theater in Berlin, als wir Peer und ich, den letzten Zug verpaßt haben, bin ich in Pappis Zimmer in der Akademie eingebrochen, ich war erst 16, und wir haben wirklich garnichts gemacht, nur allein sein. – Dafür bekam ich Reiseverbot – und Mittagessenverbot. Zu Tante Miezl bin ich gerannt und hab sie gefragt, ob Pappi wirklich glaubt, daß ich eine Nutte bin.
Frau Dr. Kössling sagte ich im Caritas, die Aktion heißt Liebe!
Dafür war ich in drei medizinischen Gefängnissen!
Wer hat verstanden, wer hat es verstanden, daß ich echt liebe? Peer? Nein, auch er war nicht da, als ich ihn brauchte.
Ich hatte sehr viel Mut, denn ich wußte schon im Voraus, für mich persönlich wird durch Mut alles schlimmer. Ich habe nichts mehr gesagt, ich habe nichts mehr gegessen. Das war der subjektive Oppositionsdrang. Objektiv hatte ich es damals wohl schon aufgegeben, für kurze Zeit, den Menschen klar zu machen,
– wer liebt ist glücklich! Liebt Euch!
Liebt Euch! In Amerika wird das Leid durch all die Widersprüche, die in der Stadt knallhart aufeinander prallen, immer größer, auf der Straße geschehen Überfälle, wird einer umgelegt, sagen die Passanten nur: »That's your Problem!«
Wie dumm sind diese Menschen!
Ich bin revolutionär, nicht geistig gestört.
Ich bin opferbereit nicht nervenkrank.

Theorie ohne Praxis

Was ist aber jede Krankheit anderes als
in seiner Freiheit gehemmtes Leben!

Karl Marx

He alter Junge!
Bin gerade aus meinem Coma erwacht. Bin in den Aufenthaltsraum gelaufen und wieder in mein Zimmer, denn wie ich übrigens gerade spüre, kann ich nicht mehr Fernsehen. Plötzlich höre ich da Musik, sehe Vögel, Wasser – Sonne –! Mensch Peer, bitte verstehe das mal. Wie lange ich schon nicht mehr Radio gehört hab. Da mach ich schon einen Fehler. Ehrlich beinahe hätte ich angefangen zu heulen, weil die Musik so schön war. So bin ich gerade. Also wenn Du mich mal mit so richtiger Rotznase sehen willst . . . na ja geht jetzt eben nicht!
Eben habe ich eine nette Frau kennengelernt, in der Badewanne, aber über so etwas freue ich mich mehr, als wenn ich mal 'ne Banane von Dir geschickt bekommen würde. Wäre ja auch mal 'ne ganz passende Aktion.
Übrigens fällt mir gerade ein, schönen Gruß von mir, und Du bist doll! So! Bist Du nämlich! Bist ja schließlich Peer! Ich glaube, das hast Du schon ganz vergessen.
Ich könnte Dir stundenlang weiterschreiben, wie ich hier so mit den Leuten umgehe. Marlen meine kleine Freundin hier, ist schrecklich affektiert. Aber natürlich auch sehr nett, wie Mädchen meistens sind.
Du übrigens bin ich bald 18. Könnte ja mal heiraten? Hi, Hi!
Was macht Bruder Lutz? Heiratet er mal? Du da soll er mal warten, will nämlich dabei sein.
Übrigens Peer, ich glaube, ich mache jetzt mal Schluß!
Könnte ja noch lange weiterschreiben, aber irgendwann, ist man für Schluß!
Nicht total Schluß, Du Kind!

Bäh, jetzt ärgerst Du dich
Liest denn auch Pappi den Brief! Oder? Hey Pony

Wenn bei der morgendlichen Visite Dr. Pfuel mit seinem Ärzteteam das Insulinzimmer betritt, wird ein bißchen geplaudert, auch mal ein Witz gemacht, sich auch mal die Malereien angesehen, und nach fünf Minuten ist man da wieder draußen. Die junge Stationsärztin mit den Mandelaugen spricht allerdings länger mit Pony, aber sie unterhält sich mit ihr, wie man sich mit jedem normalen Menschen unterhält, das muß Pony einsehen und sich einordnen. Für den augenblicklichen euphorischen Zustand scheint es angebracht, aber sollte wieder ein Tief kommen, bricht all das Unbewältigte wieder auf, und alles geht von vorne los.
Ich gehe weiter in die Bibliotheken, suche nach: Insulinkur, finde im »Manuel alphabétique de la Psychiatrie« von Antoine Porot:

... diese Methoden [die Analyse der Psychodramen] erlauben des öfteren eine bemerkenswerte Resozialisierung des Patienten, aber sie sind von extremer Mühseligkeit und beanspruchen eine beachtliche Zeit, mindestens eine Stunde täglich. In ihrer derzeitigen Form sind sie ausschließlich den privilegierten Fällen vorbehalten.
Im Moment sind es die biologischen Behandlungsmethoden, die die effektivsten und meistangewandten sind, vor allem die Insulinkur. Ihre tiefe organische Aktivität ist undiskutabel, doch räumt man der Kontaktaufnahme, die sich nach jedem Insulinschock im Moment des Erwachens anbietet, mehr und mehr Bedeutung ein. Die Effektivität der Kur erreicht eine bemerkenswerte Steigerung, wenn man das Erwachen für eine psychotherapeutische Annäherung benutzt ...

Ich frage Pony: »Sprechen sie mit dir nach dem Erwachen aus dem Koma?«
»Überhaupt nicht!«
»Fragen sie dich nichts?«
»Doch: ›Hören Sie Stimmen?‹«
Das ist also alles, was sie für ihren Klassifikationsreport brauchen? Pony wußte zuerst gar nicht, was die Frage bedeuten soll. Sie hört keine Stimmen, man macht ihr neue Angst mit dieser Frage, die man sicher auch anders hätte formulieren können. Ich werde wahnsinnig: Man müßte die Zeit, wo sie so mitteilungsbedürftig ist, psychotherapeutisch nutzen, aber nichts geschieht!

Mir bleibt nichts anderes übrig: Ich muß mit meiner Mutter telefonieren. Schließlich haben wir Verwandte an Rhein und Ruhr, die über rauchende Schlote verfügen. Zwei Wochen in einer Superklinik plus Psychoanalyse kann ihnen doch nichts ausmachen, und sie können ihre christliche Aktivität beweisen.
Schlechten Gewissens, fern von Pony, bin ich eine Woche als Dolmetscher bei einem IDFF-Kongreß. In einer Pause läute ich an.
Ja, meine Mutter will sich nach deutschsprachigen Kliniken in ihrer Umgebung, Bayern, Schweiz, Österreich erkundigen. Wie ich die Erlaubnis dann hier bewerkstellige, werde ich später sehen. Am nächsten Tag kommt das R-Gespräch während der Konferenz – peinlich – ich bin übernervös.
Meine Mutter war in einer psychiatrischen Klinik in Bayern, dort hat man ihr gesagt: »Was denken Sie denn, wir können uns doch mit dem einzelnen Patienten gar nicht so befassen, das ist doch in der DDR viel besser!«
»Die haben ja keine Ahnung«, fall ich ein, »das stimmt vielleicht für die anderen medizinischen Bereiche, aber nicht für die Psychiatrie!«
»Doch, eben gerade für die Psychiatrie!«
»Das kann nicht sein!«
»Doch, sie wollten mich nicht einmal hereinlassen, um die Unterbringung anzusehen. Von anderen hörte ich, es sollen Säle mit 120 Betten sein, die Patienten haben keine Schränke, nur verschlossene Spinde auf dem Flur, wo sie niemals herankommen, keine Abwechslung oder Therapie den ganzen Tag – einige sind sogar an Bett oder Bank fixiert, wie sie es nennen. Man sagt, der Arzt sieht die Patienten nur zweimal, nämlich bei der Aufnahme und bei der Entlassung. Und in Privatkliniken zahlt man 100 bis 150 D-Mark pro Tag, ohne die Gewähr einer hervorragenden Psychotherapie.«
Mir wird schlecht, ich kann es nicht glauben.
Meine letzte Hoffnung, irgendwo in der Welt einen Ort zu finden, wo die Umgebung ist und das gemacht wird, was ich mir vorstelle, ist dahin. Eigenartig war, als ich später die langen Telefonate nach der BRD bezahlen wollte, daß mir die Telefonistin mit einem leichten Lächeln sagte: »Schon alles bezahlt!«
»Wieso? Von wem denn?«
»Vom DFD!« (Demokratischer Frauenbund Deutschlands)
Da also, wie mir scheint, niemand da ist, um die Aufgeschlossenheit nach dem Erwachen aus dem Insulinkoma für psychotherapeutische

Gespräche auszunutzen, haben wir, die Familie, uns entschlossen, diese nach unserem Gutdünken zu übernehmen. Jeden Nachmittag gehen Georg oder ich Pony besuchen, manchmal auch Maja oder Tante Miezl. Pony sagt, anders könnte sie es gar nicht aushalten.
Da ich jedoch diese Gespräche einigermaßen fachmännisch führen will und eine spezielle Literatur nicht zu kaufen bekomme, schreibe ich mir in den Bibliotheken alles Wesentliche ab und lese es abends der Familie vor. Aber wie schwer ist es, in der Fachliteratur das zu finden, was man als Betroffener wirklich braucht und anwenden kann! Kein Arzt hatte mir zum Beispiel gesagt, was Ponys Bewegungsstarre bedeutet. So schrieb ich mir aus Freuds »Hemmung, Symptom und Angst« heraus:

... man weiß eigentlich nicht viel über solche Symptome [motorische Lähmung, Stupor] zu sagen. Durch die Analyse kann man erfahren, welchen gestörten Erregungsablauf sie ersetzen ... Man kann es mit der Annahme versuchen, daß das Ich in der Abstinenz, der Situation des gestörten Coitus, der ununterbrochenen Erregung, Gefahren wittert, auf die es mit Angst reagiert ... Todesangst analog zur Angst ohne Liebe, körperliche und seelische, leben zu müssen.

Warum habe ich das damals nicht gelesen, als der Stupor auftrat? Ich hätte sie schon, während sie steif im Bett lag, mit Erklärungen beruhigen können. So hätte man ihr gleich im Anfang die Angst nehmen können, wir hätten Pony ins Auto gesetzt und wären mit ihr zu Peer gefahren, und ein guter Psychotherapeut hätte sie behandeln sollen.
Ich blättere weiter: Gilgarowsky, »Lehrbuch der Psychiatrie«, Moskau 1960 (leider stand kein neueres sowjetisches Fachbuch im Medizinischen Lesesaal): »Hypnose, Suggestion = Hypnose im Wachzustand ... man läßt den Kranken eine bequeme Lage einnehmen, fordert ihn auf, die Augen zu schließen, ... gedämpftes Licht ...« Das kommt mir so bekannt vor! Vielleicht ähneln sich die Dinge mehr, als man auf den ersten Blick glaubt. Und ich lese einen kleinen Satz, durch nichts hervorgehoben:

Der Kranke darf nach der Hospitalisierung auf keinen Fall in den gleichen äußeren Zustand seiner Umgebung zurückversetzt werden.

Das hört sich einfach an, aber hier liegt des Pudels Kern: Es müssen soziale Maßnahmen ergriffen werden. Das wäre auch eine Erklärung, warum in der Sowjetunion so wenig Betten für psychisch Kranke

benötigt werden. Natürlich sind die neuen Tatsachen, die geschaffen werden, nachhaltiger als jeder Zuspruch.
Und weiter bei Gilgarowsky: »Eine streng wissenschaftliche materialistische Begründung der Psychotherapie ist erst vom Standpunkt der Pawlowschen Lehre über Suggestion und Hypnose möglich geworden.«
Also selbst die Hypnosereaktionen sind materialistisch erklärbar?
Warum dann nicht die Psychoanalyse?
Hier die Antwort Gilgarowskys: »...die abgelehnte reaktionär-idealistische Lehre von der Psychoanalyse Freuds, welche die Persönlichkeit nur biologisch sieht... Absolut unannehmbar ist der Gedanke, daß das Wesen nervöser Erscheinungen in sexuellen Traumen der früheren Kindheit bestehe.«
Aber Genosse Gilgarowsky! Für einen dialektischen Materialisten gibt es doch nichts Absolutes!
Und so reagiert Pony: Da kein Arzt auf sie zukommt, um ein analytisches Gespräch mit ihr zu führen, macht sie ihre eigene Psychoanalyse und schickt sie ihrem Arztvater Dr. Wittgenstein:

Hallo Herr Wittgenstein!
Da wir uns jetzt immer so selten sehen, dieses Briefchen. Ihr Bauch muß ja ganz schön weh tun! (Nach Gallenoperation) Aber – it doesn't matter – bald ist wieder summer time!
(Übrigens kleine Entdeckung von mir hier: jeden Morgen sein Tässchen warme Milch trinken. Für nervösen Bauch!)
Ich erinnere mich, in meinem ersten Brief (eigentlich Schmierbrief!!), wollte ich sie gern Pappi nennen. Stimmt! Weiterhin bin ich dafür, da sie im Gegensatz zu den anderen Ärzten zu ihren Patienten irgendwie aufgeschlossener, es scheint gutmütiger sind. Der im Beruf stehende Arzt ist immer streng, verschlossen. Und das Schlimmste ist, man weiß nie, was man eigentlich für eine Krankheit hat, bei solchen Ärzten. Also sie sind unser Pappi, findet Marlen auch.
Leider bin ich wegen Marlen ziemlich traurig. Sie ist wieder so wie beim Anfang. Sagt nichts, tut manchmal extra als ob sie schon langsam in den Zustand der Verrückten abnippelt. Ist ein Riesenbaby. Schade, schade, so etwas finde ich immer mit am schrecklichsten, eine menschliche Enttäuschung. Aber eigentlich liegt da alles auf der Hand, ganz einfach, sie will mal wieder richtig lieben. Verständlich! Spricht auch egal von solch Zeugs. Den Zustand hatte ich übrigens auf der A auch.
Naja mit Peer zusammen. Ach dieser Bengel! Jetzt fühle ich irgendwie

anders. Da sie mich privat und so ja sowieso gut kennen, leg ich jetzt mal ein bißchen los.
Richtige Ponyprobleme!
1. Bis zur 8. Klasse wirklich egal die beste in der Klasse. Da weiß ich genau, wie das ist. Man muß alles machen. FDJ, Pionierarbeit, Rezitatiorenwettbewerb, Deligiertenversammlungen (die waren besonders ulkig!) usw.
Man war eben Spitze. Stand im Leben – gute Verdauung – vital, Mutti und Pappi kannten nichts anderes als 1 und 2 auf dem Zeugnis. Und Pony war fleißig, weil alles zusammen paßte, Arbeit – Privatleben.
Ergebnis 7. Klasse und 8. Klasse 1,3 oder so.
Jetzt machts Bum, da plötzlich Junge da. Liebe. Pony liest Sartre, Freud, Rubinstein liest Simone de Beauvoir, liest die Bibel, wird in der Schule fauler und fauler; bekommt langsam schulische Komplexe. Aber Peer ist da!
Peer und Pony wollen sich beide in Schläue übertreffen!
Entsetzlicher Zustand.
Peers Bruder ist Arzt, ewig völlig verschlüsselte Diskusionen!!

Brandenburger Tor:
Gründe (in etwa)
Pony über die familiären Mißstände nicht mehr aufgeregt, regelrecht traurig.
Peer nicht mehr in der Schule, in Ilmenau. Pony liebt Peer nicht mehr genauso wie früher, anders.
Pony hat keinen Menschen, dem sie ihre Probleme sagen kann. (Interessiert sie das eigentlich? Nur für mich ist das auch ganz gut, seinen Zustand mal sauber auf Papier zu analysieren.)
Also weiter:
Pony hat – wie jeder Jugendliche – Oppositionsdränge gegen die »Alten«!
Hier eben gegen die Mauer. Westberlin + Ostberlin wieder Berlin – für mich ein Traum.
Wer hat eigentlich so eine sinnlose Situation erfunden?
Gestern in der aktuellen Kamera gesehen: neue Provokationen an der Grenze zu Ost-Berlin – schauderhaft!
Chile neue Regierung finde ich ganz doll, prima! Wenn das nichts ist, gewählte sozialistische Regierung!
Herr Wittgenstein, da freue ich mich wirklich.

Brandb. Tor:
Pony hatte eben Komplexe, wollte sich beweisen, daß sie wenigstens noch ein bißchen Mut hat. I, war das ein doller Mut. Wirklich, denn ich wußte ja ganz genau, daß es unmöglich ist nach Westberlin – manifestös – zu rennen. Pony denkt jetzt: Danke schön Herr Wittgenstein
Pony malt. Freut sich, weil sich Mutti freut, weil es gefällt. – Mutti + Pony wieder, die nicht alte Liebe, aber eine neue Liebe von Weib zu Weib sozusagen.
(Meine Rechtschreibungsfehler schlimm? Aber ich schreibe so schnell!)
– Pony lernt englisch. Mit Erfolg. Sie schreibt englische + französische + russische Songs. Improvisiert sie auf der Gitarre. Muß Ihnen was vorspielen!
– Pony denkt kaum noch an Jungs. Ewig Jungs – ist ja langweilig. Zum unterhalten immer gut, da wie ich glaube, sie schlauer sind als Mädchen. Ich glaube, weil sie unkomplizierter gebaut sind + auch so denken.
– Pony strebt den umkomplizierten Zustand an. Denkt dabei öfter an einen kleinen Maurer, weil dieser so doll natürlich ist. Nicht so nervös und durchgeistigt wie Peer.
– Pony freut sich doll auf ihr neues Zimmer in Berlin! Fühlt sich irgendwie sehr reif geworden. Eben erwachsen. Ich möchte unbedingt diese Reife bewahren, mit meinem Temperament sparen. Sich eben langsam in die gesetzten menschlichen Ebenen hineinfinden. Unbedingt will ich sehr langsam anfangen zu arbeiten, da wie ich weiß, mein Temperament – nicht Nerven! – da mußte ich hier Sachen durchmachen! hm!! – oft hochschlägt.
Freue mich sehr, wenn ich Sie dann einmal besuche, oder wenn Sie zu mir kommen. Ich zeige Ihnen dann meine neuesten Kunstwerke auf Gitarre und mit Pinsel.
Wenn ich Sorgen hab, möchte ich Sie lieber mal telefonisch kurz sprechen, als mit Mutti oder Pappi. Die sind nicht sachlich genug.
Wie Sie ja wissen, wollte ich doch ganz unbedingt Psychologie studieren.
Hier mein Psychologiestudium!
Ich möchte meine psychologischen Kenntnisse auf die Malerei umsatteln. Maler sind auf jeden Fall auch Psychologen. Ich denke dabei an Portrait. Ich glaube fast, daß ich später direkt Malerin werde.
In der DDR werden alle dollen Talente, – und die gibt es genügend!!! – für die Wissenschaft benutzt, durch die guten Studienmöglichkeiten, finde ich jedenfalls.

Also Künstler muß es ja auch geben. Außerdem brauche ich diese Befriedigung für mein seelisches und weltliches Gleichgewicht. Sie sehen Herr Wittgenstein, bin noch nicht verblödet. Will durchhalten, draußen genauso ausgeglichen sein, wie hier.
Pappi ist auch sehr zufrieden mit mir. Ich hoffe, daß ich nach der Kur so schnell wie möglich rauskomme, um wirklich nie wieder hineinzukommen.
Mein Zustand jetzt + der Zustand voriges Jahr Weihnachten, nach meiner Entlassung hier – sind aber auch überhaupt nicht miteinander zu vergleichen.
So jetzt reicht es! Viele liebe Grüße von Pony
Das Wichtigste!
Ich liebe wieder die Menschen, so wie man die Menschen lieben muß. Eigentlich jeden anders. Psychologe sein, Pony, sage ich mir da!

Wenn nun niemand hörte

Jedem ward seine Stimme, die deine, in Nacht zu verkünden
Von diesem Nach-der-Nacht, eilt deinem Wege voraus,
Den du ständig tätig bejahst. Doch deine Worte finden
Auf diesem Wege noch kein bereitetes Haus.

Darum ist deine Nacht fatal. Doch im fahlen Gemäuer
Ringe unendlich mit der gewußten Gestalt.
Singe sie maßlos auf steinigen Weg. Und teuer
Wird da auf einmal Vielen, was Wenigen galt.

Stephan Hermlin

Krankenhaus, 22. November 1970

Meine Haare wachsen und wachsen. Ich sehe schon ganz anders aus. Manchmal denke ich an den Mond . . .
Marlen sagt, ich bin ein Gefühlsmensch. Stimmt. Einerseits Nerven wie ein Pferd und dann, wenn ich jemand anfiebere – bums, bin ich eine Memme. Ich bin jetzt traurig. Es gehört viel Selbstdisziplin dazu hier fröhlich zu sein. Launisch bin ich nicht. Launisch werde ich bei nervösen Menschen. Schlecht! Wer launisch ist, ist auch unzuverlässig. Unzuverlässigkeit ist eins der Schlimmsten für mich, Tante Miezl hat uns erzogen, sie war immer zuverlässig. Es regnet. Ich möchte an die Tür gehen. Es wird gerade dunkel.

22. Nov. 1970

He! Peer! Peer – Du, wir beide müssen einfach aushalten. Wenn Du mich besuchst ———— larifari ———— was kommt bei raus: wir erkennen mal wieder, daß wir zueinander passen + dann ———— dickes Ende.
Du ich glaube, das sähe uns so richtig ähnlich. Also lassen wir dieses.
Peng!
Wie Du siehst, bin ich noch richtig Pony. Überhaupt brauchst Dir nicht so doll viel Sorgen machen. Von außen sieht natürlich alles schräcklich aus. Aber wenn man gute Laune hat.

Ich höre gerade Nachrichten, so richtig sozialistische, wie ich ja natürlich auch bin, und ereifere mich. In sofern ist meine ruckartige Westbewegung etwas unnatürlich, wie ich ja ganz vielleicht auch war. – Kann man zum humanistischem Endziel kommen, dort wo Sozialismus und Kapitalismus so knallhart aufeinanderprallen?
Aber nun mal zu Dir. Was Du da so mit dem Tante Miezlregime gemacht hast ——— Farben verklecksen, nicht abwaschen, alles durcheinanderbringen in unserm Hexenhaus. Ich bin glaub ich von dem Aufenthalt hier sehr gefühlsbetont geworden.
So, Du kleiner Schlingel, was denkst Du Dir eigentlich mit meiner Mutters Malkasten, Palette, wie ne Wurstfabrik. Mensch sei doch mal schlau, ich meine, wenn man mit den Farben »spart«, siehe meine Mutter.
Nun ja ich finde solche Dinge nur in so weit aufregend, wie sie einen aufregen. – Lapalien
Wie Du siehst, bin ich so irre, wie ich immer war, nämlich so ganz klein bißchen, weil ich eben auch Temperament + so, wie Mutti meint, vielleicht einen Schuß zu viel habe!!!
Übrigens das schlimmste bis jetzt hier: etwa 5 Tage in einer Art zugeschlossenem Raum nur mit einem Bett + Fenster. Nun ja + Pony ziemlich sentimental dazu
Hey! Pony

22. November

Es wird gerade dunkel. Wenn ich melancholisch werde, bin ich lyrisch. Ich habe auch schon gedichtet:

You sit in a small room on your bed
The window is so little, too little for a painter
At night here I would like to see for the painter
At night I run away
Hurry up
Hurry up
If you want me
You will bee lucky for ever
When you go along, I still see you.
I feel your pain.
It is night in your pictures
I can see the night
The appels are ripened over,

I see the night in your face
Don't cry! Here is a way.
For you and me
I'll run away.
You alone,
Your life is empty, in all the pictures
Your life is empty, in all the colors
Look at the people in the street.[15]

Dieses Gedicht habe ich gerade jetzt gemacht. In wirklich drei Minuten. Dann wird es bei mir auch einigermaßen gut. Ich habe das naheliegendste und zugleich auch einfachste, was das Wichtigste für mich beim dichten ist, genommen. Das Motiv so klar und simpel wie möglich.
Ich male jetzt Liebespaare. Mein letztes, Adam und Eva, reiten auf der Schlange, die den Apfel im Maul hat.
Holla! Hilfe! Ist Peter (Marlens Bruder) da oder nicht? Ihre Eltern sitzen vorn. Jetzt gehe ich noch nicht. Peter findet mich schau, deshalb kommt er nicht, weil er Angst hat. Gemerkt hat er doch sowieso schon alles. Schade, ich glaube, er findet einfach nicht viel an mir. Na ja bei Sympathieerscheinungen hilft auch die Dialektik nicht.
Ich halt es nicht aus. Stinke schon nach »Dure«, meiner Marke, Haare gewaschen und Peter ist nicht da.
Ich merke, er ist nicht da.
Eigentlich sollte das der dramatische Schlußsatz sein, ich erfahre aber, Peter kann nicht, weil er arbeiten muß. Und das heute, wo ich geil bin.
Racky, there can you do nothing. Wenn ich zu Hause bin, mach ich mir gleich einen Maxirock.
Meine Befriedigung ist im Moment pervers, rein geistig. Na Pony – was ist an dem Satz falsch? Der Sinn. Richtig! Wer liebt, kann sich nicht nur geistig befriedigen. Skollin. Die Unterschrift meiner Klassenlehrerin konnte ich schon mal ganz genau. Das waren Zeiten. Und als Bernd u. Frank, ihre Kinder, am Zaun gepinkelt haben. Das war ja der Seelenschock für mich. Kindererinnerungen.
Morgen bekommen wir wieder Insulinspritzen. Heißa, da wird es wieder sehr heiß. Montag, Dienstag, Mittwoch, Donnerstag, Freitag, Insulinzeit. Scheiße!
I want to be free. Help! I want to work again. I want to go to the other people. Please let me!

Marlen ist schrecklich. Einmal heult sie egal, und jetzt ist sie das reinste Affentheater, hamplig affektiert.
Wie ist es eigentlich bei Unterleibsoperationen bei Frauen, wie bei Tante Miezl? Wenn die Gebärmutter raus ist, können sie trotzdem noch fühlen? Manche Typen treiben dann sowieso nichts mehr, für andere ist vielleicht der Hauptreiz verloren. Jedenfalls ist eine Befriedigung möglich.
Ich lache ganz für mich. Marlen lacht über mich, weil mein Lachen komisch ist. Ich denke an eine Unterhaltung mit Peer über Eunuchen. Ich wußte natürlich nicht, was das ist. Ich sagte, es hört sich an, wie ein wildes Tier. Darauf wurde er nachdenklich. Ich lachte mich tod, weil er jedes Wort von mir auf die Goldwage legt. Sklaven werden zu Eunuchen, diese regieren. Wo blieb der Humanismus. Arme Eunuchen!

23. November 1970

Den Fleck hat Marlen gemacht. Manchmal haße ich sie, weil sie so versponnen ist. Man kann mit ihr nicht diskutieren. Meine aus der Kindheit herübergeangelten Verliebungen, versteht sie nicht. Sie redet: »Lachen macht gesund. Lang lebe der Oberarzt. Ich bin Angela Davis.« Sie ist nicht unintelligent, aber eine wildgestkulierende, weniger wildredende Trahnsuse. Wir sind sehr verschieden. Äußerlich und auch charakterlich. Ich brülle sie oft an. Es macht weder ihr noch mir was aus. Sie kann nämlich auch nett sein. Wer kann nicht hin und wieder nett sein? Jeder kann nett sein. Auf die Kontuität kommt es an. Sie ist launisch. Ich finde, es ist ihre typischste Eigenschaft. Trotzdem, ich glaube draußen ist sie schau. Sie hat nämlich auch Charme. Mit Marlen vertiere ich schon nicht mehr, es wird dann so überlich, daß wir vercomaen (von Coma), auch am nachmittag.
Von der 8. zur 9. Klasse saß mir die revolution im Bauch. Die erotische Ponyrevolution, drastisch wie ich bin. Ich bekam auch schon am Ende der 9. Klasse meine gastrikalen Bauchschmerzen. In der 10. Klasse folgte dann die große Offensive. Ich bekam Selbstbewußtsein und gehörige Bauchschmerzen. Wer schön sein will, muß leiden, wer lieben will, muß leiden. Da fällt mir ein, wegen meiner ewigen Bauchschmerzen dachten schon einige in der Klasse, ich bekäme ein Kind, dabei war ich ganz innocent.

24. November

Alles hat seine Vor- und Nachteile, dialektisch! Die Faulheit hier stärkt mich. Nicht wegen dem Insulin. Ich begreife mich selbst, weil ich mich mit mir beschäftige. Ich möchte keine Komplexe bekommen.

Gestern sagte mir die schlaue Frau, ich wäre so pfiffig, he hopla, daß ich eine Klasse hätte überspringen müssen. Nun ja, was hätte ich denn davon gehabt? Man sollte nie angeben, um Neid hervorzurufen. Aber auch ohne Angabe, zum Glück wäre es schräcklich gewesen. Gegen extravaganzen habe ich prinsipell was. (Meine Rechtschreibung muß mindestens schlimm sein, schade!) Ich will fragen, ob Neger in der Zivilisation einen Dschungeltrieb, eine Art wilden Trieb haben.

Ich hörte von der schlauen Frau, bei Anfällen, also wenn die Neger der Trieb überkommt, morden sie, verwalten sie. Ich glaube nicht daran, denn solche Anfälle haben Weiße ganz genauso. Eifersucht spielt da wohl die größte Rolle, denn meistens drückt sich dieser Trieb erotisch aus. Gucke man sich da nur die Westkrimis an. Es ist eine Art niederträchtige Opposition oder ehrliche Opposition gegen das, was man einem unschuldigen Menschen angetan hat, dann spielt die Rassendiskriminierung genauso eine Rolle, wie bei politischen Beweggründen. Auf jeden Fall glaube ich, daß Neger aus ehrlicher Opposition schlecht handeln. Unterbewußt staut sich der Haß der Weißen einer anderen Rasse gegenüber in ihnen. Das andere Klima zehrt an der Gesundheit der Schwarzen. Freunde gibt es kaum oder garnicht. Geld für die Rückfahrt gibt es nicht, Frauen machen sich lustig über sie. Sie aber empfinden alles dramatischer, ernster, Heimweh ist ein schlimmes Gefühl und Europa und Afrika haben nun einmal nichts miteinander gemein.

Ich habe Neger sehr gern. Ich denke dabei an den Malinesen, der in dem Studentenlokal mit Maja und mir an einem Tisch saß. Er war sehr hübsch. Deshalb war er fast, leider fast, überheblich. Zu Negern paßt Überheblichkeit nicht. Wie leicht kann aber ein Anschein von Überheblichkeit, bei Menschen, die es nicht sind, in Charme, in Selbstbewußtsein umschlagen.

Negern wünsche ich ein bißchen labile Überheblichkeit, eben zum Charme schwankend. Wer wirklich charmant ist, ist eine Persönlichkeit, Charme hat nämlich von allen Eigenschaften so seine spezifischen Schüsse.

Eigentlich liegt alles wieder auf der Hand. Neger sind sehr temperamentvoll. Hier aber ernst kleinlaut. Im Suff kommt dann der Ärger zur

ehrlichen Handlung, der ehrliche Neid, die ehrliche Sehnsucht, die Hauptfaktoren für den Ärger.
Mein Malinese war eher traurig als alles andere. Ich glaube aber, wenn Neger hier ein nettes Mädchen haben, geht alles besser. Nur sie müssen wissen, selten oder fast nie kommt dieses Mädchen mit ihnen nach Afrika.
Jedenfalls kommt der Dschungeltrieb bei Schwarzen und bei Weißen nicht von alleine, nur wenn sie gereizt und beleidigt werden.

25. November 1970

Am 19. XII. komme ich raus. Peter war da, er kann Walzer tanzen. Neuerdings habe ich einen Walzerfimmel.
Mutti ist der selben Meinung wie icke, Neger sind genauso wie Weiße. Ob Mutti Walzer auch so gern hat? Wenn ich Walzer höre, werde ich weder sentimental noch misteriös beeinflußt. Ich schwinge leicht mit, etwas verträumt, mich in Muttis Weihnachtskleid mit einem netten stillen Jungen, der sehr pfiffig ist, in großen Kreisen schwebend sehend. Warum habe ich nie mit Peer Walzer getanzt? Walzer macht nicht dekadent. Jeder Mensch mit künstlerischen Ambitionen hat einen Hang zur Dekadenz. Beat ist oft mystisch. Leicht wird man schwermütig, traurig. Walzer macht mich fröhlig, deshalb höre ich so gern Walzer.
Peter hat mich gestern angelacht. Wir haben uns lange angekuckt, und ich hab zurückgelacht. Aber – Peter kann nicht diskutieren. Er ist intelligent, ganz wirklich, aber mit Engels weiß er nichts anzufangen. Das ärgert mich, weil er intelligent ist. Wann finde ich meinen philosophisch gebildeten Straßenbengel?
Mon petit calin, Peer, hab ich auch immer mit Sprachen geärgert, jeder wollte immer besser sein, und mit reiner Philosophie. In Psychologie ist der kleine Große dufte. Ich finde, gerade Philosophie gibt auf alle möglichen brennend aktuellen Fragen eine Antwort. Philosophie ist eine Charaktererwaschung. Idealisten sind charakterlich labil, im Gegensatz zu den Materialisten. Materialisten sind durch ihre klare Weltanschauung stabiler, disziplinierter. Hier vergaukele ich alle. Der kleine Dr. Faust in mir kommt durch. Jeder Mensch hat einen wenigstens kleinen Dr. Faust in sich.
Was macht Maja wohl? Maja ist ja so dufte. Ich freue mich auf Sylvester, mit Maja und ihren Freunden im Beatkeller. Ich freue mich auch auf mein Pferd. Ich gehe gleich reiten, wenn ich am Sonnabend d.

19. rauskomme. Außerdem freue ich mich schon auf die mit Maxi verbundene Stöckelschuhzeit.
Ich suche jetzt Walzer im Radio und bin glücklich, so glücklich, wie man in einer Nervenklinik sein kann. Ich glaube, dieses eine ohnmächtig berauschende Gefühl: Glücklichsein, hier gibt es dieses nicht.
Aber bientot, je suis sure!

Als ich Pony wieder besuche, spreche ich mit Dr. Stoianescu, der jetzt auf ihrer Station gelandet ist. Ich frage ihn, daß man doch von einem Psychologen für Pony gesprochen hätte – und warum in der Beziehung so wenig passiere?
»Man kommt auch international immer mehr davon ab, von diesen ganzen Psychoanalysen, es liegen doch da ernsthafte Erbanlagen, organische Fehler vor.«
Daß man die Krankheit nur zu gern aufs Organische schiebt, ist das die Abwehrreaktion der Ärzte? Ich überlege mir, ob ich mich jahrzehntelang für Hunderte von Patienten einsetzen könnte wie für mein eigenes Kind. Und komme zu dem Schluß: Für den einen oder anderen Patienten, der mir sympathisch ist, ja, aber hintereinanderweg, ein Leben lang?

27. Nov. 1970

Ich habe mit Schwester Gisela Gitarre gespielt. Quacky! Ich habe mit ihr Federball gespielt und dann fast nur Gitarre. Das Insulin macht mich schwach. Ich fühle mich nicht wohl. Ich brauche mehr frische Luft, Bewegung, mehr Menschen.
Ich! – wer braucht das hier drin nicht? Man merkt, viele, fast alle hier drin haben es, das Leben draußen, vergessen. Die schlaue Frau nicht. Sie ist schon 14 Jahre hier drin, 14 Jahre – – – ungeheuerlich. Wenn ich mich mit ihr unterhalte, komme ich mir wie in einem gewöhnlichen Krankenhaus vor. Durch die Kur ist es eigentlich für mich auch ein gewöhnliches Krankenhaus. Hu, ich hab Kopfschmerzen. Schade, daß Schwester Hildegard heute nicht Dienst hat, mit ihr verstehe ich mich ganz prima. Darf immer im Schwesternzimmer Beat hören und bekomme auch hin und wieder einen riesigen Apfel.
Mein neustes Chanson:

Je crois, la vie est belle. Je crois c'est ca.
Je crois, les gens disent la vérité. Je crois c'est ca.
Pourquoi tu dois aller?
Déjá, déjá tu va! Au revoir!
Pourquoi tu est si froid?
Déjá, déjá tu es si froid. Au revoir.
Les soiso ne chantent pas . . .
Rienne t'intéresse. Tu ne dis rien. Au revoir.
Déjá, déjá
L'enfant crie. Votre enfant crie. Il crie, crie . . .
Les enfant ne veulent jamais étre seuls.
Malgré tout, au revoir.
Va donc, va!
Je vais chercher un nouveau Papa![16]

Dieses Chanson von Pony ist ohne lange Überlegung aus ihr herausgequollen. Es beginnt mit ihrer großen Sehnsucht nach dem Guten und Schönen im Leben. Sie muß daran glauben, weil sie spürt, daß sie es sonst nicht schafft, gesund zu werden. Dann aber: »Warum mußt du gehen, schon jetzt?« Warum hat man ihr ihre Liebe genommen? Sie müssen sich wiedersehen. »Warum bist Du so kalt?« Warum schreibt Peer nicht, warum kommt er nicht, warum hört er auf die anderen? »Das Kind schreit«: Sie versetzt sich wieder in den Zustand des wehrlosen Kleinkinds. »Euer Kind schreit«: Hier wird plötzlich, wie es in Träumen oft geschieht, der Liebhaber durch eine andere Figur ersetzt – den Vater. »Die Kinder wollen nie allein sein«: Sie denkt an die schlimmsten Stunden im Isolierzimmer, wo sie ohne den Schutz des Vaters und des Geliebten war. Wenn diese sie schon einmal verlassen haben, dann sollen sie gehn. »Ich such mir einen neuen Papa«: Nicht nur jetzt hat ihr Vater sie verraten, schon früher, als sie noch ganz klein war. Er hat nur Maja geliebt, sie nicht beachtet, wenn sie in ihre Kissen geweint hat. Ja, Pappi muß Mutti einmal sehr geliebt haben, er hatte viel aufs Spiel gesetzt, viel geopfert. – Und Peer? »Schon jetzt so kalt?«
Es scheint sich der Geschlechtshaß gegen den Liebhaber mit dem Geschlechtshaß gegen das Familienoberhaupt, den Vater, zu vermischen.
Obwohl die Ärzte das Gedicht gelesen haben, wird eher durch einen burschikosen Ton von den Problemen abgelenkt, als daß man versucht, auf den Grund dieser Haßkomplexe vorzustoßen, die so unausgeräumt

bleiben – und jeden Moment wieder aufbrechen und zu einem neuen Verwirrungsschub führen können.

28. November

Der Tag war kunterbunt. Ich habe von allem ein bißchen gemacht, weil ich zu nichts Lust hatte. Schrecklich! aber wahr. Ich hatte einen kleinen Regelkreis in mir zu überwinden, also die Negation der Negation überwinden. Ich legte den Pinsel aus der Hand und lag auf meinem Bett, denkender Weise. Was soll eigentlich aus mir werden? Nur wenn ich echtes Talent habe, könnte ich Malerin werden. Jeder Künstler hat es schwer. Es wäre falsch zu sagen, Maler besonders. Hab ich die Nerven dazu? Naja, irgend etwas muß man ja werden. Ich dachte auch an Lehrerin in der 1. 2. 3. Klasse. Herrlich. Auf jedenfall will ich mir möglichst überhaupt keine Künstleralure aneignen. Das ist das Wichtigste, optimistischer Mensch sein, nicht ewig in abwegige Diskussionen abschweifen, die meist auf den Künstler selbst bezogen sind. Politisch informiert sein, ist auch für die künstlerische Arbeit sehr wichtig, vor allen Dingen nicht so doll von sich selbst eingenommen sein.

Die Idee, daß Pony Malerin werden soll, stammte von Dr. Wittgenstein, der einmal einen westdeutschen Kunstliebhaber zu Besuch hatte, welcher begeistert von Ponys Bildern war.
Danach war es für Wittgenstein beschlossene Sache: Pony wird Malerin. Natürlich wußte er nicht, daß Vorbedingung zum Bestehen der Aufnahmeprüfung – noch eine Prüfung mit unsicherem Ausgang, diesmal Kunstschule – korrektes Naturzeichnen war. Das aber kann Pony nicht, und sie lehnt es auch ab, denn sie will ja phantastisch, originell malen.
Gesiebt wird bei dieser Prüfung noch mehr als an der Schauspielschule, sie würde die Prüfung wahrscheinlich nicht bestehen – ein neuer Schlag! Das heißt bei Ponys Sensibilität: In ihren Talenten nicht anerkannt werden – Rückfall!
Abgesehen davon war die naive Malerei, die Pony liebt, damals in der DDR noch wenig anerkannt. Selbst ein Albert Ebert hing einige Jahre zuvor bei Ausstellungen noch auf der Kellertreppe. Wie sollte sich da ein sich selbst gegenüber noch so unsicheres Mädchen wie Pony durchsetzen können? Probleme über Probleme!
Auch Pfuel war für die Hochschule der bildenden Künste.
So stand meine Auffassung gegen die der Ärzte, und das Verhältnis trübte sich mehr und mehr.

28. Nov.

Wie ich lese, habe ich meinen Regelkreis schon geschlossen. Es bleibt also bei einem rein künstlerischen Beruf. Die Angst vor den minderen Lebensweisen der Künstler, muß die Liebe zur Malerei besiegen. Jetzt lese ich Dr. Faust. Ich finde ein Werk, das man gelesen haben muß, wenn man sich liebt. Peer – wie geht es ihm? Ich denke oft, an unser gemeinsam gemaltes Bild an meiner Zimmertür zu Hause. Peer war so nett, so vertraulich, blos manchmal bringt er es einfach nicht zu Stande. Dann ist er hölzern. Aber er hat auch seine eigene Note, und das ist sehr wichtig.

Haben wir uns gegenseitig geschadet?

Nein! Wir haben uns nur geliebt!

Wenn ich jetzt Faust lese, denke ich an ihn. Unsere Unterhaltung war manchmal sehr faustig. So und so! Ob er schon eine neue Freundin hat? Die drei Jahre waren schön. Manchmal waren wir wie Bruder und Schwester. Es gab wirklich keine Geheimnisse zwischen uns. Wir waren egal zusammen. In der Pause auf dem Schulhof unser Eckchen, nachmittags fuhren wir mit dem Bus, um uns gegenseitig zu besuchen. Ich bin gern bei Meyrinks. Peers Bruder und Frau Meyrink sind nämlich sehr nett.

Wenn ich an Teupitz denke, wird mir jetzt noch ganz schwindlig. Wir saßen zusammen auf dem Boot und erwarteten den Sonnenaufgang auf dem See. Peer war Klasse. War ich weg? – Hm, die Leute im Bus merkten es sogar noch, als Peer schon allein war. Naja, Erinnerungen. Aber solche Art Erinnerungen habe ich von Peer sehr viele. Bei uns war immer was los. Ich glaube, ich habe Peer sehr beeinflußt. Sein Bruder sagte einmal, er hätte mich über Peer gespürt, als er mich noch garnicht kannte. Ich habe von Peer viel gelernt.

Der Besuch

Wohl ich wußt es zuvor. Seit der gewurzelte
  Allentzweiende Haß Götter und Menschen traf,
    Muß, mit Blut sie zu sühnen,
      Muß der Liebenden Herz vergehn.

Friedrich Hölderlin

29. Novem. 1970   1. Advent.

Ich werde kommen sprach Jesus. Ich werde kommen spreche ich. Advenio! Ich werde kommen zu den Menschen, die ich liebe. Was macht Pony am 1. Advent! Ich war in der Kirche. Kirche bedeutet hier, ein sehr ärmlicher kleiner Raum mit einer Orgel. Aber egal. Um so besser sah ich den Pfarrer, der gefiel mir.

Zuerst reizte mich an der Religion, die sagenhaft schöne Kirche. Besonders die Kirchen, die von Orthodoxen besucht werden. In Moskau die Basilika. In Bulgarien die vielen schon fast zerfallenen Moscheen, in ärmlichen Dörfern. Dort war ich mit Peer, wir sagten kein Wort. Ich liebe diese majestetische Stimmung in Kirchen. Die Schritte schallen, viele fangen an zu husten, weil eben diese weihrauchvermischte schwere Luft nicht in der Brust, – aber schreiben wir an dieser Stelle mal Seele, – statt Unterbewußtsein, – zu spüren ist.

Gestern abend Pygmalion im Fernsehen, Jenny Jugo war kein bissel proletarisch, na ja, eben absolut Ufaklamottig!

Hoppla Peer soll kommen! Wie hat der Schlingel die Ärzte bloß rumgekriegt?

J'ai mal, trés mal. Es ist erschreckend, ich bin völlig lustlos. Es ist mein schlimmster Zustand. Er tendiert zum Nihilismus. Und der ist der absolute Abgrund. Zuerst hatte man mir gesagt, die Insulinkur dauert 2 Wochen, jetzt sind es schon mehr als sechs, ohne, daß jemand etwas

sagt, und ich werde davon immer dicker. Vorhin kommt Pfuel hereingestürzt und sagt, die Kur wird heute nicht angerechnet.
Warum?
Das kam so. Nach dem Aufwachen aus dem Coma bekommen wir doch immer diese Maulsperrbutterstullen mit Honig. Ich vertrag die nicht mit meinem Bauch. Und hab Mutti gebeten, Pfuel zu fragen, ob ich statt Brot selbstgebackenes Pfefferkuchenbrot haben kann. Das hat er natürlich streng abgelehnt. Nun brachte mir Tante Miezl ein Pfefferkuchenbrot mit und ich legte es in meinem Koffer unterm Bett, wie alle Sachen, die ich von zu Hause kriege. Jetzt hat man das gefunden und behauptet, ich hätte das früh vor der Kur gegessen und war nicht nüchtern. Mir reicht's!
Und heut kommt Peer. Wie seh ich aus. Schlimm.

Peer ist diesmal frohen Herzens in die Klinik zu Pony gegangen, denn er hat von uns gehört, daß Pony sich in einer aufgeschlossenen Stimmung befände. Doch leicht ist es nicht, die frohe Stimmung beizubehalten, wenn im Nebel die gelben Backsteingebäude auftauchen, wenn man eintritt und den Gang mit den umherschleichenden alten Frauen sieht. Dann erscheint Pony. Sie sieht ganz anders aus, das langgewachsene, viel zu dicke Haar steht wie eine Löwenmähne, sie ist durch das Insulin leicht aufgedunsen.
Die beiden bekommen die Erlaubnis hinauszugehen, Pony schleift durch das regennasse, braune Herbstlaub, Gestalten huschen an ihnen vorbei, die beiden verlassen den Park, dort, wo der Zaun eingefallen ist, und gehen auf das dunkle Wiesental zu, aus dem einige wie mit Regenlametta behangene Tannen aus dem dicken Novembernebel auftauchen. Der naßkalte Wind geht bis auf die Haut und trägt nicht dazu bei, Ponys Laune zu verbessern. Sie schimpft auf Pfuel: »Wenn der nur Schläge austeilen kann. Wie kann er denn behaupten, daß ich vor der Kur gegessen hätte, das habe ich doch noch nie getan, und heute auch nicht. Jetzt soll das Koma heute nicht angerechnet werden. Da kommt er rein ins Zimmer, findet sich wer weiß wie schön – ist er ja leider auch – und setzt sein diabolisches Lächeln auf. Was soll man da machen? Am liebsten möchte ich heute noch abhauen.«
Peer weiß nicht, was er mit diesem Ausbruch anfangen, was er davon halten und glauben soll. Er hält das Ganze für einen Rückschlag oder für eine ablehnende Haltung ihm gegenüber. Er versucht, das Gespräch in andere Bahnen zu leiten: »Du läßt dir die Haare wachsen?«

Ponys unwirsches Gesicht wird noch verschlossener.
»Sie sind schon ganz naß!« setzt er hinzu.
»Ist das wichtig?«
Sie gehen weiter durch nasses Gras und klebrige Blätter. An der eingefallenen Blockhütte müssen sie wieder umkehren. All das, was in dieser Schneeluft liegt, worüber sie eigentlich hätten sprechen wollen (Was wird aus ihrer Liebe, wenn Pony wieder frei ist? Aus dem Liebesverbot? Wie lebt man so allein ohne Freundin in Ilmenau?), wird von beiden Seiten vermieden, vom Nieselregen weggespült.
Peer weiß nicht, ob er in Ponys Zustand überhaupt von ihren Problemen reden soll. So spricht er, um Pony abzulenken, von seinen Professoren und seinem Studentenleben in Ilmenau.
Pony beißt sich auf die Lippen und schweigt.
Sie müssen sich beeilen. Punkt sechs soll Peer Pony wieder auf Station abliefern.
Und darauf hat sich Pony monatelang gefreut! Sie schreibt ihm einen Abschiedsbrief, der leider nicht vorhanden ist, aber in ihrem Taschenkalender stehen einige Notizen:

Fiebere durch die Gegend. Völliger Saltozustand!
Ich so völlig deprimon, daß unter Dusche geflennt. Sündflut!
Dolle rage et triste![17]
Lieb ich ihn noch?
Je crois amour avec rage![18]
Traum: Egal toben wir als Riesenschlange durch die Straßen. Leute gucken zu, weichen davon.
Hab Mammutschockbrief an ihn geschrieben:
Mon ami, kein Herz, nur muskulöse Ader!
Peng! Aus!

Und auf einer anderen Kalenderseite:

Es ist schlimm, immer an einen zu denken, der einen nur ganz wenig liebt, man sehnt sich nach seiner anderen Hälfte ...

Und Peer schreibt aus Ilmenau:

Ich war bei Dir und bin fortgefahren, um erst wieder Weihnachten nach Hause zu kommen. Der Herbst ist eine schöne Jahreszeit, weil er oft so triste ist. Man fühlt sich von der Natur verstanden.

Da war Pony – und da war ich. Und da war noch etwas.
Glaube nicht, ich hätte nicht dasselbe gemerkt wie Du. Wäre das möglich? Im allgemeinen merke ich immer alles früher als Du. Ich habe es längst gewußt, aber ich wollte es nicht wissen. Wir sind eine Kugel. Wir müssen einfach dasselbe fühlen. Nur aus diesem Grunde waren wir so lange zusammen. Halbe Kugeln laufen unrund, eiern. Auch ich laufe z. Zt. unrund. Das ist auch der Grund, warum ich nicht schreiben konnte. Ich habe gewußt, welcher Punkt jetzt bei uns erreicht wurde. Aber ich wollte es nicht wissen. Trotzdem habe ich immer daran gedacht. Aber ich wollte nicht daran denken. Darum habe ich gearbeitet, bin in Clubs gegangen.
Da war Pony, und da war ich. Und noch etwas, das nicht da war. Das schneidend schmerzhafte Bewußtsein, daß etwas fehlt. Wo Pony war, war nichts, und was dazwischen war und viel wesentlicher für uns, fehlte erst recht. Das schneidend schmerzhafte Bewußtsein, grad das zu brauchen, was in diesem Augenblick fehlte, es zu brauchen, weil es fehlte und nur so eigentlich zu ertragen wäre. Das Bewußtsein, daß etwas fehlt. Das war da, für etwas, das nicht da war.
Da ist Pony und hier bin ich. Und dazwischen Dinge, die da sind oder auch nicht, Gefühle, die da sind, oder auch nicht. Man erinnert sich daran, daß sie einst da waren, andere waren dafür früher nicht da, und eigentlich möchte man es anders haben, obwohl man weiß, daß es nicht anders sein kann und nicht anders sein darf. Manchmal beneide ich Dich in Deiner jetzigen Situation. In Deiner »Konservenbüchse« kannst Du mit diesem Problem, wenn es für Dich noch eins sein sollte, in aller Ruhe fertig werden.
Ich habe mich über Deine beiden Briefe sehr gefreut, speziell darüber, daß Du nicht die Absicht hast, mich völlig aufzugeben. Die Frage ist nicht, ob das sinnvoll gewesen wäre, hättest Du mir den berühmten Tritt verpaßt, sondern ob das möglich wäre. Ich muß feststellen, daß ich an Dich immer noch als meine Freundin denke, wenngleich auch vielleicht unter anderem Aspekt als früher. Bin dabei, mich kopfüber wieder ins aktive Studium zu stürzen. Bisher haben sich bei meinem Neubeginn keine Probleme gezeigt, eigentlich im Gegenteil.
Nachdem ich am Sonnabend einen recht friedlichen Gaul unterm Hintern hatte, war der gestrige weit reaktionsfreudiger. Der gute Rex machte nämlich nicht mehr, was ich wollte, sondern, was der Mann an der Leine befahl. Und so kam ich mir wie aus Versehen dort draufgeraten vor. Ich hoffe, daß mein Kreuz bis Sonnabend wieder in Ordnung

ist. Es ist ein Kreuz! Jedenfalls fahren wir noch vor Weihnachten zusammen nach Mayhof (Reitplatz). Da kannste mir mal was beibringen. Schließlich hast Du diverse Jahre Erfahrungen, ich keine.
Soviel für heute. Da ich mein Gleichgewicht inzwischen weitgehend wieder gefunden habe, glaube ich mit Recht behaupten zu können, daß ich demnächst doch noch mal vorbeikomme. Hey Peer

Krankenhaus

He Peer! Dein Brief ist ein echter Aufhebebrief. Merci!
Schon allein der Fakt – Peer reitet, ist unbedingt zum Aufheben.
Du hälst doch wohl durch?
Stelle ich mir gut vor, wir beide auf Pferdchens: Geländeritt, Wassergraben, Berge hoch Berge herunter, Hecken, Sprung, Purzelbaum.
Du bist ein Idiot! Mich hier zu beneiden ist schitzofren.
Hier werde ich in eine »Konserve« geschmissen + der Deckel wird über mir verschlossen. Die Anpassung an die konservierten Heringe, die das freie Leben schon ganz und gar vergessen haben, ist nicht gut. Man wird traurig über ihren Zustand und seine eigene Hilflosigkeit. Bye Bye!

Pony

Schreib bald! Ich freue mich schon so auf draußen. Auf Wiesen, und Pony-Peer-Kanal und lauter solche Dinge, wenn Du wieder mal so einen sauve-qui-peut-Zustand[19] hast, schmeiß ich Dich ins Wasser. Schreibe hier neuerdings ein großes dickes Tagebuch. Hopla! Pony

Demnächst werde ich noch mal vorbeikommen, hatte Peer geschrieben. Am nächsten Morgen wird die Tür des kleinen Insulinzimmers von der breitstämmigen Oberschwester aufgerissen: »Besuch von Jugendlichen ist in Zukunft untersagt!«

Friedlich gleich den Seligen

Hingehn will ich. Vielleicht seh ich in langer Zeit
Diotima! dich hier. Aber verblutet ist
Dann das Wünschen, und friedlich
Gleich den Seligen, fremd gehn wir umher.

Friedrich Hölderlin

Krankenhaus, 30. Nov.

Immerwieder muß ich an die Kirchen denken, in Rumänien, da wachte ich immer auf, wenn wir mit Ferdl und seinem Klassetrabbi durch die Gegend fuhren. Das ist Kunst. Wie das Detail mit dem ganzen Bau zusammenpast. Man spürt die Liebe für den Bau dieser Kirchen. Ich denke an die Matiaskirche in Budapest. Die gotischen Fenster, der langgestreckte Turm, immer wieder, immer wieder diese schönen spitzen Bögen – gewaltiger Eindruck.
Ich denke an die bulgarische Kirche in Sofia mit den vielen Ikonen. Damals hat mich Peer kaum aus der Kirche raus gekriegt. Peer kann so nett sein, bloß manchmal ist er es nicht.
Ich sehe ihn jetzt schon mit Abstand.
Die Themen der Ikonen waren zum Teil eigentlich realistisch dargestellt. Es waren oft Götter, aber und was wichtiger ist, sie sahen aus, wie einfache Menschen.
Wenn ich in Kirchen gehe, sage ich kein Wort. Alles ist so feierlich. Und dann – Orgelmusik – zum im Kerzenschein flackernden Jesusbild.
Das ist meine gefühlsmäßige Einstellung zur Kirche.
Das, die geistige:
Gott ist die Liebe.
Ich sang heute: Das Sterben ist mein Gewinn.
Die Himmelfahrt nach dem Tod, der Glaube an das Jenseits, wirkt sich in negativer Weise auf die Menschen aus.
Der Wohlstand in der DDR ist schon so weit, wir brauchen keinen Gott als Gott, wir brauchen Gott als Liebe.

Faust:

> Das Drüben kann mich wenig kümmern
> Aus dieser Erde quillen meine Freuden
> Und diese Sonne scheinet meinen Leiden
> Kann ich mich erst von ihnen scheiden,
> Dann mag, was will und kann, geschehen.

Wer an Gott glaubt, hat Angst vor ihm. Im Verhältnis zu ihm, zu seinem Wesen, seinen Taten, hat jeder Christ ein schlechtes Gewissen. Die Verführung mit dem Jenseits wirkt sich negativ auf Menschen, die im Dreck leben aus, sie kämpfen nicht aktiv um ihre Freiheit, sondern passiv, in dem sie beten und hoffen. Menschen, die im Wohlstand leben, glauben wenig an das Jenseits. Wer glaubt wird dadurch charakterlich erzogen, angespornt. Wie soll das Jenseits aber aussehen? Ein Schlaraffenland?
Nein. – Liebe bedeutet es. Wer nämlich auf der Welt, also zu Lebzeiten gelebt hat, wird geliebt, bis man ihn vergessen hat.

Wenn man tot ist,
lieben einen die Menschen mehr!

Das Sterben ist mein Gewinn.

Krankenhaus, 30. November

Gestern hatte Friedrich Engels Geburtstag.
Das Jenseits ist also wieder die Erde, denn hier wird Engels geliebt, hier ist Anfang und Ende eines Organismus.
Die Pfarrer kommen mir vor wie Lehrer. Sie lehren, indem sie predigen. Sie predigen Liebe! Sie fordern auf, den Mitmenschen nicht uninteressiert zu behandeln.
Am Donnerstag besucht mich der Pfarrer. Ich habe kurz mit ihm gesprochen, da fand er mich wohl interessant und meinte, er käme. Wie weit darf ich dann wohl in meiner Diskusion mit ihm gehen? Ich werde noch ein bißchen Faust lesen, Argumente und Zitate sammeln. Auch Brecht. Ich denke jetzt an Juan. Er mußte sterben. Frau Carrar hat aber eingesehen, man muß etwas unternehmen, von sich aus, man muß handeln.
Damals in meinen schlimmsten Stunden, habe ich gebetet, daß Bübi mal an mich denkt, sich an mich erinnert. Für mich, in meinem Bunker, war Bübi etwas Göttliches. Gerade, weil ich ihn kaum kenne und doch

kenne. Das ist das Gottesähnliche dabei – Liebe. Immer wieder ziehen sich alle Sinnesfäden bei diesem Wort zusammen. Gott ist Liebe. Liebe ist allmächtig – aber Gott nicht. Gott ist ein Diener der Liebe.

In den schlimmsten Stunden ihres Lebens, im Abgeschnittensein von allen Menschen, auf wer weiß wie lange, in höchster Erregung und Verzweiflung, kam Pony ihr allererstes Liebesgefühl, das sie mit vier Jahren zu dem gerade eingeschulten, bildhübschen Bübi hatte, in den Sinn. Eine Liebe, die friedlich gleich den Seligen war, eine Kinderanbetung, ohne Teufel und Dämonen, ohne Eros, wunschlos, göttlich.

Krankenhaus, 30. November

Mutti hat mir den »Happy Prince« mitgebracht, auf english of course.
Ich freu mich ja schon so doll darauf.
Plötzlich wurde Mutti heute ärnst, ich fragte, was Klaus macht, sie sagte, der Bruder von Klaus hat sich das Leben genommen . . .
Eine Schweigeminute. Er muß kurzsichtig gewesen sein. Jedes persönliche Problem, wie klein ist es. Ich haße ihn für diese Tat, obwohl ich mich mit meinem Tod auch schon abgefunden hatte.
Ich möchte Götter und Teufel malen, wie Gott dem Teufel durch die Liebe überlegen ist. Mein Motiv ist dabei immer wieder der Mensch. Ich will Pfarrerin werden, Liebe predigen mit dem Pinsel in der Hand. Das Jenseits will ich malen auf der Erde mit lebenden Menschen. Schön will ich das Jenseits malen, nicht nur mit Göttern. Klaus Bruder werde ich morgen malen, – mit schwarz und braun, so wie ich ihn mir vorstelle . . . *(Siehe Farbtafel X oben)*

Sie hat ihn gemalt. Verlassen steht der Mann in einer Art Verlies, und im Nebenverlies der Torso einer Frau mit bloßem Oberkörper, der mit Perlenketten behangen ist, ihr Unterleib scheint einen Nixenschweif zu bilden. Auf dem ganz in Sepia gehaltenen Bild sind nur die Schenkel der Frau leicht rötlich getönt. Sie nimmt eine kniende Liebesabwehrhaltung ein. Das Bild erinnert mich an ein Freudsches Zitat in »Das Ich und das Es«:

Das Ich hat keinen einheitlichen Willen zustande gebracht. Eros und Todestrieb kämpfen in ihm . . .

Mit dem Bild wollte Pony vermutlich ausdrücken, daß der Mann, der Selbstmörder, sich völlig allein fühlte, da die erotischen Beziehungen zu seiner Frau, die sich ihm verweigert, nicht möglich waren. Und Pony schreibt weiter:

Er hatte nicht den kosmopolitischen Weitblick, er war egoistisch. Subjektiv war er tollkühn. Ich glaube nicht, daß er mutig war, eher feige. Hatte er Angst vor dem Leben?
Man muß sie überwinden diese gefährliche Minute – ich halte es nicht mehr aus – ausweglos ist mein Leben, hinweg mit mir – ich bin zu nichts nutze.
Wer hatte Schuld – Hauptschuld an dem Mord? Er oder die Umwelt? Er suchte sicher nach Menschen, obwohl er verheiratet war. Unglücklich verheiratet zu sein mit Kind, ist schlimm. Obwohl jeder einigermaßen gebildete Mensch mit Moral und Ethik, kommt mit seinesgleichen aus.
Was ist aber im Gegensatz dazu die Liebe. Wer nicht liebt, wird nicht geliebt. Ich glaube aber: dieser Bruder wird sich eher an etwas vergangen haben, nicht Mord, aber es muß kiloschwer auf sein Gewissen gedrückt haben. Und das Ost-West-Familienverhältnis ist auch ein Argument, besonders für seine Kindererziehung.
Ach hätte ich ihn gekannt – jetzt würde er mir leid tun. So hasse ich ihn jetzt, für Klaus.

In diesem Zusammenhang ist es vielleicht aufschlußreich, die Passage eines Theaterstückes zu zitieren, die Pony nach der gelungenen Schauspielprüfung geschrieben hatte:

Er: Hör mal, du deforme Seifenblase, du Moraldefätistin, du indisponible Schöne, superschöne Shawkarikatur, liebst du eigentlich?
Sie: Wie? Ob ich liebe? Naja, also – natürlich lieb ich!
Ja, ich liebe nämlich meine Mutter!
Sie ist gerade gestorben. Nachts weine ich. Verstehst du, wenn ich dich auch noch so sehr lieben wollte . . .

Hier zeigt sich etwas, das Pony gar nicht erlebt haben kann: der Treuekomplex zu einem geliebten, verstorbenen Menschen. In den meisten Fällen ist es der Ehepartner. Im Moment der sexuellen Annäherung mit einem neuen Partner taucht das Bild des verstorbenen Geliebten wie ein Warnsignal auf (so in dem französischen Film »Ein Mann und eine Frau«). Es kann aber auch eine andere, über alles geliebte Person sein: Vater, Mutter, Kind, die in dem Moment aus dem Unterbewußtsein auftauchen (wie in dem indischen Film »Und dennoch«: Vater tödlich verunglückt, schöne, unberührte Tochter wird liebesunfähig). Pony hat diese Filme nie gesehen, sie hat nie einen über alles geliebten Menschen durch den Tod verloren, denn ihre Omi, Georgs Mutter, hat sie eher gehaßt. Sollte sie so sensibel sein, daß sie wegen dieses Hasses nachträglich in schwere Gewissensnot gerät?

Krankenhaus, 1. Dezember

Bald . . . bald . . . fini!
Ich werde kommen! Advenito! Ich werde kommen am 20. Hoffentlich nehme ich bis dahin ab.

Kirgisien

Dem Kind verzückt in Karten und Pastelle
Die Schöpfung seiner weiten Gier entspricht.
Wie groß ist doch die Welt bei Lampenhelle!
Wie ist sie klein in der Erinn'rung Licht!

O selt'ne Fahrt, die jedes Ziel verstattet!
– Es ist an jedem – drum an keinem Ort –
Wobei der Mensch, dess' Hoffnung nie ermattet
Nach Ruhe strebt und rennt wie rasend fort.

Charles Baudelaire

Krankenhaus, 30. November 1970

Ich bin drastisch erzogen, deshalb – oder jetzt – bin ich nicht drastisch.
Wer das Schöne gesehen hat, findet sich leicht mit dem häßlichen, oft häßlichen Alltag ab. Ich war in Moskau, Budapest, Bukarest, Prag ...
Ich kenne verschiedene Temperamente der Menschen.
Ich war in Kirgisien. Ich saß auf einem Pferd, rechts von mir ein Meer, links von mir Berge, hoch bis zur Schneegrenze und noch höher.
Und jetzt – Krankenhausaufenthalt, vierteljährlich, ich lerne zu leben im Kleinen.
Plötzlich ist eine Flasche Haarwäsche irre wichtig, ein hellblauer Faden, ein guter Mensch. Der ist immer das Wichtigste. Der Mensch steht im Mittelpunkt der Erde.

Aus Ponys Reisetagebuch vor vier Jahren, sie ist dreizehn Jahre alt:

Sowjetunion, 20. VII. 1966

Das erste Mal! Wir, das heißt Pappi, Maja und ich fliegen diesen Sommer nach Kirgisien. Wir fliegen jetzt zuerst nach Moskau. Ich bin schon sehr gespannt! Wie mag die Stadt wohl aussehen? Viele Wolkenkratzer?
Fliegen macht großen Spaß, vor allen dingen durch Haufenwolken. Dieser Anblick faziniert mich so sehr, daß ich jeden Menschen bedaure,

der dieses Überweltingte nicht erleben konnte. Ich liebe Reisen sehr. Man muß die Welt kennenlernen, bevor man sich ein Urteil über sie machen kann!
Man muß erleben, kennenlernen und auch viel lernen. Nicht so eine Meinung haben wie Tante Miezl, nicht ins Ausland, weil man die Sprache nicht versteht.

Moskau, 21. 7. 66

Wir wohnen hier im altmodischen Hotel, das zuerst einen ziemlich schlechten Eindruck auf uns machte. Es liegt ganz am Rande von Moskau, die ganze Gegend um das Hotel ist nicht großstadtmäzig.
Wie schön dagegen das Zentrum. Der rote Platz mit dem Leninmausoleum, dem Kremel und der entzückenden Zwiebelturmkirche ist einfach einmalig! Ich muß offen gestehen, so habe ich mir Moskau nicht vorgestellt. Schon bei dem GUM angefangen, ich habe mir einen riesigen Glaskasten vorgestellt, aber nein, wie ein Palast, reich verzierte Kronleuchter hängen von der Decke, altertümliche Brücken verbinden die Verkaufsstände. Die Metro macht auch einen großen Eindruck auf mich, jede Station ist prunkvoller als die andere. Und die steilen langen Rolltreppen; hu! da wird's einem schwindlich. Und das Gewimmel von Menschen! Und der Riesenverkehr! Die Russen sehen alle ein bißchen

bauernmäßig aus. Die Kleidung geht, überall sieht man bunte Sommerkleider. Die Schaufenster sind entsetzlich dekuriert, völlig verkitscht. Übrigens trifft man hier überall den Kitsch an. Fast jedes Bild, jedes Plakat. Die ersten Eindrücke ergeben, daß Moskau mehrere Gesichter hat. Die eintönigen, in Reihe und Glied stehenden Ziegelwohnhäuser, die prächtigen Gebäude im altertümlichen Stil, und die Glaskästen, die jetzt viel gebaut werden. Eigentlich gefällt mir der altertümliche Stil recht gut, fast besser als die modernen Kästen. Naja alles in allem Moskau ist eine Weltstadt.

Heute vormittag hab ich mit Maja mir vorgenommen, Lenin zu sehen ... Das ist leichter gesagt als getan ... Die Menschenschlange geht rund um das riesige Gebäude des Kremels. Wir haben uns irgendwo hineingemischt, da wir den Anfang überhaupt nicht finden konnten. Nach 2 Stunden wurde es uns aber zu dumm und wir gingen auf den roten Platz. Und plötzlich erfuhren wir, weil wir Ausländer sind, das wir gleich vom roten Platz in die Schlange dürfen. Endlich hatten wir das Mausoleum erreicht. Jetzt wurde es schon spannend. Eine dunkle Treppe führte uns hinunter in die Gruft. In einem offenen Sarg lag dort Lenin. Sein Gesicht und seine Hände waren ganz hell, wie beleuchtet. Er trug einen Spitzbart und mit seiner hohen Stirn sieht er äußers inteligent aus. Er war sehr klein und dünn.

Der große Lenin ...

Anschließend sind wir in die entzückende Basilika Kirche gegangen. Sie gefällt mir noch mehr als der Kremel. Jeder Turm ist anders verziert und bemalt, jede Säule sieht anders aus und trotzdem paßt alles so gut zusammen und schafft einen überweltigten Blick. Heut haben wir Moskau noch mal richtig ausgenutzt, wir waren mit Sulatse, Pappis Freund, in der berühmten Tretjakowgalerie. Es war sehr interesant. Unter vielen guten und bekannten Bildern, sah man aber auch so manches Meeressturmdonnerbild. Eigentlich habe ich erst bei Bernhardi, bei dem wir eine Kunstmappe anlegen mußten, Enttressen für alte Meister bekommen. Jetzt konnte ich schon vor einem Bild eine Viertelstunde stehen und immer wieder neue Gedanken daraus erkennen. Am meisten interessiere ich mich für ausdrucksvolle Bilder mit Menschen. Nicht irgendwie, das eine schöne Frau im Sessel sitzt. Besonders gut gefallen mir Gemälde mit dunklen Tönen. Der Mittelpunkt kann durch erhellen sehr gut herausgenommen werden. In der Trejakowgalerie hat mir besonders ein Gemälde gefallen, das so aufgebaut war. Zuerst sah man nur ein funzeliges Licht einer Lampe. Da

wurde man schon gespannt. Wenn man genau hin sah, konnte man ein Bett mit einem alten Mann sehen. – Bald wird das Licht ganz ausgelöscht sein ... Die Stimmung war sehr traurig und ging ins Weite ins unentliche Schwarze ... Die Stimmung dieses Bildes strahlt ein kolosales Mitgefühl für einen aus.
Ich interesiere mich auch für die Modernen. Die total Abstrakten finde ich wirkungsvoll und atraktiv. Aber irgendwie ist es nur ein Gewirr, das im ersten Moment interesant ist, dann aber nicht die warme Stimmung und das Mitgefühl ausstrahlen kann.

Flugzeug über einer Wüste, 23. VII.

Wir fliegen jetzt über Vorderasien. Nach dem Ural-Fluß fing ganz plötzlich die Wüste an. Es ist eine sehr, sehr große öde Gegend. Man sieht Steppen, Gebirge, Flüße und Seen. Eben überflogen wir die Hungersteppe, auf der schon viele Karavanen verhungert sein sollen. Vorher sind wir über den riesigen Aralsee geflogen. Jetzt kann man sich erst richtig vorstellen, wie groß alles ist. Und wieder Wüste, Wüste ... Jetzt kann man sehen, wie die Welt rund ist. Gerade geht die Sonne auf dieser leeren Gegend unter. Wie lange wird es dauern bis diese unheimliche Öde fruchtbar gemacht wird? Wir fliegen jetzt direkt in die Nacht nach Frunse.
Und jetzt noch etwas zu uns. Gestern ist Pappi juchzend von einem nassen Schwamm aufgesprungen, dem wir ihm in's Bett gelegt hatten. Pappi sagt gerade, daß er sich noch rechen wird.

Frunse, 24. 7.

Als wir vom Flugzeug in Frunse ausstiegen, wurden wir gleich stürmisch begrüßt, von Machmut, Kindern, Enkeln, Großmüttern, und Großvätern Gabratow. Dann haben sie uns in ein Hotel gebracht, das ziemlich kostspielich ist, da es vier Räume hat. Ein Wohnzimmer, Schlafzimmer, ganz kleiner Flur und Badezimmer.
Am nächsten Tag sind Shinara (Machmuts Tochter) Maja und ich ins Theater, ein Drama, gegangen. Der Tag war sehr ansträngend, da wir überhaupt noch nicht die Hitze hier gewohnt waren. Mittag hält man es nicht in der Sonne aus, wenn Früh schon 28° sind. Shinara ist sehr nett, trotzdem sie schon 19 Jahre ist und nicht mehr zu mir paßt. Gestern waren wir bei ihr zu Haus und sind sehr vor der altmodischen Wohnung versteinert. Ganz kleine Zimmer, und die Türen sind mit

Plüsch behängt. Naja man merkt immerzu, daß man sich weit weit von zu Hause befindet.
Heute war ich das erste Mal beim Pferderennen. Ach, es war wunderbar! Pferde lieb ich über alles!! Wenn ich mal alles verfluche, habe ich immernoch Pferde! Wir haben heute Trap- und Galopprennen mit wunderbaren Pferden gesehen. Die schmissen die Vorderbeine so, wie ich es noch nie gesehn hab. Natürlich haben wir auch gesetzt. Ich habe fast immer auf die ersten getippt. Woltischieren war dort auch. Werde ich das auch mal schaffen? Dann waren wir bei den Freunden von Gabratow Mittag essen. Die Menschen sind hier fast übernett und bieten einem immerzu was an, und man muß schrecklich leiden, vor Angst, daß man jeden Moment platzen müßte. Zum Abendbrot um 23 Uhr sollten wir dann noch Hammelfleisch essen. Da haben wir es nicht mehr ausgehalten, Maja und ich, und haben uns von der brechend vollen Tafel leise weggeschlichen, denn anders würden wir nicht weggekommen sein.
So, nun mußten wir in einer vollkommen fremden Gegend mit vollkommen fremder Sprache allein mit dem Bus nach Haus fahren. Maja hat ihre weißen Lewis angehabt und alle Jungsaugen auf sich gezogen und so fiel es uns nicht schwer, denn es kam gleich einer mit und brachte uns zum Hotel. Es war ein ganz netter Polizist, Nikolai, er hat uns sogar Komblimente gemacht. – Eben kam Pappi, er hat erzählt, als die Gesellschaft gemerkt hat, daß die Kinder weg sind, hat der Polizeipräsident, der auch da war, gleich die ganze Miliz organisiert, um uns zu suchen, das gab eine Aufregung, gefunden haben sie uns nicht, denn wir waren längst zu Haus. Pappi ist total voll, von dem vielen Wodka, der ihm aufgedrängt wurde.
P. S. Einen wichtigen Eindruck, ungefähr der 47., muß ich unbedingt noch schreiben. Als wir in Frunse mit dem Flugzeug ankamen, empfing uns gleich ein Sputnik, den wir wie einen Pfeil am Himmelszelt sahen. Er strahlte wunderschön, und wir konnten einen langen Lichtschweif von der Dauerexplusition sehen. Und plötzlich wie ein Schlag war alles dunkel. Er verschwand im All, zwischen den schillernden Sternen. So, jetzt wird hier auch alles wie ein Schlag dunkel. Ach, eins muß ich noch schreiben, daß man nämlich schon die gigantischen Berge von Frunse aus sehen kann, Sechs bis Siebentausender. Das Panorama ist einmalig, wenn hinter ihnen der dunkelrote Ball der Sonne untergeht. Wirklich schöner habe ich es noch nie gesehen.

Isykul, 27. 7.
Wir sind von Frunse bis hierher direkt durch die Berge gefahren. Es war ein romantischer Anblick. Als ich zum ersten Mal den Isykul gesehen hab, kam er mir vor, wie ein Meer. Er ist 60 km breit, aber das merkt man garnicht, denn am Horizont stehen riesige Berge. Er trägt eine Krone von Bergen.

Isykul, 29. 7.
Shinara hat uns zum tanzen nach Scholponata geschleift. Die Stadt ist sehr altmodisch. Zum Teil leben die Menschen in halbverkommenen Lehmhütten, zum anderen gibt es eine hochmoderne Post. So steht sich das gegenüber. Nur noch wenige alte Menschen tragen die kirgisische Tracht und bald wird sie keiner mehr tragen. Ja, also wir gingen tanzen. Ich hatte natürlich für meinen ersten öffentlichen Tanz meine neuen Cordschlaghosen an. Zuerst saß ich nur herum, dann wurde ich viel aufgefordert. Einer wollte mich sogar nach hause bringen, trotzdem ich mich fast garnicht mit ihm verstendigen konnte.
Am nächsten Tag hatten wir es dann nach vielen Anstrengungen geschafft, reiten zu gehen. Der Konnisawot liegt ungefähr 5 km vom Sanatorium entfernt. Na ganz schön zu laufen. Deswegen will Maja auch nur jeden zweiten Tag reiten gehen. Ich möchte aber am liebsten jeden Tag reiten. Mein Pferd ist drei Jahre alt und heißt Obek. Ich muß ihn zum teil noch einreiten. Er ist nicht sehr wild. Noch sehr weich im Maul. Die Trainer dort sagen, daß die jungen Pferde viel lauer sind als die Alten. Heute war dort für uns ein großes Ereignis. Sie haben uns auf den Pferden gefilmt, die Bilder sollen in die Zeitung »Sowjetunion heute« als Bildreportage gedruckt werden. Maja wurde natürlich mehr geknipst, aber naja man muß zufrieden sein, daß man mal in die Zeitung kommt . . .

Als Pony mir zu Haus die Fotos zeigte – Maja im Bikini ohne Sattel im Galopp am Strand, im Hintergrund die weiße Schneekette des Tienschan-Gebirges, Maja hoch im Sprung auf dem Parcours in der unberührten kirgisischen Landschaft –, kämpfte Pony dann doch mit den Tränen, obwohl auch herrliche Fotos mit beiden Kindern dabei waren.

Außerdem sind wir heute noch mit Shinara Dampfer gefahren. Sie enttäuscht mich etwas, denn sie kann noch nicht schwimmen, nicht rudern und hat schreckliche Angst vor einem kleinen Hund. Sonst ist

Maja wurde natürlich mehr geknipst

sie aber sehr nett. Fragt uns dauernd, was modern ist und macht uns alles nach. Und wenn sie dann noch bei uns schläft, wenn ihr Vater wegfährt, und dann stundenlang mit Maja quatscht, versteh ich fast garnichts. Aber es soll besser werden, denn wir machen jetzt jeden Tag um 8 Uhr eine Intensivstunde Russisch. Unser Lehrer ist noch ein größerer Bohrer und Streber (möchte ich garnicht sein, nicht um die Welt) wie ich. Wir lernen ihm aber gleichzeitig deutsch.
Sonst baden wir viel in dem klaren Wasser vom Isykul und rudern mit einem Boot. Es wird jetzt viel heißer und ich muß mich sehr vor der Sonne schützen. Wir machen jeden Tag eine Siesta, weil das Klima schrecklich ermüdend ist, und wir immer erst um 10–11 ins Bett gehen.

31. 7., Isykul

Machmut und Shinara haben uns noch ein Stück begleitet, dann sind wir allein weitergegangen, Pappi Maja und ich. Es war ein ziemlich langer Anmarsch bis wir zu den Bergen kamen, an einem kleinen Fluß entlang, den wir oft überqueren mußten. Ich hatte gleich immer als erste eine gute Stelle gefunden. Pappi quelte sich ziemlich über die Übergänge. Es ging und geht ihm überhaupt nicht gut.
Am Vorabend hat er mit Machmut bei einem Weinspezialisten Wein gekostet. Es kam aber soweit, daß sie reinen Spirutus getrunken haben. In der Nacht wachte ich plötzlich auf und höre ein Stöhnen und seufzen. Dann ein Rauschen und Krachen. Ich merkte, daß Pappi bricht. Als er morgens aufwacht, wunderte er sich sehr, daß sein Bett vollgekotzt war und hatte von nichts eine Ahnung, was er in der Nacht getrieben hat. Auf unserer Tur hat er uns dann gesagt, daß er einen großen Fehler gemacht hat und jetzt überhaupt keinen Alkohol mehr trinkt. Na, mal sehen. Er mußte jedenfalls büßen.
Auf unserer Bergtur begleiteten uns immer die verschiedensten Arten von Wiesenblumen. Wir gingen auf einem Weg an einzelnen verstreuten Gehöften vorbei. Die Menschen leben da in primitivsten Verhältnissen, ich frag mich nur, wo da die Kinder in die Schule gehen. Und so gingen wir immer weiter in die Bergwelt. Tiefe Täler und Schluchten tauchten auf. Diesen Anblick hatte ich das erste mal in meinem Leben gesehen. Ich schreibe in diesem Tagebuch sehr oft, daß ich dies oder jenes zum ersten mal gesehen hab.
Ja, ich bin in Asien. Weit, weit entfernt von zu Hause!
Später sah ich ein Wiesel auf das Geröll der Berge zuflitzen. Plötzlich waren die hinteren Berge ganz von schwarzen Wolken umrahmt. Es

dauerte nicht lange, da fing es entsetzlich an zu pladdern. Maja fand zum Glück einen Stein, unter den man sich setzen konnte. Plötzlich merkten wir, daß es vom Stein tropft. Immer doller. Der Regen wurde immer schlimmer und ging schon in Hagel über. Wir froren sehr, da wir keine Bewegung hatten. Da faßte Pappi den Entschluß, wieder nach unten zu gehen. Wir wollten erst nicht, aber es war nicht mehr auszuhalten vor Nässe und Kälte. Triefend rannten wir dann die Lehmwege herunter, die jetzt schon einen kleinen Bach mit sich führten. Jeden Moment hätten wir uns lang hinlegen können, weil es so glatt war. Der Berg hinter uns, auf den wir rauf wollten, war sogar mit Schnee bedeckt. Wir ärgerten uns schrecklich, daß wir es nicht geschafft haben an die Schneegrenze zu kommen. Der kleine Bach, an dem wir aufwärts langwanderten, wurde jetzt zu einem reißenden schwellenden Fluß. Lauter kleine Bäche kamen von den Bergen herunter. Auf dem Rückweg war der Übergang von dem Fluß richtig gefährlich. Wenn man bedenkt, nur ein Gewitter macht so viel aus.
Als wir wieder unten im Tal angekommen waren, schien die Sonne. Auf einem Feld sahen wir ein Kamel. Das hatte ich auch nicht gedacht, daß die hier so frei rumlaufen.

Issykul, 2. 8. 1966

Maja und Shinara sind jetzt tanzen. Shinara lebt das erste Mal ohne ihre Eltern mit uns. Zu Hause darf sie nichts und hier nutzt sie alles aus . . . Pappi soll auf sie aufpassen, aber der ist mit Ala, einer Tatarin, ha, ha, flörten gegangen, und ich habe mir das beste ausgesucht – ich bin nämlich baden gegangen. Ich wollte ohne, es war aber unmöglich, da noch viele am Strand spazieren gegangen sind. Hätte ich es gemacht, wäre ich vielleicht von einem angesprochen worden. Dann hätte ich ihm garnicht klarmachen können, was los ist.
Ich bin gleich Köpper vom Stek reingesprungen. Das Wasser war ganz schwarz. Rechts sah man die Lichter von Scholponata, links die Lichter der Zelte. Und ich schwamm ins Leere . . . Kein Horizont war zu sehen. Wenn ich mich umdrehte, sah ich die Lichter vom Sanatorium. Der Schein von ihnen fiel senkrecht ins Wasser, als ob im Grund des Sees lauter Lampen liegen und gerade hinaufstrahlen. Morgen geh ich allein zum Reiten. Die Trainer haben mich dort sehr gelobt. Zu Hause im Stall kommt man garnicht weiter. Ich könnte schon längst Turniere geritten sein. Obek wird jetzt auch immer besser. Mir kommt bald vor, als ob ich ihn etwas eingeritten hätte. Ich habe ihn schon in mein Herz geschlossen.

Isykul, 5. 8. 66

Gerade komme ich von unserem morgendlichen Bad. Pappi konnte heute nicht dabei sein, da er dienstlich in Frunse ist. Nun sind wir ganz allein mit Shinara. Es wird immer schlimmer mit ihr. Abends kann sie kein Ende finden, und dann logischerweise morgens im Bett auch nicht. Immerzu muß man auf sie warten. Ach, jetzt merke ich erst richtig, was ich an Monika habe. Ich sehne mich richtig nach ihr. Wenn ich vom Fenster auf die Berge sehe, die jetzt noch von der aufgehenden Sonne lange Schatten werfen, muß ich oft an sie denken. Wahrscheinlich auch darum, weil ich hier nicht den richtigen Kontakt mit den Menschen finde. Maja kennt hier schon einige Jungen, die aber schon ziemlich alt sind, und ich werde als kleine Schwester von ihr betrachtet. Außerdem ist auch ein Hauptgrund, daß ich nicht gut russisch spreche und verstehe. So tipple ich Maja immer hinterher wie ein kleines Hündchen und schweige.

Mit Schrecken denke ich jetzt an die Schule. Trotzdem merke ich, daß ich noch etwas neugierig in Fächern bin, die mich interessieren. Chemie und Biologie. Ich habe Lust, mit irgendwelchen Stoffen zu experimentieren. Ja, sogar etwas zu erforschen, etwas Unbekanntes. Entweder Tiere unter dem Mikroskop, oder in der Antarktis forschen, in Bergen oder Meeren. Vielleicht auch Biochemiker, Krankheiten erforschen, wie Krebs.

Naja, eins weiß ich genau, mit Politik will ich keinen Beruf erlernen. Das soll nicht heißen, daß ich mich dafür nicht interessiere. Erst hatte ich mich mehr an Tante Miezl gehalten und wollte von Politik nichts wissen. Da war ich auch noch zu klein. Jetzt sehe ich doch, wie äußerst wichtig sie ist – Vietnam-Krieg!! Aber eben sehr viele Menschen interessieren sich nicht für sie. Merken dann später nur die Folgen... Ich sehe mir oft die Aktuelle Kamera an. Ich finde es eine falsche Auffassung, daß man nicht die Tagesschau sehen soll. Wenn man den richtigen Weg kennt, ist es sogar sehr gut, auch die andere Meinung zu hören. Man muß natürlich klar durchsehen, sehr klar! Sonst ist die Theorie falsch. Denn dann sieht man die Tücken und Klippen nicht mehr. Du verstehst.

Isykul, 8. 8. 1966

Heute bin ich mit Maja allein reiten gegangen. Ich bin ganz schön hoch gesprungen. Als wir dann im Stall waren, bockte Majas Pferd schrecklich. Schlug immerzu aus. Ich stand gerade in der Boks von Obek, als er

plötzlich die Wut bekam und seine Hufe erst gegen die Wand dann direkt auf mich donnern ließ. In diesem Moment weiß ich wirklich nicht, was ich gedacht habe. – Alle haben gelacht, als ich kreidebleich aus der Boks kam. Ist mir auch zum ersten mal passiert.
Dann bin ich mit Maja Aprikosen und Pflaumen klauen gegangen. Bei den Aprikosen sind wir direkt auf die Menschen zugegangen, die gerade ernteten, sie haben uns auch prompt welche gegeben. Zum Schluß sind wir dann nach Hause getrampt. Ich auch, das erste mal. Es waren zwei Männer. Sie waren ganz nett. Übrigens die männliche Jugend ist hier ganz anders als in Deutschland. Als ich gestern mit Maja tanzen ging, brachten uns gleich welche, die am Tor standen, nach Hause. Ich verstand natürlich wieder garnichts beim sprechen. Mir ist es schrecklich peinlich immerzu zu sagen: »Ne ponemajy.« Als wir bei dem Weg waren, der von Bächen durchflossen wird, verlohr ich prompt meinen Schuh im Sumpf. Daraufhin half mir immerzu einer von den zweien übers Wasser.
Schließlich gingen wir Hand in Hand. Später fragte ich dann Maja, ob das bei einem wildfremden Menschen schlimm wäre, sie sagte nein. Wenn ich bedenke, wie ich erstaunt war, als ich zum ersten mal Maja und Andy Hand in Hand gesehen habe!!! Schließlich haben wir sie an der großen Pfütze, durch die wir barfuß gegangen sind, abgehangen.
Ach, ich hatte heut den ganzen Tag ein undifinierbares Gefühl. Kein schönes. Ein unklares bedrückendes Gefühl. Wahrscheinlich setzt es sich zusammen aus Heimweh nach Mutti – sie konnte nicht mitkommen wegen der Arbeit, aber ich glaube, Pappi macht es auch Spaß mit uns alleine zu fahren, – nach Oma Zachau, Tante Miezl, meinem Zimmer und dem Haus und natürlich auch Monika. Zum zweiten aus etwas Langerweile. Nein, so kann man es eigentlich nicht sagen. Mich bedrückt, daß ich weiß, wie teuer und so schwierig die ganze Reise war, und ich garnicht richtig genieße. Vielleicht bilde ich mir das auch nur ein. Jedenfalls habe ich ein komisches Gefühl, und ich weiß nicht welches.
Jetzt trinke ich meinen erfundenen Drink: Kefier, Nescafé und Zucker.

Isykul, 10. 8. 66

Pappi ist gestern von Osch wiedergekommen. Er sagte, daß dort eine unerträgliche Hitze war. Im alten Teil der Stadt stehen nur Lehmhäuser, ich hab auch Buden gesehen, wo die Töpfe vor dem Haus an Bäumen hingen. Wir haben uns darüber sehr gewundert. Aus einem

Gespräch mit unserem Lehrer merkten wir, daß unser Urteil nicht richtig ist. Er sagte nämlich, daß sie vorher froh waren, wenn sie Brot zu essen hatten. Das Land konnte sich garnicht entwickelen durch die zwei Weltkriege und den langen Kampf der Revolution. Natürlich mußte man schon den asiatischen mysterischen Geist, der hier noch wohnt, den Menschen mit Überzeugung austreiben. Aber die Sowjetunion war eine der Siegermächte. Und sie ist auch etwas Großes durch ihren Mut, ihre Macht und Kraft, vor der die anderen kapitalistischen Staaten doch alle Angst haben, und so dachte man eben, daß die Menschen hier, doch noch ein bißchen moderner leben. Naja, wir sind hier in Asien. Ich möchte ja nicht wissen, wie es auf der anderen Seite der Grenze in Asien aussieht...

Heute lag ich in dem vom Wind gewigten Gras und las Sternwind von O'Hara zu ende.

Ich bewundere sie, wie die den Leser in diesem Buch, mitfühlen und leben lassen kann. An manchen Stellen sind mir fast die Tränen gekommen. Sie schreibt so mit ausgeschliffenen Sätzen, die mit der Reihenfolge genau durchdacht scheinen, daß ich mir gut denken kann, wie lange sie wohl gebraucht hat, bis sie ihr Werk in dieser endgültigen Form beendet hat.

Als ich so las, guckte ich ab und zu mal über den Buchrand zum Himmel. Plötzlich sah ich den starken Kontrast des tiefblauen Himmels und der schneeweißen von der Sonne bestrahlten Haufenwolken, die so unerfindlich schöne Gestalten annehmen können, daß ich sie furchbar liebe. Und da hab ich auch was gekritzelt:

Die Treppe

Ich sehe am Horizont eine Treppe
Eine Treppe aus Wolken gebaut
Ich sehe,
wie Menschen unter der Treppe sind,
und wie Menschen über der Treppe sind.
Ich sehe,
daß niemand die Treppe besteigt.
Man steigt nur herab.
Sehr langsam
Schritt für Schritt herab.
Oberhalb der Treppe

Zieht sich ein langes Wolkenfeld entlang.
Auf diesem Feld
Sehe ich viele dickwamstige Menschen,
Ja ich sehe sie alle kauen.
Sie fressen und fressen
Sie kullern zur Treppe
Immer und immer näher
Da gibt es kein Entrinnen
Jeder muß, und wenn er noch so kämpft,
Muß die Stufen betreten.
Muß zu den Menschen,
Zu denen die Treppe führt!

Aber was sind das für Menschen?
Ja jetzt kann ich sie
deutlich erkennen.
Ein Mann auf einem Pflug,
Eine Frau, die pflückt Pflaumen
Ein Junge, mit einem Maurerhelm,
Er liest Zeitung

Ein Dicker schaut aus dem Wolkenfeld
Hinab in die Tiefe.
Sein großes Maul kaut im Takt
Eines Leierkastens.
Ich bemerke die Angst in seinen kleinen Augen
Er blickt nach vorn
Zu der Treppe
Er wird blaß
Jetzt sehe ich wieder zu der Treppe
Sie frißt die Wolken des Feldes,
Wie ein Mähdrescher Getreide verschlingt.
Sie wird immer breiter, das Feld wird kürzer.

Immer mehr Menschen betreten
Wimmernd und flehend die Treppe.
Sie ist unumgänglich die Treppe, die alles ebnet.
Der Zug der Dicken zieht sich über sie in die Tiefe.
Wann wird der letzte die Stufen
Der Treppe herabsteigen?

Isykul, 11. 8. 66

Ach, ach, war das ein Tag!
Kleines Glück im großen Unglück. Also ich und Maja wollten zum Hipudrom. Unser erstes Pech war schon, daß wir ein zu großes Boot bekamen, mit dem wir nur sehr langsam vorwärtskamen. Als wir ankamen, sagte Pavel, daß es nun schon zu spät sei zum reiten, und daß wir noch zwei Stunden warten sollten, um dann mit den Pferden baden gehen zu können. Wir gingen Tee trinken. Dann legten wir uns ins Heu und warteten auf Pavel, der aber nicht kam. Da wurde es uns zu bunt, und wir wollten nach Hause fahren. Plötzlich merkten wir, daß die Ruder vom Boot, die wir an eine Stallmauer gestellt hatten, nicht mehr da waren. Was nun? Das Mittagessen mußte ausfallen. Ich ging Pflaumen holen. Auf dem Rückweg passierte mir etwas sehr komisches. Ich bemerkte plötzlich hinter mir zwei etwa zehnjährige Jungs. Auf einmal kamen sie näher und rissen mir den Hut vom Kopf. Ich dachte natürlich, die machen Quatsch. Da riß mir der andere die Sonnenbrille von der Nase. Nun wurde es mir zu dumm, und ich rannte hinter ihm her. Er verschwand aber in einem Häusergewirr. Ich konnte beide nicht mehr auftreiben. Mit einem weinerlichen Gesicht, kam ich dann zurück zu Maja, Pavel war schon da. Ich erzählte alles, und Pavel schwang sich gleich auf ein Pferd, und ab nach den Jungs. Ich dachte, daß es vollkommen hoffnungslos sei, jetzt nach den Jungs zu suchen. Um so mehr war ich erstaunt, als er mit Sonnenbrille und Hut ankam. Wirklich, ich habe mich genauso gefreut, als ob ich beides geschenkt bekommen hätte. Dann trampten wir nach Hause. Gleich beim ersten winken, fuhr uns ein Laster bis vor die Wohnungstür. Jetzt mußten wir gleich Bescheid sagen, daß das Boot allein am Ufer steht. Es sollte mit einem Motorboot zurückgeholt werden. Mitten auf der Strecke streikte plötzlich das Motorboot. Aber wie gut, wir sahen unser Boot schon, und Maja und ich schwammen hin. Wegen der Ruder gingen wir jetzt noch mal zum Hipudrom und siehe da, sie waren dort. Pavel hat sie am Strand beim Spiel von Jungen gefunden.
Wir konnten jetzt das Stück rudern, da das Motorboot nicht ging. Plötzlich ging es aber wieder, und wir konnten angekottelt werden. Aber was für ein Pech, es ging schon wieder nicht. Da wir doch aber wenigstens Abendessen wollten, ruderten wir wieder und erreichten so mit unserem Boot zuerst das Ziel. Shinara hätte sich bald kaputtgelacht.
Jetzt kommt aber noch das große Unglück. Pappi war nämlich mit »Hohen Tieren« in den Bergen. Lange haben sie auf uns gewartet und

uns gesucht. Wir hatten wirklich keine Schuld. Wegen diesem Mißverständnis, sagt Pappi, können wir vielleicht nicht in die Berge reiten. Ich find es furchtbar. Maja macht sich kaum was draus. Aber ich werde darum kämpfen, kämpfen. Man muß die Gegend hier ausnützen. Jetzt sinke ich schrecklich müde ins Bett von dem so verlorenen Tag und für immer einmaligen Tag in meinem Tagebuch.

Isykul, 14. 8. 66

Gerade eben war ich und Maja bei Rakkuschi. Er lebt hier in der Gegend in irgendeinem Dorf, abgeschieden von der Welt, wie in einer Verbannung. Briefe kommen nicht an. Freunde dürfen ihn nicht besuchen. Niemand weiß, wo er ist.

In der kurzen Zeit, die wir bei ihm waren, sagte er uns, daß er mit Helene Weigel, Johannes R. Becher, Erich Weinert und anderen innig befreundet war. Einer seiner besten Freunde war Lenin. Er kannte auch Stalin sehr gut, mit Krutschov stand er gleich auf Kriegsfuß, trotzdem sie sich so ähnlich sehen, klein und rund und Glatze. Ich kenne die politischen Zusammenhänge nicht, warum er beim Ungarischen Volk jetzt so verhaßt ist. 1956 war ja in Ungarn die Gegenrevolution, man sagt, daß Rakkuschi daran Schuld hat. Er soll auch viele Prozesse gegen Kommunisten geführt haben. Ich verstehe das nicht, so ein kluger und erfahrener Mann, der jede Revolution mitgemacht hat. Der die Geschichte durch eigene Erlebnisse und Freundschaften der bedeutendsten Politiker genau kennt.

Er kann dolle Sachen erzählen... 1923 hat er mit Thälmann einen Aufstand der Hafenarbeiter gemacht. Zum Ost-West Problem in Deutschland sagt er, man muß alles von den Sozialistischen Staaten in die DDR reinstecken, um Westdeutschland zu überholen. Das wäre ein Weg, aber ich glaube ein unausführbarer Weg. Ein großer Neid wäre nicht zu verhindern. Das ganze sozialistische Lager müßte schneller erstarken, und sich gegenseitig mehr helfen. Der Konflikt mit China müßte schnellstens beseitigt werden, und die Chinesen zur Vernunft gebracht werden, für was sie eigentlich kämpfen, für die Menschheit oder den Nationalismus. Krieg ist der reine Wahnsinn, das schlimmste, was es auf der Welt gibt.

Sonst war Rakkuschi sehr nett und hat uns viel von der Schule und sogar nach unserem Tagebuch gefragt.

Jetzt wird mein Tagebuch schon sehr geheim. Er sprach auch gut deutsch. Jeden Tag liest er auf 5 Sprachen Zeitungen, und ist deswegen, trotz seiner Abgeschiedenheit, immer auf dem Laufenden.

Isykul, 15. 8. 66

Ich habe noch einen wichtigen Eindruck von hier vergessen, Kirgisien wird immer stärker von Wolgadeutschen besiedelt. Ihre Sprache ist ziemlich wüst, da sie noch genauso sprechen wie im Mittelalter, als sie sich an die Wolga angesiedelt haben. Im Krieg mußten sie Genehmigungen haben, um von einem Ort in den anderen zu fahren, jetzt sind die Gesetze gelockert, aber sie schimpfen noch sehr darüber. Sie stellen sich Deutschland viel »altdeutscher« vor, so wie sie es noch machen mit Lichtl-Abenden und Bibellesen, so daß es ihnen bei uns garnicht gefällt, und einige, die eine Genehmigung zum Umsiedeln bekommen haben, wieder zurück in die SU gegangen sind. Wir kennen hier zwei. Der eine, Herr Hoffmann, vertritt die Meinung, daß kein Mensch das Jahr 2000 laut der Bibel überlebt. In 34 Jahren geht die Welt unter. Also da weiß man nicht, was man sagen soll, für so viel Quatsch gibt es keine Worte mehr. Er sagte uns auch, daß er wieder nach Hause möchte, um zu arbeiten. Kann hier überhaupt nichts mit sich anfangen, sitzt nur auf Bänken herum, wie viele Menschen, und schlägt so die Zeit tot. Der andere ist ein Kolchosbauer und er ist auch schon ausgezeichnet worden.

Heute Nachmittag waren wir mit den Pferden baden. Maja auf Gariem, ich auf Obek und Pavel auf dem wunderbaren Hengst mit der großen weißen Blässe. Wir sind sehr weit hereingegangen, bis die Pferde schwammen. Majas Gariem wollte nicht recht und stieg im Wasser. Sie wäre beinahe hinten heruntergerutscht. Die Pferde schwimmen ziemlich schnell und ruckartig, so daß man gegen einen starken Wasserstrom ankämpfen muß. Es hat mir sehr großen Spaß gemacht. Ohne Sattel reiten ist ja ganz schön komisch. Die Wirbelsäule der Pferde tut so weh, und man hat auch nicht den rechten Halt.

Gerade kommen wir von einem Konzert. Wir haben dort viele Opernlieder gehört. Dicke Frauen mit wüsten Kleidern haben uns die Ohren voll geschrieen. Das einzige gute war das Balett. Wir haben es nur bis zur Pause ausgehalten, jetzt ist Pappi und Ala da. Ein Mann saß sogar im Pyjama dort. So etwas könnte es bei uns ja auch nicht geben, aber bei der Hitze. Auf der Straße und beim Essen sieht man auch viele im Schlafanzug, man sagt, das ist im Orient immer so.

Isykul 19. 8.

Gestern hatten wir einen wunderschönen Tag, ich möchte sagen den schönsten von unserer Weltreise. Wir sind nämlich zu Pferde in die

Berge geritten. Die Pferde waren einfache Arbeitstiere, die noch nicht mal einen Namen hatten. Ich hatte einen kleinen kirgisischen temperamentvollen Braunen und saß in einem kirgisischen Sattel, wie im Sessel. Ein Mann von der Konnisawot führte uns. Der Anmarsch zu den Bergen führte durch kleine Lehmhüttendörfer. Wegen der vielen Hunde, die es dort in jedem Haus gibt, wäre mein Pferd beinahe durchgegangen. Später mußten wir dann noch einmal anhalten, weil Pappis Bügel zu kurz waren, und bei den kirgisischen Bergsätteln, sie sehr kompliziert und primitiv zu verstellen gehen. Pappi hatte anscheinend zu Majas Schimmel mehr Vertrauen und ließ ihn einfach beim grasen los. Der nahm die Chance wahr und trabte uns über ein Kleefeld davon. Vergebens versuchten wir ihn einzufangen. Die Lage sah wirklich kritisch aus. Zum Glück half uns unser Freund und fing ihn zu Pferd wieder ein.
Dann ging es weiter durch ein breites grünes Tal, der Eingang der Berge. Wir sahen schon die ersten Schaf- und Rinderherden. Im Zuckelschritt mit eingegebenem Zügel, also im Stil der Kirgisen, ging es weiter über riesige Wiesen ohne Weg und Steg. Plötzlich sahen wir eine Karawane mit Kamelen vor uns auftauchen. Leider konnten wir sie nicht näher betrachten, da die Pferde vor Kamelen scheuen. Das alles hätten wir ohne unseren Freund nicht gewußt, und vielleicht säßen wir dann nur noch mit einem Pferd da. Und weiter ging es durch Schluchten über reißende Bäche, die die Pferde mühelos durchschritten. Ich schoß jedes gute Motiv, von meinem feurigen Pferd aus, in den Fotoapparat. Ich mußte immer als erster reiten, da sonst mein Pferd verrückt gespielt hat. Plötzlich waren wir schon sehr weit oben, jetzt konnten wir auf die Halbinsel von Tscholponata schauen. Der weite blaue Isykul mit dem Tien-shan am Horizont nahm das andere Blickfeld ein. Jetzt kamen wir auf eine würzig riechende Alm mit vielen Pferden, Stuten und Fohlen. Diesen Geruch von Vieh, Wiesen, Blumen und Wolken kann ich gut leiden. Er erinnert mich immer an die Alpen . . .
Zum Mittagessen waren wir in einer Jurte. Auch wieder das erste mal. Sie besteht aus einem Holzgestell, das mit Filz abgedeckt ist. Oben ist ein Loch, das als Fenster und Abzug gebraucht wird. Das ganze ist sehr stabil. Innen liegt einfach eine große Filzdecke, auf der man sitzt, ißt und schläft. In so einer Jurte schlafen ungefähr 10 Mann, furchtbar! Am Tag sind an den Seiten die ganzen Decken und Matratzen angebracht. Radio und Licht gibt es nicht. Die Familie, bei der wir zu Besuch waren hatte aber Gas zum kochen. Sie besteht aus neun Köpfen. Die vielen

Kinder sind schmutzig und ermlich angezogen gewesen. Nach dem wir Tee und Brot mit Wurst gegessen und getrunken haben, sind wir drei noch etwas spazieren gegangen. Eigentlich wollten wir ja bis zu den Schneefeldern gelangen, aber man sagte uns, daß die Pferde das nicht mehr aushalten würden. Naja, was nicht geht, geht eben nicht.
Wir sahen schrecklich viele Bergblumenarten, von Enzian bis Edelweiß. Wir pflückten einen schönen Bergblumenstrauß. Und immer höher, höher ging es. Die Jurten und unsere angeblockten (Pappis Wort) Pferde wurden immer kleiner. Endlich hatten wir mit unserer letzten Kraft den Gipfel erreicht, und siehe da, von der anderen Seite sah man garnichts, da sich unter uns eine riesige Wolke auftürmte. Sie kam immer näher und höher und schon hatte sie uns verschlugt. Jetzt sah man garnichts mehr. Maja mußte das schnell ausnützen und unsere verschwommenen Körper filmen.
Vom Flugzeug habe ich mir das immer so gewünscht, in einer Wolke zu sein, und dieser Wunsch wurde mir erfüllt. Pappi sagte uns, daß wir etwa 3000 m hoch seien, ganz schön!! Die Luft wurde auch schon kühler und auch fast unmerklich dünner. Die Gipfel der anderen Berge waren von Wolken umrahmt, so daß man gar keine Schneefelder mehr sah. Als die Wolke sich etwas verzogen hatte, ging es dann schnell wieder runter ins Tal. Nach einem »Dankeschön« schwangen wir uns wieder auf unsere Pferde, und weiter ging das aufregende Leben. Unser Führer bereitete uns gleich darauf vor, daß wir jetzt einen höchst steilen Weg herunterreiten. Aber niemand konnte sich ihn so vorstellen. Er führte die steile Südwand von unserem Berg fast senkrecht herunter. Auf ihm hatten wir Pappi noch gefragt, ob man auf dieser Wand herunterreiten kann. Er hat uns geantwortet: »Ich bin doch nicht lebensmüde!« Der Fad war etwa immer 20–30 cm breit und vollkommen mit Geröll bedeckt. Zuerst dachte ich, die Pferde könnten unmöglich dieses Geröll beweltigen. Schon zu Fuß würde man sich das überlegen. Mein Pferd sah sich erst die Situation genau an, und schritt dann ganz langsam und vorsichtig über das Gewirr. Eigentlich brauchte ich garnichts zu machen als die Zügel etwas angezogen halten, die Richtung anzugeben und drauf zu sitzen, denn mein Brauner suchte sich ganz allein die guten Wege. Wenn ich nach unten guckte fiel der Berg steil in eine Schlucht ab, wenn ich nach oben blickte, sah ich die steile felzige Wand, auf der die Pferde von Maja und Pappi herunterkraxelten. Manchmal gingen die Pferde auf bloßem Felz. Geschickt rutschten sie über große Steine, um nicht, wenn sie springen würden, ins

Rollen zu kommen. Manchmal mußten sie die schmalen Einkerbungen von kleinen Bächen überwinden. Wir kamen uns vor, wie bei Karlmay. Man kann einfach garnicht beschreiben, wie aufregend und romantisch es war. Pappi sagte immer auf deutsch zu seinem Pferd, das immer in den Himmel guckte: »Paß auf! komm! langsam, so jetzt!« und machte dabei ein Gesicht, als ob's zum Schafott ging. Na ich möchte mir ja nicht Shinara auf diesem Weg vorstellen.
Der Felsfad schlängelte sich verworren an der Bergwand entlang. Steiler und immer steiler wurde der Weg, aber ich glaube, ich war viel zu erstaunt und benommen, als daß ich noch Angst haben konnte.
Plötzlich öffnete sich vor unseren Augen ein schmales tiefeingeschnittenes Tal, durch das ein reißender Bach floß. Das Rauschen von ihm begleitete uns auf der ganzen Strecke. Langsam kamen wir immer näher dem zartgrünen saftigem Tal zu. Die Pferde zog es immer schneller zu dem fetten Grün hin, und die Felswand wurde immer höher. Hm, das war ein Leckerbissen für die Pferde, den sie aber auch verdient hatten. Dieses Tal war der Ausgang der hohen Berge. Trotzdem lag es noch sehr hoch, und wir hatten noch einmal einen Felzweg zu überwinden. Jetzt waren wir schon ruhiger und hatten volles Vertrauen zu den geschickten Pferden. Wunderschöne blaublühende Diesteln standen am Bach. Jetzt kamen wir, »die Söhne der großen Bärin«, genau an der Stelle heraus, wo wir unsere Bergtur zu Fuß gemacht hatten. Noch ein Blick auf die steile Felzwand, die jetzt unüberwindlich erschien und auf das Tal. Die Pferde zog es jetzt mächtig zum Stall. Wir waren auch schon ziemlich müde, aber nicht so, wie wir es erwartet haben. Wir mußten noch viele Bäche überqueren, bis wir dann endlich angekommen sind. Zur Stärkung aßen wir dann Schaschlik, tranken Milch und kauften uns Kaugummisahnebonbons.
Abends badeten wir noch im warmen Isykul und spielten mit Pappi Schummellieschen, ich habe natürlich gewonnen.

Isykul, 20. 8.

Die letzten beiden Tage war grausames Wetter. Der Himmel ist eintönig grau, der See ist gelb. Abends sahen wir ganz unerwartet Valeri vom Fenster aus. In seinem Zimmer in Tscholponata spielte er Gitarre und wir sangen dazu. Er spielte ganz gute Melodien, aber die russische Sprache ist nun mal überhaupt keine Schlagersprache. Ich finde jeder Schlager ist in Englisch dreifach so gut. Ich finde ihn ja ganz nett, aber verlieben könnte ich mich in ihn eigentlich nicht. Auf dem Rückweg gab er mir noch seine Adresse und anschließend gingen wir baden.

Ich mußte mir hinter der Mauer meinen weißen Badeanzug anziehen. Ich machte gerade einen Bach, als ich ganz unerwartet lautes Lachen hörte. Was nun? Vor der Mauer würde mich jeder sehen können. Ich zog mich schnell wieder an, soweit wie ich mich ausgezogen hatte und ging vor die Mauer. Ich sah zwei undeutliche Gestalten vor mir, die sich, glaub ich, gerade umarmten. Plötzlich erkannte ich Pappis Stimme. Na, so ein Zufall! ... Das kalte Bad auf leeren Magen hat mir nicht gut getan. In der Nacht mußte ich mich übergeben. Morgens war mir immernoch schlecht und das noch bis jetzt. Mir reichts! Gerade habe ich Pappi in langen weißen Unterhosen gesehen. Wir mußten schrecklich lachen!

Flugzeug, 21. 8. 1966

Gerade fliegen wir über den Isykul. Aufwiedersehen! Blauer Isykul! Aufwiedersehen Bergwände und große Schneefelder, die wir sonst immer nur von weitem gesehen haben. Wir sind direkt über den Hypodrom geflogen, wo ja gestern Pavel beim Turnier war. Dort ist schon die Stadt Rabatschi und schon fliegen wir über die Berge das Tschuntal entlang. Leider kann ich nicht weiter schreiben, da mir entsetzlich schlecht ist, an der Schrift sieht man ja auch, wie es geschuckelt hat.

Nach diesem Ausflug in die Vergangenheit wieder zurück ins Insulinzimmer.

Krankenhaus, 9. Dezember 1970

Ich bin immernoch traurig, deshalb schrieb ich nicht. Ich glaube, ich mache und machte mir zuviel Illusionen vom Leben. Ich habe deshalb Angst, Angst, daß ich nicht genug Geduld habe. Das Schöne ist nie sehr weit, manchmal zum Greifen nahe, man kann aber einfach nicht danach greifen, man muß es sich erkämpfen. Aber im Moment bin ich lustlos. Keine Lust zum Malen, keine Lust zum Singen, keine Lust zum Lust haben. Ich träume kaum noch. Alles ist plötzlich so weit. Mir gegenüber hängt eine Alpenlandschaft, da muß ich immer hinkucken, dann denke ich an Kirgisien, ... Felsenritt, Nachtbad, und Tschai in Jurten ... Wie lange ist das her! ...

Albatros

Oft kommt es vor, daß die Besatzung zum Vergnügen
Sich einen Albatros, den mächtgen Vogel, fängt,
Der sorglos stets das Schiff umkreist mit seinen Flügeln,
Solang es über all die düstren Tiefen lenkt.

Jedoch, wenn es gelingt, ihn auf das Deck zu bringen,
Dann schleift er, dieser König des Azurs, in Schmach
Und Unbeholfenheit die langen, weißen Schwingen
Wie Ruder jämmerlich auf beiden Seiten nach.

Der Meeresschwärmer, wie linkisch, plump, gehetzt!
Der eben noch so schön, wie komisch er von dannen zog,
Mit einer Stummelpfeife einer seinen Schnabel wetzt,
Ein andrer hinkend mimt den Krüppel, der da flog!

Wie gleicht der Dichter doch dem Prinz der Wolke,
Der eines Schützen lacht und sucht das Sturmeswehn!
Am Boden ausgesetzt, dem hohnlachenden Volke,
Hindern ihn seine Riesenfittiche am Gehn.

Charles Baudelaire

Ein Brief Majas:

8. Dezember 1971

Liebe Mutti!
Kurzer Rapport:
War im Krankenhaus. Pony war gut. Wir waren lange zusammen bei Wittgenstein in seiner Privatwohnung.
Pony hat sich einigermaßen über meine Äußerungen aufgeregt, aber ich muß ja auch immer alles sagen.
So, daß Klaus verlobt ist, und bald heiraten wird.
Silvester will sie keinesfalls zu Hause bleiben, unbedingt unter Jugend.
Worüber sie sich am meisten erregt hat:
Ich habe ihre Bilder nicht durchgehend gelobt, sondern auch verlangt, daß sie sich überlegt: Was soll's?, d. h., daß sie versucht, eine Aussage,

wenigstens eine übertragbare, für andere nachfühlbare Stimmung einzufangen. Also nicht einfach zufällig drauflosmalen, irgend was Irres, sondern überlegen, was man eigentlich will. Ein paar Skizzen machen, einfach die Sache ernster nehmen. Sie will jetzt nämlich am liebsten Malerin werden, es scheint ein echtes Bedürfnis zu sein, und deshalb müssen wir jetzt genau feststellen, was sie eigentlich kann!
Sie meinte, ihr geheimer Wunsch sei es eigentlich, noch was zu lernen, Kunsthochschule Weißensee, oder am besten Fachschule für angewandte Kunst in Schöneweide. Sie legt wert auf einen Abschluß, sie möchte den Leuten sagen können, welchen Beruf sie eigentlich hat!
Sie traut sich das aber nicht zu sagen, weil sie dann nichts verdienen würde, und sie Pappi nicht zumuten möchte, Zimmer und Studium zu finanzieren. Außerdem hat sie Angst vor Aufnahmeprüfungen, sie meint, sie sei so ein Typ, der immer abgelehnt würde.
Andererseits hat sie auch Lust zu arbeiten. Im Grunde weiß sie überhaupt nicht, was sie will. Nach Schauspielerin befragt, fängt sie an zu stocken und meint, daß sie das ja eigentlich nie werden wollte – was natürlich auch nicht stimmt.
Auf jeden Fall muß sie sofort ein Ziel haben, wenn sie aus der Klinik kommt.
Also Zimmer besorgen, weiter den Treppenterrier machen, alle Leute belämmern, alle Möglichkeiten verfolgen, es bleibt nichts andres übrig! Raffe Dich, halte weiter durch, dann ist das Alleinsein zumindest erträglicher! Gruß und Kuß Deine Maja

Die Zeit drängt. Oft treffe ich Pony hoffnungsvoll an, sie möchte sich aufs Leben stürzen, jetzt, sofort. Aber was haben wir ihr zu bieten?
Georg telefoniert, geht zu den Behörden, besucht Pony jeden zweiten Tag; eine Weile schaut sich das die Akademie an, aber dann wird es peinlich, die Arbeit muß bewältigt werden. Bis Pony die Klinik verläßt, soll ein Zimmer in Berlin beschafft werden. Zimmer sind rar, beziehungsweise überhaupt nicht vorhanden, aber wir haben eine Bescheinigung von der Klinik, so besteht Hoffnung. Das heißt natürlich, daß wir ständig beim Wohnungsamt nachfragen müssen. Wie schön wäre es gewesen, wenn Pony mit gleichgesinnten Studentinnen in einer Internatswohnung untergebracht worden wäre, dann wäre sie nicht allein.
Außerdem taste ich weiter alle Berufsmöglichkeiten ab. Fahre zu einem Arbeitstherapeuten, nehme Unterlagen mit.
»Aha, diese versprengten Talente nach allen Seiten, kennen wir! Für

solche Patienten ist es ganz gut, wenn sie an einem Theater in den Malwerkstätten arbeiten.«
Ich kenne diese Werkstätten. Da heißt es: »Malen Sie mal diese Pappe grau an und diese grün.« Sicher nicht das schlimmste, aber ich weiß, daß es nicht das ist, wonach sich Pony sehnt, wodurch wir den großen Umschwung erreichen können. Aber wenn man den Erkrankten nicht mehr zutraut, werde ich mich doch korrigieren müssen, werden sie vielleicht doch recht haben. So entgegne ich nichts, sondern denke nach, wie ich das arrangieren könnte.
Auf der Heimfahrt überlege ich, daß eigentlich das Ideale für Ponys Neigungen gewesen wäre, wenn sie an der Schauspielschule als Gast mitgelaufen wäre, um später psychisch gestörten Kindern therapeutischen Unterricht in Schauspiel und Tanz zu geben. Dann hätte sie alles zusammen gehabt: Psychologie, Tanz, Schauspielerei und Lehrerin – ihr Kindheitswunsch. Aber der Zug ist abgefahren.

Krankenhaus, 10. Dezember 1970

Heute ist Marlen wieder mal schrecklich. Sie liegt nur noch im Bett und spinnt. Den ganzen Tag sagt sie: »Pony, Walter Ulbricht ist gestorben!«

Marlen ist hier eingeliefert worden, da sie zur Polizei gegangen ist und dort gesagt hat: »Mein Vater ist ein Mörder!« Ihr Vater ist ein Mörder, der Landesvater ist gestorben, sie ist also ohne jeden väterlichen Schutz. Ihre wenigen Liebhaber haben sie schnell verlassen, niemand liebt sie, niemand hilft ihr. Sie bekommt Angst vor Männern, sie haßt sie.

In einem ihrer Gedichte besingt Pony Marlen:

I will tell you about my friends.
My girlfried ist a slim lady.
When she comes along,
Like a slim shadow,
I am glad.
My boyfriend is a proud boy
When he comes, he has a smile for me
When he sit beyond the house
I love him innocent
I sing for him
His hair is taken by the wind
Like a little prince
He disappears beyond the hill.[20]

Ja, Marlen ist ein schmaler Schatten, und das ist ihr Problem. Wenn sie zum Tanzen geht, wird sie mit ihrem feinen Gesichtchen oft aufgefordert, doch wenn sie sich dann erhebt, schlucken die Kavaliere und sagen: »Ach, entschuldigen Sie bitte!« und lassen sie stehen.
Pony spielt Psychotherapeut und meint: Meine langbeinige, exaltierte Freundin soll kein Veilchen im Moose werden, sondern ein exaltiertes, langbeiniges Mannequin. »Den Teufel mit dem Teufel austreiben« ist Ponys These.
Bei diesem Satz muß ich an die feingliedrige Friseuse Ilona, Ponys vorjährige Mitpatientin, denken, die sich zweimal mit einer Überdosis von Schlaftabletten nachts in den Wald gelegt hatte.
Erinnern wir uns an das bildhübsche Mädchen, das sich ein riesiges weißes Kreuz an ihre schwarze Zimmerdecke gemalt hatte und nach Ungarn heiratete. Jahre später zeigte mir ihre Mutter einen zweiseitigen Artikel über Ilona mit vielen Modefotos in der ungarischen Zeitschrift »EZ A DIVAT« – August 1978.

Wer wird Mannequin des Jahres?
Ilona erinnert mich an den Frühling, diese launenhafte sich immer verändernde Jahreszeit, in der uns weder ein scharfer Wind noch ein prasselnder Regenguß unsere Hoffnungen und überschwenglichen Stimmungen nehmen kann. Ilona ist eine unruhige Natur, hübsch, blond, mit bezauberndem Lächeln, selbstsicher. Sie spürt und läßt spüren, daß noch alles möglich ist, sie modelliert, formt noch sich selbst, das Leben und ihre Zukunft.
Vor kurzem hat sie die Mannequinschule absolviert, aus diesem Anlaß entsteht das erste Interview ihres Lebens.
Sie meint, sie muß noch viel lernen, wenn sie ein gutes Mannequin werden will ... Sie treibt regelmäßig Sport, fährt Motorrad und auch Auto. Sie vergöttert das Rasen, dieses Tempo ... »In der Filmfabrik, das heißt in der Maskenbildnerei, wo sie als Friseuse arbeitet, gibt es welche, die mich nur als ein wandelndes Objekt ansehen. Pfeif drauf ... auch das muß man ertragen!
Ich mag romantische Frisuren ...« Sie schlingt ihre Haare nach oben ... »Oh«, lächelt sie, »ich habe vielerlei Gesichter ... Und vielerlei Pläne, Beschäftigungen, Sehnsüchte, Träume. Ich nähe mir romantische Kleider, koche exotische Gerichte, aber im Moment gehe ich in eine Dolmetscherschule, auch das kann von Nutzen sein.«
Sie spricht und beobachtet dabei mit fachgerechtem Blick, denn, so

erzählt sie, sie schreibt ein Buch. Einen Roman von einem Mädchen von heute. Die Story will sie nicht erzählen, sagt nur soviel: »Es ist das Leben selbst.« Sie verheimlicht auch nicht, daß die Hauptfigur nach ihrem eigenen Ich gestaltet ist.
Ich höre Ilona zu und glaube, am meisten hat sie davor Angst, daß die Jahre vorübergehen und sie etwas verpassen könnte. Doch bis dahin kämmt sie weiter Haare, schminkt Gesichter, schreibt an ihrem Roman, schmückt ihr Zimmer, blickt in den Spiegel, kraust ihr Näschen – sie ist lauter Fröhlichkeit, auch wenn ihre Augen feucht werden ... Sie hat die Tür geschlossen, und es bleibt ein Vibrieren in der Luft.

Ein lebensbejahendes Mädchen ist also aus der einstigen Selbstmordkandidatin geworden, allerdings mit einer gehörigen Portion Narzißmus, welche im allgemeinen von den lieben Mitmenschen nicht gern verziehen wird. Dazu Eugen Bleuler in seinem Lehrbuch der Psychiatrie:

... auch wenn Eitelkeit und Stolz keine Tugenden sind, sollte man sie ungeniert benutzen.

Und Pony philosophiert weiter in ihrem Tagebuch:

Krankenhaus 10. Dez.
Ich habe mich heute mit der schlauen Frau unterhalten, und als wir so über Gott und den Weltuntergang sprachen, sagte sie, daß sie mich als Kind von sich zu Weihnachten hier behalten will. Sie hat ja keinen Menschen. Sie wollte Missionarin werden. Spricht ja fließend französisch und hilft mir oft, wenn mir ein Wort fehlt, bei meinen Songs. Sie findet mich pfiffig. Ich finde sie aber auch gut. Warum hätte sie nicht verhungerte Kinder in Afrika pflegen oder unterrichten können? Da hätte sie sich bestimmt voll reingestürzt, mehr als alle anderen, hätte ihren Kummer um ihren verstorbenen Mann vergessen können und wäre gesund geworden.
Jetzt ist sie 14 Jahre hier und tut nichts. Man könnte ihr ja auch Übersetzungen in die Klinik bringen, die werden doch so gebraucht.

Erinnern wir uns: Lange bevor Pony krank wurde, hielt Dr. Wittgenstein im Kulturklub in Falkenhorst einen Vortrag über die Einrichtung seiner psychiatrischen Klinik, an der Diskussion beteiligte sich damals

hauptsächlich ein rotbackiges fünfzehnjähriges Mädchen, nach dem sich alle umdrehten: Pony. Ihre Hauptfrage war: Wie kann man denn Kranken mit so verschiedenen Talenten und Charakteren eine sinnvolle Beschäftigung geben? Sie können doch unmöglich alle das gleiche tun?
Und heute hat Pony Arbeitstherapie: Marken stempeln. Alle tun das gleiche.
Jeden Tag, wenn ich aufwache, denke ich: Was ist heute für Pony zu tun? Die Ärzte drängen mit Recht auf eine Entscheidung, ob Kunsthochschule oder nicht. Aber das wäre die vierte Prüfung, die man Pony zumutet, und dazu noch in einem völlig anderen Metier. Naturzeichnen hat sie noch nie geübt. Werden die anderen besser sein? Und wenn sie nicht besteht? . . .
Andere Fachleute raten mir nun doch wieder zur Leipziger Theaterhochschule. Ich will nichts unversucht lassen. Mit Widerwillen schreibt Pony ihre Bewerbung. Die »Kranken Dinge«? Doch auf das Schreiben der Schule, in dem um baldige Vorstellung gebeten wird, antworten wir nicht. Darauf ruft der Direktor bei uns zu Haus an. Ich erkläre ihm die Sachlage, und er sagt in überaus freundlichem Ton:
»Wir hatten schon andere Schüler, die mal psychische Schwierigkeiten hatten, das legt sich, und bei besonderer Begabung ist Abitur nicht Pflicht.«
Ich frage: »Könnte man nicht die Eignungsprüfung weglassen, da Pony sie ja schon in Berlin mit Auszeichnung bestanden hat?«
»Nein, das ist nicht möglich, da sich ja unsere Aufnahmeprüfung auf der Eignungsprüfung aufbaut!«
Langsam lege ich den Hörer auf: Soll ich den Kampf gegen die »Hölle« ganz allein durchfechten?
Beim nächsten Besuch kann ich Pony noch nicht sprechen: Die Patienten sind beim Stempeln.
Ich grübele, in welcher Richtung ich Ponys Berufsausbildung vorbereiten soll: nach ihren Neigungen und Begabungen oder nach ihrem Gesundheitszustand? Ich weiß nicht mehr, was und wem ich glauben soll. Viel habe ich zu den Problemen in den Bibliotheken gelesen und mir einiges aus dem Buch »Genie, Irrsinn, Ruhm« herausgeschrieben:

Psychopathie heißt nicht durch und durch minderwertig. Vielmehr können Psychopathen, auch wenn sie etwas lebensuntüchtig sind, in irgendeiner bestimmten Richtung Höchstes leisten, wie die Geschichte beweist . . .

Pony hat ihre Stempelstunde absolviert, morgen geht's weiter. Zwischendurch kritzelt sie ihre Gedanken auf Papier:

Spatzen

Spatzen in der Dachrinne,
die sind so frech, die singen so laut,
daß ich nicht schlafen kann.
Nun sehe ich sie mir genauer an,
Wie klein sie sind.
Nee – wirklich, nie können sie ruhig sitzen.
Und wie sie fliegen!
Vom Komposthaufen picken sie sich
einen Regenwurm heraus,
fliegen weiter
über die hohe Tanne zum See.
Ein richtiger Schwarm.
Ich kann nicht schlafen, weil
die Spatzen fliegen können
und ich nicht!

Krankenhaus, 11. Dezember

Ich höre auf. Nur noch eins: Rauschgift finde ich großes Kaki. Die Ausrede, weil unser Leben so beschissen ist, hat bei mir verschissen. Es ist eine Flucht vor dem Handeln, dem ändern des beschissenen Daseins.
Es ist eine Flucht in sich selbst!
Natürlich jeder muß erst mal sich selbst verstehen, ehe er mit anderen seiner Gattung auskommt. Der Kontakt zu Menschen ist beim Selbstverstehen wichtig. Sich selbst verstehen, sich selbst ausleben, geistig, seelisch und körperlich, Drogen den Drogen, Teufel dem Teufel, Gleiches gesellt sich zu Gleichem.
Wo ist das Ende?

Die Warnsignale

Sie geh'n vor mir her, die Augen voller Licht,
Die ein Engel in Weisheit so magnetisch gemacht,
Und sprüh'n diamant'ne Flammen in meiner Augen Nacht.

Damit ich mich vor Sünd und Schlingen wohl bewahre,
Geleiten sie meinen Schritt den Weg des Schönen an,
Denn meine Diener sind's und ich bin ihr Sklave,
Der blindlings der lebendigen Fackel untertan.

Betörende Augen, ihr leuchtet in mystischer Klarheit
Wie Kirchenkerzen am hellen Tag; der Sonne Lachen
Löscht nicht den flammenden Schein eurer Wahrheit.

Sie feiern den Tod, ihr kündet das Erwachen:
Ihr singt und preiset meiner Seele Auferstehn,
Gestirne, die in keinem Sonnenglanz vergehn.

Charles Baudelaire

Krankenhaus, 12. Dezember 1970

Ich habe gemerkt, daß ich hier sehr beliebt bin. Ich bin zwar sehr streng in meiner Art zu den echt Nervenkranken, respektiere aber jedes gute Argument. Das brauchen diese Leute doch hier, man muß sie hin und wieder anhören. Sie für voll nehmen.

Das Schreiben gibt mir jetzt wieder Aufschwung. Trotzdem irgendwie, es war einfach immer für mich sehr wichtig, ich brauche irgend einen Menschen, dem ich mich anvertrauen kann. Erst Tante Miezl, dann Peer und jetzt? Die vielen Menschen, die alle so schnell laufen, die desilusionieren mich. So viele nette Jungs – aber ich möchte *ihn* mal sehen. Mehr eigentlich nicht.

Wenn ich einen Menschen liebe, entsetzlich oder auch weniger, aber jedenfalls, ich sage alles. Geistig bin ich ja ziemlich hemmungslos. Schade, daß ich von meinen Lieben erzählt hab. Aber ohne eine Liebe wäre ich hier eingegangen, naja, ich wäre dann wohl auch nicht

weggerannt. Ich habe sagenhafte Tiefen, fühle so sehr tiefgründig. Bin hilflos. Wer ist das nicht, der richtig liebt. Ich glaube es gibt Menschen, die noch nie kräftig verliebt waren. Es sind die etwas dümmeren, problemlosen Menschen, die sich, so lange es etwas zu fressen gibt, mit allem abfinden, die sich anpassen ohne auf Änderungen Wert zu leben, die warten können auf ein Ereignis, ohne es zu beschleunigen, die glauben, sie lieben ihren Partner, sich an ihn aber nur gewöhnen. Wie schrecklich, temperamentlos zu sein! Es sind nicht beruflich tiefgestellte, die nicht lieben können. Es sind bedauerliche Menschen. Zu richtiger Liebe gehört die Liebestreue, das Lange, das Ewige. Das Verlangen, das quellende Gefühl des ewigen Verlangens, sehen, sprechen, tanzen, küssen, Säulen, Ruinen, Moos und das und das . . . sehen, hören, lernen von ihm, lehren ihn, spielen. Es ist ein Spiel für zwei, die sich lieben, ist es ein Spiel voneinander zu lernen, miteinander zu produzieren, das Gelernte zu erarbeiten.
Aneinander zu denken in weiter Ferne ist das Grausamste, eingeschlossen noch grausamer, aber die einzige Stütze. Liebe kann einen Menschen völlig ändern.
Liebe ist der größte Reiz im menschlichen Leben. Der Haß und die Liebe revolutionieren die Menschen.
Das mächtige Gefühl, viele Menschen um sich zu haben, Gleichgesinnte, die Einheit, das ist es, was den Menschen Mut macht, sie vorwärts treibt – zu hassen und zu lieben.
Das Wort als Wort Liebe wird bei mir langsam allmächtig. Es gibt so viele Liebesarten: Zusammengehörigkeitsgefühl, Sympathie, Freundschaft – wird es verstärkt = Liebe.
Es ist fast wie Himmel- und Höllezustände des Menschen. Das Extremste. Liebe ist das höchste Vertrauen.
Ich brauche einen Menschen, zu dem ich Vertrauen haben kann, dem ich alles sagen kann. Ich darf nie wieder hier hereinkommen. Noch eine Woche – bis zum 19. – dann fini, fini! For ever! Grad hab ich ein Gedicht hingeschmiert:

Die Größe

Große Hände können nicht so
verletzen
wie große Worte.
Menschen, die sich selbst

groß finden,
geizen mit dem eigenen ich.
Jeder, der überheblich ist,
ist gering.
Bitte achte auf Deine Größe!

Alle zwei Tage machte ich mich auf die Reise nach Granhagen. Manchmal traf ich Pony in solch einer euphorischen Stimmung an. Ihre Augen funkelten vor Eifer, sie konnte sich kaum losreißen von ihren Malereien, Gedichten und Tagebuchschreibereien. Dann redete sie, wir redeten zusammen und wurden niemals fertig, bis das Abendbrot kam. Es war ein fast unirdischer Gleichklang in uns, ob es nun in der Sitznische des großen Besuchszimmers mit dem knackenden Kühlschrank war oder ob wir draußen auf den regennassen Wiesen spazierengingen. Als wir nach solch einem genehmigten Ausflug, bei dem sie mir übersprudelnd von ihren Lebensplänen erzählt hatte, wieder auf die ockergelben Backsteingemäuer zugingen, sagte Pony plötzlich: »Ob ich wohl mal heiraten werde?«
Ich war erschrocken und antwortete: »Aber warum sollst du nicht heiraten, Ponylein? Dir fehlt doch organisch nichts.«
»Na ja, Peer hat mir ja auch mal gesagt, daß er mich heiraten will!«
Aber so ganz schien sie nicht mehr daran zu glauben.
Einmal saßen wir wieder im Gang der Frauenstation – ohne die vorbeischlurfenden Patientinnen zu bemerken, so sehr waren wir mit uns beschäftigt –, da kam Dr. Pfuel vorbei. Er begrüßte uns fast freundlich: »Nun geht's also zu Weihnachten nach Haus! Für eine Woche – aber dann kommen Sie wieder hierher zurück!«
Ponys Augen erstarrten. Ich widersprach heftig: Wir wären doch mit den anderen Ärzten übereingekommen, daß Pony jetzt endgültig entlassen wird. Darauf Pfuel: »Na, schließlich ist sie ja schon zum drittenmal hier!«
Pony preßte die Lippen zusammen. Ich brachte nur hervor: »Das hat ja auch seine Gründe!«
Am liebsten hätte ich ihm geantwortet, daß dies bei seinen Methoden nicht verwunderlich sei, aber ich nahm mich zusammen und sagte nur: »Ich habe inzwischen viel darüber gelesen: Die Patienten reagieren doch sehr verschieden . . .«
Pfuel schluckte, rief nur dann im Weggehen herablassend und strafend: »Na, Sie werden sich ja wieder durchsetzen!«

Krankenhaus, 15. Dezember

Lieber Pappi!
Irgendwie bin ich völlig, jedenfalls ziemlich völlig, am Ende. Weihnachten nur ein Urlaub – das hat mir eben Pfuel so zwischen Tür und Angel auf dem Gang gesagt – und danach wieder hier. Pappi, das wäre für mich kein Weihnachtsfest. Ich habe mit der Frau Doktor gesprochen. Sie meint, wenn ich nicht schon am ersten Januar anfange, könnte man die Übergangszeit zu Hause verbringen. Ach, Pappi, und ich fühle mich schon so stark. Möchte immerzu was tun. Aber lieber erst mal raus, und dann malen mit Ölfarben, ist auch schon ein schöner Trost. »Ein Mensch, der nicht leidet, fühlt nicht!« Nun ja Pappi, mich packt das Leben (im Gegensatz zu meinen Freundinnen und Freunden!) ziemlich hart an. Pappi help! help!
Heute spielte ich schon mit dem Gedanken einfach abzuhauen. Ohne Ausweis. Aber egal. Irgendwohin. Ich dachte aber an alles noch mal richtig. Wäre schrecklich gewagt gewesen. Eigentlich wollte ich zu Dir kommen. Bis Friedrichstraße trampen. Aber was dann?! Diese Ideen hatte ich kurz nach meinem Comazustand (Aufwachen nach Insulinkur). Bitte sage es bloß nicht weiter. Niemand. Bitte. Mutti sage ich es auch nicht. Pappi, wenn ich bloß nicht zu sehr an diese Gemäuer für die nächsten Jahre gekettet bin.
Ich freue mich schon, wenn Du kommst. Dann genauere Erklärung wegen der spontanen Idee des Weglaufens. Mach Dir nicht viel Sorgen. Ich bin ja vernünftig. 0000 + Gruß Pony

Einige Tage später erzählte mir Pony, daß sich die Stationsärztin quasi bei ihr über den Auftritt ihrer Mutter mit dem Oberarzt beschwert hätte. Pony sagte nur lakonisch: »Ich habe darauf überhaupt nicht geantwortet.«
Sie flüstert mir wütend ins Ohr: »Dieser Pfuel, immer macht er das so, rennt hier im Gang vorbei und teilt Hiebe aus!« Sie wird schweigsam und streicht sich am nackten Unterarm entlang. Ich bin ratlos und versuche zu trösten: »Was hast du denn, Ponylein?«
»Ach, ich muß bloß wieder an den Bunker denken!«
Leider fährt mir heraus: »Professor Weinheimer hat gesagt: ›Was, dort gibt's noch Bunker?‹«
Pony vergräbt sich immer mehr in sich selbst, streicht sich weiter am Arm und blickt nicht mehr auf.

Nun streichle ich ihr auch den Arm und sage: »Was ist denn auf einmal?«
»Ach, ich tu mir nur selber leid!«
Wir verabschieden uns mit einer festen Umarmung.
Nach dem Abendessen geht Pony, wie mir die Schwestern sagten, oft zu ihrem Lieblingsplätzchen, der Kellertreppe, und raucht dort für sich ganz allein in tiefen Zügen eine Zigarette. Sie holt dann ihre Gitarre herunter und fängt an zu improvisieren:

Take your hands out of the pocket!
Take your hands to me,
Take your proud hands
Take me,
Please let us go for freedom
Let us go, come!
Take your hands out of the pocket, when we
Go together for peace!
Please!!![21]

Heilig – Unrein

Und wenn sie wiederkehren aus verschlungnen Hysterien,
Sieht sie, aus Glückes Traurigkeit erwacht,
Den Liebsten träumen von Millionen schneeigen Marien,
Qualvoll, am Morgen nach der Liebesnacht.

Arthur Rimbaud

Krankenhaus, 16. Dezember 1971

Ich möchte Götter und Teufel malen, wie Gott dem Teufel durch die Liebe überlegen ist. Das Wort *Liebe* wird bei mir langsam allmächtig. Es ist fast wie Himmel- und Höllenzustände des Menschen. *(Siehe Farbtafel XVI oben)*

Sie hat es gemalt: Teufelsfratzen, Fabeltiere und überirdische Flügelwesen. Auf Wandbehänge, Vasen, Papierkörbe, die sie gern zu Festtagen verschenkte. Ein Bild, zu dieser Zeit in ihrem Insulinzimmer getuscht, zeigt eine Eva mit Heiligenschein (in der sie sich wahrscheinlich selbst sieht) aus einer Sternen-Blumenwelt quellen, dazu aber Fabeltiere mit Schlangenhälsen, und in der Ecke ragt das düstere, rächende Profil des gestrengen Gottes, Gottvaters (der übrigens die Adlernase des eigenen Vaters trägt) oder eines bösen Teufels heraus. Es dürfte wohl nicht zu verwegen sein, dies richtende Profil als das Über-Ich zu bezeichnen.

In einer Kulturgeschichte, Wien 1928, fand ich:

Die Dämonenliebe wurzelt im Glauben der Naturvölker an magische Einwirkungen bei allen Geschlechtsvorgängen. Die dunkle Triebmäßigkeit und die rätselhaften Veränderungen, die alle Sexualvorgänge körperlich und seelisch bewirken, fordern begreiflicherweise besonders zu magischen Deutungen heraus.

So auch in der jüdischen Mythologie: Adam verkehrte vor Erschaffung der Eva mit dem verworfenen Nachtgespenst Lilith.

Hier ein Brief Ponys, um diese Zeit aus der Klinik geschrieben:

16. Dezember

Klack Peerteufel, Hoppla Peerengel!
Pony spinnt wieder als ganz richtiges kleines Menschlein durch die Gegend (So ein ganz kleines bißchen mach ich das doch immer). Du, ich find das hier schon fast gemütlich. Hab meine Freundin, der ich ganz viel schreiben werde, wenn sie nicht mit mir herauskommt. Hab meine Mutti, eine ganz liebe. Hat mir gerade gesagt, daß ich ein richtiges nettes Mädchen wär + überhaupt, die sind ja hier alle so nett. Eine kleine Tröstung, schon lächeln sie wieder. Ach Peer, hier treibst Dir den Egoisten aus dem Bauch. (Nicht nur Peer-Pony-Engel!) Aber, Du weißt das ja auch ganz gut. Thema Peer – Regine[22] + Mädchen überhaupt. Ich glaube, es ist besser, wenn ich dieses Thema jetzt hier noch mit einem kleinen Engelhüpfer überhopse. Der letzte. – Doch Angst hab ich ganz doll. Aber sag mir ja die volle Wahrheit, Du Schlingel, sonst verbanne ich Dich als Hilfsteufel in die Hölle. Du da ist es ganz dunkel und ganz grauslig. Übrigens das »engeln« hab ich wieder nur instinktif geahnt. Hatte ja im Grunde keine Ahnung davon. Ja, ja, + da + nur da ist der Nagel für alles, wer hat schuld! Alle, oder keiner? Aber, hatte schon recht im Fremdenzimmer, bist ein Idiot, nee, ein großer Idiot.
Übrigens zur Traumdeutung:
Es gibt da eine + wirklich nur 1 Sache, die ich weder wollte, noch bewußt erlebte. Jan aus meiner Klasse wußte natürlich auch nicht, daß ich nicht wußte, das man so richtig weg sein kann. Naja, und ganz plötzlich lag er über mir auf einem abendlichen Rasen nach dem Jazzkonzert.
Er meinte, ich wäre ein Engel. Ich erbost über unseren Zustand (Haltung) schmiß ihn herunter + sagte, aha + Du der Teufel, + spinn nicht so + was soll das eigentlich alles usw. usw.
Er lachte fürchterlich, so richtig teuflich, kennst ja die Lache von Jan. Naja + so kam die Vorstellung
Teufel + Engel!
Mensch Peer, diese Lache war entsetzlich.
Pappi und Mutti + Maja + überhaupt, was dachten sie denn alle von mir? Hure oder so ähnlich.
Ich wußte einfach den Fakt nicht, daß es so eine richtige »Sehnsucht« gibt. Ponyteufel.

Im Glauben der alten Naturvölker ist »heilig – unrein« ein Begriffspaar – wie im Lateinischen »heilig – verdammt = sacra«... Der Totem ist heilig und tabu zugleich, darf nicht berührt werden, wer davon ißt, wenn es ein Tier ist, stirbt. Im christlichen Glauben wird die Einheit getrennt: Engel – Teufel. Es zeigt sich aber, daß bei den Neurotikern die Vorstellung »heilig – unrein« wieder zu einem Begriff wird.
Die Psychoanalytiker nennen das Regression – Rückkehr zu frühen Stufen der sinnlichen Wahrnehmung.
Regression. Da muß ich an eine andere Begebenheit mit Pony denken. Kurz vor Weihnachten, nach dem ersten Krankenhausaufenthalt muß es gewesen sein, daß Pony in der Nacht an mein Bett trat und sagte:
»Mutti, ich hab so Angst vor den Bäumen!«
Mir lief ein Schauer über den Rücken, ich wußte nicht, was ich ihr antworten sollte. Später überlegte ich, daß die ersten Beobachtungen, die sie als Baby aus dem Kinderwagen machte, die Bewegung der Baumwipfel war, daß sich ja alle Kinder im dustren Wald gruseln und daß sich heute noch die Menschen der Naturvölker, selbst wenn sie sich in einer modernen Umgebung befinden, mit Bäumen, Bächen oder Steinen unterhalten. Wie im Märchen beseelen sie die unbeseelte Natur. Das gleiche tun die Neurotiker. Und so empfand es der kranke Dichter der »Ophelia«: »Weil auf das Singen der Natur dein Herz gelauscht, im Klagelaut des Baumes und im Geseufz der Nacht.«

Eine andere Erinnerung taucht in dem Zusammenhang auf, interessant auch deshalb, da Pony weder prüde noch religiös erzogen worden ist.
Wo kommt die Angst vor dem Bösen also her? Und die davon reinigenden Zwangshandlungen?
So sagte Pony einmal zu Tante Miezl: »Du darfst dich jetzt aber nicht wundern, wenn ich mir täglich die Haare wasche!« Sie hat es dann nicht getan, aber manchmal täglich mehrmals geduscht, vor allem bevor sie wegging, was Georg rasend machte, noch dazu, wenn sie erkältet war. Warum dieser Waschzwang?
Entsühnungs- und Reinigungszeremonien finden wir in allen Kulturen wieder. Zum Kung-Mela-Fest in Indien pilgerten 1977 elf Millionen Menschen – wobei einige zerdrückt und zertrampelt wurden –, um an diesem Tag völlig verklärt im verschmutzten Ganges zu baden. Waren das elf Millionen Geisteskranke? Aber was weiß ein Mädchen wie Pony vom Kung-Mela-Fest? Dazu Freud in »Zwangshandlungen und Religionsübungen«:

Nach diesen Übereinstimmungen ... könnte man sich getrauen, die Neurose als eine individuelle Religiosität und die Religion als eine universelle Zwangsneurose zu bezeichnen.

Interessant in dem Zusammenhang »heilig – unrein« ist ein von Pony angefertigtes Vokabelheft, das bei Ponys Schreibsachen liegt. Ich blättere darin, hinten steht die Adresse ihres französischen Freundes, wahrscheinlich stammt es also aus der Zeit, da sie in der Internationalen Jugendherberge in Königstein war, damals, als sie auch ihre Hunger-Fastenkur machte. Auf dem Etikett steht mit dickem Rotstift geschrieben:

Schöne Fremdwörter

Puritaner	– übertriebener Sittenreinling
Masochismus	– geschle. Erregung von Körper + seelisch Mißhandlg.
Sodomie	– Widernatürliche Unzucht mit Tieren
Metamorphose	– Verwandlung
Matriarchat	– Mutterherrschaft, Patriarchat
	– Vaterherrschaft
Promiskuität	– ohne Ehe Sache
Anthropophag	– Menschenfresser, rituelle Weise wegen magischer Kräfte des Toten
Hierarchie	– Priesterherrschaft
Anomalie	– Unregelmäßigkeit
Sakral	– heilig
Inzest	– Inzucht
Halluzination	– Sinnestäuschung
Skatophilie	– (Kot) Geschlechtsbemalung
Negalomanie	– Größenwahn
mondän	– weltgewandt
latent	– verborgen
makaber	– totenähnlich, düster
Stuprum	– Notzucht, Schändigung
Dogma	– Behauptung ohne Beweis
orthodox	– starr an Glaubenssätzen festhaltend
Atheist	– glaubt an kein göttliches Geschöpf
Nihilist	– glaubt an nichts

Spiritismus	– Geisterglaube, Verkehr mit Erscheinungen Verstorbener
empirisch	– erfahrungsgemäß
Reminiszenz	– Erinnerung
principies obsta	– widerstehe den Anfängen

Immerhin eine recht eigenartige Zusammenstellung von Fremdwörtern, um die Ponys Gedanken kreisen. In der Unterhaltung merkt man nichts davon, aber in ihren Malereien tauchen sie, in verschleierter Form, immer wieder auf. *(Siehe Farbtafel IV unten)*
Ein Aquarell, das ich nicht gern zeige, weil es bestenfalls ein tragisches Kopfschütteln hervorruft, scheint doch aber Aufschlußreiches über die Angst vor der eigenen Unreinheit zu verraten. Ein Mädchen, wahrscheinlich sie selbst, wird von einem wilden Pegasus fortgerissen, entführt. Sie sausen über eine blühende Wiese dahin, die Flügel des Pferdes sind im Original golden. Warum hat dieser Pegasus doppelte Beine? Könnte man hier die Ur-Szene der tierischen Begattung sehen, gegen die sich das Mädchen verkrampft wehrt? Man könnte aber diesen Pegasus mit seiner Pferdemähne und seinen schlangenartigen Menschenbeinen auch als einen umgekehrten Centauren bezeichnen. Erinnerungen an den Mythos vom Raub der Europa durch den Stier werden wach.
C. G. Jung schreibt in »Wandlungen und Symbole der Libido«:

. . . daß die mythenbildenden Kräfte der Menschheit nicht erloschen sind, sondern heute noch in den Neurosen dieselben psychischen Produkte erzeugen wie in den ältesten Zeiten.

Pony hat ab dem zehnten Lebensjahr auf Pferderücken gesessen, sie hat ihr Pferd Abdullah über alles geliebt – es wäre also nichts Absonderliches, wenn es ihr im Traum erschienen wäre und sich mit ihrem Liebhaber vermengt hätte. Pony schämt sich aber für solche beängstigenden Phantasien so, daß sie in einen Abscheu vor sich selbst gerät.
So schreibt sie in ihrem Tagebuch:

Und was Abdullah immer für Sachen mit mir macht. Seine extatischen Anfälle. Himmelhilf!

You cry Abdullah, you cry, cry,
So terrible!
My horse Abdullah

Schließlich malt sie sich von diesen Nachtmaren frei.
Freud schreibt in »Totem und Tabu«:

Dies schöpferische Schuldbewußtsein der Primitiven ist nun unter uns nicht erloschen. Wir finden es bei den Neurotikern in sozialer Weise wirkend wieder, um neue Moralvorschriften zu produzieren, als Sühne für die begangenen und als Vorsicht gegen neue zu begehende Untaten. Wenn wir aber bei diesen Neurotikern nach den Taten forschen, welche solche Reaktionen wachgerufen haben, so werden wir enttäuscht. Wir finden nicht Taten, sondern nur Impulse, Gefühlsregungen, welche nach dem Bösen verlangen, aber von der Ausführung abgehalten worden sind . . . Regression der Libido ohne Verdrängung würde nie eine Neurose ergeben, sondern in eine Perversion auslaufen.

So sind also die Neurotiker, die ständig zwischen Paradies und Hölle Schwankenden, die Übermoralischen, die Überguten, diejenigen, – die wir am schlechtesten behandeln.
Wenn diese Menschen dem Unreinen gegenüber gleichgültig wären, würden sie sich nicht ständig damit beschäftigen. Hierzu ein auf einen Zettel geschmiertes Gedicht von Pony, das ich auch nicht gerne zeige:

Das Ding
Ist es groß,
Ist es klein?
Ist es egal?
Ist es Deins,
Oder Meins?
Keine Antwort.
Wollen wir das machen?
Jeder denkt daran,
manche trauen es sich,
oder etwa nicht?
Hast du Lust?
Hast du eine Antwort?

Wladimir Lewi »Die Jagd nach dem Gedanken«:

»Paradies« und »Hölle« des Menschen lassen sich mit der Elektrodenspitze abtasten. Sie liegen nahe beieinander und sind wahrscheinlich eng miteinander verbunden . . .
Vermutlich stehen auch die Krampfanfälle mit einer übermaximalen Arbeit von »Paradies« und »Hölle« im Zusammenhang . . .
Doch sind gerade bei Patienten mit Psychosen und Neurosen alle Hirnrhythmen häufig normal, zu normal . . .

Vielleicht könnte man nach Ponys Aufzeichnungen weiter fabulieren: Neurosen und Psychosen sind ein Entrinnen vor dem Krampf, vor dem Kurzschluß im Computer Gehirn, das durch Plus-Minus-Antipoden zu zerreißen droht, in eine andere Welt, in eine Wolkenwelt, wie Pony es so oft gemalt hat.
Und sie philosophiert: Auf vielerlei Zetteln analysiert sie ihren Zustand, mal biochemisch, mal physikalisch-kybernetisch, aber immer mit Humor:

Peer. Peer. Peer stop any information von Pony . . .
Phileo, philesopho . . . mit allen meinen Enzymen[23]
Never the less, I live, live really![24]
The beginning:
Justement werden Ponys positive Peerionen von Ponys negativen Peerionen ganz tüchtig verionisiert. Wuppdich fegen die – Minus zu den Plus, herzen und küssen sich ganz elektronenlieb. Dabei erreichen sie eine so famose Ionosierungsspannung, daß dem Plus ganz bänglich ums Herz wird, und sie ganz schahmös mit ihrem Signalsystem blinken, Bum! Bum! Bum!
Denn die Minus können sich ja mal ganz und gar vergessen und ganz einfach die Plus nicht mehr loslassen, und klax und tod, – wäre das kleine Protonenhäufchen.
Gerade eine kleine Entdeckung gemacht:
Tiere sagenhaft sensibel: Drohlaute, Winseln, Balzen, Nestfindung usw. Eigentlich könnte man ja Tiere mit völlig vergeistigtem menschlichem Nervensystem in etwa vergleichen. Unterschied ist nur, daß Tiere eine Umdrehung tiefer, als vergeistigte Menschen. Jasno!
Das beweist uns mal wieder den ewig sich verändernden Regelkreis.
Rückkoppelung! That's it.

Auf Rechenpapier macht also Pony ihre kleine Entdeckung, sie nennt es Rückkoppelung, bei Freud heißt es Regression. Und sie schreibt von Enzymen, also einer biochemischen Reaktion, die ihr Denken beeinflußt. Baudelaire schrieb: »Jeder Mensch trägt seine natürliche Dosis Opium in sich, unaufhörlich ausscheidend und sich erneuernd, von der Geburt bis zum Tode.«
Und hundert Jahre später, im Jahr 1973, machten Pert und Snyder eine überraschende Entdeckung: Sie fanden im Gehirn, bei Mensch und Tier, Rezeptoren, die ganz speziell an das Morphium gebunden sind.
Im Jahr 1975 gelang es, aus Hirnextrakten Stoffe zu isolieren, die Endorphine genannt wurden, allerdings sind diese Endorphine hundertmal stärker als Morphium.
Wozu hat die Natur sie geschaffen?
Zum Überleben der Arten?

Aus einem Interview mit dem sowjetischen Psychiater Bjelkin entnehme ich:

In den letzten Jahren hat sich die Überzeugung gefestigt, daß die Ursache von seelischen Störungen in der Störung bestimmter biochemischer Prozesse, in pathologischen Veränderungen der hormonalen Regulation des Gehirns liegen. Die These wurde aufgestellt, daß die Ursache der Schizophrenie oder manisch-depressiver Psychosen in einer Störung des Gleichgewichts an Endorphinen liegen kann. Man stellte fest, daß bei Schizophrenen ein erhöhter Pegel an Beta-Endorphinen registriert wurde, während in der Depression eine Verringerung des Pegels dieser Stoffe eintrat.
Haben Endorphine also eine Beziehung zum Glück?
Es wurde festgestellt, daß sie Unempfindlichkeit gegen Schmerz, Hitze oder Kälte, freudige Erregung, seelische Ruhe, Dauerschlaf, Vergessen, Autosuggestion, Selbsttäuschungen und Halluzinationen hervorrufen können.
Rufen nicht vielleicht auch bestimmte verbale Bilder, Zuspruch, Übertragung, Suggestion, eine erhöhte Ausschüttung von Endorphinen hervor?

Die alten, archaischen Formen der Gleichgewichtsfindung, das Eins-Sein mit der Natur, das Fortziehen beim Wechsel der Jahreszeiten, die Meditation, die sakralen Liebeszeremonien, die Dämonenverbannung und Heilserwartung sind durch die Geschichte der Menschheit überholt. Sie wurden durch neue Ideale und Attraktionen bereichert, wenn diese aber nun unerreichbar erscheinen? ... Schalten sich dann die

Endorphine ein, die benebeln und zur archaischen Form der Gleichgewichtsfindung zurückkehren lassen?
Und Pony schreibt weiter:

x_e [K_1] x_a $x_a < k_1 \cdot x_e$

Störung im Regelkreis
Ver-geistigter Mensch
Zerplatzter Organismus

Du, merkst Du was? Pony ist ein richtig kybernetikfreudiges being!

Und quer über dem Blatt steht mit gelbem, blauem und rotem Stift geschrieben:

please understand me!
I'm with exertion utterly!
Kyrieleis![26]

Und Ketten überall

Herr, halt den Wahnsinn von mir ab;
Sei lieber Bettelsack und Stab
Und Hunger mir vergönnt

Denn ließ man endlich mich in Ruh,
wie gern, wie eifrig lief ich zu
Dem dunklen tiefen Tann!

Im Flammenwahn säng ich entzückt
Von Träumen, wunderbar entrückt
In ihres Dunstkreis Bann.

Und frei und stark wär ich alsbald,
Ein Sturm, der Felder pflügt und Wald,
Sie umlegt gar im Lauf.

Doch Narren kettet fest man an,
Man neckt durch Gitterstäbe dann
Das Tier im Käfig gar.

Dann hört ich nimmermehr bei Nacht
des Wälderrauschens tiefe Pracht,
Das Lied der Nachtigall.

Den Schrei nur der Genossen krank
Hör ich, und nachts der Wächter Zank
Und Ketten überall.

Alexander Puschkin

Krankenhaus

Bonjour Pappi! Im Moment kann ich gerade nichts, rein gar nichts machen. Heule schon wieder andauernd. Es ist gerade so eine niederziehende Stimmung. Alles deprimierend. Das einzige, was mich noch so richtig freut, ist der Glaube an das *Zimmer* in Berlin + Maja, die ja vielleicht heute kommt. Wenn ich grad an Dich + Lenin denke –

Mensch Pappi: Hast Du es gut! Nun hab ich grad wieder eine Runde geheult. Pappi, ich glaube, ich halt das hier nicht aus. Im Moment sehe ich wieder keinen Ausweg. Denke an Peer + knall aus. Richtig doof, daß ich so verknallt bin.
Eben war ich draußen. Hohe Mauer, wie im Getto! Es war zwar schöne Luft, aber wenn man so traurig ist. Immer wieder das Gefühl, man vergammelt die Zeit. Schade um die schöne Zeit, wo ich gerade 18 bin.
Jetzt ist mir zum Glück ein bißchen besser. Hab eine nette Frau kennengelernt, hab erst ihr ganzes Schicksal gehört, ihr dann meine Leiden beigebracht + nun geht es einigermaßen wieder. Mensch Pappi, wenn Du doch das hier beschleunigen könntest. Wie das heute war, draußen + ich bin nun mal so ein sentimentales Gewinsel. Finde mich manchmal selber albern. Ich glaube Du verstehst es, eingesperrt sein, ist schlimm. Das ist nun ein richtiger Tränenbrief geworden. Aber wenn mich das hier so schwach macht. Help! Please! Mehr weiß ich gerade nicht!
Naja, ich werde eben nicht so bekannt werden wie Du, oder vielleicht auch Maja wird. Na und!
Ich möchte gern ein schickes Zimmer mir einrichten. Vielleicht kommt dann Peer mal oder Klaus mit dem Motorrad + und ab die Post. Irgendwo hin. Oder wir machen mal ein Ritt zusammen.
Naja, ich hoffe nur, daß Du verstehst, daß ich 18 bin, natürlich irgend etwas für mich passendes lernen oder gleich richtig arbeiten möchte. Am Theater, naja, ich bin doch musisch. Erst natürlich nicht gleich irgendwie eine hohe Stellung. Vielleicht fange ich als Maskenbildnerin an. Oder, richtig Kostümbildnerin. Erst mal würde mir ganz ehrlich alles Spaß machen. Natürlich stelle ich mir das erstmal so vor, daß ich am Anfang fast ausschließlich in die neue Atmosphäre hineinriechen muß, eben lernen. Hoffentlich sind solche Theaterleute nett, aber ich glaube schon. Natürlich möchte ich mich mit Dir da noch genauer unterhalten.
Sehr wichtig! Maja gibt 'ne Party, ist mir eben wieder eingefallen, was mich wieder ein bißchen munter gemacht hat. Auf so was freue ich mich riesig, wenn ich hier so allein bin. Marlen ist zwar nett, aber so 'ne richtige Freundin findet man nicht so schnell. Wenn ich dann mein Zimmer hab, werde ich viel Besuch immer haben. Wenn ihr gerade in der Nähe seit, alles immer in die Bude. Verstehst Du Pappi, so bin ich eigentlich immer. Viele Menschen, dolle Stimmung. – Und jetzt hier drin. All die Lebenslänglichen. Hoffentlich fang ich nicht gleich wieder an, loszuflennen. I, ist das blöd!

So, jetzt finde ich den Brief so blöd, aber ich gebe ihn Dir doch. Dreimal angefangen. Typisch Pony!
Sag mal Pappi, willst Du unbedingt Dein Auto verkaufen? Ich finde das so doll. Kann ich das vielleicht in irgendeiner Weise, wenn es schon dem Schrott nahe ist, erarbeiten oder irgendwie, ick weiß auch nicht so genau. Bloß, ich finde das richtig schau, so für 2 Mann... Naja, ich glaube, das geht nicht, nur, daß Du siehst, daß ich wirklich Geld verdienen will. Hier findet man solche Ideen manchmal banal, weil die Stimmung so trist ist. Die Gemäuer so kalt. Ach du hast es eigentlich gut, daß du ein Mann bist. Frauen sind eben so doof gefühlvoll. Naja, Scheiße alles Pony

Richard d'Ambrosio »No language but a cry«:

Wir halten nichts davon, unsere Patienten für immer hier einzusperren, nur weil sie jemanden töten könnten. Wenn wir das tun wollten, könnten wir wohl bald die ganze Welt einsperren. Nein, der Prozentsatz der möglicherweise gefährlichen Fälle ist relativ klein. Im Gegensatz zur öffentlichen Meinung werden die allermeisten Schwerverbrechen nicht von Geisteskranken begangen ...
Die vornehmen Charaktere unter den psychisch Kranken werden nach erlebter Ohnmacht letztlich nicht gegen die Verursacher, sondern gegen sich selbst aggressiv.

Trotz Georgs Drängen wurden wir erst kurz vor Weihnachten zu einem Gespräch in die Klinik bestellt, bei dem der Oberarzt, die Assistenzärztin und die Oberschwester anwesend waren; Dr. Pfuel war nicht dabei. Der Oberarzt fing umständlich zu erklären an, daß er jetzt noch keine endgültige Diagnose geben möchte, wir hätten ja noch ein Abschlußgespräch mit Professor von Plaaten, daß aber die Insulin-Koma-Kur zu einer Stabilisierung geführt hätte.
Georg, der gerade erst Ponys Brief bekommen hatte, sprudelte eine Anklagetirade hervor: »Zuerst hat man von einer Kur von zwei Wochen gesprochen, und diese Koma-Zustände sind ja keine Kleinigkeit, Pony war auf zwei Wochen eingestellt, die hat sie ohne Mucks durchgestanden, und nun geht das ohne Ende weiter.«
»Der Erfolg blieb eben zunächst aus«, warf der Oberarzt ein.
»Man hätte die Patientin über die Motive der Verlängerung unterrichten müssen, das scheint mir nicht das vertrauensvolle Arzt-Patienten-Verhältnis zu sein, von dem bei uns immer gesprochen wird.«
Nun wurde auch der Oberarzt scharf: »Sie sollten dankbar sein, daß wir

diese Insulinkur mit ihrer Tochter durchgeführt haben, denn es ist eine sehr kostspielige Kur, wofür wir Valutamittel benötigen.«
»Gerade deshalb hätte man sie richtig nutzen sollen, selbst in dem Werk von Professor von Plaaten steht, daß die Aufgeschlossenheit nach dem Erwachen aus dem Koma zu langen therapeutischen Gesprächen genutzt werden sollte, aber Pony hat uns nichts von solchen Gesprächen erzählt.«
Da springt die Oberschwester auf: »Sie können Ihrer Tochter nicht alles glauben, was sie erzählt. Ich bin seit dreißig Jahren hier, Sie haben ja keine Ahnung, was wir da alles erlebt haben, alles verändert haben, wir hatten Säle mit hundertvierzig Betten, ohne Nachttische und Schränke, keinen Aufenthaltsraum . . .«
Seit dreißig Jahren, dachte ich mir, und meine Stimme schlug sofort in eine ungerechtfertigte Aggressivität über: »Meine Tochter lügt nicht!«
Da hielt die Oberschwester wie eine siegreiche Trophäe ein Paar schwarze Lackschuhe, Modell 1925, mit drei Spangen zum Zuknöpfen und einem hohen, dicken veralteten Absatz in die Höhe: »Hier, diese Schuhe habe ich bei Ihrer Tochter unterm Bett in einem Koffer gefunden. Sie stammen aus unserem Fundus, wir hatten sie Ihrer Tochter gegeben, da ein Schuh von ihr fehlte. Als sie dann neue mitbrachten, hat sie aber diese hier versteckt. Die Tochter eines Professors klaut zerfetzte Schuhe! In meiner Familie würde so etwas nicht passieren!«
Pony war einfach verliebt in diese zerknautschten Schuhe aus der Charlestonzeit, die hier irgendwie den Krieg überdauert hatten. Sie sagte mir auch, daß sie die gern behalten möchte. Ich erwiderte ihr, daß auf die alten Latschen wohl niemand Wert legen wird, sie solle mal fragen. Das wollte sie auch tun, hatte aber wahrscheinlich Angst, nicht verstanden zu werden.
Nun gab's ein Riesenspektakel wegen dieser Schuhe. Ich versuchte diese sinnlose Auseinandersetzung zu unterbrechen, da wir wegen anderer Probleme gekommen waren.
Der Oberarzt erklärte, daß er mit dem Chef des Klinikums, von Plaaten, gesprochen hätte, er wäre einverstanden, daß die Patientin vor Weihnachten entlassen würde, allerdings müßten die Eltern darüber einig werden, ob Kunstschule oder nicht. Über die Probleme »Nochmalige Aufnahmeprüfung, keine zeichnerischen Voraussetzungen, lange Fahrzeit« wurde nicht gesprochen. Ich warf ein, daß sofort etwas geschehen müsse, wenn Pony entlassen würde, da Semesterbeginn doch überall

erst im September sei. Ich wagte zu erwähnen, daß Pony im Sommer eine Einladung von guten Freunden in Frankreich hätte ...
Ehe ich noch weitersprechen konnte, antwortete der Oberarzt: »Was will sie denn da?«
»Vielleicht wäre es günstig für Pony, die Sprache zu lernen.«
Der Oberarzt schüttelte über soviel Unverstand den Kopf. Daß Pony von Jugendlichen eingeladen war, gemeinsam auf einer péniche, einem Frachtkahn, auf der Seine zu wohnen, wagte ich ihm gar nicht zu sagen. Außerdem hatte ich das Gefühl, daß das jetzt sowieso alles zu spät sei, diese Reise hätte nur einen Sinn gehabt, wenn sie zu Hause eine befriedigende Tätigkeit erwartet hätte. So erzählte ich auch Pony nichts davon.

14. XII. 1970

Mein liebes Ponylein! Heute kommt nun Maja zu dir. Tut mir eigentlich leid, denn ich habe schon wieder große Sehnsucht, Dich zu sehen, bin ja meist allein im großen Haus. Du armes Würmchen warst auch immer so viel allein hier.
Wir freuen uns alle schon so sehr auf den 19. Maja ist ja dann auch da. Dann machen wir es uns ganz gemütlich.
Mein Weihnachtswunsch von Dir ist, daß Du immer mit allen Sorgen und kleinen Kümmernissen zu mir kommst, und wir alles nach allen Seiten bekakeln, und daß Du Dich nie wieder so gegen uns einstellst. Wenn Dir etwas an mir nicht gefällt, so sag es mir gleich, aber nicht so bockig sein.
Konzentriere Dich nach der Kur erst mal auf all die Menschen, die Dich wirklich lieb haben und gut kennen. Bei den anderen wirst du nicht das volle Verständnis finden für das, was Du durchgemacht hast; da könntest Du Dich schnell wieder aufregen. Später, wenn Du dann gefestigt bist, wird Dir das nichts ausmachen. Und regelmäßig essen, schlafen und an die frische Luft gehen.
Ich wünsche mir also zu Weihnachten von Dir einen Brief mit all Deinen Wünschen, Plänen und Versprechungen, das wäre mein größter Wunsch!
Mach's weiter so gut, die Ärzte sind ja ganz begeistert von Deinen Fortschritten. Zu sehr, dadurch haben sie die Wohnungssache nicht so schwerwiegend geschildert, wie es nötig wäre, damit Du so schnell wie möglich eine kriegst.
Kann leider erst am Donnerstag kommen, Mittwoch Jahresabschlußversammlung. So long, 1000 Küsse Deine Mutti

Tag und Nacht zerbrech ich mir den Kopf, was ich machen kann, um Pony, wenn sie herauskommt, sofort in eine neue Situation zu bringen, die für sie anregend ist und wo sie Bestätigung findet. Jemand riet mir, die Intendantin in Rostock anzurufen. Ohne selbst von der Sache überzeugt zu sein, aber um eben alles getan zu haben, telefoniere ich mit der Intendantin des Rostocker Theaters und der dazugehörigen Schauspielschule. Ich rede ganz offen mit ihr, und sie geht sofort darauf ein. Sie will alles tun, damit Pony an ihrer Schule angenommen wird, sie will auch für einen Internatsplatz sorgen und sie in einem Zimmer mit aufgeweckten, verständnisvollen Mädchen unterbringen.
»Aber wenn Pony gefragt wird, was sie in dem Jahr nach dem Schulabgang gemacht hat?«
»Nichts sagen!«
Nichts sagen – die neue Parole. Sie hat recht, die Intendantin. Sobald man irgend etwas erzählt, wird Pony sich niemals von den Anstaltsketten befreien können. Kann man sich etwas Grausameres vorstellen als ein junges, begabtes Mädchen, das über ihr schlimmstes Erlebnis nicht sprechen darf? Ihr Leben lang wird sie über diesen Abschnitt ihres Lebens schweigen müssen.
Nach dem Telefongespräch, das mir wegen dieses verständnisvollen Tons Mut gemacht hat, überlege ich mir: Pony kennt in Rostock keinen Menschen, es ist völlig unmöglich, sie sofort in eine solch fremde Umgebung zu versetzen.
Als ich am Donnerstag bei ihr bin, sprechen wir wieder über die auf sie zukommenden Berufsprobleme. Über die von den Ärzten empfohlene Theatermalerei und das freundliche Angebot des Intendanten des Maxim Gorki Theaters, sie in dieser Werkstatt unterzubringen: Sie solle sich gleich nach Weihnachten mit ihren Zeichnungen bei dem Leiter des Ateliers, einem Bühnenbildner, melden. Im nächsten Jahr will der Intendant auch ein Jugendstück aufnehmen, da könne sie dann auch ein bißchen mit auf der Bühne herumhopsen. Später, im nächsten Jahr – das ist kein Rat für Pony. »Und mit ›morgen‹ könnt ihr mich«, höre ich sie noch ihr Chanson schmettern. Und so sagt sie nur: »Was soll ich denn da!«
Sie will sich jetzt und heute mit den anderen vergleichen, sie will beweisen, daß das Gegenteil von dem wahr ist, was Ärzte und Pädagogen behauptet haben, und sie kann es nicht beweisen. Wir sprechen so nebenbei von Markus, wirklich ein witziger, begabter Junge, der nie sein Abitur geschafft hat.

»Jetzt will er Maler werden, ohne die Spur zeichnen zu können«, sage ich, »sollte doch lieber Fotograf werden.«
Da schnellt Pony auf: »Ich hab's! Fotograf! Das ist's. Ich werde Fotografin!«

Krankenhaus, 15. Dezember

Ich weiß, was ich werden will, ja, sehr erstaunlich. Ein »Fotoapparat«, ich glaube fast, er könnte mich lustig machen. (Komisch, aber lustig ist ein mächtiges Wort.)
Bilder machen, lustig sein. Pferde in den fascinierendsten Situationen auf Papier bringen, alte Frauen und Kinder, Bienen und Blumen, Müllplätze und Kinder, Arbeiter und Stahl und Bierflaschen und Vögel, und eine ganze Story von einem Liebespärchen. Anfang recht kitschig. Ein Pärchen, zwischendurch ein paar Säulen, Kirchenruinen, Moos usw. und dann – abruptes Ende. Es kommt ein anderes Liebespärchen an die Säulen, Kirchenruine und Moos, während das erste im Hintergrund auseinanderrennt. Oder irgend so etwas. – Malen ist natürlich auch noch da. Ich habe hier sehr viel gemalt, aber im Moment bin ich triefig. Marlen liegt nur noch im Bett und spinnt. Später werde ich Fotos als Skizzen benutzen. Ach ja, nun freue ich mich ganz langsam wieder auf draußen. Pony Fotografin. Hm, schau! Reise viel, wenn ich mal gut werde. Prima. Huch, jetzt wird plötzlich doch alles so optimistisch. Marlen ist zwar schlimmer als schlimm. Sie ist jetzt nämlich richtig blödfrech.
So jetzt bin ich auch diese Rezontiments los, Malerin zu werden als Beruf. Als Hoppy kann ich mich besser entwickeln und der Neid mit samt dem ganzen Künstlerpsychopatismus verschwindet. Ich bin lifer als Fotografin. Der trent ist mehr Bild als Schrift, da eh keiner Zeit hat. Also – gute Sache.
Ich weiß, ich werde Fotografin.
Ich will mir ein Bild von meinen Fehlern machen, der Fotoapparat bin ich selber.
Ich werde es schaffen, Geduld zu haben. Ich muß es! Das Schöne ist nie sehr weit, manchmal zum Greifen nahe, man kann aber nicht einfach danach greifen, man muß es sich erkämpfen.

Krankenhaus, 16. Dezember

Ich freue mich schon auf die Äpfelzeit.
Gestern wollte mich einer verwalten. Romantisch saß ich auf Holzscheiten am Parkrand, mein Micky im Underground in der Hand, später

klatschte ich ihm den Micky in's Gesicht, denn es war eine fatale Situation.

Ein Brief von mir:

Mein liebes Ponylein!
Wir freuen uns alle schon ganz doll auf übermorgen.
Ich habe also viel Rennerei und Telefonierei für die Freigabe einer zusätzlichen Planstelle für Dich als Facharbeiter-Fotograf gemacht.
Amt für Arbeit, Magistrat, sagte, die Lehrstellen als Fotograf seien für die ganze DDR ausgebucht. Es bewerben sich zu viel Jugendliche dafür, gilt als Traumberuf. Es werden zwar noch und noch Fotografen gebraucht, aber wo werden Arbeitskräfte nicht gebraucht?
Dann mit Plankommission beim Magistrat Berlin gesprochen. Nach zwei Tagen Bescheid holen – und sie haben es genehmigt! Bei der Berlin-Werbe-Agentur, wo die beste Ausbildung ist, denn sie haben das modernste Atelier in der DDR. Die zusätzlichen Gelder dafür werden vom Magistrat an die Berwag angewiesen.
Du verdienst nach dem, was ich verstanden habe, weil ja noch in Ausbildung, zu Anfang 75,00 M, mit monatlicher Steigerung auf 80,00 M, 90,00 M. Nach dem zweiten Jahr und bestandenem Facharbeiter bekommst du zuerst 450,00 M und kannst Dich bis auf 900,00 M Festgehalt steigern. Also mehr als Astrid heute nach Studium auf der Schauspielschule.
Stell Dir vor, Dein Wohnungsantrag ist vom Stadtrat genehmigt, habe mit dem Sachbearbeiter gesprochen. Er will auch was finden, was nicht zu weit von Arbeitsstelle, also Zentrum entfernt. Komfortwohnung wird es nicht, sagt er, aber Hauptsache, Du hast erst mal was. Alles Gute, à très bientôt. Mutsch

Krankenhaus, 19. Dezember 1970
Unvorstellbar, aber morgen werde ich wohl reiten gehen, wenn ich Mut habe. Ich sehe nämlich im Moment aufgequollen und doof aus. Ganz ulkig, aber ich habe große Angst, jetzt wieder draußen zu sein. Ich muß richtig aktiv und vital werden. Wenn ich wieder depriemiert mit gesenktem Kopf durch die Gegend stampfe, oh je! Lustlos, nie sollte ich lustlos sein. Ich weiß, ich wäre recht bald wieder die alte Pony, aber nur wenn es einen festen schauen Freund gäbe, der zu mir hält.
Ich habe schlechte Laune. Warum – ich weiß es nicht!

Ich bin bei der Berwag angenommen. Däftig! Ich freue mich da wirklich sehr. Wenn ich dann fotosexe. Von 7 Uhr bis 16.30. Lange, aber wenn es Spaß macht und nette Leute da sind . . .
Wie lange habe ich auf diesen Tag gewartet und jetzt, ich freue mich kaum. Es war wohl zu lange hier. Ich habe große Angst, jetzt wieder draußen zu sein.
Ich kann meine Zelle im Gefängnis ohne jede Sitzmöglichkeit, kalt und rau – ich werde sie nicht vergessen. Ich werde meinen Bunker im Krankenhaus nie vergessen.
Marlen ist weg, sie war in einer sehr schlechten Verfassung. Deprimiert. Wann werde ich wieder richtig glücklich?
Ich will mich mal schnell im mirror betrachten, ob ich morgen zum Reiten gehe, oder nicht. – Ich weiß nicht. Sähe ja recht gemästet aus, von diesem Scheißinsulin. Ich freue mich auf Peer. Ich freu mich auf Oma Zachau. Ich freue mich auf den Kanal und auf den See. Ich freue mich auf mein Zimmer.
Aber ich hab jetzt noch schlechte Laune, weil ich Angst vor mir selber hab.
Pappi kommt ewig nicht. Er wollte schon vor einer Stunde hier sein, um mich abzuholen nach Hause.
Ich gefalle mir heute nicht, und auch nicht, was hier im Tagebuch steht. Ich höre jetzt lieber auf.

Endlich frei

Der Bücher müde, der Worte satt
Such ich in meiner Selbstbewußtheit
Die Tat,
Die Tat, die rettet, die Tat, die befreit.

Das Leben, dort stürmt es, schäumend im Rasen,
Gleich einem galoppierenden Pferde,
Stark und spendend über die Straßen
Der Erde.
Die Starken unter den Menschen wissen
Dort im Staub und Sturm seine Mähne zu fassen
Und von Wundern zu Wundern hin fortgerissen,
Von ihm sich schwingen und tragen zu lassen,
Und die Berge der Wagnisse trotz aller schlimmen
Winde und Stürme beherzt zu erklimmen.

Müde der Worte, der Bücher satt,
Such ich die Tat.

Emile Verhaeren

Liebe Omi + Tante Lore!
Ich bin frei!
Welche Freu u de!
Ulkig das »u« war unbewußt aber gut. Ich genieße meine Freiheit! Eben bin ich zu meiner Freundin Kater gelaufen, wie leicht das alles ist!
Ich habe gute Freunde! Die Menschen sind gut. Ich bin am Kanal entlang gelaufen, zu den alten Plätzen . . .

Hier bricht der Brief ab.
Am 19. Dezember kommt Pony mit Georg an. Sie ist noch etwas fremd, etwas wacklig im alten Heim. Tante Miezl hat ihr Lieblingsessen

gekocht, ihr Zimmer ist voller Blumen. Ich gebe ihr den schwarzen »Maxi-Traummantel«, der leider nicht ganz maxi ist, weil Georgs alter Tuchmantel nicht bis zu ihren Knöcheln reicht. Ich habe Angst, daß Pony ihn deshalb nicht akzeptiert. Wie lange hatte ich daran getüftelt! Der Schneider wollte ihn nicht annehmen: »Na, machen Se mal halblang, Frau M.«, knurrte er am Apparat, »Se wer'n sich doch wohl noch 'nen paar Meter Wollstoff koofen können wie jeder andere Kunde.« Ich konnte nicht. Ich hing ein, was sollte ich erzählen, warum, wieso.
Pony darf von den täglich zusätzlichen Ausgaben wegen ihres Zustandes nichts merken. Freudig zieht sie den Mantel mit den unsichtbar randaliert gestückelten Napoleonrevers und der engen Taille an. Dazu den weißen Schlangenschal um den Hals gewickelt, rennt sie sofort los, sie will sich sehen lassen. Aber bald kommt sie zurück: Monika war nicht da, und Kater auch nicht.
Maja und ich bereiten gerade das Abendessen in der Wohnküche vor. Pony wollte uns eigentlich am Weihnachtsabend überraschen und alle ihre neuen Songs vortragen, jetzt konnte sie's aber nicht mehr erwarten, verlegte die Premiere vor, und schon ging es los. Die Gitarre geholt und auf die Küchenkacheln einen Kasatschok hingelegt.

Kakaja, kakaja, kakaja
djewotschka nrawitsja tebje?
Tanja krassiwaja,
Galja umejet tanzewatch,
Marianna ljubit sonze.
Kakaja, kakaja, kakaja
djewotschka nrawitsja tebje?

Ja shdu sdjes.
Ja wishu tebja.
Inogda ja mjetschtaju o tebje,
Inogda ja mjetschtaju dlja tebja,
Inogda ja mjetschtaju o nas.
Wetscherom, notsch, ty idjosch,
Wetscherom, notsch, ty poidjosch ka menje.
I patom...

Kakaja, kakaja, kakaja
djewotschka nrawitsja tebje?[27]

»Welches, welches welches Mädchen...« Mit Burschikosität und Humor scheint Pony ihre latenten Eifersuchtsängste, nach der langen Zwangsenthaltung mit einem »Engelhüpfer« zu überspringen.
»Sag mir ja die Wahrheit!« hatte sie an Peer geschrieben, und in ihr Notizbuch: »Aber Angst habe ich ganz doll!«
Es war jetzt anderthalb Jahre her, daß Pony und Peer in Bulgarien waren, dann kam die Trennung, danach hatten sie zuerst noch einige, dann immer und immer weniger Gelegenheit gehabt, wirklich zusammen allein zu sein. Die Ärzte, Frau Meyrink und auch Georg waren dagegen.
»Pappi oft unsubtil wie Peer!« steht in ihrem Notizblock und weiter: »Pappi heut malade, nee Charaktergrippe, schräcklich eifersüchtig auf Peer!«
Aber von all den in Pony brodelnden Ängsten und Nöten merkt man wenig, denn schon geht es weiter, strahlend und mit Temperament, zwischendurch ruft sie uns zu: »Das ist mein petit nègre Englisch-Französisch.«

He ist a good boy
my boy
I sit under his house and sing for him
Darling
Dandy
Maintenant il va à moi,
il est mon ami, mon beau ami,
mon petit calin,
Wait a minute
my friend isn't gentleman, really!
He is a go-getter, a cocette go-getter!
Na und![28]

Pony sprudelt munter weiter, eigentlich suchen wir in ihren Songs wenig nach verschlüsselten Regungen, sie improvisiert nach Stimmung, bringt den Text mal so, mal so:

Fliegen, Fliegen – fliegen
Fliegen groß, fliegen klein
Manchmal auch ganz allein
Fliegen ins Wasser platsch!

Fliegen in den Wind
Fliegen ins Bett mit Dir!
Pas du tout, nein,
Fliegen macht Spaß!
Fliegen summen im Gras.
Fliegen, Fliegen, fliegen
Groß – klein, Mann – Weib
Fliegen zu zwein.

Pony tanzt und fliegt dabei durch die Küche, macht Faxen, bringt noch andere Songs, bis sie sich gänzlich ausgetobt hat. Hinter all der Ausgelassenheit scheint aber eine große Lebensangst zu stecken, die Angst vor dem, was auf sie zukommt. Anders als sonst geht sie durch die Räume, wie abtastend. So sag ich ihr vorm Schlafengehn: »Kommst du heute zu mir ins Bett?«

Während ich schon liege, kommt sie mit ihrer Steppdecke und dem Kissen angeschlichen und kriecht zu mir herein. Wir haben genug Platz, denn das Bett ist breit, aber Pony schläft unruhig. In der Früh, beim Aufstehen sagt sie: »Ich danke dir für die Nacht!«

Aber am nächsten Abend ist nicht zu machen, sie will allein in ihrem Bett schlafen. Schade, es war so gemütlich. Als ich am nächsten Morgen aufwache, renne ich in Ponys Zimmer, knuddele sie wie ein Baby, streich ihr durch die dicke Mähne. Pony ist verwundert und sagt: »Was is'n nu?«

»Ich bin doch so froh, daß du wieder da bist!«

Sie läßt es sich gefallen, aber am nächsten Tag, als ich sie in der Früh wieder überfalle, ruft sie gackernd und sich unter der Bettdecke verstekkend: »Hilfe! Maja, zu Hilf!«

Nach dem Frühstück läuft Pony mit ihrer kleinen Penti-Kamera gleich los. Dann kommt sie zurück, holt sich den großen Flurspiegel, schleppt ihn in den Garten, und legt ihn auf den Rasen. Im Spiegel kreuzen sich die Kiefernwipfel mit den müden Wintersonnenstrahlen zu bizarren Formen, das will Pony festhalten; es gelingt ihr aber nicht, da ihr Kopf und die Kamera immer im Spiegelbild sind. Sie wird ärgerlich und versucht andere, nicht weniger komplizierte Motive zu erfassen. Später rennt sie zum Rodelberg und knipst die Kinder beim Rodeln und Skilaufen, auch beim Schlittschuhlaufen auf dem Kanal. Als es dunkel wird, sagt sie: »Ich geh noch mal weg!«

Sie läuft zu ihrer flotten Freundin Kater, sie will Porträtaufnahmen machen – aber sie hat keine Fotolampen.
Kater hatte Pony in der letzten Zeit in der Klinik besucht. Wir sagten ihr damals: Pony ist wieder die alte. Pony erzählte ihr aber ihre Brandenburger-Tor-Story, worauf Kater annahm, sie phantasiere und nicht wußte, was sie darauf antworten sollte. Nun scheinen sie sich aber ganz gut zu verstehen und wollen zusammen fotografieren.
Am nächsten Tag kramt Pony auf dem Boden herum. Zwei alte Nachttische trägt sie in die kleine Bodenkammer, legt ein Brett darauf – ihr Arbeitstisch. Die Dachluke wird verhangen – ihre Dunkelkammer. Nun fehlen aber die Laugenwannen, der Vergrößerungsapparat und was noch sonst alles gebraucht wird. Maja meint, Ferdl wäre doch so ein Fotoamateur. Prompt läutet Pony ihn an. Ferdl reagiert sofort und sagt Pony, sie solle doch zu ihm kommen, damit er ihr das Entwickeln zeigen kann und alles, was sie handwerklich braucht. Ich rufe ihr noch zu: »Nicht heute!« Aber Ferdl hat schon für heute nachmittag ausgemacht, und Pony hat gleich zugesagt.
Ferdl erklärte mir später, er hätte sich gedacht, man soll das Eisen schmieden, wenn es noch heiß ist. Wie richtig: in den Anfängen zum Stoppen bringen ... – wenn alle so reagiert hätten, was hätte ihr alles erspart bleiben können!
Warum gerade Ferdl? Ich habe ihn in meinem Leben wohl dreimal gesehen – wieso ist er immer sofort zur Stelle, wenn er gebraucht wird?
Am Abend bringt er Pony mit seinem »Luxustrabbi« zu uns zurück und schleppt Riesenapparate zum Vergrößern, Kopieren und Trocknen herein, er meint, er brauche sie nicht, außerdem müsse er sich jetzt beeilen, um zurückzufahren. Kaum, daß ich ihm die Hand zum Dank schütteln kann, ist er schon aus der Tür.
Am nächsten Morgen geht Pony gleich mit Feuereifer heran. Sie entwickelt in Schwarzweiß ihre Fotos vom Rodelberg und von den Holzpfosten im gefrorenen See im Gegenlicht, sie kopiert diese Bilder auf Nacht, wodurch sie viel interessanter werden. Sie arbeitet den ganzen Tag in ihrer Dunkelkammer. Und bald wird sie reiten gehen, wieder auf Abdullah sitzen. Schenkeldruck! Sprung! Galopp!
Morgen oder übermorgen.

Desillusion

Die Liebe suchte ich auf allen Gassen,
Vor jeder Türe streckt ich aus die Hände
Und bettelte um g'ringe Liebesspende.
Doch lachend gab man mir nur kaltes Hassen.

Und immer irrte ich nach Liebe, immer
Nach Liebe, doch die Liebe fand ich nimmer,
Und kehrte um nach Hause, krank und trübe.

Ich wollte gehn die ganze Welt zu Ende
Ich wollte sehn, ob ich die Liebe fände,
Um liebevoll die Liebe zu umfassen.

Heinrich Heine

Heiligabend steht vor der Tür. Pony packt Päckchen mit selbstgefertigten Überraschungen. Eigentlich müßte das Telefon klingeln, denn Peer ist bestimmt in den Weihnachtsferien zu seiner Mutter gefahren. Aber nichts geschieht! Hat ihm seine Mutter ein Treffen wieder verboten? Doch Pony läßt sich nichts anmerken, man spricht nicht darüber.
Am 23. Dezember ist Pony zur Berwag bestellt; ihr Zehnteklasse-Abschlußzeugnis liegt dort vor, die Lehrstelle erkämpft, es bestehen keinerlei Einwände... Und doch ist mir nicht wohl bei dem Gedanken, einen Tag vor Weihnachten diese Geschichte noch abzuwickeln. Aber Georg meint: »Auf jeden Fall hingehen, damit für Pony alles so schnell wie möglich klar wird.«
Also ziehe ich mit Pony los, nach Berlin. Lichterglanz an allen Ecken, Weihnachtsbäume werden verkauft, wir suchen die Straße irgendwo hinterm Alex, dem Scheunenviertel, wo sich noch nichts verändert hat. Hier ist von Weihnachtsstimmung keine Spur, eine muffige, beklemmende Atmosphäre, und dort steht das große, graue, phantasielose Haus, wahrscheinlich ein Bürobau aus der Nazizeit, das die große Leuchtschrift »Berwag« trägt.

Der Ausbilder der Facharbeiter-Fotografen, Herr Nehring, empfängt uns freundlich in seinem Büro, doch fällt er sofort mit der Tür ins Haus: »Ich muß Ihnen gleich sagen, es hat da jetzt eine Umstrukturierung gegeben, unser Betrieb bildet keine Facharbeiter-Fotografen mehr aus – das erfolgt jetzt nur noch an der Hochschule für Grafik in Leipzig. Fotolaboranten brauchen wir dringend. Übrigens ist es heutzutage auch viel besser für einen späteren Fotografen, wenn er erst einmal die Technik voll beherrscht.«

Ponys Lippen werden schmal.

»Natürlich werde ich mich weiter um die Laboranten kümmern«, fährt Herr Nehring freundlich fort, »wie ich es früher mit den Fotolehrlingen gemacht habe. Hier sehen Sie einige Arbeiten, die ich den Lehrlingen als Aufgabe gebe.« Er zeigt Fotos, auf denen verschiedenartige Knöpfe komponiert sind. Pony denkt daran, wie sie sich mit ihren surrealistischen Baumwipfeln gequält hat. Sie verstummt und versucht nicht im geringsten, die Konversation aufrechtzuerhalten.

Mein Gott, denke ich, es war alles so genau abgesprochen, noch vor einer Woche fragte ich Herrn Nehring, ob ich das jetzt als endgültig meiner Tochter mitteilen kann: »Ja, natürlich!« hatte er gesagt. Ich hätte gestern noch einmal anläuten sollen, mich gegen alle Überraschungen absichern sollen. Was kann denn dieser Mensch wissen, was eine »Umstrukturierung« für uns bedeutet. Und immer die im Raum stehende Frage: Ist es auch wirklich eine Umstrukturierung?

Herr Nehring zeigt uns voller Stolz die Räumlichkeiten des Hauses, das größte Fotoatelier der DDR, mit den modernsten Lampen ausgestattet, zahlreichen Entwickler- und Kopiermaschinen, in jedem Raum werden die Maschinen größer und größer, und Ponys Lippen schmaler und schmaler und die Augenlider schwerer und schwerer. In einer Dunkelkammer stellt uns Herr Nehring die Jugendlichen vor, die das Glück hatten, ihren Fotolehrgang noch zu Ende zu machen. Ich unterhalte mich mit ihnen. Nach ihren Worten scheint das mit der Umstrukturierung zu stimmen. Pony sieht sie nur groß an und sagt kein Wort.

Als wir wieder in Herrn Nehrings Zimmer gelandet sind, zeigt er uns weitere Arbeiten der Schüler. Auf einem Plakat steht in großen graphisch gestalteten Lettern: »Holz«. Er fragt uns, was wir uns dabei denken. Da ich annehme, Pony antwortet sowieso nicht, sage ich schnell: »Die Schrift sieht wie gemasertes Holz aus!« Da fällt Pony ein:

»Es sieht aus, als ob's ...«

»Als ob's?« unterbricht Herr Nehring.

»Als ob's brennt!« sagt Pony.
»Ja, richtig! Das ist nämlich unsere Testfrage.«
Das ist Ponys einziges Erfolgserlebnis an diesem Tag.
Wir verabschieden uns und verbleiben so, daß Pony am 1. Januar als Fotolaborantin in der Berwag anfängt.
Es nieselt. Wieder stehen wir im gelb-grauen Scheunenviertel, die Stimmung ist entsprechend. Nur schnell weg hier und unter andere Menschen, denke ich. Am Alex wird noch gebuddelt, wir waten im Schneematsch. Schnell zu meiner Freundin Alice auf die Karl-Marx-Allee, ich wollte ihr sowieso noch ein Weihnachtsgeschenk bringen.
Auf dem Wege sagt Pony zaghaft: »Mutti, ich will aber eigentlich keine Fotolaborantin werden.«
Ich schlucke. Nach einem Schweigen, immer auf die Füße schauend, fährt sie fort: »Diese großen Maschinen sind doch schrecklich!«
Ich weiß, daß uns jetzt die letzten Felle wegschwimmen, sage aber gleich: »Na, ja, ich hab mir's ja, ehrlich gesagt, auch anders vorgestellt! Wenn es dir nicht gefällt, suche ich etwas anderes für dich! Du mußt nicht hingehen. Mach dir mal jetzt keine Sorgen!« Die Situation ist wieder auf des Messers Schneide.
Vor dem Haus meiner Freundin in der Karl-Marx-Allee kommt uns Babs, ihre Tochter, entgegen. Welches Glück – sie versteht sich gut mit Pony. Oben angekommen, bereden wir alle zusammen die Situation. Babs ist voller Initiative, sie kennt einen Fotografen, einen wirklichen Künstler, dort soll Pony einfach mitarbeiten. Pony ist nicht sehr gesprächig, sie scheint nicht mehr an viel zu glauben, sie hat plötzlich ihre ganze Ausstrahlung verloren. Wahrscheinlich kommen neue Komplexe hinzu, die sie früher nicht kannte. Sie rennt an jedem Spiegel vorbei, ihr etwas aufgedunsenes Gesicht ist ihr fremd. So sitzt sie da und schweigt zu Babs' enthusiastischen Vorschlägen.
Nach der langen Fahrt zu Hause angekommen, erzählen wir Georg, daß alles anders gelaufen ist als verabredet. Georgs verbissenes Gesicht zeigt uns, daß seine Nerven zum Zerreißen gespannt sind, er kann das ewige Hin und Her einfach nicht mehr ertragen. Dieses dauernde Umstoßen von Vorhaben ist ihm fremd, er hat sich stets mit letzter Kraft durchgesetzt und sein Ziel erreicht. Er meint, dies Ergebnis wäre ja nach allem noch schlimmer als das der Schauspielschule. Pony verzieht sich auf ihr Zimmer.
Georg sieht sehr schlecht aus. Sein Blutdruck schwankt in gefährlichen Kurven, die Ärzte raten dringend zu einer sofortigen Kur.

Ich gehe in Ponys Mansarde, sie sitzt auf dem Bett und weint. »Ich freu mich jetzt überhaupt nicht mehr auf Weihnachten!« Und ich hatte mir soviel von den Festtagen versprochen und soviel Vorbereitungen getroffen! Ich weiß, daß jetzt im Grunde nichts mehr zu retten ist. Ich frage Pony, ob sie so einen großen Baum wie früher haben will.
»Ja, natürlich!«
Mit den Krüppelkiefern, die es zu kaufen gibt, kann ich aber die geheimnisvolle Atmosphäre, die die Kinder immer so geliebt hatten, nicht schaffen. Also entschließen wir uns dafür, die zweispitzige Tanne im sogenannten Wildgarten, einem Ruinengrundstück hinter unserem Garten, zu köpfen. Natürlich ist das nicht erlaubt, also warten wir, bis es dunkel wird.
Maja und Pony ziehen sich alte Klamotten an, und ich nehme einen undefinierbaren Anorak, der im Flur hängt. Da geht Pony wütend auf mich los: »Zieh das sofort aus, er ist von Peer!«
Betroffen ziehe ich die speckige Windjacke aus – die »Kranken Dinge«, warum hatte ich nicht daran gedacht –, dann schleichen wir drei, mit einer ziemlich stumpfen Säge bewaffnet, in die Dunkelheit. Es dauert lange, bis wir den dicken Stamm durchgesägt haben. Als er dann endlich kippt, merken wir, daß er viel zu hoch ist. Maja und ich überlegen und messen noch mal im Zimmer aus, wie lang er nun wirklich sein muß, doch als wir zurückkommen, hat Pony den unteren Stamm schon durchgesägt. Vorsichtig schleppen wir unsere dicke Last möglichst ungesehen ins Haus.
Nachdem ich den Baum geputzt habe und immer mehr Geschenke von anderen Tischen wegnehme und sie auf Ponys Kinderbauerntruhe lege, bringe ich ihr vor der Bescherung ihr Traumkleid. Ein uraltes Pariser Modellkleid, das ich nur noch Heiligabend trage, aus zyklamenfarbenem Samt, mit langem angekraustem Rock. Der gesteppte Reverseinsatz des Vorderteils aus altrosa Seide war völlig zerschlissen. Ich hatte einen neuen Stoff besorgt und die unzähligen sich verkleinernden Karos mühevoll nachgesteppt. Im Grunde genommen war dieses Modell ein damenhaftes Kaminkleid und überhaupt kein Kleid für ein junges Mädchen. Pony fällt mir um den Hals: »Mein schönstes Geschenk, jetzt brauche ich nichts anderes mehr!«
Während des Singens der Weihnachtslieder blinzelt sie dann aber doch zu ihrer Truhe hinüber. Ein langes braunes Samtkleid? Komisch? Als sie aber dann darauf zugeht, ruft sie aus: »Ich krieg 'nen Hammer! Das ist ja 'ne Kniehose mit Weste und dazu die Schnallenlackschuhe von Omi.«

Sie probiert gleich alles an, sieht darin wie ein Page aus, und schreibt wenig später diesen Brief:

Liebe Omi + Tante Lore!
Liebe Freunde! Ich hatte das wirklich nicht erwartet. Ich hatte mir ja eigentlich auch garnichts gewünscht. Ich war ziemlich sehr erstaunt.
Ihr wißt ja garnicht wie lebensnotwendig Levis für mich sind. Und die dollen Schuhe! Sie passen. Also wirklich very match thanks. Ich habe mich mal wieder so richtig gefreut. Das ist bei mir jetzt sehr selten.
Ich werde die Sachen jetzt auch sehr gut gebrauchen können, da ich nach Berlin ziehe, dort eine kleine Wohnung bekomme und Fotografie lernen will, wie findet ihr das?
Ich könnte in Leipzig noch einmal Schauspielerin probieren, aber es ist wohl besser so, denn Fotografin ist einigermaßen lebensnah. Ich wollte nämlich auch schon einmal direkt Malerin werden. Fotograf und Maler sind ja sehr nahe beieinander. Hoffentlich bekomme ich bald eine Lehrstelle. Ich wollte euch nur ganz schnell schreiben, weil ich mich so gefreut hab. Bald schreibe ich noch einmal. Jetzt fahren wir wie jeden ersten Feiertag zu Neelsens. Mal sehn was Pappa Neelsen zur allgemeinen Krise sagt. Merci! Pony

Ich hatte unterdessen mit einem bekannten Fotografen, Horst Fabian, der in der Kunsthochschule unterrichtet, telefoniert. Pony soll sich bei ihm mit ihren Fotos vorstellen, aber sie besitzt bis auf den neulich verknipsten Film keine Fotos. Also wollen wir am zweiten Feiertag, einem herrlichen Wintersonnentag mit Neuschnee, einen Spaziergang mit der Kamera machen. Wir dachten, wir laufen am gefrorenen See entlang, wo es jetzt so viele schöne Motive gibt, aber Pony will zum Friedhof. Wir sind erstaunt, aber Georg sagt: »Wenn Pony zum Friedhof will, gehen wir zum Friedhof!«
Der romantische Waldfriedhof ist ganz zugeschneit und völlig leer. Pony ist enttäuscht, denn sie wollte Menschen an Gräbern knipsen, aber es ist außer uns kein Mensch da. Sie knipst einmal von weitem in Richtung des Grabes am Waldrand, wo Omi Hella liegt. Daneben ist noch ein freier Platz.
Am nächsten Tag geht Pony mit Maja zum Reiten. Hatte sie in der Illusion gelebt, hier jemanden zu treffen? Klaus oder Peer? Er schrieb doch von einem Treffen auf dem Reitplatz. Hatte sie geglaubt, daß sie sich hier ein verstecktes Rendezvous geben können? Gemeinsam durch den Wald reiten, in den Schnee fallen?

Peer ist nicht da, Klaus ist nicht da, keiner ihrer Freunde. Etwas zaghaft steigt Pony auf Abdullah. Der Boden ist hart und glatt, sie ist unsicher. Mit finsterem Blick kommt sie nach Haus: Wo sind ihre Träume geblieben? Zum Reitplatz ist Pony nicht mehr gegangen.
Aber da liegte eine Karte an Peer mit einem Gedicht von ihr:

Orkan

Ich möchte die Zeit knebeln,
Dir meine Gedanken auf eine Perlenkette fädeln,
Jetzt verspielt der Wind meine Perlen
Aus Staub und Gras an den Himmel.
Sie wispern in der wilden Mähne des Wolkenhengstes
Reiten auf den Roßhaaren,
Galoppieren unaufhörlich vor dem kleinen Wagen.
Ich gebe Dir eine Parade
Und du?
Du kuckst mich nicht mal an!
Muß ich Dich wirklich erst peitschen,
Ehe du merkst es hagelt? . . .
Perlen!

Schräg darunter steht:

Unsinn! Peer, ich komme vielleicht bald!

Am dritten Feiertag nachmittags ist Peer da. Pony hat sich ihren in der Klinik mit solchem Feuereifer gehäkelten todschicken Poncho angezogen. Es sollte das einzige Mal sein, später hat sie ihn dann nicht mehr getragen.
Wir sitzen alle im Wohnzimmer, Georg und ich, Mathias und Maja. Es ist das erstemal, daß die Freunde der beiden Schwestern sich begegnen. Mathias ist männlicher, selbstbewußter als Peer, verhält sich ihm gegenüber distanziert; so ist Peer in der Unterhaltung gehemmt und fühlt sich nicht wohl.
Wir gehen dann hinaus, verteilen uns auf die anderen Zimmer, und Pony und Peer setzen sich auf das Sofa im Erker des Wohnzimmers, blicken in die abendliche Schneelandschaft, die hier und da durch Kerzen an einigen Tannen der umliegenden Gärten erhellt wird.

Viel weiß ich nicht von dieser Unterhaltung, ich ahne nicht, inwieweit sie immer noch vorbelastet ist. Ich wundere mich sehr, daß Peer spät am Abend sagt, er gehe jetzt noch zu Kater, um mit ihr in den Klub zu gehen, was ich einigermaßen geschmacklos finde.
Ich wundere mich, daß die beiden sich nach so langer Trennung nicht einfach in die Arme fallen. Dazu sagte mir Peer später: »Die Situation war für mich und Pony gleichermaßen schwierig, weil jeder vorprogrammiert war und jeder das tun sollte, was er nicht wollte. Pony wußte nicht, welcher Meinung sie sein sollte, mußte mit dem Dilemma fertig werden. Diese Schizophrenie übertrug sich auf mich, ich konnte nicht Fuß fassen, und doch war da immer ein Keim da, der nicht unterzukriegen war, trotz des offiziellen Dogmas, und Pony hat auch gemerkt, daß es nicht so ist – denn es blieb ja immer die gleiche Spannung in uns, es kam ja nie vor, daß auch nur in einer einzigen Minute Gleichgültigkeit oder Langeweile aufgetreten wäre.
Wir waren einfach noch zu jung, um uns gegen solche Autoritäten wie die Ärzte, Ponys Vater oder meine Mutter, die den Abstand für das Beste für beide hielten, durchzusetzen, wobei jeder nur an das Wohl des eigenen Kindes dachte. Die Möglichkeiten, uns allein zu haben, waren ja auch zu gering, um so stärker hielt das Dogma vor. Wenn man dauernd unter diesem Einfluß steht, ist man fast selbst überzeugt, daß es richtig ist, das rationelle Denken der Ärzte, auch wenn man zweifelt, und ich wurde in dem Sinne ja auch nie gefragt.
Ich hatte an diesem dritten Feiertag Angst, daß Pony mit Zärtlichkeiten anfangen könnte und ich mich dann nicht hätte beherrschen können. Zum Glück tat sie es nicht. Sie hat aber doch nach einer Weile auf die ganze gequälte Situation unwirsch reagiert, zerriß einen Brief von mir, schmiß ihn mir vor die Füße, sagte, daß ich nichts tauge und daß sie mich nicht mehr brauche. Ich war ebenfalls nervlich am Ende, überrascht und gekränkt, so gab ein Wort das andere.«

Soweit Peer: Ich selbst weiß nur, daß Pony mir erzählte, nachdem ihr Freund gegangen war, daß Peer jetzt eine andere Freundin in Ilmenau hätte – was, wie Frau Meyrink mir sagte, nicht einmal stimmte! »Lourdaud, go-getter!« Pony schien in ihren Songs nach Worten in fremden Sprachen zu suchen, die diese Ungeschicklichkeit Peers ausdrückten.
Mir war es immer unverständlich, warum Peer mit seinem hübschen,

feinen Gesicht so wenig Selbstvertrauen hatte. Ich wußte leider wenig von ihm, nichts von der frühen Scheidung der Eltern, dem Ehrgeiz der Mutter, die aus einer Schneiderfamilie stammte, daß ihre Söhne unbedingt einen akademischen Grad erreichen mußten, von Peers langer Krankheit, wodurch er die zehnte Klasse wiederholen mußte, von den ersten Anzeichen einer unheilbaren Krankheit der Mutter. Sie hatte es in der schweren Nachkriegszeit als Alleinstehende mit aller Energie und Hingabe für ihren Beruf geschafft, arbeitete nun an der pädagogischen Hochschule als Dozentin, ihr ältester Sohn ist Internist... Und Peer? War exmatrikuliert, bald nach Ponys Stupor – er hatte nicht mehr durchgehalten, nun arbeitet er im Labor. Wird er das Studium noch einmal aufnehmen können? Probleme über Probleme!
Die Ärzte sehen in Peer einen Traumtänzer, der Pony nicht helfen kann. Hätten sie Peer nicht sagen können: Du kannst Pony retten, mit viel Geduld und Liebe, täglich ein paar Zeilen schreiben, mal ein Überraschungspäckchen schicken, immer versuchen, sie zu verstehen, wenn sie grob oder ungerecht wird, nicht Gleiches mit Gleichem vergelten, viel Zärtlichkeit und Liebe geben und vor allem das Gefühl: Es ist immer jemand für dich da.
Vielleicht wäre Peer mit dieser Aufgabe ein anderer geworden, wäre über sich selbst hinausgewachsen, hätte bei Erfolgen sogar sein Studium besser gemeistert...
Nun war er fortgegangen, und eine bedrückende Leere blieb für beide zurück.
Und da hängt noch ein anderes Damoklesschwert über Pony: Wir sollten uns nach Weihnachten wieder in Granhagen melden. So fahren Georg, Pony und ich am verabredeten Tag los und werden dort sehr freundlich vom Chef des Klinikums, von Plaaten, empfangen.
Er führt Pony in sein Behandlungszimmer, um erst einmal mit ihr allein zu sprechen, danach ruft er uns, mit ihr aus der Tür kommend, jovial zu: »Na, die Krankheit ist ja noch mal gut ausgegangen!«
Das Wort Krankheit gefällt mir nicht. Wir sprechen weiter, doch Pony ist nervös und hört kaum hin.
»Eine detaillierte Diagnose können wir Ihnen im Moment noch nicht geben, aber wir bleiben ja in Kontakt...«
»Bloß schnell weg!« flüstert Pony mir zu.
»Es handelt sich um eine Form der Psychose, doch was für Sie das wichtigste ist – auf jeden Fall heilbar.«
Pony hört kaum zu. Während weitere Worte fallen, gehen auch meine

Gedanken andere Wege: Vielleicht hat sie recht, Professor von Plaaten hat Pony nur zweimal gesehen, nur in der Klinik, nur in den schlimmsten Zuständen – was soll er danach Endgültiges sagen können?
Außerdem sind wir müde von den vielen Diagnosen. Es fing an mit: »In vierzehn Tagen alles vergessen...«, dann: »Hysterie«, dann: »Neurose«, dann nahm man uns den letzten Nerv mit »Endogen« und »Exogen«: wobei ich bei diesen Leiden keine absolute Trennung von Anlagen und Aneignung sehen kann, auch die Anlagebereitschaft ist beeinflußbar.
Dann schwankte man zwischen Neurose und Psychose, doch konnte mir kein Fachbuch eine verbindliche Auskunft geben, wo da die Grenze zu ziehen ist. Manche sehen in der Psychose eine ganz andere, organische Krankheitsursache, und manche erkennen die Trennung überhaupt nicht an.
Ja, und zwischendurch war ja noch die schönste Diagnose: »retardiert«, also geistig zurückgeblieben.
Während der Zeit im Isolierzimmer schien man Pony völlig aufzugeben, und als man später ihre Intelligenz bemerkte, sagte man: »Wenn es sich manchmal so richtig austobt, ist es besser als schleichend.«
Was sollten wir nach solch treffenden Einschätzungen noch glauben? Vielleicht sollte man bei diesen Leiden nicht den Ehrgeiz haben, eine exakte Diagnose oder Prognose zu stellen, da man nicht weiß, was auf den Patienten an Erschütterungen zukommt.
So kann wohl eine Depression in eine Neurose auslaufen und diese, wenn sie nicht zum Stoppen gebracht wird, in eine Psychose.
Professor von Plaaten hat sich indessen verabschiedet. Der Oberarzt teilt uns mit, daß Ponys Akten jetzt bei dem behandelnden Arzt der ambulanten Abteilung für ehemalige Patienten liegen. »Dort müssen Sie sich mindestens monatlich einmal melden«, redet er auf Pony ein, »oder zwischendurch, wenn Sie Sorgen haben.« Der Oberarzt fügt noch hinzu, daß es wichtig wäre, in welchem Stadtteil Berlins Pony wohnen wird, da die dortige Dispensairestation dann für sie zuständig ist.
Nach der Verabschiedung will Pony in ihr altes Insulinzimmerchen gehen, um ihre Freundin aufzusuchen. Marlen macht einen erschütternden Eindruck. Sie liegt, teilnahmslos vor sich hin starrend, im Bett, ohne in der Lage zu sein, sich mit Pony zu unterhalten. Dieser Anblick hat Pony tief getroffen. Schweigend fährt sie mit uns nach Haus.
Da ich weiß, daß Pony niemals von sich aus dieses Terrain noch einmal

betreten wird, um den Psychiater der Ambulanz aufzusuchen, gehe ich zu Majas Freundin Babs, von der ich weiß, daß sie wegen ihres »hair ties« (sie drehte so lange an den Haarspitzen, bis sie ihr ausfielen) an einer Gruppentherapie teilnimmt.
Babs erzählt mir, daß sie ohne die wöchentlichen Gesprächsgruppensitzungen kaum über die Runden gekommen wäre.
So gehe ich in die Berliner Klinik. Wieder erzähle ich einem Arzt, der sehr entgegenkommend ist, obwohl ich gar nicht in seinen Wohnbereich gehöre, Ponys Krankengeschichte.
Der aufgeschlossene Psychotherapeut unterbricht mich: »Tja, mit den Methoden in Granhagen sind wir auch nicht einverstanden, wir vertreten da einen ganz anderen Standpunkt. Für eine solche Patientin, wie Sie sie beschreiben, wären die Maltherapien und die gestaltenden Formen der Psychotherapie, wie Psychogymnastik, pantomimische Bewegungstherapie und psychodramatische Etüden angebracht, auch organisieren unsere Patienten Abende mit Spielen und Tanz.«
Überglücklich schaue ich den jungen Arzt an: »Das ist es ja, was ich immer im Gefühl hatte, was für sie das richtige wäre ...«
Der Psychotherapeut stellt mir weitere Fragen, und ich erzähle und erzähle mit meinem Wahrheitsfanatismus auch von ihren schlimmsten Zuständen. Nach ungefähr einer Stunde unterbricht er mich und bringt fast verschämt hervor: »Tja, Frau M., Ihre Tochter ist doch kein Fall für uns!«
Ich verabschiede mich, bedanke mich, daß er seine Zeit für mich geopfert hat, und gehe langsam die Treppe hinunter, immer auf die in jeder Etage gespannten Drahtnetze schauend, nicht wissend, daß einen Stock tiefer ein Professor sitzt, der mit Traumanalyse arbeitet.
Was soll ich Pony sagen? Sie weiß, daß ich hier war. Sie hatte sich trotz all ihrer Skepsis schon mit dem Gedanken befreundet, sich vorgestellt, daß sie dann Psychologin und Lehrerin – ihr Kindertraum – den anderen Gruppenmitgliedern gegenüber spielen und ihre Gedichte und Songs vortragen könnte ...
Zu Hause angekommen, sage ich Pony, daß die Kurse erst im Frühjahr beginnen.
Sie gibt keine Antwort.
Die Tage vergehen. Noch immer warten wir auf die Zusage vom Magistrat für eine Wohnung.
Ich läute noch einmal Herrn Nehring in der Berwag an, um ihm zu sagen, daß Pony die Lehrstelle als Laborantin nicht annimmt. Schwei-

gen. Dann höre ich von der anderen Seite der Strippe: »Wir sind nicht böse!«
Wir sind nicht böse: Daran werde ich mich jetzt wohl gewöhnen müssen!

Zieh ich jetzt wohl in Liebchens Arm

Ein Reiter durch das Bergtal zieht
In traurig stillem Trab.
Ach zieh ich jetzt wohl in Liebchens Arm,
Oder zieh ich ins dunkle Grab?

Heinrich Heine

He Peer!
12 Uhr nachts! Wenn das eine Zeit sein soll, wo einem etwas vernünftiges einfallen könnte zu sagen.
Schade, daß Du kein Telefon hast. Jetzt würde ich Dich anrufen. So schreib ich Dir, was immer ein etwas unbefriedigendes Gefühl hinterläßt. Man kennt die Meinung des anderen nicht. Ich glaube nämlich, daß sich hier + da unsere zwei Meinungen geändert haben. Anders wäre es unnatürlich.
Ich habe jetzt eine ziemlich unbefriedigende Zeit hinter mir. Ich hatte nicht viel zu tun. Da ich ja sowieso ein Faultier bin, vergammelte ich ein wink. Ich nenne das meine Sauertopfzeit, wenn Du das verstehst.
Jetzt geht es rund. Meine Wohnung ist im Kommen + so auch ich.
Frage: Bist Du im Moment einigermaßen glücklich?
Manchmal frage ich mich das. Schließlich ist es doch das Wichtigste, die Voraussetzung für alles.
Irgendwie ist meine Schrift heute etwas surrealistisch.
Improvisiere gerad auf Gitarre. Du würdest staunen, denn auf Silvesterparty Ponny natürlich mit einem kleinen Song. Na, kannst ja nicht kommen. Freue mich schon mal wieder richtig mit Dir alles zu betakeln.
Fahr jetzt nach Berlin mit Paps, wegen Zimmer. Soll um Rosenthaler Platz sein, wüste Gegend. Pony

Pony irrt im Haus herum, wartet, daß das Telefon klingelt und sich etwas ereignet, beruflich, mit der Wohnung, mit der Silvesterfeier, aber nichts geht voran. Sie wartet auf Briefe. Nur Maja schreibt ihr aus Leipzig:

Schwesterlein, ich grüße Dich!

Es ist kalt, hab nicht geheizt, war den ganzen Tag in der Bibliothek und hab das Kapitel vom ollen Marx studiert, ganz schön schwer, jedenfalls sitze ich hier bibbernd mit der Maschine auf den Knien im Bett.

In den nächsten Tagen werde ich noch allerhand Aktionen in der Wohnung starten, um Deinen Empfang vorzubereiten. Kofferraum oder »Fremdenzimmer« muß endlich hergerichtet werden (wie früher unser Luftschutzbeatkeller), Bilder an der Wand müssen verbessert werden und noch so allerhand Schönheitsfehler, die Dir natürlich gleich auffallen würden. Wenn Du die Bude kennst, hast Du vielleicht auch noch paar gute Ideen. Deine beiden Bilder hängen bereits. Das laß ich mir nicht nehmen – jeder, der reinkommt, ist perplex und sagt: »Was, das hat deine Schwester gemacht?«

Soll dich von dem Malinesen grüßen, hab den Namen natürlich wieder vergessen.

Wegen Tonband hab ich zu Haus vorgesprochen, erklärt, daß Du Deine eignen Songs abhören möchtest. Tonband und Zimmer ist natürlich beides 'nen ganz schöner Hieb. Ich bleib den Annoncen auf den Fersen, aber versteif Dich nicht darauf, wenn's wirklich klappt, kannst Du Dich dann viel mehr freuen!!

Die Silvesterpläne werden weiter geschmiedet, Beatkeller bei uns ist eine immer wahrscheinlichere Variante. Wär ja auch ganz gut, nicht! War der Björn eigentlich damals noch da? Schreib doch mal, ich würde mich freuen.

Jetzt kommt die große Müdigkeitswelle, ein Glück, daß ich nur noch Licht ausmachen brauch und mich also verabschiede als Dein Schwesterleib Maja

Leider will es mit den Silvestervorbereitungen gar nicht klappen, die einen sind vergeben oder verreist, die andern wollen nicht so weit in der Taiga feiern und ziehen Berlin vor. Kurz, die Kavaliere, die für Pony vorgesehen waren, sind nicht zur Stelle. Ponys Traum, an den sie sich im Krankenhaus geklammert hat: tolle Silvesterfeier mit duften Typen, sie singt ihre Chansons, tanzt, ist ausgelassen und geistreich – da sollten sie sitzen, die Bewunderer und Peer – so ähnlich wie es bei der ersten Bulgarienreise war, Pony im Mittelpunkt.

Aber das Jahresende rückt näher und näher, laufend wird telefoniert,

und es wird immer klarer, daß gar nichts zustande kommt. Pony spricht nicht viel, sie scheint sich damit abgefunden zu haben.
In letzter Minute wird sie von einer Freundin in Falkenhorst eingeladen. Sie versucht dort wohl »einen aufs Parkett zu legen«, aber es ist im Grunde niemand da, der sie interessiert oder umgekehrt – wider Erwarten früh ist sie wieder zu Hause. So endet also diese Silvesternacht, von der sie wochenlang in ihrem Insulinzimmer geträumt hatte.
Einige Tage später fährt Pony zu Maja nach Leipzig, das heißt, sie fährt nicht, sie trampt. Das erfuhr ich später durch einen Bekannten von der DEFA, der sie mitgenommen hatte und dem sie erzählte, sie wolle Schauspielerin werden.
Maja wohnt mit ihrer Freundin Britta in einer poppig eingerichteten Dachzimmerwohnung, Klo auf dem Hof, im Montmartre von Leipzig, das als Abrißviertel gekennzeichnet ist. Aber das ist genau die Atmosphäre, die Pony gefällt. Allerdings wohnt meist auch Mathias mit in den Mansardenstübchen. Ich sagte zwar Maja ausdrücklich: »Laß Mathias, solange Pony bei dir ist, beiseite.« Aber der läßt sich nicht abhalten, sieht auch nicht ein, aus welchem Grund, und fragt Pony: »Na, Pony, würdest du mit mir als Schwager einverstanden sein?«
Maja hat alles, was Pony sich ersehnt: Sie ist Studentin, bekommt sogar ein kleines Leistungsstipendium, sie hat eine romantische Wohnung und einen feschen Freund – und Pony muß zuschauen.
Maja will Pony, um sie aufzuheitern, auf eine Exkursion ihrer Studentengruppe mitnehmen. Pony freut sich auch darauf, aber am Abreisetag hat sie wieder solche Bauchschmerzen, daß sie allein zu Haus im Bett bleiben muß. Maja hatte den Eindruck, daß Pony von Leipzig aus noch zu Peer nach Ilmenau wollte, aber nicht mehr die Kraft und wahrscheinlich auch nicht das Geld hatte, um von Leipzig zu Peer zu fahren. So fährt sie nach ein paar Tagen mit dem Zug wieder zu uns nach Hause.
In Falkenhorst geht Pony eines Abends, ohne irgend jemandem etwas davon zu sagen, zu einem Fotozirkel in den Klub. Dort scheint es ihr sehr gut gefallen zu haben, und einen jungen Verehrer, der sie nach Hause begleitet, hat sie auch gleich mitgebracht.
Einige Tage darauf sind wir zur Kunsthochschule nach Weißensee bestellt: Pony soll Fotos mitbringen. Sie nimmt die paar Fotos, die sie geknipst und entwickelt hat, in ihre Mappe. Ich sage ihr, da es ja nun wirklich reichlich wenig ist: »Nimm doch einfach noch paar andere gute Fotos mit!«
Zuerst lehnt sie den Vorschlag kategorisch ab, aber dann steckt sie mit

sichtlicher innerer Empörung – hat sie das nötig – doch einige dazu. Ich rate ihr auch, ruhig einige von ihren Gemälden mitzunehmen.
Der Dozent für Fotografie an der Hochschule, Horst Fabian, ein sympathischer Künstlertyp, empfängt uns außerordentlich freundlich. Ich hatte ihm kurz die Schwierigkeiten mit Pony angedeutet, worauf er meinte, er hatte schon einmal so einen »Kaputten« als Schüler, die Eltern hatten ihn gebeten, ihn anzunehmen, doch der war stur und wollte überhaupt nicht, heute ernährt er mit seiner Fotografie eine Familie mit drei Kindern. Fabian besah sich Ponys Fotos, meinte, es wäre ja nicht viel, aber zwei von ihr selbst geknipste Abzüge fand er recht interessant. Die Ölbilder betrachtend, meinte er zwar auch: »Kaputt«, sein Schlagwort, aber sie bewiesen doch außerordentliche schöpferische Phantasie. Er stellte uns dem stellvertretenden Direktor vor, der mit Fabians Vorschlag einverstanden war, daß Pony die Fototage an der Hochschule als Gast mit absolvieren könnte.
Horst Fabian gefiel Pony gut, sie verstanden sich auf den ersten Blick. Er nahm sie als gleichwertigen Partner, und sie kamen überein, daß Pony erst einmal bei den Aufnahmen in seinem Privatatelier dabeisein sollte, um hineinzukommen. Leider ging das, solange Pony noch keine Wohnung in Berlin hatte, natürlich nicht täglich.
So fuhr Pony einige Male nach Weißensee, stand zu Haus um halb sechs auf, um ganz pünktlich zu sein. Aber wer nicht da war, war ihr Ausbilder, der Pony so gern helfen wollte, aber das mit seinem Terminplan nicht ganz zusammenbrachte, und Pony mußte dann ein bis zwei Stunden warten. Sie nannte das eine einzige Gammelei.
Brief an Peer:

He Bengel!
Heute war ich im 2. deutschen Festival des politischen Liedes. Einfach dufte! Völlig international. Chile, Westdeutschland, Südafrika, Finnland usw.
Westdeutschland war totalement pro sozialistisch. Hörte sich fast wie sozialistische Schnulzen an. Da aber von Westdeutschen gesungen klatschte Schni ganz besonders.
Eben hättest Du eine Ponykür erleben können. Sie hing in einem körperengen Pullover. Der ging zwar an, aber nicht aus.
Kam mir vor wie Peer, zog und zog mit einem kleinen Hüpfer, Art Knix, machte es knax – und der Reißverschluß perdu!
Himmelhochjauchzend – zu Tode betrübt!

Peer, weißt Du was da hilft?
Du mußt versuchen, alle um dich zu beobachten. Studieren, wie sie plötzlich, wie ein Magnet, Minuten, Stunden Jahre unten sind, wild zappelnd versuchen, in ihren Problemen nicht zu ersaufen. Studieren, wie sie sich wieder hochstrampeln. Nur so kannst Du Mensch und Mensch vergleichen, was sehr schwer ist. Nur so kannst Du deine eigenen magnetischen Anziehungs + Abstoßungskräfte selbst bewußt regeln.
Jetzt verstehe ich Dich ja so mit Faust. Dagegen beste Kur Arbeit, Arbeit! Mensch, Du bist doch nicht so oberflächlich.
Du darfst ja keine Zeit haben an irgendwelche tollpatschigen Peertappers zu denken, wenn Du arbeitest.
Pappi war so: 11. Klasse – Omi stürzt zum Priester, weil Pappi versetzungsgefährdet.
12. Klasse – Pappi Sieger des Internationalen Rezitationswettbewerbs, Reise nach Amerika.
Leider, heute ist er auch noch zügellos, drastisch!
Geh heut zum Ball mit Pappi.
Hm, da wird es antiquirt Ponny

Georg hat das fast Unmögliche erreicht, zur Schlußvorstellung des Lied-Festivals noch eine Karte für Pony zu beschaffen.
In der Früh kommt Pony weinend in mein Zimmer: »Ich will heute nicht nach Berlin fahren!«
»Aber Ponylein, du wirst doch die Karte nicht verfallen lassen – und abends der Internationale Jugendball, das hast du dir doch so gewünscht! Außerdem sind doch Maja und Mathias da.«
Schon gestern wollte Pony nicht mehr zum Festival gehen. Sicher konnte sie das tagelange Stillsitzen auf ihrem Stuhl nicht mehr aushalten, wollte hinauf auf die Bühne und singen, ihre eigenen Songs:

Don't say never
There will bee peace
For ever![29]

Teilnahmslos zieht sie sich dann doch ihren samtbraunen Pagenanzug an, Kniehosen waren damals der letzte Schrei, aber doch noch selten zu sehen. Ich gehe absichtlich nicht mit: Der Teufel will's und so ein Pennäler fordert mich auf – und Pony nicht – tödlich!

Ich hatte so ein unsicheres Gefühl, leider sollte ich recht behalten: Pony saß den ganzen Abend am Tisch und stierte vor sich hin. Nicht, daß sie äußerlich sehr verloren hätte – vielleicht hatte sie nicht mehr Taillenweite 58, aber sie war noch schlank, das war es nicht – doch die Ausstrahlung, der Charme fehlten völlig, ihr Gesichtsausdruck kippte schnell um in eine krankhafte Traurigkeit. So wurde sie auch von fremden Jungs nicht aufgefordert, nur Mathias tanzte einmal mit ihr, wobei ihm Pony mit ihrem wilden Getwiste zu schaffen machte. Zu Maja sagte sie: »Dort in der Ecke steht ein Junge, der gefällt mir!«
Als es Maja zu bunt wurde, daß überhaupt keine Stimmung aufkam, ging sie einfach zu diesem Burschen und sagte ihm, daß ihre Schwester gern mit ihm tanzen würde. Das tat der denn auch, aber es blieb bei dem einen Tanz.
Diesen Mißerfolgsabend konnte Pony nur schwer verkraften. »Sie sind von Mal zu Mal schlechter geworden! Sie haben sich Blumen ins Bett gelegt, wollen Sie nicht endlich einsehen...«, schien es ihr in den Ohren zu dröhnen. Sicher sahen die Menschen ihr etwas an...
Eine alte Karte von Peer aus Ilmenau liegt auf Ponys Schreibtisch, datiert vom 7. 11. 69, also nach Peers erstem Besuch im Krankenhaus und vor dem Elektroschock:

Hallo Ponnnnnny!
Vorletzte Nacht sagenhaft geträumt – im wesentlichen von Dir – ein Blödwahn, versteht sich nicht von selbst.
Erst in einem Schaufenster braunbärige Frau gesehen, d. h. Braunbär mit Frauenkopf und Fingerspitzen einer Frau. Tot, irgendwie konserviert. Daran hängend an glasiger Schnur ein dreiwöchiges ungeborenes Kind, in eine Art Aquarium zur Konservierung gehängt. In der Folge fehlt mir der Anschluß. Weiter geht's im Krankenhaus, wo ich wartete und Du dieses Kind einoperiert bekamst. Einige Personen noch dagewesen, konnte mich aber hinterher nicht mehr daran erinnern. Waren alle schon etwas älter. Hatte mit einem Mediziner noch einen Disput, wegen etwas zu essen für Dich, besorgte dann eine Scheibe Weißbrot (die, die ich in Losenez nachts geklaut hatte), gab Dir aber nur weniger als die Hälfte, damit keine Komplikationen im Bauch entstehen (frisch operiert und Darmbewegung). Nun analysier mir das mal, auch wenn's nicht vollständig ist.
So, das reicht, ich muß wieder Karteikarten tippen, morgen mehr.
Cheerio Peer

Zwei Tage später raffte Pony sich aber doch auf, in die Kunstschule zu fahren, aber an diesem Tag kam Horst Fabian überhaupt nicht. Natürlich, er ist ein vielbeschäftigter Mann, und es ist rührend von ihm, daß er sich nebenbei noch mit Pony beschäftigt. Andererseits ist es für Pony schwer zu ertragen, eine Bahnfahrt von fast fünf Stunden hin und zurück – für nichts.
So geht sie lieber zum Falkenhorster Fotozirkel und verabredet sich mit ihrem dortigen Verehrer, zum Jazzkonzert nach Berlin zu fahren.
Brief von ihrer Freundin Kater:

Hi Ponny!
Wie geht's, wie steht's? Hab ich Dich neulich in Karlshorst beim Jazz geviewt. D. h., Du hast mich leider nicht auf die Schulter gedroschen, schade, wir hätten ganz sahnig talken können. Ich habe gehört, Du machst jetzt auf Fotoknipser und so? Es freut mich, daß Du was gefunden hast, was Dir Spaß macht, denn det is wichtiger als das Geld. Ansonsten kraxle ich mir mit meinem Abi ganz schau einen ab. Ich fahre fast jedes Wochenende in die Schönhauser zu Miguel, meinem Derzeitigen. Wenn Du dann in Berlin eine Wohnung hast, besuchen wir Dich mal.
Schreib mal, was Du so treibst, ja? Tschö Kater

Überall geht das Leben weiter: Abitur wird gemacht, man zieht in die Großstadt, lebt in wilder Ehe – nur bei Pony nicht! Die »Kranken Dinge« häufen sich zu Bergkolossen: Wie lange wird Pony die schmaler und schmaler werdende Schlucht noch passieren können?
Jeden Abend liegen Pony und ich enggedrückt auf der Wohnzimmercouch und sehen fern. Ich freue mich auf diese behagliche Stunde und spüre, daß Pony sich auch wohl fühlt, aber auch hier stehe ich Ängste durch. Einmal kommen jetzt im Westprogramm anklagende Filme über psychiatrische Einrichtungen und Methoden auf. Überaus nützlich, aber für Ponys Zustand? Drogen, Crime und Sex stelle ich garnicht erst ein, aber auch in Liebesfilmen geht es kaum ohne Tote ab. Und bei uns? Montags der alte Film, Ufa-Traumfabrik, rauschende Roben, Liebesseufzer, Treueschwüre-Ewig-Dein, oder wir stoßen auf Widerstandsfilme, gehetzte verfolgte Liebende, und alle Helden enden mit dem Tod!
Eines Abends bringt Ponys neuer Kavalier vom Fotozirkel sie heim: Zufällig sehe ich die beiden ankommen.

Ich bleibe an dem kleinen Treppenfenster stehen, beobachte die beiden Silhouetten auf dem Hof vor der Garage und werde Zeuge einer makabren Szene.
Weder kann ich die Worte wiederholen, noch habe ich sie verstanden. Ich sehe nur Pony vor mir, wie sie mit kessen Bewegungen eine Show abzieht, mit der der arme Junge nichts anzufangen weiß. Ich spüre, daß es ihr verzweifelter Versuch ist, in dem Moment alles aus sich herauszuholen, um das Glück zu erzwingen: Jetzt oder nie mehr.
Vielleicht will sich Pony mit einem geistreich-witzigen Wortduell, wie sie es in Filmen zwischen Verliebten gesehen hat, beweisen – aber wo ist er, der Partner, der Traumprinz? Diesem baumlangen Jungen, ich kann ihn im Dunkeln kaum erkennen, denn die Gaslaterne reicht nicht bis in den Vorgarten, wird es genauso ergehen, wie einst Peer – er weiß mit diesem drolligen Mädchen nichts anzufangen.
So spüre ich, daß in dieser Nacht auf diesem Hof, auf den der letzte Schnee vom Riesendach der Kiefer und von den Mülltonnen tropft, etwas Unwiederbringliches geschieht, als ob hoch über den Köpfen der beiden zwei unsichtbare Vögel schweben, die sich duellieren: Eros und Thanatos . . .

Wer jetzt kein Haus hat

Wer jetzt kein Haus hat, baut sich keines mehr,
Wer jetzt allein ist, wird es lange bleiben,
Wird wachen, lesen, lange Briefe schreiben,
Und wird in den Alleen hin und her
Unruhig wandern, wenn die Blätter treiben.

Rainer Maria Rilke

Pony wird immer unruhiger, wir warten, daß das Telefon klingelt und irgend etwas geschieht. Es klingelt: Wir erfahren vom Wohnungsamt des Magistrats, daß die Wohnung hinter dem Rosenthaler Platz frei werden wird, ein Witwer habe sie soeben abgelehnt, wir bekämen dann noch Bescheid. Pony macht einen Freudensprung und will sie gleich besichtigen, doch wir warten weiter auf die Genehmigung, eine Woche, zwei . . . Dann klingelt das Telefon wieder: Leider hätte sich der Witwer doch für diese Wohnung entschieden.
Also fängt alles wieder von vorn an. Pony kann nicht täglich nach Berlin fahren, und deshalb geht es mit der Fotoausbildung auch nicht voran. Pony verliert mehr und mehr ihren krampfhaft aufrechterhaltenen Mut. Sie ist allein. Warum kommen die Freunde nicht? Haben sie Angst vor ihr? Die Freunde, mit denen sie in der neuen Wohnung ein lustiges Leben beginnen wollte.
Und sie kritzelt wieder Gedichte auf Zettel:

Das Brett

Wie unscheinbar ist es doch,
das Brett.
Es liegt schon lange an der
großen Eiche.
Verwittert und krumm,
niemand sieht es.

Ich will es wegnehmen,
es paßt gar nicht in
die leuchtenden Farben
seiner Umgebung.
Ich heb es mit Widerwillen auf,
es ist naß und glitschig.
Doch!
Hundert Ameisen haben
sich ein richtiges Haus in
dem uralten Brett gebaut.
Ich leg es wieder hin!

Pony hat sich in sich zurückgezogen. Die Tage vergehen, sie weiß mit ihrer Zeit nichts anzufangen, wieder treten Bauchschmerzen auf, die Verdauung klappt nicht. Ich hab es satt, das muß doch endlich mal in Ordnung kommen. Ich läute bei unserem Hausarzt Dr. Kettner an. Wir sollen gleich vorbeikommen. Ich sage Pony Bescheid, sie dreht sich kaum um und sagt: »Ich kann keine Ärzte mehr sehen!«
Was soll ich tun? Ich telefoniere noch einmal mit Dr. Kettner – er ist verärgert: »Na, vielleicht kommt die Dame dann mal, wenn es ihr paßt!«
Ich sage Pony, daß ich, wenn sie nicht mitkäme, allein zu dem Arzt ginge, und fahre mit dem Fahrrad los. Kaum bin ich dort angekommen, erscheint Pony doch. Dr. Kettner drückt ihr auf den Leib und meint kopfschüttelnd: »Es ist nicht auf regelmäßigen Stuhlgang geachtet worden, dadurch haben sich verhärtete Knoten im Darm gebildet.«
Pony kneift den Mund zusammen, blickt teilnahmslos. Er verschreibt ihr eine Diät. »Auf jeden Fall darauf achten«, redet ihr Kettner zu, »daß du täglich Stuhlgang hast, und wenn du jeden Morgen eine halbe Stunde auf der To sitzt. Außerdem hast du dir die ganze Sache wahrscheinlich nur selbst eingebrockt durch deine Hungerkur!«
Pony bekommt wieder ihre müden Augenlider, sie schweigt zu allem.
So laufen die Tage weiter dahin, nichts passiert. Pony ist mißgestimmt, ich mache mir Sorgen. Ich will endlich *den* Arzt für sie finden. Nach dem letzten Fehlschlag besinne ich mich auf Herlinghaus, den Professor Weinheimer mir ganz zu Anfang genannt hatte.
Wieder ziehe ich los: in ein anderes Klinikum in Berlin. Auch Backsteinbauten, aber diesmal rote. Als ich Professor Herlinghaus sehe, weiß ich,

daß ich alles falsch gemacht habe, hier tritt mir ein Psychiater entgegen, dessen Stimme genauso behutsam und abgewogen ist wie seine Bewegungen. Ein Mensch, dem man das Ringen um Verständnis und Verbesserungen für seine Patienten ansieht.
Während des Gesprächs erzähle ich ihm, daß ich als Dolmetscher so viele wunderbare Einrichtungen für Herz und Kreislauf und andere organisch Kranke gesehen hätte, mit großen Parks und Sportanlagen, und ich dann immer ganz neidisch wurde.
»Ja, für die psychisch Kranken sind wir eben noch nicht so weit, übrigens werden Sie das auch in anderen Ländern nicht auf dieser Ebene finden, aber wir sind dabei, Modelleinrichtungen zu schaffen.«
»Aber selbst ohne neue Bauten könnte man doch überall ein ganz anderes Beschäftigungsprogramm aufstellen.«
Professor Herlinghaus macht ein nachdenkliches Gesicht und sagt so vor sich hin: »Vielleicht nur bis zur Neurose!«
Diese Antwort verschlägt mir den Atem: Also habe ich ganz und gar umsonst gekurbelt und gebangt – ab Psychose fällt der Vorhang – man gibt auf!
Da spukt mir plötzlich das Wort borderlined im Kopf herum. Ja, auf Station C hieß es doch borderlined zwischen Neurose und Psychose. Schiebt man also einen Fall etwas über die Grenzlinie hinaus, – dann ab zum Tütenkleben, lebenslänglich!
Der Professor schien meinen Gedankengang nachzuempfinden und sagt: »Aber das will nichts heißen, jeder Fall liegt anders, ich sehe bei Ihrer Tochter da gar keine Schwierigkeiten ...«
Wir verabschieden uns mit seinem Vorschlag, daß Pony so bald wie möglich bei ihm vorbeikäme.
Im Laufe der Woche versuche ich Pony zu überreden, zu diesem Arzt zu gehen: Es ist nichts zu machen. Ich rufe Professor Herlinghaus an und berichte ihm darüber.
»Es wird nichts!« sagt er nur, nicht: Vielleicht kommt die Dame dann mal, wenn es ihr paßt!
Endlich der lange erwartete Anruf vom Magistrat: Sie haben eine kleine Altbauwohnung für Pony in der Nähe der Jannowitzbrücke, der Besichtigungsschein kann bei der KWV abgeholt werden. Pony ist glücklich, wir fahren sofort nach Berlin.
Die verantwortliche Kollegin händigt uns den Schlüssel aus. »Allerdings ist diese Wohnung sehr verwohnt«, sagt sie, »wir haben nicht die Handwerker, um sie in Ordnung bringen zu lassen, aber wir stellen

Ihnen das Material, Farben, Tapeten und so weiter, zur Verfügung, vielleicht finden Sie jemanden, der sie Ihnen malt oder tapeziert.«
»Das machen wir alleine!« sagt Pony.
Wir gehen in das hinter der Spree gelegene Altbauviertel: verwahrloste Mietshäuser, die noch die Schußwunden des Krieges tragen, aber viele kleine Geschäfte. Ganz allein, wie von den umherfallenden Bomben vergessen, ragt ein grauer, vierstöckiger Hausklotz aus der sandigen Ebene. Das soll unser Haus sein? Wir gehen ins obere Stockwerk und schließen auf. Grabeskälte empfängt uns, ein langer, schmaler, schmutziger Flur führt ins Dunkle, daran schließt sich ein kahles, fast quadratisches Zimmer von ungefähr sieben mal sechs Metern an, das zwei hohe, altmodische Fenster hat. Pony schaut sich um. Ich komme ihr zuvor:
»Weißt du, gemütlich sieht es gerade nicht aus, aber wenn du es dir einrichtest – als Atelier, zum Fotografieren brauchst du doch so einen großen Raum.« Gegenüber ist eine ziemlich geräumige Wohnküche und daneben die Toilette mit einer aufgestellten Zinkbadewanne, die am Boden wie von einem braunen Fluß durchlaufen wird.
»Was ist, Pony, willst du sie nehmen?«
»Na, klar, wir haben doch nischt anderes!«
Als wir wieder zu Haus angekommen sind, steht Pony lange Zeit reglos an der Heizung im Badezimmer und starrt aus dem Fenster auf die Straße. Maja, die zum Wochenende gekommen ist, fragt, ob sie sich denn gar nicht auf die Wohnung freue. Pony antwortet: »Na ja, so alleene, bei dir waren immer Freunde da!«
Am nächsten Morgen will sie aber gleich früh mit Georg hineinfahren. Malerkittel und Trainingshosen werden mitgenommen. In einem kleinen Eckladen bekommen wir auf unsere KWV-Scheine Farben, Pinsel; Tapeten will Pony nicht. »Leider haben wir zur Zeit keine Leiter da«, sagt der alte Verkäufer.
»Ja, was machen wir denn da, wir müssen doch mit der Decke anfangen?«
»Ich hab da nur noch eine ganz lange Leiter von vier Metern.«
»Zeigen Sie mal her, das Zimmer ist ja sehr hoch!«
»Aber Sie brauchen doch Platz zwischen der Decke und der Leiter.«
»Wir versuchen es mal!«
Und so ziehen wir los, Pony und ich, mit der weißbekleckerten Klappleiter, immer an der Spree entlang, durch die Straßen Berlins, bis zu unserem grauen Hochbunker. Wir probieren die Leiter aus, ist genau

zehn Zentimeter kürzer als die Decke. Es muß gehen. Pony hängt den Eimer mit der weißen Tünche mit ihrem Exquisit-Gürtel an die Leiter und will sofort anfangen, aber die Deckenfarbe kleckst ihr ins Gesicht. So nimmt sie am nächsten Tag einen der alten Strohhüte aus Omis Hutschachtel mit. Es geht zwar besser, da man aber auf die Decke blicken muß, tropft die meiste Farbe ins Gesicht und vor allem in die Augen. Wir sehen doll aus mit unseren verkleckten Trainingshosen, Malerkitteln und den beweißten Locken unter den Strohhüten vom Ersten Weltkrieg. Aber Pony ist mit Feuereifer dabei, sie streicht sehr schnell.

Zwischendurch machen wir uns auf dem kleinen Gasherd der ausgekühlten Küche etwas warm und essen auf dem Küchenboden, auf der Luftmatratze sitzend. Die Wohnung ist sicher monatelang nicht geheizt worden, und obwohl wir gleich in dem Kachelofen des großen Zimmers Feuer gemacht haben, bleibt es kalt, wenn wir uns nicht bewegen. Gegen Abend kommt Georg, um uns nach Hause zu fahren.

In den nächsten Tagen geht die Schinderei weiter. Einmal kommt Mathias vorbei, um uns ein bißchen zu helfen, ein anderes Mal Markus. Aber mehr als ein paar Stunden halten sie nicht durch, dann müssen sie zu dringenden Verabredungen. Pony denkt wohl daran, wie gemütlich es gewesen sein muß, als Maja ihre Bude anstrich mit einer ganzen Truppe von Studenten: Abends gab es dann Gelage mit Rotwein und Schmalzstullen – wer aber sollte schon zu ihr kommen?

Eines Abends will Pony nicht mit uns zurück: »Warum soll ich denn jetzt nach Haus fahren, um morgen früh wieder hereinzufahren, ich bleib hier!«

Georg und ich reden Pony zu, nicht in dem Malergestank zu schlafen, außerdem sei das Zimmer nicht richtig warm zu kriegen ... Nein, – nein, – nein, da ist nichts zu machen. Sie legt sich auf die Luftmatratze vor den Ofen und deckt sich mit einigen Decken zu. Mit vielen Ängsten verlassen wir die Wohnung. Als wir am nächsten Morgen kommen, ist Pony schon bei der Arbeit. Die Wände sind gestrichen, jetzt können wir Möbel kaufen. Pony haßt neue Möbel, also gehen wir ins Gebrauchtwarenhaus. Pony geht durch die kalten Lagerhallen, in denen meist die Hinterlassenschaften verstorbener Rentner in einem Block zusammengepfercht sind, so daß man kaum etwas in der düsteren Beleuchtung erkennen kann, wie ein Kunstkenner durch eine Galerie. Da piekt sie sich eine Bouillotte-Kerzenlampe, ein antikes Apothekenschränkchen, Couch, Schrank, Damenschreibtisch, Kommode, runder,

kleiner Couchtisch mit Stühlen und eine Kücheneinrichtung – der ganze nostalgische wacklige Möbeltrödel kostet 120 Mark.
Einesteils ist Pony stolz, daß sie alles so schnell, billig und gut eingekauft hat, andrerseits ist sie nicht richtig bei der Sache. Sie streift wie in einem kafkaesken Traum durch die schwach beleuchteten kalten Hallen, und der alte Mann, der uns bedient und sich alles notiert, blickt etwas verwundert durch seine starken Brillengläser und scheint bei den Preisen öfters ein Auge zuzudrücken.
Jetzt müssen wir noch zu VEB Gütertaxe fahren, damit die Möbel so schnell wie möglich abgeholt werden. Ich steige in die Straßenbahn ein, die fährt los – Pony ist nicht zu sehen! Beim Aussteigen steigt sie gelassen aus dem anderen Wagen. Warum dieses Kinderversteckspielen? Will sie mich ängstigen? Meine Nerven sind am Zerreißen.
Am nächsten Tag, als die Möbel, früher als zugesagt, ankommen, sind weder Georg noch Mathias, wie verabredet, da. Wie sollen Pony und ich denn die großen Stücke heraufbekommen? Wir stehen neben dem Möbelwagen, da kommen zwei Arbeiter vorbei: »Na, sollen wir helfen?«
»Das wäre wirklich prima!« antworte ich schnell.
Die beiden schleppen alles hinauf, was für uns zu groß und zu schwer ist. Unterdessen kaufe ich schnell ein. Dann setzen wir uns um den wackligen Couchtisch und essen Kuchen und trinken Kaffee und Schnaps. »Ick hab zuerst gedacht, Se sind nich von hier, die Püppi da, dacht ick, is 'ne Französin mit dem langen schwarzen Mantel!«
Pony beteiligt sich nicht am Gespräch. Ein Stuhlbein ist beim Transport zerbrochen, der eine Arbeiter will morgen vorbeikommen und es reparieren. Ich ärgere mich, daß Pony diese beiden netten Menschen, die nebenan im Heizwerk arbeiten, nicht ermutigt. Dann sagt sie plötzlich: »Ich geh noch mal runter!«
Der ältere Arbeiter schaut sie leicht erstaunt an und meint: »Ach, die Püppi kann ja sprechen, wir dachten schon, sie ist taubstumm. Aber wenn sie morgen nicht da ist, kommen wir nicht.«
Am nächsten Abend kamen die beiden wirklich und haben die Bruchmöbel wieder in Ordnung gebracht. Pony stieß mit ihnen an: »Ich finde euch dufte!« und so feierten wir Einweihung.
Am folgenden Tag gehen wir daran, die Küchenmöbel zu bemalen. Blau sollen sie sein, aber das tote Blau von dem KWV-Laden gefällt Pony nicht, es muß ultramarin sein, auch Fenster und Fenstersims in der Küche sollen ultramarin sein. Ich fahre los, die Angst im Nacken, was

mit Pony unterdes passiert, und suche Ultramarin, bis ich endlich im Künstlerbedarf die Farbe finde. Gleichzeitig renne ich in einen Kostümfundus, denn Mathias hat mit Mühe und Not für den vielbegehrten Faschingsball der Kunsthochschule in Weißensee Karten bekommen.
Als ich abgehetzt zu Pony zurückkomme, nimmt sie wortlos die Farben in Empfang, mischt sie gleich ein, doch die Tüte mit den Kostümutensilien macht sie gar nicht auf.
»Was soll ich denn damit? Da geh ich doch sowieso nicht hin!«
»Aber Pony, du gehst doch nicht allein, sondern mit Mathias und seinen Freunden, du mußt doch sehen, daß du aus der Bude mal rauskommst.«
Ich bekomme keine Antwort, die S-Bahn rattert vorbei.
»Sie sind von Mal zu Mal schlechter geworden, von Mal zu Mal schlechter geworden – schlechter geworden ... – der Besuch von Jugendlichen ist verboten! Verboten! ... Sie haben sich Blumen ins Bett gelegt, wissen Sie denn immer noch nicht, daß Sie verrückt sind? Verrückt sind!« scheint es durch das hohle Zimmer zu dröhnen. – Pony ist niemals zu diesem Ball gegangen.
Pony schreibt an Maja, die in der Zeit in einem Studentenlager an der Ostsee ist:

He Schwesterleib!
Ich kann mir gut vorstellen, daß Dich dort so ziemlich alles anwiedert.
Und dann noch die neue Kälte!
Aber sei Kämpfer.
Ich bin es ja zwar nicht. Ich weiß nicht, aber ich glaube, ich finde das Leben nicht mehr schön. Alles geht zu Ende.
Bald bist Du wieder in Leipzig in der schönen Wohnung. Und was machst Du in den Ferien?
Mathias will Dich gern einmal besuchen. Aber wie, weiß er noch nicht. Zug zu teuer + so.
Meine Schrift war noch nie so doof wie jetzt.
Du, mir fällt eigentlich nicht mehr ein zu schreiben.
Meine Wohnung ist schon weiß, blau, rot. Und ich auch. Mutti und Pappi haben wirklich viel für mich gemacht.
Viele schwesterliche Grüße   Pony

Weiß, blau, rot. Ich habe Pony »Vorhänge« mitgebracht, für ihr weißes Atelierzimmer, je zwei Schals, vier Meter lang, aus roséfarbenem Kreppapier, die haben wir an den Gardinenzwickern angehängt.

»Das bleibt jetzt so!« sagt Pony.
Dann machen wir uns wieder über den schmutzigen Flur her. Nach einer Weile sagt Pony: »Mir reichts's jetzt, ick hau ab!«
Sie zieht sich an und geht los. Ich übermale den Dreck mit brauner Fußbodenfarbe, Stunden und Stunden, nun noch die Küche, aus dem abgewetzten Fußbodenlinoleum wird ein folkloristischer Küchen-Perser. Mit letzter Kraft setze ich mich in den »Sputnik«. Zu Hause angekommen, begrüßt mich Pony kaum und verschwindet in ihrem Zimmer. Bei mir kocht etwas über: »Was stellst du dir eigentlich vor? Ich rackere mich da ab bis zum Gehtnichtmehr, und du sagst nicht mal Dankeschön!«
Ich lasse mir ein Bad ein. Nach einer Weile gongt es. Ich gehe hinunter in die Küche; Pony hat den Tisch gedeckt, den Abwasch gemacht und wunderbares Abendessen gekocht.
Am nächsten Tag wollen wir die Berliner Wohnung endgültig einrichten. Ich rate Pony, ihre Staffelei mitzunehmen und die Gitarre, damit das große Zimmer nicht so leer ist. Nein, nein, nein! Sie nimmt nur einige wenige Garderobenstücke mit, die sie für die nächste Woche braucht. Als wir dann am Spätnachmittag den Riesenraum soweit eingerichtet haben und, in die Mäntel gehüllt, an unserem Couchtisch Tee trinken, sagt Pony, sich umschauend: »Hier ist's doch furchtbar!«
Leider hat sie recht, es ist schwer, Atmosphäre in diese hohen, kahlen Wände zu bekommen. Ponys Blick wird trüb, ich weiß nicht, was ich machen soll – da klingelt es. Es ist Georg, er hat einen dicken, roten Rosenstrauß und eine Flasche Wermutwein mitgebracht, Ponys Gesicht hellt sich auf.
Am Abend muß Georg aber wieder dienstlich fort. Er schläft kaum noch: ist völlig zerrissen, seine berufliche Tätigkeit, zwischendurch Anrufe und Laufereien für Pony. Sein Betriebsarzt besteht mit aller Dringlichkeit auf einer Kur. Georg will nur ein verlängertes Wochenende in den Bergen nehmen, sein Arzt ist schließlich damit einverstanden.
Pony kennt die Schwierigkeiten, weiß, daß Georg für ein paar Tage wegfährt. Wir liegen zusammen in Decken gewickelt auf der Couch, nur die kleine Bouillottelampe ihres »Atelierraums« brennt.
»Du, Pony«, sag ich in die Dunkelheit, »die Frau von der KWV hat gesagt, sie könnte doch jetzt am Montag einen Maurer schicken, um im Flur die Löcher zuzumachen! Er käme um vier, wenn du aus der Kunstschule kommst.«

»Nein, ich will aber keinen Maurer!«
»Aber Pony, bis wir das allein verkleistert haben, dann wäre doch endlich mal alles fertig!«
»Nein, ich will aber nicht!«
Dieses ewige Nein: Was kann ich dagegen tun? Es ist nicht das verzagte Nein ihres Traumtänzerzustands, im Gegenteil, es ist ein bestimmtes Nein, sie ist jetzt hellwach, klug – zu klug in ihrem Reden.
Ich versuche sie auf andere Gedanken zu bringen, erzähle ihr von meinem nachmittäglichen Besuch im Haus der Jungen Talente. Diese Wohnung hatte ich auch im Hinblick darauf genommen, daß dieses Jugendklubhaus ganz in der Nähe ist. Ich hatte gedacht, Pony würde dort schnell Anschluß finden und nicht mehr lange allein sein. Sie hatte sich doch im Krankenhaus so überschwenglich gefreut, als ich ihr das Programm zeigte, sie wollte gleich alle Zirkel belegen: Ballett, Philosophie, Malerei – nur Schauspiel nicht, dazu war sie zu stolz.
»Weißt du, Pony, was mir der junge Zirkelleiter gesagt hat? Wenn hier einer Lust und Liebe hat und noch Talent dazu, da ist er schnell obenan, kann er sich sogar im Fernsehen bewundern. Du kannst doch morgen abend mal hingehen, es ist ja nicht weit!«
Keine Antwort.
»Was wohl Marlen macht!« sagt Pony dann in die Dunkelheit.
»Ihre Mutter hat neulich angerufen!«
»Na und?«
»Marlen ist für ein Jahr invalid geschrieben worden.«
»Die Glückliche!«
Ich weiß nicht, was ich darauf sagen soll.
Es ist schon spät. Ich überlasse Pony die Couch und lege mich auf die Luftmatratze zum Schlafen. Morgen früh muß Pony zu ihrem Fotozirkel in die Kunstschule, da muß sie ausgeschlafen sein.

Die Brücke

Es schwebt eine Brücke, hoch über den Rand
Der furchtbaren Tiefe gebogen,
Sie ward nicht erbauet von Menschenhand,
Es hätte sich's keiner verwogen,
Der Strom braust unter ihr spät und früh,
Speit ewig hinauf, und zertrümmert sie nie.

Es öffnet sich schwarz ein schauriges Tor,
Du glaubst Dich im Reiche der Schatten,
Da tut sich ein lachend Gelände hervor,
Wo der Herbst und der Frühling sich gatten;
Aus des Lebens Mühen und ewiger Qual
Möcht ich fliehen in dieses glückliche Tal.

Friedrich Schiller

He Maja!
Deine lockenden Locken haben sich also entlockt. Tant pis! Hast Du meinen Brief bekommen?
Pappi fährt morgen zum Fichtelberg, eine Woche nur, aber immerhin. Mutti muß auch wieder zur Arbeit fahren, übermorgen ist sie wieder zurück.
Ward ihr mal in dem hübschen Café am Strand in Glowe? Dieser dreieckige Neubau? Aber sicher hat das Café jetzt zu. Aber im Sommer muß es ganz nett sein dort.
Ostsee heißt für mich eigentlich immer noch Klopfstange – mit Bauch und Kniewelle rückwärts – vorwärts + Leiche im Leichengarten mit dem kleinen Dackel. Weißt Du noch? Himmel, ist das lange her. Damals sahst Du noch richtig dufte aus. Warst ja auch Filmstar.
Hast Du nicht manchmal das Gefühl gehabt, seine Kindheit war glücklicher als später + jetzt? Good bye Pony

Vor einer Woche war Pony von sich aus zum Zahnarzt in Falkenhorst gegangen. Der schaute sich die Zähne an, schüttelte den Kopf und sagte

ihr, sie solle doch morgen mit ihrer Mutter noch einmal vorbeikommen. Am nächsten Tag zeigte er mir, daß an Ponys Schneidezähnen eine provisorische Plombierung nicht fertiggestellt wurde und ihm jetzt nichts anderes übrigbliebe, als Jackettkronen auf die beiden Vorderzähne zu setzen.
Auch das noch, denke ich, mit achtzehn Jahren zwei Vorderzähne abfeilen, aber Pony soll, nachdem sie diese Prozedur überstanden hatte, mit den Töchtern des Arztes Plinsen gebacken und viel gealbert haben. Als sie nach Haus kommt, fragt Tante Miezl sie:
»Na, hat's sehr weh getan, Pony?«
»Ach Quatsch! Aber weißt du, nach der Prüfung haben sie was von einem S-Fehler gesagt, den ich korrigieren lassen soll – jetzt lisple ich wirklich!« sagt Pony lachend.
»Das ist am Anfang immer so.«
»Ja, der Arzt hat gesagt, einmal das ND laut rauf und runter lesen, und es ist weg!«
Beide lachen. Am nächsten Morgen findet Tante Miezl Pony weinend auf dem Bett sitzen.
»Was ist denn, Pony?«
Pony weint und bringt dann aufschluchzend hervor: »Nischt kann ich, gar nischt!«
Tante Miezl versucht ihr gut zuzureden, aber Pony weint weiter. Tante Miezl weiß nicht, was sie mit ihr anfangen soll, und geht wieder ihrer Arbeit nach. Allein gelassen, rafft sich Pony plötzlich auf und holt ihren Aquarellkasten. Sie malt das Bild von der Brücke. *(Siehe Farbtafel XVI unten)*
Über einem reißenden Abgrund hängt eine schwankende Bohlenbrücke, deren Geländer von zwei Frauenbüsten als Eckpfeiler umrahmt ist, wie ein Spielzeug aus Streichhölzern. Sechs der verschiedensten Wagen müssen über diese Brücke, und obwohl die Gefahr sichtbar ist, indem man den Absturz von zwei blumenbedeckten Wagen, an die sich Menschen klammern, vor sich hat, treiben die Kutscher ihre Pferde an, hebt der eine freudig die Arme in die Höhe, um die wilde Fahrt über diese Brücke noch zu beschleunigen. Der verkehrt gemalte Wagen, wohl ein Leichenwagen, ist nicht mehr an die Erde gebunden, sondern fährt in einen rosaroten Himmel.
Dies Bild und einen Zettel legte Pony in ihre Kinderbauerntruhe.
Am Nachmittag dieses schneeklaren Märzsonntages will Georg Pony in die Berliner Wohnung bringen, da sie am Montag früh in die Kunstschule muß. Tante Miezl will mitkommen, wie wir es verabredet hatten,

um ihr die Küche richtig einzurichten und dort zu übernachten, aber das lehnt Pony strikt ab, das könne sie allein. So gibt ihr Tante Miezl vorgekochtes Essen und einen Sack voll Holz und Kohlen, Obst und Wein mit, damit sie sich's gemütlich machen kann.
Dann fahren Georg und Pony vollgepackt los. Vor dem Haus angekommen, trägt Georg die Koffer herauf und hilft ihr beim Auspacken, da ruft ihm Pony zu: »Laß mal alles stehen, das mach ich schon, sonst mußt du in der Nacht die Berge hoch.«
Georg macht Feuer und trinkt Glühwein mit ihr, sie essen Tante Miezls Kuchen. Sie unterhalten sich, wie Pony ihr Leben nun in Berlin gestalten soll. Pony hat gute Einfälle und lacht auch hin und wieder über sich selbst, bis dann beide lachen. Georg klopft ihr auf die Schulter: »Also Pony, morgen pünktlich zur Kunstschule.«
»Ja, ich mach schon!« antwortet Pony.
Einige Stunden vorher wollte Peer, der zum Wochenende nach Berlin gekommen war, Pony in ihrer neuen Wohnung überraschen. Er klingelt. Pony ist noch nicht da, denkt er, da komm ich eben morgen wieder. Einen Zettel zum Hineinwerfen hat er nicht dabei, und so geht er wieder los.
Gern bin ich nicht nach Halle gefahren, doch als Georg mein Zögern sah, verlor er gleich wieder die Fassung: »Pony will deine ewige Bevormundung nicht, sie hat sich bei mir darüber beklagt, sie ist kein Baby, schließlich bist du doch am Montagabend wieder da.«
Am Sonntag telefoniere ich von Halle aus mit Pony, daß ich morgen käme und wir uns dann eine gemütliche Zeit in der Berliner Wohnung machen, später könne sie ja dann auch mit einer Freundin dort wohnen und schalten und walten, wie sie wolle. Die Antwort kam mir unbestimmt vor, kaum hörbar: »Ja, ja, ich weiß.« Meine Unruhe steigert sich, warum habe ich nicht nach meinem Instinkt gehandelt?
Unterdessen läuft unser Programm mit der Frauendelegation weiter ab. Wir fahren zu einem Symposium über die Sozialpolitik der DDR. Die ausländischen Gäste sind beeindruckt: »Tous les cas sont prévus!« sagt eine Französin. Ich übersetze automatisch: »Alle Fälle sind vorgesehen!«
Wir besuchen eine Reanimationsstation für Unfallpatienten, uns wird erklärt, daß eine Behandlung je nach Bedarf den Staat bis zu zwanzigtausend Mark kostet. Ich sehe Pony hier liegen, überfahren, mir wird übel, aber ich darf mir nichts anmerken lassen. Eine junge italienische Sozialhelferin kippt neben mir um. Am Nachmittag sind wir zur Frauentagsfeier eingeladen. Eine Ärztin wird ausgezeichnet, sie hat über

Ostern drei Tage und Nächte bei einer Neueinlieferung gewacht. – Und bei den neueingelieferten Nervenkranken, wer wacht da?
Als wir am Montag im Bus nach Berlin sitzen, setzt Schneetreiben ein. Auf einmal werde ich ganz ruhig – ich fahre zu Pony, wir werden zusammen wohnen.

Berlin, es ist schon dunkel. März, auf Glatteis und Schneematsch stapfe ich auf das graue Haus zu, ich blicke zum obersten Stockwerk: kein Licht. Ich klingele: Niemand macht auf – und ich weiß, daß alles verloren ist. Ich telefoniere: Niemand weiß etwas, telefoniere mit Fabian: Pony war nicht in der Schule.
Ich laufe zu dem kleinen Polizeirevier, dort empfängt mich der gleiche muffige Aktengestank wie vor einem Monat, als Pony sich hier anmeldete.
»Wenn die Mieterin über achtzehn ist, haben wir kein Recht aufzubrechen!«
»Sie ist nervenkrank!«
Ein Polizist fährt mit mir in Ponys Wohnung. Die Treppe hinauf geht er voran. Er öffnet. Vom Treppenabsatz aus höre ich seine Stimme: »Gas! Bleiben Sie mal draußen!«
»Schnell zur Reanimation!« schrei ich hinauf.
»Das ist bei Nervenkranken so eine Sache!« ruft er herunter.
Ein Arzt wird geholt. Unterdessen muß ich auf das Revier zurück. Die runde Wanduhr tickt und tickt. Der Polizist kommt nach einer dreiviertel Stunde wieder herein: »Zu spät!«
Er zeigt mir ein Röllchen mit Schlaftabletten – sie hat nur eine genommen. Eine leere Weinflasche und benutztes Geschirr stehen auf dem Tisch. Er gibt mir ein Kuvert. »Für Pony« ist mit Georgs Schrift darauf geschrieben, und drin steckt ein Zettel: »Für die neue Wohnung.« Zweihundert Mark liegen unberührt darin. Dazu ein Brief von Pony, auf Rechenpapier geschrieben:

Meine Lieben!
Seit nicht traurig, denn ich bin glücklich, so!
Dank für alles. Ihr habt alles getan für mich, aber ich bin am Ende. Ich bin feige und kraftlos.
Ich haße mich. Ich bin es nicht wert, daß ihr an mich denkt. Viel Glück!
Verzeiht mir alles! Pony

Meine Lieben!
Seid nicht traurig, denn ich bin glücklich, so!
Dank für alles! Ihr habt alles getan für mich,
aber ich bin am Ende. Ich bin feige und
kraftlos. Ich hasse mich. Ich bin es nicht wert,
daß ihr an mich denkt. Viel Glück!

St Y

verzeiht mir alles!

Nachwort

von Margarete Mitscherlich

Pony, 11 Jahre, beginnt ein Tagebuch zu schreiben, weil die bewunderte, etwas ältere Schwester Maja eines angefangen hat. Pony ist ein begabtes und sensibles Kind, das darunter leidet, daß die Eltern sich voneinander entfremdet haben. Der Vater ist karriereorientiert; sie kämpft um seine Liebe, er aber zieht Maja deutlich vor. Sie klagt, daß er zu viele Menschen einlädt, anstatt mit der Familie allein sein zu wollen. Sie ist beschämt, wenn er diesen dann ihre Gedichte oder originellen Puppenzeugnisse vorliest. Aber obwohl Pony sich ihm gegenüber ausgeliefert fühlt, genießt sie dennoch die Bewunderung des Vaters. Sie ist sehr ehrgeizig. Daß sie die Beste der Klasse ist, bedeutet ihr viel, aber sie leidet auch unter dem Leistungszwang, der ihr dadurch auferlegt ist. Merkwürdigerweise lernt diese gute Schülerin in ihren Tagebuchaufzeichungen bis zuletzt nicht, orthographisch richtig zu schreiben. Ich sehe das auch als Folge ihres Nach-innen-gerichtet-Seins, das ihre Kräfte zunehmend in Anspruch nimmt und es ihr schwer macht, die äußere Realität, wie beispielsweise Worte, richtig wahrzunehmen und orthographisch genau wiederzugeben. Freud wird von der Mutter Ponys, die das Tagebuch herausgegeben hat, zitiert: »Diese Kranken haben sich von der äußeren Realität weggewandt und daher wissen sie mehr als wir über die innere Realität und können uns einige Dinge erwecken, die ohne sie undurchdringlich wären.« Gerade diese zunehmende Wendung nach innen, das Ausgeliefertsein an die eigenen Gefühle und Phantasien macht dieses Tagebuch von der ersten Seite an so lebendig und wirkt gleichzeitig so bedrückend und tragisch. Was immer Pony auch später schreibt – nie ist sie wirklich »verrückt«, man vermag ihr so gut wie immer zu folgen. Dennoch ist sie keinem Arzt begegnet, der auf ihre innere Situation, ihr inneres Erleben, wirklich einzugehen bereit oder fähig gewesen wäre. Die bedrückendste aller psychiatrischen Methoden, der Elektroschock, später die zum Koma führende langdauernde Insulinkur werden angewandt, ohne daß der einigermaßen informierte Leser versteht warum, auch ohne daß diese »Kuren« irgendwelche Besserung herbeigeführt hätten. Man spricht von dem »Erreger« psychotischer Erkrankungen, den man noch nicht gefunden hätte. Die Einstellung der Ärzte psychischen Störungen gegenüber ist im allgemeinen rein mechanistisch, seelisches Erleben zu begreifen und mitzuvollziehen ist als Therapeutikum nicht ihre Sache.

Pony liegt lange in Isolierzimmern oder auch in Bunkern, die ihr schreckliche Erlebnisse vermitteln. Sie schreibt: »Ich denke an die Stunden im Bunker auf Station C, in denen ich mich entschloß, mir das Leben zu nehmen mit dem Draht am Bettgestell. Stundenlang allein im Dunkeln, über mir und an den Wänden liefen Rohre entlang, in denen es dauernd rauschte, ich dachte mir, jetzt wird Gas durchgeblasen, ich wußte nicht, ob Pappi, Mutti, Maja, Tante Miezl und Oma Zachen noch leben, niemand kam herein... und die Schreie in den Nebenbunkern...«

In diesen oft herzergreifenden Tagebuchaussagen aus der Klinik wird einem das »Elend der Psychiatrie« wieder einmal voll bewußt. Ich weiß natürlich als Psychoanalytikerin, wie schwer es ist, Menschen wie Pony zu heilen, die sich der inneren Realität immer mehr zuwenden, bei denen schließlich die Korrektur durch Wahrnehmung der äußeren Welt oft nicht mehr recht funktionieren will. Aber Pony war bis auf wenige vorübergehende Verwirrungszustände immer zu einem Stück Realitätseinsicht fähig, ohne daß diese Zugangsmöglichkeiten zu therapeutischen Gesprächen genutzt wurden.

Sie erkrankte einige Monate nach einer Reise mit ihrem Freund Peer, den sie über alles liebt und mit dem auf dieser Reise erstmalig sexuelle Begegnungen stattfanden, die sich beide nur selten gönnen, weil sie sie als etwas Hohes und Heiliges empfinden. Was sie schließlich in den Ausnahmezustand trieb, bleibt unklar. War es ein sexuelles Erlebnis mit einem jungen Lehrer? War es die Trennung von Peer, die Angst, den zu verlieren, mit dem sie in einer Art symbiotischer Beziehung stand? Einmal schreibt sie »...die ganze Angelegenheit nenne ich bei mir sexuelle Überphantasie.« Sexualität scheint eine Art Verschmelzung mit dem Partner darzustellen, eine seelische Dauererregung ohne Intervalle von beruhigender Sättigung. Sie will, so könnte man spekulieren, Mutter und Vater in ihr in ewiger Liebe vereinen. Das alles läßt sich aber kaum klären – jedoch nach diesem ersten psychischen Zusammenbruch ging es bergab mit ihr. Sie, die Ehrgeizige, mußte erleben, daß sie in der Schule zunehmend versagte, daß sie ihren Plan, Psychologie zu studieren, aufgeben mußte, daß sie nach anfänglichem Erfolg, später auch als Schauspielerin »durchfiel«. Man riet ihr, sich von Peer zu trennen, sich einen »richtigen« Mann zu suchen. Auch Peers Mutter hatte Angst, daß die »nervenkranke« Pony ungünstig auf die Entwicklung ihres Sohnes

einwirken könnte. Man glaubt, therapeutisch wirksam zu sein, wenn man ihr nimmt, was ihr das Wichtigste ist.
Pony selber stellte die Liebe nur immer mehr in den Vordergrund ihres Denkens und Fühlens und immer mehr mußte sie dabei versagen oder Versagungen erleiden. Nachdem sie nachts vor Peer davonläuft, eine Nacht, auf die sie sich über die Maßen gefreut hatte, verfällt sie erneut in psychische Verwirrung und wird langdauernd in eine psychiatrische Klinik eingeliefert. Dort isoliert, reagiert sie zunehmend mit Schweigen auf das ihr entgegengebrachte Unverständnis. Langsam wendet sich Peer tatsächlich von ihr ab, unter dem Einfluß anderer und aus Angst vor ihr, die sich und anderen zunehmend fremd wird. Niemand setzt sich mit dieser anfänglich so mitteilungsfähigen jungen Frau wirklich auseinander. Sie droht in ihre Phantasie, in ihre inneren Vorgänge, ihre Einsamkeit und Verlorenheit zu versinken. Niemand hilft ihr, die Brücke zur äußeren Realität wiederherzustellen. Schließlich befreit von den schrecklichen Kuren in den Isolierungsräumen einer psychiatrischen Klinik ist sie nicht mehr in der Lage, sich dem Leben noch einmal zu stellen. Das beschädigte Selbstwertgefühl läßt sich nicht mehr reparieren, überall erlebt sie nur noch Niederlagen, schließlich ist sie, die Liebende, fast ganz allein. In ihren letzten Worten spricht sie vom Selbsthaß, bittet um Entschuldigung, daß sie anderen mit ihrem Selbstmord Kummer zufügt, aber sie sei nicht mehr imstande, das Leben zu ertragen. »Ich wollte allein sein, langsam selbständig werden – Liebe, Liebe, immerzu, sagte ich«, aber wen konnte sie schließlich noch lieben, wer wollte schließlich noch von ihr geliebt werden? »Nervenkrank soll man sein, Pferdenerven muß man haben, um das durchzuhalten«, so schreibt sie in ihr Tagebuch.
Ein tragischer, unaufhaltsamer Verlauf, in dem keiner der Beteiligten aus den ihnen offenbar vorgeschriebenen Rollen herauszutreten vermag. Alle Hilferufe Ponys verhallen letztlich unverstanden. Niemand findet sich, der eine für sie begehbare Brücke zur äußeren Wirklichkeit bauen kann.
In weiten Bereichen entpuppt sich die Psychiatrie – im Osten wie im Westen – nach wie vor als eine »Wissenschaft ohne Menschlichkeit«, in der die Zerstörung des seelisch kranken Menschen eher gefördert wird, als daß sie ihm Hilfe und Halt bietet.

Anmerkungen

1 Das 1. Geheimnis ist, daß Maja und Pappi sich am liebsten haben.

2 Oma Zachau: Tante Miezls Mutter, Omi Hella: Georgs Mutter, Omi Wintgens: Mutter der Autorin in Bayern.

3 Übersetzung:

Ich denke, ich denke
ich denke an dich
ich denke an die schöne Zeit mit dir
Dank für die Zeit

Ich denke, ich denke
ich denke an dich und mich
immer, denke ich an dich und mich

In meinem Traum sah ich dich
Deine Stimme war so wundervoll
Dein Gesicht war gelb
Dein Gesicht war traurig.

Ich denke, ich denke an dich und mich
immer! immer!
Hilf!

4 Übersetzung:

Eine kurze Information über die letzten Pony-Aktionen. Gestern war ich in sehr guter Stimmung, denn H. Gelling, wirklich eine gute Künstlerin, war in unserem Hexenhaus. Tatsächlich, das war ein Grund. Sie fand es nützlich für mich, zu lernen, zu studieren, sprechen, gehen, singen, wie eine Künstlerin. Hättest Du etwas dagegen? Ich finde, es ist genau die richtige Sache für mich, nicht? Heute war die Schule schrecklich. Aber ich hoffe bald vorbei! So! das wärs . . . Aufwiedersehen Pony. Was ist mit Deinen Problemen? Ich hab jetzt soo viele Probleme wirklich!!!

5 Übersetzung:

In diesen Ferien laufe ich Ski in unseren Bergen. Es ist sehr lustig. Natürlich, zuerst fiel ich egal in den Schnee (mit großem Vergnügen natürlich), aber bald lief ich fabelhaft Ski. Meine Mutter und mein Vater waren weggeschockt!

Im Moment lese ich Brecht und »Auswahl moderner Novellen« (die Ausgabe ist zweisprachig). Oh, es ist sehr schwierig, aber ich glaube, ich lerne sehr viel. Jean Giraudoux ist wirklich der Größte. Ich las die »Angekettete«.

Kennst Du Brecht? Ich lerne seine Songs mit großem Spaß. Kennst Du den »Song von der sexuellen Hörigkeit« oder »Bilbao-Song«? Also ich glaube, es ist klar, daß in diesem Brief viele Fehler sind. Macht nichts! Gruß Pony

6 russisch: Es wird!

7 Übersetzung:
Gib mir ein Ticket für einen langen Trip
Bitte, gib es mir!
Wir wollen gehen und unsere Freunde sehen,
Rund um die Welt.
Unsere alten Freunde werden wir treffen,
Die für den Frieden sind.

Noch heut wollen wir gehen,
Du und ich
Du mit mir, ich mit dir,
Gib mir ein Ticket für einen langen Trip
Bitte!
Wir wollen gehen und sehen
Was unsere Freunde getan haben,
Unsere Freunde, die für Frieden sind,
Für immer!

Noch heut wollen wir gehen,
Du und ich zusammen
Du mir mir, ich mit dir,
Komm zurück, komm zurück
Von diesen schmutzigen Freunden,
Von dem anderen Mädchen,
Komm mit mir!

8 Übersetzung:
Ich rufe nach dir
Wo bist du?
Du liefst fort,
Und mein Haar wird länger und länger
Heute habe ich meine besten Stiefel angezogen
Und gehe mit Tränen in den Augen umher.
Sieh mich hier,
Wo ich bin,
Mach mich glücklich
Ich hab dich gesehen
Ich hätte gern einen Tanz mit dir
Sieh mich hier, fühle mich!
Höre meine Stimme!
Laß mich frei fühlen!

Komm heraus aus den Bäumen,
Komm heraus aus den Bergen,
Komm heraus aus dem Fluß,
Komm!
Ich möchte mit dir spielen
Ich möchte mit dir in der Sonne spielen,
Im Regen, immer!

Hörst du ihn?
Er kommt über den Fluß,
Er kommt schnell,
Da rennt er!
Da ist er – Abdullah!
Sein Name im Wind – wunderbar.
Er schreit, er schreit!

Was? Ich weiß es nicht.
Du weinst, Abdullah, du weinst, weinst,
So schrecklich!
Mein Pferd Abdullah!

9 Übersetzung:
Wasser ist in meinen Augen,
Hilf mir bitte, wegen des Wassers.
Große Tränen sind auf meinem Gesicht,
Hilf mir bitte, wegen der Tränen,
Ich bin ein wenig traurig,
Die Sonne ist unter den schwarzen Wolken
Der Sommer geht,
Es ist so schade für uns,
Es ist so schade für die Kinder.
Ich bin ein wenig traurig.
Unterdes ist der Regen gekommen,
Hinter den Hügel gegangen,
Wasser kommt in meine Augen
Hilf mir bitte,
Gib mir deinen Schirm.

10 Sei vorsichtig!

11 Lieb mich schnell.

12 Achtung
Alles ist so einfach
Ich befürchte zu einfach für mich!
Hilf mir!

13 Leb wohl meine Liebe
Willst du mich nicht mehr sehn?
Ich möchte dich treffen auf der Straße,
Komm heraus aus deinem Zimmer, wenn du mich willst,
Komm heraus aus deiner Stadt, denn ich liebe dich,
Laß mich dein Gesicht sehen, denn ich bin traurig.
Laß mich dich wiedersehn, weil ich dir meine Liebe gab!
Deine Antwort ist nichts?
Darum singe ich:
Leb wohl meine Liebe
Leb wohl!

14 französisch: Schmeichler, Koser

15 Übersetzung:
Du sitzt in einem schmalen Zimmer auf dem Bett
Das Fenster ist so klein, zu klein für einen Maler
Nachts hier würde ich gern nach dem Maler sehen
Nachts lauf ich fort
Schnell davon
Schnell davon
Wenn du mich wünschst
Wirst du glücklich sein für immer
Wenn du umhergehst, seh ich dich noch.
Ich fühle deinen Schmerz.
Es ist Nacht in Deinen Bildern
Ich kann die Nacht sehen
Die Äpfel sind schon überreif,
Ich seh die Nacht in Deinem Gesicht
Weine nicht! Hier ist ein Weg.
Für dich und mich
Ich werd fortlaufen
Du allein
Dein Leben ist leer, in all den Bildern
Dein Leben ist leer, in all den Farben
Schau auf die Menschen in der Straße.

16 Übersetzung:
Ich glaub, das Leben ist schön. Ich glaub das ist es.
Ich glaub, die Leute sagen die Wahrheit. Ich glaub, so ist es.
Warum mußt Du gehen?
Schon jetzt, schon jetzt, gehst Du! Auf Wiedersehen!
Warum bist Du so kalt?
Schon jetzt, schon jetzt, so kalt. Auf Wiedersehn
Die Vögel singen nicht . . .
Nichts interessiert Dich. Du sagst nichts. Auf Wiedersehn.

Schon jetzt, schon jetzt
Das Kind schreit. Euer Kind schreit. Es schreit, schreit . . .
Die Kinder wollen nie allein sein.
Trotz alledem, auf Wiedersehn.
Geh doch, geh!
Ich such mir einen neuen Papa.

17 Dolle Wut und traurig

18 Ich glaube Liebe mit Wut

19 Rette sich, wer kann

20 Übersetzung:
Ich will dir von meinen Freunden erzählen
Meine Freundin ist eine schmale Dame,
Wenn sie mir entgegenkommt,
Wie ein dünner Schatten,
Bin ich froh.
Mein Freund ist ein stolzer Junge,
Wenn er kommt, hat er ein Lächeln für mich.
Wenn er hinter dem Haus sitzt
Liebe ich ihn unschuldig
Ich sing für ihn
Sein Haar nimmt der Wind
Wie ein kleiner Prinz
Verschwindet er hinter dem Hügel.

21 Übersetzung:
Nimm Deine Hände aus den Taschen!
Nimm Deine Hände zu mir,
Nimm Deine stolzen Hände,
Nimm mich!
Bitte, laß uns gehen für die Freiheit
Laß uns gehen, komm!
Nimm Deine Hände aus den Taschen, wenn wir
Gehen zusammen für den Frieden!
Bitte!!!

22 Regine: Peers erste Freundin in der Schule (platonisch)

23 Enzyme (griech.), Fermente, in der lebenden Zelle gebildete Stoffe (Proteine oder Proteide), die durch katalytische Wirkung Stoffwechselabläufe beschleunigen. Enzyme haben auf ihrer Oberfläche ein »aktives Zentrum«, in dem die katalytische Umwandlung erfolgt. Ein Enzym bewirkt durch Bindung an sein Substrat eine Erniedrigung der Aktivierung und damit Erhöhung der Reaktionsgeschwindigkeit.

24 Trotz alledem, ich lebe, lebe wirklich

25 russisch: klar!

26 Bitte versteht mich!

Ich bin in äußerster Spannung!
Herr erbarme dich!

27 Übersetzung:
Welches, welches, welches
Mädchen gefällt dir?
Tanja ist schön,
Galja kann tanzen,
Marianne liebt die Sonne.
Welches, welches, welches
Mädchen gefällt dir?
Ich warte hier.
Ich sehe dich.
Manchmal träume ich von dir,
Manchmal träume ich für dich,
Manchmal träume ich von uns.
Nacht, abends kommst du.
Nacht, abends kommst du
zu mir
und dann . . .
Welches, welches, welches
Mädchen gefällt dir?

28 Übersetzung:
Er ist ein guter Junge,
mein Junge.
Ich sitze unter seinem Haus und singe für ihn
Liebling
Dandy
Jetzt kommt er auf mich zu,
mein kleiner Schmeichler.
Wart ein bißchen,
mein Freund ist kein Gentleman. Wirklich nicht!
Er ist ein koketter alles mitnehmender Landstreicher!
Na und?
(go-getter: eigene Worterfindung)

29 Sag nicht niemals
Einst wird sein Frieden
Für immer

Einige der den Kapiteln vorangestellten, im Original französischsprachigen Gedichte sind von der Autorin neu übersetzt worden.

Inhalt

Bildnachweis

Alle Zeichnungen, Aquarelle, Ölbilder, Collagen stammen von Pony selbst. Als Unterschriften zu ihren Malereien wurden Auszüge der Gedichte gewählt, die dem dazugehörigen Kapitel voranstehen.

Seite 11	Ponys Foto- und Tagebuch, 11 Jahre
Seite 27	Bleistiftskizze in Schule gezeichnet, vorpsychotisch, 14 Jahre
Seite 51	Fotos von Pony, alle vorpsychotisch, nur rechter Kopf während Psychose, 17 Jahre. Der linke Kopf ist Peer, 19 Jahre
Tafel I	Öl auf Pappe, 40 x 30 cm, zu Hause gemalt, erstes Ölbild, 17 Jahre
Tafel II	Aquarell, 41,7 x 29,5 cm, nach Stupor zu Hause gemalt, 17 Jahre
Tafel III	Aquarell, 29,5 x 20,8 cm, vor Stupor zu Hause gemalt, 17 Jahre
Tafel IV o.	Öl auf Pappe, 39,7 x 30 cm, nach Elektroschock zu Hause gemalt, 18 Jahre
Tafel IV u.	Aquarell, 29,5 x 20,8 cm, kurz vor Stupor am gleichen Tag wie Tafel III
Tafel V	Aquarell, 31,7 x 23,8 cm, nach Insulinkur in Klinik gemalt, 18 Jahre
Tafel VI o.	Collage, 40 x 29 cm, aus Ponys »Kunstmappe«, nach Insulinkur in Klinik angefertigt, 18 Jahre
Tafel VI u.	Aquarell, auf Karton 29 x 20,5 cm, z. Zt. der Insulinkur in Klinik gemalt, 18 Jahre
Tafel VII	Aquarell, 41,7 x 29,5 cm, zur gleichen Zeit wie Tafel V, VI o. + u.
Tafel VIII	Aquarell, 31,7 x 23,8 cm, nach Elektroschock zu Hause gemalt, 18 Jahre
Tafel IX	Öl auf Pappe, 40 x 30 cm, nach Stupor und erstem Klinikaufenthalt zu Hause gemalt
Tafel X o.	Aquarell, 29,5 x 21 cm, zur gleichen Zeit wie Tafel VII gemalt
Tafel X u.	Aquarell, 31,8 x 23,7 cm, zur gleichen Zeit wie Tafel X o. gemalt
Tafel XI o.	Öl auf Pappe, 39,7 x 30 cm, nach Elektroschock zu Hause gemalt, 18 Jahre
Tafel XI u.	Aquarell, 29,5 x 20 cm, aus Ponys »Kunstmappe« wie Tafel VI o.
Tafel XII	Aquarell, 41,7 x 29,5 cm, z. Zt. der Insulinkur in Klinik gemalt, 18 Jahre
Tafel XIII	Aquarell, 32 x 24 cm, nach Beendigung der Insulinkur gemalt, 18 Jahre
Tafel XIV	Aquarell, 41,7 x 29,5 cm, z. Zt. der Insulinkur in Klinik gemalt, 18 Jahre
Tafel XV	Öl auf Leinwand, 50,5 x 40 cm, das ist das Bild, das Peer angefangen hatte und von Pony mit völlig neuem Motiv übermalt wurde, nach Elektroschock und zweitem Klinikaufenthalt zu Hause gemalt, 18 Jahre
Tafel XVI o.	Aquarell, 41,7 x 29,5 cm, z. Zt. der Insulinkur in Klinik gemalt, 18 Jahre
Tafel XVI u.	Aquarell, 41,7 x 29,5 cm, am Tag als sie (das) Elternhaus verließ, hatte sie es mit (einer) Abschiedszeile in die Kindertruhe gelegt.